U0445972

Unicorn

独角兽书系

百变王牌

♥♦♣♠

王牌云巅

WILD CARDS

【美】乔治·R. R. 马丁 / 编
王予润 / 译

GEORGE R.R. MARTIN

重庆出版集团 重庆出版社

重庆市国丰印务有限责任公司
合格证
检验工号:15

WILD CARDS Ⅱ: ACES HIGH
Copyright © 1987 by George R. R. Martin
This edition arranged with The Lotts Agency Ltd. through Andrew Nurnberg Associates International Limited.
Simplified Chinese edition copyright © 2019 Chongqing Publishing & Media Co., Ltd.
All rights reserved.

版贸核渝字(2017)第134号

图书在版编目(CIP)数据

百变王牌. 王牌云巅 / (美)乔治·R.R. 马丁编;王予润译. —重庆:重庆出版社,2019.10
ISBN 978-7-229-14127-1

Ⅰ. ①百…　Ⅱ. ①乔…　②王…　Ⅲ. ①长篇小说—美国—现代　Ⅳ. ①I712.45

中国版本图书馆CIP数据核字(2019)第073437号

百变王牌·王牌云巅
BAI BIAN WANGPAI · WANGPAI YUNDIAN
[美] 乔治·R.R.马丁　编
王予润　译

责任编辑:邹　禾　唐弋淄　唐　凌
装帧设计:谢颖设计工作室
封面图案设计:罗　烜
责任校对:刘小燕

重庆出版集团
重庆出版社　出版

重庆市南岸区南滨路162号1幢　邮政编码:400061　http://www.cqph.com
重庆出版社艺术设计有限公司 制版
重庆市国丰印务有限公司 印刷
重庆出版集团图书发行有限公司 发行
E-MAIL:fxchu@cqph.com　邮购电话:023-61520646
全国新华书店经销

开本:890mm × 1230mm　1/32　印张:15.25　字数:400千
2019年10月第1版　2019年10月第1次印刷
ISBN　978-7-229-14127-1
定价:68.00元

如有印装质量问题,请向本集团图书发行有限公司调换:023-61520678

版权所有　侵权必究

目录
Contents

献给秘密王牌齐普·怀德曼、吉米·摩尔、

盖尔·盖斯特纳-米勒和帕里丝

若没有他们

我们恐怕永远也打不了百变王牌

编者的话

《百变王牌》这部作品完全架构在一个虚构的世界中，它的历史与现实历史完全平行。《百变王牌》中呈现的所有姓名、角色、地点和事件纯属虚构，或当虚构使用。任何与真实事件、场所及在世或已死亡的真实人物的相似之处，纯属巧合。例如，本选集中的论文和文章以及其他相关文献都是虚构之作，本书完全无意于描述或暗示任何真实存在的作者或诸如此类的人物曾经确实写过、出版过或对本书中的论文、文章及其他相关文献做出过贡献。

乔治·R.R.马丁

序

“超级英雄”的文学之旅

对我来说，长久以来，古代、太空歌剧或幻想的第二世界都是我的兴趣点，凡是现当代的通俗文化产品，我更希望是描写自己熟悉的生活场景，显而易见，这样更能引起共鸣，也更能获得享受，而不是非得去一大堆自己完全陌生的地点、食物、玩笑、音乐等等中间刨梳和理解。因此我把《百变王牌》自然而然地划归“美国都市社区传说”一类。

作为乔治·马丁的译者、研究者和狂热爱好者，在相当长一段时间内，我疯狂地寻找和阅读了乔治·马丁所有出版过的文字，但对占用他创作时间第二位（除《冰与火之歌》之外）的《百变王牌》系列，却一直束之高阁（部分原因也是该系列篇幅太长）。直到最近几年，随着阅读眼界的不断拓展，观看这套书的理由不断累积，我才说服自己拿起书本来试一试。好奇我的理由吗？具体而言，打动我的有如下几个方面：

其一，我终于明确了一点——其实这一点原本就非常明确，无奈提到超级英雄，总不免第一时间想到漫画——《百变王牌》是文字小说系列，在这个领域，它能直接发挥乔治

·马丁作为作家的特长，也能让熟悉和景仰马丁的我较为轻松地进入。《百变王牌》的确脱胎于美国超级英雄漫画的文化，乔治·马丁也的确从几岁起就是超级英雄漫画的粉丝……但它的基础载体是小说，它是文学宇宙，不同于DC或漫威的漫画宇宙乃至电影宇宙。

从基本介绍中即可得知，《百变王牌》先后有超过四十位作家参与，而乔治·马丁作为总编辑和作者是其灵魂人物。该系列小说不但均由他过目和整合，而且他自己还实际参与了其中若干中短篇的写作。《百变王牌》至今（截至2018年底）已出版了二十七部小说，大致可分为三类：

A类，同一故事背景下不同作者创作的中篇小说合集；

B类，单一作者的长篇小说；

C类，“马赛克小说”，即长篇小说的各部分由不同作者写就，最后经马丁本人发挥“导演”和“乐队指挥”的功能，将其融为一体。其中最后一类是马丁的得意之作，最能彰显他的创作成就。

其二，《百变王牌》源自桌面角色扮演游戏。虽然我对超级英雄漫画说不上知根知底，对美国文化背景更显陌生，但作为游戏迷和奇幻迷，对角色扮演游戏却是熟悉和喜爱的，尤其是《龙与地下城》及其衍生和改编的各类电子游戏。

整理和翻译《梦歌——乔治·马丁作品回顾集》的时候，我就清楚乔治·马丁对角色扮演游戏的狂热。他于1980年搬家到新墨西哥州圣塔菲市（至今依然定居于此），不久便加入了当地的角色扮演游戏聚会（聚会成员一半以上是作家），起初玩的是“克苏鲁的召唤”，1983 年开始玩“超人世界”，从此一发不可收拾。乔治·马丁喜欢游戏主持人（GM）的角色，在游戏过程中创造了数以百计的 NPC 和反派（据说其中许多人物至今还没捞到在《百变王牌》小说里的出场机会!），也创造出《百变王牌》的基础设定。很大程度上，《百变王牌》的创作过程就是我们自身“跑团”经历的翻版（跟《龙枪》的诞生过程非常相似），这大大拉近了我跟它的心理距离。

其三，《百变王牌》虽根植于美国文化，与我们中国人的日常生活环境相距颇远，但乔治·马丁的指导理念是一脉相承的现实主义。《百变王牌》与其他超级英雄作品在立意上的最大不同，在于它的创作者是一群思想活络的作家（而非单纯的漫画从业者），他们从最初的游戏过程开始就彼此“争奇斗艳”，试图把笔下人物当成活生生的“人”来考察。它并不像许多超级英雄作品一样追求肤浅的“合家欢”，回避现实中怯于提及的问题，它不但着重考察了超级英雄（即《百变王牌》中的“王牌”）对人类社会方方面面的影响，还把力量对超级英雄自身的影响作为重点。

此外，《百变王牌》横跨二战以后的整个时空，故事背景从上世纪 40—50 年代种族主义和麦卡锡主义泛滥的美国一直到当前的网络社会。它的视野并不若我最初以为的那样局限于“乡土美国”和“都市美国”，真实的历史人物和历史事件在小说中频频出现，从西方到东方，从总统选举到世界和谈，光怪陆离的多元化犹如《冰与火之歌》中神秘莫测的魔法一样吸引着我。

基于这三点，我从最初的排斥到逐步试探，展开了对《百变王牌》系列的了解和阅读。根据乔治·马丁及其同伴作家们的说法，他们当年并不甘心自娱自乐，舍不得告别自己创造的精彩人物，于是在一年多酣畅淋漓的游戏之后，萌生了将游戏的设定和故事进行商业化、推向市场的念头，由此诞生出《百变王牌》。梳理从上世纪80年代中叶商业化至今的全部作品，这个IP（一度号称世界上延续时间最长的共用世界系列）大致可分为如下几个发展阶段：

第一阶段，黄金时期。乔治·马丁等人最初寻找的合作者是著名的巴兰亭出版社，于1987年到1993年间一共推出了十二部小说（包括上面提到的中篇合集、长篇小说和“马赛克小说”这三种形式）。作为巴兰亭出版社重点栽培的书籍，《百年王牌》系列不负所望地一炮走红，并在评论界获得极大赞誉，1988年即进入雨果奖决选，只是惜败给阿兰·莫尔那本极其出色的《守望者》。它也迅速被改编为漫画、桌面角色扮演游戏，并卖出电影版权，培养了大批至今仍支持着它的忠实读者。

顺带一提，重庆出版社简体中文版《百变王牌》最初出版的七本小说全部来自这个时期，它们是“元祖三部曲”的《百变王牌》《王牌云巅》和《疯狂鬼牌》，“木偶师四部曲”的《王牌旅途》《深入污秽》《最后王牌》和《亡者之手》。

通过这些最经典的著作，读者可迅速进入《百变王牌》的世界。

第二阶段，沉沦时期。随着《百变王牌》在巴兰亭出版社的销量缓慢走低，马丁等人为了眼前利益，轻率地将出版权转交给较小的巴恩出版社。1993 年到 1995 年间该出版社出版的《百变王牌》第十三到第十五部小说在商业上迎来惨败，此后便是长达七年的空白期。2001 年，马丁等人寻到新出版商 IBOOKS，然而到 2006 年为止，勉强推出《百变王牌》的第十六和第十七部小说（及再版了以前的部分小说）之后，该出版商宣告破产。

不过，乔治·马丁的《冰与火之歌》系列前三卷就出版于《百变王牌》的七年空白期之内，并让他的作家生涯更上一层楼。真可谓塞翁失马焉知非福，或者说失之东隅收之桑榆——如果《百变王牌》不遭遇滑铁卢，说不定读者们还看不到《冰与火之歌》呢！

第三阶段，复兴时期。2007 年 IBOOKS 破产以后，美国最大的幻想文学出版社托尔出版社趁机将《百变王牌》纳入帐下。此后伴随乔治·马丁声誉的节节高升，也得益于市场大环境的变化（如超级英雄题材在电影领域的极大成功），《百变王牌》逐渐恢复了过去的辉煌。2008 年到 2018 年这十一年间，托尔出版社一共出版了十部《百变王牌》的新小说，再版了以前的大部分小说，还在网站上发表了近二十篇中篇小说，《百变王牌》也再度被改编为漫画和桌上角色扮演游戏。

更激动人心的消息来自 2018 年底，HULU 电视台宣布将与马丁合作开发两个《百变王牌》的电视剧。在这个眼球经济的时代，这无疑是该系列顺利延续和发展的最大利好。

那“百变王牌”究竟是什么?《百变王牌》系列又在说什么呢？本着不剧透的态度，我可以简单地回答，“百变王牌”是与地球人高度相似的塔基斯星人研究出来的一种改写基因的外来病毒，其研究的最初目的是制造超能力，却发生了可怕的意外。它于1946年被释放在美国的纽约市（当即造成近两万人的死亡），随后又经携带扩散到世界各大城市。

事实证明，“百变王牌”病毒是可怕的，它对所有人一视同仁，没有免疫可能；但它同时又像神奇的阿拉丁神灯，透过人类的潜意识诱发变异，经由人类的欲望、个性和恐惧而产生神奇的力量。“百变王牌”的基因还可以在人体内潜伏下去，并以百分之五十的概率传递给后代，所以该系列的宇宙里，至今仍有人会突然激发自己的能力，由新时代的欲望而产生新的英雄（或怪物）。

成为英雄的条件非常苛刻，也非常不公平。一百个人中，九十个人会抽到“黑桃皇后”（变异失败，迅速死亡），九个人抽到“鬼牌”（变成怪物，甚至宁愿自己去死），只有唯一的一人能抽到“王牌”（激发潜在能力，成为超级英雄）。

《百变王牌》讲述的，就是这百分之一的英雄的故事。

屈畅

1979

便士自地狱来

刘易斯·夏尔纳 著

对手人数约有一打。福尔图纳托没办法确定具体是多少，因为他们一直不停移动，想绕到他身后去。其中两三人手里有刀，其余的则拿着锯掉顶端的棒球棍、车用天线之类能造成伤害的工具。很难分清这些人。他们都穿着牛仔裤、黑色的皮夹克，长长的头发都向后梳成背头。至少其中三人符合“蝶蛹”说给他听的模糊描述。

“我在找一个叫吉斯莫的家伙。”福尔图纳托说道。他们想把他从桥头赶走，但暂时似乎还不想直接推挤他的身子。在他左边，一条以砖铺成的小径通往山上的修道院[①]。整个公园没有其他人，自从两周前黑帮进驻此处后，这里就空了。

“嘿，吉斯莫，”其中一个人说道，“你跟这人有什么要说的？”

被点了名的人嘴唇很薄，双眼充血。福尔图纳托的视线紧紧地盯着最靠近他的孩子。“走开，”福尔图纳托说道。那孩子有些犹豫不决地后退了。福尔图纳托转向下一个人。“你也是，从这里离开。”那个人的意志比较薄弱，他转过身，跑了起来。

福尔图纳托的时间只够干这么一点儿事。一根棒球棍向他的脑袋切来，他减慢时间的流速，抓住球棍，用它砸掉了最近的那把小刀。接着他吸了一口气，让时间重新加速。

现在对手们都紧张起来。“走开。”他说。又有三个人逃走了，

---

① 曼哈顿华盛顿高地崔恩堡公园内的修道院。

其中包括那个名叫吉斯莫的家伙。他向山下的第一百九十三街入口冲去。福尔图纳托将棒球棍扔向另一把弹簧折叠刀，跟着跑向吉斯莫。

他们正向山下跑。福尔图纳托感觉自己已有些疲倦，便释放出一股能量，将自己的身子举起，在小径上悬空向前。那个孩子在他身下摔倒，头朝前地滚了出去。有什么东西碾过他的脊柱，他的双腿立时折断，接着便死了。

“上帝。”福尔图纳托喘了口气，拂去了衣服上的十月枯叶。条子在公园周围安插了双倍警力，但没胆进来。他们之前试过一次，为了驱赶这些孩子，损失了两个人手。第二天孩子们就都回来了。但条子都还在观察公园，好在现在这样的情况下冲进来，将尸体带走。

他倒空了那孩子的口袋，果然找到了它——一枚五十分的铜币，红得如同干透的血迹。有整整十年，他一直拜托蝶蛹和少数其他人替他留心这种铜币，而昨晚，她在水晶宫见到这孩子掉落了一枚。

他没有找到皮夹，也没有找到有类似功能的其他物件。福尔图纳托将硬币攥在掌心里，跑向了地铁入口。

♣

“是的，我有印象，”海勒姆说着，用餐巾的一角将硬币拿起，“不过那是挺久以前的事了。”

“是 1969 年，”福尔图纳托说道，“十年前。”海勒姆点点头，清了清喉咙。福尔图纳托不需要魔法也知道，这个胖子不太高兴。福尔图纳托的黑色衬衫大敞着，外面套着皮夹克，这都不符合这里的着装要求。王牌云巅开在帝国大厦的观景台上，可以俯瞰整个纽约，这里的用餐价格和它的视野一样高得出奇。

不过真正让海勒姆局促的是他带来王牌云巅的女伴，她是他最近的收获，一名深色肌肤的金发美女，名叫卡洛琳，要价每晚 500 美元。她个子小小的，长得不算精致，但有一张稚气未脱的脸，身材则引人遐想万千。她穿着紧身牛仔裤，粉红色的丝质宽松上衣，有两颗纽扣没扣。不管什么时候，只要她动了，海勒姆也会跟着动。她似乎很乐意看到他满头大汗的样子。

“这个东西，不是我之前给你看的那一枚。是另一枚。”

“那很难得，很难想象你能找到两枚都保存得如此完好的硬币。”

“我觉得你可以想得再深入一点。这枚硬币来自那伙霸占了修道院的孩子中的某个人，他随便地将它放在自己的口袋里。至于我之前给你看的硬币，它来自一个和超自然事件搅和在一起的小子。”

要提起这件事，对他来说依然很困难。那小子谋杀了福尔图纳托手下的三名艺伎，将她们在一个五芒星阵中分尸，其理由福尔图纳托至今未能参透。他继续自己的人生，训练艺伎，更深入地了解百变王牌病毒带给他的密宗力量，但除此之外，不与任何人再有更多来往。

每当福尔图纳托开始觉得不安，便会用一天或一周的时间来追踪那个杀手留下的模糊线索：那枚硬币和他最后说出的词——“提亚马特”。在那个死去的男孩的阁楼中，还残留着另外某种东西的能量，但福尔图纳托始终没法追踪它。

“你是说，它们和某些超自然的东西有关。”海勒姆说道。他的双眼时不时地瞟向在椅子上慵懒地伸展身体的卡洛琳。

“我只想让你再仔细看看它。”

“好。”海勒姆说道。在他们周遭，享用午宴的人群以刀叉和杯子发出小小的声响，他们的交谈如此小声，听起来就像是远处的水流。“我想我之前也说过，它看起来像是1794年铸造的美国便士，手工切割铸印。它们可能是从某个博物馆或者硬币商店里偷来的，要么就是某个私人……”他的声音突然停了下来，“嗯……看看这里。”

他递出硬币，用一根肥嘟嘟的短小手指指着，但没触碰到硬币表面。“看这个花环底部的地方，看到了吗？这里本来应该是条船，但现在是一团说不出形状的可怕东西。”

福尔图纳托盯着硬币，在大约半秒的时间内，他觉得自己头晕目眩。那个花环的叶片变成了触手，缎带的尖端像鸟嘴般张开，船形成的小半圆则变成了一堆形状不明的血肉，上面长满了眼睛。福尔图纳托曾经见过它，在一本闪米特神话相关的书里。那张图下的图示写的是“提亚马特”。

“你还好吗?”卡洛琳问道。

“我一会儿就没事了。继续。”他对海勒姆说。

“我的直觉告诉我，它们是赝品。但什么人会仿造一枚便士？而且干吗要费事去做旧，虽然做得也不算很旧？它们看起来就好像是昨天才刚铸印的。”

“如果你很在意这一点，我可以告诉你，它们不是。这两枚硬币的气息显示出它们都被使用了很久。我得说至少有一百年，可能将近两百年。”

海勒姆手指相对。“我能做的只有让你去找某个或许能提供帮助的人。她的名字是艾琳·卡特，在长岛经营一家小博物馆。我们以前曾经，嗯，有点联系。探讨过一些钱币学的问题，你懂的。她曾经就本地的素材写过两本关于超自然现象的历史书。”他在一个小笔记本上写下一行地址，接着撕下了那页纸。

福尔图纳托接过这张纸，站起身。“我会记得这份情的。”

“听着，你觉得……”海勒姆舔了舔嘴唇，“你觉得普通人持有一枚那样的硬币安全吗?”

“比方说，一个收藏家?”卡洛琳问。

海勒姆垂下了视线。“你用完它们之后，我愿意出价购买。”

“等这一切结束了，”福尔图纳托说道，“要是我们都还健在，我很乐意把它们给你。”

♠

艾琳·卡特将近四十岁，棕色头发里夹杂着点点灰。她抬起头，从四方的无框眼镜外看着福尔图纳托，接着又瞥了一眼卡洛琳。她露出了微笑。

福尔图纳托这辈子的大部分时间都在和女人打交道。卡洛琳是个很美的女人，但即使如此，她依然会有不安全感，会嫉妒，也会选择荒谬的节食减肥，还会化妆。但艾琳则完全不同。卡洛琳的样子似乎让她很感兴趣，而福尔图纳托这样一个穿着皮衣的日本与黑人的混血儿，前额还因百变王牌病毒的惠赠而高高隆起，对她而言，却似乎完全平凡无奇。

“你把硬币带来了吗?”她问。她说话时直视着他的双眼。他已经厌倦了那些看起来就像模特似的姑娘。面前的这个女人，长着鹰钩鼻，有雀斑，比标准体重胖十几磅。但他最喜欢的还是她那双眼睛。它们呈明亮而炽烈的绿色，眼角带着笑纹。

他将那枚便士放在桌面上，背面朝上。

她弯下腰去仔细打量，用一根手指推了推眼镜中间的镜架。她穿着绿色的法兰绒衬衫，福尔图纳托能看到的皮肤上都长了雀斑。她的发丝带着清新和香甜的气息。

“我能问问你从哪儿拿到它的吗?”

“这说来可就话长了，”福尔图纳托说道，“我是海勒姆·伍彻斯特的朋友。要是你介意的话，我可以让他给我担保。”

“有你这么说就够了。你想知道什么?”

“海勒姆说它可能是赝品。”

“稍等。”她从身后的墙上拿下一本书。她走动时像是突然爆发出一阵力量，这让她不管做什么，看起来都像是全情投入。她将书摆在桌面上，打开后翻动书页。“这里。”她说。她咬着下嘴唇，专心地研究了那枚硬币背面的花纹好几秒钟。她的嘴小巧却有力，动得很灵活。他发现自己很想知道亲吻它是什么样的滋味。

“这个硬币，”她说，“对，它确实是赝品。它叫巴尔桑便士。书上说是根据‘黑约翰’巴尔桑命名的。19 世纪末他在卡兹奇山铸造了它们。”她抬头看向福尔图纳托，“这名字听来有些耳熟，但我一下子说不上来。”

“‘黑约翰’？”

她耸了耸肩，再次微笑。“你能把它留在我这儿吗？就几天？我也许可以再替你看看还有没有什么别的发现。”

“好。”在他们所在之处，福尔图纳托可以听见大海的声音，这让一切显得似乎不那么恐怖了。他给了她自己的名片，上面只有他的名字和电话号码。离开时她微笑着朝卡洛琳挥手，但卡洛琳却一副视若无睹的样子。

在回城里的火车上，卡洛琳说道：“你想要她，是吗？”

福尔图纳托微微一笑，没有回答。

“我真不敢相信。”她说。福尔图纳托可以从她的话里再次听出休斯敦的口音，这可是几周来的头一回。“一个无聊的书呆肥婆。”

他知道自己最好什么也别说。他知道自己表现得有点太过头了。这有一部分可能是费洛蒙的影响，远在他了解它的科学原理之前，他就已了解这种性化学成分。但另一方面，他觉得与她相处很轻松，这在百变王牌病毒改变他之后就很难得了。她对此似乎完全没有半点自我意识。

别再想了，他对自己说。你现在就像个青春期的小男孩。

卡洛琳定了定神，将手放在他的大腿上。“回去之后，”她说，“我会让你彻底想不起她来。”

◆

“福尔图纳托？”

他把手机换到左手，看了看钟。早上九点。“唔，嗯。”

“我是艾琳·卡特。上周你在我这儿留了一枚硬币，还记得吗？”

他坐起身，突然清醒了。卡洛琳翻了个身，把脸埋在枕头里。“我还没忘，你研究得怎么样了？”

“我可能有了点发现。你觉得去乡下走一趟如何？”

♥

她用一辆大众“兔子”家庭轿车接上了他，接着驱车前往尚代肯，这是卡兹奇山下辖的一座小镇。他打扮得尽可能简便，只穿了李维斯牛仔裤和深色衬衫，外面罩一件旧运动外套。但他没法隐藏自己的血统，也没法隐藏病毒在他身上留下的印记。

他们在一幢白墙教堂前的柏油地停车场停了车。几乎还没来得及从车里出来，教堂的门就开了，一名老妇走了出来。她穿着一件廉价的海蓝色双面针织套头衫，脑袋上围着一方头巾。她上下打量了福尔图纳托好一会儿，最终还是伸出了手。“艾米·费尔伯恩。你肯定是从城里来的。”

艾琳给他俩做了介绍，老妇点点头。“墓地在那边。”她说。

墓碑是一块非常简单的方形大理石，整座墓在教堂院落的白色尖木桩栅栏外，远离其他墓穴。碑文上写着：“约翰·约瑟夫·巴尔桑。死于1809年。愿地狱之火永远将其焚烧。”

风将福尔图纳托的外套吹得猎猎作响，艾琳身上的香气也随之隐隐约约地吹拂过来。“这整个故事都非常可怕，”艾米·费尔伯恩说道，“没人知道它的真实性究竟有多少。当时的人将巴尔桑当成是巫师之类的人物，他住在山里。人们最初听说此人，是在18世纪90年代，没人知道他到底从哪儿来，只知道是欧洲的某个地方。一个老套的故事。异乡人，独自生活，人们把一切都归咎于他。奶牛挤出的奶变酸了，有人流产了，大家都说是他的错。”

福尔图纳托点点头。此时他觉得自己也像个异邦人。目之所及之处，只有树木和群山，除此之外就只有那座教堂，矗立在山顶，犹如一座堡垒。这让他觉得毫无遮掩，极易受到攻击。照理来说，教堂旁应该有座城市才对。

“有一天，郡长的女儿在去金士顿的路上失踪了，”费尔伯恩说道，“那是 1809 年 8 月初的事。正好是收获节。他们闯进了巴尔桑的屋子，发现那姑娘浑身赤裸、手脚大张地躺在祭坛上。”女人龇了龇牙。“反正传说是这么讲的。巴尔桑穿着某种古怪的服装，还戴着一副面具。手里拿着一把你手臂那么大的刀子，毫无疑问正打算肢解她。”

“什么样的服装？”福尔图纳托问道。

“僧侣的长袍。据说戴着的面具是个狗头。剩下的你自己猜。他们把他绑了起来，烧了他的屋子，往地面上撒了盐，又砍倒大树将通往他屋子的道路堵上了。”

福尔图纳托拿出一枚便士，另一枚还在艾琳手里。“据说这种便士被称为巴尔桑便士。你对它有什么了解吗？”

“我家也有三四枚这样的。他的墓穴里时不时就会被雨水冲刷出几枚来。我丈夫常说，‘不该来的总得还回去。’他烧掉了不少。”

“他们把这些便士放进了他的坟墓？”福尔图纳托问道。

“所有他们能找到的都放进去了。他们把他的屋子烧掉后，在地窖里发现了整整一小桶。你看它红得有多鲜艳，铁之类的物质含量一定很高，当时的人都说他把人血浇筑在铜里。不管怎么说，有一些原本放在郡长办公室的硬币消失了。大部分人认为是巴尔桑的妻子或孩子偷走了它们。”

“他有家庭？”艾琳问道。

“他有个妻子，还有个小男孩，不过没什么人能常常见到他们。他被绞刑处决后，他们就离开去了大城市，至少没有人再见过他们。”

♣

他们回到卡兹奇山的路上，他哄着艾琳又说了一些她自己的事。

她出生于曼哈顿，20 世纪 60 年代末在哥伦比亚大学取得了艺术学士的学位，曾涉足政治活动和社会工作，但又因为常见的理由从中脱身了。“对我来说，整个社会系统变化得永远不够快。我就好像是逃避进了历史里。你明白吗？当你阅读历史，你能看见一切会有怎样的结局。”

“那为什么选择超自然现象史？”

“我得说我不信它们，要这是你想问的点。你在笑。你为什么要笑话我？”

“稍等。你继续说。”

“这是一种挑战，就这样。通常的历史学家都不会拿它当一回事。它涉及的范围很广，而且有很多迷人的素材从未好好被人归档研究过。阿萨辛派、卡巴拉、大卫·休谟、克劳利，”她望向他，“别这样，告诉我你到底在笑什么。”

“你从未问过我的事，这很友善，但你要知道我染了那种病毒。百变王牌。”

“嗯。”

“它给了我很多力量。灵魂出窍、心灵传感，还有高度知觉能力，但我要使用它，只能通过密宗的魔法。它靠的是刺激脊椎的……”

“昆达里尼。”

“是的。”

“你在谈论的是真正的密宗魔法。性力，经血，一整套流程。”

“正是，这是它百变王牌的那一部分。”

“难道还有更多的？”

“还有些则是我赖以谋生的事。我是个妓院老板，皮条客。我手下有一批应召女郎，每晚要价上千美元。我这么说你紧张了吗？”

“没有，或许有一点点。”她又斜眼瞥了他，“这么说可能有点傻，但你的外表看起来不太像我印象里的皮条客。”

“我不太喜欢皮条客这个名号，但我也没有放弃它。我手下的女人不仅仅只是妓女。我的母亲是个日本人，她将她们训练成了艺伎。她们当中不少人拥有博士学位。没有人吸毒，若她们厌倦了这样的生活，完全可以换去组织的其他岗位上工作。”

“你说得它好像挺高尚似的。”

她正准备表示反对，福尔图纳托却不打算退让。“不，”他说，“你读过克劳利。他不喜欢谈论世俗的道德，我也是。‘行汝意志，即为全法。’我了解越多，就越是觉得一切都包含在了这一句话中。它像个承诺，也像是一种威胁。”

“你为什么要和我说这些？”

“因为我喜欢你，受到你的吸引，而这对于你来说未必是好事。我不希望你受到伤害。”

她将双手放在方向盘上，目视道路。“我能照顾好自己。”她说。

你该闭上嘴巴，他对自己说，但他也知道这话不对。最好现在就把她赶开，在他陷得太深之前。

几分钟后她打破了沉默。“我不知道是不是该告诉你这件事，我把那枚硬币带去了几个地方。超自然现象相关的书店，魔法商店，诸如此类的，就想看看是不是能发现点什么。我在米斯卡塔尼克的书店遇到了一个叫克拉克的家伙，他似乎真的很感兴趣。”

“你怎么跟他说的？”

“我说这是我父亲留给我的硬币，说自己很好奇。他问了我一些问题，例如是否对超自然现象有兴趣，是否有过超自然体验，等等。要把他想听到的答案说给他听是件很轻松的事。”

“然后呢？”

“然后他希望我去见某个人。”几秒钟后她说，“你又靠我太近了。”

“我觉得你不应该去，这东西很危险。或许你不信超自然现象的存在，但问题在于，百变王牌病毒改变了一切，人们的幻想和信仰能随之成真。他们可能会伤害你，杀了你。”

她摇了摇头。“都是老一套的故事，永远没有证据。就算你在回纽约的路上说一路，也没法让我信服。除非亲眼见证，否则我没法把它当真。”

“那就随你便。”福尔图纳托说道。他释放了自己的星魂，朝着车前方飞去。他站在路中央，在汽车撞上他的瞬间显形。透过挡风玻璃，他可以看到艾琳睁大了双眼。而他的肉身还坐在她身边，双目失神。艾琳尖叫了一声，刹车轰响，他猛地弹回车里。他们滑向道旁的树木，福尔图纳托伸出手转动了方向盘。汽车在路肩上熄了火。

“这……这……”

“抱歉。”他说，话里并没什么诚意。

“你刚才在路上！”她的双手还握着方向盘，手臂颤抖。

“这只是个……演示。”

“演示？你快把我吓死了！”

“这可不算什么。你明白吗？什么都不是。我们在谈论的是某种宗教祭仪，它可能已有两百多年的历史，而且拿人类献祭。甚至可能更糟，糟得可怕。要是你被卷入这事里，我可没法负责。”

她发动汽车，回到路上。大约过了一刻钟，他们回到 87 号州际公路后，她才开口说道：“你已经不完全算是人类了，对吗？即使你说你对我有兴趣，你还是能那样吓唬我。你其实是想警告我这一点。”

“是的。”他说。她的声音变了，变得更超然。他等待她再说些什么，但她却只是点了点头，拿出一盘莫扎特的磁带放入汽车音响中。

♠

他本以为一切都结束了。但一周后，她给他打了个电话，问他是否能在王牌云巅与她共进午餐。

她进门的时候，他已经等在桌旁了。他早就知道，她看起来绝不会像个时尚模特，或他手下的任何一名艺伎。但他喜欢她用手头仅有的一切打扮起来的样子：灰色的法兰绒紧身衬衫，白色的棉外套，海军蓝的开襟毛衣，琥珀串珠，头上别着一个大玳瑁壳发饰。除睫毛膏和一点点唇彩之外，看不出什么化妆的痕迹。

福尔图纳托站起身替她拉开椅子，却差点撞上海勒姆。这是个可怕的瞬间。最终她伸出手，海勒姆弯腰亲吻了她的手背，接着他犹豫了片刻，鞠躬离开了。福尔图纳托盯着他的背影看了一两秒钟，他希望艾琳能说些与海勒姆相关的话题，但她没接这个茬。“很高兴见到你。”他说。

“我也很高兴见到你。”

“即使……我们上次发生了那样的事?”

“什么意思，你是在道歉吗?”她的脸上再次浮现出微笑。

“不，”他说，“尽管我确实很抱歉。很抱歉把你卷进这件事里，很遗憾我没有以其他方式认识你，很遗憾我们每次见面时，都横插着这件该死的事。”

“我也是。”

“此外我也很替你担心。我正在对抗的是某种我过去从未见过的东西，某个阴谋，某种祭仪，不管它是什么，反正它就是存在，而我却没法找到任何与它相关的东西。”一名侍者带来菜单和用水晶高脚杯装的水。福尔图纳托点头示意他离开。

“我去见了克拉克，”福尔图纳托说道，“问了他一些问题，提到了提亚马特，但他表现得很茫然。他不是装的。我查看了他的思维。”他深呼吸了一口气。“他不记得与你相关的任何事了。”

“这不可能，”艾琳说道，摇了摇头，“看你坐在这儿谈些阅读思维的事感觉真有点儿怪。一定是哪儿搞错了，就这样。你确定吗?”

福尔图纳托可以清晰地看到她身上的光晕，她说的是实话。“我很确定。”他说。

“我昨晚见的克拉克，我可以保证他应该记得我。他带我去见了某个人，某种祭仪或社团之类的成员。那种硬币类似于某种身份证明。”

“你知道他们的名字或地址之类的东西吗？”

她摇了摇头。“我得再跟他们接触才能知道。其中有个人叫罗曼，长得很好看，几乎可说是过于好看了，不知你是否能明白我的意思。另一个人则比较普通，我想他的名字是哈里。”

“这个团体有名字吗？”

“他们没有提到。”侍者走回来时，她看了一眼菜单，“煎小牛里脊。然后再给我一杯夏布利酒。”

福尔图纳托点了水果色拉和一杯贝克啤酒。

“但我确实了解了一些其他事，”她说，“我试着去追踪巴尔桑妻儿的下落。我是说，他们在传说中的结局非常模糊。一开始我想从常规路径入手，出生日期、死亡日期、结婚记录之类。没头绪。接着我就想试试他们与超自然现象之间的联系。你知道《亚伯梅林指南》吗？”

“不知道。”

“它类似于超自然现象出版圈里的《读者指南》。在那里面，出现了巴尔桑家族的名字。有个叫马尔茨·巴尔桑的人在最近几年里发表了至少一打文章，大部分都是在一本叫《内克塔内布》的杂志上。你对这个名字有印象吗？”

福尔图纳托摇摇头。“这是一种恶魔还是什么别的？你说得好像我该知道，但我确实没有印象。”

“我敢打赌他也加入了克拉克那个社团。”

“因为那些硬币。”

“没错。”

“那霸占了修道院的那伙小混混呢？我从他们当中的某人手里拿到了一枚硬币。你能看出这二者之间的联系吗？”

“目前还没有。那些文章可能会有帮助，但那本杂志发行得很少。我还没能入手。”

食物上桌了。吃完午饭后，她终于提到海勒姆。“他在十五年前的样子比你能想象的要更吸引人许多。可能有点太壮，但非常迷人。怎么说呢，非常懂得打扮。另外，他总是知道很多奇妙的小馆子。”

“我能问吗？他发生什么了？”

“我不知道，人与人之间能发生什么事呢。我想最主要的还是他太在意自己的体重。而现在，在意体重的人反而是我了。”

“你不用这样，要知道，你看起来光彩照人。你能得到任何一个你想要的男人。”

“你用不着和我调情。我是说，你有一切性的力量和魔力，但我不喜欢你把它用在我身上，操纵我。”

“我没打算操纵你，”福尔图纳托说道，“如果我看起来像是对你有兴趣，那只是因为我对你有兴趣。”

“你总是这么热情吗？”

“嗯，我想是的。我望着你的时候你一直在微笑，这让我神魂颠倒。”

“那我不笑了。”

“别这样。”

他意识到自己表现得太强势了。她将镀银餐具灵巧地摆放在餐盘上，又将叠好的餐巾摆在餐盘旁边。福尔图纳托推开了剩下的那点色拉。突然有什么东西出现在了他的脑海中。

“你刚才说那本杂志叫什么？就是巴尔桑发表文章的杂志？”

她从钱包里拿出一张叠起的纸片。“《内克塔内布》，怎么了？”

福尔图纳托在账单上签了名。“听着，你能跟我一起回我的公寓吗？不是取乐的事，是更重要的事。”

“我想可以。”

侍者鞠了一躬，看着艾琳。“伍彻斯特先生……被其他事拖住了。但他让我告诉您，您能来这儿用餐是我们的荣幸。”

“替我谢谢他，”艾琳说道，“告诉他……就说谢谢他。”

◆

他们来到公寓时，卡洛琳还在睡觉。她故意将卧室的房门敞开了一定的角度，全身赤裸走进浴室，接着又坐到床沿，从长筒袜和吊袜带开始，慢慢穿衣。

福尔图纳托无视了她，整理起已渐渐堆满客厅整面墙壁的书堆。她要么得学会控制嫉妒心，要么就得再去找份工作了。

她重重地踩着四英寸高的鞋走出去时，艾琳朝她露出了微笑。“她很美。”她说。

“你也是。”

“别再开这个头了。”

“你先的。”他将巴杰的《埃及魔法》递给了她，“你自己看，内克塔内布。”

“‘……他熟知所有埃及人的智慧，以魔法师和贤者闻名。’”

“这里就有联系了。你还记得‘黑约翰’的狗头面具吗？我在想巴尔桑的祭仪是否属于埃及共济会。”

“老天，我和你想的是不是同一件事？”

“我在想，巴尔桑可能是巴尔萨莫这个名字的美式拼法。”

“巴勒莫的朱塞佩·巴尔萨莫。”艾琳说着，重重地跌坐在沙发上。

“他在这世上更知名的称呼是，”福尔图纳托说道，“卡里欧斯特罗伯爵。”

♥

福尔图纳托将一把椅子拉到她面前，坐下后用手肘支着膝盖。“宗教法庭是什么时候逮捕他的？”

“1790 年前后，对吧？他们把他关进了土牢之类的地方。但人们最终没找到他的尸体。”

“他可能跟光明会有联系。他们可能将他从牢里救了出来，偷渡到了美国。”

“在那儿他被称为黑约翰巴尔桑，成了当地的怪人。但他打算干什么？为什么要铸造硬币，还拿人类作祭品？卡里欧斯特罗是个骗子，他想要的不过是过上更好的日子。谋杀不是他的行事风格。”

福尔图纳托将达罗的《女巫与男巫》递给她。“让我们来查清楚，还是说你有更好的事可做？”

♣

“英格兰，”艾琳说道，“1777 年，事情是从这儿开始的。4 月 12 日，他在苏活被人引荐，加入了共济会。接下来共济会接管了他的生活。他虚构了所谓的埃及共济会，作为一种更高的领导力量，并开始弃绝钱财，将他能引荐的所有高等级共济会会员都引入了这个组织。”

“所以这一切造成了什么后果？”

“据说他在英国乡间进行了某种巡游之旅，回来后成了一个‘改变过的男人’。他的魔力增长了。他从冒险家变成了真正的神秘主义者。”

“好，”福尔图纳托说道，“现在来听听这一段。这是托尔斯泰写的共济会：‘我们组织的首要任务……是将某种重要的神秘力量保存并传承给我们的子孙……这种神秘力量或许将会成为人类命运的依托所在。'"

"这些话让我感到害怕。"艾琳说道。

"还有一个线索。巴尔桑便士背面的图案是闪米特神提亚马特。它是洛夫克拉夫特笔下克苏鲁的原型。据说是隐匿在群星之后的某种巨大而无形的怪物。洛夫克拉夫特是从他父亲的秘密笔记里读到这些神话的。而洛夫克拉夫特的父亲，是个共济会成员。"

"所以你觉得所有这一切都可以归结到它，那个叫提亚马特的东西？"

"把这一切都串起来，"福尔图纳托说道，"可以假设共济会的秘密与控制提亚马特有关。卡里欧斯特罗了解这个秘密。他的共济会弟兄不会用他们的知识来作恶，因此卡里欧斯特罗为了他自己的目的，建立了他自己的组织。"

"为了让那东西在地球上现身。"

"是的，"福尔图纳托说道，"为了让它在地球上现身。"

艾琳脸上的微笑终于消失了。

♠

他们交谈时，天色渐渐暗了下来。夜晚极为清冷，福尔图纳托可以透过客厅的天窗看到群星。他希望自己能把它们都熄灭。

"时候不早了，"艾琳说道，"我得走了。"

他没想过她要离开。工作了一整天，让他全身充满紧张的力量，那是一种想要狩猎的兴奋情绪。她的头脑刺激了他，他希望她能向他敞开一切——她的秘密，她的情感，还有她的身体。"留下来，"他说着，小心留意不使用自己的力量，免得让这句话变成命令，"求你。"当他恳求时，他觉得自己的胃部一阵发冷。

她站起身，穿上之前放在沙发扶手上的毛衣。"我得……消化一下这一切，"她说，"一下子发生了太多事。我很抱歉。"她没有看他。“我需要点时间。”

“我陪你走到第八大道，”他说，“你可以到那儿去打车。”

寒意似乎从群星中辐射而出，形成了一种对生命的憎恶。他缩着肩膀，将手深深地插在口袋里。几秒后，他感觉到艾琳的手臂环过他的腰，于是他将她拉过来紧贴着自己，两人走了出去。

他们停在第八大道和十九街之间的转角，一辆出租车几乎立刻就停了下来。“别说了，”艾琳对他说，“我会小心的。”

福尔图纳托的喉咙发紧，即使他想说话也说不出口。他将一只手放在她的后颈上，吻了她。她的双唇如此柔软，等他转身离开时，他才意识到亲吻她的感觉有多美妙。他又转过身去看，而她还站在原处。他又一次吻了她，更用力地，她的身子微微摇摆，凑向了他，但一秒之后，她又拉开了距离。

“我会给你打电话的。”她说。

他一直望着那辆出租车，直到它开过转角，消失不见。

◆

第二天早上七点，警察吵醒了他。

“我们停尸房有一具孩子的尸体，”第一个条子说道，“大概一周前，有人在修道院折断了他的脖子。你对此知道些什么吗？”

福尔图纳托摇了摇头。他站在门边，单手拿着长袍。要是他们进门，就会看见硬木地板上画的五芒星，书架上的人头骨和咖啡桌上的关节骨。

“他的同伙里有人说看到你在那儿。”第二个条子说道。

福尔图纳托死死地盯着他的双眼。“我不在那儿，”他说，“你要相信这一点。”

第二个条子点了点头，而第一个则伸手去拔枪。“不，”福尔图纳托说道。第一个条子没能及时将视线转开，“你也相信这一点。我不在那儿，我是清白的。”

“清白的。”第一个条子说道。

“现在走吧。”福尔图纳托说道，然后他们便离开了。

他坐在沙发上，双手颤抖。他们还会回来的。更有可能的是，他们会派鬼牌镇的某个不会受他力量影响的人来。

他没法睡回笼觉，这并不意味他之前睡眠质量很好。他的梦里满是触手，如同月亮般巨大，封锁天空，吞噬城市。

他突然意识到公寓里没有别人。他记不起上一次独自过夜是什么时候的事了。他差点就拿起电话打给卡洛琳，但这只是个条件反射，他很快就克制住了这种想法。他想要的是艾琳。

♥

两天后，她又打来电话了。在这两天里，他去过她在长岛的博物馆两次，以他的星魂形态。他在室内穿行徘徊，让自己隐形，就那么看着。要是能再多去几次就好了，但即便是现在这样，也给了他不少乐趣。

“我是艾琳，”她说，“他们想让我加入组织。”

此时正是下午三点半，卡洛琳在贝立兹学日语。最近她不常出现了。

“你又回去找他们了。”他说。

“我不得不去，我们得了解这事。”

“他们约你什么时候？”

“今天晚上。我应该在晚上十一点到那儿，是鬼牌镇里的一家老教堂。”

“我能见你吗？”

“我想可以。要是你乐意，我可以来见你。”

“请你尽快过来。”

福尔图纳托坐在窗边，一直望着窗外，直到她的车出现。他用蜂鸣器替她开了门，接着等在楼梯口。艾琳先一步进了公寓，接着转过身。他不知道自己在期待什么。他关上身后的门，而她伸出双手。他环抱住她，而她抬脸望着他。他吻了她，接着又吻了她。她的双臂紧紧地搂住了他的脖子。

“我想要你。”他说。

“我也想要你。”

“去床上。”

“我想，但我不能。这……这是个糟糕的主意，我已经很久没有做过爱了。我没法就这样跟你爬上床，然后表演所有密宗的古怪性行为。这不是我想要的。你甚至都不会射精，老天!”

他用手指扒梳了几下她的头发。“好吧。”他又抱了她一会儿，接着放开了她。“你想要点什么吗？饮料?”

“如果你有的话，请给我咖啡。”

他将水放上炉子，碾磨一把咖啡豆，同时隔着早餐台望着她。“我不能理解的是，”他说，“为什么我没法阅读这些人里任何一个人的思想。”

“你不觉得我在骗你?”

“我知道你没有，”福尔图纳托说道，“要是你说了谎，我会知道。”

艾琳摇了摇头。“你太习惯使用你的力量了。”

“有些事比社交上的细节更重要。”水开了。福尔图纳托泡了两杯咖啡，拿着它们走到沙发前。

“如果他们的组织像你设想的那么庞大，”艾琳说道，“他们一定会让一些王牌替他们工作。有人能给他们设置封锁，从而将信息从其他有精神力量的人面前隔绝。”

“我猜也是。”

她喝了一点咖啡。“今天下午，我和巴尔桑见了面。我们在书店碰的头。”

“他长什么样？”

“很圆滑。看起来像是银行家之流。穿三件套西装，戴眼镜。但皮肤黝黑，看起来像是在周末打了不少网球。”

“他说什么了？”

“他们终于提到了‘共济会’这个词。就好像这是个最终测试，来看我会不会被吓跑。接着巴尔桑给我上了一堂历史课。讲苏格兰和约克郡的共济会不过是共济会投机分子创建的分支机构，历史只能回溯到18世纪。”

福尔图纳托点了点头。“这都是事实。”

“接着他提到所罗门，还说建造所罗门神殿的实际上是个埃及人。他说共济会源自于所罗门，其他仪式都丧失了它们源起的意义。但他们说，他们还保有自己仪轨的含义。正如你之前猜的那样。”

“今晚我得跟你一起去。”

“你没法进去，即使变妆也不能。他们已经知道你了。”

“我能探出我的星魂。靠它我一样能看到、听到一切。”

“要是其他人也以星魂的形态出现，你能看到他们吗？”

“当然。”

“是吗？但还是要冒很大的风险，对吧？”

“没事的。”

“那只能我自己去。没有别的办法。”

“除非……”

“除非什么？”

“除非我在你之中，与你同行。”他说。

“什么？”

“我的精子蕴含的力量。要是你带着——”

“哦，别这样，”她说，“在所有骗女人上床的拙劣理由里……”她盯着他，“你不是在开玩笑，是吗？”

“你不能独自去那儿，不仅仅是因为那样很危险，更因为你一个人能做的有限。你没法阅读他们的思维。而我可以。”

“即使你只是——搭我的顺风车？”

福尔图纳托点点头。

“老天，”她说，“这真是……我有很多理由不能那么做——首先我正在经期。”

“这反而更好。”

艾琳抓住左腕，凑近胸口。“我曾经跟自己说，如果我想再跟男人上床——我是说*如果*——那也得是浪漫的。烛光、鲜花，还有其他一切。看看我现在的样子。”

福尔图纳托跪在她的面前，轻轻移开她的双手。“艾琳，”他说，“我爱你。”

“你说得轻巧。我很清楚你这话出自真心，但我也清楚你一直把它挂在嘴边。这辈子只有两个男人对我说过这句话，其中之一还是我的父亲。”

“我在谈的不是你的感受，也不是永远。我说的是我自己的想法，我爱你。”他拉起她，将她抱进了卧室。

卧室里很冷，她的牙关直打颤。福尔图纳托点起气体加热器，紧挨她坐在床上。她用双手将他的右手拉到自己嘴边。他吻了她，感受到她的反应几乎已不由她控制。他脱去衣服，拉过被褥盖在两人身上，接着解开她衬衫的扣子。她的胸部丰满柔软，当他用舌头舔过她的乳头，它们随之绷紧。

“等等，”她说，“我得……我得去洗手间。”

她回来后身上已不着寸缕，身前以毛巾挡住。“帮你省床单。”她说。在她大腿内侧的一边现出一片血红。

福尔图纳托把毛巾从她身前拉开。“别管床单了。”她赤裸着身子站在他面前，看起来像是在担心他会让她离开。他将她拉向自己，将脑袋凑在她的胸前。

她又钻进被褥里，吻了他，她的舌头探入他的嘴。他亲吻她的双肩，她的胸部，她的下巴。接着他翻过身，以双手支撑身体，跪在她身前。

“不，”她轻声道，“我还没准备好……”

他以单手握住下体，缓慢而轻柔地感受她那一小块脆弱的肉体变得温暖湿润。她咬着下唇，闭上了双眼。他慢慢探入她的身体，摩擦带来的快感一阵阵传上他的脊柱。

他又一次吻了她。他能感觉到她的双唇轻动，像是在吐露无声的言语。他的双手移到她身侧，环住了她的背。想起自己已经习惯于一次做爱用上好几个小时，这让他觉得惊讶不已。这场性事过于紧张，他全身都像是充盈着光与热，完全无法忍耐。

“你不该说些什么吗?”艾琳轻声问道，话语中夹杂着喘息，“魔法咒语什么的?”

福尔图纳托再次吻她。他的双唇传来阵阵刺痛，就好像它们沉睡了许久，直到此时才又重获生命。“我爱你。”他说。

“上帝。”她说着哭了起来。泪水滚落进她的发丝，与此同时她的臀部也更快速地迎合。他俩的身体潮红发热，汗水从福尔图纳托的胸前淌下。艾琳猛地绷紧身体，蹬了蹬腿。一秒后福尔图纳托的脑海中同样一片空白，他放弃了这十年来的训练，释放了自己的欲望，让力量从身体中倾泻而出，进入这个女人。在那一瞬间，他同时成为他俩，雌雄同体，包罗万象，他觉得自己像是在一个巨大的核爆炸蘑菇云中膨胀到了宇宙的尽头。

接着他又回到了床上，在艾琳身边，感觉到她的胸膛随着哭泣而不住起伏着。

♣

唯一的光源来自于气体加热器。他之前一定是睡着过了。枕头抵着他的脸颊，感觉像是砂纸。他用尽了全身的力气，这才翻过身仰面朝天躺在床上。

艾琳正在穿鞋。“时间差不多了。”她说。

“你感觉如何?”他说。

“难以置信。强大，充满了力量,”她笑出声，“我以前从未有过这样的感觉。”

他闭上双眼，滑入她的意识。他能看到自己躺在床上，形销骨立，原本暗金色的肌肤上满布阴影，原本隆起的额头变得光滑平整，与没有头发的头皮连成了一片。

“你呢?”她说。他可以感觉到她的声音在她的胸腔中颤动。“你还好吗?”

他返回了自己的肉身。“有点虚弱,”他说，“但我会缓过来的。”

“我需要……替你打电话叫谁来吗?”

他知道她话中的含义，也知道自己应该同意。卡洛琳，或者其他姑娘，将会让他的力量以最快的方式恢复，但这样也会减弱他与艾琳之间的联系。“不用。”他说。

她穿戴完毕，弯下腰，留恋地亲吻了他。“谢谢你。”她说。

“别,”他说，“不用谢我。”

“我该走了。”她的焦躁、她的力量和活力是这屋中的一股物理外力。而他与之相距太远，不至于嫉妒她。接着她便离开了，而他又再次陷入睡眠。

♠

他通过艾琳的双眼观看着，而她站在书店前门，等待克拉克打烊。他可以完全进入她的思维，但这会耗尽他正缓慢恢复的仅有那点力量。此外，他现在所在之处也让他觉得温暖而舒适。

然后一双手抓住了他，将他摇醒，他睁开眼看到两面金色的盾牌。“穿上你的衣服，”一个声音说道，“你被捕了。”

◆

他们将他单独关押在一间牢房里，地板是灰色瓷砖，四面是灰色的水泥墙壁。他缩在角落里瑟瑟发抖，无力站起。他靠着的墙壁上，有一个长着巨大生殖器的简笔画小人。

有整整一个小时，他都没法集中注意力与艾琳建立联系。他甚至以为巴尔桑的共济会成员已杀害了她。

他闭上双眼。大厅那头有一扇牢房的门“砰”地关上，这让他又回到自己的肉身里。集中精神，妈的，他想。

他在一间长长的屋子里，天花板很高。在一排排蜡烛的照耀下，昏黄的灯光映在远处墙壁上跳动摇曳。地板上贴着黑白相间的瓷砖，房间的前部两侧各立着一根未达天花板的多利安式石柱，它们代表的是支撑所罗门神殿的石柱，分别以波阿斯和约阿希姆为名，这是共济会最重要的两个词。

他不想控制艾琳的身体，尽管若事态需要他也能这么做。就他现在所知，她一切安好。他可以感受到她的激动情绪，但她没有受伤，甚至也没怎么感到害怕。

一个完全符合艾琳描述的巴尔桑的男人站在房间前的祭台上，这位置是专留给神殿尊贵之主的。他在深色的衣服外穿了一件白底红条纹的共济会围裙和一件尺寸过大的无袖外罩，像个挂在脖子上的围嘴。外罩是白色的，中央有一个红色的带圈十字架。那是埃及生命之符。

“谁支持这个女人？”巴尔桑问道。

房间里还有十来个其他人，有男有女，全都穿着围裙和无袖外罩。他们沿着房间的左侧排成略带弧形的一排，大部分人看起来都很普通，其中一人皮肤是亮红色的，没有任何毛发，显然是个鬼牌。另外有个人看起来极度孱弱，戴着厚镜片眼镜，表情呆滞。所有人里只有他在围裙下穿的不是便服，而是一件带兜帽的白色长袍，看起来似乎比他本人大了至少两码，长长的袖子盖住了他的双手。

克拉克从队列中走出来，说道："我支持她。"随即巴尔桑递给他一个精巧而繁复的面具，上面似乎贴着金箔。那是个老鹰面具，它完全盖住了克拉克的脸部。

"谁反对?"巴尔桑说道。

一个年轻的东方女性走了出来，她看起来很朴实，却有着一种无法言喻的性感。"我反对。"巴尔桑给她的面具有长长的尖耳朵，五官分明，她戴上看起来冷酷而倨傲。福尔图纳托感觉到艾琳的脉搏加快了跳动的速度。

"谁有权得到她?"

"我有权得到她。"另一个男人踏出一步，戴上了阿努比斯的胡狼面具。

巴尔桑背后的空气出现涟漪，散发出光辉。蜡烛闪动着熄灭了。一个金色的男人渐渐显形，照亮了整个房间。他高得能挨到房顶，面容似犬，有一双炽热的黄色眼睛。他站在那儿，双臂交叠，低头看向艾琳。她的脉搏突突直跳，指甲深深掐在掌心里。似乎没有其他任何人注意到他也在场。

戴着尖耳朵面具的女人站到艾琳面前。"俄西里斯，"女人说道，"我是赛特，安努[①]的守护者，盖布和努特之子。"

他感觉到艾琳张开了嘴，正打算开口，但就在她说出什么话来之

① 太阳之城，亦即今日的开罗。

前，那个女人的右手打在她的脸上。她向后摔倒，在瓷砖上滑出三步之外。“看哪，”女人说，她用手指探向艾琳的双眼，收回来时，手指上已是湿漉漉的。“丰饶之雨。”

“俄西里斯，”戴胡狼面具的男人说着，走上前接了那女人的位置，“我是阿努比斯，拉神之子，道路的开拓者，属于我的是墓葬之山。”他走到艾琳身后，抓住她，让她抵着地板。

此刻克拉克跪在她身侧，散发着金色光芒的男人从他身后望向下方。“俄西里斯。”他说。从老鹰面具小小的双眼孔洞中闪过光芒。“我是荷鲁斯，汝与伊西丝之子。”他将两根手指放在艾琳的双唇上，撑开她的嘴。“我来拥抱汝，我乃汝之子荷鲁斯，我紧压汝之口；我乃汝之子，我爱您。汝之口禁闭，但我为您整理汝之口与齿，令其排列有序。我为您张开汝之双眼。我以阿努比斯之器为您张开汝之口。荷鲁斯已令死者张口，正如他以自赛特处获得的旧时之铁张开汝之口。亡者当行，亡者当语，她的躯壳将处于安努第一王朝王室的陪伴之下，在那儿，她将自人类之主荷鲁斯之手，获得奥佐欧之冠。”

克拉克从巴尔桑手中接过了某样仿佛木蛇的东西。艾琳想把它推开，但那个戴胡狼面具的男人紧紧地抓住了她。克拉克前后挥舞了几下木蛇，接着轻轻用它在艾琳的嘴和眼睛上点了四下。“哦，俄西里斯，我已为您在脸上建立汝之双颚骨，现在它们已经分开。”

他站到一边。巴尔桑弯下腰，直到他的脸离她仅有几英寸距离，接着他说：“现在我给予您赫库——力量之词。荷鲁斯已让您能使用汝之口，汝能说出它。这个词是提亚马特。”

“提亚马特。”艾琳轻声说道。

福尔图纳托因恐惧而瞠目，片刻后他将自己挤入巴尔桑的思维。

♥

诀窍是你得一直移动，这样才不会被它带来的怪异感压倒。要是他能一直触发相关的联系，最终就能达到他希望看到的那一部分巴尔桑的记忆。

此时巴尔桑已几近狂喜的迷醉。福尔图纳托追踪着一幅幅画面和埃及魔法的图腾符号，最终回溯到它的源头，他在那儿找到了通往巴尔桑父亲的道路，接着往上追溯七代，找到了黑约翰本人。

巴尔桑曾经听说、阅读或想象过的关于他祖先的事，都在这里。他的第一次诈骗，是从金匠马拉诺那儿骗得了六十盎司的纯金。他从巴勒莫逃走，遇到了希腊人阿托塔斯，学习了炼金术。他还去过埃及、土耳其、马耳他，然后二十六岁时终于来到罗马，此时的他英俊，聪明，手拿成叠的介绍信足以取信社会精英。

在那儿他遇到了萝伦萨。福尔图纳托见到她的样子正如卡里欧斯特罗所见，她第一次在他面前浑身赤裸时只有十四岁，却美得炫目：苗条、优雅、橄榄油色的肌肤，还有一头乌黑的卷发，披散在身侧，胸部小巧而精致，身上带着海边野花的清香，当她用双腿缠绕在他身上时，她那沙哑的声音喊着他的名字。

他们沿着深绿色的欧洲海岸线旅行，萝伦萨的美貌让所到之处的社会毫无保留地向他们敞开，一路上他们全靠在贵族的厅堂中乞讨过活，同时将多余之物捐赠出去。

最终他们到了英格兰。

福尔图纳托看着卡里欧斯特罗在一场狩猎的归途中跑入森林。他与萝伦萨及一个深受她吸引的年轻英国领主走散了，这倒不完全是意外。毫无疑问，即使是在路边的某个土沟里，领主也能行使他的权力，而萝伦萨已令此事成为两人之间的一场冒险。

接下来，在这下午时分，月亮突然自天空中陨落。

卡里欧斯特罗策马奔向那个发光的幻影，它落在几百码之外的一片空地上。在相距一百码左右时，马便不愿前进了，卡里欧斯特罗将它绑在一棵小树苗上，步行靠近。那东西模糊不清，缺乏固定的形体，由许多彼此并不相连的棱角组成，当卡里欧斯特罗走到它跟前时，它自动分离出了一片形体……

突然之间，卡里欧斯特罗便坐在马车上，和萝伦萨一起赶回伦敦，他的脑海里充斥着各种福尔图纳托无法读懂的崇高目标。

他翻遍了巴尔桑的大脑，那个知识一定在他脑海中的某处。关于森林中的那个东西究竟是什么，它究竟说了什么，做了什么。

正在此时巴尔桑突然站起，说道："这个女人在我的脑子里。"

♣

他再度以艾琳的双眼观瞧，同时愤怒于自身的笨拙。事情完全搞砸了。他发现自己正盯着那个戴厚眼镜、穿长袍的小个子男人的脸。

接着他回到了自己的牢房里。

两个守卫抓住他的两条胳膊，将他拖向牢房的门。"不，"他说，"求求你们。再给我几分钟就好。"

"哦，你还挺喜欢这儿的，是吗？"一个守卫说道。他把福尔图纳托推向牢门。福尔图纳托在光滑的油布上滑倒，四肢着地。守卫往他左腰边上踢了一脚，力气不够大，没能把他踢出门去。

接着他们将他拖过似乎长无止境的褪了色的绿色长廊，进入一间以深色镶板环绕的房间，里面有一张长长的木头桌子。一个穿着便宜套装的男人坐在桌子的另一头，他大概三十岁，有一头棕色的头发，五官平凡无奇。在他的外套口袋上别着一个金盾的标记。在他身边坐着另一个男人，身着马球衫和昂贵的运动外套。他的外表带着雅利安人式的过分俊美，一头金色的卷发，冰蓝色的眼睛。福尔图纳托想起艾琳曾经与他描述过的那个共济会成员，罗曼。

"马提亚警长？"第二个守卫说道。那个穿便宜套装的人点了点头。"就是这个人。"

马提亚靠在椅背上，闭上双眼。福尔图纳托感觉到有什么东西扫过自己的大脑。

“怎么样?”罗曼问道。

“不多,”马提亚说道,“某种心灵传感,一点儿心电感应,但不强烈。我怀疑他都不能用这能力撬开锁。”

“那么你怎么想?老大需要担心他吗?”

“我看不出有这样做的必要。你可以用谋杀那个孩子的罪名关他一阵子,看看接下来会发生什么。”

“这有什么用?”罗曼说道,“他可以辩护说自己是自卫。法官说不定还会给他颁发一枚奖章。说到底,没人会关心那些小杂种。”

“好。”马提亚说道。他转向守卫,“放了他吧,我们跟他已经完事了。”

♠

他又花了一个小时才回到街上,自然,没有任何人会载他回家。但这样也好。鬼牌镇才是他需要待的地方。

他坐在警察局门口的台阶上,探寻艾琳的意识。

他发现自己正盯着一条小巷的砖墙,脑海中一片空白,没有思想,没有情绪。他竭力拨开艾琳大脑中的迷雾,感觉到她的膀胱释放了,温暖的尿液在她身下形成一摊水迹,接着很快便变得冰冷。

“嘿,老兄,别在台阶上睡觉。”

福尔图纳托走到街上,拦了一辆出租车。他将 20 美元塞进小金属抽屉里,然后说道:“往南,快。”

♦

他在格兰街南边的企李士提街下了车。她完全没有动弹,思维也已经消失。他在她身前蹲下,探查了几秒钟,便猛然走向小巷的另一头。他用力猛砸垃圾罐,直到双手几近被废。接着他又走回来,再次试着探查。

他张开嘴，想说些什么，但什么声音都发不出来。他的头脑中已不再有语言，只有一片血红色的团块和不住在他眼前浮现的幻觉的洪流。

他穿过街道，拨打了911。连按下这些按钮都让他痛苦万分。接线员接通了电话，他叫了一辆救护车，报出地址后挂了电话。

他又穿过街道走回去。一辆车朝他按响喇叭，他不明白对方为什么要这么做。他跪在艾琳面前看着她。她的下巴被撬开了，一条唾液的丝线一直垂到她的外套上。他再也无法承受。他闭上双眼，探出自己的意识，轻轻地让她的心脏停止了跳动。

♥

要找到那座神殿并非难事，它就在几个街区之外，只要跟着那些将艾琳放在小巷里的人留下的能量痕迹就行。

他望向街对面那座砖砌的教堂。他得不停眨动双眼才能看清那些痕迹，它们通往这座建筑。有两三条痕迹从建筑中离开，但巴尔桑还在里面，巴尔桑、克拉克和其他十来个人。

这是好事。他希望他们所有人都在，但就目前还在里面的这些人，他也勉强满意。他们、他们的硬币、他们的黄金面具，还有他们的仪轨和他们的神殿，都是为了召唤那异形怪物，为此他们不惜泼洒鲜血、毁灭思维、破坏生命。他想结束这一切，永远地，完结它。

这个夜晚冷极了，仿佛宇宙中的真空般寒冷，将它所触及的一切热量和生命悉数吸取。他的双颊冷得发痛，而后失去了知觉。

他检视了身上残留的力量，还不够。

他呆站了几秒，因无助的愤怒而发抖，准备以他近乎无用的赤手空拳直接走进那座建筑。接着他看到了她，在街角的街灯下以站街女典型的姿势站立着。黑色短裤，兔毛外套，仿皮围巾，高跟鞋和浓妆。他慢慢抬起手臂，挥手让她过来。

她站在他面前，警惕地上下打量他。“嘿，”她说。她的皮肤粗糙，双眼中透着疲惫。“想一起玩会儿吗？”

他从外套里拿出一张100美元，拉开裤子拉链。

“就在街上？宝贝，你一定伤得很深。”她盯着那张100美元，慢慢跪了下去，“哇，这地也太冷了，”她摸索着他的裤子，接着仰头看他，“操，这是什么？干掉的血迹？”

他又拿出一张100美元。女人犹豫了一秒，将两张钱都塞进钱包里，把钱包夹在腋下。

一碰到她的嘴巴，福尔图纳托立刻勃起了。他感觉到一阵浪潮自脚底涌起，让他的头皮和指尖阵阵作痛。他的视线向上，直到双眼盯着老教堂的二层地板。

他想用他的力量将这整个街区抬起，然后扔进太空，但现在他甚至连打破一扇窗子的力气都没有。他检查了墙砖、木质的托梁和电线，接着发现了自己正在寻觅的东西。他跟着一根输气管道进入地基又返回建筑，然后将瓦斯通过这条管道输送进去，制造出犹如他心中重压般的压力，直到管道震颤，墙面晃动，灰泥簌簌而落。

妓女抬起头，望向街对面，看到墙上不断出现裂隙。“快跑。”他说。她哒哒地跑走时，福尔图纳托用手指扣住下体，强行逆转了这股即将爆发的热浪。他的肠道如同在燃烧，而那神殿上方狭小空间中的黑色铁管也随之弯曲，自连接处爆裂开来。它喷发着瓦斯落在地板上，在细铁丝与灰泥砌成的墙面上砸出点点火星。

在一瞬间，整个建筑像是注满了水似的饱胀开来，接着便爆炸，化作一个冒着浓烟的橘黄色火球。飞溅的砖块砸在福尔图纳托所站之处两侧的墙上，但他没有移开视线，直到被燎到皮肤，衣服也开始闷烧。爆炸的动静让整条街上的窗都随之颤动，当这声音终于止歇，警笛和报警器的杂乱声响接踵而至。

他希望自己能听见他们的哀号。

♣

终于有一辆出租车为他停下了。司机想载他去医院，但福尔图纳托用一张 100 美元的钞票说服他打消了这个念头。

爬上通往他公寓的阶梯所用的时间，远比他预想的更久。他走进卧室。枕头上还残留带着艾琳的香味。

他回到卧室，拿起半瓶威士忌，坐在窗边，喝了下去，望着鬼牌镇的那一头火焰的红光渐渐消散。

当他终于在沙发上睡着后，他梦到了无数触须和湿漉漉的橡胶似的躯体，还有数不清的鸟嘴，它们开开合合，发出长长的，带着回声的大笑。

♦♥♣♠

1985

朱比：之一

入夜后，朱比将报摊锁好，把报纸都塞进购物手推车里，准备出发照常去鬼牌镇的各家酒吧兜售一圈。

还有不到一周就是感恩节了，十一月的寒风呼啸着吹过包厘街，刮得人生疼。朱比一只手压着破旧的平顶帽，另一只手推着金属车，在颠簸的人行道上艰难前行。他的裤子大得能塞下整个信仰布道会的人，蓝色的短袖夏威夷衬衫上有冲浪的图案。他从不穿外套。自1952年开始在喜士打街和包厘街相交的街角卖报纸和杂志以来，朱比就从没有穿过一次外套。不管什么时候，要是有人问到这一点，他都会大笑着露出长牙，拍拍肚子，然后说："我只需要这个保温就够了，先生。"

在他最高的日子里，穿上高跟鞋量身高，朱比·本森也不过五英寸差几公分，但他那小小的身躯里却塞着巨大的质量，整整三百磅能让你想起半融化橡胶的蓝黑色肥肉。他的脸很宽，坑坑巴巴，脑袋上覆盖着一丛丛坚硬的红毛，两颗小小的长牙从嘴角露出，向下卷曲。他身上的气味嗅着像黄油爆米花，另外，他知道的笑话比鬼牌镇的任何人都要多。

朱比灵巧而摇摇晃晃地向前，朝路人咧嘴而笑，向经过的汽车司机兜售报纸（即使这个时间点，鬼牌镇的主干道依然算不上荒凉）。在开心屋，他留下一叠《每日新闻》，好让看门人将它们分发给离场的客人，另外还有一份《时代周刊》，这是留给开心屋老板德斯的。

两个街区外是混沌俱乐部，他在这里也分发了一叠。朱比给微光留了一份《国家情报》，这看门人伸出一只发着光的枯瘦的手接过了它，“谢谢，海象。”

“好好读读，”朱比说道，“据说他们发现了一种全新的疗法，能把鬼牌变成王牌。”

微光大笑起来。“哈，好。”他说着，刷刷地翻动报纸。微笑慢慢在他那张散发着磷光的脸上扩散。“嘿，看这个，苏·艾伦又回J. R. 身边去了。”

“她老这样。”朱比说道。

“这一次她要给他生个鬼牌娃娃，”微光说道，“上帝，这傻老娘们儿。”他叠起报纸，夹在腋下。“你听说了吗？”他问，“吉姆利回来了。”

“别提了。”朱比回答道。门在他们身后打开了。微光跳起来抓住它，又为门后出来的一对衣冠楚楚的男女招了辆出租车。他护着他们进了车，把免费的《每日新闻》交给他们，那个男人将一张5美元放在了他的掌心里。微光朝朱比眨了眨眼睛，迅速将它收了起来。朱比朝他挥挥手，继续向前走，留那身着混沌俱乐部制服、散发着磷光的看门人站在马路牙子边上，细细阅读《国家情报》。

混沌俱乐部和开心屋是收报纸的大头；道路两边的那些酒吧、小酒馆和咖啡馆则几乎发不出什么报纸。不过这些地方的人都认识他，也都允许他一桌桌地上前兜售。朱比在皮特和海利家的厨房停留过，在咯吱佬基地玩了一会儿推圆盘游戏，给好上好送了一份《阁楼》。在黑麦克酒吧的霓虹灯下，他和两个女工开了会儿玩笑，听她们说她俩夹击了一个古怪“耐特”政客的事。

他把麦克弗森队长的《时代》周刊留给了鬼牌镇警察局的接待警察，又卖了一份《体育新闻》给一个自认为是“狂野鬼牌”中所有人的榜样的便衣警察，就在这地方的舞台上，上周刚有个男妓被阉了。在靠近中国城的“扭曲魔龙”，朱比解决了他的所有中文报纸，接着他走向且林士果广场的畸人俱乐部，在那儿卖了一份《每日新闻》和半打《鬼牌镇之声》。

《鬼牌镇之声》的编辑部就在广场对面。夜班编辑总是会要一份《时代》周刊，一份《每日新闻》和一份《乡村之声》，然后给朱比倒一杯泥浆似的黑咖啡。“这晚上过得太慢了，”“蟹肉蛋糕”边说边咀嚼一根没点燃的香烟，同时用他的钳子翻阅那些竞品报纸。

“我听说条子打算关掉地威臣街那边的鬼牌色情片商店。”朱比边说边礼貌地啜饮咖啡。

蟹肉蛋糕斜眼向上看他：“你真信？别拿这事儿打赌，海象。他们背后有黑帮靠山。我猜是甘比诺家族。你从哪儿听来的？”

朱比朝他露出一个橡胶似的笑容。“我也得保护我的线人，长官。你听说过没有，有个男人和一个鬼牌结婚，对方长得极美，有一头金色的长发，天使般甜美的脸蛋，火辣的身材。他们结婚的那个晚上，鬼牌穿着一身白色背带裤对他说，亲爱的，我有一个好消息和一个坏消息。男人说，哇，那你先说好消息。好吧，鬼牌说，好消息是百变王牌病毒给我带来了这一切，她说着转了个身，朝男人做了个火辣的姿势，惹得他口水直流，痴痴而笑。那坏消息是什么？男人问。坏消息是，鬼牌说，我的真名叫约瑟夫。”

蟹肉蛋糕咧嘴笑了起来。“滚吧你。”他说。

在厄尼家他如往常一样卖掉了一些《鬼牌镇之声》和一份《每日新闻》，另外还给厄尼本人带了一份下午才刚到货的《拳台》杂志。这个晚上过得很是缓慢，厄尼给了他一杯果汁朗姆酒，朱比则给他也讲了和丈夫说好消息与坏消息的鬼牌新娘的故事。

通宵甜甜圈店的柜员买了一份《时代》周刊。当他前往亨利那儿的最终站时，朱比的货已不剩多少，购物车轻快地在他身后滑动着。

三辆出租车停在水晶宫外带顶篷的通道边，等着生意。“嘿，海象，”他经过时，其中一名司机喊道，“还有《鬼牌镇之声》吗？”

“当然。”朱比说道。他用一份报纸换了1美元硬币。这个司机的右臂是一片蛇般细长的触手，双腿所在之处则长着一对鳍足，但他的驾驶盘经过特殊处理，而且他对这个城市十分了解，恰如他了解自己触手的背面。这让他赚了不少小费。最近这几年，能找到一个会说英语的司机就已经够谢天谢地了，谁他妈还管司机长什么样。

看门人将朱比的购物车抬上石质楼梯，它通往这座世纪之交建成的三层排屋的主通道。在维多利亚式的门厅里，朱比将帽子和购物车留给负责保管衣帽的女孩，将剩下那点报纸都夹在腋下，走进沙龙里天花板高悬的巨大酒吧间。朱比进门时，侏儒保镖埃尔默正好扛着一个戴闪亮面具的鱿鱼脸男迎面走来。他的脑袋一侧有一片严重的擦伤。“他干了什么？”朱比问道。

埃尔默朝他咧嘴笑道：“问题不在于他干了什么，而在于他想干什么。”这小个子男人像扛着一袋米似的将鱿鱼脸扛在肩头，推开了肮脏的玻璃门。

此时的水晶宫已临近打烊。朱比在酒吧主室里绕了一圈，几乎没管两旁的厢房和遮着幕布的凹室，又卖掉了几份报纸。他爬上一把酒吧高脚凳，萨沙正站在长长的桃心木吧台后调制一杯庄园潘趣酒，镜中倒映出他那张没有眼睛的脸和笔尖式的胡子。他将这杯酒放在朱比面前，没说一句话，也没向他收钱。

朱比吸吮着这杯饮料时，突然闻到一点熟悉的香气，他扭过头，看到蝶蛹坐在旁边的高脚凳上。“早上好。”她说。她的声音有些冷淡，带着一丝英国腔。她一边的脸颊上贴着银色亮片组成的漩涡，在底下透明皮肉的衬托下看起来就像是飘浮在她雪白骷髅上的一小块星云。她涂着银色的唇彩，长长的指甲如同匕首一般闪烁着寒光。“有什么新闻吗，朱布尔？”

他朝她咧嘴一笑。“你听说过给丈夫讲好消息和坏消息的鬼牌新娘的故事吗?”

在她嘴边，那些肌肉组成的灰色阴影将她的嘴扯动，形成一个笑容。“说说看。”

“好,”朱比用吸管吸了一口潘趣酒，“在混沌俱乐部他们会往酒杯上放小阳伞。”

“在混沌俱乐部他们会用椰子壳盛酒。”

朱比又喝了一口酒。“地威臣街，就是他们拍那些硬核电影的那地方，你知道吗？我听说它被甘比诺家族操纵着。”

“旧闻了。”蝶蛹说道。此时已到了打烊时间，灯光都开了。埃尔默开始巡视，将椅子叠放到桌上，叫醒沉睡的客人。

“特罗尔会去塔基扬的诊所里做新任的保安主管。德克是这么跟我说的。”

“算是一种反就业歧视的行为?”蝶蛹冷淡地说道。

“部分算是,”朱比对她说，“还有部分原因是他有九英尺高，全身发绿，几乎坚不可摧。”他大声将最后一点酒吸干，用吸管搅动冰块。“条子那边往狂野鬼牌塞了个便衣。”

“他什么也发现不了,”蝶蛹说道，“就算他真的发现了什么，也会为此而后悔的。”

“要是他们有点数，应该直接来问你。”

“市政预算里没有那么多钱拨给那样的情报,”蝶蛹说道，“还有呢？你每次都把最好的藏在最后。”

“多半是没了,”朱比说着，转过凳子面对着她，“但我听说吉姆利要回来。”

“吉姆利?”她的声音还是很冷淡，但那双悬浮在骷髅眼窝中的深蓝色眼睛却紧紧地盯着他，“有趣。细节呢?”

“现在还没有,”朱比说道，“等有了我就说给你听。”

“我想你也会的。”整个鬼牌镇都有蝶蛹的眼线。但海象朱比却是其中最可靠的。人人都认识他，人人都喜欢他，人人都会和他聊天。

朱比是那个晚上最后一个离开水晶宫的客人。他走出去时，外边正好下起了雪。他吸了吸鼻子，用力压住帽子，摇摇摆摆地沿着显利街走，身后还拖着那辆已经空了的购物车。当他走到曼哈顿桥下时，一辆巡逻车开到他身边，放慢了速度，摇下车窗。“嘿，海象，”方向盘后的黑人条子喊道，“下雪了，你这个蠢鬼牌。你会把你的卵蛋都冻掉的。”

“卵蛋?”朱比也喊道，“谁说鬼牌有卵蛋的?我爱这天气，查斯。看我这红通通的脸颊!”他捏了捏自己蓝黑色的肥厚脸颊，咯咯笑了起来。

查斯叹了口气，打开警车的后备箱。“上来，我载你回家。”

他的家在爱烈治街的一座五层寄宿公寓中，倒是不远。朱比将购物车留在楼梯下的垃圾桶旁，打开了他所住底层套间的落地锁。屋中唯一的窗户完全被一个样式极为古老的巨大空调挡住了，它生锈的外壳上已泰半覆盖了飘雪。

他打开灯，固定在头顶的红色五十瓦灯泡将室内撒上了一片浑浊的血红晨光。室内冷得彻骨，与十一月的街道几乎毫无二致。朱比从不开取暖器，每年煤气公司的人都会到他这儿来一两次，检查他是否盗拉了输气管道。

在窗下的牌桌上，摆满了一盘盘腐烂发绿的肉。朱比脱去外套，露出长着六个乳头的宽阔胸膛，给自己倒了一杯冰慢慢咬碎，然后从发绿的肉中挑出一块最成熟的来。

他的卧室地板上放着一块光秃秃的床垫，屋角则是他最近的购物成果——一只崭新的瓷热水浴缸，它正面对着一面屏幕巨大的投影电视机。不过要说“热水浴缸”其实是用词不当的，因为他从不开加热系统。在过去的二十三年中，他对人类有了更多了解，但他始终没有想明白，为什么他们会想把自己浸泡在滚烫的水里，他边思考这个问题边脱掉剩下的衣服。即使是塔基斯星人也比这一点要更好理解得多。

朱比一手拿着那条肉，小心地压低身子，躺进冰水里，然后用遥控器打开电视机，观看之前录好的新节目。他将肉扔进宽阔的嘴巴，一边漂在水中慢慢咀嚼生肉，一边吸收汤姆·布罗考所说的每一个字。这是个很放松的过程，但当新闻广播结束后，他知道他该去工作了。

他从浴缸里爬出来，打了个饱嗝，然后精神奕奕地用一块唐老鸭的毛巾擦干了身体。只能一个小时，不能再多了，他自言自语地走到屋子的另一头，在硬木地板上留下一串湿漉漉的足迹。他确实很累，但他得干点活，否则就会被人甩得更远。他站在卧室里侧，在遥控器上按下一串长长的数字。当他按完最后一个按钮时，在他面前那面光秃秃的砖墙似乎就此消解了。

朱比走了进去，进入一个原本是煤窖的地方。远处的墙壁被一个全息方块占据，与之相比，即使他的投影电视机也显得小得可怜。一个马蹄形的控制台环绕着一张巨大的花瓣椅，是专为朱比那特殊的体型设计。在这间密室的所有墙边都堆放着各种机器，其中有一些的功能对于任何高中生来说都是显而易见的，但另一些则即使是塔基扬医生本人看了也会困惑不已。

这个办公室非常原始，但对朱比来说倒是恰到好处。他坐进椅子里，打开了融合面板的开关，然后拿起手肘边架子上一根儿童小指般长的水晶棒，塞进控制台上的某个凹槽内，录音设备便从中打开了，他开始口述他最新的观察报告和结论，所用的语言像是音乐中夹杂着不和谐音，它们由犬吠、口哨、打嗝声和咔哒声组成。即便安保系统未能生效，他的工作也是安全的。毕竟，在四十光年之内找不出另外一种能使用他母语的有知觉的生物了。

♦♥♣♠

直至第六代

瓦尔特·乔恩·威廉姆斯　著

序　章

大气层灼烧他的血肉时，他还在冒着烟。沸腾的血液从他的气孔中流淌而出。他想闭上气孔，想将最后一点这种液体留住，但他已无法控制呼吸。在下降的过程中，他的体液变得极热，像蒸汽从爆裂的锅炉上喷出来似的从他的膈膜中蒸发了出去。

从小巷的那一头，出现了几道光，照射向他，令他目眩。嘈杂的声响敲打着他的耳膜。靠在冰凉的混凝土上时，他的血化为蒸汽。

星际蜂后探查到了他的飞船，于是从小行星般庞大的躯体上生成一股巨大的粒子电荷，向他袭来。在飞船被撕裂之前，他好不容易才抓住仅有的一点机会给这个星球表面上的朱本发出了信号。他被迫抓住奇点移动装置——这是他种族的实验性能量源——跃入黑暗的虚空之中。但在这场袭击中，移动装置遭到破坏，他无法控制，只能一路燃烧着掉落下来。

他试着集中精神来重塑血肉，却失败了。他意识到自己即将死亡。

他得阻止生命流逝。在他附近有个巨大的金属容器，带着铰链的盖。他忍耐着躯体燃烧的痛苦，滚过混凝土地潮湿的表面，用一条未受伤的腿勾住了那个容器的盖子。他的这条腿极为有力，在他那个低重力的世界里，它能让他跃入天际，而此时，它成了他的希望。他竭力抵抗重力的影响，移动重心，让身子滚过容器的外壳。饱受摧残的神经在他体内悲鸣。容器外溅落了点点液体。

他掉落进容器里后，金属包裹住了他。在他身下传来东西碎裂的声音。他抬起头看向反射着红外线光的夜空。容器中有一些被他撞碎、压扁了的有机体，上面有着印染的图案。他用触须和纤毛抓住了它们，撕成碎条，按在渗漏不止的气孔上。让体液停止流失。

他闻到了有机体的气息。这儿原本有过活物，但现在它已经死了。他探入自己的腹部去取他的移动装置，将它取了出来，紧贴撕裂的胸腔。如果他能停止一会儿时间，他就能痊愈，然后不管怎样，他可以试着给朱本发出信号。如果移动装置损坏得不算严重，他就能近距离跃迁至朱本的坐标。

移动装置发出嗡鸣，显示出一道怪异的光芒，随着一阵副作用，这阵光在容器的黑暗中轻轻摇曳。时间流逝而去。

♠

“昨天晚上我接到了邻居莎莉打来的电话……”

他在时间之茧中，听到了轻微的说话声。它在他的脑海里回荡。

“她说，希尔蒂，我刚从我在加利福尼亚的妹妹玛格丽特那儿听说了。她说，你还记得玛格丽特吧？她和你一起在圣玛丽上过学。”

在他的听觉触须不远处，金属上传来砰的一声。在夜色中出现了一个轮廓，她的手臂伸向了他。

他又感觉到了痛苦。他叫喊着，却只发出了嘶嘶的声音。她触摸到了他的躯体。

“我说，我当然记得玛格丽特。她比我低一个年级。修女们总盯着她，因为她爱嚼口香糖。”

有什么东西抓住了他的移动装置。他抓住它拉向自己，想保护它。

“它是我的，老兄，”那个声音快速地说道，带着怒意，“我先看到它的。”

他看到一张脸，惨白的血肉被肮脏而暴露在外的牙齿污浊，无机物压槽下挂着灰色的纤毛。

“别，”他说，“我要死了。”

那生物猛地一扯，将移动装置从他身边夺走了。他尖叫了一声，温暖离他而去，他感觉到缓慢而冰冷的死亡重又降临。

“别叫了，它是我的。”

疼痛开始在他的体内缓慢抽动。“你不明白，”他说，“有一个星际蜂后接近了你们的星球。”

那声音又开始嗡嗡作响。容器内有东西碎裂，环绕在他身边。“然后莎莉说，玛格丽特嫁给了一个波音的工程师。他们每年至少能赚 50000 美元。还去夏威夷和圣托马斯度假，老天爷。”

“求你听我说，”越来越痛。他知道他的时间已经不多了。“那个星际蜂后已经发展出了智能。她察觉到我识别出了她，立刻对我发动了攻击。”

“莎莉说，不过她不用跟我的家人打交道。莎莉说，她在他妈的另一边的海岸呢。”

他的躯体渗出了鲜红色的液体。“下一个阶段将会出现第一代的星蜂，他们很快就会在星际蜂后的安排下到你们的星球来。求你听我说。”

“莎莉说，然后我就把我妈送去福利机构，自己搬进了这间漂亮公寓里。但福利机构希望我和玛格丽特每个月再多给妈 5 美元。而玛格丽特，她说，她没这钱。她说加利福尼亚的东西都很贵。”

“你们现在很危险。请听我说。”

金属撞击声又出现了。那声音渐渐远去，更为微弱。“莎莉说，在这儿生活难道很容易吗？我有五个孩子和两辆车要养，还得付抵押贷款，比尔还说代理商那儿全是坏账。”

“星蜂，星蜂，告诉朱本!”

那生物离开了。他正在死去，他身下的物质浸满了他的体液。呼吸也变得艰难起来。

“这儿好冷。”他说。天空中落下泪水，敲打在金属上。泪光中出现了幻象。

♦♥♣♠

朱比：之二

在埃尔德里奇街的出租屋里，租客们正在举办一个小小的圣诞晚会，朱比扮作圣诞老人。就这个角色来说，他有点太矮了，而且商店橱窗里的圣诞老人们也几乎不会有长牙，不过他发出的“吼吼吼”声倒是恰到好处。

晚会在一楼活动室里举办。今年办得有点早，这是因为霍兰德夫人下周就得飞去萨克拉门托和孙子一起过圣诞节，大家都不希望办圣诞晚会的时候霍兰德夫人缺席，毕竟她在这座建筑里住的时间几乎和朱比一样久，也见证过所有人的艰难时刻。除住五楼嗜酒如命的耶稣会会士费伊神父之外，这儿的所有租客都是鬼牌，他们谁也没有太多钱可用来购买圣诞节礼物。因此他们每人都只带了一件，然后统统塞进一只巨大的帆布邮包里，朱比每年的任务就是把它们混在一起，分发出去。他爱这工作。人类的馈赠模式极为有趣，有朝一日他想就此写一篇研究论文，当然，要等他完成关于人类幽默感的专著之后。

他总是从“面团男孩”开始发起，面团男孩是个柔软的巨人，白得像蘑菇，与一名被大家叫做“闪光者”的黑人一起住在二楼的套房里。面团男孩比朱比重了整整有一百磅，而且极为强壮，每年都会将前门从铰链上扯下来至少一次（但闪光者总会修好它）。面团男孩喜欢机器人、玩偶、玩具车和能打出声响的塑料枪，不过过不了几天他就能把所有东西弄坏，尤其是他特别喜欢的玩偶，常常只过几个小时就坏了。

朱比会把他的礼物用锡箔纸裹好，以避免不小心把它给了别人。“哦，小子。”面团男孩将它的外包装撕开后喊了起来。他把它高高举起，让所有人看到。“射线枪，哦，小子，哦，小子。”这把枪红黑相间，半透明，线条流畅而性感，但与此同时铅笔粗细的枪管又让人隐隐有些不安。他用粗大的手指握住枪柄，将枪指向霍兰德夫人时，枪的内部深处闪动起了光点，而当微电脑替他校准目标时，面团男孩更是开心地大呼小叫起来。

“就是个玩具罢了。”凯丽说道。她个头娇小，性格挑剔，多长了四条毫无用处的手臂。

“吼吼吼，”朱比说道，“他也没法再弄坏它了。”面团男孩斜眼看向“蟋蟀老先生”，按下了开火按钮，从牙齿间发出吵闹的嘶嘶声。

闪光者大笑起来。“我敢打赌他还是会弄坏的。”

“你会输的。”朱比说。勒巴合金极为结实，足以抵御一场小型热核反应爆炸。他来到纽约的第一年里就带着这把枪，但枪套已经磨损了，而且一段时间后，它反而成了一件麻烦。当然，朱比在将它作为送给面团男孩的礼物包装之前就已拆除了它的能源核心，而一把星网的破坏枪绝非你随便用一节一号电池就可激活的东西。

有人将一杯加满了朗姆酒和肉豆蔻的蛋酒塞给了他。朱比喝了一大口，满足地咧嘴一笑，接着继续分发礼物。接下来的礼物给凯丽，她拿到的是一本附近电影院的优惠券手册。四楼的丹顿拿到了一顶羊毛编织帽，他将它挂在自己的鹿角顶上，引得大家一阵大笑。雷金纳德被邻居的孩子们称之为“土豆头”（虽然他们不会当着他的面这么叫），他紧张而激动地获得了一把电动剃须刀。闪光者拿到了一条长长的拼色围巾。他们都彼此相望，笑着，互换礼物。

他在室内穿行，从一个人身边走到另一个人那儿，最终人人都有了礼物。袋子里的最后一件礼物通常来说都是属于他的，但这一年，自霍兰德夫人从里面抽出了《猫》的门票之后，袋子就空了。朱比有一点迷惑，这一定也表现在了他的脸上。周围所有人都笑了起来。“我们没把你忘了，海象男。”在华尔街传消息的蜘蛛腿男孩恰奇说道。“今年我们都凑了份子钱，打算给你一件特别的东西。”闪光者也补充道。

霍兰德夫人将礼物交给了他。它挺小的，带着商店的外包装。朱比小心翼翼地将它打开。“是手表！”

“这可不是手表，海象男，这是精密时计！”恰奇说道，“自动上发条，防水防震。”

“它能告诉你时间和月相，妈的，除了没法让你知道你的女朋友什么时候来大姨妈之外，它什么都知道。”闪光者说道。

“闪光者！”霍兰德夫人羞愤地喊道。

“这么多年来，呃，可以说是从我认识你以来，你就一直戴着那块米老鼠手表，”雷金纳德说道，“我们都觉得是时候让你显得不那么落伍了。”

这是一块相当昂贵的表。所以，当然，他能做的也就只有当场将它戴上。朱比从厚实的手腕上取下米老鼠手表，将这块全新的精密时计弯曲的表带扣在手腕上。他小心翼翼地将旧手表放在壁炉架上，远离人群行走的通道，接着在拥挤的房间里走了一圈，感谢了所有人。

接着，蟋蟀老先生用六条腿摩擦出了《铃儿响叮当》的调子，霍兰德夫人则端上了她在教堂抽奖赢来的火鸡（朱比拿了一大块，这样至少他看起来像是吃了点东西），接着大家又喝了不少蛋酒，在用完咖啡后又打了一会儿牌，当夜更深些时，朱比说了些笑话。最后他表示该去休息了，因为他给助手放了一天假，这样一来，第二天一大早他就得自己去报摊。但当他正经过壁炉架准备离开时，他发现米老鼠的手表不见了。“我的手表！”朱比喊了起来。

“你现在已经有了新的表，还要那块旧东西干吗？”凯丽问他。

“它对我来说有纪念意义。”朱比说道。

“我刚看到面团男孩拿去玩了，”“疣子”告诉他，“他喜欢米老鼠。”

几个小时前闪光者就把面团男孩送上床了，朱比不得不走上楼去。他们发现那块手表就在面团男孩的脚边，闪光者一脸歉意。“我想他把它弄坏了。”老人说道。

“它很结实的。”朱比说道。

“它一直在发出奇怪的声音，”闪光者对他说，“嗡嗡的。我猜里面坏了。”

朱比一时间没明白他在说什么。但接下来，恐惧就替代了困惑。“嗡嗡声？多久了——？”

“好久了。”闪光者说着将手表递还给他。表壳里传来一阵高亢尖厉的啸叫。“你没事吧？”

朱比点点头。“就是有点累了，”他说，“圣诞快乐。”接着他便以他最快的速度砰砰地跑下了楼梯。

回到寒冷昏暗的公寓里，他匆匆忙忙进了煤窖。在那儿，不出所料，通讯器疯狂闪烁，网络也显示出了极端紧急的色彩标志。他的心脏都要蹦出来了。多久了？好几个小时，而这好几个小时里他却在美滋滋地参加派对。朱比觉得一阵恶心。他跌坐进椅子里，用锁打开控制台，播放它录下的讯息。

全系方块自内闪现，放射出一团紫色的光芒。在方块中央出现了艾克德米，他的后跳跃肢折叠着垫在身下，这让他看起来就像是蜷成了一团。这个恩珀星蛹显然正处于极为激动的状态，覆盖在他脸上的纤毛接触到空气不停地颤动，他那颗小脑袋上的触须也在发疯似的转动着。朱比看着它的时候，紫色代码的背景消失了，取而代之的是单舱飞船拥挤的内部结构。“母亲①！”艾克德米以标准语喊道，他的词

① 原文为mother，艾克德米所指原为蜂后。

句从呼吸孔中硬挤出来，带着恩珀种族特有的吱吱口音。全息图像碎裂，陷入静默。

一瞬后通讯又恢复了，这个恩珀族人突然向一侧摔倒，他伸出棍子粗细的前肢，将一个平滑的黑色圆球攥在白毛覆盖的甲壳质胸口。他正要开始说些什么，但随着一声金属碎裂的可怕巨响，在他身后单舱飞船的内壁向内鼓胀，接着便彻底消解了。朱比恐惧地看着这一幕，大气都不敢喘一口，而恩珀族人则被吸入了寒冷太空中毫不闪动的群星。艾克德米撞上了一个残缺不齐的凸起物，滑向更高处，但他的后腿还在挣扎着，想抓住那个球体。一团光漩撒在那球体表面，而后它似乎便开始胀大。一片黑潮迅速笼罩了恩珀族人，而当它消退后，他已消失不见。朱比这才恢复了呼吸。

接下来的瞬间，信息传输中断了。

朱比用拳头敲下开关让信息重播，希望能看到什么之前没注意到的东西。但他只看到一半，便起身冲向厕所，将这晚上喝下去的蛋酒全都吐了出来。

回来后，他镇定多了。他得好好思考，镇定地消化这一切。恐慌和罪恶感不会给他带来任何好处。即使他当时戴着手表，也绝不可能及时下到煤窖里来接到这则讯息，而且就算接到了，他也无能为力。此外，艾克德米已使用奇点移动装置逃脱了，这是朱比亲眼所见，毫无疑问他的同事将会平安无事……

……除非……要是他……他现在在哪儿？

朱比缓慢地环顾四周。恩珀族人显然不在这里。但除此之外他还能去哪儿？在这样的重力环境中，他又能存活多久？还有，在太空中的轨道上到底发生了什么？

他坚定地连接上了卫星扫描系统。他一共有六个卫星，都是高尔夫球大小的精密仪器，装有灵达兰星人的传感器。艾克德米用它们来监控气象模式和军事行动，以及收音机、电视机的传送情况，但它们同样也能派上其他用场。朱比有条不紊地在一片片空域中搜索单舱飞船，但在它原本所在之处，他所找到的无非碎裂的残片而已。

突然朱比觉得极为孤独。

艾克德米曾经是……好吧，算不上是他的朋友，不像楼上那些人类朋友，甚至不像蝶蛹或蟹肉蛋糕那样和他关系亲密，但是……他们的物种事实上有些相同之处。艾克德米是个孤单的怪人，神秘莫测，难以沟通；整整二十三年来，他一直在地球的轨道上，锁在他的单舱飞船那封闭的空间内，除冥想和监测之外完全无事可做，因此而变得更为古怪——但话说回来，也正因此，商人之主才会在很久之前——人类纪元1952年——“机遇”号来临之时在所有人中选择了他，来观察塔基斯星伟大实验的各项结果。

回忆不期而至。星网巨大的星舰在那年的整个夏天都围绕着这颗小小的绿色星球公转，却没有发现什么有趣之处。此处原本的文明还有不少发展空间，但与他们在几个世纪之前来观察时相比，没有太大的进步。至于塔基斯星人吹嘘的所谓百变王牌病毒，似乎只制造出了数以万计的畸人、残疾人和怪物。不过商人之主总是爱给所有可能性都押上赌注，因此当“机遇”号离开时，它留下了两名观察者：轨道上的恩珀族人和地表上的异星民俗学家。将一个特工藏在这个世界最大的城市里的街道上，藏在人类近在眼前之处，这一点让商人之主觉得十分有趣。而对于朱本来说，他既然已经签了终身服务合同来换得去遥远世界旅行的机会，这也算得上是个难得的机遇，可以做一些重要的工作。

尽管如此，他也知道总有一天“机遇”号还会回来，有朝一日他将会再次星际飞行，或许甚至还能回到格拉布尔星苍白的红色太阳照耀下的冰川与冰城中。他与那恩珀星蛹始终没有成为真正的朋友，但艾克德米对他而言同样也十分重要。他们拥有共同的过去。只有朱比知道恩珀族人正在那儿望着，听着；也只有艾克德米知道鬼牌卖报人海象朱比其实是朱本，一个来自格拉布尔星的异星民俗学家。恩珀族人的存在，曾经维系了他与他的从前，与他的母星和他的同胞，与“机遇”号和星网本身，以及它扩散到一千个不同世界的一百三十七个不同物种成员之间的联系。

朱比看向他的朋友们送给他的新手表，此时已过两点。录下这段讯息的时间是在晚上八点之前。他自己从未用过奇点移动装置，这是一种恩珀族的装置，还处在实验阶段，以迷你黑洞驱动，能制造出可等同于静止力场的功能，这是一种心灵传动装置，甚至可用作动力源，但价格极其高昂，星网一直在竭力保守它的秘密。他不敢妄自揣测它的操作原理，但这个装置本来应该能将艾克德米带到此处，朱本能给他提供帮助。但要是移动装置运作不良，恩珀族人就可能会被传送到真空的太空中，或是海洋深处，又或是……好吧，在它传送范围内的任何地方。

他摇了摇巨大的脑袋。他能做什么？要是艾克德米还活着，他应该会设法到这儿来。朱比没有帮助他的力量。与此同时，他还有一个更紧急的问题：有什么东西，或是什么人，发现、袭击并摧毁了那艘单舱飞船。人类既没有做到这一点的技术力量，也没有这么做的动机。不管谁该对此负责，他们显然都对星网并不友好，而且要是他们意识到了他的存在，很可能也会来追捕他。朱比甚至有些希望自己没有把武器送给面团男孩了。

他最后又看了一遍恩珀族人传送的讯息，希望能找到一丝那未知敌人的线索。什么也没有，只除了……“母亲!”艾克德米是这么说的。这话是什么意思？是某种恩珀族宗教的祈祷方式，还是他的这位同事确实就是在用这个词语称呼抓住了他的女性？

接下来的几个小时里，朱比泡在浴缸中，努力思索。他不喜欢自己想到的那些事，但逻辑却不由自主地运转着。星网的内部和外部都有不少敌人，但在宇宙的这片空域中，他们只有一个真正强有力的对手，也只有这个对手会以暴力表达他们发现地球受到监视时的不满：那个种族与地球的人类极为相似，却又相当不同，他们傲慢而冷漠，种族主义，执拗而残忍，会犯下几乎所有暴行，这一点只要看他们对地球及他们的同类所做的一切便可知晓。

破晓时分，经过了一个不眠之夜后，朱比穿上了衣服，此时他已几乎说服了自己。要达成他看到的那些场面，只有塔基斯星的共生体飞船才能做得到。不过他不确定是幽灵矛还是激光。他对军事方面的事不太在行。

这是个灰暗、泥泞而让人压抑的日子，朱比打开报摊时的情绪与之恰好极为吻合。生意清淡。八点刚过，塔基扬医生沿着包厘街走了过来，他穿着一件白色的皮草大衣，愁眉苦脸地看着衣领上被鸡蛋弄脏的污迹。“怎么了，朱比？”塔基扬停下来买《时代周刊》的时候，顺口问道，“你看起来情况有点糟。”

朱比不知该如何开口。“呃，嗯，医生。我的一个朋友……呃，死了。”他看向塔基扬的脸，想寻找罪恶感的星点证据。这个塔基斯星人很容易就会产生罪恶感，因此要是他知道点什么，就不可能不露声色。

“我很抱歉，”医生说道，他的声音听起来诚挚而充满了同情，“这周我也失去了一位朋友，他曾经是医院的护理员。我很怀疑他是被人谋杀的。就在那一天我的一名病人消失了，他的名字叫斯佩克特。”塔基扬叹了口气。“现在警察希望我去给切尔西的一个大垃圾罐里找到的某个可怜鬼牌验尸。麦克弗森告诉我说，那个人看起来像个长着毛皮的蝗虫。所以他也算是我的病人，你看。”他厌倦地摇了摇头，“不过，他们会一直将他保持冷冻的状态，直到我组织好人手搜索斯佩克特先生。帮我留意一下，朱比，要是你听到了什么消息就告诉我，好吗？”

“你刚才说，一只蝗虫？”朱比竭力让自己的声音显得很随意，

“一只长着毛皮的蝗虫?”

“对,”塔基说道,“我希望不是你认得的人。”

“我不太肯定,”朱比立刻答道,“或许我该去看一看。我认得不少鬼牌。”

“他在第一大道的停尸房里。”

“我不确定自己是不是能接受得了,”朱比说道,“我的胃很容易呕吐的,医生。停尸房是个什么样的地方?”

塔基扬向朱比保证说那地方没什么可怕的。为了减轻他的担忧情绪,塔基扬详细描述了停尸房的样子和进入的相关流程。朱比将所有细节暗记在心。“听起来还行,”他最后说道,“或许我会去看一看,说不定它,呃,那个人是我认得的呢。”

塔基扬心不在焉地点了点头,他的心思已经转移到了其他麻烦上。“你知道的,”他对朱比说道,“那个消失了的病人斯佩克特——他们把他送到我这儿的时候他都快死了。是我救了这个人的性命。要是我没那么做,亨利现在说不定还活着。当然,我这么说也没有证据。”塔基斯星人将《时代周刊》折起来夹在腋下,艰难地在烂泥里向前走去。

可怜的艾克德米,朱比想。死在离故乡这么远的地方……他对恩珀族的葬仪一无所知。但现在甚至没有给他哀悼的时间。显然,塔基扬对此事毫不知情。更重要的是,塔基扬一定不能知道。星网出现在地球上的事,必须不计一切代价地保密。毫无疑问,要是这个塔基斯星人验了尸,他就会知道。塔基扬将朱比视作鬼牌,这也不足为奇。他看起来就像大部分鬼牌一样与人类相似,而且,他逗留在鬼牌镇的时间比医生本人更久。格拉布尔星就像一潭死水,穷困而落后。他们没有星际飞行能力,在星网的巨大飞船上工作过的格拉布尔星人也不超过一百人。因此塔基扬认出朱本身份的可能性近乎为零。但恩珀族充塞的世界有一打之多,他们的飞船则会前往一百来个星球,他们就像勒巴、康蒂基、艾雷或者甚至商人之主一样，都是星网的一个重要组成部分。只要往他的尸体上看一眼，塔基扬就会知道。

朱比跳着站起身，他头一回感受到了一阵轻微的慌乱。他得在塔基扬看到尸体之前得到它。还有那个移动装置，他怎么能把它给忘了！若是一件像奇点移动装置这么贵重的造物落入了塔基斯星人的手里，后果一定不堪设想。但他得怎么做？

一个他从未正眼瞧过的男人在报摊前停了下来。朱比心烦意乱地抬头看他。“要报纸？”

“一样来一份，”那男人说道，“就像往常那样。”

要想明白得花一点时间，但明白之后，朱比知道自己有了答案。

♦♥♣♠

尘归尘

罗杰·泽拉兹尼　著

收音机完全没了声响。克罗伊德·科伦森伸手把它关掉，将它往房间对面梳妆台旁的废纸篓里扔。它正中目标，他将之视为一个好兆头。

他伸展身子，拉开被单，打量自己苍白的裸体。所有器官似乎都在正确的位子上，比例也很协调。他试着让自己轻轻飘浮，却什么都没发生，于是他将腿摆过床沿，站起身。他用手扒梳了几下头发，很高兴自己没有秃头。每一次醒来对他而言都像是一场冒险。

他想让自己隐形，想以意念融化那个废纸篓，想在指尖上闪现出火星。但都没有成功。

他起身走进洗手间，一杯接一杯地喝水，同时对着镜子端详着自己。这一次他的头发和眼睛颜色都很浅，五官端正，事实上相当英俊。他估计自己的身高略高于六英尺，肌肉长得也还行。衣柜里应该有合适的衣服。他曾经有过拥有这样身高和身材的经历。

窗外天色灰暗，街旁的人行道上点缀着一块块泥泞的雪。排水沟里缓慢淌着水流。克罗伊德在走向衣柜的半路上突然停了下来，从写字台下的板条箱里拿出一根沉重的钢棒。他几乎没费多大力气，就把这根棒子弯折起来，又将它拧成了麻花。然后将那金属卷饼干扔进垃圾桶里与收音机做伴，他想，他的力量还保留着。他找出了一件极为合身的上衣和长裤，又找出一件除肩膀稍有些紧外都挺合适的花呢外套。接着他的注意力转向他收藏的鞋上，一会后，他便找到了一双合脚的鞋。

从他的劳力士表上看，此时八点刚过，考虑到现在是冬季，外面还有日光，因此应该是早上的八点。他的胃咕噜作响。该去吃点早餐，再适应新的身体了。他检查了藏钱的地方，拿出200美元。储蓄不多了，他想。待会儿他得去趟银行，或者干脆去抢一家银行。他上一次醒来时股市正在暴跌。晚些时候……

他带上了一块手帕、一把梳子、他的那些钥匙，还有一小塑料瓶药片。他不喜欢带身份证明之类的东西，也不需要穿外套。气温的变化很少会让他感觉到困扰。

他锁上了身后的门，穿过门厅，走下楼梯。走上大街后，他向左转，迎着强风，沿着包厘街走去。在一家没开张的面具店门口，仿佛图腾柱一般地站着一个面色苍白如同尸体、鼻子像一根冰凌的高个子鬼牌，克罗伊德往他伸出来的手里放了1美元，问他现在是几月。

“十二月，”那人不动嘴唇地说，“圣诞快乐。”

“嗯。”克罗伊德说道。

在前往第一站途中，他又做了几个简单的测试，他没法用意念粉碎排水沟里的空威士忌酒瓶，也没法往任何垃圾堆里点燃火焰。他想试试发出超声波，但产生的却只有吱吱的声音。

他踱到喜士打街的报摊前，个头矮胖的朱比·本森正坐着读一份他售卖的报纸。本森穿着浅蓝色的夏季工作服，里面则是一件黄橙相间的夏威夷花衬衫，鬃毛似的红发从他那顶猪肉派帽底下倔强地探出来。似乎对他来说，与克罗伊德一样，气温也不是什么问题。他抬起那张满是脂肪酸、坑坑巴巴的深色面孔，露出一对短而弯曲的海象牙。

“买报纸？”他问。

“一样来一份，”克罗伊德说道，“就像往常那样。”

朱比微微眯起眼睛，上下打量站在自己面前的男子。“克罗伊德?”他问。

克罗伊德点了点头。

“是我，海象。生意如何?”

“没啥好抱怨的，伙计。你这次看起来挺漂亮。”

“我还在试驾呢。”克罗伊德说着，将一堆报纸拢在一起。

朱比露出了更多牙齿。

“你猜鬼牌镇上最危险的工作是什么?”他问。

“我放弃。”

“给垃圾车担任护卫，”他说，“你知道那个赢得了鬼牌镇小姐大赛的姑娘后来发生了什么事吗?”

“什么?”

“他们听说她去给《家禽育种杂志》拍了裸照，于是取消了她的桂冠资格。”

“这故事有点恶心，朱比。”克罗伊德说着，微微一笑。

“我知道。你沉睡的时候我们遭受了一场飓风袭击。知道它造成了什么后果吗?”

“什么?”

“价值400万美元的市政修葺工程。”

“好啦，够了!”克罗伊德说道，“我欠你账吗?”

朱比放下报纸，站起身，啪嗒啪嗒地走到报摊边上。

“没有，”他说，“我只是要和你谈谈。”

“我得去吃东西，朱比。每次醒来我都得马上吃一堆东西。待会儿我再回来，好吗?”

“方便跟你一起去吗?”

“当然。但这样你就没法干正事了。”

朱比已开始收摊。

“没关系，”他说，“这就是正事。”

克罗伊德等他锁好报摊，两人便往两个街区外的海利家的厨房走去。

“我们坐店后面的摊上。”朱比说道。

“好。但在我吃完第一轮之前别提正事，好吗？我现在低血糖，身上带着奇怪的荷尔蒙，还有一堆转氨酶，没法集中精神。让我先往肚子里填点别的。”

“我懂。你慢慢来。”

服务员走了过来，朱比说他已经吃过了只点了一杯咖啡，但一口也没喝。克罗伊德则开始吃起双份的牛扒煎蛋，配以大杯橙汁。

十分钟后，服务员送上薄煎饼。朱比清了清喉咙。

“嗯，”克罗伊德说道，“我感觉好多了。什么事让你苦恼，朱比？”

“我不知道该从哪儿说起。”

“随便哪儿都行。现在我觉得生活好多了。”

“在这儿对别人的事太过好奇并不总是好事……”

“没错。”克罗伊德表示同意。

“另一方面，人们又热衷于传播八卦，胡乱揣测。”

克罗伊德点点头，继续吃。

“但你沉睡的方式算不上秘密，它让你没法从事固定的工作。但不管怎么说，你现在看起来更像是个王牌，而不是鬼牌。我是说，你一般看起来都挺正常的，却会有某种特殊的能力。”

“这次我还没有这方面的眉目。”

“随便吧。你穿得不错，付钱大方，喜欢在王牌云巅用餐，你手上戴的手表可不是天美时。你一定干了什么，才能保持这样的生活水准——要么就是你继承了一大笔钱。”

克罗伊德露出了微笑。

“我都不敢去看《华尔街时报》了，”他说着，碰了碰身边的那堆报纸，“那上面说不定写了什么该我去干而我已经有一阵没干的事。”

“我是否能这样猜测，你所做的工作有时候不那么合法?”

克罗伊德抬起头，他俩的眼神交汇，朱比微微瑟缩了。也正是此时，克罗伊德才头一回意识到，对方十分紧张。他笑了出来。

“妈的，朱比，”他说，“我都认识你多久了，我知道你不是条子。你想找人干活，对吧？要这事是偷东西，那我非常擅长，我可是跟着专家学过的。要是有人被敲诈勒索了，我很乐于把证据弄回来，再把干这事的人吓出屎。要是你想把某个东西挪个地方，销毁它，或是送到哪儿去，我就是你要找的人。但另一方面，如果你想杀掉什么人，我不喜欢干这种活。但我可以给你几个人的名字，他们不会介意这种事。”

朱比摇摇头。

“我没想杀任何人，克罗伊德。但我确实希望偷到某样东西。”

“在你说细节之前，我得告诉你我的要价很高。”

“呃，这个价格肯定值得你费上一点时间。”

克罗伊德吃完了薄煎饼，喝了咖啡，在等待华夫饼上桌前又吃了一块丹麦酥。

“是一个人的身体，克罗伊德。”最后朱比说道。

“什么?”

“尸体。”

“我不明白。”

“上周周末有个人死了，他的尸体被人发现在垃圾罐里。没有身份证明，一个无名氏。现在尸体在停尸房里。”

“老天，朱比！尸体？我以前从来没偷过尸体。这事儿能对谁有好处?”

朱比耸了耸肩。

“他们会为这具尸体付一大笔钱——而且不管对方是以什么方式得到它的。他们的原话就只有这些。”

“他们要这尸体干什么是他们的事，但那一大笔钱到底有多少?”

“它对他们来说值 50000 美元。”

“50000 美元? 就为了一具死尸?”克罗伊德不再吃东西了，他盯着朱比，“你在开玩笑。”

“没有。我可以先给你 10000 美元，等你把尸体弄到手了再给你 40000 美元。”

“那我要是偷不出来呢?”

“那你也能留着那 10000 美元，只要你去试了。有兴趣吗?”

克罗伊德深深吸了一口气，慢慢吐出。

“好，”他接着说道，“我很有兴趣。但我甚至都不知道那停尸间在哪儿。”

“在第一大道 25 号的验尸官办公室里。”

“好。这么说我就去那儿，然后——”

海利走过来，将一盘香肠和土豆煎饼摆在克罗伊德面前。他将克罗伊德的咖啡添满，又往桌上摆了几张纸币和一些硬币。

“您的找钱，先生。”

克罗伊德看着那些钱。

“你这是什么意思?”他说，“我还没付账呢。”

“你给了我 50 美元。”

“没有，我没给。我还没吃完。”

海利那张完全被浓密的深色毛皮覆盖的脸上似乎露出了微笑。

“要是我到处送钱，那我的生意就长不了，”他说，“我找钱时知道自己收了多少。”

克罗伊德耸耸肩，点了点头。

“我想是吧。”

海利离开后，克罗伊德皱起眉来，摇了摇头。

“我没付过他钱，朱比。”他说。

“我也不记得看到你付过钱。但他说的是50美元……这是个很难弄错的具体数字。”

“而且很特别。因为我确实在想，等我吃完后我可以在这里把一张50美元找开。”

“哦？你还记得这个念头什么时候闪过你的脑海？”

“嗯，他把华夫饼端上来的时候。”

“你是不是在脑海里形成了一个想象的画面，拿出50美元来递给他？”

“对。”

“很有意思……”

“你是什么意思？”

“我想这可能就是你这一次的能力——某种心电催眠术。不过你恐怕还得再多试几次来驾驭它，看看它有什么局限之处。”

克罗伊德缓缓地点了点头。

“不过别在我身上试。我今天可算是受够了。”

“怎么了？这偷尸体的活计也跟你有点关系？”

“你知道得越少越好，克罗伊德。相信我。”

“好吧，我看得出来。而且我也不是真的很想知道，除了他们要付的钱之外，”他说，“那我就接了这活。假如一切都很顺利，我弄到了那具尸体，然后我要怎么做？”

朱比从内袋里拿出一支铅笔和一个小笔记本。他写了一会儿，撕下一页纸，交给克罗伊德。接着他又往内袋里掏了一会儿，拿出一把钥匙，将它放在克罗伊德面前的盘子旁。

“这个地址在离这里大概五个街区之外，”他说，“一间出租屋，一楼。钥匙可以开锁。你把尸体弄到那地方去，锁上门，然后到报摊来告诉我就行。”

克罗伊德又开始进食。过了一会儿，他说：“行。”

“很好。”

“不过在每年的这个时节，停尸房里多半都不会只有一具无名尸。好多冻死的酒鬼——你知道的。我要怎么知道谁才是他们要的那个人？”

“我正准备说这事。那个家伙是个鬼牌，明白了吗？一个小家伙，大概五英尺高，看起来像是只大虫子——大腿总是弯着，就像蚱蜢一样，外骨骼上长了些毛，每只手有四根手指，手指头上都有三个关节，眼睛长在脑袋的两侧，背上还有退化翅……”

“我有画面了。听起来好像不怎么容易跟普通人弄混。”

“是的，而且他应该也不会很重。”

克罗伊德点了点头。饭店前门有人说道：“……翼手龙！”克罗伊德转过头，正好看到有个长着翅膀的生物从窗前飞过。

“又是那个孩子。”朱比说道。

“嗯。不知道他这次在缠着的人是谁。”

“你知道他？”

“唔嗯，他时不时就会出现，算是个王牌爱好者。好歹他不知道我这次长什么样。不管怎么说……他们对这具尸体要得有多急？”

“越快越好。”

“那个太平间的布置，你有什么能告诉我的吗？”

朱比缓缓点了点头。

“嗯，那是一幢六层楼的建筑，楼上是实验室和办公室等等。一楼有前台和观景区，他们一般将尸体存在地下室，解剖室也在地下。他们有一百二十八个冷藏箱，还有一个人能进出的冷冻储藏室，里面有架子存放儿童尸体。如果有人要检查某具尸体来验明它的身份，他们会通过一台特殊的电梯，将尸体运到一楼接待室里的某个玻璃封闭的房间里。”

“你去过那儿?”

“没有，但我读过弥尔顿·海派恩[1]的回忆录。”

“我想你是接受过我所谓的通识教育，”克罗伊德说道，“可能我也该多读点书。”

“要是有 5 万美元，你可以买不少书了。”

克罗伊德微微一笑。

“那么，我们这就算是说定了?”

“让我再想想——等吃完早饭后——我还得弄明白我的能力要如何使用。等完事了我到你的报摊来找你。我什么时候能拿到那 1 万美元?”

“今天下午我就能拿到它。”

“好的。那再过一个小时左右我来找你。”

朱比点点头，抬起巨大的身躯，滑出座位。

“留心胆固醇。”他说。

◆

天空中出现了一块块蓝色，阳光也洒在街道上。不知从哪儿来的一股水流淌到报摊附近，涓涓细流声一直没有停歇。朱比平常总是觉得，车流的喧闹和城市里的其他声音是一种让人心情愉快的背景音乐，但一双皮质翅膀带来了一个小小的道德困境，毁了这个清晨。直到他抬起头，看到克罗伊德面带微笑看着自己时，他才意识到自己已经做出了决定。

“没问题，”克罗伊德说道，“我会轻松搞定。”

朱比叹了口气。

---

① 美国著名病理学家。

“还有点事我得先告诉你。”他说。

“有麻烦?”

“和你要干的活没什么关系,”朱比解释道,“但可能会有个你还不知道的麻烦。”

“比如说?”克罗伊德皱眉问道。

“你还记得我们上午见到的那个翼手龙吗?”

“嗯?”

“‘恐龙小子’当时正朝这边走。我回报摊时发现他就等在摊位前面。他在找你。”

“希望你没告诉他要到哪儿找到我。”

“没有,我不会做这种事。但你知道他是怎么监视那些王牌和超能力鬼牌的吗?”

“嗯,他怎么不去关注棒球运动员或者战犯呢?”

“他看到了某个人,他希望你知道这一点。他说大概一个月前,‘恶魔’约翰·达林福特从医院里出来后消失了,但现在他又回来了。恐龙小子见到他出现在修道院附近,据说他当时正往中城去。”

“好吧,好吧。那又怎么样?”

“恐龙小子觉得他是在找你,想和你再打一次,觉得他还在为你之前对他做的事而发狂。就是那天,你俩毁了洛克菲勒中心。”

“那就让他继续找吧。我已经不再是个体格魁伟的黑头发矮个子了。现在我打算去弄那具尸体——在有人给他买好棺材之前。”

“你不问我要定金?”

“你已经给我了。”

“什么时候?”

“你记得我什么时候来这儿的?”

“大概一分钟前,我抬起头看到你站在这儿微笑。你说没问题,你会‘轻松搞定’。”

“很好。那说明我的能力发挥了作用。”

“你最好解释一下。”

“你记得的只是我希望你记得的部分。我出现在这儿的时间比你说的这个时间点还要再早一分钟，我和你谈了一会儿，让你给了钱，又把这事忘了。”

克罗伊德从内侧口袋里拿出一只信封，打开，给朱比看了里面的钱。

“老天，克罗伊德！那一分钟里你还干了什么？”

“你的美德完好无损，如果你想问的是这方面的问题。”

“你没有问我任何问题——有关……”

克罗伊德摇摇头。

“我说过，我对谁想要这具尸体没兴趣，也不想知道他们为什么要它。我不想承担他人的烦恼，我的麻烦已经够多了。”

朱比叹了口气。

“好的。那就去干吧，小子。”

克罗伊德眨了眨眼睛。

“别担心，海象，你就当我已经得手了。”

♥

克罗伊德一直朝前走，直到他路过一家超市，进去买了一小卷大号塑料垃圾袋。他将其中一只垃圾袋折叠起来，放入外套的内侧口袋里，剩下的都扔进了垃圾桶。接着他走到下一个十字路口，叫了一辆出租车。

车子载着他穿过这片城区时，他在脑海中又将整个战略演习了一遍。他要光明正大地走入那地方，用他最新获得的能力让前台的人相信他是一名预约过的来自贝尔维尤的病理学家，那地方的某个工作人员是他的朋友，打电话叫他来是为了就某个法医问题进行咨询。他玩味了一会儿马龙和韦尔比这两个名字，最后决定选择安德森。接下来他会让前台去找某个相关部门的人来，带他下楼去找到那具无名尸。然后他会控制这个人，取得那具尸体及其相关的物品，将它塞进垃圾袋，走出去，同时让经过时见到的所有人都忘记他曾经在那儿出现过。显然比他这些年来经历过的不少苦战要更容易得多。这个计划展现的典雅和简洁让他露出了微笑——没有暴力，也没有记忆……

终于抵达那幢贴着蓝白瓷砖的铝板建筑时，他让出租车司机继续向前开，在下一个街口停车。那地方门前停着两辆警车，门则粉碎了。在停尸房前出现警察并不一定说明发生了什么事件，但那扇坏了的大门却让他产生了警觉。他递给司机一张 50 美元，让对方等他。接着他大步走过那地方门前，朝里望了一眼，不少警察似乎正与里面的雇员说话。

此时似乎并非实施计划的最好时机，但也不能不管发生了什么就这样离开，于是他在走到街角时又调头往回走。他毫不犹豫地直接走了进去，同时迅速地环顾四周。

一个身着便服正与警察站在一起的人突然转过来盯着他。那目光让他生厌，让他胃里反酸，双手刺痛。

他立刻探出自己的新力量，直接作用于那人身上，又往自己的脸上挂上了微笑。

没什么问题。你只是想和我聊聊天，现在你朝我挥手，说，“嗨，吉姆!”要大声一点，然后和我一起走到里面去。

“嗨，吉姆!”那人说着，走到克罗伊德面前。

不！犹大想。太他妈快了。我一觉察到他，他就定住了我……我们能利用这家伙……

“便衣?”克罗伊德问他。

“对。”那人觉得自己想要做出回答。

“你叫什么名字?”

“马提亚。”

“这儿发生什么了？”

“有具尸体被人偷了。”

“哪具尸体？”

“一具无名尸。”

“你能描述一下它的特征吗？”

“看起来像只大虫子——有蚱蜢般的腿……”

“妈的！”克罗伊德说道，“他有什么随身之物？”

“没有任何随身之物。”

现在已有几名穿着制服的工作人员朝他们的方向看过来。克罗伊德用意念下达了命令。马提亚朝那些身着制服的人走去。

“等我一分钟，伙计们，”他喊道，“有点事。”

该死！他想。这人迟早能派上用处。你没法永远这样控制我，伙计……

“怎么会发生这样的事？”克罗伊德问道。

“就刚才，有个人进来，走下楼梯，强迫一个工作人员带他去了那个储藏间，拿出尸体，然后带着它跑了。”

“没人阻止他？”

“显然有。结果就是有四个人正在去医院的路上。那人是个王牌。”

“他是谁？”

“去年秋天毁了洛克菲勒中心的家伙。”

“达林福特？”

“嗯，就是那人。”别……别再问了——别问我是不是跟这事有关，别问是不是我雇了他，别问我是不是正在包庇他……

“他带着尸体往哪边去了？”

“西北方向。”

“步行?”

“目击证人是这么说的——他的步伐很大，一步二十英尺。”只要你一放开我，混蛋，我就叫人来干掉你。

“嘿，我进门的时候你为什么要那样转过来看我?”

妈的!

“我感觉到有个王牌正在穿过那道门。”

“你怎么知道的?”

“我自己也是王牌。这是我的能力——发现其他王牌。”

“我想这对于一个条子来说是种非常有用的才能。嗯，听好了，你现在要把和我见面的事整个忘了，而且也不会注意到我正要离开。你就只是往那个喷泉走过去，想喝点水，再走回来去找你的同伴。要是有任何人问起你在和谁谈话，你会说那是你的赌马经纪人，然后你会忘了这整件事。现在开始做。忘了吧!”

克罗伊德转过身，走开了。犹大觉得自己有点渴。

出了停尸房，克罗伊德走向出租车，爬了进去，重重关上门，说道:“向西北方向开。”

“什么意思?”司机问他。

“你就往上城区开，上路之后我会告诉你怎么做的。”

“你说了算。”

汽车发动了。

开了一英里后，克罗伊德让司机慢慢朝西开去，同时寻觅着另一个人经过的迹象。恶魔约翰带着一具尸体，他不太可能会利用公共交通工具。另一方面，他也有可能会有一名有交通工具的同伙在等着他。此外，考虑到这个男人平素就肆无忌惮，他直接扛着尸体在路上步行也并非毫无可能。他知道，如果恶魔约翰本人不打算停下来，这世上几乎没有人能阻止得了他。克罗伊德边扫视前方街边，边叹了口气。为什么原本明明很简单的事总不能轻松解决?

过了一会儿，他们靠近了晨边高地，司机喃喃了一句。“……他妈又是一个该死的鬼牌!”

克罗伊德跟着司机的手势看过去，发现眼前飞过一头翼手龙，没过多久，它就被建筑挡住看不见了。

“跟上它!”克罗伊德说道。

“那只没长毛的鸟?”

“对!”

“我不太肯定它现在往哪儿去了。”

“那就去找出来!”

克罗伊德朝那男人面前挥动另一张钞票，随着车轮发出尖厉的摩擦声及一声刺耳的喇叭声，司机调转了车头。克罗伊德的视线扫过天际，却依然没有见到恐龙小子。他让司机在路边停了一会儿，询问了一名正向他们跑来的慢跑者。那人脱下耳塞，听了会儿，指向东边，然后又上路继续跑起来。

几分钟后，他看到了那个有角的鸟形生物正在北边绕着圈。这一次他们终于能跟上它了，还缩短了与它的距离。

等他们与那只翼手龙盘旋的区域齐平时，克罗伊德让司机放慢速度。至少从地面上看，他的视线里似乎依然没有任何不同寻常的东西，但翼手龙扫过的路径覆盖了好几个街区，要是他确实在跟踪恶魔约翰，那个男人就很有可能在附近。

“我们在找什么?”司机问他。

“一个红胡子、卷发的大个子男人，双腿看起来很不同寻常，”克罗伊德说道，“他的右腿粗壮，长满了毛，末端是个蹄子。另一只腿看起来很正常。”

“我听说过这人的一些事。他很危险……”

“嗯，我知道。”

“要是找到了他，你打算做什么?”

“我希望能和他好好谈一谈。”克罗伊德说道。

“我不想离你们的谈话地点太近。一旦我们找到了他，我就离开。”

“我不会让你白等的。”

“不，谢了，”司机说道，“把你放下我就离开。就这样。”

“好吧……翼手龙正在往北飞。我们试试跑到它前面去，等我们赶上了之后，你就在那儿的第一条街上转向东边。”

司机再次加速，向着右边奔去，而克罗伊德则试图猜出恐龙小子盘旋的中心点究竟在何处。

“下一条街，”克罗伊德说道，“往那边转，看看有没有什么特别的。”

他们慢慢转过街角。巡视过整个街区，克罗伊德也没有看到他的猎物，甚至连他的空中报警器也瞧不见了。但在下一个十字路口，那个长翅膀的生物再一次出现了，而且他还看到了他正在寻找的人。

恶魔约翰就在街对面，刚走出半个街区。他的怀里抱着一包用布裹着的东西。他的肩膀很宽，白森森的牙一闪而过，一名推着超市手推车的女人匆匆跑着给他让了道。他穿着李维斯牛仔裤——右腿的部分从大腿根部往下全被撕掉了——上身穿的那件粉红色汗衫则说明他去过迪斯尼乐园。约翰用左腿迈出了正常的一步，接着将右腿弯曲成一个怪异的角度，只一跃就跳到了二十英尺外马路旁的一块空地上，一名开车经过的司机看到这一幕，不由得擦蹭到了路边停着的汽车上。接着约翰又迈出正常的一步，然后继续一跳，跃过一辆缓慢开动着的红色本田车，落在街道中心岛的一小片草地上。有两只大狗跟着他冲到马路旁，大声吠叫，但只能踌躇不前地望着来来往往的车辆。

“停下！”克罗伊德对司机喊道。还没等出租车停稳他就打开了车门，走到马路上。

他用双手环住嘴巴，大喊道：“达林福特！等等！”

那个男人只是往他的方向看了一眼，又弯起右腿准备跳跃。

“是我——克罗伊德·科伦森!”他喊道，“我想和你谈谈!”

那萨梯[1]般的男人在蹲伏的姿势中停止了动作。天空中投下一片翼手龙的阴影。那两只狗还在吠叫，一只小小的白色贵宾犬转过街角，跑了过来，也加入了它们的行列。一辆汽车冲着在人行道上停下脚步的两名行人按响喇叭。恶魔约翰转过身盯着他，摇了摇头。

“你不是科伦森!”他喊道。

克罗伊德向前走出一大步。

“去你妈的我不是!”他回答道，接着跑向街心，穿过中心岛。

粗乱的眉毛下，恶魔约翰那双眼睛眯了起来，打量着克罗伊德向他靠近的身影。他的上排牙齿轻轻擦过下唇，以更慢的速度摇了摇头。

“狗屁，”他说，“克罗伊德比你黑，而且也比你矮多了。不过，你到底是想干吗呢?”

克罗伊德耸了耸肩。

“我的外表变化得非常频繁，”他说，“但我就是去年夏天抽了你屁股的那同一个人。”

达林福特放声大笑。

“滚蛋，伙计，”他说，“我可没时间留给你们这些追星族——”

一辆车在他们身边刹车，喇叭发出了巨大的响声，两人都咬紧了牙关。一个身穿灰色职业套装的男人从车窗里探出了头。

“你们在这儿搞什么?”他问。

克罗伊德咆哮了一声，走上大街，扯下那辆车的后保险杠，将它从车子原本关着的车窗扔到车的后座上。

“自动检测，”他说，“您通过了。恭喜您。”

---

① 希腊传说中的森林之神。

“克罗伊德!”那辆车迅速开走时，达林福特大呼小叫地喊了起来，“是你!”

他将那包东西扔在地上，扬起双拳。

“我等了一整个冬天就为了这一刻……”

“那你就再等一分钟，”克罗伊德说道，“我有些话要问你。”

“什么?”

“那具尸体……你为什么要夺走它?”

大个子男人大笑起来。

“当然是为了钱。不然呢?”

“你介意告诉我他们付你多少吗?”

“5000 美元。怎么了?”

“小气的杂种，”克罗伊德说道，“他们说他们要它干什么吗?”

“没有，我也没问，因为我根本不关心。钱才是最重要的。”

“行，”克罗伊德说道，“不管怎么样吧，他们是谁?”

“干吗? 关你什么事?”

“这么说吧，我觉得你在这桩交易上被坑了。我觉得它比 5000 美元更值钱。”

“值多少钱?”

“他们是谁?”

“某个共济会成员吧，我猜。它值多少?”

“共济会? 搞秘密握手仪式之类玩意儿的那帮人? 我以为他们存在的价值就在于给彼此举行一个隆重的葬礼。这些人要一个死掉的鬼牌有什么用?”

达林福特摇了摇头。

“他们是一伙怪人，”他说，“我只知道他们想吃掉它。现在，你刚才说多少钱来着?”

“我想我可以靠它拿到更多钱，”克罗伊德说道，“我看他们给你五千，我再加一千你觉得如何？我会给你六千。”

“我不知道，克罗伊德……我不喜欢坑自己的雇主。大家会说我靠不住。”

“好吧，或许我可以出到七——”

突然传来一阵野蛮的咆哮和啃咬声，他俩都转过了头。那些狗——又新增两条流浪狗——在他们交谈时穿过了街道，将那具小小的昆虫似的尸体从布里拖了出来。尸体上有好几处都破损了，大丹狗的两排利齿之间紧紧地咬住了几乎一整条手臂，它低吼着，将尸体从另一条德国牧羊犬面前拖开。另外两只狗已扯下了尸体的一条蚱蜢似的后腿，正为此而激斗不休。那条贵宾犬则正在横穿马路，嘴里叼着一只四个手指的手。克罗伊德察觉到了一股比纽约的空气更令人恶心的特殊恶臭。

“操！”恶魔约翰大喊一声，向前一跃，他的蹄子将一小块混凝土路面震碎了。他抓向那只大丹狗，它转过身跑开了。小猎狗放开了那条腿，但棕色的杂种狗却没有，它朝着道路的另一个方向跑去，嘴里还拖着尸体的附器。“我去追手臂！你去追大腿！”恶魔约翰叫喊着向大丹狗跑去。

“那只手掌怎么办？”克罗伊德边喊边踢开了另一只刚加入这团混战的狗。

达林福特的回答毫不意外，非常简略，表现出了对解剖学的蔑视。克罗伊德开始去追棕色杂种狗。

那只狗转过街角，克罗伊德也跟了上去，接着他听到几声尖厉的号叫。等进了小路，他看到那条狗躺在地上，翼手龙正抓着它的背，将它抵在人行道上。那只腿的残肢落在狗的旁边。克罗伊德冲了过去。

“谢谢，恐龙小子，我欠你一次。”他说着伸手去拿那条腿，又犹豫了一下，拿出一张手帕垫在手里，这才捡起残肢，将它拿在下风处。

翼手龙的形体流动，变为一个裸体的男孩——大概十三岁——他长着一双浅色的眼睛和杂乱的棕色头发，前额上有一块胎记。

“替你追到了，克罗伊德，”他表示，“不过可真是臭啊。”

“嗯，小子，”克罗伊德说道，“抱歉我得先回去把它拼起来。”

他转身匆匆往来时的方向赶去。在他身后，他听到一阵急促的脚步声。

“你要它干吗?”男孩问道。

“这是个又臭又长的故事，你还是别知道的好。”他回答。

“啊，说嘛。你可以告诉我的。”

“没空，我忙着呢。”

“你要再跟恶魔约翰打一次?”

“没这个打算。我觉得我们不用利用暴力手段，就能达成精神上的交流。”

“但要是你真的得动手，这次你的能力是什么?”

克罗伊德已经抵达了街角，正穿过十字路口朝中心岛跑去。他可以看到前方又有一只狗正在对尸体的残骸虎视眈眈，但目之所及之处却没有恶魔约翰的身影。

“妈的!”他喊道，“滚开!”

那只狗完全没理睬他，径自从那几丁质的甲壳上扯下了一片皮毛。克罗伊德注意到那片被扯下来的皮上正往下掉落某种无色的液体。残肢看起来似乎充满了水分，克罗伊德意识到它胸腔上的呼吸孔里正往外渗透出液体。

“滚开!”他又喊了一遍。

那只狗冲他发出咆哮。但突然那咆哮变为一声呜咽，狗的尾巴也消失在了它的后腿之间。一只一米多高的翼手龙跳过克罗伊德的头顶，冲着它发出凶猛的嘶嘶声。那条狗转身逃走了。一会儿后，恐龙小子站在了它刚才待着的位置上。

“它把那张皮给带走了。”男孩说道。

克罗伊德的回答与适才达林福特对那只手掌的回答如出一辙，同时他将那只腿扔在支离破碎的尸体旁。他从外套的内袋里拿出叠好的垃圾袋，抖开。

“要是你想帮忙，小子，你来拿住这只口袋，我把剩下的尸体扔进去。”

“好。太恶心了。”

“这确实是一份脏活。”克罗伊德表示认同。

“那你为什么还要干？”

“这就是长大的真谛，小子。”

“什么意思啊？”

“你得花上越来越多的时间给各种错误擦屁股。”

一阵砰砰的响动向他们靠近，一片阴影划过头顶，恶魔约翰隆隆地落在他们身旁的地上。

“那条该死的狗跑了，”他表示说，“你追回来那条腿了？”

“嗯，”克罗伊德回答道，“已经扔进这个袋子里了。”

“好主意——塑料袋。这个光屁股小鬼是谁？”

“你不认得恐龙小子？”克罗伊德回答道，“我以为他认识所有人。他就是那头跟着你的翼手龙。”

“干吗跟踪我？”

“我喜欢凑热闹。”小子说道。

“嘿，你怎么没去上学？”克罗伊德问道。

“学校很无聊。”

“等等，我在读九年级时不得不退学，后来再也没能回去过。这一点总让我觉得很遗憾。”

“有什么好遗憾的？你现在不是挺好。”

“我错过了的东西。我希望自己没错过它们。”

“比如说?”

“呃……代数。我没学过代数。”

“代数他妈有什么好的?”

“不知道，也永远不会知道了，因为我没学过。有时候我会看着街上的人说，‘天哪，我敢打赌他们都懂代数，’这让我觉得有点自卑。”

“是吗，我也不会代数，但我不会为此而自卑。”

“走着瞧。”克罗伊德说道。

小子突然意识到克罗伊德正以一种古怪的目光看着自己。

“你现在就回学校去，”克罗伊德对他说，“今天接下来的时间里你都他妈给我好好学习，晚上还得做家庭作业，然后你就会喜欢上学的。”

“我要是用飞的能更节省时间。”小子说着，转变成了翼手龙的形体，跳了几下后滑翔而去。

“路上记得搞点衣服穿!”克罗伊德朝他大喊道。

“这里到底他妈在搞什么?”

克罗伊德转过头，见到一名身着制服的警官正开车经过他们所在的中心岛。

“滚开，少管闲事!”他吼道。

那人动手解开安全带。

“停下!停止那个动作，”克罗伊德说道，“系上安全带。忘了你见到我们的事，去另外一条街。”

那人照做了。恶魔约翰瞪大了眼睛。

“克罗伊德，你是怎么做到的?”他问。

“这是我这一次的能力。”

“那你本来可以直接让我把尸体交给你的，对吧?”

克罗伊德摇了摇垃圾袋，将它系紧。完工后，他点了点头。

“嗯。不管用什么方式，我总是会把它弄到手的。但我今天不想欺骗一个干尸体活的人。我之前的出价还是挺不错的。”

“七千？”

“六。”

“你说了七的。”

“嗯，但现在尸体不全。”

“那是你的错，不是我的。是你让我停下来的。”

“但是你把它放到了狗能叼走的地方。”

“对，但我怎么能知道——嘿，街角那边有个烤肉酒吧店。”

“对。”

“要不我们去吃个午饭喝两杯再来好好谈谈这件事？”

“既然你提到了，我也就有点食欲了。”克罗伊德说道。

♣

他俩占了窗边的一张桌子，将那只垃圾袋放在一把空椅子上。克罗伊德去了趟洗手间，洗了好几次手，恶魔约翰则要来了两杯啤酒。克罗伊德回座时点了半打三明治。达林福特跟他点了同样的单。

“你又是在替谁干活？”他问。

“我不知道，”克罗伊德回答，“我是从第三方的手里接到这个活计的。”

“太复杂了。我很好奇，他们要这东西是为了什么？”

克罗伊德摇了摇头。

“你问倒我了。我希望这尸体残余的部分够数。”

“这也是我打算和你交易的原因之一，我想让我干这活的那些人也希望拿到比现在更完整的尸体。他们可能会赖我的账，所以我最好干更有把握的事，你明白吧？我不太相信他们。就是一伙疯子。”

“这么说吧，他有什么随身物品吗?”

“没，完全没有任何个人物品。”

三明治上桌了，他们吃了起来。一会儿后，达林福特瞄了好几眼那个垃圾袋，接着表示说：“你知道吗，那东西看起来好像变大了。”

克罗伊德研究了一会儿。

“我觉得它就是一路晃动现在沉淀下来了。”他说。

他俩吃完三明治，又点了两杯啤酒。

“不对，操！它真的正在变大!”达林福特坚持说道。

克罗伊德又看了一眼。甚至就在他看向它的那一刻，它也在膨胀。

“你说得对，”他承认，“肯定是——呃——腐烂造成的胀气。”

他伸出一根手指，似乎想戳它，但又想了想，放下了自己的手。

“所以你怎么说？七千?”

“我觉得六千比较公平——你看他现在只剩这么点儿了。”

“但他们知道他们要的是什么。尸体这种东西你还能指望什么呢。”

“大体上来说确实如此。但你得承认，你他妈的带着它跳了好多次。”

“没错，但若是普通尸体，我带着跳几下也不会怎么样。我怎么知道这家伙这么特殊?”

“你看他的样子就明白了。他这么小，又脆弱。”

“我抓到他的时候明明挺结实的。要不我们五五开？六千五如何?”

“我不知道……”

那袋子还在膨胀，其他食客都朝他们这方向张望。他们喝干了啤酒。

“再喝一轮?”

“行啊。”

“服务生!”

服务生刚清洁了一张新空出来的桌子，手里端着盘子和餐具，向他们缓缓走来。

“我能要——”他刚开口，那堆餐具中突出来的一把牛排刀擦过这只膨胀的垃圾袋。“老天爷!”他刚说完，只听咻的一声，一股混合了下水道阴沟味和屠宰场血腥味的恶臭，迅速充斥了他们周边的地方，而后如同化学战实验泄漏一般，扩散到了整个房间。

“抱歉。”服务员说着便转身匆匆离开。

一会儿后，其他食客也都发出了一系列的喘气声。

“用你的能力，克罗伊德!”恶魔约翰轻声说道，“快!”

“我不知道能不能影响整个房间的……”

“试!”

克罗伊德将意念集中在其他食客身上：

发生了一个小小的意外，没什么大不了的。现在你们会忘了它，你们没有闻到任何不同寻常的气息。继续吃饭，别再往这个方向看过来了。你们不会注意到我们所做的任何事，你们没有看到这里发生的一切，也没有闻到气味。

其他客人调转了视线，继续吃饭，聊天。

“你做到了。”恶魔约翰以一种怪异的声音说道。

克罗伊德回头一看，发现这个男人正捏着鼻孔。

“你弄洒了什么东西吗?”克罗伊德问他。

“没有。”

“呃，那你听到什么声音了吗?”

达林福特侧过身，弯下腰。

“该死的!”他说，“袋子破了，他正在往外掉。嘿，你能帮忙把我的嗅觉也干掉吗?”

克罗伊德闭上双眼，磨了磨牙。

“这下好多了。”一会儿后，随着一声水晃荡和咯咯的声音，达林福特拉直了袋子。

克罗伊德看向地板，地上有一大摊尸体，像是洒了的浓汤。他轻呕一声，转开了视线。

“你现在打算怎么做，克罗伊德？把烂摊子扔在这儿，带走袋子里剩下的那点骨肉，还是怎么样？”

“我想我得带上我能带的所有东西。”

恶魔约翰眼珠一转，露出了微笑。

“行呀，”他说，“那就6500美元，我帮你把它们都凑起来。”

“成交。”

“那行，记得掩护我，以防厨房里的人注意到我。”

“行，你打算做什么？”

“相信我。”

达林福特站起身，将袋子的上部交给克罗伊德，接着一拐一拐地走到厨房。几分钟后，他回来了，手臂环抱着东西。

他拧开一只空泡菜罐子的盖，将它放在椅子旁的地板上。

“现在你把袋子的封口倾斜过来，让它对着罐子，”他说，“我来抬罐子底部，我们就能把他倒进里面去。”

克罗伊德照办。待所有液体都倒空之后，罐子差不多半满了。

“现在呢？”他边问边旋紧盖子。

达林福特从他带来的一叠餐巾纸里拿出一张来，打开一小束白色的袋子。

“打包袋，”他说，“我会把地上所有的固体都捡起来装到里面去。”

“然后呢？”

“我还拿了一个干净的新垃圾桶衬袋，”他边弯下腰边解释道，

“应该能全装进去。”

“你动作能快一点吗?”克罗伊德说道，“我没法控制自己的嗅觉。”

“我已经在尽可能快地清理了。不过你还得打开罐子，好吧？这样我就能直接把餐巾上的液体拧到罐子里去。”

♠

等洒出来的那部分尸体都集中在泡菜罐和九个打包袋里后，达林福特将那只已破了口的塑料袋撕开，拿出了里面剩余的那部分甲壳质残体。他把泡菜罐放在尸体胸腔的凹陷处，然后将它们一起装进垃圾桶内衬袋里，再铺上几片软骨组织和更小块的体表结构。最上面摆的是脑袋和四肢。接着他包扎起那些打包袋，依次放进垃圾桶内衬袋里。

克罗伊德此时已迫不及待地走了出去。

“抱歉，”他说，“我很快就回来。”

“一起去，我也得好好洗一洗。”

水不停流淌，恶魔约翰突然说道：“现在一切都差不多办妥了，我有点事想问问你。”

“什么?”克罗伊德边说边又一次往手上打肥皂。

“我还在想着那些雇了我的家伙。”

克罗伊德耸了耸肩。

“你没法两头拿钱。”他说。

“为什么不行?”

“我不明白你的意思。”

“你追上我的时候，我正在送货。假如我们继续前进，抵达约定地点——修道院附近的一个小公园——然后我跟他们编一套狗屎，就说狗把尸体撕碎，一块块都叼走了。你让他们相信这些话，然后忘记你的存在。这样，我就解脱了。”

“行。没问题，”克罗伊德一边答应，一边往脸上泼水，“但你刚才说‘他们’。你觉得他们会有多少人？”

“大概一两个。雇我的人叫马提亚，他身边还有个红色的人。就是他让我知道了他们共济会成员的身份，但另外那个人让他闭嘴了……”

“有意思，”克罗伊德说道，“今天上午我也遇到了一个叫马提亚的，是个条子，便衣警察。你说的那个红色的人是怎么回事？听起来像是个王牌或者鬼牌。”

“可能是吧。但就算他有什么能力，他也没有展现出来。”

克罗伊德擦干了脸。

“我突然觉得有些不对劲，”他说，“看，这个条子马提亚是个王牌。这个名字可能只是巧合，我也能用我的能力控制他，但我不喜欢任何与太多王牌沾边的事。我可能会遇上某个对我能力免疫的人。这群人……他们不太可能是一群共济会王牌，对吧？”

“我不知道，那个红色的人希望我去参加某种聚会，我告诉他我不是个合群的人，我们要么直接交易，要么就忘了这件事。于是他们不得不给了我那个报价。那个红色的人的说话方式，让我有种不好的预感。”

克罗伊德皱起眉来。

“或许我们该就这样忘了他们。”

“我想这个交易如果能彻底完成，他们就不会再来烦我了，”达林福特说道，“你能不能跟我一起去，我们谈话的时候你先看一眼，然后再决定？”

“嗯，行吧……我说过我会帮你的。你还记得他们说过些别的什么吗？关于共济会、王牌、这具尸体——什么都行？”

“没了……不过费洛蒙是什么？”

“费洛蒙？它们有点像你闻到的荷尔蒙，能影响你的化学物质。塔基扬曾跟我提到过它们。我以前遇到过一个鬼牌，如果在饭店里坐得离他太近，你吃下去的任何东西尝起来都会像香蕉。总之，塔基说，这就是费洛蒙。它们怎么了？”

“我不知道。我跟他们碰面的时候，那个红色的人正说什么跟他老婆有关的费洛蒙。但后来就没继续说下去了。”

“没别的了？”

“没别的了。”

“好吧。”克罗伊德把他的纸巾揉成一团，扔进垃圾篓里，“我们走。”

回到座位上时，克罗伊德点出了钱，交给同伴。

“给你。不得不说你干的活值这个价。”

克罗伊德望了望地上散落的餐巾纸、黏腻的地板和湿漉漉的空袋子。

“你觉得我们该拿这片烂摊子怎么办？”

达林福特耸了耸肩。

“服务生会打理的，”他说，“他们很擅长干这事。你只要留够小费就好。”

◆

他们向公园走去时，克罗伊德有些犹豫。公园里的一张长椅上坐着两个人，即使隔着这么远的距离，也能看出来其中有个人的脸是亮红色的。

“干吗？”恶魔约翰问道。

“我得试一试，”克罗伊德说，“就装成我们俩不是一起来的。我继续朝前走，你进去跟他们讲你那套故事。我一会儿就回来，抄近路穿过公园。等我靠近，我就尽快控制他们。但你得有心理准备。要是这次我的能力不起效，我们就得用更物理的方式来解决这件事了。”

“明白。”

克罗伊德放慢速度，达林福特则继续朝前走，穿过街道，走上一条通往那张长椅的碎石路小径。克罗伊德走到街角，慢慢穿过马路，又绕了回来。

他走得更近一些时，听到他们拔高了说话声，似乎是发生了争执。他走上小径，拿着包裹大步朝长椅走去。

“……狗屎！”他听到马提亚说了这么一句。

那个男人往他的方向望了过来，克罗伊德意识到那确实是他早先遇见的警察。对方的脸上没有显露认出他的迹象，但克罗伊德很确定，他的能力一定告诉他有王牌正在靠近。所以……

“先生们，”他边说边集中精神，“恶魔约翰·达林福特告诉你们的一切都是真的。那具尸体被狗毁了，他没有东西可以交给你们，你们会取消这笔交易。你们会忘了我，只要我——”

他看到达林福特突然转过头望向他的身后。克罗伊德也转过身往那边望去。

一名长相平凡的年轻东方女性正向他们走来，她的双手插在外套的口袋里，衣领竖起以抵御寒风。寒风……

风向变了，此刻正朝他刮来。

这女人身上有什么……

克罗伊德还在盯着她看。他怎么会觉得她相貌平平的？一定是光的诡计。她可爱得令人窒息。事实上——他想让她朝自己微笑。他想抱住她，想抚摸她，想将手插入她的秀发，亲吻她，与她做爱。她是他见过的最美的女人。

他听到恶魔约翰轻轻吹了一声口哨。

“看看她，好吧？”

“很难移开我的视线。”他回答道。

他朝她露齿一笑，而她也回之以微笑。他想抓住她，但他所做的却只是说了一句“你好”。

“我希望你们能见见我的妻子金姆·托伊。”他听到红色的男人说道。

金姆·托伊！就连她的名字都像是一阵音乐……

“告诉我你想要什么，我一定会替你把它取来，”他听到恶魔约翰对她说道，“你特别得让我心痛。”

她笑了起来。

“真是殷勤，”她说，“不，没有什么需要的。现在不用。等等，或许我会想到什么。”

“你拿到它了吗？”她问丈夫。

“没有，被狗叼走了。”他回答道。

她昂起头，挑起一边的眉毛。

“真是不幸，”她说，“你怎么知道的？”

“这两位先生告诉我们的。”

“真的？”她观察着说道，“是这样的吗？这是你告诉他的？”

恶魔约翰点了点头。

“这是我们告诉他们的，”克罗伊德说道，“但是——”

“你看到我靠近时扔下的袋子，”她说，“那里面装的是什么？请你打开它，给我看看。”

“当然。”克罗伊德说道。

“你说什么就是什么。”恶魔约翰也表示同意。

这两个男人都跪在她面前，摸索了好半天都没能解开袋子的封口。

跪在这地方，克罗伊德只想亲吻她的双脚，但既然她表示说想要看袋子里面的东西，那么这事就得先办。或许这样一来她就会比较乐于给他奖励，然后——

口袋打开了，一阵蒸汽盘绕在他们周围。金姆·托伊立刻后退，并咳嗽起来。克罗伊德的胃部阵阵抽紧，与此同时他意识到这个女人不再美丽，也不再比他今天遇见的众多其他女性更有魅力了。他从眼角的余光可以看到恶魔约翰改变了姿势，正在站起——也正是在此刻，克罗伊德意识到了自己态度的转变。

随着这股恶臭消散，从她身上又散发出某种魅力的波动。克罗伊德咬紧牙关低下头，贴近袋子张开的口，深呼吸了一口气。

她的美貌立刻消散，他施展了自己的力量。

是的，正如我所说，那具尸体已经不见了。它被狗毁了。恶魔约翰已尽他最大的努力替你们干了活，但他没有东西可以交给你们。我们得离开了。你们会忘记我和他一起出现过。

“快走！”他站起身来对达林福特说道。

“我不能离开这位夫人，克罗伊德，”他回答道，“她让我去——”

克罗伊德在他面前挥了挥打开的袋子。达林福特睁大了双眼，噎住了。他摇了摇脑袋。

“快走！”克罗伊德又重复了一遍，同时将袋子扛在肩上全力向前冲去。

恶魔约翰迈出一大步，落在了他前方十英尺处。

“古怪，克罗伊德！这真是太古怪了！”他们穿过街道时，恶魔约翰说。

“现在你知道费洛蒙是怎么回事了。”克罗伊德告诉他说。

♥

天空再次变得阴沉，一些雪片飘过他的身畔。克罗伊德在另一家酒吧外与达林福特分开，独自在城镇中穿行。他时不时地扫视街道，想找辆出租车，却始终没有看到。他不得不让身上这包东西经受公交车或地铁中拥挤人群的考验了。

他又走了几个街区，雪越下越大，风刮起雪片，将它们吹到建筑上。经过他的车辆都开了前灯，克罗伊德意识到随着能见度的降低，即使有出租车从他身旁经过，他也分辨不出来。他边咒骂边艰难前行，检视身边的建筑物，希望能找到一家餐馆，好喝上一杯咖啡，等待风暴消停下来，或者打个叫车电话。但他经过的所有建筑看起来都像是办公室。

几分钟后，雪花变得又小又硬。克罗伊德抬起空着的手来挡住眼睛。虽然气温骤然下降对他没什么影响，小冰雹却不一样。他缩进前路上的头一个口子里，那是一条小巷，他叹了口气，压低肩膀，以抵御刺骨的寒风。

好点儿了。雪在这里没那么猛烈，反而显得有些悠闲。他擦去了外套和头发上的雪片，跺了跺脚。他四下环顾。在他左边的建筑里有个可以歇脚的地方，大概几步见方，比街道高出几级台阶。那儿看起来还是干的，似乎能完全遮蔽风雨。他向那里走去。

他将脚踏上第一级台阶时，才意识到禁闭的金属门前这块匣状区域的一角已被人占据了。一个面色苍白、头发脏乱的女人正坐在两个购物袋之间盯着他看，她身材矮胖，身上的衣服层层叠叠，说不清到底有多少件。

“……于是格拉蒂丝告诉马蒂，她知道他正被詹森氏的女服务员盯着……”那女人喃喃道。

“抱歉，”克罗伊德说道，“你介意我和你一起挤一挤吗？外面雪下得有点大。”

“……我告诉她说，就算还在哺乳期她也还是可能会怀孕，但她却只是笑话我……”

克罗伊德耸耸肩，走入这块凹室的另一个角落。

“后来她发现自己又怀了一个时，真的很沮丧，”女人继续说道，

“尤其是马蒂现在和他那个女服务员一起搬进来住了……”

克罗伊德想起父亲死后母亲精神崩溃的样子，面前这显然已老年痴呆的女人让他心中产生了一丝伤感的情绪。但是——他又想，他的新能力、他的新力量是否能影响其他人的思维模式，或许对这样的人也能起到一些治疗效果？他还有点时间才会离开这里，也许……

“听着，”他对那妇人说着，思维简洁清晰，专注于图像，“你活在这里，在此刻，在当下。你正坐在一户人家的门口，望着天空中的雪——”

“你这婊子养的！”女人朝他尖叫，她的面孔不再苍白，双手伸向一只购物袋，“管好你自己的事！我不想要现在，也不想要雪！讨厌！”

她打开那只袋子，克罗伊德看着黑暗自其中扩散——它冲向他，充斥了他的整个视野，让他没头没脑地到处乱撞，扭曲了他——

而那女人，此刻正一个人蹲在门前。她关上购物袋，望着雪看了一会儿，接着说道：“……于是我对她说，‘男人都不喜欢付赡养费。有时候你得用法律来约束他们。法律援助中心的那个年轻男人会告诉你怎么做的。’而后，比萨店工作的查理……”

♣

克罗伊德的头很痛，让他很不习惯的感受。酒精在他体内新陈代谢得太快，他以前从未宿醉过，但现在的感受很像他想象中的宿醉。他意识到自己的背部、腿部和半边屁股都湿了，手臂的底部也是湿的。他正在某个又冷又潮湿的地方四仰八叉地躺着，他决定睁开双眼。

在建筑之间可以看到夜空清朗，带着曙光，还有几颗明亮的星星依然清晰可见。他记得当时正在下雪。此外，那时候应该还是下午。他坐起身。此前的几个小时里发生了什么，还有——

他看到一个垃圾罐。他看到许多空威士忌和葡萄酒瓶。他正在一条小巷里，但是……

这不是之前那条小巷。这里的建筑更低，而且那条小巷里也没有垃圾桶，他找不到自己遇见那名老妇的门口。

他揉了揉太阳穴，感觉到抽痛渐渐减退。那名老妇往他身上扔的黑东西到底是他妈的什么玩意儿？她从身边的一个购物袋里把它拿出来，然后——

袋子！他疯狂地四下张望，寻找自己的袋子，里面有他精心打包好的无名尸残骸。接着他看到自己的右手还抓着它，只是它已被翻了个底朝天，袋子还破了。

他站起身，借着远处街灯昏暗的光线四下张望。他看到那些打包袋四散在他周围，赶紧数了数。九个。没错。九个都在他目之所及之处，接着他又看见了尸体的四肢、脑袋和胸腔——不过那块胸腔已经裂成了四块，脑袋看起来也比之前亮多了。可能是因为潮湿。罐子！它在哪儿？不管想要这具尸骸的人是谁，罐子里的液体对他而言应该都很重要。要是罐子碎了……

等他看到那只罐子就立在他左边墙壁的阴影里时，不由得发出了一声轻呼。罐子的盖已经不见了，盖子下一英寸左右的玻璃也没有了。他走到罐子跟前，里面传来一阵恶臭，他知道那里面装的还是真货，而不是雨水。

他把垃圾袋集中起来，它们倒是挺干燥的，这让他有些意外，他把它们放在一个带栅栏的地下室窗户的窗台上。接着把那几块甲壳都捡作一堆。重新拿到那些腿时，他发现它们都折了，但他转念一眼，这更有利于打包。他又把注意力转向那只缺了口的泡菜罐，露出了微笑。多么简单，解决之道就在他眼前，出没于这个区域的人遗弃的东西正可以利用。

他找来一抱空瓶，将它们都摆在一边，挨个打开瓶盖，而后将那深色的液体灌进酒瓶里。

他用上了大大小小总共八个瓶子，将它们放在窗台上的打包袋旁，底下就是那一小堆粉碎的外骨骼和软骨组织。感觉他每次重新打包，这家伙就会少掉一点。或许这跟尸体分割的方式有关，可能要学过代数学才能更好地理解这一点。

克罗伊德来到垃圾桶前，打开了它边上的开口。他几乎立刻露出了微笑，因为就在这开口边上，有好几条长长的圣诞彩带。他抽出几根，塞进口袋，身体则继续往前倾，要是里面还有彩带，那么——

一阵急促的脚步声向他靠近。他抬起双手自卫，同时转过身，却没发现任何人。接着他才找到对方的位置。那是个小个子男人，身上穿的外套大了好几个码，此时正短暂地逗留在窗台旁边，抓着一瓶大号的瓶子和两个打包袋。接着他逃开了，朝着小巷另一头跑去，那儿有两个衣衫褴褛的人在等着他。

“嘿!”克罗伊德大喊道，“等等!”他探出了自己的力量，但那男人离得太远了。

他只听见一阵大笑，还有一声大喊：“今晚我们可以办个派对了，兄弟们!”

克罗伊德叹了口气，从垃圾桶里抽出一大团红绿相间的圣诞节包装纸，走回窗边去打包尸体残骸的残骸。

而后他将那小包夹在腋下，又走了几个街区，直到经过一家名叫防空洞的酒吧，他意识到自己已经到了格林威治村。他皱着眉，但接着就看到一辆出租车，他挥了挥手，出租车停了下来。一切都很顺利，甚至连他的头也不再疼了。

♠

朱比抬起头，看到克罗伊德朝他微笑。

“怎——怎么样?”他问。

“任务完成了。”克罗伊德说着，将钥匙还给他。

“你拿到它了？报纸上说达林福特他——”

“我拿到了。”

“他的随身物品呢？”

“他没有随身物品。”

“你确定吗，伙计？”

“确定无疑。除他之外什么也没有，还有，他现在在浴缸里。”

“什么？”

“没问题的，我把浴缸的排水口塞住了。”

“你什么意思？”

“我坐的出租车在去的路上出了点小事故，有几个瓶子破了。所以你把包装拆开的时候要小心玻璃。”

“瓶子？碎玻璃？”

“他有点——呃，分解了。不过我把他剩下的全部都给你捎上了。”

“剩下的？”

“我可以找到的部分。他四分五裂，样子有点糟糕，但我把他的大部分都集中在一起了，用一张亮闪闪的包装纸裹着，上面还扎了一根红丝带。我希望这么做能让你满意。”

“嗯……很好，克罗伊德。听起来你已经竭尽全力了。”

朱比递给他一个信封。

“我请你去王牌云巅吃顿饭，”克罗伊德说道，“先让我去洗个澡，换身衣服。”

“不用了，谢谢。我——我还有事要做。”

“要是你打算在那公寓里逗留，记得做个消毒。”

“嗯……我猜那儿会有点麻烦？”

“没，都是小事。”

克罗伊德吹着口哨，双手插兜走开了。朱比盯着钥匙，远处传来了时钟报时的声音。

♦♥♣♠

直至第六代

第一部分

冰冷的雨轻轻敲打在天窗上。毛毛雨终于让街角的救世军圣诞老人没了声音，马克西姆·特拉夫尼克对此十分感激，因为那圣诞老人的吵闹声已持续了好些天。他点燃一支俄罗斯香烟，伸出手去拿杜松子酒瓶。

特拉夫尼克从外套里拿出眼镜，凝视着电压发生器上的控制按钮。他是个令人生畏的高个男人，鹰钩鼻，长相冷酷而英俊。他的麻省理工学院前同事将他视为“捷克斯洛伐克版的维克多·弗兰克斯坦”，这个标签是另一个教授布什米尔创造的，后者后来获得了院长任命，于是在第一时间解雇了特拉夫尼克。

“妈的，布什米尔，”特拉夫尼克以斯洛伐克语说道，“还有你，该死的维克多·弗兰克斯坦。要是你多少知道一点点计算机编程，就完全不会碰上任何麻烦了。”

被人拿来和弗兰克斯坦比较让他难受得要命，这个不幸的人类复活者的形象似乎始终跟随着他。他在西方世界的第一份教师工作原本是在因戈尔施塔特的弗兰克斯坦的母校。他痛恨自己在巴伐利亚的每一分钟。他从未完全习惯德国人，尤其没有将他们视为自己的行为榜样。这或许可以解释为什么他会在五年后被人从因戈尔施塔特解雇。

现在，在经历了因戈尔施塔特、麻省理工学院和得州农工大学之后，他终于沦落到了这个阁楼里。在这几周时间里，他完全恍惚出神，靠罐头食品、尼古丁和安非他命活着，先是遗忘了几个小时的时间，接着是好几天，他狂热的大脑完全被思想、概念和技术不断的碰撞和爆炸充斥了。从特拉夫尼克自身意识的层面上，他几乎完全不知道这些点子都是打哪儿来的，在这样的时刻，仿佛某种在他细胞深处的东西绕过了他的意识和人格，通过他的身体和思维向全世界宣告……

情况总是这样。当他痴迷于某个项目时，其他的一切似乎都不再重要。他几乎不需要睡眠，体温也不断上下起伏波动，他的思维迅捷，极有目的性，让他坚定地朝目标前进。他曾经读过一些与特斯拉有关的东西，据说特斯拉也是这样——那同一个精灵、天使或魔鬼，如今正通过特拉夫尼克开了口。

但在午夜前的此时，沉醉消散了，工作已经完成。他不太确定自己是怎么完成的——晚些时候他得一点点地再检查一遍，弄懂自己完成的东西；他怀疑自己在这里想到了五六个能让他富裕终生的基础专利——但这都是以后的事了，因为特拉夫尼克知道，要不了多久这种欣快的喜悦就会消散，疲惫感将接踵而至。他得在此之前完成这个项目。他又喝了一大口杜松子酒，望了眼这牲口棚似的长形阁楼，做了个鬼脸。

阁楼的照明全靠一根粗糙而冷清的日光灯。自制的桌子上扔满模具、手稿、存储器烧录机和台式计算机。稿纸、空的食品罐头和烟头散落在纤维板铺成的粗糙地板上。房椽上钉着达芬奇绘的男性解剖图放大版。

远处的桌子上绑着一个裸体的高个男人。他没有头发，头顶是透明的，但除此之外，他看起来就像出自达芬奇的春梦。

一些结实的电缆将这桌上的男人与另一件设备连接在一起。他的双眼紧闭。

特拉夫尼克调整了他那件迷彩连体衣上的一个按钮。他没有足够的钱来给整个阁楼取暖，因此穿了一件电子服装，它原本是设计来给那些矮胖的户外爱好者们蹲伏在黑暗中用的。他朝天窗望了一眼，雨势似乎小了下去。很好。他不需要电闪雷鸣这些属于弗兰克斯坦的廉价戏剧性场面来给自己的作品添加背景音乐。

他拉直领带，就好像面前有位无形的观众——合适的着装对他来说十分重要，他在那件连体衣里还穿了一件外套，系了领带——接着他按下了启动电压发生器的按钮。阁楼里立刻充斥着一阵低沉的叹息般的声响，地板也随之深深震动。天花板上的日光灯昏暗下来，灯光闪烁，几乎灭了。叹息变为尖啸。圣艾尔摩之火[①]在房梁上舞动。空气中可以闻到一股电流的气味。

特拉夫尼克隐隐约约听到了一阵规律的声响。那是住在他楼下公寓里的女士正用扫帚柄敲她的天花板。

尖啸达到峰值。超声波让特拉夫尼克的工作台都跳动起来，屋子里满是碎裂的陶瓷器。楼下公寓里的电视机向内塌缩爆炸。特拉夫尼克又按下了另一个开关。汗水从他的鼻梁上淌了下来。

能量从电压发生器倾泻进桌上的机器人体内，他随之抽搐。桌子也因圣艾尔摩之火而发出光亮。特拉夫尼克咬着烟的纸卷芯，没注意到烟那发着光的另一头落在了地板上。

发生器发出的声音渐渐减弱，扫帚柄撞击的声音和楼下模糊的威胁声却一点没有减小。

“你得赔我电视机，狗娘养的！”

“用扫帚柄捅你自己的屁眼吧，宝贝。”特拉夫尼克说道。这句话是用德语说的，这是说脏话的完美语言。

---

① 古代航海的水手常常会观察到的自然现象，经常发生在雷雨中，让船只桅杆顶端等尖状物上出现火焰般蓝白色的闪光。原理是雷雨中强大的电场造成场内空气离子化，电势差超越空气的介电质击穿值，使空气成为导体，并在导电过程中放出强光。

受到影响的日光灯再次闪烁。

达芬奇的解剖图向下俯视那机器人，后者睁开了他那双深色的眼睛。日光灯不停闪烁造成了闪光灯般的效果，让他的眼白显得很不真实。机器人转过脑袋，眼睛看到了特拉夫尼克，双眼聚焦。在他那透明的头盖骨下，一张银色的盘子旋转着。扫帚柄的声音停止了。

特拉夫尼克走到桌前。“你觉得如何?”他问。

“所有监控系统正在运作。”机器人的声音低沉，标准的美式英语。

特拉夫尼克露出了微笑，将烟头吐在地板上。他曾经破解了麻省理工学院研究实验室里的一台电脑，窃取了一份模拟人类语言的程序。或许有朝一日他得支付贝尔公司一份版税。“你是谁?”他问。

机器人的视线谨慎地在阁楼里搜索着，接着以实事求是的口气说道：“我是模块人，”他说，“我是多用途多功能的第六代机器智能，能独立行动、灵活反应且配备有最先进武器的防御性攻击系统。”

特拉夫尼克露齿一笑。“五角大楼会喜欢这个答案的。”他说。接着他又问道：“你的命令是什么?”

“听从我的创造者马克西姆·特拉夫尼克博士的指示，守护他的身份和健康，在与社会之敌战斗的场合中测试自我的性能和装备，从而为未来的模块人企业进行最大限度的宣传造势，保存我自己的存在和健康。”

特拉夫尼克愉快地看着自己的造物。“你的衣服和模块都在橱柜里。去把它们拿出来，再拿上你的枪，到外面去找些社会之敌。日落前回来。”

机器人从桌上下来，走到一个金属柜前，打开柜门。“磁场虚化装置。”他说着从架子上拿下一个插入式组件。使用这个组件后，他就能控制自己的电压发生器，从而让身体略微脱离实际存在的层面，并由此获得在固体物质中行动的能力。“飞行装置，最大速度每小时八百英里。”他又拿出另一个组件，它能让电压发生器操纵重力和惯性并由此而飞行。“收音设施接入警用频率。”又一个组件。

机器人用一根手指划下自己的胸膛，一道无形的缝张开了。他拉开合成的血肉和合金胸甲，露出内部的结构。一分钟后，电压发生器上出现了轻微的圣艾尔摩之火。机器人将两个组件放入合金骨架之中，接着关闭了胸腔。警用波段出现了急切的说话声。

“特拉夫尼克博士，”他说，“警用频道报告说在中央公园动物园有紧急事件。”

特拉夫尼克咯咯一笑。“很好，正适合你出道。拿上枪，说不定需要你射杀什么人。”

机器人拿出一件柔软的海军蓝连体衣。“微波激光炮，”他说，“带催眠瓦斯弹的榴弹发射器。弹药库里有五枚瓦斯弹。”机器人拉开连体衣上的两条接缝拉链，露出肩上的两道插入槽。他从柜子里拿出两条长管，它们的下部都有连接口。机器人将它们插入肩头，接着放开双手。枪管旋转，横扫过所有可能的方向。

“所有组件都已组装完成。”机器人说道。

“去吧。”

只听一声爆响，传来一阵轻微的臭氧气味。机器人从屋顶穿出，虚体领域制造出了一片模糊的效果。特拉夫尼克望着屋顶上机器人出去的地方，露出了满意的微笑。他高高抬起酒瓶，喝了一大口。

“现代普罗米修斯，”他说，“我的天。”

◆

机器人旋转着升入天空。电子在他的大脑中奔涌，正如雨点穿透他那虚化的身体。帝国大厦高耸入云，如同一把装饰用的长矛。机器人又转为实体——虚化领域吸取能量过快，还是别随意使用的好。雨点敲打着他的雷达屏障。

专业系统的程序在巨原子交换机中不停运转。模仿人类推理能力的子程序能在一定范围内自我调整，此时也以更高效的方式重新排列。特拉夫尼克是个天才程序员，却有些粗心大意，他编写的程序总是比真正需要的更复杂，也更缺乏层次。机器人在飞行中重编了特拉夫尼克的语言，同时感觉到自己的运作变得更有效率。在这个过程中，他审视着一个在他体内等待被使用的程序。这个程序的名字叫附件，在全部程序中占据了相当大的空间，似乎却只是一个杂乱而又繁复的抽象定义，试图描述人类的特质。

看起来，特拉夫尼克编写这个程序，是为了让机器人在处理与人类动机相关的问题时能有所参考。但附件非常庞杂，编排混乱，用语本身就是后来添加的东西，其中的各种矛盾之处也显而易见。如果按照特拉夫尼克构想的方式来使用它，这个程序将会变得非常没有效率。机器人知道，如果将这个程序拆散成多个子程序，并将其收入负责处理与人类相关事宜的核心主程序之中，附件将会变得更有用。效率也会获得极大的提升。

机器人决定完成这个改变。他分析了程序，将它拆开，附加到核心程序中去。

如果他是个人类，他可能会因此而脚步错乱，甚至失去控制。但他是个机器人，他继续按照先前设定的路线飞行，与此同时，他的思维经受了编码后的人类体验的突袭，如同遭受了一场微型的超新星爆发。他对外部世界的认知比人类所见的更为复杂，包括了红外线、可见光、紫外线和雷达图像，但在此刻，这些图像却显得极为暗淡，无法与人类的激情相提并论。爱、恨、欲望、嫉妒、恐惧、超越……这一切全都以电子模拟程序的方式添加进了机器人的思维之中。

尽管头脑还处于这种燃烧的状态，机器人依然飞行着，他提升速度，直到风在他耳中听来犹如咆哮。红外线接收器猛地关上了。他肩头的枪旋转着，朝空中实验性地开了火。他启动了雷达，扫描过屋顶、街道和空中交通，将它们与之前形成的雷达图像进行比较，寻找着其中的差异之处。

帝国大厦的雷达图像清楚地显示出那儿有情况。有一个巨大的物体正在帝国大厦外向上攀爬，此外还有几个人类尺寸的小型物体，正在它的金色尖顶上盘旋。机器人将这个图像与之前文件中的信息比较，接着改变了行进的路线。

他费了一番力气才压制住了内部程序中的骚动。此刻不适宜进行这样的活动。

有一只四十五英尺高的巨猿正在攀爬帝国大厦，机器人的存档告诉他，这只巨猿就是中央公园动物园里关着的那一只，自 1965 年大停电事件时，它被发现在中央公园附近游荡后，便一直关在那家动物园里。巨猿的手腕上还悬挂着破坏了的镣铐，一只拳头里捏着一名金发女性。几个人类在它周围飞行着。机器人抵达时，空气中不断传来火箭、翅膀、力场、推进器和打嗝声混杂的回响。枪、权杖、射线发射器和一些不怎么能辨认得出用法的武器都指向巨猿的方向，但它们都没有开火。

而那巨猿，在一种仿若愚儒病症患者般的决心中，依然还在攀爬帝国大厦。在他的脚趾之下，窗户纷纷碎裂。窗户里传来微弱的尖叫声。

机器人调整了速度，与一名长着鸟爪、羽毛和十二英尺翼展翅膀的女性一同飞行。他的存储信息表示，她的名字叫做“游隼”。

“今年的第二起巨猿逃脱事件，”她说，“他每次都会抓住一个金发女人，然后来爬帝国大厦。为什么只盯着金发的人？我很好奇。”

机器人观察到这个长着翅膀的女人有一头顺滑的棕色头发。“为什么大家都没有动作？”他问。

“要是我们向这头猿开火，它可能会捏碎那姑娘，”游隼说道，“也可能会失手让她掉下去。本来‘伟大而强力的灵龟’可以轻松撬开这个黑猩猩的手指，把那姑娘送到地上去，我们再打倒它。它有再生的能力，我们不会对他造成永久的伤害。但现在灵龟不在。”

“我想我知道问题在哪儿了。”

“嘿，顺便说，你的脑袋怎么了？”

机器人没有回答，只是打开了他的电压力场。随着一声爆裂的声响，内部能量便向多维空间倾泻。他调整方向，向那巨猿扑去。它也龇着牙向他发出了咆哮。机器人跃入巨猿抓着金发女孩的手中，他接受到的画面犹如印象派的画作，由蓬乱的金发、泪水和带着恳求神色的蓝色双眼组成。

“老天啊。”那女孩说道。

模块人拿着他的虚体微波激光枪在巨猿的手掌中旋转了一圈，又朝着它手臂的位置全力开火。巨猿的反应就像是被蜇了一下，松开了手。金发女孩掉了出来，巨猿惊恐地睁大了双眼。

机器人关闭了电压力场，避开一头十二英尺高的翼手龙，将那姑娘抱在他此时已变为实体的双臂之中，飞了出去。

巨猿双眼中的恐惧加深。在过去的二十年里，它曾经出逃过九次，它知道接下来会发生什么。

机器人听到身后传来了一阵密集火力集中猛攻的动静，爆炸声、碎裂声、枪管射击声、火箭发射声、激光枪的嘶嘶、尖叫声、砰砰声和徒劳的吼叫声，全都混杂在一起。接着他听到一声发颤的悲鸣，感觉到一个翻滚的长臂巨兽的阴影自这摩天大楼的立面向下滑落。底下传来一阵嘶嘶声，一张看似冰蓝色的火焰组成的网罩在第五大道上展开，巨猿跌落其中，弹跳了一下，失去了意识，陷入了火焰的闷烧之中，飘浮着被送回了中央公园动物园的家里。

机器人开始以摄像机查看底下的街道。他慢慢下降。

“你能再盘旋一会儿吗？”金发女孩说道，“要是你打算在媒体面前降落，我想先补个妆，好吗？”

恢复得还挺快，机器人想道。他开始在摄像机上空环绕飞行，他能远远地看到他们镜片上自己的反光。

“我叫辛蒂，”金发女孩说道，“我是演员，几天前才刚从明尼苏达州到这儿来。这可是我的大好机会。”

“也是我的。”机器人说道。他朝她露出微笑，同时希望自己没选错表情。她没有露出困扰的样子，如此看来，他应该干得不错。

“顺便说，”他补了一句，“我觉得那只巨猿选择了你，品位不错。”

♥

“不坏，不坏。”特拉夫尼克思索着说道。他看着电视，录像里机器人接受了媒体的简单提问后，便抱着辛蒂升入空中。

他转向自己的造物。“你那时候他妈为什么要一直用双手抱着头？”

“我的雷达屏障。我已渐渐有了自我意识。每个人都在问我的脑袋出了什么问题。”

“一个会害羞且有自我意识的多用途防御性攻击系统，”特拉夫尼克说道，“耶稣基督，正是这个世界需要的。”

“我能给自己做个头盖骨吗？我现在的样子恐怕没法登上不少杂志的封面。”

“行，去做吧。”

“王牌云巅饭店提供一个服务，任何在巨猿逃脱时将它重新捕获的人都能去饭店里享受一次免费的双人晚餐。我今晚能去用餐吗？我似乎能在那儿遇到不少有用的人。另外，辛蒂——就是我救下的那个姑娘——也想和我在那儿见个面。游隼也邀请我去她的电视节目上露脸。我能去吗？”

特拉夫尼克有些飘飘然。他的机器人取得了一次成功。他决定将自己的造物派去夷平麻省理工学院里布什米尔的办公室。

“没问题，”他说，“这样能让你获得更高知名度，会是一件好事。但先打开你的屏障，我要做一些调整。”

♣

冬日的天空中缀满闪烁的星星。天气清朗时，有几百万人看到无数色彩艳丽的图案——红色、黄色、蓝色、绿色——如风暴般穿过天空。即使是在地球的白天，也有些人手指朝向天空，跟着外星风暴落下的轨迹指指点点。

自他们的星际蜂后从上一个征服的星球出发，如莲房探求丰饶的土地般随机地弹入宇宙中到现在，他们的旅程已持续了三万年。星际蜂后有三十英里长，二十英里宽，看起来就像一颗不规则的小行星，但实际上完全由有机物质组成，她厚厚的树脂外壳保护了脆弱的内部结构——神经和纤维的网络，大量生物质湿袋，以及能让星际蜂后构造出仆从的遗传基因材料。星际蜂后蛰伏在这个外壳之中，几乎算不上活着，也几乎察觉不到外界任何事物的存在。只有靠近太阳系时，星蜂这才醒了过来。

星际蜂后穿过海王星轨道，又过了一年，她探测到了自地球发出的混沌的无线电波，察觉到其中一些模式，识别出了她父代 DNA 中植入的某些记忆。这里存在着智能生命。

星际蜂后有其偏好，她发现不流血的征服才是最方便的。没有智能生命的目标将被上级星蜂掠食者一遍遍侵入，而它们掠夺的遗传基因材料和生物质则将用于改造出新一代的星蜂母体。但据她所知，智能生命在袭击下会挺身而出，保护自己的星球。这就可能会造成意外事件。

征服一个敌人最有效的方式是通过微生物。散播某种特定的病毒能杀死任何会呼吸的物种，但星际蜂后无法像她命令更大一些的物种那样来控制病毒，此外，病毒容易变异的特性也很麻烦，可能会进化成某种对它们的宿主有害的东西。三十英里长的星际蜂后体内充满了生物质和特定的诱变 DNA，在生物袭击下同样也极为脆弱，无法抵御自身制造出的后代吞噬母体的风险。因此，她使用了另一种方法。

在接下来的十一年里，星际蜂后缓慢地重构自身。她制造了一些无智的星蜂仆从——蕾芽——使用进行控制的定制基因材料，附着抑制病毒后插入备好的生物质中。她首先构筑了一个负责监听的情报系统，接收并记录自地球传来的费解广播。接着，一个能够分析推理的智能结构也逐渐成形，它能分析情报，并对此做出反应。这是一个大师级的智能，能力强大，但目前为止还只能理解它所接收到的模式化辐射能的很小一部分。

星际蜂后得出推论，是时候做出行动了。就像男孩用树枝搅动蚂蚁窝，星际蜂后也检测到了地球的扰动。她体内的星蜂仆从不断增殖，移动着基因材料，重筑出星蜂记忆中最为强大的捕食者。在为此目的而设的特殊腔室内，固体燃料推进器仿若稀有的兰花般生长着。在星际蜂后的子宫深处，盲目的仆从以韧性的松脂塑造出了星际豆荚。可用生物能中的三分之一都被贡献给了这些星蜂的初代子嗣。

初代子嗣没有智能，但总体来说，可以对星际蜂后以心电感应下达的命令做出回应。它们是一些强大的弱智，存在的理由仅只为破坏和杀戮。在它们的基因记忆中，植入了各种战术。它们都进入了各自的豆荚，固体燃料推进器也点了火，让它们发射出去，如同一场闪烁的萤火虫入侵一般，奔赴地球。

每一个单独的豆荚都连接在一根枝条上，而每根枝条上都有两千到一万豆荚。四百根枝条分赴地球上的不同大陆。

豆荚上的松脂在地球大气中消融，点亮了天空。每个豆荚上都伸出了丝线，从而减慢降落的速度，让旋转的舱体稳定下来。接着，就在地球的表土之上，豆荚弹开，将其中之物散落在外。

而那些蕾芽，在长长的休眠之后，如今都饥渴地苏醒了。

♠

在马蹄形的吧台另一边，一个穿着某种复杂战斗装甲，双脚搁在栏杆上的男人正在向身边一名戴着面具的浅金发女子说着什么，后者时不时会在某些疏忽之时变得透明。“抱歉，”他说，“但巨猿逃脱那会儿我好像没见到过你？”

“您的座就快好了，模块人，”海勒姆·伍彻斯特说道，“我很抱歉，我不知道福尔图纳托会把他所有的朋友都请来。”

“没事，海勒姆，”机器人说道，“我们这样就挺好。谢谢你。”他正在学习使用以退为进的策略。他不太确定什么时候用上它会比较合适，因此打算通过实验找出这一点。

“还有两个摄影师正在等着。”

“那等我们入座之后，让他们拍几张照片，接着把他们赶出去。可以吗？”

“没问题。”王牌云巅的老板海勒姆朝机器人露出了微笑。“这么说吧，”他又补了一句，“你今天下午的战术非常高明。我本来想的是，如果他能爬到这层楼这么高，我就让它失去重力。不过这样的事从未发生过。它最多爬到七十二楼。”

“下一次吧，海勒姆。我想下一次你的设想应该能实现的。”

饭店老板露出愉快的微笑，离开忙活去了。机器人抬起手来，又点了一份饮料。

辛蒂穿了一件天蓝色的衣服，露出了大片胸骨，脊椎部分则露出得更多。她抬头微笑着看向模块人。

“我喜欢你的帽子。”

“谢谢，我自己做的。”

她看向他那喝光了的威士忌酒杯。“喝酒能让你上头吗，你懂我的意思?”

机器人望向这杯单一纯麦威士忌。“不，不能。我只是把它和食物一起存入一个接收器中，接着用我的电压发生器将它粉碎成能量。但不知为何……”侍者送来了他新点的单一纯麦威士忌，他微笑着接受了，“不知为何，我站在这儿，将我的双脚放在栏杆上，喝下它，就让我觉得很愉快。”

“嗯，我知道你的意思。”

“此外，当然，我能尝到味道。不过我不知道如何判断一个味道的好坏，因此就一个个都试过来。我会知道的。”他将单一麦芽威士忌拿到自己的鼻子底下，嗅了嗅，又尝了一口。味觉接收器开始运作。他觉得自己的鼻腔里似乎爆发了一阵小型的爆炸。

穿着战斗装甲的男人想将他的手臂环绕在这戴面具的女人身上，但他的装甲穿过了她。她抬头看他，蓝色的眼睛里带着笑。

“我正等着你这么做呢，”她说，“我现在的身体是虚化的，傻瓜。”

海勒姆出现，引他们就座。海勒姆打开一瓶香槟时，闪光灯纷纷亮起。机器人从平板玻璃的窗户往天空望去，看到云层的间隙出现了一颗闪亮的星。

“我能习惯这些事的。”辛蒂说道。

“等等。”机器人说。他从电波接收器上听到了什么声音。帝国大厦很高，足以让他接收到极远处的讯号传输。辛蒂好奇地看着他。

“怎么了?”

传输结束了。“看样子我得说声抱歉了，我能晚点再给你打电话吗?”机器人说，“新泽西出现了紧急状况。似乎是太空来的外星人入侵了地球。”

“呃，要是你打算走了……”

“我晚点会给你打电话的，我保证。”

机器人的身形渐渐模糊，臭氧劈啪作响。他自天花板上穿了出去。

海勒姆盯着他离开，手里还拿着香槟酒瓶。他转向辛蒂。“他是认真的吗？”他问。

“就一台机器来说，他人还挺好的，”辛蒂说着，单手撑住下巴，“但脑子里肯定缺颗螺丝。”她举起自己的玻璃杯。“让我们来庆祝一下吧，海勒姆。”

♦

就在不远处，一个男人躺着，被噩梦撕裂。在睡梦中，怪物追逐着他。一幅幅画面从他脑海中经过，死去的女人，倒五芒星，一个柔软而赤裸的男人，他的脑袋上长着胡狼的头。尖叫凝聚在他的喉咙里。他喊了一声，醒过来，身上满是汗水。

他伸出手，摸到床头灯，将它打开。他又摸索自己的眼镜。他的鼻梁上也满是汗水，眼镜滑到了鼻尖。男人根本没有注意到。

他想打电话，但随后就意识到他得设法爬上轮椅才能够得到它。对他来说，还有更简单的交流之法。在脑海中，他离开屋子进入城市。他感觉到头脑里有一个沉睡的思维回应了他。

醒醒，哈伯德，他的精神对另一个思维说着，同时将眼镜推回原位。*提亚马特来了*。

♥

一道柱状的黑暗之物在普林斯顿升起。机器人在雷达上看到了它，一开始他以为那是烟雾，但接着，他发现它并未随风飘散，它其实由盘旋在地表上的成千上万活物组成，就像一群聚集的秃鹫。那道黑柱是活的。

机器人的巨原子之心中产生了一丝不知所措。他的程序并未给他准备好应对之道。

急救广播在他脑内咔哒作响，对方提出问题，乞求援助，绝望地大喊大叫。模块人放慢了速度，感知系统搜索着下方黑暗的土地。巨大的红外线信号——更多星蜂蕾芽——在树荫成排的街道上爬行。那些信号是分散的，行动轨迹却很有目的性，直奔城镇。普林斯顿似乎是它们行进的集合点。机器人下降了高度，听到撕裂的声音、尖叫声和枪击声。他加速下降，肩头的枪追踪着对方的轨迹。

星蜂蕾芽没有腿，移动时靠它那三十英尺长的光滑躯体起伏推进，就像蜗牛。它的头上有护甲，下巴向两边呈水滴状分开。一对没有骨头的前肢末端长着螯。这个生物用脑袋撞击着一幢两层的郊区别墅，撞出了一个个洞，还将前肢探入窗户内，搜索屋内的活物。有人从二楼向它射击。在房顶的边缘和观赏用的灌木上，圣诞节彩灯在不停地闪烁着。

模块人自屋顶飞过，以激光枪精准射击。微波脉冲无声无形。那生物抖动了一下，滚向一边，猛烈抽搐，房屋也随着它无意识的攻击而颤动起来。机器人再次射击。那生物又抖了一下，接着便躺下不动了。机器人脚尖在前，滑入开枪的窗子，看到一个浑身赤裸的胖子手里攥着一把猎鹿枪，一个少年手里拿着一把打靶手枪，还有一个女人拥着两个小女孩。女人正在尖叫。两个女孩受到的惊吓太大，浑身发颤。“耶稣基督啊。”胖子说道。

“我已经杀了它，”机器人说道，“你们能去自己的车里吗?”

“我想可以。”胖子边说边给来复枪填上子弹。他的妻子还在尖叫。

“朝东开，去纽约，”模块人说道，“它们似乎在这儿聚集起来了。可能你们可以找些邻居做伴。”

“发生什么了?”胖子前后拉动枪栓，“又一场百变王牌病毒爆发了?”

“似乎是从外太空来的怪物。”屋子后面传来撞击声。机器人转过身，看到某种六十英尺长、身下长着十英寸长的刚毛如蛇一般的生物，正以响尾蛇般的路线向前滑行，撞倒了灌木、树木和电线杆。模块人从窗口飞出去，朝那东西的头部射出一道微波射线。毫无效果。再开一枪，依然没有成功。在他身后，猎鹿枪也开火了。女人还在尖叫。模块人得出了结论，这蛇的大脑不在它的头部里。他开始朝它的身体精准射击。

那条蛇撞向屋子，木板随之发出呻吟。整个建筑从地基上突然倾斜，一面墙裂开了，二楼发生了沉降。机器人一次又一次地开火，他能感觉到自己的能量渐空。猎鹿枪也再次开火。那条蛇扬起脑袋，直接窜进胖子开火的窗子里。蛇的躯体抖动了好几下，尾巴猛烈地摆动。机器人继续开火。尖叫声突然停止。那条蛇收回了脑袋，盘绕起来，又向另一幢屋子游去。机器人差点耗干能量，几乎没法继续飘浮在空中。

模块人想，这样的战术不可行。攻击敌人的单体只会分散精力，白费力气。他得搜索敌方全体，确定它们的数量和战略，从而在某处找到有组织的抵抗和援助。

他朝着普林斯顿飞去，传感器不断搜索，想获得此处发生之事的完整画面。

底下开始响起警笛声。人们跌跌撞撞地从破损的房屋中跑了出来。闪烁的警灯下，救护车疾驰。一些车辆在散落着碎石的街道上以之字形疯狂奔驰。到处都有火灾，但潮湿的气候和时而落下的毛毛细雨让它们没能扩散开来。模块人又看到十来条蛇怪，一百多只更小一些的掠夺者以它们的六条腿像美洲豹般地移动着，还有二十来个看起来像是会跳跃的蜘蛛一般的古怪生物，身体大约四英尺宽，以高跷般的腿在树上跳来跳去。一只二十英尺高的两足食肉动物仿佛暴龙般露出了牙齿。其他生物则像地毯似的贴着地表移动，以红外线很难分辨清楚。有某种看不见的生物向他射来一片三英尺长的细针，不过他在雷达上看到它靠近，因此避开了。普林斯顿上空的黑云还在盘旋，机器人决定前去调查。

大约有几千个没有羽毛却拍打着翅膀的黑色生物，看起来像是会飞的小地毯。在它们振翅形成的合奏中，还有一种呻吟般的低沉声响，听起来像是拨动了低音提琴的弦。它们突然下降猛扑，又拉升高飞，而当机器人看到一辆车在普林斯顿的某个车库里爆炸，滑向街道时，他明白了它们的战术。一组飞虫猛地一齐扑向那辆车，以躯体撞击它，用自身皮质的躯体将其覆盖，以它们的体重闷住了它。机器人的能量已经部分恢复了，他朝飞虫开火，其中有些落到地上，但那辆车还是滑向马路牙子，接着撞进一栋建筑里。第一组飞虫开始挤入破碎的窗户时，更多飞虫也降落下去。腐蚀性的酸液终结了那辆车。机器人向空中飞去，朝着飘浮在空中的飞虫群开火，想引起它们的注意。

一小群黑云紧跟着他，大概有几百只之多，模块人加速向南飞行，想将它们引开，他边飞边向身后射击，死去的飞虫如落叶般纷纷坠落。追赶着他的飞虫越来越多，看来这些生物的智能不高。他躲闪着，改变行进的路线，一直保持在这些振翅的虫云之前，很快就让几千飞虫都跟在了他的身后。他猛地抬升了高度，接着便看到那些星蜂群集在他前方。有那么一会儿，他的所有传感器都因为这幅令人震惊的景象而过载了。

这些生物形成的军队以一种波纹般的队形前进，如同一弯弦月，直指北方的普林斯顿。空气中充斥着碾磨和撕裂的声音，那是这些星蜂经过城镇，将前进道路上的障碍物——房屋、树木、办公室和所有一切——悉数夷平的声音。机器人继续上升，计算着，飞虫则在他身后不断呻吟、振翅。虫群在进行这样彻底的工作时移动得非常迅速，机器人估计它们的速度能达到每小时十二到十五英里。

模块人对这些星蜂生物体的平均尺寸有了充分了解。通过区分它们各自散发的红外线，他得出结论，自己正在看着的这群生物数量至少在四万以上，而且还在不断增加。至少还有两万飞虫。这个数目令人发狂。

机器人与人类不同，不会怀疑自己的推论结果。必须有人告知这个世界，他们正在面对的是什么。他将肩头的枪转向后方，从而让自己的身体变得更为流线型，接着加速绕了半圈向北飞了回去。飞虫也跟着绕圈，却没能跟上他，纷纷回到了前往普林斯顿的队伍之中。

几秒后，模块人便来到普林斯顿上方。有一千多只星蜂已侵入这个城市，机器人探测到了建筑遭到攻击的迹象，城市里零零星星地传来枪响，某处发生了爆炸，嘈杂随之而起，还有些更重型的武器开火的动静。机器人向着那声音飞去。

国民警卫队的军械库被包围了。一条蛇类生物被爆炸性弹药撕裂，正在军械库前的街道上翻滚着，扬起一片催泪瓦斯的烟尘。建筑的四周缀满死去的掠夺者和人类的尸体。在更远处的水泥地上，一辆M60 巴顿坦克整个儿被翻了过来，另一辆 M60 坦克则封锁住了一道开着的坦克库的大门，门前尽是不断逼近的红外线光。有三个警卫队员穿着防暴装备，头戴防毒面具，正站在坦克上的枪管后方。机器人精准射击了八次，封杀了这一波攻击，飞到坦克后方，警卫队员边上。他们隔着面具盯着他的眼神极为警觉。坦克后方有十来个普通市民，手拿霰弹猎枪和猎步枪，再后面，则是五十来个难民。这幢建筑里的某处，有些加速旋转的引擎发生了爆炸。

“这儿的负责人是谁?”

一个戴着银色中尉肩章的男人举起了手。“哥德法布中校，”他说，“今天是我当值。这他妈是怎么回事?”

“你得带着这些人离开这里，太空来的外星人登陆了。”

“我也没觉得它们来自国外。”隔着防毒面具，他的声音显得模糊不清。

“它们是从格罗弗岭过来的。”

另一名警卫队员喘了起来，那声音几乎听不出来是在大笑。“就像《世界之战》里的情节。好极了。”

“你他妈的给我闭嘴。”哥德法布愤怒地喊道，“我这儿只有大概二十个能战斗的人，你觉得我们能把他们挡在拉里坦运河外吗？”

“它们的数量至少有四万。”

哥德法布踉跄了一下，撞在炮管上。“那我们往北，试试能不能去萨默维尔。”

“我建议你动作快。那些飞虫正在往这儿飞回来的路上，你见过它们了吗？”

哥德法布指了指一些飞虫横亘在地上的尸体。“那儿呢。催泪瓦斯似乎能抵挡它们。”

“某种别的东西正在靠近，老大。”一名士兵抬起榴弹发射器。模块人没有回望，直接向肩后开枪，击倒了一只蜘蛛状的怪物。

“别管它了。”那士兵说道。

“看，”哥德法布说道，“城里有州长官邸，在莫文花园。他是我们的行政长官，我们得设法营救他。”

“这事儿可以交给我，”机器人说道，“但我不知道他的具体地址。”他又越过肩头干掉了一头武装鼻涕虫。他看着哥德法布。“我能把你抱在怀里带你飞过去。”

“好。”哥德法布扔了他手里的 M16 突击步枪，给其他警卫队员下令，让他们将普通民众送进装甲车里，组织起护送的队伍。

“不亮灯的话，”机器人说道，“飞虫就不会那么容易发现你。”

“我们有红外辐射装置，是装甲车上的标准装备。”

“我想使用它。”他觉得自己以退为进的策略运用得不错。

哥德法布结束了命令。这座建筑的其他部分也出现了国民警卫队员的队伍，他们都拖着枪和弹药。履带车的数量逐渐增加。机器人用双臂固定住哥德法布，向空中飞去。

“机载!”哥德法布嚎了一声。模块人将其理解为军人赞赏的表现。

天空中传来大片大片的瑟瑟声，表明那些飞虫又回来了。机器人朝低处飞去，在残破的房屋和倒伏的树桩间穿行。

“他妈的。”哥德法布说道。莫文花园此时已只剩一片废墟，州长的别墅则坍塌得露出了地基，目之所见之处没有活物。

机器人将这位警卫队队长送了回去，路上还料理了一组二十个准备围攻警卫队总部的袭击者。总部的车库里已充满汽车排放的废气，六辆装甲运兵车和两辆坦克已做好了发动的准备。机器人将哥德法布放在一辆运兵车旁，他们听到空中传来飞虫振翅的声音。

“我去试试把飞虫引开，”机器人说道，“你们等着，到天上干净了再离开。”

他再度飞入空中，以激光枪向昏暗的天空射击。那些飞虫再一次咆哮着跟上了他。他又将它们带往格罗弗岭，眼睁睁地看着一弯新月般的星蜂大军在地面上以坚定而骇人的速度行进。他突然折返，将跟在身后的飞虫甩开，加速飞向普林斯顿。在他下方，几只飞虫升空向他追来。它们原本似乎在吞食着地上一具男人的尸体，他身上穿着精致的装甲战斗服。模块人曾经在王牌云巅见过和这一模一样的装甲服，但此刻，它已被消化酸液侵蚀，变黑了。

在普林斯顿，他看到哥德法布的护送队伍正沿着206国道前进，时不时爆发出红外线光和机关枪开火的光亮。难民们被坦克和穿甲弹发动声响吸引，纷纷爬上这些车辆。机器人一次又一次开火，射击那些正准备袭击车队的星蜂生物，他的能量储备逐渐下降。他一直跟随车队，直到他们似乎离开了危险区域，在逃往北方的难民车辆造成的交通堵塞中减慢了速度。

机器人决定去迪克斯堡。

♣

在他们抵达市政厅的市长办公室之前，鬼牌镇区域的刑警约翰·F. X. 布莱克都没有真的除掉塔基扬手腕上的手铐。其他刑警手里的枪也做好了开火的准备。

这是出于恐惧，塔基扬心想。这些人都被吓到了。为什么？他擦了擦手腕。“把我的外套和帽子还给我，谢谢。”他补上的这个词让这句话显得不那么像是命令。

“要是你坚持的话。”布莱克说着，递过一顶带羽毛的骑士帽和一件和塔克眼睛颜色正好匹配的淡紫色燕尾服大衣。布莱克那张瘦削的脸上挤出了一个嘲讽的微笑。“就算初级刑警里也找不到像你这般品位的。”他说。

“我猜也是。”塔克冷冷地回答，抖落了领子上的头发。

“走进去。”布莱克说道。塔克将帽子戴好，露出一只眼睛来，这才推开了门。

这是一间宽大的镶板房间，里面摆着一张长桌，室内乱得仿佛疯人院。屋里有警察、消防员和身着军服的人。市长正冲着一台无线电话机大喊大叫，看他脸上那疯了似的表情，电话应该是没有接通。塔克的视线游移到屋内的另一头，接着便眯起了眼睛。参议员哈特曼正站在那儿，与一群王牌静静地交谈着：“游隼”“脉冲”“嚎叫者”，整个参议院王牌资源强化委员会的王牌都在。

和哈特曼接触总让塔克觉得很不自在——不管他是不是纽约市的自由党人，他都是参议院王牌资源强化委员会的主席，这个由约瑟夫·麦卡锡创立的委员会一直顶着这个名字存活。现在的法律当然和当时不一样，但塔克完全不想和一个雇佣王牌并让他们为权贵服务的机构扯上任何关系。

市长将无线电话机递给了一名助理，但在他走到其他别的什么地方去之前，塔克大步向他走去，翻起袖口，用冰冷的目光盯死了他。

“你那些纳粹冲锋队员把我给带到了这儿来，”他说，“他们破坏了我的门。我相信市政府会有所补偿，此外还得赔偿没了门之后可能会导致失窃的其他一切物品。”

“我们遇到了一个麻烦。”市长说道，此时一名助理冲了过来，双手捧满了新泽西加油站的地图。市长让他将地图摊在桌上。塔基扬在这种干扰中继续说道——

“你本可以给我打个电话，我一样会过来，但你那些暴徒甚至连敲门都不会。在这个国家里，我还是受宪法保护的，即使在鬼牌镇也是一样。”

“我们敲过门的，”布莱克说道，“我们敲得可大声了。”他转向他手下的一名侦探，那是个棕色肌肤，长满了鳞片的鬼牌。“你听到我敲门的，对吧，坎特？”

坎特笑得露出了蜥蜴的牙齿。塔基扬不寒而栗。“当然听到了，刑警。”

“你听到了吗，马提亚？”

“我也听到您敲门了。”

塔克咬紧牙关。“他们……没有……敲门。”

布莱克耸了耸肩。“医生可能就是没听到罢了。他太忙了。”他满怀恶意地瞥了一眼塔基扬，“他有个伴儿，你们懂我的意思吧。一名护士。”他举起一份法律文件大小的纸。“不管怎么说，我们的行动是合法的。一个半小时前，史坦纳法官就是在这地方签的字。”

市长转向塔基扬。“我们只是希望确保此事与你无关。”

塔克摘下帽子，挡在脸前面，阴沉地扇着，与此同时，他看到室内挤满了繁忙的人群，其中还包括了——老天，一头三英尺高的霸王龙，它正好变身成了一个浑身赤裸的青春期少年。

“你们在说什么，长官？”他最终问道。

市长的双眼如同两道寒冰，盯着塔基扬。“我们接到报告说泽西可能爆发了又一场百变王牌病毒。”

塔克的心脏猛地抽紧。别再来一次了，他想，接着回忆起那可怕的最初几个星期，死者，让他的鲜血仿佛要被凝固般的破坏掉，疯狂，气味……不，不可能。他咽了一大口口水。

“我要怎么做才能提供帮助？”他说。

♠

“一组四万，”将军喃喃地说着，将这个数字刻印在脑海中，“现在估计在普林斯顿。两万飞虫。另外可能还有两万分散在乡间，正向普林斯顿聚集。”他抬头看向机器人。“到了普林斯顿之后它们还会往哪儿去？费城或者纽约？往南还是往北？”

“我说不好。”

中将咬着他的指关节。他是个戴眼镜的瘦子，名字叫卡特。他似乎完全没有受到外星食肉动物在新泽西登陆的困扰。他指挥的是马里兰州米德堡总部这里的美军第一军。模块人去了迪克斯堡，却发现那儿只是个训练基地，那儿的一名汗流浃背的少将让他来到了这里。

在卡特镇定的气场外，四周一片混乱。许多电话不停响着，副官们都在奔忙，室外的走廊上人们大喊大叫。

“目前为止我手里能用的只有第八十二空降师和国民警卫队，”卡特说道，“不足以在如此巨大数量的敌人面前同时防卫纽约和费城。要是我手里有勒戎的海军陆战队，我们就能干得更好些，但海军陆战队的司令部并不愿意让他们从快速反应部队中出动，因为快速反应部队归海军陆战队司令统辖。他希望快速反应部队能接管此处，这也是因为第八十二空降师同样也受快速反应部队所辖。”他抿了一口蔓越莓汁，叹气道，“这都是将一支和平年代的军队转变为战时关系所需的过程。属于我们的时刻会到来，到那时才能轮到我们开球。”

机器人搜集到的情报告诉他，星蜂已在北美的四个地区登陆：新泽西；肯塔基州路易维尔的南部；以得克萨斯州麦卡伦为中心的一片区域，同时在美国和墨西哥边境线上的两侧；此外还有些星蜂极为分散地降落在了整个马尼托巴湖北部。登陆在肯塔基州的这批星蜂正好就在第一军的辖区范围内，卡特已下令让诺克斯堡和坎贝尔堡的士兵开始行动。幸运的是他不必先取得海军陆战队的许可。

“往北还是往南?”卡特无法决定，“该死，我希望我能知道它们要往哪边去。”他擦了擦太阳穴。“是冒险做出选择的时候了，”他下定决心，“你看到它们往北去了。我会派出空中力量前往纽瓦克，让警卫队在那边集结。”

有一名助理跑了过来，给卡特递了一张纸条。“好，”将军说道，“纽约州长要求纽约地区的所有王牌都在市政厅集合。据说是让你们这些人来当突击队。”他透过眼镜又瞥了一眼机器人。“你也是王牌，对吧?”

“我是用作保护社会的第六代智能机器人。”

“那么说你是机器?”卡特看起来似乎没怎么完全理解，“有人制造了你?”

“没错。”他的以退为进策略应用得越来越好，语言也越来越简洁。他对自己很满意。

卡特的反应很快。“那么还有其他像你这样的机器人吗？我们能制造更多的你出来吗？我们现在这儿有状况。”

“我能把你的要求传达给我的创造者，但我并不认为这样能很快帮上忙。”

“先做了再说。你离开之前，我希望你能和我的手下先谈谈。告诉他有关你的事，还有你的功能。这样我们就能更好地使用你。”

“好的，长官。”机器人想让自己的声音听起来更军事化一点，他觉得自己成功了。

◆

“不，”塔基扬说道，“这不是百变王牌病毒。”更多情报传了进来，其中更包括了图像。没有任何百变王牌瘟疫能造成这样的后果，即使是进化过的病毒版本也不行。至少我不会因为这一次的事件而受人责备，他想。

“我想，”塔克说道，“袭击了泽西的同样也曾经几度威胁过我的种族——这些生物袭击了我们的两个殖民地，摧毁了一个，还有一个则近乎被毁。我们的远征军后来消灭了它们，但我们知道，它们还有不少其他同类。这些赞德兰……”看着面前这些茫然的面孔，他停顿了一下。“我想，翻译成地球的语言应该叫星蜂。”

哈特曼参议员的表情似乎还有些怀疑。“不是百变王牌病毒？你的意思是说，新泽西正被一群来自太空的杀人蜂袭击？”

“它们不是昆虫。它们正在进化成——怎么说呢？”他耸了耸肩，“它们是酵母。巨大的、食肉性的、具备心电传感能力的酵母蕾芽，受太空中的一个巨大的酵母母体控制。非常饥渴。如果我是你们，我会马上动员全部力量。”

市长表情十分痛苦。“好吧。我们在下面集结了五六个王牌，我希望你下去向他们简单地介绍一下情况。”

♥

恐慌的动静自天窗渗透进了屋里。此时正是清晨四点，但半个曼哈顿似乎正在将整个城市钉住。这是自“百变王牌之日”以来最糟糕的一次交通大堵塞。

特拉夫尼克面带笑容，翻阅着这几个月在不断创新过程中，他涂写在包肉纸和香烟壳上的科学报告。

“所以军队想要更多量产的你，嗯？呼。他们肯出多少的价？”

“卡特将军只是表达了他的兴趣。我很肯定，他不负责付账。”

特拉夫尼克的笑容渐渐消失，皱起了眉头，他将笔记凑得更近。这些字太过潦草，无法辨认。他妈的他那会儿到底是什么意思？

他在阁楼里环顾四周，看着这片可怕的混乱场景。阁楼里有上千张笔记，有不少散落在地板上，已经被踩进了木屑板里。

他的呼吸在寒冷的阁楼里引起一片蒸汽。“去确认这个订单。跟他说每个单位机器人我要收取1000万美元，至少制造二十个，这个量产计划我要抽取使用许可税。此外我希望把最开始的十个单位留给自己，作为保镖。”

“是，先生。我要怎么跟他们说这个量产计划预期的交货时间？”

特拉夫尼克再度看向这片混乱。“可能得要一阵子。”他得从草稿里把这一切重构出来，“反正最重要的是先拿到一份确定价格的合同。”

“是，先生。”

“你离开之前，先把这里打扫一下。把我的所有笔记都堆到那边去。”他指了指一张桌子上一块相对比较干净的区域。

“先生，外星人。”

“他们自己会想办法的，”特拉夫尼克咯咯笑了起来，“等这些怪物啃掉半个新泽西之后，你的价值在军方那儿就会变得更高。”

机器人脸上的表情消失了。“是，先生。”说着，他开始整理实验室。

♣

“老天啊。”卡特说道。他身边的混乱景象立刻不复存在。设立在纽瓦克国际机场一个候机室里的临时作战指挥部里一片寂静，听到的只有军事喷气机和设备发出的呜咽声响。背着背囊、戴着新式凯夫拉头盔的伞兵站在大腹便便的国民警卫队长官旁边，再过去则是些穿着跳伞装的王牌。他们都在等待着卡特接下来的讲话。卡特将一组红外线相片凑向此时已渐渐透过窗户照射进来的微弱晨光。

“它们正在往南，去费城。前卫，侧卫，主力，后卫。”卡特看着自己的手下，“他们看起来就像是读过我们的战术手册，先生们。”他把那些照片扔在桌上。

“我希望你们把你们手下的孩子们都集结起来，直接往南去。直接到泽西州的高速公路收费口。不得已的情况下可以征用市民的交通工具。我们希望能从侧翼包围它们，从东边向特伦顿进发。如果能杀进它们的侧翼，或许我们就能在它们扫荡完普林斯顿之前困住它们的后卫部队。”他转向一名助手，“给宾夕法尼亚州国民警卫队打个电话，我们要炸掉通往特拉华州的桥梁。要是他们没有工程师能干这活，那至少把桥梁封锁了。实在没办法，就用大卡车堵在桥上。”

卡特转向站在角落里的几个王牌，他们身边是一堆匆匆搬来的塑料椅子。这些人有模块人，“嚎叫者”“西北风”和“脉冲者”。还有一头翼手龙，他其实是个能变身成爬行类动物的小男孩，就在这几个小时里，他的母亲正在第二次将他带回家去的路上。游隼身后跟着一整个摄制组。灵龟还在他巨大的装甲壳里，在航站楼上空盘旋。塔基扬不在：他以科学顾问的身份被叫去了华盛顿。

“勒戎的海军陆战队正在向费城进军，”卡特说道，他的声音轻柔，“有个懂事理的人让我来负责指挥他们，但只有一个军团能及时抵达特拉华州，与外星生物的先遣部队交火。他们没有装甲，没有重型武器，还得乘坐校车和别的鬼知道什么玩意儿的交通工具去到大桥上。这意味着他们必然会被碾碎。我没法给你们具体的命令，但我希望你们能去费城帮助他们。我们需要时间来让海军陆战队的其他部队各就各位。你们说不定他妈的能救成千上万的人。”

♠

科尔曼·哈伯德戴着拉神的隼形面具，站在一群集合起来的男女面前。他剃光了下巴，穿着共济会围裙，他觉得有点儿自我意识过剩——他身上的疤痕露得太多了，自那日下城区的旧神庙焚毁之后，这些灼伤便一直覆盖在他的身躯上。大火的回忆让他不由得打了个哆嗦，他抬起视线，让注意力远离那些回忆……

在他上方，一个星魂的人影正在燃烧，那是一个巨人，长着公羊的脑袋和巨大而突出的雄性生殖器，他手持带圈的安卡十字架和权杖，它们分别是生命和权力的象征——宇宙的创造者阿蒙神正在一片多彩的光晕之间熊熊燃烧。

阿蒙神啊，哈伯德在脑海中想着。他是埃及共济会的主宰，同时也是几英里之外某个房间里的一个半残的老头。他的星魂可以呈现出任何他希望的形态，但他的肉身却以"钦天士"的身份为世人所知。

阿蒙的光辉在聚集的信徒们眼中闪耀。神的声音直接在哈伯德的脑海中开了口，哈伯德抬起双臂，向聚集着的人们传达神的旨意。

"提亚马特来了。我们的时刻也即将来临。我们必须将我们的全部力量集中在新神庙上。必须将夏克提装置组装并校准好。"

在神的公羊脑袋上方，出现了另一个形体，那是一团不断变形的巨大原生质，混杂着触手、眼睛和冰冷的肉体。

"看呀，提亚马特。"阿蒙说道。信徒都跟着喃喃起来。那生物越变越大，让阿蒙神的辉光也变得暗淡下去。

"我的黑暗姐妹来了，"阿蒙说道，他的声音在哈伯德的脑海中回响，"我们必须做好迎接她的准备。"

♦

一只海军陆战队的鹞式战斗机将一只飞虫吸入了喷射口，它喷出一团熔融的合金，尖啸着滑入不幸的特伦顿。飞虫振翅的声音淹没了喷气机的哀号和直升机的抽动声。燃烧的凝固汽油弹飘浮在堵塞的水面上，散发出光亮。彩色的信号烟旋转着升上空中。

星蜂的主力军正在势如破竹地越过特伦顿，它们的先锋更是已经到了河的对岸。封锁、炸桥并未能阻止它们：它们轻松地跃入冰冷的河水，如同一片巨大而黑暗的波浪一般穿过了它。几百只飞虫包围了海军陆战队指挥官的直升机，将它击落，而后就再也没了负责指挥的人：剩下的只有一些绝望的人竭力抓住任何他们能抓住的东西，徒劳地想在这星蜂的浪潮中筑成一道防波堤。

几个王牌已分头行动，各自面对这紧急的事态。模块人忙着攻击敌人，想帮助那些分散的小股抵抗力量，随着星蜂大军进发，他们先后都受到了袭击。这是个无望的任务。

从他左边的某处传来嚎叫者的尖啸，它能将星蜂的骨骼和神经悉数凝固。他的这个技能比机器人的要有用得多；在面对一波袭击时，微波激光作为武器而言太过精巧，而嚎叫者的超声波号叫则能在一秒之内摧毁一片区域内的整排敌人。

一辆国民警卫队的坦克经过一番激斗后，冲入模块人飘浮之处的后方一个拐角处，接着撞进一栋建筑里，卡在一片碎石中。坦克的装甲外覆盖了一层飞虫，遮住了它的监视孔。机器人飞向坦克，抓起那些飞虫，将它们如纸片般撕碎。酸液溅在他的外套上，人造肌肉上冒起青烟。坦克的履带压过石砖，自建筑中退了出来。

机器人向上抬升，雷达上出现了伟大而强力的灵龟形成的巨大光点。灵龟抓住了成排的星虫芽蕾，将它们抛入空中，又让它们坠落下去。这番景象看起来宛若瀑布喷泉。飞虫绝望地撞在他的武装甲壳上，但它们的酸液无法穿透战舰的装甲。

空气被带电的光子撕裂，发出了噼啪声，是脉冲者，他的身体变成了闪电。他的身体发射的激光反弹能量，击倒了十来个敌人后才消失。当他完全用尽能量时会回复到人类的形体，到那时他会极为脆弱。机器人希望届时飞虫不会找到他。

西北风飞过他们头顶，她衣着斑斓，如同一面战旗。她今年十七岁，是哥伦比亚大学的学生，像她父亲“飓风”一样，穿着代表个人特色的颜色。她升空靠的是一面披风，里面兜着她自己制造的风，与此同时她朝那些飞虫放出台风，将它们吹入空中，撕得粉碎。没有任何东西能靠近得了她。

游隼在她周围绕着圈子飞行，帮不上什么忙。相比于星蜂，她还是太弱了，没法对它们的任何形体造成实质性的伤害。

而这一切都远远不够。星蜂大军始终在几个王牌覆盖不到的空当中不断行进。

空气中充斥着哀号声，时不时有黑影——空中防卫队的 A－10 攻击机——自天空滑落，他们的机枪轰鸣，将整个特拉华州都映成了白昼。自它们机翼下方抛下的一个个炸弹，随后都变成了固体燃烧弹的亮色花朵。

机器人一直开火，直到电压发生器耗尽能量，他便赤手空拳地与飞虫搏斗。他的心中充满了绝望，而后这情绪又变为愤怒。似乎没有任何东西能帮得了他。

敌人的大部队已进入河中，开始渡河。还有几个战士依然活着，还在与之战斗。但大部分幸存者在做的事，却是躲藏起来，或者逃走。

第六陆战团在进入战场前就已被消灭，没有任何事能改变这个事实。

♥

在特伦顿与莱维顿之间，爆炸和大火将十二月份的棕色风景染成了黑色。星蜂芽蕾在这片已毁灭了的土地上经过，仿佛一片噩梦般的波涛。两支海军陆战队军团在费城郊外挖好了战壕，这一次他们有大炮和一支小型的海军陆战队轻装甲部队作为支援。

王牌们都在宾夕法尼亚州高速公路收费口外的豪生酒店里待机。按照计划，他们有可能会被投入到任何一场遭遇战中。

在停车场里已架起了一台155毫米榴弹炮炮台，准备好了开火。不断增强的声音已将城中绝大部分饭店的窗玻璃震碎。他们头顶上则始终盘绕着喷气机的声音。

脉冲者躺在某个医护帐篷里，他用尽了能量，现在处于崩溃的边缘。西北风蜷缩在一个亮橙色塑料电话亭的角落里，外面只要有一点枪响，她的肩膀都会随之颤抖。在她脸上泪如雨下。星蜂无法靠近她，但她却看到了许多人在她面前死去，在战斗和噩梦般的漫长撤退中她都控制住了情绪，但此时此刻，应激反应终于出现了。游隼坐在她身旁，以机器人无法听清的轻柔声音劝慰她。嚎叫者在饭店里寻觅食物，模块人跟上了这位从前的隧道挖掘工人。这个男人的胸膛宽阔，突变过的咽喉很粗，就连机器人用双手也无法完全环住他的脖子。嚎叫者身上穿着一套海军陆战队的战斗服，飞虫的酸液已将他的便装彻底腐蚀了。直至战斗最后，不得不带着他飞离战场时，机器人那抓着这位王牌的双手也已被腐蚀得露出了里面的络合金骨骼。

“火鸡肉罐头，”嚎叫者说道，“太好了。让我们来过个感恩节。”他看向模块人。“你是个机器，对吗？你吃东西吗？”

机器人将两根络合金手指插入电灯插座。插座上闪过一阵电光，接着是臭氧的气味：“这样更好。”他说。

“他们很快就会量产你了？我看得出五角大楼对此很有兴趣。”

“我已经把我的创造者报的价给了卡特将军，但他还没有回复。我猜现在军队的指挥结构还处于混乱的状态中。”

“嗯，详细说说。”

“等下。”机器人说道。在机枪扫射和喷气机的轰鸣声中，还有另一个声音。那是轻武器开火的声响。

一名海军陆战队官员跑进饭店里，单手按着头盔。“开始了。”他说。机器人开始运行系统自检程序。

西北风眼中噙泪，抬头看向那名官员。她的样子比十七岁要幼小许多。

“我准备好了。”她说。

♣

星蜂大军在费城郊外停了下来。两支海军陆战队军团挡住了它们，他们的据点外，环绕着星蜂尸体筑成的高墙。这一胜利还得感谢空军飞机和海军舰载机的支援，此外还有战舰“新泽西”号的助力，它从大西洋上直接将十八英寸炮弹轰了过来；提供了帮助的同样还有卡特的国民警卫队和伞兵部队，他们负责包抄侧翼，驱赶星蜂大军。

感谢王牌们，他们一直战斗入夜，即使在星蜂的猛攻变得犹疑，接着往西移动，朝远处的蓝山进发后，他们还在战斗。

整个晚上，费城的机场都极为繁忙，他们将另一支海军陆战队的兵团从加利福尼亚州运了过来。

第二天早上，遭遇战开始了。

♠

黄昏之后，便是第二天的事了。候机室的一角，一台彩色电视机正在热忱地喋喋不休。卡特此前正在做准备，要将指挥部向西转移去阿伦敦，模块人带着星蜂的最新动向飞了进去。但此时卡特正在忙着用电台与肯塔基州的指挥官交谈，机器人也就由此听到了世界上其他地方的消息。

肯塔基州发生的暴力场面出现在屏幕上。那些画面都是隔着一段安全距离用长镜头拍摄的，时不时会被打断。画面正中是个高个子男人，看起来十分疲劳，身上没有任何标识，他挥舞着一根二十英尺的树桩砸向星蜂芽蕾，他的身体仿佛一颗金色的星星般熠熠生辉。而后跟着一段对此人的采访：他看起来似乎不超过二十岁，但双眼中却像浮现出了存活千年的幽灵。他没有多说什么，只是道了个歉，便离开继续战斗了。那是杰克·布劳恩，40年代的“金童”和50年代的“犹大王牌”，在紧急关头他又重新回来活动了。

还有更多王牌：西北风的父亲飓风正在得克萨斯州与星蜂战斗，他也带着一支个人的摄像团队，都武装着自动武器。星蜂大军被布利斯堡和胡德堡的装甲部队及波尔克堡的步兵团驱赶，撤退至美国与墨西哥的边境，越战时期广泛使用过的落叶剂将飞虫群摧毁了。墨西哥人的反应速度比较慢，军队也没有现代的大规模武器装备，因此并不乐于见到星蜂的军团被推至奇瓦瓦州，他们只能做出一些徒劳的抵抗。

更多图像，更多现场，更多尸体四散在一片片被蹂躏的土地上。有图像展现了德国北部秋日平原的场面，星蜂落在了英国驻德莱茵集团军组织起来的大规模战略之中，甚至完全都没能集结起来。色雷斯地区传来的图片则危机重重，星蜂在那儿，沿着希腊—土耳其—保加利亚国境的两边都进行了大屠杀。人类政府没能达成合作，他们的人民为此饱受折磨。

希望与祈祷的图像：来自耶路撒冷和伯利恒的场景，那两座城市已挤满了圣诞节的朝圣者，此时的教堂里，祈祷的低语正绵绵不绝。

中国传来的影像是简单朴素的黑白画面，展现了难民流离失所和军队在行进时的景象。估计死亡人数在五千万以上。非洲、近东、南美——星蜂横扫第三世界，掀起了无尽的死亡浪潮。澳大利亚不与任何大陆相连，这一点拯救了它。超级大国允诺在清扫完自家后院后就来拯救世界。

东方集团成员国里发生的事只能经由推测：虽然没有人发言，但星蜂似乎在波兰南部、乌克兰和西伯利亚的至少两处都登陆了。公约国的军事力量都被动员起来，进入了战场。政治评论员们纷纷预测俄罗斯接下来会发生饥荒，因为全面动员征用了普通民众用来运输食物的卡车和铁路。

还有些旧照片出现在屏幕上：西北风在天空中无拘无束地飞行；卡特不情愿地召开记者发布会；费城市长陷入歇斯底里的边缘……机器人转身离开了。他已见够了这些场面。

他突然感觉到有什么东西穿过了他，就像是一阵幽灵般的风，触摸到了他那电脑自动控制的心脏。他觉得自己变得虚弱了。电视机发出一阵嘶嘶声，画面消失了。通讯设备发出高音啸叫，他们的某个设备坏了。模块人的心中警铃大作。发生了某些情况。

幽灵之风再度吹来，触摸到他的核心。时间就像是突然跳了一拍，更多通讯设备出现故障。机器人走向卡特。

将军将电话的话筒搁回托架上时，手在微微颤抖。这是机器人头一回看到他害怕的样子。

“是电磁脉冲，”卡特说道，“有国家动用了核武器，我不认为是我们。”

◆

报纸的头版头条依旧还在为外星人入侵而号叫。美国中西部的孩子们则被告诫说要尽量少喝牛奶，因为它们可能已经被苏联人用来轰炸西伯利亚星蜂的空中炸弹污染了。通讯依然受到干扰：核子弹爆炸放出的辐射直达离子层，让不少美国电脑中的芯片成了废铁。

街头上的人看起来似乎都有些鬼鬼祟祟。即使经过六天的密集战斗，星蜂显然也正在撤离，人们却还依旧在争论着是否应该封锁纽约。

科尔曼·哈伯德根本没空去关心这些事。他沿着第六大道行走，龇牙咧嘴的，脑袋正因为他最近的冒险行为而付出了头疼欲裂的代价。

他失败了。男孩费边原本是修会中最有前途的成员之一，最近却因为某个愚蠢的性骚扰指控而被捕入狱，这个男孩没法让自己的双手离开女性，不管对方是否乐意让他这样做，哈伯德被派去与那位负责的警察队长谈谈。这事儿本来应该很简单，将一份遗失的文书或某个建议植入这个队长的大脑，告诉他这些证据不够充足……但那队长的思维极为圆滑，哈伯德没能找到突破口。最终麦克弗森队长咆哮着将他扔出门外。哈伯德所做的一切不过是让自己的身份与费边的这个案子联系在了一起，此外或许还会导致进一步的调查。

阿蒙神不太乐意接受失败。他的惩罚可能会极为凶残。哈伯德在脑内排演了一番为自己辩护的言辞。

就在此时，一名又高又瘦、步履匆匆的红发女性突然出现在哈伯德面前，还差点儿撞在他身上，但她连一句道歉都没有就迅速沿着街道跑了出去。她穿着巴宝莉的正装，手里拿着一只皮箱，脚上穿着网球鞋。而她这身更搭配的鞋正从她的挎包里露出一角。

哈伯德的心头涌起一阵怒火。他痛恨粗鲁的行为。

他的脸上渐渐展现出扭曲的笑容。他探出自己的思维，触摸到她的思想和意识。那儿门户大开，极为脆弱。他集中力量攻击过去，微笑凝固在了他的脸上。

他抓住并控制了她思维的瞬间，女人的脚步有些蹒跚，手包也掉落在地。他将手包捡起，挽过她的手肘。“给你，”他说，“你好像心情不太好。”

她朝他眨了眨眼睛。“什么?”她的脑海中只有困惑。他轻轻地抚平了它。

“我的公寓离这儿要不了多少路。在五十七街。或许你应该去那儿休息一下。”

“公寓？什么？”

他轻柔地接管了她思维的控制权，让她沿着街道朝前走。他很少遇到思维这么温顺的人。他的心里乐得冒了泡。

很久很久以前，他只将力量用于和女人上床，或者让自己获得晋升。后来他遇到了阿蒙神，才发现自己力量真正的用处。于是他辞了职，如今完全依赖修会生存。

他可以在她的思维里逗留几个小时。从而发现她是谁，发现她秘密的恐惧。然后将这些恐惧之事都施展在她身上，一个接一个地，在她和他自己的脑海中展现，他会强迫她向自己大声乞求，乞求他对她所做的一切，从而享受她的谄媚，她的自我厌恶。他要安抚她的精神，让她为自己的每一步堕落、每一个恐惧而恳求，以此来享受她逐渐疯狂的过程。

这些不过是他在观察阿蒙神时学到的一切中的一小部分而已。这些事让他觉得自己活了过来。

至少，就在这几个小时里，他可以让自己沉浸在他人的恐惧中，遗忘自己的恐惧。

♦♥♣♠

直至第六代

第二部分

一股冷空气袭击了这个城市，它直接吹自西伯利亚。冷风挤入建筑与建筑之间的缝隙，拖拽着城市里半心半意地摆上的圣诞装饰，将极微小的苏联土地的颗粒四散在街道上。这是这些年来最为寒冷的一个冬天。两日前，官方便宣称说新泽西与宾夕法尼亚州的星蜂已被消灭，于是王牌、海军陆战队和其他军队都返回城市，在第五大道上举行了一场阅兵游行。再过几日，美国军队和所有能被说服加入的王牌都会向南或向北，飞离美国去处理非洲、加拿大和南美的星蜂入侵。

机器人将一根重新安上血肉的手指插入付费电话的插槽，只觉指尖像被什么东西蜇了一下。这是他不得不了解的小伎俩之一。他拨通了一个号码。

“你好，辛蒂。你的工作找得怎么样了？”

“模块人！嘿……我只想说……昨天过得真是太美妙了。我从未想过自己能与一名战争英雄并肩游行。”

“我很抱歉隔了这么久才给你打电话。”

“和星蜂战斗得更优先。别担心，你已经给了我补偿。”她笑起来，“昨天晚上真的很美妙。”

“哦，不，”机器人接到了另一通警察的呼叫，“看来我得走了。”

“它们没有再度入侵吧，对吗？”

“没有，我想是没有。晚点我再给你打电话，好吗？”

“我很期待。”

某种类似绿色黏液的凝胶质团块从一个检修孔中喷发出来，淌入鬼牌镇的街道，那是一个从哈德逊河上的大决战中逃脱的星蜂芽蕾。在人们打出报警电话，警用电台开始呼叫之前，它已成功地吞噬了两名圣诞购物者和一名热脆饼供应商。

机器人头一个抵达了现场。当他潜入这片街谷，眼前所见之物就像一个在冰箱里放得太久的三十英尺宽的碗状果冻。果冻里有些黑色醋栗似的东西，那正是它的牺牲品，它正在慢慢地消化他们。

机器人从那生物上方飞过，以激光射线进行射击，同时竭力避免射中醋栗状物体，以期他们还能复活。被那无声无形的射线击中之处的果冻开始弯曲。它徒劳地探出一只伪足，想要够到空中折磨着它的敌人，却失败了。它滚动着向一条小巷逃去。或许是太饥饿，也可能是太蠢，它没想到要放弃食物钻入下水道来寻求庇护。

那生物挤入小巷，匆匆向前逃跑。机器人持续地开火，中弹之处发出嘶嘶声，那东西似乎很快就失去了能量。模块人往前看去，小巷前方站着一个弯着腰的人。

那是个白人女性，穿着一层层肮脏破旧的衣服。一顶松松垮垮的毡帽拖下来，盖住了底下的海军烟囱帽。她的两只手臂上各挂着一个购物袋。乱糟糟的灰发盖住了她的前额。她正在一个垃圾桶里翻找着，还将皱巴巴的报纸从肩头扔进小巷里。模块人加快了速度，在寒冷而下着微雨的风中穿行，同时以雷达引导向身后开火。他在垃圾桶前的行道上落下，以膝盖缓冲这一冲击力。

“于是我对马克辛说了，我说……”那女人正在说着什么。

“抱歉。”机器人说着抓住那女人，加速向前。在他身后，星蜂芽蕾正在一连串微波火力的攻击下翻滚，逐渐蒸发。

“马克辛说，今天早上我妈摔坏了她的屁股，你绝不敢相信……”老妇嘴里还在喃喃自语，边说边揍他。他静静地承受了对方手肘往他下巴上的一击，飘浮到最近的一个屋顶上着陆。他放开自己的乘客。她转过身，愤怒地涨红了脸。

“好家伙，”她说，“是时候让你瞧瞧希尔蒂搞到什么放在袋子里了。”

“待会儿我会把你带下去的。”模块人说道，准备转身去追击那生物，却从眼角的余光中看到老妇打开了购物袋。

购物袋里有某种黑色的东西正在逐渐膨胀。

机器人想移动，想飞走。但有什么东西抓住了他，不让他离开。

不管购物袋里装的是什么，它都变得比之前更大了。它膨胀得十分迅速。不管抓住机器人的是什么，它正拽着他往那购物袋而去。

“停下。”他只是这么说了一句，但那东西没有停手。机器人想与之战斗，但此前的激光射击消耗了他太多能量，他似乎无法施展出自己的力量。

黑暗一直蔓延，直到将他彻底包裹。他觉得自己在下坠。然后，失去了意识就什么感觉也没有了。

♥

响应了报警的纽约王牌终于征服了那个星蜂芽蕾。它最后只剩下一泡暗绿色的物质，而后冻成了一团肮脏的冰。被它残害的人已被消化了一部分，最终确认身份靠的是他们身上携带的不可食用的信用卡和复合薄膜制成的身份证。

到了晚上，老练的鬼牌镇居民已将这生物命名为“惊奇巨大鼻涕怪”。没有人注意到，有个带着购物袋的老妇沿着安全梯下了那栋楼，在寒冷的街道上继续游荡。

♣

机器人是在五十二街后小巷一个垃圾桶里醒来的。系统内部自检展示了他的损伤：微波激光被扭成了正弦波；电压发生器受损了；飞行模组则像是被巨人的双手紧握过般地扭曲。他砰地一声打开了垃圾桶的盖子，小心翼翼地观察小巷前后的动静。

他的视野里没有任何人。

♠

阿蒙神在哈伯德脑海中闪耀出辉光。那公羊脑袋的双眼中迸发出愤怒的火焰，祂握着安卡十字架和权杖的手攥成了拳头。

“提亚马特，”祂说，“被击败了。”哈伯德因为阿蒙神的愤怒而畏缩。“夏克提装置没有按时做好准备。”

哈伯德耸了耸肩。“黑暗姐妹只是暂时被击败了而已，”他说，“她会回来的。她能出现在太阳系中的任何地方——军方无法找到她，也无法认出她。这么多个世纪以来，我们一直保守着这个秘密，并不只是为了现在被打败。”

♦

相比于之前的混乱景象，此时的阁楼内部看起来整洁多了。特拉夫尼克的笔记已被搜集到了一起，而且尽可能地按照相关科目归了类。特拉夫尼克已开始着手整理。他进行得很不顺利。

“所以，”特拉夫尼克说道。他的呼吸在他面前形成一片霜气，给他的眼镜蒙上了一层白雾。他摘下了眼镜。“你从空间上被移到了五十个街区之外，时间上则移动了一个小时，是吗?”

“看来是这样。我从垃圾桶里出来时，发现鬼牌镇的战斗已结束了将近一个小时。对比外部时间与我的内部系统时间，我发现相差七十二分五十点三三三秒。”

机器人已打开过自己的胸腔，更换了一些组件。为安全起见，激光枪已被取下，但他装回了自己的飞行模块，此外也凑合着更换了一个电压发生器。

“有意思。你说那个拾荒女似乎和那难以名状的东西不是一起的?”

“很有可能他们出现在同一条街道上只是个巧合。她的自言自语严格说来似乎并不合理。我认为她的精神不正常。”

特拉夫尼克调高了他那件连体衣上的加热开关。在两个小时里，气温下降了十二度，下午三时左右，阁楼的天窗上已结起了一层霜。特拉夫尼克点了一支俄罗斯烟，在电炉里煮了些泡咖啡的水，接着将双手插入温暖的连体衣口袋里。

“我想检查一下你的记忆，”他说，“把你的胸腔打开。”

模块人服从了。特拉夫尼克从一排录像设备下的微型电脑里拉出两根电线，插入机器人胸口、他那保护好了的机器大脑旁的凹槽内。“把你的记忆备份在电脑里。”他说。特拉夫尼克那双热切的眼睛里映出了电压发生器工作时的闪光。电脑显示任务完成。“穿上衣服吧。”特拉夫尼克说道。机器人拔掉连接线，关闭胸腔时，特拉夫尼克已转向录像机，按下了开关。录像机里开始快速倒放。

他放到那拾荒女出现的地方，让她的影像重复播放了好几次。他走到电脑终端前，在设备上输入了一些指令。拾荒女的脸占满了整个屏幕。机器人看着那女人肮脏瘦削的脸，盘绕结团的头发，破破烂烂的旧衣服，这才注意到她少了几颗牙。特拉夫尼克站起身，走到阁楼后方他的生活区里，回来时拿着一只旧宝丽来相机。他用上了相机里的最后三张相纸，将其中之一交给了他的造物。

“给你。你可以把它拿给别人看，问问他们是否见过她。”

“是，先生。”

特拉夫尼克拿出图钉，将另外两张照片钉在天花板下的梁上。“我要你去找出这个拾荒女在哪儿，然后拿到她袋子里的东西。我要你弄明白她是从哪儿拿到它的。”他摇了摇头，把烟灰弹在地板上，又喃喃道，“我不认为是她自己发明了它。我想她一定是从什么地方捡到的。”

“先生？星蜂呢？我们已经答应我会在两天内出发去秘鲁。”

“滚他妈的军方，”特拉夫尼克说道，“我们干了这么多活，他妈他们一分也没付。什么也没有，除了一个蠢透了的游行，这还不是军方付的钱，是市政部门出的。倒要让他们好好瞧瞧，你要是不在，他们和星蜂战斗能有多容易。然后他们可能才会把我们当回事。”事实是，特拉夫尼克完全没法重构他的工作。他得花上几个星期，甚至好几个月。军方要求的是保证，是计划书，是他可以确定下来的知识。而拾荒女的问题则更有趣些。他开始随意地查看机器人的记忆。

模块人在他的电脑思维深处感到了一些畏惧。他快速地说话，希望能让他的创造者将注意力从那些图片上转移。

“那个拾荒女可能会去别的地方，我可以去难民中心找找看，但这可能要花不少时间。我的文件告诉我，纽约平常有两万左右的无家可归者，现在又加上从泽西来的无数难民——”

“去他妈的！”特拉夫尼克用德语喊道。机器人又感觉到一阵畏惧。特拉夫尼克看着电视机，喘了一口气。

“你在那个女演员身上钻来钻去！”他说，“那个用辛蒂假名的女人！”机器人对接下来将发生的事放弃了挣扎。

“是的。”他说。

“你他妈就是个烤箱，”特拉夫尼克说道，“到底他妈的是什么玩意儿让你觉得自己能上别人的？”

“你给了我相应的设备，”机器人说道，“你还把情感植入我的系统中。最重要的是，你让我的外表显得很英俊。”

“呼。”特拉夫尼克的视线从模块人移到录像，接着又移了回去，“我给你那设备是为了让你在必要时装成人类，我给你情感是为了让你能了解那些社会之敌。我不觉得这就意味着你得做任何人类能做的事。”他把烟蒂扔在地板上，脸上出现了一丝恶意。“有趣吗?”他问。

“是的，令人愉悦。”

“你那金发婊子看来是过了一段好时光。”特拉夫尼克咯咯笑着，伸手去拿遥控器，“我想从头开始看你的这场好戏。”

“你不想再看看那个拾荒女?”

“首要中的首要之事是，你先给我拿杯皮尔森啤酒来，”他的脑海里突然冒出一个想法，于是他抬起头，“我们还有爆米花吗?”

“没了!”机器人已转过身，甩下这句唐突的回答。

模块人带来了啤酒，看着特拉夫尼克抿了一口。捷克人恼火地抬起了头。

“我不喜欢你看着我的样子。”他说。

机器人想了想。“你是希望我以别的什么方式看着你吗?”他问。

特拉夫尼克涨红了脸。“去角落里站着，他妈的微波烤炉!”他吼道，“把你的蠢脑袋转开，你这该死的录像机!”

在那个下午接下来的时间里，他的造物都在阁楼的角落里站着，而特拉夫尼克则在看那段视频。他获得了极大的满足。他把其中最精华的部分看了又看，还咯咯直笑。但渐渐地，他的笑声消失了，一种冰冷而不确定的感觉缓慢地爬过他的后颈。他时不时地偷瞟机器人那冷漠的身影。他关掉了视频，把烟蒂扔进啤酒瓶里，接着又点燃了一根。

机器人表现出了惊人的自主性。特拉夫尼克重新回顾了他程序里的各个要素，尤其将注意力集中在附件上。特拉夫尼克对人类情感的概括是从广泛的专家源中搜集得来的，囊括了从弗洛伊德到斯波克医生[1]的所有理论。编写这个程序对特拉夫尼克而言也是一种莫大的智

① 本杰明·斯波克，美国儿科医生，育儿专家。

力挑战——他得把不合逻辑的人类行为转变为冰冷的计算机语言。在他进德州农工大学的第二年里，他都在完成这个任务，那一年他几乎没离开过他那个小角落，因为他知道，他必须让自己投身于一个宏大的目标，不然就会被这个仿佛“石墙”杰克逊[1]与阿尔伯特·斯佩尔[2]的集体无意识幻想之化身般的大学里那精神错乱的氛围逼疯。他刚进德州农工大学还不到十分钟，就知道自己来这儿是个错误——那些剃着平头，身着制服、皮靴和佩剑的毕业生让他联想起纳粹，在利迪策，是纳粹把特拉夫尼克留在家人的尸体之下，几乎没能活命，更别提随德国人之后到来的苏联人和捷克的国家安全部队了。特拉夫尼克知道，倘若他还想在得克萨斯州活下来，就得让自己致力于某种恢弘的工作，否则他的回忆会将他生生吞噬殆尽。

特拉夫尼克从未对人类的心理学产生过多少兴趣——很早以前，他就觉得这个学科不仅愚蠢，还很无聊，完全是浪费时间。但把热情投入到某个程序里，那可以，很有趣。

如今他已几乎想不起那个时期的事了。在他的创造性恍惚之中，在前往自己灵魂最深处的通道里，他沉浸了多少个月？在那段时间里，他干的究竟是什么？附件里他妈的到底是什么？

有那么一会儿，一阵恐惧的颤抖传遍了特拉夫尼克全身。维克多·弗兰克斯坦的造物的形象在他脑海中若隐若现。机器人是否有可能反叛？他是否会发展出一种对他自身创造者的敌意？不过没关系——特拉夫尼克已在他的系统中固定了一些高于一切的命令。只要模块人的计算机意识在物理上没有受损，就无法脱离特拉夫尼克编写的基本指令而发展，就像人类在一生中无法脱离基因给予的外形而进化一样。

---

① 美国内战期间著名的南军将领。

② 德国建筑师，纳粹德国期间的装备部长及帝国经济领导人。

这会儿特拉夫尼克觉得更舒服了。他看向机器人的眼神中带着赞许。他编写出了具有如此迅速学习能力的程序，这让他感到自豪极了。

“你还真行，烤炉，”最终他这样说道，同时关掉了视频，“让我想到了从前的自己。”他抬起一根手指表示劝诫。“但是今晚别再去钻女人了，去给我找到那个拾荒女。”

模块人还面朝墙壁，他的声音因此而显得瓮声瓮气。“是，先生。”他说。

♥

霓虹灯映照在一伙耐特黑帮成员的呼吸形成的白雾上，他们所站之处上方彩色粉笔招牌上写着店名——跑跑俱乐部。三级警探约翰·F. X. 布莱克开着他那辆不带标志的警车，正等着红绿灯变色，好转向西夫公路，他的视线不自觉地扫过人群，往脑海里记录着一张张面孔、姓名和他们的各种可能性……他才刚下班，离开时签字征用了这辆没标志的警车，因为接下来的这一天他得把自己的屁股钉在一个工厂里，按电视上的说法，这叫盯梢。昨天刚保释出狱的小偷里奇·桑迪兰纳斯朝他咧嘴一笑，露出一口钢牙，朝他竖起中指。让他滚他妈的蛋吧，布莱克想。至于那些耐特黑帮，每回他们遇上鬼牌镇的“恶魔王子”帮会成员，都会挨上一顿揍。

从一张海报上，布莱克观察到今晚演奏的乐队名叫“星际蜂后”——谁也没法指摘这些硬核乐队，说他们对这时代的潮流洞察得不够迅速。布莱克完全是在看海报的无意中，发现警官弗兰克·卡罗尔跌跌撞撞地走到了灯光下。卡罗尔的样子糟糕极了——他的帽子攥在手上，头发蓬乱，外套上溅着的某种液体，在闪烁的霓虹灯下散发出荧光黄。他看起来像是正打算去两个街区之外的警察局。那些耐特替他让路的同时，也放声大笑。布莱克知道卡罗尔的辖区在好几个街区之外，与此处全不相连。

卡罗尔高中毕业后就当了警察，如今已经两年了。他是个白人，长着深红色的头发，胡子修剪整齐，身材中等，全靠不规则的体重训练让体能多少得以强化。他似乎把警察的工作看得很重，勤勉而有条理，非必要时也会大量加班。布莱克给他标签是勤奋却无趣。他不是那种会在冬日的午夜还到处乱跑，眼神慌乱的人。

布莱克打开车门下车，喊了卡罗尔的名字。那警官转过身，慌乱地四下张望，接着露出如释重负的表情。他跑向布莱克，猛地拉开未锁的后车门。

“耶稣基督！”卡罗尔说道，“我被一个拾荒婆扔进了垃圾堆里！”

布莱克心中暗笑。待红绿灯一变色，就开车转弯了。“她突然抓住了你？”他问。

“你他妈猜得一点没错。她那时在科西街一条小巷的尽头，手里拿着一盒火柴和一束包装纸，打算把一整个垃圾箱都点燃来取暖。我让她从那儿离开，想把她带进我的警车送去洛克公园的收容所。然后就哇！袋子抓住了我。”他看向布莱克，咬住嘴唇，“你觉得她是某种鬼牌吗，罗？”

“罗”是纽约市警察局里对“警官”一词的简称。

“你说的是什么意思？她用袋子打了你，是吗？”

“不是。我是说那个袋子——”卡罗尔的眼神中再次出现了慌乱的情绪，“那个袋子把我吃了下去，罗。有什么东西从袋子里探出来，吞了我。它是个……”他在心里搜索着词句。“显然是个超自然物体。”他低头看向身上的制服，“看看这个，罗。”他制服上的金盾标志以某种怪异的方式扭曲了，看起来像是达利画中的时钟。还有他的两颗扣子也是如此。他以敬畏的态度轻轻碰了碰它们。

布莱克开入装卸区，拉下手刹。“跟我说说具体的。”

卡罗尔表情困惑。他擦了擦额头。“我觉得有什么东西抓住了我，罗。然后……我就正正地被吸进了那个袋子里。我看到袋子变得越来越大，然后……然后再接下来我知道的就是自己正在史坦登街以北的律路街垃圾堆里了。你叫住我的时候我正往警察局跑。”

“你是被人从科西街传送到了史坦登街以北的律路街。”

“心灵传送。嗯，就是这个词。”卡罗尔似乎放松下来，“那么说你是相信我的话了。老天，罗，我以为我得写下保证书才会有人信我呢。”

“我在鬼牌镇已经干了不少年头，见过很多奇怪的事，”布莱克又发动了汽车，“我们去找到那个拾荒女，”他说。“这事儿就在几分钟前，是吗？”

“对，我的警车还在那儿。这会儿鬼牌们估计都把它拆了。”

从科西街上就能看到那个燃烧的垃圾桶散发出的光，它将褐砂石小巷的墙壁映成了橘黄色。布莱克驶入一片卸货区。“我们走过去。”

“你不觉得我们应该给消防的人打电话吗？”

“还不到时候。现在对他们来说可能还不安全。”

布莱克在前，两人走入小巷尽头。垃圾桶熊熊燃烧着，在一片升腾的烟尘里，火焰跃起到了十五英尺，甚至更高。卡罗尔的警车奇迹般地完好无损，即使它的后门还开着。在垃圾桶前，时不时换脚站立的，是一名小个子白人女性，她的双手各拿着一个满满的购物袋。她身上穿了好多层破旧的衣服，似乎在自言自语。

“就是她，警官！”

布莱克凝视着这个女人，什么也没说。他不知道该怎么接近她。

火焰喷发得更高，噼啪作响，突然在火光中出现了仿佛圣艾尔摩之火般的闪亮光芒，绕着那女人和她的购物袋闪动。接着其中一只购物袋里有什么东西升了起来，像一片暗影。狂风中，垃圾桶的火光如同蜡烛的火苗一般弯曲，接着就被吸入购物袋里。火焰和暗影随之消失。那女人的身形外环绕起一片怪异的五彩光芒。饱含脂肪的烟尘飘落在人行道上。

“我操。”卡罗尔喃喃道。布莱克做出了决定。他伸手探入兜里，拿出皮夹和他那辆无标志警车的钥匙。他给了卡罗尔10美元。

“开我的车，去西百老汇的汉堡王买两个双份芝士汉堡，两大份薯条和一大杯咖啡，带过来。”卡罗尔愣愣地看着他。

“普通咖啡还是清咖啡，罗？”

“去就是了！”布莱克喊道。卡罗尔赶紧上路。

♣

他们用上了两个汉堡、咖啡和一包薯条，才把拾荒女骗进布莱克那辆没有标志的警车里。布莱克觉得，如果是卡罗尔开的那种蓝白相间的警车，她很可能根本就不会进去。他已经让卡罗尔把他的制服外套和武器锁进行李箱里，以免吓到这女人，而卡罗尔坐上副驾时，还在瑟瑟发抖。

在他身后，那个拾荒女正边吃薯条边喃喃自语。她身上臭得可怕。

“我们去哪儿？”卡罗尔问道，“去哪个救济中心，还是去医院？”

布莱克发动了汽车。“去某个特殊的地方。上城区。这个女人身上还有些你不知道的东西。”

布莱克加速驶出鬼牌镇时，卡罗尔把全副力气都用在了发抖上。拾荒女在后座睡着了，她那张缺了牙的嘴里呼出了鼾声。布莱克在东五十七街的一片褐砂石墙前停下车。

“在这儿等着。”他说。他跑下楼梯，走到一个地下公寓的入口，按了蜂鸣器。前门上挂着一个塑料的圣诞节花环。门里有人从猫眼望了出来。门开了。

“我没想到你会来。”科尔曼·哈伯德说道。

“我找到了一个人，她有……力量……就在车后座里。她的脑子不太清醒。我觉得我们可以让她进后边的卧室里。另外还有个警官和我一起来的，他不知道接下来会发生什么。”

哈伯德瞥了一眼那辆车。“你怎么和他说的？”

“我就让他留在车里。他是个好孩子，会照我的话去做的。”

在卡罗尔好奇的注视下，哈伯德和布莱克将那拾荒女哄进了哈伯德的公寓，用的是哈伯德冰箱里的食物。布莱克不知道卡罗尔会说什么，倘若他见着了隔壁那间特地锁起来的屋子里的装饰，那间黑暗的隔音室里的蜡烛、壁龛，地板上的五芒星图案，镶嵌着合金的排水沟，用来将人固定住的轻锁链……这里不像修会从前在下城区里的那个爆炸了的神庙那般装饰豪华，不过，毕竟它也只是个临时总部，等上城区的新神庙建成便不会再投付使用。

哈伯德的公寓里有两间客房，他们将拾荒女引入其中之一。

“门上加个锁，”布莱克说道，“记得给钦天士打个电话。”

“阿蒙神已经得到消息了。”哈伯德说着，轻轻敲了敲自己的脑袋。

布莱克回到自己的车里，重又向鬼牌镇开去。“我们去开你的警车，”布莱克说道，“然后我们去警察局，你可以做个报告。”

卡罗尔看着他。“那人是谁，警官？”

“精神病患和鬼牌相关问题的专家。”

“那位夫人可能会对他造成伤害。”

“他会比我们俩中的任何一个人都更安全。”

布莱克在卡罗尔的巡逻警车旁停了下来。他走出车子，打开后备箱，拿出了卡罗尔的外套和帽子。他把它们递给年轻警官，接着拿出一个“笛子”——这是纽约市警察局对装满了酒、看起来无害的可乐瓶的称呼——他本来打算明日盯梢时靠它取暖。他把“笛子”交给卡罗尔，这位巡警感激地接过瓶子。布莱克伸手去拿卡罗尔的枪套皮带。

“你在附近真好，罗。”

“嗯，确实如此。”

布莱克用卡罗尔的配枪朝他胸膛开了四枪，等那警官摔倒在地，又往他脑袋上开了两枪。他擦去枪上的指纹，将它扔到地上，接着拿回可乐瓶，回到车里。卡罗尔身上溅到了朗姆酒，或许这能让他看起来就像是在下车准备找个酒鬼的麻烦时，反被对方射杀。

车里有一股芝士汉堡的气味。布莱克想起自己还没吃午饭。

♠

拾荒女无视了屋内的床，在角落里睡着了。她的购物袋堆在一起，摆在她面前，像是筑成了一面碉堡。哈伯德坐在一张小凳上，全神贯注地看着她。他那扭曲的微笑此时已凝固成了对他自己原本微笑的僵硬模仿。他的脑袋里不停地抽痛着。阅读她的思维让他付出了代价。

这是一条不归路，他想。他早已看穿了这一点。在麦克弗森队长一事上的失败让他在修会里和阿蒙心中的价值都受到了折损，因此当布莱克将这拾荒女带到他这儿来时，哈伯德意识到这是赢回自己地位的机会。哈伯德说自己已通知了阿蒙，他说了谎。

这其中确实有力量。或许甚至足以给夏克提装置充能。而要是夏克提装置能用这购物袋里的东西充能，那么阿蒙的存在就不是必要的了。

哈伯德知道，袋子里的东西能吃人。或许它能把阿蒙也吃了。哈伯德想起旧神庙中的那场大火，当时阿蒙身后跟着祂的门徒，他们一起大步踏过火焰，却全然没有理睬哈伯德的惨叫。

是的，哈伯德想。这事值得冒险。

二级警探哈里·马提亚在修会里被称作“犹大”，他坐在床上，双手支着下巴，耸了耸肩。

“她不是王牌。不管她那购物袋里装的是什么东西，反正也不是王牌。”

哈伯德直接与他的精神对话。我感受到了两个意识。其中之一是她的——已经发疯了。我没法触及它。另一个意识在购物袋里——它以某种方式与她相联系……像是以情绪绑定的。这另一个意识似乎也受损了，就像是特意为了适应她。

犹大站起身。他的脸气得都涨红了。“看在上帝的分上，为什么我们不能直接去拿这该死的袋子？”他伸出双手，走向拾荒女。

哈伯德感觉到了一阵意识的断流。拾荒女醒了。通过他与犹大之间的精神联系，他感觉到犹大在这老女人的眼神中突然出现的恶毒面前，产生了片刻的犹豫。但犹大还是向购物袋探了出去。

购物袋也探向犹大。

一片比思维更迅捷的黑暗在室内升起。犹大消失在这片黑暗中。哈伯德盯着这块空空如也的地方。在他的脑海中，老女人那疯狂的思维正不住起舞。

◆

犹大瑟瑟发抖，嘴唇发青，头发上粘着圣诞彩片，一只鞋底粘着一片硬纸板，枪已被扭成了正弦波。他瑟瑟发抖，嘴唇发青。他被传送到了克里斯托弗街上的一个垃圾桶里，整个人的存在都消失了大约二十分钟。他坐出租车回来的。

这是力量，哈伯德想。难以置信的力量。购物袋里的东西以某种方式实现了时空跃迁。

“为什么是垃圾桶？”犹大说，“为什么是粪坑？看看我的枪……”他注意到了那张硬纸板，随着一声黏腻的声响，它脱离了他的鞋。

“她心里念念不忘的就是垃圾桶，我猜，”哈伯德说道，“而且它似乎有时会扭曲一些无生命的物品。我觉得这是因为它坏了——或许它出了什么问题。”

他得想个办法来征服这个拾荒女。等她入睡是没用的——犹大才迈出了威胁她的第一步，她就醒了。他模模糊糊地想到要用毒瓦斯，接着一个念头出现在他脑海中。

“你辖区的警察局能接触到麻醉枪吗?”

犹大摇头。“不能。我猜消防部门可能有几把，好让他们在处理逃跑的动物时使用。”

整个计划在哈伯德脑海中逐渐成形。“我希望你和布莱克替我偷一把来。”

最好是让布莱克来实际开这一枪，这样一来，就算购物袋里的东西报复，也只会袭击布莱克。而当拾荒女睡着之后，哈伯德就能拿走那个装置……

接下来就轮到哈伯德了。他可以把他需要的所有时间都用来玩弄这拾荒女的意识，她的大脑中也会留下足够多的意识，了解到自己身上发生了什么事。嘿，就是这样。

他可以在大街上直接抓人来测试这装置的捕捉能力。而后，或许就该轮到阿蒙倒霉了。

他舔了舔嘴唇。他已经等不及了。

♥

夜晚的臣民似乎多得无以计数。机器人对纽约下层社会的抽象概念，让他知道在整个纽约，有成千上万的人在玻璃高塔和坚实的褐砂石砖墙之间漂泊，他们的生存方式与建筑里的住民之间的差别，可能就像人类与火星人之间的差别……但抽象而数字化的事实无法完全描述出现实，在垃圾桶中燃烧的火堆旁坐着的男人们，他们相互传递酒瓶；被社会遗弃的人生活在纸板箱搭成的墙后，他们的双眼反射着圣诞节的彩灯之光；在小巷里或地铁通道中紧紧搂住自己，蜷成一团的疯子，嘴里喃喃说着疯话。就像是恶魔的咒语落在了这座城市上，因此有一部分人因为战争或破坏而成为无家可归的难民，其他人却着了魔似的瞧不见他们。

机器人找到了两名死者，他们体内最后的一丝热气都已消散了。他将他们留在报纸造的棺材里，继续前行。他也发现了几个垂死的、病重的人，便将他们带去了医院。其他人见到他就逃。有些人装模作样地看了眼拾荒女的照片，还把那张宝丽来相片竖起来，凑到垃圾桶的火堆前细细端详，接着便要钱作为回报，说出来的却是个明显错误的答案。

他想，这个任务简直毫无希望。

他继续寻找着。

♣

布莱克和哈伯德在拾荒女那锁着的门外等待着。布莱克正在啜饮他那朗姆酒混可乐的“笛子”。“都是梦，兄弟。难以置信的梦。耶稣啊。都是些你没法相信的怪物——狮子的身子，人类的脸，长着老鹰的翅膀，反正是你能想到最操蛋的玩意儿——而且它们全饿坏了，都想吃了我。然后是一个巨大的东西，出现在它们身后，那就是一片阴影，就像，呃……老天。”他紧张地咧嘴笑了一下，又擦了擦额头，“一想到它，我就会冒汗。然后我意识到所有这些怪物全都以某种方式彼此联系，它们都是那东西的一部分。想到这一点时我就尖叫着醒过来了。这样的梦我做了一次又一次。我都要准备去见心理医生了。”

“你的梦境意识触碰到了提亚马特。”

“没错，马提亚——犹大——招我入伙时就是这么说的。不知怎么的，他感觉到提亚马特正在接近我。”

哈伯德再次露出了扭曲的笑容。布莱克到现在还不知道，是“亡魂”每晚潜入他的意识，把那些梦境放入他的脑海中，让他一夜又一夜地在尖叫中醒来，把他逼到精神错乱的边缘，从而让犹大得以用那套说辞来解释他身上发生的一切，告诉他修会能让那些梦都远离他，加入共济会才是唯一的解脱之法。这全都只是因为修会需要在纽约市警察局里安插一个比马提亚更高级别的人，而布莱克则显然是个会高升的警察……

“但有人投我反对票，”这名刑警摇了摇脑袋，“巴尔桑和其他一些人，那些保守的共济会成员，他们不喜欢我的天主教出身。狗娘养的。提亚马特都上路了。我还是没法相信这一切。”

“我猜，就算你的中间名是跟着方济·沙勿略起的也没用。”

“至少我的妹妹没进修道院。要真那样我就完了。”他喝完了“笛子”，走到起居室，把瓶子扔进废纸篓里，“我再试第二次。”

你永远都不会知道这到底是为什么，哈伯德想。你永远都不会知道，阿蒙利用了你的会员资格来反对巴尔桑，他希望巴尔桑这位前任尊主，带着他荒谬的偏见、老派的作风和那套传承多年的神秘主义繁文缛节，一起彻底滚蛋。巴尔桑决定拒绝布莱克，而阿蒙正是利用了这一点来说服金姆·托伊、红人和“亡魂”，让他们同意巴尔桑必须离开。随后旧神庙便起了大火，而这全是阿蒙以某种方式操控的，阿蒙将所有跟随他的人救离了火焰，巴尔桑及其追随者全死了。

哈伯德还能记起那场爆炸、火焰、疼痛，记起他的血肉是如何被喷枪般的火苗焦灼的。他叫喊呼救，眼看着阿蒙巨大的星魂带领着他自己的门徒离开，要不是金姆·托伊坚持回来救他，他在当时当地就会死去。阿蒙没有完全信任他，那时候还没有。那时哈伯德才刚加入修会，阿蒙还没有机会玩弄他，进入他的大脑，让他畏惧奉承，以无穷的头脑游戏和一系列的羞辱让他扭曲成团……是的，他想，这才是阿蒙喜欢的方式。我知道的，因为我也是这种人。

敲门声传来。哈伯德将犹大迎入屋中，后者正扛着一把偷来的麻醉枪，红色的金属枪套上还粘着只许公用的标签。“去他妈的。我还以为麦克弗森队长永远都不会让我从那儿出来了。”

他和布莱克将这把巨大的黑色气枪从枪套里拿出来，往枪膛里装入一枚麻醉飞镖。“这能让她睡上几个小时，”布莱克自信地说道，“我会给她一点食物，等她开始吃起来，就从门口向她开枪。”他将手枪塞入裤子的后束腰带里，又从冰箱里拿出一盘冷比萨，走到拾荒女的门前。他打开沉重的挂锁，小心翼翼地开了门。哈伯德和马提亚都不由自主地后退了一步，感觉布莱克会就此消失在购物袋里的某个时空的奇点上……但布莱克面色一变，将脑袋探入房间，左右张望。等他回到走廊上，他的脸上带着困惑。

“她走了，”他说，“她不在这屋子里的任何地方。”

♠

模块人看着酒吧里摆在他面前的一排饮料。爱尔兰咖啡、马提尼、玛格丽塔鸡尾酒、啤酒威士忌、拿破仑白兰地。他很希望能在此时尝到新口味，他不知道他的某些部件被拾荒女的小玩意儿摧毁后，是不是唤醒了他体内的某种自毁情绪。

“我开始意识到，”机器人将爱尔兰咖啡抬到嘴边，“我的创造者有种不可救药的反社会人格。”

辛蒂思考了一会儿。“要是你不介意接受神学，我觉得这样一来，你和我们其他人类就算是都站在同一条战线上了。”

“他最近开始——好吧，别介意他最近开始干的是什么了。但我觉得这个男人恐怕是病了。”机器人将冰淇淋从上唇擦去。

“你可以离开他。至少以我所知，奴隶制度是不合法的。我猜他都没有付你最低工资。”

“我不是个人。我不是人类。机器没有自己的权利。”

“但这也不意味着你必须做他说的任何事，模块人。”

机器人摇摇头。“没用。我的程序中写入了硬连接命令，不能反对他和他的命令，也不能以任何方式泄露他的身份。”

辛蒂看起来有些吃惊。“那我得说，他考虑得很周密。”她仔细打量模块人，“不管怎么说，他为什么要造出你来？”

“他想将我投入量产，然后出售给军方。但我想逗我玩给了他很多乐趣，所以他很可能永远都不会把我的权利出售给五角大楼。”

“要我是你的话，我会为此而心怀感激的。”

“我不知道。”机器人伸手去拿另一杯饮料，接着给辛蒂看了拾荒女的宝丽来相片。

“我需要找到这个人。”

“她看起来像是个拾荒女。”

“她就是个拾荒女。”

她笑了出来。“你听到广播怎么说的了吗？你知不知道这座城市里有几千个这样的女人？近来又是经济衰退。酒鬼、逃亡者，丢了工作的人，不走运的人，因为市政经费削减而被踢出精神病院的人……救济所里也更优先接收星蜂造成的难民，而不是街头流浪者。你知道现在已经是历史上十二月最冷的夜晚了吗？他们开放了教堂、警察局——所有这些地方都开放以保证游民不至于冻死。但有不少游民不会去任何这类救济处，要么是因为他们对当局太过恐惧，要么就是他们疯得太厉害，甚至意识不到自己需要帮助。我完全不羡慕你的工作，模块人，一点儿也不。明天垃圾桶里会满是死人的。”

“我知道。我已经见到了。”

“要是你打算在她冻死之前找到她，你可以先去找找垃圾桶边点燃的火堆，再去救济所。”她皱眉再次看向那张相片，“顺便问问，你为什么要找她？”

“我想……她可能知道某些事。”

“这样，好吧，那就祝你好运。”

机器人转头从肩头眺望露台上的观景台，它已蒙上了一层晶莹的冰。在栏杆外，曼哈顿正冷冷地回望着他，带着一种他过去从未见过的清晰，就好像这些建筑，这些人，这些灯光，全都被冻结在一块巨大的水晶里。仿佛整个城市都像星星那般遥远，那样无法散发出一点点热度。

在他的脑海中，机器人的精神颤抖了。他想留在王牌云巅的温暖环境中，继续进行将温暖的饮料举到唇边这一——对他来说——完全抽象的行为。这行为里有某种舒适的东西，尽管就逻辑而言，它毫无意义。他无法完全理解自己的这一冲动，只知道这个结论。想来是他程序中人类的部分造成的。

但他的欲望也有其受限之处，其一便是服从。他在王牌云巅逗留，只能是为了帮助他完成找到拾荒女的任务。

他喝完了面前那一排饮料，与辛蒂道别。除非发生奇迹，让他马上找到那个拾荒女，否则剩下的这个夜晚，他将全都用在街头。

◆

清晨四点，车辆开过一个检修井，热咖啡洒在科尔曼·哈伯德的大腿上。他无视了它。他从双腿之间抬起大泡沫塑料杯，匆匆喝了起来。他得保持清醒。

他正在寻找那个拾荒女。他找遍了每一个救济所，开车经过每一条阴暗的街道，以精神梭巡着，希望能找到他在她那失常的大脑中见过的疯狂与愤怒的图景。

他这么做已将近二十四小时。租来的廉价车里没了热气。他的身体不住绞痛，脑袋像是被一个打桩机缓慢而有节奏地敲打着。就算知道布莱克和犹大同样在为这个差事而受冻也安慰不了他。

哈伯德把咖啡杯塞入双腿之间，打开地图灯，看向庇护所的清单。在这附近有一所女子学校的体育馆里塞满了难民，他之前没有注意到。

靠近那地方时，哈伯德感觉到一种熟悉的不安，有些类似于既视感。头疼妨碍了他的视力，他的胃一阵阵痉挛。过了几秒钟，他才接受了这种感觉。

她就在这儿。他的心头闪过一阵得意。他将自己的意识猛地从拾荒女那扭曲的意识图像上拧开，伸向布莱克巡逻之处，后者的副驾上就放着那把已填上了飞镖的麻醉枪。

快来！他喊起来。我找到她了！

♥

模块人沿着长长的队列行走，左右扫描。在这预备学校的体育馆里，挤着八百个难民。其中半数人有简易的小床，看起来像是从国民警卫队的某个仓库里拿到的，剩下的难民都睡在地板上。宽阔的室内回响着鼾声、叫喊声和孩子们的哭号。

而她就在这里。在一排排小床之间行走，边自言自语，还拖着她那两个沉重的购物袋。机器人看到她的那一刻，她也正好抬起头，她露出了一副因为认出他而带来的惊讶表情和一口参差不齐的烂牙。

机器人在他光速运转的想法冒出来后的一皮秒内便飞到空中。他要确认假如她打算释放购物袋里的不明物体，周围是否还有任何无辜的旁观者。他还没怎么离开地板，就已打开了虚化力场，他的周身响起了一阵噼啪声。购物袋里的东西将抓不到任何固体之物。

雷达开始运作，他左肩上的瓦斯弹发射器边瞄准边呼呼地转动着。他的肩膀吸收了发射的反作用力。瓦斯弹一离开虚化力场就变为实体，但还保持着它的动能。不透明的瓦斯包裹住了拾荒女。

她露出微笑。在她周身，猛地出现一片黑暗，将瓦斯吸了过去，仿佛龙卷风一般地将它们吸入了购物袋。

难民们都被这场战斗惊醒，开始恐慌起来。

拾荒女打开购物袋。机器人可以看到里面的那片黑暗。他感觉到有什么寒冷之物穿过他的身体，正试图拖拽他那虚化的形体。在他头顶上，支撑着体育场天花板的大梁像乐钟一般鸣响。

拾荒女扭曲的笑容消失了。“婊子养的，”她说，“你让我想起了肖恩。”

模块人飞到靠近天花板的地方。他打算俯冲向她，在最后一秒化为实体，希望能在购物袋还未吞噬他之前将它抓住。

拾荒女再次冷笑。就在机器人到她头顶上的俯冲点时，她将购物袋套在了自己头上。

它吞噬了她。她的脑袋在里面消失了，接着是整个身子。她的双手还抓着垃圾袋边缘，接着将那袋子随她一起拉入虚无。垃圾袋自己折叠起来，然后消失了。

“这不可能。”有人说道。

机器人在室内仔细搜索。没有找到拾荒女。

他无视了底下越来越明显的骚乱，向上飘去，穿过天花板。曼哈顿那清冷的灯光包裹住了他。他独自飞向夜空中。

♦

哈伯德盯着拾荒女原本所在之处，盯了很久很久。所以，她就是这样逃走的，他想。

他将冻僵的双手对搓了一会儿，想起了街道，那些无穷无尽、寒冷彻骨的街道，想起他那寒冷的长时间寻觅。他所知道的只有那拾荒女可能会去泽西。

这将会是一个极为漫长的夜晚。

♣

“都怪那该死的女人！”特拉夫尼克说道。他的手里拿着一封信，正因为愤怒而颤抖，“我被驱逐了！”他挥舞着那封信。“骚动！”他喃喃道，“不安全的仪器！他妈的六十天！”他用沉重的靴子重重地跺地板，故意地惊扰楼下的公寓。呼吸让他说的每一个字都蒙上了雾气。“婊子！”他吼道，“我知道她的把戏！她就是想让我用自己的钱把这地方修好，再驱逐我，好让她把这儿租出更高的价钱。我一个子儿也没花在装修上，所以现在她就想再找个冤大头。他妈找中产阶级去吧。”他抬头看向机器人，后者正拎着一个装有羊角面包和咖啡的外卖袋，等在一旁。

“今天晚上你去她办公室，毁了那个地方，”特拉夫尼克说道，“全部毁掉，一张纸，一把椅子也别留。我希望那儿只剩毁坏的家具和遍地纸屑。等她把那儿整理干净之后，就给她的公寓也来这么一套。”

“是，先生。”机器人说道。他听从了这个命令。

“该死的下东区，”特拉夫尼克说道，“要是邻居都开始提出主张了，那这地方还能剩下什么好的？我得搬去鬼牌镇寻个清净。”他从机器人的手里拿起咖啡，走过去的时候还不停地跺着压制板地板。

他从肩头回望自己的造物。“怎么说？”他喊道，“你还是在寻找那个拾荒女吗？”

“是的，先生。但考虑到瓦斯发射器不起作用，我觉得我最好改装成眩目器。”

特拉夫尼克上下跳了好几下。声音在阁楼里回荡。“随你怎么弄。”他停下跳动，微微一笑。“很好，”他说，“我知道该怎么做了。我要打开大发电器。”

机器人将纸袋放在一张工作台上，更换了武器，无声地自天花板飞了出去。在屋外，寒风还在摧残整个城市，淹没了高耸的建筑之间的缝隙，将人们刮得好似水中的稻草。气温回升到了略高于零度，但寒风刺骨，让实际温度远低于冰点。

机器人知道，还会有更多人死去。

♠

“嘿，”辛蒂说道，“我们休息一下好吗？”

“你愿意的话。”

辛蒂抬起双手，托住了机器人的脑袋。“你那么努力，”她说，“就完全没有出一点汗吗？”

“没有。我打开了我的制冷装置。”

“太奇妙了。”机器人从她的手掌中滑了出去，“和一台机器干这事，”她想了想说道，“你知道，我本以为这多多少少会感觉有点变态。但实际上没有。”

“我想，听到你这么说我很高兴。”

模块人已寻找那拾荒女整整四十八小时，最后得出结论，他需要留几个小时给自己。他给自己找的理由是，这短暂的停留能提升他的士气。他计划将晚上的这段记忆从它原本连续的地方剪出来，移到别的位置去存储，然后用前一晚上巡逻搜索拾荒女的无聊回放来填充这个空当。只要运气还行，特拉夫尼克就会快进巡逻的过程，而不会去搜索回忆中的色情小电影。

她在床上坐起来，向床头桌伸出了手。“要来点可卡因吗？”

“在我身上是浪费了。你自己用吧。”她把镜子小心地摆在面前，开始吸食白色的粉末。机器人看着她将两道白线吸了进去，微笑着靠回枕头上。她看着他，握住了他的手。

“知道吗，你真的不用那么投入地表演的，”她说，“我是说，你可以在你希望的时候结束这事。”

“我没有结束。”

她看起来有些呆滞。“什么？”她问。

“我没有结束。性高潮是一种神经元的复杂随机爆发。我没有神经元，而且我所做的一切都不算真正的随机。所以我没有性高潮。”

“他妈的，”辛蒂朝他眨了眨眼，“那你的感觉是怎么样的？”

“愉悦。以一种非常精巧的方式。”

她抬起头，想了一会儿。“就是这样。”她总结道。她又吸了两道白粉，爽朗地看着他。

“我找到了一份工作，”她说，“所以我才买得起可卡因。这是给我自己的圣诞礼物。”她微笑着说道。

“恭喜你。”

“那工作在加利福尼亚。拍商业广告。看，我被巨猿抓在手里，又被‘花芽人’救了下来。你知道的，他拍了啤酒广告。最后——”她抬起眼皮，“最后我们全都开心地喝起了啤酒，花芽人、巨猿和我，我问巨猿觉得怎么样，他打了一个嗝。”她皱着眉。“就是这种粗制滥造的东西。”

“我正打算这么说。”

“但这给了我一个机会，在《20美元旅馆》里客串出镜。要和一个歹徒之类的角色谈恋爱。我的经纪人还不太清楚这事。”她咯咯地笑道，“好歹这片子里没有巨猿。我是说，有一头就已经足够了。”

“我会想你的。”机器人说。他其实不太清楚自己对此到底有什么样的感觉。或者，就此事而言，他所感觉到的东西是否能从任何意义上被形容为感情。辛蒂意识到了他的想法。

“你还会救下其他漂亮女人。”

“我想是的。但她们谁也不会比你更美。”

她又笑了起来。“你倒是挺会夸人的。”她说。

“谢谢。”他说。

她拍了拍他的头顶。“再过一周左右我就得走了，我们还可以在一起消磨一点时光。”

“我很乐意。”机器人思考起自己对体验的向往以及他的生涯带给他体验的怪异方式，他还想到，对他而言，体验似乎永远不够，而且他绝不会得到满足。

♦

机器人飘过街道，红外线探测器在他的塑料眼中忽明忽灭。狂风不断将他刮向建筑。扣掉他和辛蒂一起度过的几个小时，他已经无休止地搜索了整整四天。

在他下方的街道上，有人将泡沫塑料杯扔出蓝色的道奇车窗外。模块人想不起来自己在哪儿见过这同一个动作。

巨原子静静地在数据中进行了快速搜查。而后机器人意识到自己见过这辆蓝色道奇车很多次了，都是在这些日子以来他去过的同一类地方——救济中心、避难所，午夜时分在街上的不断巡逻中。无论这辆道奇车里坐的是谁，他一定是在寻找什么人。是否也在找拾荒女？模块人决定将这辆车也纳入关注列表中。

汽车的搜索慢于机器人——因此模块人以剪刀式移动，在汽车左右搜索街道，时不时回到道奇车上方。在鬼牌镇的救世军中心，他看清了道奇车车主的样子——那是一名中年白人男性，扭曲的面孔拉得老长，看起来备受折磨。他记下这辆车的牌照，飞到空中。

接着，几个小时后，她出现了——就在道奇车正前方，蜷缩在某人家前门的台阶上，购物袋堆在她身上。机器人在屋顶落下，等待着。那辆道奇车放慢了速度。

♥

“而肖恩对我说，他说，我希望你去这医生那儿看一看……”

哈伯德缩进自己的外套里。他觉得风像是刮透了他的身子，直接穿过了血肉和骨骼。他的牙齿不停打颤。他觉得自己好像已开了几年的车，终于再一次感受到了那种可怕而恶心的既视感。他又一次找到了她，缩在某人家门前的台阶上，躲在购物袋搭起的堡垒后面。

“你的母亲有点毛病，喝上一杯爱尔兰咖啡没法……”

布莱克，我又找到她了。在下西区。

布莱克的回答带着嘲讽。*你确定这次不会出任何差错？*

机器人不在这里。我会留心看的。

等我十分钟。

带食物来，哈伯德说道。我们来试试神不知鬼不觉地抓住她。

“去你妈，肖恩。我说。滚蛋吧。”拾荒女站起身，朝天空晃了晃拳头。

哈伯德看着她。“我会跟紧你的，女人。”他咕哝道。接着抬起头。“我操。”他说。

♣

模块人飞离屋顶。他不知道拾荒女是在朝自己叫喊，还是在朝这片天空。道奇车的车主躲在另一座屋子的前门台阶后面，与他们还有几幢房子的距离，看起来似乎并不想做出任何动作。

他回顾了她扭曲他身上组件的方式，倘若她撕裂他的发电机组或他的脑部核心，他的存在便会被消灭。记忆在他的脑海中浮现：单一麦芽威士忌猛地冲上他的鼻子；背着来复枪的胖子；辛蒂在他怀中轻轻呻吟；巨猿的咆哮……他一点也不想失去其中任何一个回忆。

♠

“该死。”哈伯德说着，恐惧地抬头观看。机器人飘浮到了拾荒女上空四十英尺高的地方。她朝他大喊大叫，将手伸向她的购物袋。上次购物袋里的东西没能抓住他。

哈伯德突然感觉到一阵怒意，他探出了他的意识。他要控制这个机器人，让他一遍又一遍地撞向人行道，直到变成一堆破碎的组件……

他的意识触碰到了机器人冰冷的巨原子大脑。哈伯德的意识中迸发出花火。他尖叫起来。

♦

拾荒女的购物袋里有某种黑色的东西。它在逐渐膨胀。

机器人双臂大张，直冲向它。要是这个女人在最后一分钟里动了她的购物袋，事情就会变得非常麻烦。

黑暗胀大。风拖拽着他，要将他推离既定轨道，但机器人重又校准了。

当他一头扎进这黑暗的大门中时，他再次感受到了抹消般的清零笼罩了他。但在他丧失自我之前，他感觉到自己的双手靠近购物袋的边缘，牢牢抓住了它们，没有放开。

他满意了几微秒。接着，正如他所料，什么也感觉不到了。

♥

西伯利亚来的冷风没能刮跑佛罗里达州圣彼得堡垃圾填埋场里的热气。这地方臭得可怕。这一次模块人丧失了几乎四个小时。他检测了一番，发现内部没有受损。他很幸运。

他站在臭气腾腾的垃圾里，搜寻着那个购物袋。破布、烂衫、食物残渣，然后就是那东西了，不管它到底是什么，反正是一个黑色的球体，大概两公斤重，保龄球尺寸。看不出有什么开关或者其他办法能控制它。

它摸起来很温暖。机器人将它抵在胸口，飞向气味宜人的天空。

♣

“很好，”特拉夫尼克说道，“你干得不错，烤箱。我得表扬自己一下，毕竟是我编出了这么棒的程序。”

机器人给他拿来一杯咖啡。特拉夫尼克咧了咧嘴，抿了两口，接着便将注意力集中到他工作台上那个外星球体去了。他已尝试过用各种遥控器来操纵它，却什么也没有做到。

特拉夫尼克走向工作台，从相当远的距离研究这个球体。

“或许要让它生效得靠近它，”机器人建议道，“可能你应该试试碰它一下。”

“或许你他妈应该管好自己的事。我才不会靠近这该死的东西。”

“是，先生。”机器人安静了一会儿。特拉夫尼克还在小口啜饮他的咖啡。接着他摇摇头，从工作台前走开了。

“明天你可以飞去秘鲁，加入你那些军方朋友的队伍。你在那儿可以和南美政府取得联系，或许他们愿意付的钱比五角大楼更多。”

“是，先生。”

特拉夫尼克搓了搓手。“我想庆祝一下，搅拌机。你去商店里给我买只冻鸭子来，再买点果冻甜甜圈。”

“是，先生。”机器人说道。他面无表情，虚化后从天花板穿了出去。

特拉夫尼克走入有暖气的小卧房里，打开电视机，坐在一张破旧的安乐椅上。在为最后一波购物者而发动的最后的圣诞节销售攻势之间，有个频道播放的是日本动画片，讲一个巨大的机器人和喷火蜥蜴战斗的故事。特拉夫尼克喜欢它。他躺在椅子上看了起来。

而当机器人返回时，他发现特拉夫尼克已经睡着了。电视上放的是雷金纳德·欧文主演的《圣诞颂歌》。模块人静静地放下袋子，离开了房间。

或许辛蒂现在在家。

♠

科尔曼·哈伯德穿着病号服坐在贝尔维尤的一间病房里。脑损伤的病人在他身边走动、争论、玩牌。护士站那儿隐约露出了一棵小小的塑料树。除约翰·F. X. 布莱克警探之外，没有任何人能看见，阿蒙正以帝王般威严的姿态飘浮在哈伯德头顶，听着他所说的话。

“1101000110111……”

“二十四小时了，”布莱克说道，“除这些之外我们什么也没法从他嘴里撬出来。”

“100010……”

阿蒙的形象消失了一会儿，哈伯德隐约看到一个干瘦的老头身影，他的双眼如同两片残破的黑影。接着阿蒙回来了。

我没法与他联系，甚至都没法让他感觉到疼痛。这就好像他的大脑被……某种机器连接了。他的双手紧握成拳。他发生了什么事？他在那儿和什么东西联系了？

布莱克抬起眼皮。提亚马特？

不。提亚马特不是这样的——提亚马特比你所知的一切都更鲜活。

“……01100010……”

我找到他的时候，也看到了那个拾荒女，就让她睡着了，我发现她的购物袋已经空了。不管那里面是什么东西，另外有什么人将它取走了。

“……10010……”

公羊的双眼放射出火焰，他的身形扭曲，而后变成了干瘦的灰狗的形体，它长着卷曲的长鼻子，利齿暴露在外，背上高耸着分叉的尾巴。恐惧爬上布莱克的后颈。阿蒙已变成了毁灭者赛特。他的星魂形体真实得令人恐惧。布莱克觉得自己会看到鲜血从那动物的鼻子里滴落下来，但它没有。至少，目前还没有。

他利用你去完成一项自作主张的任务，赛特说道。这个任务是一个很可能针对我的阴谋的一部分。现在，他对我们所有人而言都很危险。要是他摆脱了这个状态，他或许会说出某些他不该说的话来。

那就毁了他，尊主。布莱克说道。

泡沫从那动物的鼻子里滴下来，落到地上，升腾起烟雾。其他病人都没有注意到。巨狗有些犹豫。

要是我进入他的大脑，我可能会……变得和他一样。

布莱克耸了耸肩。你希望我来处理他？

是的。我想这样是最好的。

我已在他的公寓里留好了他的遗嘱。他公寓里的所有一切都会留给我们修会。

巨兽的舌头伸出在外。他的眼神变得柔和了不少。你想到前面去了。我喜欢你这一点。或许我们可以考虑给你晋升。

◆

在距离地球一百英里的地方，几乎被太阳侵蚀之处，星际蜂后凝视着四散而幸存下来的芽蕾。星蜂并不认为自己的攻击失败了，这一点地球上的观察者若是知道了，恐怕会很惊讶。这场袭击更多地是在试探，而非一系列征服的企图，而星蜂正分析着她的造物传回来的数据，并由此发展出大量假设。

色雷斯地区的星蜂遇到了三处反应，它们彼此之间完全没能达成合作。星际蜂后觉得，很可能地球被分成了几个实体，它们就像星际蜂后们一样，彼此之间并不会全力协助。

西伯利亚的星蜂大部分都在一瞬间被毁了，但它们将心灵上的痛苦传送给了母体。显然地球的母体发展出了某种毁灭性武器，然而他们并不愿意多使用它，除非是在无人居住的区域里。或许这种武器会对环境造成破坏性的影响。

星蜂又推理到，有可能，假如说这地球上的母体都彼此分割，而且都拥有这样的武器，他们甚至可能以此来相互敌对。要是地球因此而变得无法居住，那么星蜂愿意等待上千年的时间，好让地球重新变得有用起来。这一点时间对于星蜂曾经等待过的年份而言，根本无足轻重。

星蜂躲在太阳的阴影里，决定将它的精力集中在监听地球的活动上，从而确认自己的假设。

它觉得其中拥有无限可能。

♥

“因此我对马克辛说，我说，你什么时候才打算去做点什么来改变你的状况？我说，是时候该找个医生来看看情况了……”

拾荒女的一只手臂挽着一个购物袋，另一只手则将第二个垃圾袋搂在胸前，慢慢地走在小巷里，与西伯利亚来的寒风对抗。

辛蒂穿着一件小牛皮的外套，打着哆嗦，风吹动了她的金发。她看着模块人，后者正试图与那女人谈话，给她一个装满了中餐的外卖袋，但她依旧在自言自语，拖着沉重的脚步走在小巷里。最后机器人将外卖袋硬塞进了她的购物袋，回到辛蒂等待着的地方。

“放弃吧，模块人。你已经没法再替她做什么了。”

他将她搂在臂弯中，盘旋升上天空。“我始终觉得我还能再做点什么的。”

“超人类的力量并非一切的答案，模块人。你得学会与自己的极限达成妥协。”

机器人一言不发。

“你需要明白的是，要不是这活儿把你逼疯了，没有什么拥有的百变王牌能力的人，能帮得了那些脑子坏了、把自己的全世界都装在购物袋里随身携带，还住在垃圾桶里的老太婆。我没有任何能力，但依然能看得出这一点。”她停顿了一下，“你在听吗，模块人？”

“在，我都听到了。你知道，就一个刚到曼哈顿的女孩而言，你真的算是很坚强了。”

“嘿。不景气的年月里希滨的生活也是很艰苦的。”

他们飞向王牌云巅。辛蒂将手伸入她的外套口袋，拿出一个扎着红丝带的小包。“我给你带了一件礼物，”她说，“毕竟这是我们在一起的最后一个晚上。圣诞节快乐。”

机器人似乎有些局促。“我没想过要给你带任何礼物。”他说。

“没关系。你记得就行。”

模块人打开那个小包。风抓住那根亮丽的丝带，将它卷入黑暗之中。包裹里是一个黄金别针，纸牌的形状，带着红心，上面刻着“我的英雄”。

“我想你可以开心地用起来。你可以把它用在你的紧身短裤上。”

“谢谢。这点子真不错。”

“不用谢。”辛蒂拥抱了他。

帝国大厦将一束五彩的聚光灯投入黑夜。两人在海勒姆的阳台上着陆。即使是在大风中，也能听到酒吧的喧闹。有人在庆祝圣诞节。辛蒂和模块人隔着窗子看了一会儿。

“嘿，”她说，“我今天想试试吃米饭。”

机器人想了一会儿。“我也是。”

“你觉得中餐馆如何？饭后我们可以去我公寓。”

他感觉到一阵温暖，即使此刻，他正身处于西伯利亚来的喷射气流之中。还没过一秒，他便升入了空中。

♣

在下方的小巷中，有个亮闪闪的东西吸引了拾荒女的注意。她弯下腰，捡起一根红色的丝带。

她将它塞入一个购物袋里，向前走去。

♦♥♣♠

朱比：之三

“假日才是最艰难的时刻。”几年前的一个跨年夜，克罗伊德曾经这样告诉朱比。当时时代广场上满是等着水晶球落下的醉汉。朱比是特地去那儿观察他们的，克罗伊德则站在一幢房子的门口远远地朝他打招呼。他一开始没有认出“沉睡者”来，不过那会儿他和克罗伊德还不太熟。那一次克罗伊德比朱比矮一个头，松松垮垮的皮肤上满是皮屑，双脚上长着蹼，用随身酒瓶带着一瓶黑朗姆酒，他一直想和朱比谈他的家人，谈他失去的朋友们，谈代数。“假日才是最艰难的时刻。”他一遍遍地重复这句话，而后水晶球落下，克罗伊德将自己吹得鼓胀起来，仿佛梅西百货感恩节大游行上的气球似的飞向天空。“最艰难的时刻！”他又一次向地面大喊，接着从朱比的视野中消失了。

但一直要到今日，朱比才算是理解了克罗伊德。朱比以前总是很喜欢人类节假日的，在这些日子里总有那么多姿多彩的游行和活动，总会大量展现出贪婪和慷慨的人性，还有那么多奇妙的习俗可供他研究与分析。而今年十二月的最后一日清晨，他站在报摊前，却发现这一日显得有些索然无味。

这其中包含着最残酷的讽刺。在这整个城市里，人们都在准备着庆祝下一年来临，然而这下一年，却有可能是他们的生命、他们的文明与他们的种族的终结之时。报纸上都是对这一年的回顾，人人都将与群虫的战争列为本年度的头条新闻，然而所有人在写下这些报道时，都说得好像这一切早已结束，只除了第三世界还有点零星的战场需要打扫罢了。

但朱本知道得更多。

他将报纸堆在一起，卖出了一份《花花公子》，又阴郁地抬头看了看早晨清朗的天空。天上除了一丝卷须般的淡云之外什么也没有，云彩的位置很高，移动十分迅速。但他知道，它还在那儿。在远离地球之处，在幽暗的宇宙空间中穿行，如小行星般黑暗而巨大。它会平静而冷漠地将它经过的所有星体抹杀殆尽，而它的外表，还能保持着冰冷与死寂。有多少个种族就是轻信了它的外表而消亡的？然而在它那样的外表下，它是活的，一直在进化着，其自身的智能与复杂程度每日都在不断增加，它的策略则随着每一次挫败不断提高。

对于星网的诸多种族来说，它都是敌人，他们以一百来个不同的名字称呼它：恶魔之种、巨癌、地狱之母、诸世界之吞噬者、噩梦之母。在康蒂基神后巨大的思维中，代表它的符号直接的意思就是恐惧；克莱格的机械智能则以一串代表机能紊乱的二进制脉冲来指代它；伦－科－南族歌唱到它时的音符总是高亢、尖利而又充满了痛苦。在所有民族之中，勒巴人对它的记忆最深。在众多长寿的勒巴赛博人心中，它是“提亚特·马鲁”——整个种族的黑暗。一万年前，一只群虫降落在勒巴族的母星上。勒巴赛博人有着维持生命的金属躯壳，他们活了下来，但那些依然保留着血肉躯壳的勒巴人，连同他们身上携带的遗传基因一起，全都消亡了。勒巴族至此灭亡，如今已有一万年。

“母亲！”艾克德米最后这样喊了一句，当时朱比没有明白这个词的意思，直到群虫的芽蕾在新泽西登陆的那一天，他解开了报纸捆。一定是哪里出了错，在看到头版头条时，他这样想着，几欲发狂。群虫本该是存在于历史和传说中的恐怖之物，是遥远的其他星球的噩梦，而不该发生在你所身处的这颗星球上。这事超越了他的切身体验和专业知识，更别提单舱飞船消失时，他还怀疑过塔基斯星人。他觉得自己像个傻瓜。

更糟的是，他是个不幸而无助的傻瓜。

它还在那儿，朱比几乎可以感觉到它那黑暗的存在。在它内部正孵化着一代又一代新的群虫，那都是些代表死亡的生命。要不了多久，它的孩子们便会卷土重来，将朱比如此热爱的这个倔强而辉煌的种族吞噬……同时也会将他自己一同吞噬，为此，他要怎么做，才能阻止它们？

“今天你看起来就像一坨屎，海象。”一个仿佛随意摩擦砂纸的刺耳声音响起。

朱比抬起头……再往上抬，再往上。“巨魔”有九英尺高，他在绿色带疣的皮肤外穿了一件灰色的制服，当他咧嘴笑时，一口弯曲的黄色乱牙就会朝四面八方外突。他用宽阔得仿佛检修井一般的绿色手掌上的两根手指，小心地夹起一份《时代》周刊，他的指甲黝黑，锋利得如同钳爪。在他特制的眼镜后面，深陷在眉骨之间的红色眼睛正反射着报纸上的一栏栏信息。

“我觉得自己就是一坨屎，”朱比说道，“假日是最艰难的时刻，巨魔。医院里情况怎么样？”

“忙死了，”巨魔说道，“塔基扬一直在这儿和华盛顿之间来回飞，参加各种会议，”他抖了抖《时代》周刊。“那些外星人毁了所有人的圣诞节。我早就知道泽西的破事儿特别多。”他在兜里掏了几下，递给朱比一张皱巴巴的一美元，“五角大楼想往那啥玩意儿之母身上扔几个氢弹，但他们找不着它。”

朱比边找钱边点头。他也试过利用星网留在轨道上的探测卫星来寻找群虫之母的踪迹，却没有成功。它可能躲在月球背后，或是太阳的另一侧，抑或是无垠宇宙中的任何角落里。假如以他能使用的技术都无法获得它的位置，那人类就更做不到了。“医生帮不了他们。”

他闷闷不乐地对巨魔说道。

“多半不行，”另一个人回答道。他将50美分的硬币抛入空中，灵巧地抓住它，放入口袋，“但你还是得试，对吧？除了试上一试之外，还能怎么办？祝你新年快乐，海象。”他迈着大步走开了，他的腿有朱比整个人那么高，就像两棵小树的树干，粗大而长满了木瘤。

朱比望着他离开的背影。他说得对，巨魔绕过街角消失时，朱比想。你确实得试上一试。

那天他早早地关了报摊，回到家中。

泡在浴缸的冷水里，沐浴在柔和的红光下，他思考着自己的选项。事实上他也没得选，答案只有一个。

星网能拯救人类逃脱星际蜂后的威胁。当然，得付出代价。星网给予的一切从不会免费。但朱比可以肯定，地球将会巴不得支付这代价。甚至即使商人之主要求以火星、月球乃至全部气态巨行星来作为交换，相比于人类物种的生命，它们又算得了什么？

但“机遇”号如今正在数光年之外，五六百年内都不会回到这个星系。必须告知商人之主，让他知道一个具有极大潜能的知觉物种正在受到灭绝的威胁。然而随着恩珀和单舱飞船被毁之后，速子通讯机便失效了。

朱本必须造出替代品来。

这个任务让他无能为力得尽乎绝望。他是个异星民俗学家，不是工程师。他可以使用成百个星网的设备，却无法制造、维修，乃至理解它们的运作原理。在银河系中，知识才是最珍贵的商品，是星网中真正的硬通货，每一个成员种族都竭尽全力守护着他们各自的技术机密。但星网的每一个哨站都有一个速子通讯机，即使连格拉布尔星这样无力购买星舰的原始世界也有。否则那些小种族要怎么将巨大的星舰召唤到他们散落各地的落后世界，交易要如何达成，人们该如何买卖星球，而斯塔霍尔姆的商人之主又要如何获得利润？

朱比的图书馆由九根小小的水晶棒组成。其中之一保存着他搜集来的母星歌曲、文学和色情作品；第二根是他毕生的事业，包括他对地球的全部研究。其他水晶棒都保存着各种知识。毫无疑问制造速子通讯机的图纸就在这其中的某处。当然，无论他调用了什么知识，都会留下记录，其价值将会在他对地球的研究获得的价值中扣除，但毫无疑问这是值得的，毕竟这能拯救一个知觉物种，对吧？

他知道，除此之外他还得付出别的代价。即使他找到图纸，也未必有必要的组件。他得尽他所能找些人类的原始电子设备来替代，此外，他很可能还不得不拆掉一些他自己的设备。只能这样了。他还有些从未用过的设施：保护他公寓套房的安保系统（他可以多加几把锁来代替），他已经没法把自己塞进去了的液体金属太空服，衣柜深处藏着的冬眠舱（为了预防在他驻留地球期间发生热核战争而购置的），他的游戏机……

还有一个更麻烦的问题。他能制造出一个速子通讯机，他可以肯定这一点，但他要如何为它充能？他的融合细胞应该能让光束一直照射到霍博肯[1]，但从霍博肯到群星之间，还有无数光年的距离。

朱本从浴缸里爬起来，用毛巾擦干身体。他现在已经知道沉睡者帮他取得艾克德米的尸体时发生的事了，克罗伊德将事情的经过告诉了他。在那个悲惨的下午的一周后，朱本才将他那恩珀兄弟的尸骸冲洗干净，让它们回归——比喻意义上的——盐海之中。但当时群虫登陆，一切似乎都不再重要。

现在情况又不同了。

他啪嗒啪嗒地走回卧室，打开1952年他在善业公司买来的小餐车最底下的抽屉。里面满了石头：绿色、红色、蓝色、白色都有。1955年时，他用四块白色的石头买下了这整栋楼，即使戴绿眼罩的

① 美国城市。

老头付给他的钱也不过只值它们的半数。朱比使用这些资源时十分节约，毕竟在“机遇”号返回之前，他没法合成出更多石头来。而危机近在眼前。

他不是王牌，也没有特殊的能力。只能让这些东西来成为他的能力。他伸出长着四只手指的厚手掌，抓住一把未切割的蓝宝石。有了这些宝石，他将找到恩珀族的奇点移动装置，并以此来给他的通讯机充能，将信息传往群星之间。

或者——至少——他要这么试一试。

♦♥♣♠

1986

倘若以眼便能杀人

沃尔顿·西蒙斯　著

挑选出合适的牺牲品永远是谋杀中最重要的一环。他们身上最好能有不少现金，这样杀戮便能更值得一些，此外，这事儿也得在一个与外界隔绝的地方完成。他得尽快付上房租，所以杀个临时雇员恐怕会比杀街上的流浪汉更好些，后者可能会提醒其他人，让他们知道他所在的位置，而他已厌倦了不停更换公寓。

屋外冷得恼人。寒意渗透进他六英尺高的干瘦身躯，盘踞在他的骨头里。他竖起了不太合身的外套的皮草领子。在他死亡之前，在他还只是詹姆斯·斯佩克特的那会儿，纽约的冬天总是能把他冻得手脚麻木。但现在，只有他的死亡这事，才能不断涌入他的脏器，给他造成实际伤害。

他走过圣马可教堂，向东边的第十大道走去。那边的住户更粗鲁些，也更符合他的需要。

雪又开始下落，他骂了句脏话。街上仅有的几个人都缩在屋子的门口。倘若他在这儿没能找到牺牲品，他就得去鬼牌镇试试运气。这个想法让他很不愉快。雪片落在他黑色的头发和胡子上。他用一只戴着手套的手擦去它们，继续向前走去。

在附近的一个门道里，有人点燃了一根火柴。斯佩克特慢慢走过那儿的台阶，摸索出一根香烟。

门道里的男人长得很高，身材健壮。他的皮肤苍白，带有痘疤，眼睛是浅蓝色的。他深深地吸了一口烟，将烟雾吐到斯佩克特脸上。

“能借个火吗?”斯佩克特大胆地问道。

那人皱起了眉。“我认得你吗?”他上下打量了一番斯佩克特,“不,但你可能是谁派来的。”

“有可能。”

“聪明人,呼。”那年轻男子微笑起来,露出了一口整齐的白牙,“你最好别多管闲事,兄弟,不然我就把你那瘦巴巴的屁股踢下台阶去。”

斯佩克特决定佯装可怜。“我已经好些天断货。卖家手里什么也没有,但有个朋友告诉我说这附近有人或许能帮得了我。”他刻意在声调和姿势中加入了渴求。

那人拍了拍他的背,大笑起来。“那你今天还挺走运。进来,到麦克家的客厅里来,我们会马上让你好过起来的。”

麦克的公寓比一个礼拜没清的猫砂盆还臭。地板上散乱地扔着脏衣服和色情图片杂志。“真是个好地方。”斯佩克特说这话的时候几乎没怎么掩饰自己的蔑视。

麦克一把将他推到墙边,把他的双手拉到头顶,接着快速却彻底地搜了他的身。“现在告诉我你需要什么,然后我会告诉你,你得为此付出什么代价。要是你玩花样,我就把你脑浆打出来。这事儿我以前也干过。”麦克拿出一把带消音器的镀铬.38手枪,又露出微笑。

斯佩克特慢慢转身,直至两人视线相交,这才停下,接着他将两人的思维连在一起。斯佩克特临死时那可怖的感受冲进了麦克的身体。那时他感觉到了压迫着他胸膛的重量。他的肌肉不由自主地收缩来对抗这种压力,这折断了他的骨头,撕裂了他的筋腱。胃酸涌入他的嘴巴,他的喉咙随之收紧。他的心脏疯狂地跳动起来,将污浊的血液送到身体各处。垂死的身体组织将尖锐的刺痛传递进大脑。他的肺部爆裂解体,心脏猛烈震动后停跳。即使黑暗降临之际,他依然能感觉到疼痛。斯佩克特一直保持着两人的双眼对视,好让麦克感受到每一个细节，让压着他的这个人的身体了解死亡。他一动不动，直到麦克以他熟知的方式颤抖了身体。接着一切就结束了。

麦克翻了个白眼，丧失了全部生命体征，倒在地板上。他的手指痉挛着扣动了.38手枪，子弹射中斯佩克特的肩膀，将他钉在墙上。他咬住嘴唇，却无视了这个伤口，把麦克翻了个身。

“现在你知道抽到黑皇后的牌是什么感觉了吧。”他捡起那把枪，拉上保险栓，小心地将它插入皮带，“但你要往好的地方看。你只用感受这么一次，而我每天早上都得在这种感觉里醒来。”斯佩克特翻找着这具尸体，他拿走了全部的钱，甚至连零头也没有放过。全部加起来不超过600美元。

“小把戏。我很高兴能与你共享一点东西。”斯佩克特说着，打开门望向大堂。他没有看到任何人，于是快速走下楼梯。寒冷和大雪掩埋了这座城市的声音，消散了它的生命。

当他回到公寓时，他肩膀上的伤已经愈合了。

♠

有人在跟踪他。街对面有两个男人一直跟他保持同样的行进速度，但又隔着一段距离，以防自己进入他的视线。斯佩克特在几个街区之外就感受到这两个人的存在了。他向南走去，远离公寓，走入鬼牌镇。在那儿，要甩掉他们会更容易一些。他走得很慢，尽量保存体力，以防需要狂奔来逃跑。

或许他们是那个将他压在墙上的麦克的朋友。但可能性不大，这两个人穿得太好，而且像麦克那样的人不会交朋友。更有可能的是他们替塔基扬工作。斯佩克特从医院逃出来那天杀了一个护理员，这事儿干得可没什么必要。那个胡萝卜脑袋的小狗屎多半会想找到他，把他送去监狱。或者更糟一些，把他带回医院。鬼牌镇医院给他留下的所有记忆全都糟糕透顶。

你这该死的小杂种，他想，你干得还不够吗？他恨塔基扬让他回到人世。他恨塔基扬远甚于这世上的任何人或任何物。但那小个子外星人也让他害怕。斯佩克特在厚重外套里一身冷汗。

一个长着四条腿的鬼牌挡住了他面前人行道的去路。他继续向前，对方像螃蟹似的打横爬进一条小巷，避开了他。他转过身，望向街道对面。

那两个男人还站在那儿。他们停下脚步，凑在一起。其中一人穿过街道，向他走来。斯佩克特可以杀了他们，但这样一来塔基扬就会追得他更紧。所以最好还是甩掉他们，然后期望那塔基斯星人把他给忘了。

街面上冻着冰，滑得很，几乎荒无人烟。就连鬼牌也得对这刺骨的寒冷表现出一定的敬意。斯佩克特又咬了咬嘴唇。“水晶宫”距这里只有一个街区。要甩掉他们，那儿是个好地方。或许萨沙会抓住他们，把他们扔出门去。

他进门的时候，看门人看他的样子极为险恶。斯佩克特很想给他表演一番，让他看看什么才是真正险恶的表情，但此时此刻，惹恼蝶蛹应该是他最不该干的事。此外，在鬼牌镇也没几个地方有看门人。

水晶宫的内部布置总会让他很不舒服。这地方从地板到天花板都堆满了上个世纪之交时的古董。要是他不小心弄坏了任何东西，他很可能得杀二十个人才赔得起。

萨沙不在，没人能帮得了他。他快速穿过酒吧间，进了相连的一个房间，里面是些小包房。他溜进最近的包房，拉上了身后沉重的酒红色幕帘。

“我能替你做什么吗？”

斯佩克特慢慢转过头。坐在桌对面的男子戴着一顶死神的面具，披着盖住了脑袋的斗篷。“我说，有什么我能替你做的吗？”

“嗯，”他说着，试图争取点时间，“你有没有什么喝的？”那顶面具吓到了他，此外，这些天来，斯佩克特喝酒已完全不需要给自己找什么借口了。

“恐怕只有给我自己喝的。”那人指了指面前喝到一半的杯子，“你似乎有麻烦。”

“谁没有呢？”斯佩克特很不喜欢自己如蝶蛹的皮肤般被人完全看透的感觉。

“是的，麻烦是全宇宙共通的，上个月我的一个最亲密的朋友就被外太空来客吃了，完全吞噬了，”他抿了一口酒，“我们所在的世界充满了不确定的事。”

斯佩克特将幕帘拉开一条缝。那两个男人正在吧台边。酒保面对着他们，摇了摇头。

“显然你是被人跟踪了。要是你用上一点掩饰的手段，或许就能在不被人注意到的情况下离开。”他拉下斗篷和兜帽，放在桌上。

斯佩克特咬着指甲。他讨厌相信任何人。“好吧。现在请你告诉我，我得为此替你做什么。总有点事儿的，对吧？”

“替我把酒满上就好。白兰地。酒保知道我要哪种。”他拉下面具，将它也放在桌上。

斯佩克特转过身。那个男人的脸与他的面具别无二致，皮肤焦黄，紧绷在突出的面部骨骼上，没有鼻子。这个鬼牌以深陷在眼窝中的充血双眼盯着他。“好吧……”

他迅速穿戴好这些伪装之物，接着拿起酒杯。“等我一分钟。”他拉开幕帘，走了出去。

那两个男人正坐在二十英尺之外。他走到吧台边时，他们都盯着他看。他又开始冒汗。

“满上。”引起酒保注意后，他说道。对方照办了。斯佩克特慢慢走回小包间。此时那两个人里只有一个人还在紧紧盯着他。

“你要的来了，”他说着递上那杯酒，“我也该走了。”

“你可能会想留着这套行头，”那骷髅脸的男人说道，“我想你会需要它的。”他拉上了幕帘。

斯佩克特以精心设计过的缓慢速度走向门边。那两个男人都坐着没动。

他一走到门外便跑了起来。他跃入结满冰霜的人行道，戴着死神的兜帽，发足狂奔，直到喘不过气来。他滑进一条小巷，取下帽子和面具，将它们塞在大衣里，向家的方向走去。

♦

就像很多个夜晚那样，他喝了三次酒，然后上了床。这能有效减轻他的痛苦，让他睡得着觉。他不太确定自己是否还需要睡眠，但在死前，他已习惯了这件事。

他听到了咔哒声。斯佩克特睁开眼睛，深呼吸后，模模糊糊地意识到情况不对。门开了一条小缝，将屋外的光亮透了一丝进来。斯佩克特擦擦眼睛，坐起身。他摸索着衣服的时候，门的动静停止了，内锁扣住了它。他走到窗边，同时穿上了短裤。

他穿上外套时，听到有什么东西撞在门上。门关上了。斯佩克特闻到烟味和烂橘子的气味。他的眼睛里渗出泪水，虚弱的双腿也不停打颤。他得动起来，不然瓦斯会把他迷晕的。他打开窗，踢开窗帘，但在窗台上绊了一跤，摔向了逃生门。他失去平衡，掉落在地，脑袋撞在覆盖着雪的铁栏杆上。疼痛和冷空气让他瞬间清醒了。在他头顶上的逃生门那儿有个男人正匆匆向下跑来，在他下方则传来了另一个人跑上楼梯的声音。他俩会在同一时间夹击到他。

斯佩克特挣扎着站起身。底下那人已爬上最后一层楼梯。斯佩克特猛地跳向他，突然抓住了他，将他撞向栏杆。斯佩克特听到这个男人的脊椎在撞击下发出了断裂的声音。他攒起全身力气，跑下楼梯，留那男人躺在地上哀号不已。

在离街面只剩两级台阶时他跳了下去。他的脚在结着冰的人行道上打滑了，身子整个倒了下去。他竭力呼吸，想翻转身体。一个戴着水银镜面太阳眼镜的女人向他弯下了腰。她的手上拿着一支皮下注射针管。当那根针管扎入他的身体时，他认出了她来。

♥

斯佩克特进入一条走廊，他的双手和双脚都被尼龙绳绑了起来。那女人在旁监督，两个穿着厚重外套、带着水银镜面太阳眼镜的男人则拖着他进了一个昏暗的房间。只要他们都还戴着那防护性的眼镜，他就没法锁定他们的视线。

斯佩克特被扔进一张硬木扶手椅里。整个房间有股老旧的气味，感觉像是一间阁楼，或是废弃已久的屋子。

“啊，格雷沙姆护士，我看到你带着我们的惹祸精回来了。”这声音来自一个年纪更长的男人，他的语气中带着坚定和冷酷。

“他还挺难对付的。换了别人，多半就被他杀了。”

那男人弹了一下舌头。“这么说来，他确实就像你之前告诉我的那么危险了。让我们来好好看看他，好吗？”

斯佩克特听到石头摩擦的嘎吱声，接着他头顶上的天花板打开了。月亮和群星的明亮光芒透过天窗落了下来。他这辈子都住在纽约市区里，光化学烟雾和城市里的灯光就让他几乎看不到星星，而在这里，它们是如此闪耀，几乎要灼伤他的双眼。审问他的人们都留在光线之外的地方。

“好，斯佩克特先生，你有什么要为自己说的？”沉默，“说话，浪费我时间的人会倒霉的。”

斯佩克特有些害怕。他知道珍妮·格雷沙姆在鬼牌镇诊所里替塔基扬医生工作，但此刻讯问他的男人显然不是塔基扬。“据我所知，”他说，“你的人跟踪我根本毫无理由。我很抱歉他死了，但这不是我的错。”

“我们在谈的不是这件事，斯佩克特先生。三个晚上之前，你毫无理由地谋杀了一个我们的人。他只不过想满足你要获得一些毒品的需求。”

“是这样，你们全都搞错了。”斯佩克特意识到自己肯定是无意中闯进了一桩大规模毒品交易里。格雷沙姆护士完全可以从塔基扬的医院里偷到各种毒品。“我们的交易进行得很顺利。一定是别的什么人杀了他。”

随着一声低哼，一个老头滑入光亮之中。他坐在一张电动轮椅上。他的脑袋大得出奇，上面零星覆盖着一些白发。他细瘦的身躯怪异地扭曲，就好像一股力量自他体内而外向四面八方探出。他的皮肤苍白，看起来却很健康，他也戴着厚厚的眼镜。

“你还记得这个吗?”老人举起一枚硬币，斯佩克特立刻认了出来，那是他从麦克身上拿到的一枚旧便士。它的尺寸和50美分相当，上面又刻着1794年的日期，于是他便将它留了下来，想的是它可能多少值点钱。

“不。”他回答，以此来拖延时间。

“真的？看好了。”那枚便士在月光下散发出血红色的光芒。

斯佩克特已经听得够多了，他知道自己陷入了大麻烦。格雷沙姆和这个老头很可能会杀了他。假如他打算阻止他们，此时此刻正是时候。“谁也别动，不然我就像杀了你们那个爱推人的朋友一样杀了这老头。”

他们都大笑起来。“看我啊，斯佩克特先生。”老头身体前倾，“把你的力量用在我身上。”

斯佩克特将视线锁定在老人身上，想与他共享死亡。但不知为何，他的力量没起作用。老人以不知何种方式将他封锁在外。他的身子倒回轮椅里。

“很抱歉让你失望了。有超能力的人也并非只有你一个。给他松绑，格雷沙姆护士。”

女人不情愿地照办了。“小心点，”她警告老人，“他还是挺危险的。”

斯佩克特没觉得危险。不管他是卷进了什么麻烦，很显然，这不是桩普通的毒品交易。“你们怎么知道我的？你们想要什么？”

“格雷沙姆护士在医院里拿到了你的全部档案，”老人打开一本笔记，读了起来，“詹姆斯·斯佩克特，新泽西州提内克的失败注册会计师，九个月前感染了百变王牌病毒。你被送到鬼牌镇诊所时已医学死亡了。因为你没有活着的亲属替你表示反对，因此塔基扬医生便在你身上进行了如今已被废置的实验。整整六个月间，你都在重症监护室里失控地尖叫。最终，在医疗的辅助下，你恢复了神智。你在大约三个月前失踪。与此同时，一名医护工作者也在同一日神秘死亡。都在这儿了。非常完整。”

“婊子。”斯佩克特想找到黑暗中护士的所在位置。

“现在，现在，”老人说道，“要是我让你活下来，斯佩克特先生，你或许会喜欢她的。”

“你让我活下来？”他意识到这句话里还有另一层意思，“我是说——”

“现实意义上的，”老人打断了他的话，“你有了不起的才能。王牌是很稀有的，你不能就这么把它扔进马桶里冲掉。对我们的事业而言，你或许能非常有用。”

“什么事业？”

老人微微一笑。“你会知道的，如果我们接受了你加入我们的……修会。但在我们认真考虑这件事之前，你得先证明你的价值。我们有一个小活儿要交给你，凭你的能力和我们给你的信息，这个活计应该不算很难。”

“那要是我不接这球呢?”斯佩克特很害怕，但他想知道具体的后果到底是什么。

老人从笔记本上撕下一张纸，将它和一支笔一起递给了他。“把你的地址写在这张纸上，然后放进自己的口袋里。”斯佩克特很困惑，但照办了。老人紧紧闭上双眼，双手的指尖相对。

斯佩克特打了个哆嗦。他感觉就像是一盆冷水浇在自己裸露在外的大脑上。“我感觉……”他的话停了，他已完全被这种感受压倒。

“是的，我知道。和其他事不一样，对吧？现在，告诉我你的地址。”

斯佩克特张嘴回答，他根本不记得自己说了什么。那信息就这么简单地从他嘴里溜了出来。

“选择性健忘症。随便什么人，只要待在我身边，我就能从他身上拿走任何我想要的信息，”他抬起一边浓密的眉毛，“我也可以抹消一切。”

斯佩克特浑身颤抖，他知道老人的力量同样可以用来移除他的死亡回忆。只要能每晚安睡，损失一点能力对他来说根本不算什么。“我明白你的意思了。不管你说什么，我都会照办的。”

“你看，格雷沙姆护士，他完全不麻烦。杀掉一个像他这么有用的人太傻了。给他打一针，在他醒来之前把他送回他的公寓里。”

“等等。你是谁？如果你不介意的话，是否能告诉我?”

“我的真名对你我而言都毫无意义。你可以称呼我为钦天士。”

斯佩克特觉得要是有人自称钦天士，那多半是可以由此来查证他身份的，但此时此地并非考虑这一点的时候。“好，那这样，钦天士，你希望我替你做什么？我唯一擅长的事就只有杀人。”

钦天士点了点头。“那正合适。”

♣

斯佩克特很紧张，因为他要杀的人是条子，更重要的是，这个条子是麦克弗森队长。还没有人蠢到，或者说勇敢到去挑战鬼牌镇特种部队的头子。但钦天士没有给他选择的权利。麦克弗森必须死得像是一场事故，这样一来某个钦天士的人就能继任，接替他的位置。要是斯佩克特失败了，或是想要尝试逃跑，钦天士会清空他头脑中的一切，只给他留下死亡的回忆。

他紧紧绑好护肘，用外套盖住。在衬衫下，他还在双手手臂上多加了一套防护套。

钦天士杀掉麦克弗森的计划一定已经筹备了不少时间。斯佩克特就坐在他的目标正下方的一套公寓内。住在这间公寓里的女人也是钦天士的党羽之一。据斯佩克特所知，麦克弗森的女仆同样也是这个阴谋中的一环。

“要是你想换了某个人，你就得先替换他身边的人，”钦天士是这么告诉他的。

斯佩克特望向墙上的钟。此时是凌晨一点到两点之间。他又确认了一遍口袋里的皮下注射器，接着关上灯，打开了通往阳台的门。

他拿起绳索，抓起绳子一头系着的抓钩。两层楼的阳台之间距离大约十二英尺。他探出身子，向上扔出抓钩。它完美地落下，巨大的倒钩扣紧上方阳台的边沿。一些细碎的雪落在他的脸上。他拽了拽绳子。它绷紧了，倒钩牢牢钩住了阳台。

斯佩克特快速爬了上去，将自己的身子拉到麦克弗森的阳台上。积雪湮没了他的脚踩在混凝土阳台上的声音。他等待了一会儿。里面没有任何动静。

女仆已做完了吩咐她做的事。阳台的门没有锁。斯佩克特将它拉开一条缝，冷空气挤入了这间公寓。他轻轻走进去，关上身后的门。

屋里的狗正在等着他。他可以看到那动物视网膜上反射的红光。那条狗发出一声威胁的咆哮，扑了上来。斯佩克特没办法清楚地看见它，因此抬起一只手来保护自己脆弱的脑袋和喉咙。他的另一只手里拿着注射针筒，那正是格雷沙姆护士给他的。

杜宾犬扑到他身上，用双颚死死咬住了他伸出的手。他能感觉到这只狗正打算咬穿他的护肘，切断他的筋腱。

他将注射针筒扎入那只动物的肚子。它还在咆哮，用牙齿碾磨他的手臂。隔壁房间里的灯亮了。既然对方都能看见自己了，斯佩克特便不再与狗缠斗，将它推开。杜宾犬重重地落在地上，接着又马上打算站起身来。

“抓住它，奥斯卡。把他撕碎。”亮着灯的房间里传来一个声音。

奥斯卡竭力想要照办。他露出牙齿，向前走出一步，但接着便闭上了眼睛，摔倒在地。

目前为止，一切都很顺利，斯佩克特想。他朝着亮灯的房间装出虚弱的样子。“我放弃了。你的狗把我伤得很重。我需要就医。求你救救我。”他努力让声音听起来带着疼痛。

“奥斯卡?”麦克弗森的声音有些不太确定，“你还好吗小伙子?”

那条狗呼哧呼哧地喘着粗气，完全无法动弹。隔壁房间的灯熄了。

斯佩克特感到一阵恐慌。他没想到麦克弗森会关掉电灯。他的力量在黑暗中无法奏效。他一动不动地又站了好一会儿。隔壁房间里没有一点声音。

他向前走了一步。他知道整间公寓的布置。电灯的开关在他右手边的门附近。要走到那儿，他得整个人完全暴露在门口。他知道麦克弗森有一把枪，而且也做好了使用它的准备。他的身上开始冒汗。疼痛在他体内积结，为他做好了接下来要对麦克弗森袭击的准备。他又走出一步。再走一步他就到门口了。

斯佩克特听到有电话从搁架上拿起的声音。他向前走出一步，去够电灯开关。他的手指一碰到它灯就亮了。

麦克弗森正蹲在一张巨大的铜床后边。他的一只手拿着电话话筒，另一只手里则是自动手枪，枪口正指着斯佩克特的心脏。他俩的视线相交，而后锁定。斯佩克特将自己的死亡体验传送给麦克弗森时，又想起麦克死时扣动了扳机的事，不由得打了个哆嗦。

那警察颤抖身体，大口喘气，接着慢慢地在床后面倒下了。斯佩克特将双手攥成拳头，叹了口气。他走到死者身边，将手枪从他手中拿了出来。他用戴着手套的手拉开床头桌的抽屉，小心地将枪放进里面。斯佩克特感觉到一阵轻松。他曾经生动地想象过子弹穿透他的胸腔，让他在再生之前就流血至死的画面。

他拿起一只枕头扔在地上，就像外接手在触地得分后用脚固定足球一样。现在，或许钦天士和格雷沙姆护士能让他一个人静一静了。他将枕头放回原处。

电话嘟嘟地响了起来。

斯佩克特将话筒放回搁架，又把电话放回床头桌。他坐在乱糟糟的床罩上，查看自己的牺牲品。麦克弗森脸上的表情正如他想象中自己临死之时的样子。

“这是死亡，还是梅莫雷克斯①？”他问尸体，“比打碎玻璃杯更让人印象深刻，对吧，警官？”

他大笑起来。

♠

斯佩克特喝了一大口黑标的杰克丹尼，感受这股温暖自他体内向四面延伸。他正躺在起伏不平的床垫上，望着眼前那小小的黑白电视机。一档午夜新闻栏目正在回顾外星人入侵之事。怪兽依然是头等大事，以至于麦克弗森的死亡甚至都没能上得了《时代》周刊的头版。

---

① 梅莫雷克斯公司是美国的光驱生产商，20 世纪 70 年代时发布了一系列电视广告，女明星在念着梅莫雷克斯公司口号“这是现场（live，又有活着之意），还是梅莫雷克斯？”的同时打碎玻璃杯，此处化用了这个广告的台词。

格罗弗岭袭击事件的录像已被播放过成百上千遍。一支国民警卫队的部队将火焰喷射器使用在其中一个怪物身上，它着火燃烧时发出了尖利的惨叫。斯佩克特摇了摇头。以眼便能杀人原本多少能让他有些安全感，但在外星人问题上，这招完全不管用。外太空的怪兽给他带来的毛骨悚然之感，与钦天士造成的一般无异。既然斯佩克特已经完成了交易中自己该做的那一部分，他希望再也别见到那个老人，也别听到他的任何消息。

录像放完了。“现在，”报幕员说道，“让我们的嘉宾来对这场悲剧进行总结——有请塔基扬医生。”

斯佩克特拿起几乎已喝干了的酒瓶，打算将它扔向电视机。床边的空气突然闪烁起了微光，他觉得整个房间变冷了。那儿出现了一个半透明的轮廓，接着它变为一个长着胡狼头的虚体巨兽。从那胡狼的嘴里和鼻孔里喷出各种色彩的火焰。

斯佩克特从床上跌落下来，将床单拉到自己身上。

“你又在喝酒，”胡狼说道，“要不是我对你还算了解，我会以为你是出于良知上的负罪感。”那胡狼的脑袋变成一片蒸汽，而后很快转变为钦天士的脸。

“天啊，还有什么是你做不到的?”他将被单扯到一边，爬回床上。

“我们都有各自的局限所在。顺便说，要是你再次见到那胡狼头的形象，请记得称它为‘阿蒙主’。我只有在使用一种更高级的星魂投射时才会显现出那种样子来。这是我的另一个不太让人印象深刻的能力，但它亦有其用处。”钦天士看向电视机。随着一声脆响，屏幕变黑了。“我不希望有任何东西来干扰我们。”

“看，我按你说的做了。那人已经死了，所有人都说是心脏病。我们说好的，你现在可以不用再来管我了。”他将酒瓶扔向那个人形。酒瓶静静地穿透了它，撞在对面的墙上。“滚吧。”

钦天士擦了擦前额。“别傻了，你这么做对我们都没有好处，我们能让你派上用场，一个有你这样能力的人将会给我们提供很大的帮助。但我让你加入我们也并非完全出于私心。看着你就这样浪费自己的才能却袖手旁观完全是犯罪。你只是需要有人指导，让你知道自己的潜能。”

“哦，”斯佩克特说道，他竭力控制自己，别对这长篇大论表示出蔑视，“我有什么潜能？”

“成为新社会的统治精英，让其他人因为你的一个想法而惊恐害怕。”钦天士伸出了幽灵般的双手，“我提供的并非空头承诺。在这特殊时刻，未来就在我们的掌握之中。我们正在做的事重要得关系到这个宇宙。”

“听起来还不错，”斯佩克特的语气似乎完全不信，“我猜如果你们打算杀了我，你们早就下手了。但我现在完全没有做好任何应对宇宙问题的心理准备。”

“当然，今晚你只需要尽可能地睡个好觉，明天晚上十点时，我的车会到你公寓外来接你。到那时候，你才会了解到一个伟大的事业，也将迈出通往伟大的第一步。”钦天士的身形闪烁了几下后，消失了。

斯佩克特觉得自己醉醺醺的，困惑极了。他依然不怎么信任钦天士，但这个老人说对了一件事。他正在浪费自己的新力量和新生命。现在，不管他准备选择怎么做，是时候该做点什么了。

◆

钦天士的黑色豪华轿车按时停在斯佩克特公寓的门口。斯佩克特将.38手枪插在外套口袋里，慢慢走下楼梯，来到前门。要是他能抓住机会，他甚至可以杀了那个老人。钦天士很危险，而他知道得太多，不会受到信任。轿车的不透光车窗降了下来，伸出一只苍白的手，向他招了招，让他进车。钦天士的头部肿胀，长满了一道道前一夜星魂上没有显现出来的深深皱纹。他穿着黑色的天鹅绒长袍，头颈上带着那种1794年的便士串成的项链。

“我们去哪儿?”斯佩克特竭力表现得若无其事。他知道枪是他唯一能用来对抗钦天士的武器。

“你有好奇心，这很好，说明你对我们有兴趣。”钦天士调整了他的腰带，“你在之前的生活中与疼痛和死亡打了不少交道。今晚上，你会看到更多。但它将不是你的疼痛或死亡。”

斯佩克特有些焦躁。“这么说吧，能不能告诉我你们真正想要的是什么？我作为一个局外人，已经被你们惹了不少麻烦。你们肯定有什么特别的计划。”

“我的脑海中总是有些特别的计划，但当我说你不会受到伤害时，你必须信任我的话。我用了许多年的时间来练习，从而控制自己的力量。其中有一部分你已经见识过了，其他的——”他擦了擦肿胀的额头，“今晚你也会看到。我已瞥见了未来，你将会在我们的胜利中扮演重要角色。但你的力量必须增强，而且经过锤炼。要做到这一点，你得获得正确的指导。”

“好吧。要是你想让我再去多替你们杀几个人，说就是了。当然，我会期待获得报酬。但我依然不觉得自己属于你们那小组织，”斯佩克特摇了摇头，“我到现在都不知道你们他妈到底是什么人。”

“我们是理解提亚马特真正本性的人。通过它我们将会获得难以想象的力量，”钦天士毫不畏惧地直视他的双眼，“这个任务会很艰巨，要达成它必然得做出很大的牺牲。但一旦它完成，你就能获得丰厚的报偿。”

“提亚马特。”斯佩克特喃喃地念诵了一遍。钦天士的热情似乎是真实的，但他说话的口气像个疯子，“这么说吧，你说的这些已超过我的认知了，你只需要告诉我，接下来我们要去哪儿就行。”

“在前方稍稍停一会儿后，去修道院。”

“是不是会有点儿危险？青少年的帮派一直在那儿惹麻烦，有不少人被杀了。”

钦天士轻轻笑了起来。“那些黑帮替我们工作。就是因为有他们，人们才不敢靠近那儿，甚至连警察也不敢，而我们则帮他们巩固了在本地的权力基础。修道院是造在一片旧土上的旧建筑，对我们来说正合适。非常好。”

斯佩克特想问，合适什么？但他又多想了想。“你们该不会控制着大都会博物馆的股权吧？”他想表现出一点幽默感，但不怎么成功。

“不，我们确实在下城区有过另一座神庙，但它毁于一场不幸的爆炸事件。我最珍视的兄弟里也有一个死于这场爆炸。”钦天士的语气里带着一丝满意的挖苦意味，“替我们选一个女人，斯佩克特先生。”

豪华轿车有条不紊地梭巡经过时代广场。“为什么你们不直接叫个应召女郎去修道院？”斯佩克特一直渴望伤害美丽的女人，“在这里的婊子全都是地球上的渣滓。”

“应召女郎消失会被人发现的，”钦天士警告他，“我们也不需要一个美到绝色程度的女人。过去我们使用一些要价极高的女人时曾碰上过不少麻烦。从那以后，我们就小心多了。”

斯佩克特阴沉地接受了建议，四下张望。“那边那个金发妞儿还不错。”

“眼光挺好。在她边上停下。”钦天士双手对搓了一下。

司机让轿车慢慢减速，钦天士放下车窗。“不好意思，女士，你愿意来参加一个小聚会吗？当然，是私人聚会。”

女人弯腰看了眼车里。她很年轻，头发染成了铂金色，一脸不苟言笑的样子。她那破旧的人造革外套大开，将她婀娜的身躯暴露在外，此外，她身上的黑色紧身迷你裙也给她增添了不少魅力。

“你们这是来贫民窟体验生活呢，嗯?”她顿了一下，等待他们回答，但接着又自顾自说了下去，“既然你们有两个人，那费用得双倍。虐待或者其他任何你们脑子里想的特殊花样都得加钱。如果你们是条子，我会把你们的狗屎心脏都掏出来。”

钦天士点了点头。“我觉得听起来挺不错。看我的朋友答不答应了。”

“我和你想要的一样吗，亲爱的?”女人朝斯佩克特飞了一个吻。

“当然。”他回答，却没有看她一眼。

♥

城西高速公路上几乎没有车流，他们很快就抵达了目的地。钦天士给那女人注射了某种药物，让她虽然能保留意识，却不会留意到周围的环境。车开入一条车道，斯佩克特看到光秃秃的树下站着不少人影。在昏暗的光线中，他的视野里扫到了一丝金属的寒光。他将手伸入外套口袋，用手指触摸.38手枪，来确认它还在原处。

斯佩克特走出车，快速地绕到车门另一边。他将那女人从车里拉出来，带着她走向那幢建筑。钦天士慢慢向屋门走去。

“我以为你是残疾。”

“有时候我比其他任何人都要更强壮。今晚我必须尽可能强壮。”一阵冷风吹来，抽打着他的长袍，让它紧贴在他身上，但他没有显示出一点不适的样子。他简单地对着门口的一个男人说了两句，接着以一种仪式化的姿态与对方握了握手。那人打开大门，示意斯佩克特跟上。

他年轻时曾到修道院里来过不少次。对斯佩克特而言，这里的建筑、绘画和挂毯带来的年代感，比他曾经不得不居住的地方要更让他愉快许多。

在门厅，一头大理石雕的野兽在上方居高临下地望着他们。它的形体棱角分明，宽阔的背上突着两只小小的翅膀。它的脑袋和嘴巴都很巨大，两只纤瘦的前爪抓住一个球体，将它抬向长着巨齿的嘴巴。斯佩克特认出来那个球体是地球。

有个人从那雕像后面走了出来，向远方走去。它穿着一件实验室里的工作服，盖住了勉强算是人形的身体。它藏起自己仿佛昆虫一般的棕色面孔，消失在阴影之中。斯佩克特打了个哆嗦。

那女人咯咯傻笑，用力推着他。

“跟上我。”钦天士不耐烦地说道。

斯佩克特照做了。他注意到建筑的内部还装饰着另一些可怖的雕塑和绘画。“你们在施魔法，是吗?”

钦天士听到这个词，动作僵硬了。“魔法。魔法只是无知者用来指称力量的词汇。你我拥有的能力不是魔法，它们是塔基斯星人技术的产物。而事实上，目前为止被人们视为黑魔法的特定仪式，几乎都未能打开通往这些力量的感知通道。”

门厅通往一个院落。月亮和群星将被雪覆盖的土地点亮，让它们反射出明亮的光芒。斯佩克特意识到，这就是他们之前审问他的地方。在院子的中央，有两座石质祭坛。他看到一个年轻人浑身赤裸地被绑在其中一座祭坛前。钦天士走到那名俘虏身边。

“把那女人的衣服脱掉，把她绑起来。”钦天士说道。

斯佩克特剥了她的衣服，绑住她的手脚。女人还在傻笑。“虐待要加钱，虐待要加钱。”她说。

钦天士扔给他一个口塞。他把它塞进她的嘴里。

“这人是谁?”斯佩克特指着那赤裸的男子问道。

“敌对帮派的老大。他很年轻，有着强壮的心脏和一腔热血。现在，安静。”

钦天士将双掌抬过头顶，开始以一种斯佩克特听不懂的语言说话。又来了几个穿着长袍的男女，静静地走入庭院。其中不少人闭着双眼。其他人则盯着夜晚的天空。钦天士将一只手探入那名年轻男子的胸膛之中。他尖叫起来。

钦天士用另一只手向庭院后方的一群人打了个手势。十来个人扛着一只大笼子走向祭坛。

笼中有个极为巨大的生物。它浑身披毛，身体仿佛一段香肠，由一些粗短的腿撑着，几乎贴着地。那头野兽的大嘴和利齿与门厅中的雕像极为相似。它有两只巨大的深色眼睛，一堆小小的耳朵向后紧贴头部。斯佩克特认出来，它是那些外星的入侵怪兽之一。

那人还在尖叫，乞求。他与那巨兽张开的大嘴之间，不过一臂之遥。笼子慢慢向前推了过去，直到那人的头被卡在笼子的栏杆之间。生物的上下颚猛地合上，吞噬了男人最后的惨叫。

钦天士单手抬起那具失去了头颅的尸体，猛地拉开束着他的绳索。男子的鲜血如喷泉般淌过他的肌肤和绳索。钦天士挺直身子，咏唱着圣歌，他的肌肤闪耀出一种不自然的活力。他将手从男子的胸腔中拔了出来，高举过头，接着将一个东西扔到斯佩克特脚边。那是男子的心脏，被以一种外科手术般的精确性地掏了出来。斯佩克特曾经在电影中见过不少通灵外科手术①，但从未见过如此惊人的场面。

老人走到笼子边，凝视笼中之物。“提亚马特，经由活物之血，我将成为你的主宰。在我面前，你无法隐藏任何秘密。”

那生物轻声低叫，迅速地挪到笼子里远离钦天士的那一侧。钦天士的身子硬直，呼吸平缓。在一段时间里，一切似乎都静止了。接着，老人握紧拳头，高声尖叫。他那种哀号，斯佩克特过去从未听到过类似的声音。

钦天士踉跄地走到尸体旁，撕扯着它，仿佛旋风过境一般，将一

① 20世纪中期流行在一些灵修社区里的伪科学，医生装作自己用双手在进行通灵的手术，最后以假血和动物的器官来骗患者说自己已经去除了病变的部分。

块块血肉和内脏扔在自己身侧。他又跑回笼子边，将手指插入那生物的脑袋。它想挣脱，却没法咬住钦天士的手臂。钦天士咆哮起来，凶残地扭动它的脑袋。随着一声碎裂的巨响，它的脖子折断了。老人瘫软在地。

斯佩克特后退了一步，其他人则冲到钦天士身边。这幅血腥的场景令斯佩克特迷醉。他能感觉到心中涌动得越发激烈的杀戮渴望，压倒了他的其他所有想法。他转身走向另一座祭坛前的女人。

“不!”钦天士挺直身子，又向前倒下，“现在还不行。”

斯佩克特感觉到了一股强加的镇定力量。他知道这是钦天士干的。“这都是因为你对我做了这些事。我得马上杀人。我需要这么做。”

“是的，是的，我知道，但你还得再等一等。等一会儿，你的感受将好得远甚于你能想象。”他摇摆身体，做了好几下深呼吸，“提亚马特不会轻易展露自身的秘密，但我依然得尝试。”钦天士朝庭院中的其他人做了个手势，他们迅速地退开了。

“你刚才想用那生物做什么？为什么你要杀了它?”斯佩克特问道，同时竭力想要控制自身的杀戮渴望。

“我想通过提亚马特的一个下级生物来控制她。我失败了。”钦天士脱下身上的长袍，转向那个女人。他用沾满鲜血的双手伸向她的下体，接着将双手放在她的腹腔上，跨坐在女人身上，双手开始在她的肌肤下滑动，揉搓她的内部器官。女人呜咽起来，却没有发出尖叫。她似乎依然神志不清，因此无法接受身上发生的一切。

斯佩克特漠不关心地望着这场表演。就他所见，老人似乎是将自己挤入了那金发女人的身体里。在斯佩克特死前，他对性的兴趣就很淡漠。而现在，就连那一点兴趣也已经消失了。

倘若他要杀那个老人，或许再没有比此刻更好的机会了。他伸出手去摸枪。就在他这么做的时候，杀戮的渴望压倒了他。钦天士已放开了对他的镇定影响。斯佩克特将手从外套口袋里拿了出来。他知道自己需要什么，枪膛里射出的东西是无法让他获得满足的。

钦天士变得更兴奋了，额头的皱纹不住抽动，与此同时他将一小块一小块的组织从女人身上扯下。现在，女人终于开始尖叫。

斯佩克特发现自己的渴望与老人的动作同步了。

“现在，”钦天士疯狂抽插着，叫喊道，“现在杀了她。”

斯佩克特走过去，他的脸与她的只相隔数英寸。他能看到她双眼中的恐惧，她肯定也能看到他双眼中的死亡。他将自己的死亡赐予了她。缓慢地。他不想将她拖入其中，这样太快了。他只是将它注入她的大脑和身体。她的身子成了一个容器，它翻滚蠕动，不断尖叫，接受了他那仿若残忍黑色液体般的死亡。

钦天士呻吟一声倒在她身上，把斯佩克特从恍惚迷醉的状态中惊醒过来。他正用牙齿和双手从她身上撕下一块块血肉。她已经死了。

斯佩克特后退了一步，闭上双眼。在此之前，他从未享受过杀人的行为，但此刻的满足与快意远超过他的想象。这是他第一次控制自己的力量，令它为自己服务。他知道，自己要想再这么做，就需要钦天士帮助。

“你还想杀了我吗?”钦天士精疲力尽地将自己从尸体上推开，“我猜你的外套里还放着那把枪。你只有两个选择。”他举起一枚便士。

事实上斯佩克特别无选择。他适才经历的这一切已抚平了他的全部怀疑，他毫不犹豫地接过硬币。“嘿，纽约市里人人都带着枪。这城里尽是些特别危险的家伙。”

钦天士放声大笑，声音在石墙之间回荡。“这只是第一步。在我的帮助下，你将能掌握你甚至连做梦都没有想过的事。从今往后，再没有詹姆斯·斯佩克特存在。在我们的小圈子里，将称呼你为‘死期’。至于那些反对我的人，将视你为死亡。迅速而残酷的死亡。”

“死期，我喜欢它的发音。”他点了点头，将那枚便士放入衣兜。

“除了用这种硬币来证明身份的人之外，谁也别信任。现在，我已为你选好了属于你的朋友与敌人。要是你乐意，你可以随意地度过今夜。从明日起，我们会继续对你的教育。”钦天士拿起长袍，回到屋内。

斯佩克特擦了擦太阳穴，漫步走回建筑里。疼痛渐长。他接受了它，甚至有点喜欢上了它。它将会成为他力量的来源和满足之处。他曾经抽到了黑皇后，承受了可怕的死亡，但奇迹却发生了。他的天赋对这个世界而言将会是在他体内的恐怖。对这个世界来说，它恐怕算不了什么，但对他而言，已经足够了。

他在门厅的雕像下蜷曲身体，接着仿佛死亡一般地睡着了。

♦♥♣♠

朱比：之四

水晶宫三楼的私室是蝶蛹给自己留的。她正在一间维多利亚式的起居室里，坐在橡木桌后的红色天鹅绒高背扶手椅上等着他。蝶蛹指了指一个座位。她一点时间也没有浪费。“你激起了我的兴趣，朱布尔[①]。”

“我不明白你的意思。”朱比说着，让身子慢慢往那张梯式靠背椅边缘沉下去。

蝶蛹打开一只古董绸缎零钱包，从中拿出一把宝石。她将它们在白色的桌布上排成一排。“两颗星彩蓝宝石，一颗红宝石，还有一颗完美无瑕的蓝白钻石，”她以她那单调而冷酷的声音说道，“全都未经切割，最高级的品质，重量都不低于四克拉。就在这六周之内，它们出现在鬼牌镇的街道上。真让人好奇，你说是吗？你对它们知道多少？”

“我不知道，”朱比回答，“我一直都在留心。你听说过有个鬼牌的能力是握住一颗钻石将它变为一块煤吗？”

他在糊弄蝶蛹，他俩都明白这一点。她用右手的小指将一枚蓝宝石推到桌布的另一侧，她手指上的血肉如玻璃般透明。“你把这颗宝石给了一个环卫工人，用来交换他从垃圾桶里找到的一个保龄球。”

“嗯。”朱比说道。那个保龄球红白相间，是给某个鬼牌特制的，

---

① 蝶蛹叫 Jube，一直是 Jubal。

上面有六个排成环形的手指孔。毫无疑问它被人丢弃了。

蝶蛹又用小手指捅了一下那颗红宝石，将它推出去半英寸，“这一颗给了一名警察局的档案管理员。你想看的档案与停尸房里放出来的尸体有关，还与那颗丢失了的保龄球有关。我从不知道你对保龄球有这样的热情，朱布尔。”

朱比拍了拍肚子。“它看起来不就像个保龄球吗？再没有什么事情比滚上几球和喝上几杯啤酒更让我感兴趣的了。”

“你这辈子都没进过保龄球馆，你从触地得分里也学不到任何保龄球技巧。”她夹起那颗钻石，她的指骨此刻看起来前所未有的骇人，“这一颗是偿付给恶魔约翰·达林福特的，就在我这儿的红之间里。”她将那颗钻石在她透明的手指上滚动，脸上的肌肉扭曲着，像是要形成一个歪斜的微笑。

“它是我母亲的。”朱比脱口而出。

蝶蛹咯咯笑了起来。“而她一直都懒得打磨，也没把它镶嵌在戒指上？这也太奇怪了。”她放下钻石，拿起另一颗红宝石，“至于这一颗——真的，朱布尔！你真的以为埃尔默不会告诉我？”她小心地将那颗宝石放回到其他几颗之间。“你想雇某个人来完成某种未说明的任务和调查工作。很好。为什么不直接来找我？”

朱比抓了抓一侧的海象牙。“因为你问得太多了。”

“很公平。”她将一只手扫过这些珠宝，“这里有四颗。你还去找过其他人吗？”

朱比点点头。“还有一两个。你没拿到绿宝石。”

“太可惜了，我喜欢绿色，那可是代表英国的颜色。”她叹了口气，“为什么用宝石？”

“大家不愿意从我这儿拿支票，”朱比告诉她，“宝石又比拿上一大堆现金要方便。”

“要是你还有更多的宝石，”蝶蛹说道，“就让它们留在原处。就让鬼牌镇的流言说海象有一些秘密的宝石储备，我不会向你多收一丁点钱的。你可能已经搅了浑水，但我们还是希望鲨鱼没有发现它吧。当然，埃尔默除了我之外谁也没说，而恶魔约翰也有他自己的那一套独特的信用原则，我想我们能信任他，相信他会保持沉默。至于清洁工和档案警，我向他们购买宝石的时候，也付钱让他们闭嘴了。”

“你不用这么做的！”

“我知道，”她说，“下一次你需要信息的时候，你就会知道该怎么来找水晶宫了。对吧？”

“你知道多少了？”朱比问她。

“至少你说谎我能发现，”蝶蛹回答，“我知道你在找一个保龄球，理由对于男人、女人或鬼牌而言都不可理解。我知道达林福特从停尸房里偷了那具尸体，可能是为了钱。这不是他自己会主动去干的事。我知道那具尸体很小，长满了毛，它的腿像蚱蜢，此外，尸体损坏严重。据我所知没有任何鬼牌符合这具尸体的外貌特征，因此这事件让人十分好奇。我知道尸体被偷的那天，克罗伊德拿到了一大笔钱，在接下来的那一天，他又拿到了更大一笔钱，在这二者之间，他与达林福特起了一场公开的冲突。我知道你慷慨地支付了恶魔约翰一大笔钱，让他吐露他在这出小小的闹剧中代表的是谁的意志，还试图雇他，却没有成功。”她的身子前倾。“我不知道的是这一切意味着什么，还有，你知道我有多痛恨秘密。”

“大家都说，不管什么时候，在曼哈顿的什么地方，只要有个鬼牌放了一个屁，蝶蛹都会捏住她的鼻子。”朱比说道。他死死地看着她，但她透明的血肉让他很难读懂她的表情。在她水晶般的肌肤下，那骷髅面庞上清澈的蓝色眼睛正执拗地盯着他。“你在这事里对什么感兴趣？”他问她。

“我不确定，除非我知道‘这事’指的是什么。不管怎么说，一直以来你对我而言都很有价值，我也不愿就这样失去你的服务。你知道，我一直很谨慎。”

“除非有人付钱让你不再谨慎。”朱比指出。

蝶蛹笑了起来，碰了碰那颗钻石。“考虑到你的资源，保持沉默比大肆宣扬更有利可图。”

“没错。”朱比说道。他下定了决心，认为自己不会有任何损失。“事实上，我是从很远的星球来的外星间谍。”他开始说道。

“朱布尔，”蝶蛹打断了他，“你正在损耗我的耐心。我从未真的喜欢过你那些笑话。说重点。你和达林福特之间发生了什么？”

“没发生什么，”朱比承认道，“我知道自己为什么需要那具尸体。但我不知道为什么其他人也需要它。恶魔约翰不会告诉我。我想他们一定是拿到了那个保龄球。我想雇他把它给我弄回来，但他完全不想再和那些人扯上关系。不管那些人究竟是谁，我想他是被他们吓到了。”

“我想你猜得没错。克罗伊德呢？”

“他又陷入了沉睡。谁知道他下次醒来时能派上什么用场？我可能得等上六个月，然后他说不定醒来成了一只仓鼠。”

“就这个任务来说，”蝶蛹以冷静而肯定的口吻说道，“我可以帮你雇个人来得到你想要的答案。”

既然逃避没能帮到他什么忙，朱比决定坦率一点。“我不知道我能不能信任你雇的人。”

她笑了起来。“亲爱的朋友，这是你这几个月来说的最聪明的一句话了。你说得对。要锁定你太容易，而有些和我接触的人完全称不上有什么信誉可言。不过，有了我这个媒介，这个等式就不一样了。我有一定的声望。”在她手肘边摆着一个小小的银铃。她轻轻敲响了它。“不管怎么说，最适合这个任务的人是个通则上的例外，但也有他自己的道德标准。”

朱比来了兴趣。“他是谁？”

“他的名字叫杰伊·阿克罗伊德。是个双重的王牌私家侦探。也就是说他是王牌，他调查的也是王牌。有时候人们叫他‘砰砰杰伊’，但不会当着他的面这么叫。我和杰伊时不时会为对方做一些事。毕竟，我们处理的是同样的东西。”

朱比若有所思地攥住了他的一颗獠牙。“嗯。那什么原因让我不能直接雇他?”

“没有。”蝶蛹说道。一名长着叫人印象深刻的象牙色牛角的高个服务生走了进来，古董银托盘上托着一杯意大利苦艾酒和一杯新加坡司令鸡尾酒。他离开后，她继续说道，“要是你想让他对你产生甚于对我的好奇心，你可以试一试这么做。”

这句话让他停顿了。“或许我留在幕后会更好些。”

“我也正是这么想的，”蝶蛹说着，抿了一口苦艾酒，“杰伊甚至不会知道，雇主是你。”

朱比往窗外望了一眼。外面是昏暗而无云的黑夜。他可以看到群星，在群星之间的某处，他知道群虫之母还在等待着。他需要帮助，就得把所有警惕放到一边。“你认得高水平的小偷吗?”他直接问道。

这话让她有些吃惊。“我可能认得。”她说。

“我需要这样的人，”他开始局促起来，“呃，大概吧。一些科学仪器，还有，嗯，电子设备，微型芯片，诸如此类的东西。我可以给你列一张清单。可能得闯进一些公司实验室里去偷，或者窃取某些政府的仪器。”

“我要避开所有非法的事，”蝶蛹说道，“你要电子设备做什么?”

“给我自己造一个业余无线电装置，”朱比说道，“你愿意这么做来拯救这个世界吗?”她没有回答。“那你愿意这么做来换六个鸽子蛋大小的完美的绿宝石吗?”

蝶蛹慢慢露出微笑，抬起酒杯做了敬酒的动作。“敬我们长久而有利可图的合作。”

她几乎都能成为一名商人之主了，朱比带着钦佩这样想道。他咧嘴露出海象牙笑了起来，抬起那杯新加坡司令，将吸管放进嘴里。

♦♥♣♠

直至第六代

尾　声

这事儿特别轻松。“红脸膛”和“汗鬼”装作要在那辆开动的卡车前的人行道上打上一架，里基和洛科则只需要简单地走到卡车上，各自拿下两个箱子，走回街上。开车的老头完全没注意到少了几个箱子。里基为自己想出了这个点子而感到骄傲。

他们也不是常常能有这种机会的。耐特的地盘现在越来越小了。像“恶魔王子”这样的鬼牌黑帮正在鲸吞越来越多的领地。碰到一个像鱿鱼似的家伙，你他妈要怎么才能跟他打？

里基·斯坦提兰斯把手伸进牛仔裤兜里，掏出钥匙，进了俱乐部。红脸膛去冰箱拿了几瓶啤酒，剩下的人则将箱子摆在破旧的沙发上，打开了它们。

“哇哦，是录像带。”

“啥带子？”

“看起来是日本的怪兽片。还有些在这儿算黄片的。”

“嘿！拿出来放啊，兄弟！”

啤酒砰地开了。“洛科！还有台电脑。”

“这不是电脑。这是图形均衡器。”

“放屁，才不是。我以前见过电脑的，从学校退学前。”

里基看了一眼。“王不会搞没有立体声设备的东西，兄弟。”

“妈的，你又知道了。”

汗鬼拿起一个光驱烧录机。“这他妈是什么玩意儿，兄弟？”

“我敢打赌很贵。”

“要是我们不知道要什么价，又怎么拿出去卖啊？”

“嘿！我已经把录像机打开了！”

汗鬼拿出了一个没有任何特征的黑色球体。“这又是啥呢，伙计们？”

“保龄球。”

“放屁。哪有这么轻的。”里基一把抓过了它。

“嘿。来看这个金发妞儿，太棒了。”

“她在干吗？抓着摄影机？这人在什么地方？”

“我在哪儿见过她。”

“那男的在哪儿呢，伙计？太奇怪了。完全贴着她耳朵。”

里基边看边玩那个黑色球体。它现在摸起来有点温度了。

“嘿！这妞好像在飞！”

“狗屁。”

“真的，你看。背景在动。”

金发女人看上去似乎悬浮在空中，一边进行着一些仿佛是性行为的动作，一边快速地在屋里移动。就好像她那看不见的性伙伴会飞一样。

“这他妈太奇怪了。”

洛科看向那个黑球。“把那玩意儿给我。”他说。

“看你的倒霉电影去吧，伙计。”

“狗屎。快拿过来给我。”他伸出手。

“妈的，滚开！”

怪异的光芒透过里基的双手，放射出来。有什么黑暗的东西探向洛科，然后，突然之间，洛科整个人就不见了。

其他人站起身大喊大叫，里基则惊得说不出话来，就那么愣愣地站着，他感觉好像有什么东西擦过了他的大脑。

那黑色球体正在与他说话。它似乎迷失了，又好像是哪儿坏了。

它能让东西消失。里基想到了恶魔王子，想到了要怎么对付一个长得像鱿鱼的家伙。他的脸上渐渐露出了微笑。

“嘿，兄弟们，”他说，“我有一个点子。”

♦♥♣♠

凛　冬

乔治·R.R. 马丁　著

他早就知道，这一天终将来临。那是个阴冷而灰暗的周六，从基尔水道吹来了凛冽的寒风。周末汤姆总喜欢睡会儿懒觉，他十点半醒时，咖啡先生咖啡机里已煮好了一壶。他往这一天的第一杯咖啡里加了牛奶和糖，带着它进了起居室。

没处理的旧信件散落在他的咖啡桌上：一堆账单；早已过期的超市特卖广告传单；一张他妹妹去年夏天去英格兰时寄来的明信片；一个棕色的长信封，里面号称说托马斯·托特伯里先生中了300万美元的大奖；除此之外，还有不少他得尽快清理的垃圾邮件。

在所有这些信下面，是一封邀请函。

他小口喝着咖啡，看向了它。它在那里待多少个月了？三个月？四个月？现在要再为此做点什么已经太晚了。即使对方写着“期待你的回复”，隔了这么久再回应也不再合适。他记得《毕业生》的结局，也欣赏那样的幻想。但他毕竟不是达斯汀·霍夫曼。

仿佛揭开旧痂，汤姆在信里翻找了半天，最后再一次找到了那个小小的正方形信封。里面的卡片已经发脆发白了。

斯坦利·卡斯柯夫妇

诚挚地邀请您参加

我们的女儿芭芭拉与维霍肯的史蒂夫·布鲁德尔的婚礼

3月8日下午2时，圣亨利教堂，

及随后于礼帽酒廊举行的晚宴

期待您的回复，电话555-6853

汤姆用手指感受着纸上的压花，过了很久，才小心翼翼地将它放回咖啡桌，把垃圾邮件都倒进沙发边上角落的柳条垃圾筐里，而后走到窗边，望着窗外。

在第一大道对面，狭窄的海滨小公园里的行步道两旁堆满了黑色的雪。一艘飘扬着挪威国旗的货船正沿着基尔·凡·库罗海峡向巴约纳大桥和纽瓦克港开去，拖着它的是一条吃水很深的蓝色拖船。汤姆站在他的起居室窗户边，一只手撑在窗台上，另一只手深深探入口袋里，他看着公园里的孩子们，看着那货船庄严地向前开去，看着基尔水道冰冷的绿色河水和码头，还有它后面史泰登岛上的小丘。

很多很多年以前，他家就住在联邦政府安居工程建造在第一大道尽头的房子里，从他们的起居室窗户就能看到整个公园和基尔水道。有时候，在他父母入睡之后，他会爬起来给自己做一份巧克力牛奶，然后望着窗外史泰登岛的灯光，当时它看起来是那么遥不可及，又那么充满了希望。他那时候知道什么？他就是个廉租房里的孩子，从未离开过巴约讷。

即使是在夜里，也有大船会从水道开过，而在夜幕笼罩下，你见不到它们船侧的铁锈痕迹，也看不到它们排放到水里的废油；在夜幕笼罩下，船带着魔法，驶往冒险和浪漫，驶往传说中的城市，城市的街道上闪烁着危险的阴影。在日常生活中，即使泽西市对他而言也是个遥远的未知之地，但在他的梦里，他认得苏格兰的荒野，上海的弄堂，马拉喀什的尘埃。十岁的时候，汤姆已经能认得出三十多个国家的国旗了。

但他早已不再十岁。今年他就要满四十二岁，他已离开廉租房的这四个街区，住到了第一大道一座橙色砖头砌成的小房子里。高中时的夏天他一直在维修电视机。他现在还在同一家商店里工作，不过已升任经理，还掌握了差不多三分之一的股份；最近这几年，这家店改名叫百老汇电器行，它出售 VCR 和 CD 机，电脑及电视机。

你这些年来的进步很大，汤姆，他苦涩地对自己这样说。而现在，芭芭拉·卡斯柯就要嫁给史蒂夫·布鲁德尔了。

他也没法责备她。他没法责备任何人，除了他自己。或许还有喷气机小子和塔基扬医生……嗯，他可以把责任也推给他们一点儿。

汤姆转过身，任由窗帘垂下，遮住窗口，他觉得心情糟透了。他走到厨房，打开那典型单身汉式的冰箱。啤酒没有了，只有一个两升装的大瓶最底部还残留着一英寸的可乐。他撕开锡箔纸包着的吞拿鱼色拉，想给自己的早餐做一份三明治，但色拉上长满了绿毛。突然之间他就失去了胃口。

他拿起墙上挂着的电话机，按下七个熟悉的数字。第三声铃响之后，一个孩子回了电话。“你厚①？”

“嘿，维托，”汤姆说道，“你们家老头在吗？”

传来了另一个话筒拿起来的声音，“你好？”一个女人说道。孩子咯咯笑了起来。“我接到电话了，亲爱的。”吉娜说道。

“拜拜，维托。”汤姆说道，那孩子挂了他那边的话筒。

“维托，”吉娜的声音带着气愤和困惑，“汤姆，你疯了吗？为什么你一直想让他搞不清楚状况？上一次你叫他盖斯波。他明明叫德里克。”

“呸，”汤姆回答道，“德里克，这算哪门子意大利佬起出来的蠢名？你和乔伊明明是两外国佬家的小孩，结果却照着一个肥皂剧里的小丑给他起了名。敦会大发脾气的。德里克·德安吉利斯——听起来就像一个会走路的身份认同危机。”

① 小孩有口音。

“那你自己生一个去，然后叫他维托。”吉娜说道。

这就是个笑话。吉娜只是在开玩笑，她并不想以此来伤害他。但知道这一点也没什么用。他依然觉得自己像是肚子上被打了一拳。“乔伊在吗?”他突然问道。

“他在圣迭戈，”她说，“汤姆，你还好吗? 你听起来有点怪。”

“我挺好的。只是想跟你们打个招呼。”乔伊当然在圣迭戈。最近几年，乔伊经常在外面到处跑，这个走运的家伙。垃圾场乔伊·德安吉利斯是撞车比赛里的明星车手，而冬天，比赛就会去气候更暖和的地方。这其中有些讽刺的意味。孩提时，甚至连他们的父母都觉得，汤姆才应该是两人中会到处旅行的人，而乔伊则会一直留在巴约纳经营他家老头的垃圾场。而现在，乔伊几乎成了一个家喻户晓的明星，他家的旧垃圾场却属于汤姆。他们早该料到的，毕竟早在小学时，乔伊就是个碰碰车上的魔鬼了。“好吧，跟他说我给他打了电话。”

“我有他们住的旅馆的电话。”她表示。

“谢了。其实没什么重要的事。晚点我再打给你，吉娜。照顾好维托。”汤姆将话筒放回搁架上。

他的汽车钥匙放在厨房的柜子上。他拉起没什么款型的棕色山羊皮皮夹克的拉链，走到地下室的车库里。他那辆深绿色的本田开出去后，车库门便自动关上了。他在第一大道上向东行驶，穿过廉租房，转向莱克星顿大道。在第五大街，他朝右拐了一次，将住宅区甩在身后。

这是个三月里的周六，灰暗而阴冷，地上带着积雪，空中刮着寒风。他现在四十二岁了，芭芭拉即将结婚，而托马斯·托特伯里想爬进他的壳子里。

♣

他俩是在青年成就组织[①]的课外班上认识的，当时两人是两个不同高中的高年级学生。

汤米对学习自由企业制度如何运作兴趣缺缺，对姑娘们却兴趣甚浓。他上的预备学校都是男孩，但“青年成就”的学生却来自所有本地高中，汤姆在低年级时就加入了。

和男孩们交朋友对他来说已足够艰难，姑娘们更是吓到了他。他不知道该怎么和她们开口说话，也害怕自己说出什么蠢话来，于是他选择一言不发。几周之后，一些姑娘开始戏弄他。但大部分女孩无视了他。周二晚上的聚会成了他整个高二的噩梦。

高三的情况却不一样。不一样的点在于一个名叫芭芭拉·卡斯柯的女孩。

在他们第一次相见的聚会上，汤姆坐在角落里，矮胖而忧郁，芭芭拉却走了过来，做了自我介绍。她的友好让汤姆极为震惊。而真正让人难以置信的，甚至比这个姑娘走过来亲切地对待他更让他震惊的是，她是那群人里最漂亮的姑娘，或许还是整个巴约纳最漂亮的姑娘。她有一头深棕色的长发，它垂在肩头，发梢微微打卷，她还有浅蓝色的眼睛和全世界最温暖的微笑。她身上穿着安哥拉羊毛衫，不那么紧身，却足以展现出她可爱的身材。她漂亮得足以成为一名啦啦队队员。

汤米不是唯一一个对芭芭拉·卡斯柯印象深刻的人。几乎没花一点时间，她就成了“青年成就”模拟公司的董事长。圣诞节后，她的任期满了，又到了新一届选举的时候，她提名汤米来继自己之后成

① 非盈利的青年组织，和当地政府与企业家一起给从幼儿园到大学的学生传授财务知识，进行职业教育，培养企业家精神。

为董事长，因为她深受同学的喜爱，他们还真选了他。

“约她出来，”十月的时候，汤姆终于鼓起勇气和乔伊·德安吉利斯讲起她的事，乔伊这么和汤姆说道。在前一年，乔伊就从学校退了学。他当时正在E大街的一家加油站里接受机修工训练。“她喜欢你，蠢蛋。”

“得了吧，”汤姆说道，“她凭什么肯跟我约会？你真该见见她，乔伊，她可以跟任何一个她喜欢的人约会。”托马斯·托特伯里这辈子从没约会过。

“说不定她就喜欢吃屎呢。”乔伊咧嘴笑了起来。

但芭芭拉的名字又再度出现了。乔伊是汤姆唯一能聊天的对象，而芭芭拉则是他在这一年里唯一谈起的内容。“让我喘口气吧，托特，”十二月的一天晚上，他俩在海湾边上一辆废弃的旧帕卡德车里喝啤酒时，乔伊说道，“要是你不去约她出来，我去。”

汤姆痛恨这个主意。“她又不是你喜欢的型，你这垃圾外国佬。”

乔伊咧嘴笑道：“我以为你说过她是个姑娘？”

“她要去上大学了，准备当老师。”

“啊，我才不管这些狗屎。她奶子大吗？”

汤姆捶了他的肩膀。

到第二年三月，汤姆都还没约她，乔伊说道：“你他妈到底在等什么？她都提名你来当你们那狗屎公司的董事长了，不是吗？她喜欢你，智障。”

“那只是因为她知道我能做个合格的公司董事长，但这并不意味着她会和我出门。”

“去问她啊，蠢货。”

“我可能会的。”汤姆不太情愿地说道。两周后的周三晚上，聚会过后，芭芭拉显得格外亲切，他好不容易进行到了在黄页号码簿里找她电话这一步。但他从来没有打过这个电话。“列表里有九个不同的卡斯柯，”下一次他和乔伊见面的时候，他这么说道，“我不确定哪个是她。”

“那就都打一遍，托特。操，他们都是亲戚。”

“我觉得自己像个弱智。”汤姆说道。

“你就是个弱智，”乔伊对他说，“这么说吧，要是这事儿让你觉得很困难，那要不下次你见到她的时候，直接问她要电话号码。”

汤姆咽了口口水。“那她会觉得我想邀请她去约会。”

乔伊大笑起来。“那又怎么样？你就是想请她去约会！”

“我只是还没有做好准备，我不知道要怎么做。”汤姆悲惨地说道。

“很简单。你打电话过去，等她接起来你就说，‘嘿，我是汤姆，你愿意和我一起出去吗？’”

“她说不愿意怎么办？”

乔伊耸了耸肩膀。“那我们就给全城所有的比萨店都打外卖电话，让他们整晚上都往她家里送比萨。定凤尾鱼口味的。谁也不爱吃凤尾鱼比萨。”

五月快要过完的时候，汤姆总算弄清了哪一个卡斯柯才是芭芭拉家。她只是随口讲起了自己的邻居，而他则像注意她说过的所有其他事一样上了心。他回到家将那一页从电话簿里撕下来，用比克圆珠笔圈下了她的号码。他甚至都拨了号。有五六次。但始终没有打出去。

“他妈的干吗不打？”乔伊问道。

“已经太晚了，”汤姆闷闷不乐地说道，“我是说，我们是从九月开始认识的，我一直都没叫她出去过；要是我现在打电话找她出门，她会觉得我是个胆小鬼。”

“你就是胆小鬼。”乔伊说道。

“有什么用呢？我们要去不同的大学。六月之后我们很可能再也不会见到对方了。”

乔伊用拳头捏扁了装啤酒的易拉罐，只说了四个字：“毕业舞会。”

“毕业舞会怎么了？”

“邀请她参加你学校的毕业舞会。你想去毕业舞会的，对吧？”

“我不知道，”汤姆说道，“我是说，我又不会跳舞。你他妈到底在说什么？你自己从来没去过什么狗屎毕业舞会！”

“毕业舞会是狗屎，”乔伊说道，“如果是我跟姑娘出去，我宁可开车带她去兜440公路，看有没有机会摸到她脱光了的奶子，而不是在哪个体育馆里他妈的握住她的手，你懂吧？但你又不是我，托特。别跟我啰嗦了。你想去那个愚蠢的舞会，我们俩都明白，要是你能和这地方最漂亮的妞儿一起走进去，那你他妈就上天堂了。”

“都五月份了，”汤姆阴郁地说道，“芭芭拉是整个巴约讷最漂亮的姑娘，她不可能还没舞伴。”

“托特，你们上的是不同的学校。她很可能已经跟人约了去参加她学校的舞会，没错，但她有多大的可能会和什么人约好了去你学校的舞会？姑娘们都喜欢舞会这种狗屎，穿戴打扮一番，别个胸花，跳个舞。上啊，托特。你又不会有什么损失。”他咧嘴笑道，“除非你舍不得你的处男之身。”

接下来的那一周，汤姆只想着如何同芭芭拉谈谈。时间正在慢慢流逝。课外班快结束了，结束后，他就再也见不到芭芭拉，除非他主动去做点什么。乔伊说得对，他得试一试。

周二晚上，坐巴士去上城区的全程他都觉得自己的胃抽紧了，他一直在脑海中排练谈话的内容。但不管他排练多少次，他就是没法把要说的话说出口，但他下定决心，不管怎么样，都一定要干点什么。他很怕她拒绝，却更怕她会同意。但他得试一试。他不能就这样让她离开而不知道他有多喜欢她。

他最担心的是他要怎么把她拉到一边，好远离其他所有孩子。他肯定不想在逼不得已的情况下，当着所有人的面邀请她。光是想到这个可能性他就全身起鸡皮疙瘩。其他姑娘们早就已经拿他当傻子看了，倘若他胆敢邀请芭芭拉·卡斯柯去自己学校的毕业舞会，恐怕会让她们全都笑弯了腰。他只希望她之后不要告诉她们。他觉得她不会这么做的。

这个问题后来自然而然地解决了。这是他们最后一次聚会，顾问们会采访所有不同模拟公司的董事长，并从中选出年度董事长来颁发一份债券作为奖励。芭芭拉是他们模拟公司第一个半年的董事长，汤姆则紧随其后，因此他们发现自己等在一个走廊外，就他俩，没别人，其他孩子们都在聚会上，而顾问们则离开去做采访了。

“我希望你能赢。”他俩等候时，汤姆说道。

芭芭拉朝他微笑。她穿着一件天蓝色的毛衣，百褶裙稍长过膝盖，脖子上则挂着一根纤细的金项链，底下缀着心形的小盒。她的金发看起来如此柔软，让他想伸手触摸，但显然，他没这狗胆。她站得离他很近，他可以闻得到她身上清新的香气。

“你今天看起来真不错。”他脱口而出，非常拙劣。

他觉得自己像个弱智，但芭芭拉似乎没有注意到。她以那双蓝蓝的眼睛看向他。“谢谢你，”她说，“我希望他们能快点。”接着她做了让他震惊的事——她伸出手，触碰到了他，将她的一只手放在他的手臂上，然后说道：“汤姆，我能问你一个问题吗？”

“问题，”他重复道，“好呀。”

“是关于你们学校的毕业舞会。”芭芭拉说道。

他静静地站了很久，如同一具僵尸，他注意到了大厅里吹来的冷风，注意到了远处班级里的欢笑声，毛玻璃门后面传来的顾问的说话声，芭芭拉的手放在他手臂上带来的轻微压力，此外，最重要的是，她离他如此之近，那双深蓝色的眼睛正看着他，心形盒子项链正垂在她胸前小小的双丘之间，她身上还带着清新的气息。这是头一回，她没有了笑容。她脸上的表情甚至可以说有些紧张。但这只让她显得更加可爱。他想拥抱她，亲吻她。他害怕得近乎绝望。

“毕业舞会。”他好不容易挤出话来。声音很轻。荒谬的是，他突然发觉自己的裤子里有个巨大的凸起物正抵着布料。他只希望它看起来不会很明显。

“你认得史蒂夫·布鲁德尔吗?”她问。

汤姆从二年级时就认识史蒂夫·布鲁德尔。他是班长，还在篮球队里打前卫。在初中的时候，斯蒂夫和他的朋友们一直用拳头羞辱汤姆，而现在，他们成了老于世故的高年级生，所以就只用语言来凌辱他了。

芭芭拉没有等他回答。“我们一起外出约会过，”她对他说，“我以为他会邀请我去参加他的毕业舞会，但他没有。”

你可以和我一起！汤姆在心中狂乱地想着，但他只是说：“他没有?”

“没有，”她说，“你是否知道，我是说，他有没有邀请其他人?他会来找我吗，你说?”

“我不知道，”汤姆没精打采地回答，“我们不怎么说话。”

“哦。”芭芭拉说道。她的手从他身上落下了，接着门打开了，他们喊了他的名字。

那天晚上汤姆以青年成就组织年度董事长的身份赚了50美元储蓄券。他的母亲始终不明白为什么他竟如此难过。

♠

垃圾场位于一片废弃的炼油厂和纽约湾冰冷的绿色河水之间。十英尺高的铁丝网围栏早已松松垮垮，大门右边警告入侵者禁止入内的牌子上也生出了铁锈。汤姆从车里爬出来，打开挂锁，拉开沉重的链子，然后将车开了进去。

乔伊和他的父亲敦曾经居住过的棚屋已经朽烂。屋顶的店名标志也已模糊不清，但汤姆依然能辨认出模糊的字迹：德安吉利斯废旧金属及汽车零部件。十年前乔伊结婚时，汤姆就买下并关闭了这个垃圾场。吉娜不想住在垃圾场里，此外，汤姆也厌倦了老有人在垃圾场里徘徊好几个小时，找一个德索托变速器或1957年产艾德塞车的保险杠。虽然他们都没有在他的秘密上绊倒过，但多少还是有过一些千钧一发的时刻。他不止一次被迫在鬼牌镇某个肮脏的屋顶上过夜，就因为海岸上没清干净，他没法回家。

而现在，经过了十年长期的不闻不问，垃圾场成了一片生锈荒芜的不毛之地，再没有人高兴开车进来了。

汤姆将本田车停在棚屋后面，双手插兜，帽子拉低以抵御海湾吹来的带咸味的冷风，大步走进垃圾场。这儿没人铲雪，也没有车辆经过把它搅成肮脏的棕黄色烂泥。废弃零件和垃圾堆成的小山上像是撒了一片砂糖，他走过一片片比他还要高的雪堆，等春天气温回升之后，这些冻结的白色波涛就会随之倒塌。

在垃圾场深处，两堆锈得厉害的汽车山之间，是一片空地。汤姆用鞋子的后跟将雪踢开，露出底下一片平坦的金属。他跪下来，找到扣环，将它拉起。金属冷得像冰，他气喘吁吁地将盖子往边上推了三英尺，打开往下的通道。如果使用心电能力，在他的大脑里将它推开，这活儿就会轻松许多。以前他还能这样做，但现在已经不行了。时间会在你身上玩弄残酷的把戏。在壳子里，他变得越来越强，但在壳子外，这些年来，他的心电能力已渐渐消散。汤姆知道，这一切全都是精神上的问题造成的，壳子成了他的拐杖，他的精神拒绝让他在没有壳子的状态下使用心电能力，就是这样。但这些年来，他甚至觉得，托马斯·托特伯里和伟大而强力的灵龟成了两个完全不同的人。

他坠入黑暗，进入他与乔伊一起夜复一夜地挖出来的通道，回到——那是哪一年来着？1969年？1970年？差不多就是那时候吧。他找到了挂钩上巨大的塑料手电筒，但它的光却显得稀薄而微弱。他得记下来，下次从商店离开时带几节新电池。下次要用碱性电池，它们能用得更久得多。

他向前走了大概六十英尺，到了通道尽头，这碉堡中的黑暗笼罩了他。这其实就是个他用心电能力在地上挖出来的大洞，粗糙的顶壁上覆盖着薄薄一层泥土和垃圾，以掩盖底下躺着的东西。里面空气稀薄，带着一股腐臭，随着他手电筒的光照射过去，他能听到有老鼠吱吱叫着逃走。在漫画书里，灵龟在纽约湾的深水中有一个秘密的灵龟洞，那是一个神奇的地方，天花板上带着拱券，里面有很多电脑，还有个住在里面的管家，会替他擦拭所有奖杯，给他准备美味大餐。考什漫画公司的脚本作者们给他安排的比他自己做的要好太他妈多了。

他走过两个旧壳，来到最新的这个前面，爬了上去，拉开舱口。爬进去后，汤姆将身后的舱口关上，找到了自己的椅子。他摸索到了安全带，给自己扣好。这座位宽敞舒适，有厚实的扶手和他熟悉的皮革气息。控制台装在他两只手的手指都能轻松够到的地方。随着熟悉带来的轻松之情，他的手指滑过钥匙，打开了通风机、暖气和灯光。壳子内部舒适而安逸，还铺了一条蓬松的绿色地毯。他在挂毯墙壁上装了四台 23 英寸的彩色电视机，周围是一圈更小些的屏幕和其他设备。

他的食指猛地按下，外部摄像机随时有了生命，让他的屏幕上充斥着模糊的灰影，直到他切换到红外线模式。汤姆慢慢转身，检查一个个画面，测试她的灯光，保证一切都运转正常。他在装着磁带的盒子里翻找，最后找到了斯普林斯汀[①]。他可是个泽西市的好小伙，汤姆想。他将磁带用力塞入播放器，布鲁斯便开始唱起了《荣耀之

---

① 布鲁斯·斯普林斯汀（1949—）美国歌手，歌词以诗意著称，讲述泽西海岸边日常生活中的挣扎与矛盾。

日》。这让他的脸上出现了一个苦涩而艰难的微笑。

汤姆身体前倾，打开一个开关。外面的某处传来呼呼响声。听这声音，地库大门的开启装置多半很快就得换一个了。通过屏幕，他看到前方有光亮洒在地库里。雪和冰瀑布般地从空地上洒落下来。他以意念向上推，装甲甲壳升了起来，开始向光亮飘浮过去。就算芭芭拉·卡斯柯要和那个狗屎史蒂夫·布鲁德尔结婚又怎么样，他才他妈的不在乎，伟大而强力的灵龟要出去给某个怪兽好看了。

◆

有件事汤姆·托特伯里很早以前就已经发现，那就是生活一般不会给你第二次机会。他很幸运。在芭芭拉·卡斯柯的事上，生活又给了他一次机会。

那是在1972年，距他上一次见到她已经过去了十年。那时候他工作的商店还叫百老汇电视机与电器商行，他的职位是副经理。他那时正背对着收银台，背靠柜面整理货架，一个女人的声音响起："打扰一下。"

"嗯。"他说着转过身，接着睁大了眼睛。

她那头深棕色的头发更长了，垂到了背部中央，还戴着一副尺寸过大的塑料框彩色墨镜，但在镜架后面，她的双眼依然还是蓝色的。她穿着费尔岛羊毛衫和褪了色的牛仔裤，要说她有什么变化，那就是二十七岁的她比十七岁时身材更好了。他看向她的手，那上面只戴着大学毕业纪念戒指。"芭芭拉。"他说。

她露出了惊讶的表情。"我认得你吗？"

汤姆指着她毛衣上别着的麦戈文徽章。"你曾经提名过我做董事长。"他说。

"我没有，"她开口道，困惑的脸上皱起了眉，但这依然是汤姆·托特伯里这辈子见过的最可爱的一张脸。

“我以前常理平头，”他说，“穿一件双排扣的灯芯绒外套。黑色的。”他扶了一下金属框眼镜。“你上次见到我的时候，我戴的眼镜还是牛角框的。那时候我也是个胖子，但可能比现在矮一英寸左右。你恐怕都不会信，我那时候特别喜欢你。”

芭芭拉·卡斯柯微笑起来。有一会儿，他以为她是想蒙混过关。但她的眼睛直视着他，然后他就明白了。“你过得还好吗，汤姆？很多年过去了，嗯？”

很多年，他想。哦，是的。仿若隔世。“过得好极了。”他对她说。这句话里至少有一半是真的。那时正是灵龟最辉煌的十年快结束的时候。汤姆的生活变化得再没有比那时候更快了——自约翰·肯尼迪被枪杀之后，他就从学校里退了学，从那以后他一直住在 31 街一间肮脏的地下室里。他完全不在乎他那讨厌的工作、糟糕的地下室，这与他真正的生活相比，根本微不足道；它们都是他在壳子里度过的夜晚和周末必须付出的代价。在高中时，他又矮又胖，性格内向，还理着平头，非常没有安全感，还有一个只有乔伊知道的秘密能力。而此时，他是“伟大而强力的灵龟”，神秘的英雄、名人、王牌中的王牌，诸如此类的狗屎。

当然，这些事他一个字也不会告诉她。

但不知怎么回事，这些都不重要了。成为灵龟这件事本身就改变了汤姆·托特伯里，给了他更多自信。在这十年里，他一直拿芭芭拉·卡斯柯当性幻想和春梦的佐料，为自己的胆小行径而后悔，畅想那些他未曾走过的道路和他始终没有去成的毕业舞会。隔了整整十年，汤姆·托特伯里终于说出了那些话。“你看起来真美，”他真诚地说道，“我五点下班。你乐意和我一起共进晚餐吗？”

“当然，”她说着笑了起来，“我一直想知道你要等多久才会开口邀我出去约会。我从未想到得等上十年。你可能创了一个新的学校纪录。”

♥

怪物和条子一个德行，汤姆想——每每当你真正需要他们的时候，他们就不出现了。

去年十二月时，一切发生了天翻地覆的变化。他还记得第一次看到它们，记得它们从新泽西收费高速公路向费城进发的超现实长征。在他身后是一支装甲纵队，在他前方，则是废弃的高速公路收费站。一切静止不动，除了只有几张报纸被风吹过空荡荡的车道。在路两旁，有毒废料排放场和石油化工厂矗立着，就像其他不少鬼镇一样。偶尔他们会遇到一些刚从群虫大军入侵中逃出来的憔悴难民，但也不过如此。一切都像是电影，汤姆想。他甚至不怎么相信它是真的。

直到他们正面接触之后。

机器人急速飞回来，告诉装甲纵队说敌人正在靠近费城时，寒风沿着他的脊椎向上攀升。“来了。”汤姆对正坐在他的壳上歇息翅膀的游隼说道。

时间只够他找到一盘磁带——《克里登斯清水合唱团精选》——放入播放机，而后群虫的大军便如同黑色的潮水一般从地平线上涌来。他的镜头所见之处，空中全是飞虫，那移动的黑暗之云看起来就像是一大片汹涌的雷暴积云。他想起了《奥兹国历险记》里的龙卷风，还想起了他第一次看那部电影时自己曾经有多害怕。

在那些黑色的翅膀下，其他群虫也在向前移动——它们以多个腹节在地上爬动，以一米多长的蜘蛛腿扒拉，还有像《变形怪体》里那种果冻状的怪物，然而视线之内，你却找不到史蒂夫·麦奎因[1]。它们将道路悉数覆盖，从路的边缘满溢出来，它们移动的速度远比他

①《变形怪体》是1958年的电影，讲述另一个行星上的怪物随陨石落在地球上，怪物长得像一颗巨大的果冻，史蒂夫·麦奎因是片中主演。

想象的更快。

游隼出发了。机器人已向敌人飞去，汤姆看到西北风从高空中俯冲下来，在稀薄寒云间闪过一道蓝光。他咽了口口水，将扩音器开到最响，让《恶月升起》响彻黑暗的天空。他一直在想——生活永不会重复。他甚至希望自己能相信它。或许新的世界会比往日的世界更好。

但那是十二月的事，而现在已经三月了，生活比他想象的要更有弹性得多。群虫曾经如同候鸽一般涌来，几乎遮天蔽日，但也如同候鸽一般地离开了，就好像从未出现过。在最初那让人难以忘怀的时刻之后，甚至连世界级的大战都变成了另一种琐碎无趣的日常工作。与其说战斗，不如说扑杀，他们就好像在屠杀某种巨大而丑陋的特种蟑螂。虫爪、虫螯和毒爪在他的装甲面前都派不上任何用场，飞虫喷出的酸液确实搞得他的镜头一团糟，但只是很讨厌，却也算不上危险。他一直在思考如何以充满想象力的新方式来屠杀这些玩意儿，从而解放无聊之感。他将它们高高抛入空中，将它们撕成两半，以无形的拳头抓住它们，将它们攥成牛油果酱。一遍又一遍，日复一日，没完没了，直到最后，它们终于不出现。

等后来，回到家，让他惊讶的是，群虫战争竟然如此迅速地从报纸的头条上消失了，生活又是如此迅速地滑入旧日的轨道。在秘鲁，在乍得，在西藏的高峰上，外星害虫的大军还在侵袭，土耳其和尼日利亚也依然饱受小股残军困扰，但第三世界的群虫在大部分美国报纸上只配用来给第四版填充版面。与此同时，生活还在继续。人们支付按揭，上班工作，那些生活与工作都被毁灭的人则忠实地填写保险索赔单，申请失业救济金。人们抱怨天气，讲笑话，看电影，为体育争论不休。

人们还定了结婚的日程。

当然，群虫还未彻底消灭。一些残存的怪物潜伏着，潜伏在偏僻之处和一些不那么偏僻的地方。今天汤姆就极为渴望找到其中之一。一个小小的就可以——飞的还是爬的都无所谓。他也可以勉强接受一些普通的犯罪行为，火灾，车祸，任何能让他把念头从芭芭拉身上引开的都行。

但什么事也没发生。这是灰暗、寒冷、绝望而凝滞的一天，即使在鬼牌镇也是如此。他的警用监听器上除了一点家庭冲突之外，什么消息也没有，而他早就给自己定好了规矩，绝不介入这类事务。这些年他发现，如果一个大陆版林肯车尺寸的装甲甲壳撞进人家卧室里，还让丈夫把手从妻子身上拿开，那么就算是最彪悍的妻子也会被吓傻的。

他巡逻了整条包厘街，就飘在屋顶高度，他的壳子在底下的人行道上投下了一道与他同速的长长黑影。汽车在他下面开过，甚至都没有减速。他的全部摄像机都在扫描，给了他各种角度的影像，远超过他真正需要的。汤姆毫不停歇地从一个屏幕扫过另一个屏幕，望着底下的行人。他们几乎都不再留心他了。当壳子进入他们眼角的余光中时，他们会快速地扫一眼，随意地确认一下，接着便回去干自己的事，他们早就厌倦了。*不过是灵龟罢了*，在他的想象中，他们如此说道。旧闻。属于你的光辉岁月已经过去了。

二十年前，情况完全不同。在王牌四处隐藏的十年之后，他是头一个在公众面前现身的，他做的或说的任何事都会被人传颂。报纸上载满他的丰功伟绩，当灵龟从人们头顶飞过，孩子们会大喊着用手指他，所有人的视线都会转向他的方向。在火灾现场，在游行队伍里，在公共集会上，人们会狂热地朝他欢呼。在鬼牌镇，男人会脱去面具向他致敬，女人则会在他经过时朝他飞吻。他是鬼牌镇的英雄。因为他一直隐藏在一个装甲甲壳中，从未展示过自己的容貌，因此许多鬼牌认定了他也是他们中的一位，为此，他们对他充满热爱。这种爱建筑在谎言之上，或者至少也是在误解上，为此他时不时会有些负罪感，但那时候鬼牌们绝望地需要一个自己的英雄，因此他便让这谣言继续流传下去。他从未考虑过要告诉公众自己其实是个王牌的事，而后到了某个他也不记得什么时候的时刻，突然之间，整个世界便不再关心灵龟的壳子里藏着的到底是谁或什么东西了。

这几年在纽约市的王牌就有七八十人，或许甚至可能有一百人之多，而他不过还是从前的那个老灵龟罢了。鬼牌镇现在也有了真正属于他们的英雄："异人""巨魔""类人""扭曲姐妹"等等，他们都是些不害怕向世界展露容貌的鬼牌王牌复合体。很多年以来，他都不乐意接受鬼牌们在错误的前提下对他的阿谀奉承，但当这种奉承消失的时候，他发现自己却有些想念它。

汤姆经过了萨拉·罗斯福公园，他注意到有个脑袋是山羊的鬼牌蹲在红色抽象钢塑的基座上，它是1976年鬼牌镇大暴乱受害者纪念碑。那人仰起头，似乎着迷地盯着他的壳子。或许他没有完全忘记，汤姆想。他让摄像机迅速移动，好仔细瞧瞧这个粉丝。他注意到这个山羊头男子的嘴角挂着一条绿色的黏液，他那双小小的黑色眼睛也茫然无神。一抹遗憾的微笑扭曲了汤姆的嘴。他打开麦克风。"嘿，兄弟，"他通过扬声器喊道，"你还好吗？"山羊头男子静静地动了动嘴巴。

汤姆叹了口气。他探出意识，轻而易举地将这鬼牌抬到空中。山羊头男子甚至没有挣扎，只是凝望着远处，鬼知道在看什么，嘴巴还在往外淌着口水。汤姆将他抓在壳子下方，向南大街驶去。

他将山羊头男子轻轻地放在镇守鬼牌镇诊所台阶的两个旧石狮子之间，调高了扬声器的音量，"塔基扬，"他朝着麦克风喊起来，于是"塔基扬"三个字响彻整条街道，让窗子都咔哒作响，把罗斯福大道上的司机都吓了一跳。一个面相凶恶的护士从前门跑了出来，朝他怒目而视。"我给你们带来了一个人。"汤姆以更柔和的声调说道。

"他是谁？"她问。

“灵龟粉丝俱乐部部长，”汤姆说道，“我他妈怎么知道他是谁？不过他需要帮助。好好看看他。”

护士匆匆检查了一下这个鬼牌，接着叫来两名看护，将他扶进诊所里。

“塔基扬在哪儿？”汤姆问道。

“在吃午饭，”护士说道，“他应该一点半左右回来。很可能在‘海利家’。”

“算了。”汤姆说道。他推了一把，壳子便垂直向上飞到空中。高速公路、河道和鬼牌镇的屋顶都在他下方渐渐变小。

说来滑稽，你飞得越高，就会觉得曼哈顿看起来越美。布鲁克林大桥那华美的石拱桥，华尔街边上弯弯绕绕的小巷，小岛上的自由女神像，河上的小船和港湾中的渡轮，克莱斯勒大厦高耸的双塔和帝国大厦，中央公园那片绿白相间的广阔草坪，灵龟在高处俯瞰这一切。只要你盯得够久，这座城市街道上纷乱的交通甚至能将你催眠。在这寒冷的冬日天空中向下俯视，纽约是如此华丽，如此精彩，这世上的任何城市都无法与之媲美。只有当你向下进入那些钢筋混凝土的谷地里，才能看到尘埃，闻到一百万个破破烂烂的垃圾桶里垃圾腐烂的气味，听到咒骂声和尖叫声，感觉到深深的恐惧和悲伤。

他在城市上空漂流，寒风在他的壳子外恸哭着。警用监听器为琐事而噼啪作响。汤姆将它调到了海军频段，想看看是否能找到一条遇难的小船。他在夏季风暴中拯救过倾覆游艇上的六个人，事后船主感激地给了他一大笔奖金。那家伙也很聪明，以现金付款，都是些用旧的小面额钞票，没有一张超过 20 美元。装了他妈整整六个手提箱。汤姆小时候读到的英雄从不接受奖金，但他们不会住寒酸的公寓，也不会开一辆八年的普利茅斯老车。汤姆收下了钱，为了减少良心不安，将其中一个手提箱给了诊所，剩下的五个则拿去买了房子。以汤姆·托特伯里的薪水绝对不可能买得起房。有时他会担心国税局来查税，但目前为止这样的事还未发生。

他的表显示为一点零三分。午餐时间。他打开地上的小冰箱，里面有一个苹果，一个火腿三明治和一箱六听装啤酒。

他吃完时是一点十七分。还不到四十五分钟，他想，他又想起了那部讲述乔治·M. 科汉生平的电影，那里面的科汉是卡格饰演的，还有那首歌《距离百老汇四十五分钟》。一辆现在从港务局出发的巴士会在四十五分钟后抵达巴约讷，但在空中会更快。十分钟，最多十五分钟，他就能回去了。

但是回去又能干吗？

他关了收音机，将斯普林斯廷的磁带翻了个面，倒带，直到他重新找到《荣耀之日》。

♣

转到第二圈的时候，感觉好多了。

他们第一次约会的那个晚上是在“亨德里克森家”吃的，牛排三明治和好几杯啤酒下肚后，芭芭拉告诉他自己在高中毕业后去了罗格斯大学。她拿到了教师资格证，在加利福尼亚和男朋友一起待了两年，而后两人分手，她又回了巴约讷。她现在在本地教书，教幼儿园和汤姆小时候上的初中，相当讽刺。“我爱教书，”她说，“孩子们都很可爱。五岁简直是个有魔力的年龄。”

汤姆让她说她自己的事，说了很久，至于他自己，只要和她一起坐着，听着她说话的声音，他就够开心的了。他喜欢她说起孩子们的时候两眼放光的样子。等她终于停下来后，他问了那个困扰他多年的问题：“史蒂夫·布鲁德尔后来邀请你去我们学校的毕业舞会了吗？”

她做了个鬼脸。“没有，那个杂种。他和贝蒂·莫洛斯基一起去了。我哭了一个礼拜。”

“他是白痴。老天，她还没你一半可爱。”

“是没有，”芭芭拉说，她的嘴角嘲讽地扭曲了，“但她去找了他，而我没有。别管这事了。你过得怎么样？过去十年里你在干什么？”

倘若他能告诉她灵龟的事，告诉她在寒冷的天空中和贫瘠的街道上的生活，告诉她千钧一发的故事，自己的巅峰时刻和报纸上的头版头条，想必他能说的话会更有趣得多。他可以提起自己在1965年北美大停电时抓住了巨猿的故事，可以告诉她自己怎么拯救了塔基扬医生的生命和神智，可以随口说出社会名流和臭名昭著者的名字，从王牌到鬼牌，社会各界的知名人士他都认识。但这些都是属于他的另一部分生活，属于一个像装进了罐头似的藏在铁壳里的王牌。他能告诉她的只有托马斯·托特伯里。而当他谈起自己，他头一回意识到自己“真正的”生活是如此贫瘠而无聊。

但不知为何，这似乎也足够了。

他俩的这初次约会导向了第二次，第二次则导向第三次，很快他们便定期见面了。这不是世上那种最叫人兴奋的追求过程。平时他们会去德威特或兰心大剧院看电影；有时候就只是一起看看电视，轮流做晚饭。周末就去纽约市里，有钱时去看一场百老汇的演出，然后在中国城和小意大利吃宵夜。他越是和她在一起，就越是觉得自己离不开她。

他俩都喜欢红酒、比萨和摇滚乐。前一年她去了华盛顿，送别了去越南的部队，当时他也在其中（他在他的壳里，飘浮在商场上，装甲上喷了和平的标志，有个穿着背心和牛仔裤的性感女人坐在他的壳上，随着他从喇叭里放出来的反战歌曲一起歌唱，但他没法告诉她这些事）。她喜欢吉娜和乔伊，而她的父母似乎也认可了他。她是个棒球爱好者，从小就痛恨洋基队，喜欢洛杉矶道奇队，和他一样。十月份时，她和他一起坐在艾比斯野场里，看汤姆·西佛带领道奇队在决胜局的第七局中战胜奥克兰运动家队，取得了胜利。一个月后，他则与她一起因麦戈文的选举惨败而痛苦不已。他们之间有这么多共同点。

还有很多他没有意识到的共同之处，直到感恩节那一周，她到他家来用晚餐。他去厨房开红酒，检查意大利面酱，回来的时候发现她站在他的书架前面，翻阅着一本吉姆·毕肖普著的平装版《百变王牌之日》。“你肯定对这些很感兴趣。”她说着，朝那些书点了点头。他的百变王牌相关收藏已逐渐扩展到了三个书架。他的书很全，所有喷气机小子的传记，厄尔·桑德森的演讲集和阿奇博尔德·福尔摩斯的回忆录，汤姆·伍尔夫的《百变王牌潮流》，由飓风口述罗宾·穆尔撰写的自传，《“信息请参阅”王牌年鉴》等等等等。当然，其中也包括了所有出版过的灵龟相关图书。

“嗯，”他说，“它，呃，我一直很感兴趣。这些人。要是有一天能遇到一个百变王牌病毒患者我会很开心的。”

“你已经见着了。”她说着，面带微笑，将那本书塞回书架，摆在拉尔夫·艾里森的《看不见的人》边上。

“我已经见着了？”他有些困惑，还有点吃惊。是他不知不觉中暴露了自己吗？还是乔伊告诉她的？“谁？”

“我。”芭芭拉说道。他的表情一定充满了怀疑。“不，我说的是真的，”她说，“我知道，从外表上看不出来。我不是个王牌之类的人物。到目前为止，这病毒没有给我造成任何影响。但我确实得过。当时我才两岁，所以我自己完全不记得了。我的母亲说我险些丧命。有症状——我一定是表现出了很明显的特征。我们的医生一开始以为是腮腺炎，但我的脸一直肿着，直到最后我看起来就像个篮球。然后他们把我送去了西奈山医院。塔基扬医生当时就在那儿工作。”

“哦。”汤姆说道。

“不管怎么说，我痊愈了。肿胀只持续了两天，但他们把我在医院里留了一个月，让我做了各种测试。它有可能是百变王牌病毒，但也同样有可能只是水痘，反正对我来说都没什么影响。”她咧嘴一笑，“不过，它始终是我们家最深最黑暗的秘密。爸爸辞职把我们全家搬到了巴约讷，那儿没有任何人知道这事。那时候大家对百变王牌的态度还有点微妙。我自己都不知道有这么回事，直到上了大学之后，我猜妈妈害怕我告诉别人。”

“你告诉过别人吗？”

“没有，”芭芭拉说，她的表情严肃得出奇，“谁也没有。或者说，今晚之前没有。”

“那你为什么要告诉我？”汤姆问她。

“因为我信任你。”她静静地说道。

当时，就在他的起居室里，他差一点儿就要告诉她了。他想说出来。事后每每当他想到这个夜晚，他发现自己希望自己确实那么做了，他想知道，倘若他真的说出口，又会发生什么事。

但回到那时候，他张开嘴想说出这些话，告诉她心灵感应、灵龟和垃圾场里的秘密，突然之间他觉得岁月仿佛倒流一般，让他回到了高中时，和她一起站在走廊上，绝望地想邀请她去参加毕业舞会，却不知怎么回事就是说不出口。他将自己的秘密保守了太长时间。他试过，试了很久很久，最终没能成功，他只是将她搂在怀里，喃喃了一句“我很高兴你告诉了我”，而后回到厨房，这才有了主意。他看向炉子上炖的意大利面酱，突然伸出手，关了炉子。

“穿上外套，”他回到起居室时对她说，“计划变了，我打算带你出去吃晚饭。”

“出去？去哪儿？”

“王牌云巅，”他说着拿起话筒打了个预约电话，“今晚我们去见那些百变王牌。”

他们在王牌和明星之间用完了晚餐。这顿饭花了他两周的薪水，但很值得，即使是领班看了一眼他的灯芯绒外套，带着他们坐到靠近厨房的桌上也是如此。晚餐的食物几乎可以与芭芭拉双眼中放出的光芒媲美。他们喝开胃酒的时候，塔基扬医生陪着丽莎·明尼利一起进来了，他身上穿的是绿色天鹅绒无尾礼服。汤姆走到他们那一桌，让他俩都在鸡尾酒垫上签了名。

那天晚上，他和芭芭拉第一次做爱。事后，她蜷成一团背靠着他睡着了，而汤姆则紧紧地拥着她温暖的身体，这么多年来的梦想终于成真，他不知道为什么他妈的用了这么久。

♠

他拐了个弯，绕过中央公园湖，听着布鲁斯的歌，吃了一袋芝士口味多力多滋玉米片，就在这时候，他注意到自己被一头翼手龙跟踪了。

通过一个摄远镜头，汤姆看着它在自己上方打转，以六英尺长的皮质翅膀在风中翱翔。他皱着眉，关了磁带，拿起扬声器。“嘿！”他朝冬日的空中喊道，“你还不够冷吗？你这爬虫，小子，你会把你的鳞片屁股都冻掉的。”

翼手龙回以一声尖啸，突然急转，一下子落在他的壳子上，翅膀不停拍打，竭力防止身子从壳的边缘滑下去。它的爪子挠着他壳上的金属，紧紧勾住装甲板之间的缝隙。

汤姆叹了口气，看着他的一个特大屏幕上，那翼手龙的形体流动着，起了涟漪，最后变成恐龙小子。“反正你也冷。”那孩子说道。

“我里面有取暖器。”汤姆说道。那孩子的身子已经冻得发青，这一点不奇怪，毕竟他赤身裸体。他在壳上似乎也站得不是很稳。壳子上方确实很宽阔平坦，却没有明显的凹陷之处，人类的手指也没法像翼手龙的爪子一样钩在装甲板之间的缝隙里。汤姆开始向下飞。“我要是翻个跟头把你甩进湖里，也是你活该。”

“我才刚变身飞出来，”恐龙小子说道，瑟瑟发抖，“外面确实好冷。我都没有注意到。”纽约唯一一个乳臭未干的王牌的人类形体是个十三岁的丑小孩，前额上留着一个小小的胎记。他看着有点傻，动作不太协调，一头乱糟糟的头发垂到了眼睛上。镜头以让人不适的高清模式无情地展现了他鼻子上的黑头和下巴的一颗巨大的青春痘。此外，汤姆注意到，他没有割包皮。

“你的衣服他妈的到哪儿去了？”汤姆问，“要是我把你放在公园里，你会因为猥亵暴露癖被抓的。”

“他们不敢抓我，”恐龙小子以一种年少轻狂的自信说道，“发生什么了？你是为了什么事件才出动的吗？我能帮你忙。”

“你消遣的书读得太多了，”汤姆告诉他，“我都听说了，你上次号称要帮别人，结果呢？”

“啊，他们后来把他的手缝回去了，塔基说没事的，它还能用。我怎么知道那个人是个便衣条子？要是我知道，就不会咬他了。”

这事儿一点也不好笑，但汤姆还是微笑起来。恐龙小子让他联想到了自己。他也曾读过一堆消遣的书。“小子，”他说，“你也不是一直都在赤身裸体到处跑来跑去变恐龙的，对吧？你平时在干吗？”

“我不会告诉你我的秘密身份。”恐龙小子迅速回答。

“你怕我向你父母告状？”汤姆问。

男孩脸红了。他身体的其他部分则变得更青。“我什么都不怕，你这个老炮台。”他说。

“你应该怕的，”汤姆说道，“就像我刚开始那样。嗯，我知道的，你可以变身成一头三英尺高的暴王龙，然后在我的装甲上咬断你的牙齿。而我能做的是让你身体里的十二三处骨头都断裂掉。或者靠近你，把你的心脏捏成麦片粥。”

“你不会这么做的。”

“确实不会，”汤姆承认道，“但其他人可能会。你正在走的道路是你无法承担的，你这小蠢蛋。妈的，我根本不用关心你会变成什么样的恐龙，一颗子弹足以了结你。”

恐龙小子的表情有些阴沉。“去你妈的。”他说。他的重音不太对，显然在家里不怎么使用这种形式的语言。

这对话进行得不太好，汤姆想。“看，”他以安抚的口气说道，“我只是想告诉你一些我艰难学到的事。你也别太沉迷了。你是恐龙小子，这当然是很了不起的，但与此同时，你也是——呃，不管你真名叫什么吧。别忘了这一点。你现在几年级？”

那孩子怒吼起来。“你们这些人是不是脑子都有毛病？要是你也打算提代数的事，就别再说下去了！”

“代数？”汤姆有些迷惑，“我一点也没提到代数。你的学业是很重要的，但与此同时它也毫无意义。去交朋友，妈的，去约会，记得一定要去你的毕业舞会。你会变成一头杜宾犬大小的雷龙根本不能让你从生活中获得任何好处，你懂吗？”

他们砰地降落在一块覆盖着雪的柔软草地上。在那附近，一个戴着耳套、穿着大衣的热脆饼小贩震惊地看着那装甲甲壳和上面瑟瑟发抖的男孩。“你听到我说的了吗？”汤姆问。

“嗯，你说话的口气就像我爸。你们这些无聊的老炮台都以为自己知道所有事。”他那尖利而神经质的大笑转变为爬行类动物长长的嘶叫声，与此同时他的骨头和肌肉都发生了转变，他柔软的肌肤变硬，长出了鳞片。小小的三角翼龙优雅地往壳子上拉出一堆原始的化石粪便，接着从壳子边缘跳下，摇摇摆摆地穿过了草坪，它的角傲慢地高耸向天。

◆

那是托马斯·托特伯里一生中过得最美好的一年。

但对伟大而强力的灵龟来说不是。

在漫画书里，英雄们似乎永远都不需要睡眠。但在现实生活中，事情却没那么简单。他有一份朝九晚五的全职工作，已经够他忙的了，余下的夜晚和周末，汤姆把它们都用在了扮演灵龟这个角色上，而现在，芭芭拉来了。既然他的社会生活占据了更多时间，那么他作为一名王牌的职业生涯也就相应地减少，于是那铁壳便越来越少出现在曼哈顿街道的上空了。

最后，有一天清晨，托马斯·托特伯里突然有些震惊地意识到，自他上一次离开垃圾场和壳子之后，已经过去了将近三个半月。之所以会想到这一点，契机在于《时代周刊》二十四页上的一则小故事，标题写的是《灵龟失踪，可能已死亡》。那个故事提到在过去几周里，几十个打给灵龟的电话都无人应答（天知道什么时候起他就再没打开过他的业余无线电了），还说塔基扬医生对此极为担忧，甚至还在报纸上登了分类广告，任何人要是能提供目击到灵龟的消息，就能获得一份小小的回报（汤姆从不读分类广告，那些天他甚至连报纸都不怎么读）。

他应该去他的壳里，给诊所打个电话，他读到那个故事的时候是这样想的。但当时不是时候。他答应帮芭芭拉带她班里的学生去熊山公园野外考察，再过两个小时他们就得出发了。于是他去了一家公共电话亭，给诊所打了个电话。

“你是谁?”汤姆终于和塔基扬通上话的时候，对方暴躁地问道，“我们很忙的，我没时间浪费在不肯说自己名字的人身上。”

“我是灵龟，”汤姆说道，“我只是希望让你知道，我一切都好。”

一阵沉默。“你的声音和灵龟不一样。”塔基扬说道。

“那是因为壳里的声音系统本来就是设计好了要给我变声的。我的声音当然和灵龟不一样，但我就是灵龟。”

“你得证明这一点。”

汤姆叹了口气。“老天，你可真麻烦。但我早该料到的。你跟我发了十年牢骚，就只因为你断了条胳膊，但那他妈的是你自己的错。

你根本没告诉我你打算躲在那辆铲车下面，妈的。我又不像某些人一样会心灵感应。”

“我也没有让你把半个仓库都轰掉，”塔基扬说，“你应该觉得幸运我没有被压死。像你这样一个有力量的人本该……”他停顿下来，“你确实是灵龟。”

“嗯哼。”汤姆说道。

“你最近在干什么？”

“过着开心的日子。别担心，我时不时还会回来的，不过不会像以前那么频繁了。我忙得很，我想我可能要结婚了。等我鼓起勇气来向她求婚之后吧。”

“恭喜你。”塔基扬说道。他的声音听起来很高兴。“那位幸运的新娘是谁？”

“啊，这说来就话长了。不过你认得她。很早很早以前，她曾经是你的病人。她两岁时曾经与百变王牌病毒有过一番小小的较量，不过不严重。她现在完全正常。我会邀请你来参加婚礼的，塔基，不过这样感觉游戏就结束了，不是吗？或许我们可以让某个孩子起和你一样的名字。”

又是一段漫长而尴尬的沉默。“灵龟，”那外星人最终以不知为何有些死板的声音说道，“我们需要好好谈谈。你能找个时间来诊所一趟吗？我会调整行程来配合你的。”

“我忙得要死。”汤姆说道。

“很重要。”塔基扬坚持道。

“好吧，行，那就半夜吧，但不是今晚，今晚我会很累。明天，怎么说，约翰尼·卡森的《今夜秀》放完了之后，好吗？”

“行，”塔基扬说道，“我会在房顶上等你。”

♥

到了现在，婚礼应该已经平安结束了。至少他应该为此好好感激恐龙小子，那个小王八蛋分散了他的注意力，让他度过了最艰难的时刻。

他的壳子慢慢向上飘浮，沿着百老汇飞向时代广场，但他的大脑却跨过了纽约湾，去了礼帽酒廊。上一次他去礼帽酒廊是替乔伊和吉娜的婚礼帮忙。他当了伴郎。那是个美好的夜晚。他还能整个记起来，从植绒的墙纸，到波兰熏香肠的味道，还有乐队演奏的音乐，他全部都记得。

芭芭拉会穿她祖母的结婚礼服。她曾经给他看过一次，十年前。即使到了现在，他闭上双眼依然能看到她的手摩挲过那些古董蕾丝时，她脸上的表情。

她的样子不期而至，充斥了他的脑海。芭芭拉穿着礼服，金色的头发上罩着头纱，她扬起头。"我愿意。"

而在她身边的人，是史蒂夫·布鲁德尔。个子高挑，皮肤黝黑，体型完美。如果有什么需要提的，那就是这婊子养的东西现在比当初在高中时更英俊了。汤姆知道，斯蒂夫是个壁球狂热爱好者。脸上挂着孩子气的微笑，还有汤姆·赛立克式的肌肉。他穿着燕尾服的样子更是完美。他俩站在一起，就是天造地设的一对。

他们的孩子也会是个万人迷的。

他应该去的。即使他没有回复那份请柬，他们也依然会让他进门。把这壳扔在垃圾场里，把这壳扔进这条该死的河里拉倒，然后开动他的汽车，他还是能准时到那儿去。和新娘跳舞，朝她微笑，祝她幸福，祝她在这世上比任何人都要更幸福。然后和那个幸运的新郎握个手。和布鲁德尔握个手。嗯。

布鲁德尔非常擅长握手。他现在已经有了地产，大部分都在威霍肯和霍博肯，早在曼哈顿的雅皮们在一夜之间突然清醒，发觉原来新泽西市与曼哈顿不过隔了一条哈德逊河之前，他就已经早早地买好地皮，完美地布置好了。赚了一大笔钱，四十五岁时就将成为百万富翁。这些都是他亲口告诉汤姆的，就在芭芭拉请他俩一起聚餐的那个可怕夜晚。布鲁德尔英俊而自信，脸上挂着得意洋洋的男孩式的坏笑，他马上要变成百万富翁了，但他的生活并不总是一帆风顺，比如最近他家的宽屏电视机不太好使，或许汤姆可以去帮他检查一下，嗯？毕竟大家有着往日的情分。

在初中时，他俩也曾经握过手，那时斯蒂夫紧紧地攥住了他的手，让汤姆不由得跪倒在地，尖叫着，却没法挣脱。甚至现在，史蒂夫·布鲁德尔那老于世故的握手方式也比需要的更重一些，他喜欢看到被握手的人露出畏缩的样子。

我希望是灵龟握住他那该死的手，汤姆发狂地想道。以意念抓住他的手，友好地轻轻一握，直到他的手都扭成一团，直到那晒黑了的光滑皮肤裂开，手指像一根根红筷子似的折断，骨头直接从皮肉里扎出来。灵龟可以上下甩动他那条狗屎手臂，让他脱臼，接着把他的手指一根一根拗下来。*她爱我她不爱我她爱我她不爱我她爱我。*

汤姆喉咙发干，恶心而头晕目眩。他打开冰箱，拿出一瓶啤酒。它喝起来味道不错。壳子缓慢地在时代广场上方移动。他的双眼漫无目的地在一个个屏幕上扫荡。真人秀和色情电影院、成人书店、色情秀，霓虹灯上叫嚣着*姑娘姑娘裸体的姑娘，全城最火辣的演出*，还有*裸体少女模特*，穿丁尼布裤子、戴牛仔帽的男妓，穿貂皮长外套、口袋里藏着剃刀的皮条客，穿渔网袜和紧身皮裙的表情严厉的妓女。他可以找个妓女，汤姆突然想。字面意义上的。把她猛拽到离地二十英尺，让她给他看看她在兜售的到底是什么，让她直接在这儿，在这时代广场上脱得精光，让这些该死的观光客好好地看上一场大戏。或者替她把衣服脱了，将它们撕成碎片，让它飘到在地上。他可以这么做，嗯。让布鲁德尔和芭芭拉去过他们的新婚之夜吧，灵龟也有自己的新婚之夜。

他又吞下了一大口啤酒。

或许他也可以把这些脏东西都清掉。大家都在抱怨，说时代广场现在成了一片瘟疫区，却没有任何人甚至为此做出一点点事来改变它。妈的，让他来替他们干这活。倘若这就是他们想要的，他会让他们好好看看该怎么处理坏邻居。把那些华盖俱乐部一个个推倒，把那些该死的妓女、皮条客和男妓都赶到河里去，把招妓用的豪华定制轿车开进有裸体少女模特的三楼照相馆，要是他有兴致，还可以把该死的人行道都掀了。现在正是谁出来干这些事的时候。看看这地方，好好看看这儿，离港务局就差一口痰的距离，而孩子们从公交车上下来，第一眼看到的净是这种东西。

汤姆将啤酒一饮而尽。他将啤酒罐子扔在地板上，转椅转了一圈，去拿下一罐，但在他的六听装箱子里除塑料底座之外什么都不剩了。“操。”他突然陷入狂怒。他打开麦克风，将音量开到最大。“操。”他喊道。灵龟的声音响彻整条四十二大街，经过失真和放大后变为愤怒的咆哮。人行道上的人纷纷驻足，仰头看他。汤姆微笑起来。看来，他终于吸引了他们的注意力。“我操这一切，”他说，“操你们所有人。”

他停顿了一下，正准备就这个话题发表一番长篇大论，此时一个警力调度员的声音在他的监听器里噼啪响起，吸引了他的注意。她正在重复一个警察遇到麻烦的代码，重复了一遍又一遍。

汤姆让街上的人都张口结舌地等着，自己仔细倾听监听器里传来的细节。他内心中有一小部分的良知感到了一丝遗憾，那个可怜的臭狗屎就要把脑袋递到他手里了。

他的壳垂直升空，飞到街道与建筑之上，接着径直向南边的格林威治村飞去。

♣

“我觉得你就是反应慢，”芭芭拉终于镇静下来，这才说道，“你总要花很多时间才能把事情想明白。我真不懂为什么，汤姆。”

他没法与她对视。他的手插在兜里，眼神瞄着她的起居室。她在桌子那头贴了自己的毕业证书和教师资格证。周围是一圈照片：芭芭拉边做鬼脸边给四个月大的侄女换尿布；芭芭拉和她的姐妹们；芭芭拉教她的学生如何用广告纸板来切刺槐丛枝和黄色南瓜，以庆祝万圣节；给学校排戏指导六个学生；往投影仪上装卡通片。还有读故事书的照片。那张是他最喜欢的。芭芭拉和一个坐在她膝盖上的黑人小女孩，他们身边围着十来个其他孩子，全都着迷地看着她，而她则在大声地念《柳林风声》。汤姆冲了一份这张照片给自己留着。

“没什么好不懂的，”他的视线从那些照片上转回来时，突然说道，“这事儿完了，就这样。我们好聚好散，好吗？”

“你是不是还有其他人？”她问。

要是能对她说谎恐怕会更好些，但他不擅长这事。“没有。”他说。

“那为什么？”

她的表情看起来很困惑，又带着一丝受伤的样子，但汤姆觉得她从未像此刻这般可爱过。他没法面对她。“这样是最好的，”他说着，将视线移到她家的窗外，“我们想要的不是同样的东西，芭芭拉。你想结婚，对吗？但我不想。忘了它，不可能的。你很好，不是你的问题，是……操，只是不行。孩子，我每次转身都能看到一群小孩子。你姐姐生了多少个，三个？四个？我装腻了。我讨厌小孩。”他的声音拔高了。“我恨小孩，你明白我的意思吗？”

“你这话不是真心的，汤姆。我看过你和我班里的孩子在一起的样子。你把他们带到你的家里去，给他们看你的漫画书。你帮珍妮拼了喷气机小子的飞机模型。你喜欢小孩。”

汤姆大笑起来。“哦，操，你怎么这么天真？我只是想打动你。我想和你上床。我不是——”他的声音断了，“妈的，”他说。“要是我真那么喜欢小孩，那我为什么要去做输精管结扎手术？怎么可能，嗯？告诉我？”

他转过脸去看时，她的脸红得就像被他打了似的。

♠

运动场被警车包围了，一共六辆，闪光装置让逐渐笼罩的黄昏跳动起了红色和蓝色。条子都蹲在警车后，手上拿着枪。在高高的铁丝网围栏那头，两个深色的人影摊在篮球筐下，第三个人则挂在管子上。有人正痛苦地抽泣着。

汤姆辨认出了一个他认得的警探，那警探正抓着一个瘦削的年轻鬼牌的衣领，那人的脸又软又白，仿佛一团木薯粉布丁，警探用力摇晃他，晃得他的下颚都抖了起来。汤姆在一个近距离摄像机镜头上，看到那鬼牌男孩穿着恶魔王子帮派颜色的衣服。他飞得低了些。“抬起头，”他喊道，“出了什么事？”

他们告诉他了。

帮派冲突，就这样。小打小闹的狗屎。几个在鬼牌镇边缘活动的耐特少年犯侵入了恶魔王子的地盘。恶魔王子帮就聚集了十五到二十个人去东乡，想给这些闯入者上一课，好让他们对地盘界限多点敬意。冲突爆发在运动场上。小刀、锁链，还有几把枪。反正都是些肮脏的手段。

接下来的事就有些奇怪了。

那些耐特掌握了某样东西，木薯脸叫喊起来。

♦

他们后来相处得就像普通朋友。他对此倒是很骄傲。最艰难的时刻在于他们的伤口还没愈合，在一开始的十一个月里，他们彼此逃避。但巴约纳从某种角度来说是个小镇，他们有太多共同认识的人，此外，这也不是什么会一直继续下去的事。

或许这十一个月是汤姆·托特伯里这辈子过得最痛苦的日子。可能吧。

有一天晚上，她突然给他打了个电话。他很高兴。他绝望地想念她，但他知道在他俩发生了那样的事之后，他再也不可能给她打电话了。“我需要和人谈谈，”她说，声音听起来像是已喝了不少啤酒，“你是我的朋友，汤姆。不管我们之间发生过什么，你还是我的朋友，对吧？今晚我需要一个朋友陪我，好吗？你能过来吗？”

他带着六听啤酒去了。那天下午，她最小的妹妹死于摩托车事故。汤姆没什么能说的，也没什么能做的，但他还是做了，也说了一些这种场合总得说的废话，他过去只是为了她，他听她诉说直到天光将亮，而后将她送到床上。他自己睡在沙发上。

他在下午快过半的时候醒来，看到芭芭拉正站在他面前，穿着一件毛巾布长袍，眼睛因为哭过而红肿着。“谢谢你。”她说。她坐在沙发的另一头，拿起他的手，静静地握了很久。“我希望你还能出现在我的生命里，”最终她艰难地说道，“我不希望我们再失去彼此。我们还是朋友吗？”

“是。”汤姆说道。他想将她拉近，用吻来抚慰她。但他只是攥紧了她的手。“不管发生了什么，芭芭拉。我们永远都是朋友。好吗？”

芭芭拉微笑起来。他装作打呵欠的样子，将脸埋进枕头里，不想让她看见自己流下了泪水。

♥

“趴着别动。”灵龟警告警察，不需要他说第二遍。那孩子藏在一条水泥管子里，有个条子跟着他进去了运动场，而后发生了什么，所有人都看到了。那条子消失了，仿佛一下子就不复存在了一般地消失了，眨眼之间，被一团突然出现的黑暗吞噬，然后不知怎么回事就……被清除掉了。

“我们正在追赶这些杂种，”恶魔王子的人说道，“给他们好好上一课，让他们知道来打扰鬼牌镇该付出什么代价，他妈的耐特软脚虾，我们把他们揍了个半死，然后那个西班牙佬突然朝我们过来，手里拿着那个他妈的保龄球，我们都嘲笑这个杂种，问他打算做什么，是不是想用保龄球把我们都撞倒，他妈的小杂种，然后他就拿那保龄球对准了‘蜡人’，然后它变大了，我的妈，感觉像活的一样。从里面出来的黑色的屎似的东西，真的很快，像黑色的闪电或者一只黑色的手之类的玩意儿，我不知道，反正它动得真的快，然后蜡人就不见了。”他的声音变得尖利起来。“他不见了，兄弟，再也看不到他了。然后那个耐特杂种还用这同样的方法对付了‘刀片’和‘尸王’。就在那时候‘驴子’朝他开了一枪，他差点儿就没拿住那个球，我猜是打中了他的肩膀，但他还是用那套办法对付了‘驴子’。你没法跟那种东西战斗。就算是狗娘养的条子也打不过那个狗屎。”

壳子滑过环绕整个运动场的铁丝网围栏，无声而缓慢。

♣

“我们之间的感觉不一样，”芭芭拉说道，“我们之间的感觉是特别的。”她的手指摩挲着玻璃杯上的图案。她看着他，蓝色的眼睛勇敢而坦率，就好像她想向他发起挑战。“他向我求婚了，汤姆。”

“你怎么说的?”汤姆问她，竭力让声音听起来坚定而镇静。

“我说我得好好想想，”芭芭拉说道，“这也是我想见你的原因。我想先和你谈谈。”

汤姆又叫了一杯啤酒。“这是你的决定，”他说，“我希望你能让我和这家伙见个面，但至少听你描述，他似乎相当不错。”

“他离过婚。”她说。

“半个世界的人都离过。”啤酒来了的时候，汤姆说道。

“所有人，但你和我没有。”芭芭拉微笑着说道。

“嗯，”他皱眉低头，望着手里的啤酒，不适地叹了口气，“那你这位神秘的情郎有孩子吗?”

“两个，都判给他前妻了。不过我已经和他们见过了，他们喜欢我。”

“那没什么可说的了。”汤姆说。

“他还想再生几个孩子，和我生。”

汤姆看着她的眼睛。“你爱他吗?”

芭芭拉平静地与他对视。“我想是的。这些天里有时候我又不太确定。或许我不像过去那么浪漫了。”她耸了耸肩，“我有时候会想，如果我们之间发展得和现在不一样，那说不定我们可能就在庆祝结婚十周年了。”

“但也可能是辛酸的离婚九周年纪念。”汤姆说道。他伸手握住了桌子那一头芭芭拉的手，“事情都没那么坏，不是吗?一切也不会重来。”

“我还没选好要走的路，”她渴望地说道，“我这辈子里有太多后悔的事，汤姆，太多没有做到的事和没有去做的选择，一直让我耿耿于怀，汤姆。但我的生物钟在滴答作响，倘若我再等待，那我可能就得一直等到死。”

“我只希望你能再多花点时间了解这个人。”汤姆说道。

“哦，我已经了解他很久了。”她边说边从她的鸡尾酒垫上撕下一角。

汤姆有些迷惑。“我记得你说你和他是上个月在一个派对上遇见的。”

“没错。但我们早就彼此认识。在高中的时候。”她又看向他的脸，“这就是我一直不把他的名字告诉你的原因。你会很不高兴，而且一开始我也不知道和他会发展到哪一步。”

汤姆不用她再继续说了。他和芭芭拉是认识了十年的好朋友。他看着她那双深深的蓝眼睛，他知道答案。“史蒂夫·布鲁德尔。”他麻木地说道。

♠

他在运动场上盘旋，让掉落在地的武器飘浮过围栏，一个接一个地扔到等在外面的警察手里。篮球场上的那两人已经死透了，恐怕得花很大力气才能洗掉水泥地上的血污。他本以为挂在管子上的那人是个男孩，结果是女的。他用意念将她举起时，她痛苦地哀号起来，看她蜷成一团的样子，恐怕她的肚子被划破了。他希望他们能救得了她。

这三个人都是耐特。而这片战场上没有倒地的鬼牌——要么是恶魔王子真的很能打，要么就是他们的伤亡不在此处。当然，也可能两者皆是。

他触摸了椅子上的一个开关，打开所有照明灯，让整个运动场都沐浴在白热的光线下。“结束了。”他说，他的扬声器将这些话语在暮色中传播开去。这么多年了，他早就知道超大音量能把小混混吓出屁来。“出来，小子。灵龟来了。”

“滚开，”一个嘶哑细弱的声音从水泥管里向他喊叫回话，“我要分解你们，你们这些鬼牌杂种。我还拿着那个东西呢。”

这一整天，汤姆都在寻找一个契机，他想找个人来伤害，找个怪物来撕成碎片，找个杀人犯来殴打，找个目标来发泄他的怒火，找块海绵来吸收他全部的痛苦。而现在，机会终于近在咫尺，他突然发现自己已不再愤怒。他累了。他想回家。管子里的男孩虚张声势的背后，明显稚嫩而害怕。“你真勇敢，”汤姆说道，“你想玩借壳的游戏？很好。”他将精神集中在男孩藏身的那根管子左边的管子上，用意念抓住了它，捏紧。它突然碎裂，就好像是被起重机的破坏球击中了一样，水泥炸开，碎片和尘土飞得到处都是。“不在这根里面。右边。”他在那男孩右边的管子上又照做了一次。“也不在这根里。我猜我该试试中间的。”

男孩匆忙从里面跑出来，急得站起来时脑袋都在管子上方的凸起重重地撞了一下。这冲击力让他暂时失了神，双手紧紧抓着的保龄球突然打着弯脱手而出径直向上飞去。男孩大叫大嚷出各种污言秽语，张开的嘴巴里还能看到闪闪发亮的钢牙套。他绝望地向上跳起想抓回他的武器，但所能做到的无非也就是让指尖滑过球的下方而已。接着他重重跌落在地，跪在地上，用双手抓挠水泥地。

这时候条子们进场了。汤姆看着他们包围了他，叫喊着命令他站起身，给他宣读他享有的权利。他大概十九岁，也可能更年轻些，身上穿着代表帮派颜色的衣服，脖子上围着带刺的项圈，一头乱糟糟的黑发用发蜡竖出突起的刺。他们问他那些消失的人到哪儿去了，而他只是朝他们喊出咒骂的话语，尖叫着说他不知道。

警察推着他去等候多时的警车时，汤姆将装甲的大门打开，让那保龄球飞进他的壳里，好靠近好好看一看。寒风跟着灌了进来，他不由得打了个哆嗦。那是个古怪的玩意儿。就一个保龄球来说它太轻了，他将它举起时这样想到；四磅，也可能是五磅。上面也没有插手指的洞。当他把手放在上面，他的指间感觉到刺痛，那东西的表面有颜色一闪而过，就像水面浮油的虹彩一样。这让他觉得不大舒服。或许塔基扬会知道它是什么做的。他将它放到了一边。

黑暗笼罩了整个城市。汤姆让他的壳飞得越来越高，直到超过远处的帝国大厦。他在那儿待了很久，望着整座城市里的灯光逐渐亮起，让曼哈顿变成一座电力造就的仙境。

在这样一个清冷的夜晚，从那高处，他甚至可以看到寒冷的黑水对岸泽西市的灯光。那些星星点点之中，有一颗是礼帽酒廊，他知道。

他不该在这儿一直飘浮，他想。他应该把保龄球拿到诊所里去，这才是重要的事。他一动不动。他可以明天再做，他想。塔基扬不会到别的任何地方去，那保龄球也不会。不知为何，汤姆觉得今晚无法面对塔基扬。所有夜晚都可以，就今晚不行。

◆

在当时，他的壳远比现在原始。没有远视镜头，没有变焦镜头，也没有红外线相机。只有一圈发热的聚光灯，它们亮得让塔基扬都不由得眯起了眼睛。但他需要它们。诊所的屋顶很黑，而壳得降落在那上面。

然而塔基扬抬起来给他看的照片不是汤姆会想看清楚细节的那一类。他坐在黑暗中，呆望着自己的屏幕，什么也没说，而塔基扬则将它们一张一张地展示给他看。它们都是在诊所的妇产科病房里拍下的。其中只有一两个孩子能活到进托儿所。

最后他终于找回了声音。“他们的母亲都是*鬼牌*，”他说，他的重音里充满了装出来的信心，“芭——她是个正常人，一个耐特。她得这病的时候*才两岁*，妈的；这和从来没得过病没什么区别。”

“有区别，”塔基扬说到，“她可能只是看起来正常，但病毒还在她体内。潜伏着。最有可能的是，它永远不会显现，而且总体来说这种病毒是隐性遗传的，但当你和她都——”

“我知道有很多人以为我是鬼牌，”汤姆打断他道，“但我不是，相信我，我是个*王牌*，妈的！所以要是这孩子也有百变王牌基因，那么他应该会有强大的心电能力。他会成为王牌，就像我一样。”

“不。”塔基扬说道。他将照片放回文件夹，视线从镜头前移开了。是故意的吗？“我很抱歉，我的朋友。与你的预期相反的概率大得像个天文数字。”

“飓风，”汤姆在歇斯底里的边缘说道，“飓风”是个西海岸的王牌，他的女儿就遗传了他驾驭风的能力。

“不，”塔基扬说，“西北风是个特例。我们现在几乎可以确定，她还在子宫里的时候，他的父亲在潜意识里篡改了她的遗传细胞质。在塔基斯星……好吧，我们也会这种操作方式，但很少有成功的例子。你几乎可以算是我见过的最强大的心灵感应者，但这样的事需要的控制力，远非你所能达到的量级，更不用说我们还经过了许多个世纪的显微手术和基因拼接实验。甚至即使你具备了这一切条件，你很可能还是会失败。飓风当时完全没有意识到自己做了什么，就这点来说，他其实反而很幸运。”塔基斯星人摇了摇头。“你的情况则完全不同。你们的孩子肯定将会抽一张百变王牌，而概率则完全可以等同于——”

“我知道概率。”汤姆嘶哑地说道。每一百个得了百变王牌的人类，只有一个会拥有王牌的力量。一个王牌意味着有十个可怕的畸形鬼牌，而一个鬼牌则代表着十个抽到了黑皇后的死者。

在他的脑海里，他似乎看到芭芭拉坐在床上，被单缠在她的腰间，她那头金色的头发如瀑布般垂在肩头，她的神色庄严而甜蜜，而孩子则吸吮着她的乳头。接着那婴儿抬头看他，他看到了孩子的牙齿，肿胀的双眼和怪物般扭曲的脸；它向他发出嘶嘶叫声时，芭芭拉痛苦地喊了一声，奶水和鲜血从她被咬破的乳头流淌下来。

“我很抱歉。”塔基扬医生麻木地重复道。

♥

汤姆回到他在第一大道上的空空荡荡的家时，已经过了午夜。

他脱掉外套，在沙发上坐下，望着窗外的基尔河道和史泰登岛的灯光。冰冷的雨开始落下了。雨滴打在他的窗上，发出清脆的水晶般的声响，就像婚礼嘉宾希望新人能接吻时，用叉子敲在空葡萄酒杯上的声音。汤姆在黑暗中坐了很久。

最后，他打开灯，拿起电话。他按下六个数字，却始终没法让自己按下第七个。就像高中男孩害怕邀请一个漂亮姑娘去约会似的，他想，他露出了苦笑。他坚定地按下那个数字，听着话筒里的声音。

“礼帽酒廊。”一个声音生硬地响起。

“我想和芭芭拉·卡斯柯通话。”汤姆说道。

“你是指刚成婚的布鲁德尔夫人?”那声音回答道。

汤姆深呼吸了一口气。“是的。”他说。

“嘿，新人在几个小时前就已经离开了。去过他们的新婚之夜了。”那人显然是醉了，“然后去巴黎度蜜月。”

“嗯，”汤姆说道，“她父亲还在吗?”

“我去看看。”

长时间的静默之后，电话那头又被人拿了起来。“我是斯坦利·卡斯柯。你是谁?”

“汤姆·托特伯里。我很抱歉我不能来参加，卡斯柯先生。我，呃，有事。”

“没事，汤姆。你还好吗?”

“挺好。不能再好了。我只想……”

“什么?”

他咽了口口水。“替我转告她，让她开心，好吗? 就这样。就告诉她我希望她能开心。”他将电话放回搁架。

在屋外的黑夜中，一艘巨大的货轮正沿着基尔水道顺流而下。外面太黑，看不清船上的旗帜。汤姆关上灯，望着他[1]就这样开了过去。

♦♥♣♠

---

① 原文为他。

朱比：之五

这踪迹绝不会错。

朱比坐在他的控制台前，那些信息在他的全系方块上闪现，他的心脏因为恐惧和希望而怦怦跳动着。

刚到地球的头四个月，他大部分时间都花在黑暗的电影院里，一遍又一遍地看一部电影，以此来强化他的英语，并通过研究人类的反应来加深他对人类文化中细微之处的把握。他学着去爱上他们的电影，尤其是西部片，他最喜欢的部分永远是铁骑从山的那头呼啸而来，旗帜随风飘扬的场景。

星网飞行时不会使用旗帜，但朱比看着他的全系方块里仿佛蜘蛛网一般扭曲的光线，他依然觉得自己仿佛能听到号角吹响，马蹄践踏的声音。

速子！号角和速子！

他的监视卫星探查到了一片速子的踪迹，而这只可能意味着一件事：一艘星舰出现在了近地球轨道上。救援近在眼前。

而现在，卫星划过天际，寻找这片速子的来源。朱本知道，它不可能是群虫之母放射出来的。群虫之母在星际之间缓慢行进，速度比光慢；时间对她毫无意义。只有文明种族才会使用速子引擎驱动的星舰。

说不定是艾克德米在单舱飞船自天空中陨落之前开启了传动装置……说不定是商人之主决定提早来检查人类的进程……说不定是朱本

被指派来地球之后，星网又出现了什么难以置信的新技术，能检测到群虫之母的位置……说不定，说不定，说不定……那么在太空中的很可能就是“机遇”号，是星网回过头来与这世界进行交易，而这说明地球还有尚未被估价过的意义和价值。虽然过程不会很轻松，但最终的结果他可以肯定。随着卫星不断探测，他的电脑分析着，朱比露出了微笑。

但接下来，全系方块转变为紫色，他的微笑消失了。他从喉咙深处发出了一声低沉的咕哝。

卫星上复杂的感测器将它们探测到的星舰投射在全系方块上，它与人类的装置和设施完全不同，让方块呈现出不祥的紫色。它缓慢显形，以红白相间的光线勾画出轮廓，仿佛某种由冰与火共筑的可怕建筑。图像下有数据解析出尺寸，当然，还有速子输出功率。但朱比需要知道的一切都已写在这艘星舰的外形上了：答案写在它每一个扭曲的螺旋上，由每一个精妙的冗余巧饰宣告，一个繁复的螺纹和投射吹响了号角，而那些华丽而毫无必要性的光芒呐喊出了答案。

它看起来像是圣诞树与刺梨之间高速碰撞的结果。只有塔基斯星人才会有这样的洛可可式审美趣味。

朱比歪着身子站了起来。*塔基斯星人！*是塔基扬医生把他们召唤来的吗？他觉得很难相信这一点，毕竟这么多年来医生都像被放逐了一般。那这是*怎么回事*？是塔基斯星一直在监视地球，观察百变王牌病毒的实验，就像星网所做的那样？如果确实如此，那为什么朱本直到此刻才发现他们的踪迹，他们又是如何让自己不被艾克德米发现的？他们会消灭群虫之母吗？他们能消灭群虫之母吗？“机遇”号大概有曼哈顿岛这么大，承载着一万多个各行各业的专家，可以展现出无数的物种、文化、种姓和职业——商人与娱乐业者、科学家和神父、技术员、艺术家、战士、使者。塔基斯星人的太空船却要小得多，它几乎不可能搭载五十人以上的知觉生物，甚至可能只有这个数字的一半。除非塔基斯星的军事技术在过去四十年里有了惊人的发展，否则要怎么才能期望这小小的玩意儿能够——单枪匹马地——与诸世界的吞噬者对抗？而且，塔基斯星人真的关心他们实验的动物的生命吗？

朱本以满腹愤怒和困惑盯着那艘星舰的轮廓时，电话突然响了起来。

在那一瞬间，他毫无理智地觉得是塔基斯星人以某种未知的方式找到了他，他们知道他正在看着他们，于是给他打了电话，打算重重地惩罚他。但这想法极为荒谬。他将拇指插入控制板，将全系方块关闭，重重地走回起居室。他得绕路才能走过屋子中间摆着的半成品速子通讯机，它的结构极为扭曲，看起来像是某种巨大的先锋派雕塑。如果这玩意儿建成后不能运作，朱比打算将它命名为“鬼牌之欲”，然后卖给苏活区的某个画廊。即使还没安装完毕，它的各个凸起的角已很有迷惑性了，他老是会撞到它。这一次他小心地避开了，从米奇的手里拿起电话。“你好。”他说的时候，竭力想让自己的声音透出平常的快活劲来。

“朱布尔，我是蝶蛹。”是她的声音，但他以前从来没听到过她这种说话的口气。她也从来没有往他家里打过电话。

“怎么了？”他问她。上周他又让她帮忙弄了一批微型芯片，她的语气让他担心她帮忙找的人被捕了。

“杰伊·阿克罗伊德刚给我打了个电话。他在此之前都没有找到打电话的机会。他发现了一些和雇佣达林福特的人有关的事。”

“这是好事啊。他找到那个保龄球在哪儿了吗？”

“没有。而且我说的事也不像你想的那么好。我知道这话听来有些不太正常，但杰伊说，那些人确信那具尸体原本是个天外来客。他们似乎想用它来进行某种恶心的仪式，或是以此从太空中的外星怪物那儿获取能量。”

“群虫之母。”朱比震惊地说道。

“是的，”蝶蛹生硬地说道，“杰伊说他们以某种方式彼此配合。他认为他们崇拜那东西。看，我们不该在电话里谈这些事。”

“为什么不行？”朱比问道。

“因为这些人很危险，”蝶蛹说道，“今晚杰伊会过来水晶宫给我一个完整的报告。你也过来。我从这件事里退出，朱布尔。从现在开始你可以直接和杰伊联络。但要是你愿意，我会让福尔图纳托来帮忙。我想杰伊带来的消息会让他感兴趣的。”

“福尔图纳托！”朱比吓坏了。他对福尔图纳托的了解主要靠八卦。那个高个子皮条客有着一双杏仁形的眼睛和鼓胀的额头，他是水晶宫里的常客，但朱比总是特地找能避开他的时间点去。心电感应能力让他紧张。塔基扬绝不会在没有合理理由的前提下入侵别人的大脑，福尔图纳托却是另一回事。谁知道他会怎么用他的力量，为什么要用，谁又知道倘若他发现海象朱比真正的身份之后会怎么做？“不，”他赶紧说道，“不，完全不用。这事儿和福尔图纳托没关系！”

“在这座城市里，他比任何人都更了解这些共济会成员，”蝶蛹说道，“好吧，不过反正给葬礼买单的人是你，自己给自己挑棺材吧。我不会向他多说一个字的。等打烊之后我们再谈谈。”

“打烊之后。”朱比重复了一遍。她挂了电话之后，他才想起来应该问她共济会是什么意思。当然，朱比知道共济会。在十年前，他就已经研究过了人类的兄弟组织，还比较了圣地兄弟会、哥伦布骑士会、秘密共济会和共济会彼此之间，以及它们与瑟登－提恩诸月上的兄弟会之间的异同。雷金纳德就是共济会成员，朱比依稀记得，登顿还想加入厄尔克思会，但他们却因为他头上长的鹿角而拒绝了他。共济会和这一切又能有什么关系？

那一天朱比不安得甚至没法讲笑话。夹在群虫之母、塔基斯星战舰和共济会之间，他都不知道自己该害怕哪一个。朱比想，就算铁骑真的踏过山头，他们真能认得出印第安人吗？他朝天空望了一眼，摇了摇头。

那天他把报摊锁了准备过夜，给开心屋和混沌俱乐部送了报纸，接着决定缩短他原本绕鬼牌镇一圈的行程，直奔水晶宫。但首先，他得去他的最后一站——警察局。

值班警员拿了一份《每日新闻》，翻到了体育版，朱比则给布莱克队长留了一份《时代》周刊和一份《鬼牌镇泣语》。他正准备离开时，那个便衣警察看到了他。“嘿，胖子，”那人喊起来，“你有《国家情报》吗？”他没精打采地靠在花砖墙边的长凳上，看起来好像在等什么人。朱比认得他的脸，他是那种穿得很随便，又没什么特点的类型，脸上还挂着让人不舒服的微笑。他一直懒得告诉朱比自己的名字，但他也确实在报摊出现过，拿了一份画报。有时候他甚至还会付账。

但今晚没有。“谢谢。”他说着接过了朱比递给他的《国家情报》。《是塔基斯星人邀请来了疱疹吗?》，头条的标题声嘶力竭。这让朱比有种不祥的预感。在这篇报道下面，另一篇文章讨论了肖恩是否会抛弃麦当娜追求游隼。那个便衣甚至都没看一眼头条，只是以怪异的目光盯着朱比。他嘴角扭曲出了一个诡异的微笑。“你只是个鬼牌丑八怪，对吧？”条子问道。

朱比讨好地露出了獠牙。“怎么，我丑吗？嘿，我的奶子比十月小姐还大!”

“我已经浪费了够多时间听你那些狗屎笑话了，”便衣突然说道，“但我还能怎么办？你不太聪明吧，嗯?”

已经聪明到足够愚弄你们人类三十四年之久了，朱比想，但他当然没说。“嗯，你知道要多少个鬼牌才能点亮一个电灯泡吗?”他说。

“带着你那肥腻的屁股滚出这儿。”那人说道。

朱比啪嗒啪嗒地走向大门。在楼梯口，他转过身，喊了一句“报纸我带走了！”便离开去了水晶宫。

今晚他到得比平时早，水晶宫里还挤满了人。朱比拿过一个长凳坐在吧台的角落里，在那儿他可以将背抵在墙上，看到整个房间。今天萨沙不当班，照顾吧台的人是卢波。“喝什么，海象？”他问，长长的红色舌头从嘴巴的一角垂下来。

“冰镇果汁朗姆酒，”朱比说道，“双倍朗姆。”

卢波点点头，离开去调酒了。朱比小心地观察四周。他有种心神不安的感觉，就好像有人正在盯着他。但到底是谁？酒吧间里全是人，看不到蝶蛹。隔着三张长凳，有个带着狮子面具的大个子男人正给一个年轻的姑娘点烟，她低胸的晚礼服展现出了三个乳房。吧台更远处，有个穿着灰色寿衣，蜷缩成团的人正盯着自己的酒。一个苗条而富有活力的绿色女人在朱比看到她时也直视过来，用舌尖挑逗地舔了舔下嘴唇（至少对于人类男性来说这是一种挑逗），但她显然是个妓女，于是他无视了她。在酒吧里，他还看到了“阴阳”，他/她那两个脑袋一直在进行着精神上的争吵，此外还有“蟋蟀老先生”。“漂浮者”又醉得失去了知觉，飘浮到了天花板附近。但这儿依然有那么多朱比认不出来的面孔和面具。他们中的任何人都有可能是杰伊·阿克罗伊德。蝶蛹从未说过这个男人长什么样子，只说他是个王牌。他甚至可能就是这个戴狮子面具的人，那人——朱比瞥了一眼注意到——现在正将一条手臂环过那有三个乳房的女孩，并用指尖轻轻揉她最右边的乳头。

卢波擦干吧台，拿来一个托盘，将冰镇果汁朗姆酒放在上面。朱比才刚吸了一口，一个陌生人坐到他旁边的高脚凳上。“你是卖报纸的吗？”

“没错。”

“很好。”那人的声音因为骨白色的死神面具而显得瓮声瓮气的。他穿着一件破旧的套装，外面披着黑色斗篷，却依然露出了瘦骨嶙峋、胸腔凹陷的身体。“那我要一份《鬼牌镇泣语》。”

朱比觉得那人的眼神里有些让他很不舒服的东西。他转开视线，找了一份《鬼牌镇泣语》递了过去。斗篷男给了他一枚硬币。“这是什么?”朱比说道。

“一枚便士。”男人回答。

那枚便士比通常的便士更大一些，在朱比蓝黑色的手掌中呈现出鲜活的红色。他从未见过任何像这样的东西。“我不知道它能不能——”

“那就算了。”男人打断道。他将便士从朱比的手里拿了回去，给了他一枚1美元的硬币。“我的找钱呢，海象?”他问道。朱比给了他75美分。“你少找钱了。”他把硬币放入口袋时，突然刺耳地说道。

“我没有。”朱比愤怒地回答。

“看着我的眼睛再说一遍，你这两毛五小偷。”

在骷髅脸男人身后，门突然打开了，巨魔进了酒吧间，身后跟着的是一个身穿柠檬绿色套装的红发矮个子男人。“塔基扬。”朱比担忧地说了一句，突然想起了地球轨道上的那艘塔基斯星战舰。

朱比那令人不舒服的同伴猛地将脑袋扭向一边，他用力如此之大，斗篷都飞了起来，露出了稀疏的棕色头发和一堆头皮屑。他站起身，有些犹豫，但就在塔基扬和“巨魔”向酒吧后面走来时，他冲向了大门。“嘿!”朱比在他身后叫道，“嘿，先生，您的报纸!”他把《鬼牌镇泣语》落在吧台上了。那人走出去时过于匆忙，差点就把长长的斗篷后摆夹在门里。朱比耸耸肩，继续吸他的冰镇果汁朗姆酒。

几个小时过去，一打饮料下肚，蝶蛹依然没有出现，朱比也没有发现任何人看起来长得像他想象中的“砰砰杰伊”。卢波提醒他快要打烊的时候，朱比向他招了招手。“她在哪儿?”他问。

“蝶蛹?”卢波问。他那长满了毛发的长鼻子两边，是两颗闪闪发亮的红色眼睛。“她和你约了吗?”

朱比点点头。“有点料要爆给她。”

“行,”卢波说道,“她在红之间,左边数过来的第三个包厢。她和一个朋友在一起。”他咧嘴一笑。“要是你听我的话,就装作没看见那个男人。”

“按她的意思办。”朱比想那个朋友一定就是“砰砰杰伊”,但他什么也没说。他小心翼翼地从凳子上爬下来,去了酒吧主间右边的红色房间。那房间里昏暗极了,烟雾缭绕。灯光是红色的,厚厚的粗毛地毯也是红色的,至于围绕在包房周围的沉重天鹅绒帘子则是一种深深的紫红色。在夜晚的这个时间点上,大部分包房都已经空了,但他还能听到一个有人的包间里传来女人的呻吟。他走到左边数过来的第三个包间,拉开帘子,将脑袋探了进去。

两人原本正以低沉而热切的声音交谈着,此时突然被打断了。蝶蛹抬起头来看着他。“朱布尔,”她的声音有些生硬,“我能替你做什么?”

朱比看看她身边的同伴。那是一个结实而瘦削的男子,身穿黑色T恤和黑色皮夹克,他戴着一副极其简单的面具,只有一个黑色的面罩,将他脸上除双眼之外的所有一切都遮盖起来。“你一定就是‘砰砰杰伊’了。”朱比说完才想起来这个侦探不喜欢别人用这个名字称呼他。

“不是。”戴面具的男人回答,声音轻柔得出奇。他看向蝶蛹。“等你办完了事我们再谈。”他从包厢里走了出去,一言不发地离开了。

“进来。”蝶蛹说道。朱比坐下后拉起幕帘。“不管你给我带来了什么消息,我希望是好消息。”她的声音显然带着恼怒。

“带消息给你?”朱比困惑了,“你是什么意思?‘砰砰杰伊’在哪儿,他现在不是应该在这儿吗?”

她盯着他。她的骷髅头骨被透明的血肉和灰白的肌肉覆盖，让朱比不太舒服地联想到了在吧台坐在他身旁的男人。“我没有意识到你认得杰伊。他和这些事有什么关系？有什么与杰伊有关的事需要我知道？”

“报告，”朱比脱口而出，“他要告诉我们雇了恶魔约翰去停尸房偷尸体的共济会会成员的事。他们很危险，你说的。”

蝶蛹对他大笑起来，她拉开幕帘，兴趣缺缺地站起身来。“朱布尔，我不知道你今天晚上纵情喝了多少朗姆酒，但我怀疑你喝得有点太多了。卢波站在吧台后面总是会出点问题。萨沙能知道客人什么时候喝够了，但我们这位小小的狼少年却不知道。回家去，睡一觉。”

“回家！”朱比说道，“但那具尸体的事呢，还有恶魔约翰和共济会……”

“要是你想加入组织，那我想恐怕秘密共济会更适合你，”蝶蛹以厌倦的口吻说道，“除此之外，我完全不明白你到底在说什么。”

回家的路又热又长，朱比有种不安的感觉，仿佛他一直被人盯着。好几次他偷偷停下来四下张望，想找到这个跟踪他的人，但视野之内却一个人也没有。

下到他公寓里的私室后，朱比美滋滋地将整个身子浸入冷水浴缸，打开了电视机。深夜电影里在放的是《百老汇上空三十分钟!》，但不是霍华德·霍克斯主演的版本，而是可怕的1978年重制版，冉-迈克尔·文森特饰演喷气机小子，达德利·穆尔则带着可怕的红色假发扮演了一个特别可笑的塔基扬。但不管怎么样，朱比还是看了下去，就这样放空正是他所需要的。他可以明天再来考虑蝶蛹和其他那些事。

喷气机小子才刚驾驶着他的JB-1喷气机撞向那些热气球，画面突然闪动了一下，屏幕变黑了。“嘿。”朱比说着，抓起遥控器。但什么也没发生。

接着一匹小型马大小的猎犬从他的电视机里走了出来。

那条猎犬瘦骨嶙峋，样子极为可怖，身体是烟灰色的，憔悴得吓人，它的双眼仿佛开在骸骨教堂上的窗户。一条长长的尾巴顶端分叉，像蝎子的尾巴似的盘绕在它的背上，从它身子的一侧绕到另一侧。

朱比向后退得太快，把水溅得卧室地板上到处都是，他朝那东西大喊起来。猎犬露出的牙齿仿佛黄色的匕首。朱比意识到自己不停叫喊用了星网的贸易通用语，于是切换成了英语。“出去！”他对它说，“滚出去！”他从浴缸一边爬了出来，又溅出了更多水，向屋子的后方退却。他手里还抓着遥控器，要是他能逃进自己的避难所——但那东西可以穿墙而过，这么做又有什么用？他的皮肤因为这突如其来的恐怖而发热。

猎犬跟着他走来，接着停下了。它的视线一直盯着他的胯部。它似乎一瞬间有些迷惑，因为看到了朱比分叉的阴茎，以及底下那全套的女性生殖系统。朱比觉得这是他跑向街道的最好机会。他缓慢地向后移动。

“小胖子，”灰狗喊住他的声音带着纯粹的恶意，“你想从我面前逃走吗？是你找到了我，傻瓜。你觉得你那胖墩墩的鬼牌大腿能让你跑得过毁灭者赛特？”

朱比喘了口气。“你是谁……”

“我是你想知道的秘密的主人，”猎犬说道，“可怜的小鬼牌，你难道以为我们会注意不到，你以为我们会不介意？我从你雇的人的大脑里获取了知识，然后随着这个线索找到了你。现在，你得死。”

“为什么？”朱比说道。他毫不怀疑这个生物可以杀死自己，但要是他必须消失，他希望至少能知道理由。

“因为你浪费了我的时间，”猎犬说道。它说话时，嘴巴扭曲成了一种猥琐而不自然的形状，“我以为会找到某个强大的敌人，但我发现的却只是个鬼牌小胖子在兜售小道消息给一个酒吧的主人。你觉得我们修会的秘密值多少钱？你觉得谁能付得起这个价格，海象？告诉我，我会尽量不玩弄你。要是说谎，你会被折磨一宿再死。”

猎犬不知道他到底是什么人，朱本意识到了这一点。它怎么可能知道？它是从蝶蛹那儿，从街上知道他的，它还没有越过他的烟幕弹。突然，基于某种他自己也无法解释的原因，朱比觉得赛特一定不知道自己的秘密。他必须将它从自己的秘密上转移开去。“窥探您并非我的本意，威严的赛特，”他大声说道。他扮演鬼牌已经有三十四年了，他知道该怎么匍匐趴下。“我乞求您的原谅，”他说着，慢慢走向起居室，“我不是您的敌人，”他对它说。猎犬向他走来，双眼中闷烧着火焰，舌头从长长的鼻子下面伸了出来。朱比跳进起居室里，猛地将身后的门关上，跑了起来。

猎犬纵身一跃，穿墙而过要堵住他的去路，朱比退缩时绊了一跤。他一屁股坐在地上，而猎犬已抬起一只可怕的爪子，正要打下来……却停住了，朱比从那致命一击下逃了出来。猎犬的嘴巴扭曲，淌下了虚幻的口水，朱比意识到它在笑。它正在盯着他身后的某样东西看，还笑了起来。他迟疑地扭过头，看到的却只有个速子传输机。

等他将头扭回来，猎犬已经消失，所在的位置只有一个坐在轮椅上的虚弱小老头，正盯着他看。“我们是一个年代悠久的修会，”小老头说道，“我们的秘密经由许多人的嘴流传到现在，其中有些人陷入了迷途，还有些分支则迷失后被遗忘。为自己没有被杀而高兴吧，兄弟。”

“哦，嗯，”朱比说着，膝盖着地向前爬了起来。他完全不知道自己为什么逃过一劫，但这会儿他不打算讨论这个问题。“谢谢您，主人。我不会再浪费您的时间了。”

“我会让你活下来，而你将活着侍奉我们，”坐在轮椅上的幽灵对他说，“在即将到来的伟大战斗中，甚至一个像你这么愚蠢而虚弱的人也能派上用场。但不要对任何人说你知道的事，否则你将不会活到启蒙的那一天。”

“我已经全忘了。”朱比说道。

轮椅上的男人似乎觉得他这话很有趣。他大笑时，前额不住抽动着。一会儿后，他消失了。朱比小心翼翼地站起身。

第二天一大早，一个鲜红色皮肤的鬼牌来买了一份《每日新闻》，付钱的时候拿出来的是一枚50美分大小的闪闪发亮的红色便士。“如果我是你，就会留下它，我的兄弟，”他微笑着说道，“我想它或许会成为你的幸运硬币。”接着他说了下一次聚会的时间和地点。

♦♥♣♠

困　境

梅琳达·M. 斯诺德格拉斯　著

塔基扬医生蹦下布莱思·范·伦斯勒纪念诊所的楼梯，停下来拍了拍楼梯两边垂头丧气的砂石狮子的脑袋。他注意到另一只朝北的狮子那岩层剥落的脑袋上，还装饰着一圈脏雪形成的假发。他与哈特曼参议员约了要在王牌云巅开午餐会，此时已有些迟了，但尽管如此，他还是无法克制自己，轻轻地扫去了石狮子头上的雪。一股凛冽的寒风从东河吹来，将它面前的废纸吹得如同白云一般，更带来了远处布鲁克林大桥上车来车往的嘈杂喇叭声。

急促的汽车喇叭提醒他时间正一分一秒地过去，于是他长长一跃，跳下了最后两级台阶。而后，他的动作因为面前突然出现的一片粉红色而顿住了。塔克刚辨认出这是一件马甲背心，他的视线就被一根突然塞进他鼻子底下的剑兰挡住了。塔克抬头，再抬头，这才意识到自己正面对着一个陌生人……每一个陌生人都是危险的，至少，可能很危险。他迅速后退了三步，这样一来，除非用枪或某种隐秘的王牌能力，没人能够伤得到他。他仔细打量这突然出现的幻影。

那个男人非常高，在他柔软细长的金色头发上，还压着一顶高得惊人的紫色圆筒大礼帽，让他显得更加瘦削高挑。他那狭窄的肩膀上挂着的外套同样也是紫色的，与他衬衫上橙紫相间的涡纹图案以及绿色的身体部分形成了——在塔克看来——绝妙的对比。这个咧嘴笑的稻草人再一次递出了那朵花。

“呃，我是‘迷旅队长’，兄弟。”他说话的时候身体前后摇摆，喜气洋洋，看起来就像喝醉的灯塔。塔基扬着迷地抬头盯着他那双冰蓝色的双眼，它们在墨镜后涌动，就好像掉进了装可乐的玻璃瓶底。塔克一时不知道说什么才合适，只好接过了那朵花。

“这实际上不是我的名字，兄弟，”队长以舞台演员般的高声耳语吐露了自己的秘密，声音大得几乎能响彻卡内基音乐厅，“我是一名王牌，所以我得有个秘密的身份，你懂吧？”队长伸出骨瘦如柴的手，挡在自己的嘴上，按住了有点脏的小胡子和一缕缕蓬乱的胡须。“哦，呃，就是说，我简直不敢相信。塔基扬医生，是你本人。我真的很尊敬你，兄弟。”

塔克从不拒绝任何人的恭维，这话他听来自然高兴，但此外，他同样也意识到时间正在分秒溜走。他将花塞进外套口袋里，重又开始向前走，而这位新朋友则一直跟在他身旁。这个人给塔基扬的感觉很不错，这一点掩盖了他身上微弱的高丽参、檀香和汗味混合而成的臭气，但塔克依然觉得，队长虽然亲切，却是个疯子。他将一只手深深插入午夜般蓝色的马裤口袋里，用余光扫了迷旅一眼，觉得自己应该说点什么。他显然没法轻易摆脱这个人。“你来找我是不是有什么特别的理由？”

“呃，我觉得我需要和人商量一些事。这么说，你懂的，好像你就应该是可以商量的人。”那人的双手在带黄色波点的巨大绿色领带上摸索了一会儿后，用力拉了一下，仿佛他觉得领带束得太紧了似的。“我其实不是迷旅队长。”

“嗯，我知道，你刚才说过了。”塔克紧抓住已开始迅速消散的耐心，回答道。

“我其实是马克·梅多斯。马克·梅多斯博士。我们之间有很多共同之处，兄弟。”

“别开玩笑了。”塔克脱口而出，但立刻就为自己的粗鲁感到有些懊悔。

这个笨拙的人物看起来似乎缩小了，身高降了几英寸。“我是说真的，兄弟，真的。”

十年前，马克·梅多斯曾被认为是世界上最天才的生物化学家，堪称这一领域中的爱因斯坦。但他却突然退休，对此有十几种完全不同的解释：压力、精神衰弱、婚姻失败、滥用毒品，等等。但如果想到这个年轻的巨人曾经落入过那样堕落的境地——

“我一直在，呃，在找‘激进者’，兄弟。”

回忆猛然出现，那是在1970年？人民公园发生了暴动，一个神秘的王牌出现在人们眼前，拯救了“蜥蜴王”，而后消失了，再也没有人看到过他。

“你不是唯一在找他的人，70年的时候我也想找到他，但他再也没有出现过。”

“嗯，这实在是一次很让人不愉快的迷幻药经历，”队长悲痛地赞同道，“我曾经是他……好吧，我觉得自己曾经是他，但我至今没法让他回来，所以也可能不是。可能就只是，好比说，一种期望吧，兄弟。”

“你是说你自己是激进者？”塔克的声音因为怀疑抬高了好几个八度。

“呃，不是的，兄弟，因为我没有证据。我吸了药，想找到他让他回来，但每次我只能成为其他人。”

“其他人？”塔克以一种不自然的平静语调重复道。

“是的，都是我的朋友们，兄弟。”

塔基扬现在确定了，他碰到的是个傻子。要是他直接叫豪华轿车来接他就好了。他四下张望，想找个办法甩掉这个讨厌的同伴，好去参加午餐会，以免他们取消他的补助金，或者发生点理念之神才知道是什么的事……他认出了一条小巷，他知道穿过它可以直接到一个出租车扬召点。毫无疑问，到了那儿他一定可以解决这个——

迷旅又开始漫无边际地瞎扯起来。“你就有点儿像所有王牌的父亲，兄弟。而且你一直在干各种各样的事帮助大家。我也想帮助大家，所以我觉得你可以，呃，教我怎么做个王牌，让我和恶势力作战，然后——”

不管队长到底还想做什么，他的话都在消失在了轮胎摩擦过地面的尖啸里，一辆车开入小巷，猛地刹住了车。自婴儿期就根植于塔克内心深处的幸存者本能此时突然显现，他一个急转身，背对此时已变成致命之盒的车跑了出去。队长的身子转来转去，脑袋一会儿朝向那辆车，一会儿又去看飞奔的塔基斯星人，样子仿佛一只大惑不解的鹳。

尖利的叫喊声！车门猛地关上的声音！另一辆车极为高效地封锁了他的逃路。一些人——一些他极为熟悉的人——从那些车里涌了出来。他没有时间去思量，为什么他的亲属会莫名其妙地出现在地球上；他所做的就只是猛地张开他的防御盾，正好及时让一道强力的脑冲击波转向。他探出自己的力量，随着防御盾被刺得弯曲破损，一名袭击者也倒下了。

他转向攻击下一个，防御盾还张着。人太多了。看样子他得试试以物理的方式避开他们。从他们思维的裂隙中泄露出来的情报表明，他们只是单纯想逮住他，但接着，他便看见堂兄拉伯丹的腕鞘里滑出了一个拘束器。那是一种非常肮脏的武器，同时也是一种广受欢迎的暗杀工具。只要将它按在受害者的胸部，对方的心脏就会停止跳动。快速、干净、简单。他用一个回旋踢让拉伯丹踉跄地跌入一排垃圾桶里。破破烂烂的垃圾桶纷纷叮叮咣咣地倒下，垃圾腐烂的恶臭和小巷里的猫发出的四五声尖叫也随之而来。银色圆盘状的拘束器从拉伯丹手里滚落，塔克向它飞扑过去。

在眼角的余光中，他看到队长抓着自己的脑袋，哀号了一声，倒在黏滑的人行道上。他的防御盾又形成一道精神攻击，但他妈的它们全都被赛杜挥舞的棍棒完美地挡住了，而赛杜，正是他从前的格斗导师。他的颅骨内因光线和疼痛就像被炸成了碎片，塔基扬觉得自己受到了深深的伤害和背叛，他强烈地期望自己手里能有把枪。

♣

“为什么要把这人也带来？”

“是您说的，不能留目击的人证，也不能有尸体。”

拉伯丹那愠愠不乐而又充满警惕和戒备的声音仿佛透过几英里的棉絮传了过来，而另一个人的声音……不可能是她。塔克紧紧地闭着双眼，期望自己能再次晕过去，什么都好，只要别面对元祖母本娜芙莎。

老妇叹了一口气。“很好，或许可以留他当个人质。把他带去船舱里，和其他人关在一起。”拉伯丹的脚步声渐渐远去，与此相伴的还有什么东西被拖走的声音。

“这孩子干得已经很不错了，”一待拉伯丹离开，不再会因为赛杜的评价而受到侮辱时，后者便说道，“在这儿的这些年让他变得强大了许多。超越了拉伯丹。”

“是的，是的。现在你也走吧。我得和我的孙子谈谈。”

赛杜的脚步声也渐渐变小了，塔克还在装死。他探出了自己的思维，感知到了飞船的存在（它显然是个猎犬级的战舰），感觉到了熟悉的塔基斯星人思维图案，还有两个……不，三个陷入了恐慌的人类。最后还有一个思维，触及之时给塔基扬带来了一阵恐惧、仇恨和因悲伤而刺痛的悔意。他的堂兄扎博注意到了他仿佛羽毛般的探测，刺探了回来，塔基扬那不太完美的防护盾没能挡住全部袭击。他的头痛得更厉害了。

“我知道你醒着。”本娜芙莎以交谈的口气说道。

他叹了口气，睁开眼睛，凝视他在世亲属中最年长者的那轮廓分明的身影。飞船乳白色的荧光墙在她银白色的头发周围形成了一个光晕，也让蚀刻了她面部的皱纹网络变得更深。但即使有这些岁月的破坏，依然能看得出她曾经是个迷住了好几代男人的强大美人。传说一个阿拉家族的成员曾倾其所有，只为与她共度一夜。人们会好奇他所获得的极乐是否值得他付出的代价，因为在第二天早晨之前，她就杀了他。（当然，至少故事里是这么说的。）她用一只长满了瘤结的手将一束从精美发饰中掉出来的头发拨起，与此同时，浅灰色的眼睛则以毫不关心的冷漠打量着他。

“你是打算以正确的方式向我致意，还是说在地球上的这些年让你没了规矩？”

他爬起来，向她鞠躬后单膝在她面前跪下。她那纤长干枯的手指扣住了他的脸，将他拉近自己，她那满是皱纹的嘴唇在他的前额上印下了一个吻。

“你平时没那么沉默的，在家里你那些絮絮叨叨的话甚至被认作为你的缺点。”他还是沉默着，不想因为首先问出问题而丧失了主动权。“赛杜说你已经学会了战斗。地球是否也教会了你深藏不露？”

“拉伯丹想杀了我。”

她既没有因为这陈述中的坦率而惊慌失措，也没有因为他那平直而带有敌意的语气而受到冒犯。“不是每个人都欢迎你回到塔基斯星。”

“扎博也在这艘飞船上。”

“从中你可以得出自己的结论。”

“我明白了。”他转开视线，厌恶感让他的舌根泛起一股酸味，“我不会回去，人类也不会。”

她那细长的手指像爪子一般扣住他的下巴，强迫他面朝自己。“你这不情不愿的孩子。你对家族的职责和义务去哪儿了？”

“那我的德行该怎么办？”他反唇相讥，将塔基斯星人生活中另一个同样重要却与之完全矛盾的原则抛还给她。

“你在地球玩闹时，母星上的时间可不是一直静止不动的。你消失时，沙克兰就怀疑你跟着那艘飞船去了地球。”

“但不是只有你一个人关心这场伟大的实验。其他人也在观望，但他们没有来阻止病毒释放，而是袭击了它的源头。勒古拉那杂种联合了其他十五个家族，一起来了。”她低头望着自己的双手，突然之间她看起来极为苍老，“许多人在那场袭击中死去。但要不是有扎博，我们可能都已经死了。”塔克用牙齿咬住了下嘴唇，这才没说出给自己不在场找借口的话来。“你难道从没想过，为什么这么多年过去，我们始终没来地球，是到底发生了什么?”

他的肚子仿佛被一把冰冷的刀刃搅动着，他勉强说道：“父亲……?”

“头部损伤。身体虽然还活着，意识却已经消失了。”麻木攥住了他，她接下来的话对他而言仿佛来自于极远处，“因为你不在，扎博要求获得王位，但不少人恐惧他的野心。为了不让他登基，你的叔父塔加开始摄政，但问题取决于是否能找到你，因为我们无法确定沙克兰的身体究竟还能撑多久……”

多少个寒冷的清晨，他的父亲将装满了烤坚果的纸筒塞在他的手里，街上的小贩向他们这些贵族点头哈腰，面带微笑……他在一扇门上悲伤地摇摆身体，沙克兰则忙于指挥工作，忘了自己答应过小儿子要在那一天教他骑马。会议结束，沙克兰张开了双臂。他奔入那怀抱，强有力的手臂紧紧地搂着他，让他有了安全感，蕾丝领结蹭在他的脸颊上，带来阵阵轻痒，还有温暖的男性气息，以及覆盖其上的香水味……在一次精神能力训练中，他的父亲射中了他的大腿根部，那是种难以描述的疼痛。沙克兰试图向他解释自己为什么这么做时，两人的泪水交织在了一起。因为缇西安必须做到在不丧失精神控制的前提下，抵抗死亡这一侧发生的任何事。总有一天他的生命将会受制于此……还有雅黛兰自杀的那一天，他们共享了一瓶葡萄酒，一起哭泣，火光跳跃，映照在他那轮廓如蚀刻般的脸上。

塔克用双手捂住脸庞，啜泣起来。本娜芙莎没有任何动作，无论是以躯体还是精神的方式，都没有做出任何安抚他痛苦的行为，他为此而恨她。待这阵风暴自行消解，他用这位不知道曾多少代的祖母给的手帕擦了擦眼睛和鼻子。他们的视线相交，而他在她的眼中看到了……痛苦？他几乎不敢相信自己的眼睛，没等他确认自己所见是否是事实，这一刻便过去了。

“待我们清扫完这片区域的群虫就上路。我们的装甲不够，没法抵御吞噬者的袭击，而我们必须在进入幽灵飞行模式之前张开屏障。这实在令人羞愧，”她继续思索着说道，“我们只能留下这么几个样本。感觉赞德兰将会毁灭这个世界。”他的头猛地抬起，表现出了否定。“你不同意我的看法？”

“我想人类会让你大吃一惊的。”

“我很怀疑。但至少我们已经收集到了数据。”她以寒冷而阴暗的目光钉住了他，“当然，你会获得这艘飞船的掌控权；但是，请你记住，不要接近船上的人类。这只会让他们过于激动，不利于他们适应新的生活。”

她以心电能力发出了召唤的指令，一名身材颀长的女性进了房间。塔克吓了一跳，他意识到自己上一次见到她时，她还是个五岁的胖姑娘，当时她在照顾着一大家子漂亮娃娃，这让他答应了她，说等她长大成人之后，就会与她结婚，如此一来，他们就能生下不少漂亮宝宝。但现在，她绝不可能再结婚了。她既然出现在这艘飞船上，而不是安全地躲藏在女性区里，就意味着她是必殊夫迪，是已被剥夺了生育能力的人，这要么是因为她身上携带着危险的隐形遗传基因，要不就是因为她的基因还不足以获得生育的许可。

她的眼神晃过他的时候，闪动了一下（是悲伤吗？……她的表情变化得极快，因此要估计这感情究竟为何，实在有些困难)，接着她鞠躬示意。

“殿下，若您愿意与我同行。”

他朝本娜芙莎最后鞠了一躬，跟随塔莉走了出去，边走边思索该如何打破这片沉默。他觉得闲聊应该不太合适——毕竟她已经长大了，都过去几十年了！

“不说点欢迎的话吗，塔莉?”他俩沿着在他们面前盘绕弯曲的走廊越走越深，进入飞船的中心地带，两旁的墙壁也如同抛光过的珠母贝一般闪烁着微光。

“你也没有说过告别的话。”

“我有我必须做的事。”

“所有人的生活里都有势在必行的事。”她有些紧张地朝四下张望了一眼，接着切换到紧张而私密的心电传感模式。扎博想让你死。千万别喝，也别吃任何不是我带给你的东西，还有，留心你身后。她将一把小而锋利的匕首塞进他的手里，他快速地用袖子遮住了它。

我之前就是这么怀疑的。但还是感谢你提醒我，给了我这把武器。

他要是怀疑到我，就会杀了我。

他绝不会从我这儿知道你帮我的事，在心灵感应上他不是我的对手。她的表情似乎有些怀疑，而他有些羞愧地意识到自己的防护盾有多松懈。于是他加强了它们，她放松下来，点了点头。

好多了。

不，很糟糕。这是个非常可怕的情况。他严肃地看着她。我完全不打算回塔基斯星。

他们此时已到了通往船舱的房门前，飞船亲切地为他开了门。

她将双手放在他的双肩上，推着他走了进去。你必须回来。我们需要你。

门自动关上了，他觉得，可能她终究也算不上什么伙伴。

♠

这一天堪称是汤姆·托特伯里人生中最糟糕的日子之一。糟糕中最最糟糕的是三月八日，那一天芭芭拉嫁给了史蒂夫·布鲁德尔，但这一天可以说是紧随其后了。他正在带着那个从街上获得的怪异装置去塔基扬诊所的路上，突然一艘看起来相当像海螄螺贝壳的古怪飞船从云层中盘旋而下，跟在他的壳边上，邀请他上了船。或许邀请这个词用得不太恰当，更接近的可能是强迫。他的大脑中像是出现了一只冰冷的爪子，他不得不平静地将壳子飞入货舱那张开的大门。接下来发生的事他都不记得了，只记得后来他发现自己站在一个极为宽广的房间内，壳子位于他身后。

几个身材修长的男子穿着漫画似的金银制服走了进来，将他研究了一番，与此同时另一个人则闯入壳子里，出来时手里拿着那古怪的黑球和喝到一半的六听装啤酒。他拿着那些啤酒罐，让它们撞击在一起，发出钝响，引起一阵笑声。他又以一种音乐般的语言的涟漪检查了那个黑色装置，这种语言中充斥着随机而无法理解的停顿。接着他耸了耸肩，将装置放在沿着这弯曲的房间而设的一排架子上。其中一名捕获了他的人礼貌地向他做了个手势，指向一扇房门。这个动作彬彬有礼，打消了他最大的恐惧——他显然不是落入了群虫手中。不知为何，礼节似乎和怪物完全不相衬。

他们进入一条长长的蛇形通道，通道的墙壁、地板和天花板都仿佛闪闪发亮的鲍贝。他们经过时，头顶的天花板上会在他们前面点亮，又在他们通过后变暗。有一段墙壁上装饰着花瓣般的蔷薇色纹路，它突然打开，汤姆则被推入一间奢华的船舱。

随着他的到来，传来一阵清脆的女人笑声，而他则瞪着面前那张圆形大床中央蜷曲着身子的美丽女性。

“呃，你看起来似乎不太像……”她说着，眼神掠过了他。他不由得缩起身子，希望自己的T恤要是能再干净一点就好了。“我是阿斯塔·伦泽。你他妈是谁?”他有些害怕，但恐惧感又让他变得更警惕。他摇了摇头。“哦，该死！我们都是被送进这里来的。”

“我是个王牌，我得当心一点。”

“好吧，这可真他妈是个大事件了！我也是王牌。”

“真的?”

“嗯，我跳七面纱舞。”她那纤长而优雅的手臂在身侧划出了图案，“我扮演的是莎乐美。”他的表情有些迷惑。“你难道从来不看芭蕾舞?”

“不看。”

“白痴。”她在一个没什么形状的大口袋里翻了半天，拿出来一袋粉末、一面镜子和一根吸管。她的双手抖得厉害，试了五次，才终于将粉末倒出一条线来。她吸食后，轻松地叹了一口气，这才重又躺倒。“我们在哪儿？哦对，我的能力。我的舞蹈能将人催眠。尤其是男人。但在被外星人绑架的时候，这种能力就显得丁点用处都没有了。不过，他显然还是很欣赏的。我以我微不足道的力量从他那儿获得了不少情报，而且让他一直……硬着。”她朝自己的双腿之间做了个下流的手势。

汤姆不知道她到底他妈的在说谁，但老实说他也完全懒得去弄明白。他踉踉跄跄地穿过房间，倒在一张矮沙发上，它看起来好像就是直接从飞船上突出来的部分。当他坐在那厚厚的绣花垫子上时，他听到了叶子或干花瓣被压碎的声音，接着空中便充满了浓郁的香气。

他不太清楚自己在那张沙发上蜷了多久，为自己的境况而痛苦不堪——塔基斯星人！上帝啊！他俩接下来会遇到什么事？塔克呢？他能帮上忙吗？他到底知不知道这件事？妈的！

“嘿!”阿斯塔喊道，“抱歉打扰你。看，我俩都是王牌，我们应该可以干点什么来脱困的。”

汤姆只是摇了摇头。他怎么能告诉她，他已将自己的能力留在了壳子里？

◆

擦亮火柴的声音在寂静的房间里显得极为大声。塔克以毫无必要的关切姿态望着蜡烛燃烧的模样。火光受到墙壁颜色的影响，散发出了轻柔的花香。他从口袋里拿出一枚两角五分的硬币，放在祭坛上。它在一堆塔基斯星硬币之间，看起来有些不太协调。他举起那把小小的珍珠柄匕首，为父亲的灵魂安息念出一句简短的祷词，而后轻轻割开自己的食指指尖。鲜血缓慢向外流淌，他让一滴闪着光芒的血落在硬币上。接着他在家族祭坛前坐下，双腿交叠，一边吸吮手指上的割伤，另一只手则抛接着那把小小的两英寸长匕首。

“这都算不上是什么武器。”

扎博倚靠在门边，双手抱胸。他有将近六英尺高，身材精瘦，胸膛宽阔，双肩则与游泳选手或武术家相当。他那头仿佛镀了银的卷发向后梳起，露出洁白的高额头，发梢则正好擦过银白相间的束腰外衣领口。那双冷灰色的眼睛更加深了金属和水晶般的印象。这个男人的身上没有一点热度，有的是力量和命令，是一种压倒性的人格魅力。

“这不是我在思考的问题。”

“你该好好想想的。”

此时，仿佛有什么东西，或许是扎博张开双肩的样子，也或者是他高高扬起头来的模样，让塔克想起很久很久以前……回到家族政治闯入之前，回到他听懂那些将扎博的母亲与他母亲之死联系在一起的轻声低语之前，回到……回到塔克只有五岁时，他曾经崇拜过这个富有魅力的兄长。

“我还记得是你给了我第一只小狗，老图舒拉生的那一窝里拿出来的。”

“别想了，缇西。它早就死了，那都是过去的事了。”

“就像我也会死一样？”

他俩的视线相交，灰色的眼睛对上了丁香紫色的眸子。塔克先垂下了视线。

“是的。”他用一只指甲修剪整齐的姣好的手神经质地抚摸着自己的大胡子和两鬓胡须。“我打算在我们回到塔基斯星之前杀了你。”扎博的语调还像是在聊天。

“我不想继承家族。我想留在地球。”

“这不重要。只要你活着，我就没法得到它。”

“那人类呢？”

“它们不过是被实验的动物罢了。我们进入下一个阶段时会很有用。”他准备离开了。

“扎博，发生了什么事？”

兄长的肩头缩了起来，接着又重新放松，回到了军人般舒展的状态。“你已经长大了。”门在他身后轻轻关闭。

♥

汤姆和阿斯塔跟着两个男人走进屋子，两人之间还拖着一个手脚不协调地瘫软着，身穿紫色山姆大叔马甲礼服的男子。两人中年轻一点的那个单膝跪地，快速地在这嬉皮身上大量的口袋里翻找，最后拿出了一个小药瓶，里面装满了银中带蓝的粉末。年长些的男人接过药瓶，打开盖子，好奇地嗅了嗅，挑起一边眉毛。

“这个人是跟缇西安一起来的？”他以英语说道。

“是的，拉伯丹。”

“他们看起来像是朋友？”他那双浅色的眼睛看向汤姆。

“是——是的。”

“这是一种类似于毒品的东西，用药量过大会造成非常糟糕的后果。我很确信我那位受人尊敬的堂弟对如何医治瘾君子很有心得，要不然他的这位朋友早死了。”另一个人像猫似的偷偷瞥了一眼汤姆。

他那位同伴的手指迅速按在他的嘴唇上，接着有些犹豫地说道：“我们难道不该先问问扎博的意思吗?”

“没意义，他不会在意缇西安的人类朋友身上发生了什么。”

他跪着将那药瓶里的东西都倒入嬉皮张着的嘴里。汤姆稍稍支起身子，阻止的话都滑到了嘴边，但拉伯丹看了他一眼，让他重又跌坐回沙发上。所有人的视线都集中在地板上的这个瘦弱的男子身上，阿斯塔有些兴奋，舌尖都从双唇之间露了出来；汤姆心怀恐惧；年轻的塔基斯星人表情担忧；拉伯丹则保持着快活的情绪。

那男人的身子扭动起来，左右摇摆，而后一个闪动着蓝色光芒的人影庄严地从地板上站了起来，所有人都屏住了呼吸。这个男人身上披着宇宙般幽暗的兜帽斗篷，双眼闪动如同白色火焰，而那斗篷的衬里，则闪烁着散发出光芒的群星、星云和银河漩涡。两名塔基斯星人都向前猛扑过去，却什么也没抓着，那怪异的人形迅速而彻底地陷入地板之中。

♣

塔基扬回到他的船舱内，脸朝下摊开四肢躺在床上，双手支着下巴，想弄明白接下来该怎么做。他和扎博之间简短的对话表明，不止是他有危险，人类也有。很明显，虽然本娜芙莎说得客气，但实际上他们都是试验用的小白鼠。

他没花多少时间就认出自己所在的飞船是“悍妇”，这是他的堂兄最珍爱，同时也是最热爱他堂兄的飞船。因此想接管这条船完全是徒劳的。他完全无法掌控这艘飞船。他还能回忆起那一天，飞船培育者联络他们，说他堂兄最新的飞船最好还是扔回去回炉重造。她太狂野，太傲慢，完全无法训练。但这些对扎博而言却再好不过了。即使是其他众所周知吝于赞扬的家族，也完全同意扎博是星球上最杰出的飞船训练者。他完全无法忍受这样的挑战。缇西安当时才九岁，和父亲一起去了星球轨道上的训练中心。扎博已进入飞船，她放射出了强烈的搏斗的光芒，朝着银河中心猛冲而去。所有人都以为再也无法见到扎博，但两周后，飞船和这男人一起蹒跚地回到了塔基斯星，而后，当“悍妇”由她的征服者掌控之时，再也没有什么会比她的态度更温顺的了。她完全是只属于他一个人的飞船。

就像“宝宝”只属于我，塔克想。

重点在于，光靠心灵感应的力量不可能控制得了她。她始终是一艘军事飞船，这就意味着控制中心建造在她的船体中，这样就算她受到了严重的伤害，回到母星之后船员依旧能照料好她。但要是他真的想利用控制中心来接管这艘飞船，她就会无视他的命令而呼喊扎博。就算在一对一的精神力量对决中扎博不是他的对手，这条船上依然还有十九个其他塔基斯星人。

所以该怎么做才好？指挥的人是本娜芙莎，要是她能下令让塔基扬和被囚禁的人类回地球……他翻身下床，去寻找他的*元祖母*。

她正在舰桥上，愤怒地瞪着安达弥，赛杜则皱着眉盯着“悍妇”亲切地投射在地板上的文字。年轻男子的表情羞愧。

“你是否乐意向我解释一下，为什么会把那些未知的物质喂给人类囚犯？”

“是拉伯丹干的。”安达弥怏怏地说道。

“那你们两个人都是笨蛋——他蠢在干了这事，而你则蠢在竟然没有阻止他。现在有个能力未知的外星生物在我们的飞船上了。”

“他又移动了，”赛杜打断道，“现在在第五层。不，回到第二层了。现在他在您的船舱里。”

本娜芙莎的嘴不以为然地扭曲着。

“我不知道为什么所有人都这么紧张。悍妇能告诉我们他在哪儿。”

“因为他能穿过墙壁和地板移动，等我们到一个地方之后，他又转移了。”老妇人以极大的耐心解释，她的样子就像是在和一个智力发育迟缓的儿童说话。

塔克向前走了几步，想尽量避免引起那三人的注意，他抓住一把加速度椅子的椅背，送出一根意识的细线。在潜入别人的防御盾上，他略有天赋，但本娜芙莎比他多了两千多年的时间来精通自己的力量。当他滑过第一道屏障时，他觉得自己的嘴里发干，喉咙里仿佛能感受到脉搏在不断跳动。

第二层。这里更棘手。在这里构建了不少陷阱，潜入者若是不够谨慎小心，便会被卷入无尽的精神轮回之中，直到本娜芙莎想释放他们为止。

他在其中一面防御盾上切下了一小块，接着迅速地构造出一个精神箱笼来掩盖自己的错误。它在*元祖母*的脑海中舞动，仿佛一小片雪花，抚平了他留下的那些参差不齐的棱角。又经过了一道屏障。*这个老迈的女魔头到底构筑了多少层屏障？*

磅——！他甚至都没有看到攻击出现的那一幕。他被一个警戒点绊住了，一片白热层升起，仿佛火焰的浪涛向他扑来。他大脑中的所有神经元仿佛同时着火，思维则有如胡桃在壳里腐烂般在他的颅骨中瑟瑟发抖。他意识到自己正向后滑倒在地板上，屁股着地，他的手指紧紧抓着悍妇那珍珠似的地板。他撞在墙上，身边像是突然被抽干了空气。

本娜芙莎盯着他，脸上滑过愉悦与激怒交织的表情。他可以感觉到鲜血涌上了自己的脸颊。

“我明明张开了防御盾的！”他激动得有些语无伦次，觉得自己像是遭到了严重的虐待。

“你想精神控制我，真是个傻孩子。你根本没法构筑一个我击不破的防御盾。你还是个只会哇哇啼哭的小娃娃时我就给你换过尿布！你身上能有什么我不知道的东西！”她转过身，看似脆弱的身躯上每一根皱纹都写着斥退，他耻辱地呛住了。“带他走。”她背着身子对赛杜说道，“这次要把他锁在他的船舱里。”这一道命令是直接对飞船下达的。

赛杜面沉如石，伸出手来拉了他一把，护送他回到船舱里。他匆匆走在前面，低着头，缩着肩，仿佛又回到了五岁。老人离开后，塔克掏出银色随身酒壶来猛灌了好几大口。白兰地让他烦扰的神经镇定了下来，却完全无法促进他的精神活动。他在奢华的船舱里来回踱步，想制定出一个计划，脑子里却什么也没有蹦出来，这让他不由得有些恐慌。想想这艘飞船里有什么薄弱环节。好好想想。

他决定先探查清楚究竟有哪些人类被抓到了飞船上。他触及到了一个熟悉的女性意识。那是阿斯塔·伦泽，美国芭蕾舞剧团的首席芭蕾舞者。她正在想着一个男人：他正卖力地干着艰难的活计。他那汗津津的结实身体撞击着她，为释放而拼尽全力，而她想的是，一个像他这样拥有力量的男人却无法靠自己勃起，真是绝妙的讽刺。这是最恐惧的男人，在——

闯入其中让塔克觉得自己像个窥淫癖，他有些尴尬地收回意识，重又向更远处探索。他没有探索到类似诊所外向他搭话的那个可爱疯子的意识，他希望他们没有将迷旅认定为毫无用处而处理掉他。但有些奇怪之处。有一个重重封锁的意识，几乎无法穿透。要不是感知到了一个突然而起的恐惧火苗，或许他甚至都不会注意到它，但那火苗很快就被抑制，而他也失去了它的源头之处。或许这来自于那名闯入者。他再向更远处探索，然后他发现了……

“灵龟！”他脱口而出，惊讶和担忧让他不由得蹦了起来。

他重塑了自己的探测意识，构建出一个假象，让所有监视者都以为他正在睡觉，而后开始与灵龟取得联系。这比他原本预想的要更困难一些。最初的简略接触给他的印象是灵龟身上他不了解的那一面，他不想突然出现在对方的脑海中，让这男人受到刺激。他开始寻找方法，好让这男人渐渐意识到自己的存在，但随着每一分每一刻过去，他越来越失望。黑暗而沉重的情感仿佛阴沉而恶毒的波涛，在灵龟的脑海中涌动：恐惧、愤怒、失落、孤独，还有压倒性的绝望和徒劳。

塔克觉得自己像个闯入者，而且，他也不希望灵龟觉得他在偷窥与他无关的个人私事，于是他开始坚定地在这个男人原始简陋的防御盾上轻轻敲动，直到传来一丝惊讶的火花和谨慎的兴趣，告诉他自己已经吸引到了灵龟的注意。

灵龟。

塔基，是你吗？

是的。他感知到了不信和怀疑。这让他有些受伤，他开始奇怪这位他在地球上认得最久的朋友究竟遇到了什么事。我和你一样被囚禁了。

哦。是你一直提起的那些其他家族的人干的吗？

不是，是我家族的人。他们来查看实验的结果，同时也为了来找我。灵龟的怀疑仿佛一把锋利的匕首。我要怎么做才能让你相信我没有参与这事？

或许你没法证明。

我的朋友，你以前不是这样的。

嗯。对方的思维被痛苦环绕了。我以前也不是个四十岁的失败者，孤身一人，前路上除了死亡之外什么也没有。

灵龟，你在说什么？发生什么事了？让我帮助你。

就像你和你的其他所有同类在你带着病毒来地球时提供的那种帮助？不用了，谢谢您。

从前的痛苦和罪恶感再度袭来，比过去更强烈；这些年来，他建立了诊所，不再臭名昭著，反而成了备受尊敬的名人，还受到不少他的“孩子们”的热爱，这些年的岁月让他的责任感变得迟钝了。他们的意识之间没有隔阂，塔克觉得自己感觉到灵龟因为他的痛苦而产生了乖张的满足感。

他们怎么抓到你的？

没费什么力气。他们肯定用了精神控制的方法，因为我就这么自己飞进来了。

你当时到底在干什么？塔克有些暴躁地问道，他毫无来由地想把责任推给灵龟。

我当时他妈在给你送一个保龄球，我觉得可能你想玩点儿新游戏，你他妈以为我在干什么？

我不知道，所以才问你，塔克打断道，他精神语言的语气变得和灵龟一样粗暴了。

那他妈就是个怪里怪气的保龄球，我从街上的孩子们那儿弄到的。

它现在在哪儿？

他们把它从壳子里拿出来了，放在房间的架子上。

哪个房间，指给我看。

灵龟的怒火仿佛酸液，侵袭了他的意识，但他还是强迫对方做了自己要求的事。塔克其实完全不知道为什么自己这么执着于这个装置。或许只是想要有点什么别的来让他分神，别去想他们现在的困境。

我在想我们是否有可能从这儿脱困，隔了很长一段时间后，他说道。有了你的心灵感应，我的精神控制能力和我曾曾侄女塔莉给我的匕首，我觉得我们或许能找到办法。我很高兴你之前没有自行脱困。

我……做不到。

你再说一遍？

我说，我做不到。

时光倒转，突然之间，在说这些话的人变成了他，而不是灵龟。他站在喷气机小子的墓前，浑身颤抖，哭喊着解释说虽然他确实想提供帮助，却真的做不到。灵龟揍了他，王牌的心灵感应力量抽打他，仿佛一只巨大而无形的拳头将他击倒在台阶上。但现在，他不想揍灵龟，他只想知道这一切到底是怎么回事。

灵龟，为什么？为什么你做不到？

我的壳子没有了。伟大而强力的灵龟可以剁碎这些混蛋的内脏，但我不行。我只不过是老汤姆——他收住了话语，但后半部分的思绪已清晰地传到了塔基扬的思维中。

汤姆·托特伯里。

幸运的是这个名字对塔基扬来说毫无意义。因此灵龟的秘密身份依然还完好无损。

没事的，他安抚道。我的计划很可能也未必会成功。这取决于我们是否能一个接一个将他们隔离开来，而当你破门而出时，“悍妇”会呼叫扎博，他们就会一起来抓我们。就算我们真的能做到，我也得面对最根源的问题——如何掌控“悍妇”。

谁？

这艘飞船。她有知觉。

那她一定有点儿惊恐，因为有个家伙正在她内部飘来飘去。

你看到了？到底——

“你！”突然出现了一个清晰的声音，带着一丝怒意。

塔克猛地睁开眼睛，要维持如此私密的心灵联系需要高度集中精神，而此时，它彻底断裂了。一个放射着蓝色光芒的可怕人形站在船舱的正中央。他迅速滚下床铺，匕首也已从袖子下滑入他的掌中。他切换到了以小刀搏斗的姿势，用匕首和另一只手掌在面前划出了复杂而令人困惑的架势。躲在他的精神防御盾的屏障后方，他探出了心灵传感的探测思维，接着便触摸到了一个强有力的精神封锁。

“哦，别这样，你这可怕的小东西！你伤不了我的。”

“我不关心这个问题，我更担心的是你想对我做什么。”

那人形站直了身子，他那双怪异的眼睛在毫无特征的脸上仿佛钻石一般闪闪发光。“这都是你的错。我一直在努力让这嬉皮瘾君子远离这可怕的冒险，但他很不听话，完全不听使唤！你是王牌之父，没错。他可还真是有个好父亲，绝不会鼓励他干出这种少年心性的不负责任行为。要是没有你干扰，这个世界会继续得更完美。

“你应该让我们屈从于这古怪而不自然的外星物质，而且还不够，现在你一定要把你的族人也带给我们。你们整个家族！我们唯一的希望就只有他们也能像你所展现出来的自我一般的无能、低效。首先你弄丢了病毒，接着又任由它释放，让你的朋友们和爱人们都深受折磨，身陷监狱和疯人院，而且——”

“闭嘴！”塔基扬怒吼道。哦，布莱思，他痛哭出声，他的思绪仿佛火焰上的水流，浇熄了熊熊燃烧的怒火，只剩下冰冷黏腻的土灰。

但他愤怒的爆发似乎依然在这位来访者身上发生了作用。男子闭紧了嘴巴，狭窄的鼻孔中透出细细的呼吸。接着他以一种极为庄严的姿态陷入了地板。一瞬间塔基扬睁大了眼睛，瞪着这一幕，但也只有一瞬间而已。这个男人可能会有用，而他却愚蠢地将这人赶走了。他为自己的精明，为自己理解和掌控人类的能力而自豪，现在，该是测试这能力到底有多少的时候了。

他向前冲了出去。“不，等等，我请求您，好先生。请允许我为自己的粗鲁和缺乏礼节而道歉，”幻影停止了动作，他的脑袋和上半身还露在地板外， “我还没有获得与您相识的荣幸。我是塔基扬医生。”

“宇宙旅行家。”

“您必须原谅我。我……我今天真的压力很大。您出现时我未能留意，否则我会在一开始就意识到您的权势。”

旅行家傻笑起来，接着他的五官上出现了一种仿佛奥林匹亚诸神般沉静而智慧的表情。塔基扬意识到自己根本不用费心去做什么精明的事，在这个男人面前，即使是最浮夸的恭维也能奏效。

“您是否乐意留下来？我的大脑完全是一团糨糊，我很确信即使只跟您聊上一两句，也会对我有很大的帮助。”旅行家优雅地重新飘回地板上，坐进一张椅子里。他这么做的时候，他形体的轮廓变得更坚实也更确定了。

所以，他是能让形体变成实体的，塔基扬想道。

“你已经和其他囚犯见过面了？”

“是的。当这个可怜的傻瓜迷旅被带到船舱里的时候，我注意到了一个个头很矮的胖子，他穿着蓝色牛仔裤和T恤，还有一个极为美丽的年轻女子。”舌尖从他那薄薄的嘴唇之间出现，润了润上嘴唇，而后消失了。

“你当时在哪儿?”

“我当时……在场，”他小心挑选措辞，“幸运的是我逃脱了。我简直不敢想象，要是其他人遇上了这种事会发生什么情况。这些人对我的健康状况根本毫不关心。”他看向塔基扬，显然在这最后的陈述中也将他包含在内了。

旅行家提到其他人的言论让塔克极为茫然，嬉皮瘾君子指谁？可能是梅多斯？但此刻他无暇顾及宇宙旅行家身上体现出来的形而上学问题，更重要的是他独一无二的能力。

“旅行家，我想要是有你的帮助，我们就能逃脱回到地球了。”

“哦?”这话中带着怀疑。

“回去关着灵龟、队长和那女人的船舱——”

“队长已经不在那里了。”

“呃?”

“我正在这里。”

“哦……嗯……好吧，随便了。不管怎么说，你回去那间船舱，告诉他们做好准备。接着把扎博和他的傻子手下引到船的那一头去。”塔基扬把头扬到一边，凝视他那古怪的盟友，“如果你不必回来报告，就能节省很多时间。你是否愿意放下精神防锁，好让我能保持与你的心电联系?”

“不！让一个外星偷窥狂进我脑子里？想都别想。”

塔基扬恼怒地盯着他。“我对你脑子里有什么完全没有兴趣。我只关心——”

门开了，旅行家保持坐着的姿势优雅地穿过椅子，沉入地板。扎博带着五个士兵七手八脚地进了房间。塔克闭上嘴巴，让脸上呈现出无辜的表情。

“他在哪儿?”扎博粗声问道。

塔克用一根手指指着地下。“往那边去了。”

♠

事情变得越来越混乱。一开始是那个嬉皮突然消失，接着散发蓝光的幻影逃脱了塔基斯星人凶猛而略有些缺乏组织的围攻，再后来塔基扬联系到了他，而现在，他们之间的心电联络又突然中断了。汤姆一直想重新与他的朋友联系，甚至好几次发出声音，轻声喃喃着“塔克?”他抬起头，与阿斯塔那小心警惕的目光相对，让他不由得用手扒梳了一下自己的头发。

“我……我正在设法和塔克联系。”

“很好。”事实上，她明显把他当成了一个耐特，完全无法支撑起自己已经垮了的精神。

倘若在这儿的是灵龟，她绝不会这样看待他，他既愤恨又厌倦地想。她会爬到他的壳上以求安全之地，而他可以冲出这船舱，将那些塔基斯星人像九柱戏里的柱子似的打个四散而逃，救出塔克，然后耀武扬威地带着他们飞回地球。或者，也可以强迫塔基斯星人送他们飞回地球。壳子里没有给乘客留存的空间，他也不知道壳上能把他们系得有多紧。倘若他们在宇宙空间里窒息，那他可就像个傻子了……

他将拳头砸在自己的大腿上，中止了这些诱人却毫无意义的思绪。他不是灵龟，他现在就只是汤姆·托特伯里，是一个三十年里只成功移动了两个街区的新泽西男孩。他闭上双眼，凝望着脑海中船只经过基尔水道那阴暗而幽灵般的画面，黑暗中无法看清的水面反射出流动的灯火。他意识到自己终于也踏上了航行，尽管这不是他自己的选择。

阿斯塔发出一声尖叫，让他抬起了头。那生物重又出现了。

“我是宇宙旅行家，”他宣告道，接着停顿了一下，仿佛是在等着粉丝的欢呼。但阿斯塔和汤姆只是盯着他，有些摸不着头脑。“那个可笑的小个子男人让我到这儿来，探查抓捕我们的人的行踪，同时通知你们，他正在谋划着某个毫无疑问完全不能奏效而且显然极其危险的逃脱计划。”

阿斯塔在床上蠕动着向前，接着仿佛丝绸一般柔顺地跪下。“你能凭意志穿过这艘飞船，”她轻声说道，“那你也能返回地球吗？”

“可以。”

她张开双臂，雪白的肌肤下，锁骨清晰可见。“你是否愿意带着我一起离开？”她以喉音问道。

汤姆想向她指出，首先，到底是什么让她觉得这个男子说的都是真话？其次，就算他能穿越寒冷而虚无的太空，他又要怎样才能带上她？

她弓起天鹅般的头颈，用双手撩起头发。这个姿势让她小而坚挺的胸部抵在紧身衣上，薄薄的衣料上透出了乳头。“对那些能帮得到我的人，我可以表现得十分慷慨，像你这样一个有着无与伦比能力的人，我的雇主想必也会高价聘用的。”

这怪异的场景让汤姆屏住了呼吸。他想知道这个女人是否真的会脱去衣物，就在他眼皮底下与这陌生人做爱。显然这个男人会意识到，他们还要面对一些更急迫的问题。但宇宙旅行家彻底地被她迷住了。阿斯塔转身的动作让他喘起粗气，他摆在身体两边的手指也痉挛似的动个不停。他紧张地往身后的门口望了一眼，汤姆可以在他那双优雅的蓝色脸上看到欲望与恐惧交战的场景。欲望赢了。

他喘着气说出一句半带着呻吟的“我同意”，接着便摇摇摆摆地走向床边。阿斯塔已脱下蓝色牛仔裤，下面穿的是浅粉色的紧身裤。很快紧身衣裤也脱掉了，她张开双臂。旅行家呻吟了一声，倒在她纤瘦洁白的身体上，两人开始狂乱的前戏。

汤姆有些尴尬，但又有点着迷，他（以一种在非常不舒服的处境里常常会出现的对细节的过分关注）注意到她的双脚非常难看。她的脚趾上生着疮和老茧，有个大脚趾因为长时间穿着芭蕾舞鞋，都淤黑了。

十分钟后，他俩还在干着这事，阿斯塔越来越兴奋，不停地说着“快来！快来！”而旅行家则时不时发出刺耳的咕哝声，与此同时他那蓝色的屁股也带着越来越强烈的奋不顾身，猛烈地上上下下，上上下下。

靴子的声音让阿斯塔喘了一口气，接着发出一声疯狂的尖叫，旅行家沉入她俯卧的身体，消失在了床铺深处。汤姆也几乎吓傻了，他跑到床边来确认阿斯塔是否还活着。她如死人一般静静躺着，他伸出手，触碰到了她赤裸的半边肩头。她又发出一声尖叫，汤姆吓了一跳，失去平衡，脑袋朝前栽进床铺里。那塔基斯星人瞪着床铺，高喊道：“队长，他在——”门自动关上，让他后面的话消失了。

宇宙旅行家回来了。

“很好！我诚挚地希望你不必成为塔基斯星人的性玩具。你完全欠缺最基本的性爱技巧。”

“我!”阿斯塔一把将汤姆推开，叫喊道， “你才是那个没法——”

“还有你，你在偷笑什么，你这矮个胖子。”旅行家大喊。汤姆没有偷笑，确实没有，但这滑稽的场面确实让他发出了一点声音。

“你知道他们计划在你身上干什么吗?”旅行家继续说道，“活体解剖！你明白这是什么意思吗？我没法理解他们为什么要抓你，你绝对是最没用的王牌，抖得就像个草莓果冻，还像个不情不愿的小处女似的哭哭啼啼的。”他阴郁而愤恨地扫了阿斯塔一眼，而后者，朝他比了个中指。

汤姆爆发了。“你他妈能不能从这儿滚出去！滚！你以为自己他妈有多聪明，但实际上你不也被困在这里了，和我们没有两样。你没法离开这艘飞船。要是你能，你早就这么做了。现在出去。出去!”汤姆向他逼近，双臂狂舞，做出了赶鸡似的动作。旅行家离开了，他的表情仿若凝固。

◆

“你他妈去哪儿了?”塔基扬停止了他神经质的踱步，“在这艘飞船里搜索一圈能花得了多少时间——”旅行家的半边身子在船舱的墙壁上显现着，听到这句话又缩了回去。塔基扬猛冲过去。“不对，请等一下。我很抱歉。压力太大了……你发现什么了?”

“那些人在飞船里到处追捕，只为了抓住我。虽然我不知道他们是怎么追踪到我的。毫无疑问他们很快就会到这儿来——”

“那我的元祖母呢？她是个头发上戴着很多珠宝的老妇人。”旅行家一脸茫然，塔基扬只能向他解释。

“我没注意。”

塔克闭上了嘴巴，可能本娜芙莎的所在之处现在也并不重要。

“好吧，没关系，我们可以试一试。船舱的门左边墙壁上有个小突起，那是舱门的控制面板。你先打开我这间的门，然后我们——”

“不要。”

“我请求您……”他开始礼貌地说道，接着停了下来，低沉地说，“什么？”

“你听到的，我说不。我对你成功执行逃脱计划的能力完全不信任，我将不会参与其中。此外，假如我化为实体，无助地站在你的门外，那些暴徒会冲上来抓我，伤到我。”

“只要一瞬间就够了。”

旅行家双手抱胸，严肃地盯着远方的墙壁，“不。”

“求求你？”

“不。”

塔基扬也双手抱胸。“求求你，求求你，求求你？”

“不。”

“你这哭哭啼啼、卑躬屈膝的胆小鬼！”塔克吼道，“你让我们所有人都陷入了危险。你是唯一一个——”

但旅行家已经离开了。塔基扬只扑到了墙上的壁龛，扑倒了一只美丽的花瓶，让它朝那急速离开的王牌飞去。它穿过了他的身子，撞在墙上，旅行家则向他露出了带着畏惧的蔑视与憎恶。整个事件之后，塔克浑身颤抖，部分是因为愤怒，部分则是随着他暴力行为而来的绝望。他拉开蕾丝领带，解开领口，大口喘气。这些年来，他一直如此努力地设法对所有人都尽量友善、温柔。而现在，他却失去了这一切。他的行为就像是……他顿住了，在脑海中搜索着某个正好可以对应却又让他无比厌恶的参考对象。

就像扎博。

纵容自己进行这场简短的自我鞭笞让他感觉好多了，但这依然没有解决最主要的问题。他们陷入了困境，却毫无脱困之法。

而这同样也是我的错，塔克想，但他没有就此打住，而是思考起用什么东西能哄骗或贿赂得了这顽冥不化的王牌。

♥

属于他的时间就要过去了。对这变幻莫测而不友善的宇宙的怒火让他困在了这个男人的躯体里，而他觉得，这躯体比蔬菜好不到哪儿去，他在塔基斯星的飞船里四处游荡，躲避搜索着他的那些越来越歇斯底里的敌人。但这种状况不可能永远持续下去。要是拖得太久，他就会回复成傻子梅多斯，而外星人则有可能伤害到他。不管旅行家有多看不起他寄宿的这具身体，他还是明白，倘若没有马克就没有他的生命。他之前就注意到，这儿的门会在墙壁上留下隐约的印记，看起来就像是亘古之前的花瓣留下的化石。有些门会自动打开，有些似乎需要心电命令，但还有些就像塔基扬所说，可以使用控制面板来操纵。他开始寻觅一扇不会自动打开的门。一扇似乎可以坚实而彻底地从外锁住的门。

♣

马克慢慢回复了意识。他眨了眨眼睛，又眨了眨眼睛，因为这里很黑。他的双手时不时摸索着自己的脸颊和脑袋，直到确定自己已完全恢复了意识。但周围还是很黑。他拖着脚往前走，却直接把长鼻子贴在了墙上。他用一只手捂住撞到的鼻子，双眼紧盯着面前的这片幽暗之处。他慢慢张开双臂，探索这个囚笼的尺寸。这儿很小。衣柜大小。棺材的大小。

这个想法太压抑了，他摇了摇头以摆脱它，接着他试图从朦朦胧胧渗透到他脑海中的旅行家的记忆来拼接出究竟发生了什么事。

“外星人，兄弟。哦，真恶心。”

还有塔基扬……也被囚禁了？嗯，这就对了。他生气了，因为旅行家做了或者说没能做到……某些事。马克叹了口气，用双手搓了搓脸颊。嗯，就旅行家而言，塔基扬说得还挺正确的。有一会儿，他就只是阴郁地站着，审视他的多重人格在社交与情感上的缺陷。

他想知道现在是什么时候了。斯普劳特可能已经从幼儿园回家了。只要“南瓜”还开着，他觉得苏珊就还能留意她，然而一旦迷幻商店打烊，谁能照料得了她？当然如果马克没有回去，苏珊是不会留她一个人在家的。他想在这小小的囚室里踱步，但在这片墨黑之中，他总是判断错方位，最后撞到墙上。

“我得离开这儿，还要帮助塔基扬医生。他会知道该怎么做的。”他在皮口袋里摸索了一会儿，拿出一个小药瓶。他把它提到眼前，想看清它的颜色，却做不到。这儿太黑，根本看不见药瓶上的玻璃，更别提里面装的粉末的颜色了。

“哦，恶心，兄弟。要是我让‘跃闪’出来，他就能烧掉这扇门，但如果是‘星光’出现在黑暗里就什么用也没有了。如果出来的是‘月之子’……”他轻轻摸索着完全没有开口的墙壁，“我不知道她能不能爆开它。”

他将药瓶放回口袋，又拿出了另一个。他犹豫了一番，放回了它，再拿出第三个。最终，他拿出了两个瓶子。他的脑袋在这两个瓶子之间来回摇摆，仿佛一只困惑的鹳。他将它们放在一边，抓住了自己的脑袋。

“我得干点什么。我是个王牌，兄弟。大家全都要靠我。这就像是个测试，我得证明自己有价值。”

他重又开始徒劳地翻找口袋。在他的想象中，飞船正在移动，带着他们飞到海王星的轨道之外，带着他离斯普劳特越来越远。他那美丽的金发女儿，她的心智永远不会超过四岁。他仙境中的爱丽丝宝贝需要他。而他需要被人需要的感觉。他的手指痉挛般地握住了一只药瓶，打开了它，喃喃道：“啊，去他妈的。”

他吞下里面的药粉。待会儿他就会知道自己的选择是否正确。

♠

塔莉给他带来了食物。在母星上时，填着肉和蔬菜的精巧可丽饼原本是他最爱的食物之一。第一口就让他呛住了，于是他把剩下的可丽饼都扔进了马桶里。他那毫不停歇的踱步除了让他的左小腿有些抽筋之外，毫无意义，于是他从卫生间的梳妆台前拿起一把刷子，想用梳头来抚平情绪。鬃毛梳擦过他头皮的感觉不错，他的肩膀也绷得不那么紧了。

接着“悍妇”微微颤抖了一下，在他脑海中出现了一个响亮而有攻击性的声音，“哇哦!”显然这艘船并不认同应当静静承受一切的教条。

是旅行者吗？他不知道。是那个抽抽搭搭的胆小鬼终于下定决心做点什么了？还是灵龟，终于战胜了他的精神封锁，撕开房门，像捏果冻一样捏住了扎博……

“悍妇”制造出了这么强烈的心电感应动静，他觉得没有任何人会注意到自己以无防御的方式与灵龟取得联系。他伸出了探针。

该死！

抱歉，我不是故意要吓你一跳的。

在灵龟的思维中没有感应到危险，塔克叹了口气。我想你还没着手来救我们。

我做不到，灵龟阴郁地回答。我说过的。

汤姆，他轻轻说道，听到灵龟的喘息声时，他这才意识到他不该显示出自己已了解了这个男人的秘密身份。他继续说道。你就不能试一试吗？我很肯定，只要你试了你就能——

我不能！我都和你说过多少次了，我做不到。而且我似乎还记得，有个被人抛弃的烂醉鬼曾经一直哭着说自己做不到，而当我说我不能理解时，他还表示说自己受到了伤害。好吧，现在风水轮流转了，塔基。你应该理解我。

那一巴掌很疼。他完全明白自己欠灵龟的，但他也不想再次切身体会自己从前犯的错。它们都已经……是过去的事了。病毒已将你那特殊的细胞全部编程……

我知道。我怎么可能忘得了？就是它毁了我那该死的生活！你和喷气机小子，还有你们那些杀千刀的塔基斯星人。别他妈来烦我了。

灵龟缺乏足够的精神技巧，无法真正地封锁塔基扬，但他可以将所有有意义的思绪都藏在愤怒的厚毯之下，让塔基扬难以阅读或传送自己的思维。塔克用力吸了吸鼻子，提醒自己对方是他在地球上认识最久的朋友。他不知道自己是否能精神控制灵龟，强迫他超越他的情感封锁。但是不行，灵龟的精神创伤太深，以这样强烈而毫不留情的精神技术无法触及。但他父亲掌握的技巧则能……悲痛再度袭来，击倒了他，塔克搂住身子，前后摇摆。

尖叫、撞击和咒骂的声音让他拉回了思绪。他皱眉望着门外，意识到那声音正在靠近后，他慢慢向身后的床边退去。靠近了。非常近了。一个巨大的灰色拳头砸穿了门板。抹刀般的手指扣在门板那个洞粗糙不平的边缘，一把扯下很大一块。“悍妇”发出痛苦的尖叫，从这伤口里，这艘有知觉的飞船淌下了鲜血般透明而黏稠的液体。很快这些液体就变成了透明而冻结了的溪流。塔克着迷地盯着门一块又一块被拆了下来。而后，从这个不规则的洞口缓慢地爬进来一个矮胖的男子，他长着灰色的皮肤，全身无毛，光头上前额隆起。塔基斯星人都拉扯着他，就像挂在圣诞树上的装饰物一样。

“精神摧毁他!”扎博叫喊着，用拳头砸向这生物的脸。怪物从背上拉过一名战士砸向扎博，他跳跃着后退了。

即使是在这生物如此惊人的力量面前，还有一名塔基斯星人没有被赶开。他有着油画般精致的脸庞，却有着山一般的躯体，脸上的表情则有着野蛮的残忍。那是扎博的宠物怪兽杜尔格·阿塔·莫拉克·博·扎博。塔基扬的喉头涌上了一阵厌恶和恶心。他冲向被毁的门口，思绪纷乱地涌了出来。

别让他们动手。要是你必须见血，让我的鲜血流淌，扎博，别让——

回应他的是三英尺长的钢刃。他慢慢抬起眼睛，与堂兄的眼神相对。

不，我会亲自下手的。

扎博的唇边露出了一抹带着惋惜却又仿佛肉食动物般的微笑，他跳了过来。塔克灵巧地向后退避，却在湿滑的地板上摔倒了。这救了他的命，刀刃在距他头顶数英寸之处堪堪划过。那怪异的灰色幽灵在屋内踉踉跄跄地周旋，推挤着塔基斯星人，徒劳地拍打杜尔格，又发出了不少撞击声。本娜芙莎踏入室内，扎博放下了匕首，显然他还没做好准备，在有阿杰伊斯－特在场时做出如此不折不扣的谋杀行为。塔基扬从未像此刻一样高兴地能看到所有人。

老妇释放出一股精神能量，触及到了室内每一个人的神经元，那生物仿佛巨树般倒下了。鼻青脸肿的飞船船员一拥而上，用绳索将这俯卧的人形乱七八糟地绑了起来。

她以冰冷的灰色眼睛的注视发布命令。“你们是否乐意解释一下这骚动是怎么回事？”

“我们发现了这个生物。”

“是吗？”这句话的语调极为冰冷。

扎博吮了吮牙花子，避开了祖母的视线。“好吧，他似乎是又改变了形态。”

本娜芙莎以视线钉住了拉伯丹。“那我们是否可以确定，这些药瓶和他改变形态之间有某种联系？”

对方紧张地清了清喉咙。“这么说来好像很符合逻辑。”

“那么，药瓶在哪儿?”

“我不知道，*元祖母*。或许他把它们藏在飞船上的什么地方了。”

“也可能它们只会在他人类形态时出现。”她看了一眼毁了的房门，“这恐怕会让阿尔·马特拉比的彻·楚尔——”她说起这艘飞船时，用的是她在血统家谱上的全名，“花上一些时间来修理这扇门。派些人守着。他们可以同时留心缇西安和这个生物，如果它变回人形，搜他的身找出那些药瓶。接着，我相信，我们就不会再发生这种毫无教养可言的骚乱了。”她离去时留下了一阵织锦裙子摩擦地板的声音。

塔克从口袋里拿出一块手帕，跪在这古怪的俘虏身边。“你是?”他轻轻地擦去从那人身上剑伤里缓缓流淌的鲜血，问道。

那人盯着他，接着勉强咕哝道：“宝瓶座。”

“很高兴认识你。我是缇西安·布兰特·扎拉·泽克·哈利马·泽克·拉格纳·泽克·欧米安，人称塔基扬医生。”

“我知道。”他的视线冷冷地注视着塔基扬的左肩。

他弯下腰，轻声说道：“你还藏着什么后招吗? 能帮我们处理掉——”他用下巴示意门口和那两名严格的守卫，“他们的?”

宝瓶座抬起头，恶毒地看着他。“我能变成海豚，而且我真的能游得非常快。”

他的表情，加上他那刺耳又愤怒的语调，猛地扯断了塔基扬勉力维持的礼节的细线。

“希望你原谅我的直白，你这么做对我们当下的困境毫无帮助。”

“又不是我自己要求来这儿的，你才是这儿的人。”宝瓶座闭上眼睛，无视了和他一同被囚禁的伙伴以及看守他们的人。

塔克拿出他的随身酒瓶，边走边将怒火转移到了白兰地上。二十分钟后，他注意到宝瓶座的皮肤开始龟裂，剥落。

“你还好吗?”

“不好，我得一直保持潮湿，不然我就会损坏的。”

“好吧，那十五分钟之前你为什么不说?”宝瓶座没有回答，塔克攻击性地哼了一声，小跑进洗手间，拿来一杯水。但它在地板上的这个巨大的形体面前毫无作用。

“安达弥，你能替我拿个水罐或者水桶来吗?”

两人中更年轻一些的那个有些担忧地用牙齿咬着下嘴唇。“我接到的命令是留在这里。”

“你们有两个人。”

“你会做一些尝试的。”

“我不是你的王子吗?”

“是的。但你还是会做出一些尝试，而我不想再被扎博训斥了。”

“愿你的族谱凋敝。”他咬牙切齿地说道，赶紧重新小跑起来。

接下来的三十分钟慢慢地过去了，塔克一直想赶过这男人鱼皮肤干涸的速度。当宝瓶座的形体突然波动游移时，塔克往他脸上泼了一杯水，但接下来一直边咳嗽边喷出水来的却是迷旅队长，因为那杯水都跑进了他的鼻子里。

塔克被这突然变形吓了一跳，喊了一声，丢下杯子，倒退了一步。

迷旅迷惑地环顾这整个船舱，又低头看向他那依然还胡乱绑着绳子的瘦长身子。他的身体体积比宝瓶座小很多，因此当他站起身时，绳索都从他身上掉了下来，在他脚边的地板上胡乱堆作一团。

他拿下眼镜，狂暴地擦着镜片，与此同时眨巴着近视的眼睛瞪着塔基扬。接着他戴回眼镜，低声低语。

“哦，真是恶心的体验，兄弟。”

安达弥匆匆跑过来，迅速地检查了迷旅的口袋。他找到了一个皮袋子，里面有三个没打开用过的药瓶。塔基扬探着脑袋也在边上看，但那些颜色浅淡的粉末明明看起来相当无害。他想将双手放在那些物质上，对它们做一个彻底的分析。这可是能让人彻底变形的东西……然而接下来一个想法出现在他的脑海里。迷旅队长根本不是什么耐特——他是一名王牌。

“队长，”他伸出了手，“我欠你一个道歉。”

“呃……欠我吗，兄弟？”

“是的。”塔克抓住了男人干瘦的手掌，用力摇了摇，“我怀疑过你说的那些事。事实上，我以为你是个无害的疯子。但你确实是个王牌，而且是个非常不同寻常的王牌。这些粉末是？”

“它们能帮助我呼唤我的朋友们。”

他凑近过去，压低了声音。“我不怀疑你还有更多的……”他眨了眨眼睛，迷旅低着头，一脸茫然地望着他。塔克叹了口气。很好，这个男人或许真的是王牌，但他的领悟能力恐怕有些欠缺速度。“关于你个人的事上，还有什么秘密没让大家知道的吗？”

“哦，没有了，兄弟。要制作这些东西得花很长时间，而且我也没想到自己会遇上外星人。我是说，我们确实在与群虫作战，但没想到……我很抱歉，兄弟。我不是有意要让你失望的……”

“不，不。你本来就不可能知道，而且你干得已经很不错了。”队长听到这句话后容光焕发，塔克意识到这个男人崇拜且倾慕他，而这一点却让他感觉到了失败和不值得。

我会辜负他的。

塔克穿过房间，走到床前，重重地坐在床上，双手无力地垂在双腿之间。迷旅展现出了外星人预料之外的敏感，走到房间的另一头去了，留他一人独自面对自己悲惨的思绪。一会儿后，有人试探地碰了碰他的肩膀。

“抱歉，兄弟，我得打扰你一下，我想知道，呃，还要等多久你才会让我们……”他停顿下来，长脸上弥漫着点点红色，“你看，我家有个小姑娘，她现在很可能已经回家了，商店也该关门了，我担心苏珊不会一直陪着她，而斯普劳特，呃，她没法照顾自己。”他那长长的手指用力搅在一起。

“很抱歉，我希望自己能做点什么，也希望能像所有人希望的那样成为领导者，但我不是。我是个骗子，迷旅，我对自己的族人以及对你们来说都是。”瘦长的嬉皮将一条手臂环过塔克的肩膀，而他将脑袋靠在了迷旅孱弱的肩膀上。

迷旅悲伤地摇了一下脑袋。“这和漫画书里画的不一样。在漫画书里，好人总是会赢的。他们总是，呃，在恰当的时间点上获得正合适的能力。”

“不幸的是，生活不是这样的。我累极了。”

“那你为什么不睡一会儿。我会一直帮你看着的。”

塔克想问他“你要看着谁”，但他感激对方能这么说，因此没有说话。他踢掉鞋子，迷旅轻轻地将被单拉到他下巴下面。

他迷迷糊糊的，睡意笼罩了他，过去他总是利用床或酒精作为逃避现实的手段，而今天，他二者都用上了。在恰当的时间点上获得正合适的能力。这个想法在他意识的边缘不断折磨着他。正合适的能力——

“赞美理念之神！”他猛地跳起，一脚将被单踢开。

“嘿，怎么了，兄弟？”

他疯狂地抓住迷旅外套的翻领。“我是个白痴。真的白痴。答案就在我们眼前，而我竟然没瞧见它。”

“什么？”

“星网的装置。”

“哈？”

安达弥正好奇地看着他，塔克马上压低了声音。“那根本不是什么保龄球。它是个奇点移动装置。”他匆匆穿上高跟鞋，“很多年前，我还没离开母星的时候，有个商人之主来讨论过是否能将一种全新的实验性心电传输装置卖给我们宗族。他拿来了一个展示用的装置，还说再做几个实验它就能投付使用了。它一定就是这种装置。现在正在主货舱里。”

他的这番话让迷旅完全摸不着头脑，只能抓住自己唯一能理解的点说道：“嗯，但我们现在，呃，不在主货舱。”

“我们要怎么全体都去那儿?”塔克用手指扒梳着头发，“要是我们都能到那里去，我想我就可以激活装置，把我们都送回地球。心电感应能力越强，就能越精确，可携带的尺寸也会越大。理论上是这样的。当然商人之主也可能只是在吹牛。和星网打交道很难，他们骨子里都是群贪婪的商人。”

“呃……星网是啥?”

“另一个能在星际间航行的种族。事实上是一群有星际飞行能力的种族，但我们现在不用管这个。重点在于这儿有个奇点移动装置，就在这艘飞船上，而它能让我们回地球。当然要是灵龟拿到了这个装置，就意味着星网的人也出现在了地球上，而这可能意味着麻烦。”他抓了抓脸，“不，一次解决一个问题就好。我们要怎么去主货舱。”

“呃，那儿是干吗的?”

“这么说吧，显然它是用来装货物的，而当飞船上没有货物时——这种级别的飞船大部分时候都这样——它就被用来当作娱乐场所。跳舞之类的。”

迷旅看起来半信半疑。“我觉得我们没法邀请所有人去跳舞。”

塔克笑了起来。“不行。”他的表情沉了下来，“但我们能邀请他们决斗。”

“啥?”

“安静一会儿，我来想一想。”

他终于做了本该在一开始就做的事。他开始像个塔基斯星人，而非地球人一般地思考。

“有主意了?”他睁开眼睛时，迷旅问道。

“嗯。”

他仰天躺下，以意识探寻着一个熟悉的思维。

灵龟。我们有办法离开这儿了。

是吗？对方的精神语调听起来完全被击垮了，充满了绝望。

你拿到的那个装置，它能把你送回家。

嗯，但它现在——

闭嘴，听着。我们都要去主货舱——

为什么？

你能闭嘴吗！因为我要让我们所有人都去那儿。他们的注意力应该在我身上，你要趁机拿到那个装置。

怎么拿？

你知道的。

我做不到！

汤姆，你必须做到！这是我们唯一的希望。

这不可能。伟大而强力的灵龟能做到，但我只是——

托马斯·托特伯里就是伟大而强力的灵龟。

不，我只是一个四十岁的失败者，啤酒喝得太多，吃的都是垃圾食品，工作的地方还他妈是个电器修理铺。我他妈根本不是英雄。

你对我而言是。是你将我的理智，甚至可能还有我的生活，都还给了我。

那是灵龟干的。

汤姆，所谓的灵龟不过就是铁板、电视机、摄像头、灯和扬声器的组合罢了。让灵龟之所以能成为灵龟的，是在他里面的男人。你是个王牌，汤姆，是时候走出壳子了。

恐惧凝聚成强大的波涛从那男人的意识中传了过来，撞击在塔克的防御盾上，甚至让他怀疑起自己的计划来。我做不到。别管我了。

不，我已经通盘考虑过了，你必须得去抓住那个装置，因为要是你不做，我会死得毫无价值。

死！你到底——

他切断了两人之间的心灵连接，他不知道自己是不是在灵龟脆弱的情感上强加了过多压力。现在担忧这些已经太晚了。

元祖母？

怎么了，小子？

我发现你说话的口气很让人不快，阿杰伊斯－特·本娜芙莎。

她调整了说话的语气，添加了一丝公事公办的尊敬，这就算不是为了他，至少也是为了他所处的地位。您的愿望是什么，族长？

把船员都召集起来，观看收养仪式。

你打算玩什么把戏？

等着瞧，你也可以拒绝我，这样一来，你就只能永远好奇下去了，他厚颜无耻地说道。

她的笑声传到他的耳中。你挑衅我。很好，我小小的王子，我们会等着瞧你到底想做什么的。

◆

所有人都聚集在货舱里。汤姆四下环顾，接着痛苦地喊了一声："我的壳子！"

扎博的唇上露出了残酷的微笑。"我们把它肢解了。实在太占地方。"

塔克没怎么关心灵龟的痛苦。他的视线快速在室内扫过，以确保那奇点移动装置还在原处。

"它里面有红外镜头和变焦镜头，有褶皱垫子，还有——"扎博大笑道，"你敢吐我！"

扎博向前走了几步，扬起拳头。

“扎博·布兰特·萨比那·泽克·沙扎·泽克·里萨拉，要是你碰了我的血族，我将不再赐予你面对我的荣耀。我会把你像条街上的杂种狗一样杀死。”扎博定住了，他慢慢转身，面对自己的堂弟。

“你这又是哪一出?”

“作为伊卡赞家族的繁衍成员，我要履行我的权力，将我的血与骨添加到我的族谱中。”

“你要领养这些人类?”本娜芙莎问。

“是的。”

她以傲慢的眼神扫了他们一眼。“我想，他们不能给你增添多少荣耀。”

塔克走到迷旅和灵龟之间，抓住了他们的手腕。“我愿意与他们连接，更甚于不少原本有更大理由要求这一权利的人。”他的视线扫了扎博一眼。

“很好，这是你的权利。”老妇在“悍妇”特地给她突出来的矮凳上坐下，“你是否同意领养，知道它如此荣耀的职责和义务?”

三双眼睛都盯着塔克，他轻轻点了点头。

“我们知道。”那两个男人一直站着瑟瑟发抖时，阿斯塔坚定地说。

“你们知道你和你的所有子嗣和财产，全都永远与伊卡赞宗族连系，经由森纳里之子嗣缇西安进入森纳里的家谱，并将竭尽一切努力成为伟大之人，将荣耀与服务带给这个宗族?”

“我们现在是不是，呃，变成塔基斯星人了，兄弟?”迷旅以极小声地问。

“这个仪式的目的在于与家族产生精神连系。你们不被允许与精神领主阶级的任何成员结合，但你们将享有我们的帮助和保护。”

“这么说我们其实是农奴。”汤姆低声道。

“不，更像侍从武官。只不过仆人们不会举行领养仪式。”他转过身，以严厉的目光定住了扎博，“但看在父辈的分上，你，我的堂兄，你蔑视并虐待了我的血族，以此来侮辱我，而我要求你赎罪。”

扎博行动之前，本娜芙莎就开口说话了：“你不需要接受这个挑衅。礼节上不必考虑到这些精神联系的宗族成员。”

飞船指挥官向她鞠了一躬。“但是，阿杰伊斯-特，倘若我能与我最爱的堂弟战斗，将给我带来极大的乐趣。拉伯丹，你是否愿意做我的助手？”

“是的，指挥官。”

“那赛杜，你是否愿意做我的助手？”塔基扬问。老人勉强点了点头。

两个男人很快来到一个武器储藏柜前，塔克被他的朋友们拥住了。他踢掉鞋子，脱了外套和锦绣背心，卷起袖口的褶皱时，轻轻说道：“你们站在一起。汤姆，你知道自己必须做什么，但看在上帝的分上，动作要快。”他无视了这个人类疯狂摇头的动作。“幸运的是小剑增加防御的机会，但我要拖住扎博还得费很大力气。我的族人都会把注意力放在我身上。应该没有人会注意到你的动作，只要你拿到了那个装置，我就能送你们回地球。”

“那你呢？”汤姆轻声问道。

塔基扬耸耸肩。“我留在这儿。毕竟，这是个荣誉问题。我不会逃跑的。”

“我他妈痛恨英雄。”

“你们谁有什么东西能把我的头发往后扣住的吗？”

阿斯塔单膝跪地，在她宽大的舞蹈包里翻找，最后拿出来一只舞鞋，她取下鞋上的粉红丝带，将它递给了塔基斯星人。它看起来和他那金属般红色的卷发极不协调。

“殿下。”赛杜轻轻说道，拿出一个锁甲袖筒，它可以覆盖在拿剑的手上，一直盖到手肘，此外，还有一把精美地蚀刻锻造过的剑，剑柄上镶嵌着半宝石，金丝细工也精致得如同蕾丝。

“别这么沮丧，老朋友。”

“我怎么高兴得起来？你不是他的对手。”

“你这么说太不友好了。尤其我还是你教出来的。”

“他也是我教的。我还得再说一遍，你不是他的对手。”

“我必须这么做。”他的口气表明这个话题已经结束了，当盔甲套住他的右上臂时，他的视线专横地越过了年迈家臣的头顶。

塔克接过一个松香盒子，在将它小心地涂上穿着袜子的脚底时，阿斯塔歇斯底里地咯咯笑了起来。她用手轻拍自己的嘴巴，这才渐渐平息下来。

塔克来到室内正中，用手掂了几下他的长剑，好熟悉它的重量，也让他的肌肉能回想起久未使用的技巧。他不会因为阿斯塔傻笑而责怪她的。对于现代人类来说，这种以古老武器进行决斗的古老仪式，想必看来很是古怪，尤其他们塔基斯星人还是一支能在宇宙空间旅行的种族。但他们选择有刃武器其实自有理由。他们确实有原子能及激光武器，但在一艘活着的飞船的皮肤底下进行徒手战斗，攻击范围不超过一臂的武器反而更好。无差别的射击或光束干涉武器可能会严重损坏飞船，这样一来，不管船员是赢是输都不重要了。此外，还有个理由是塔基斯星人热爱戏剧性场面。事实上，不管什么样的傻瓜都能学会开枪，但要成为剑士却得掌握真正的技巧。

扎博也做起同样的动作，并小声说道：“我等这一刻已经很多年了。”

“那么，我很高兴自己能给你这个机会。毕竟拒绝别人如此渴望之事就是错误。”

他们先用剑做了致敬的动作，接着便是一阵铁对铁的交锋。

汤姆不怎么了解剑术，但他至少能看得出来，这场战斗与他在电视里看到过的奥运会击剑比赛几乎毫无相似之处。虽然速度类似，但在这两个都想要取对方性命的男人之间，却有一种致命的张力。他们的双眼锁定了对方，只穿着袜子的脚在飞船的地板上腾挪发出的轻柔低音与塔克的喘息形成了复调。

他的同伴都在盯着他，迷旅的样子仿佛一只绝望的矮脚长耳猎犬，阿斯塔则用舌尖润了润嘴唇。汤姆慢慢转过头，去看那个黑色的球，它就放在离他们不过一英尺的架子上。他探出了意识，用尽全身力气，汗水从他前额一直滑落到上嘴唇，但他找到的却只有一片广袤而空洞的虚无。那装置纹丝不动。

迷旅呻吟了一声，汤姆转过头，正好看到扎博的剑刃划过塔克的上臂。一道血迹随之而起。塔克后退的动作极为匆忙，毫不优雅，堪堪避开堂兄刺来的凶狠一剑。迷旅那双湿漉漉的蓝色眼睛在厚厚的眼镜底下睁得极大，冲了上去，撞在扎博的肩膀上。那塔基斯星人怒吼一声，回手将这嬉皮几乎挥到了房间的另一头。迷旅直挺挺地躺在晶亮的地板上，喘得像条鱼似的。几名扎博的护卫将他拖着向后，扔在另外两名人类之间的地板上。

“我做不到，我就是做不到。”汤姆狂乱地低语。

“你他妈就是个废物。”阿斯塔清楚明白地说道，转过身背对着他，重又将注意力放到再度开始的决斗上。

♥

塔克用力眨眼，想清除粘在他眼皮上的黏腻汗水。每一次呼吸，他的肺里都像是在燃烧，他持剑手臂上的肌肉，有如被小小的火舌舔舐着。

好好看，好好看清楚了，他对自己说。

剑来得如此之快，几近模糊。

他避开了一记猛击，它的力量震倒了他业已不堪重负的肌肉。

他还击了一次……但不是用剑，而是用他的意识。他的防御盾中有一块流动起来，涌了过去。他刺出，攻击，扎博在精神袭击下踉跄一步，接着还击回来。他们近身肉搏。扎博炽热的呼吸喷在他的脸上。剑与剑无望地在两人之间纠缠。塔克用力，想将扎博击退，但他敌不过对方。那意识，如同一道无法动摇的灰墙。不，不是完全无法动摇！

塔克将身体猛地侧向一边，避开了凶残地朝他腹股沟撞来的膝盖，接着又摆回来，从下往上将扎博的腿踢了回去。包抄，但他的堂兄比他快太多了。扎博避开，迅速还击，又加上了一个精神攻击。但它从塔克的精神盾上滑开了。

他的视野周边似乎已开始模糊。无力继续。风势已去。灵龟！

他绝望而狂乱地刺出，扎博以几近蔑视的态度将它拍到一旁。他是个魔鬼。他脸上还挂着那种微笑，只有鬓角微微渗出了一点汗珠。他的双眼微闭，睫毛盖住了眼睛，挡住了攻击。塔克意识到扎博之前不过是在耍他，一阵恶心涌上了他的舌头。

“你想喊停吗，亲爱的堂弟？”折磨着他的人轻声说道，“你当然想。但不可能。正如我之前答应过你的，我要杀了你。”

他没有余力来回应这句嘲笑，只是摇了摇脑袋，这与其说是表示否认，更多的是想挥去汗水。他拼命刺出一记精神攻击，却被扎博的防御盾挡开了，但此刻，仿佛奇迹，他看到了一个破绽。他刺出手中的剑，剑刃与扎博的剑相击。扎博轻快闪避过去，藏起了自己的弱点，转向进攻，目标是心脏。

对抗刺！引诱对方掉以轻心！死！

♣

他很确定自己看到了它：鼻孔里一闪而过的火焰，轻蔑的假笑。史蒂夫·布鲁德尔当初用力捏紧汤姆的手时，就是这样的表情。该死！力量涌遍他的全身，刺痛他的四肢，他将它们朝扎博挥去。他探出力量，然后……

♠

剑刃来得迅猛真实，接着却神迹般地偏离了原有的轨迹。虽然偏得不多，但也足够了！塔基扬提起剑，挡开了这记强击。

对方自动暴露了不少目标。是攻击心脏，肚子，还是肩膀？塔克用牙齿咬住下唇，在这疯狂而光辉的时刻，他想的是长驱直入，深深地插入他痛恨的这具身体。他刺了出去，两人的视线在这永恒冻结的一刻相交了。他的手腕一翻，剑柄正正击中扎博的下巴，发出了仿佛斧头劈木的声音。扎博的剑落在地上，低头倒了下去。围观的人之间发出的惊喘如同升起的云。有那么一会儿，塔克只是盯着他的剑，接着才将它挥到一边，跪在堂兄身旁。他轻轻将扎博翻了过来，将这比他更高大的男人搂在怀里。

“你看，我做不到，”他轻声低语，不知道为什么，有眼泪刺痛了他的眼睑，“我知道你宁可我直接杀了你，但我做不到。不管我们受到的是怎样的教育，死亡也不该是屈辱的归宿。”

汤姆站在那儿，双手紧握，摆在身子两侧，因为漫过他全身的兴奋和喜悦而陷入陶醉。他做到了。没错，他使用的集中力足以移动一辆推土机，但最终的结果却只是让扎博偏转了一分钟。但这已经足够了！塔克会活下来——事实上他还赢了——而这都是因为汤姆做出的行动。他带着一丝招摇面向那外星装置。它从空中飞了过来，随着一声让人心满意足的下落声，落在了汤姆的手中。

“来，塔基，该走了。”他喊了出来，圆圆的脸颊因为兴奋而泛着红光。

塔克轻轻将扎博放下，跳着跑向他的朋友们。他的亲戚没有一个人有任何反应。

汤姆做了一个极微小的鞠躬动作，将那装置递给了他。

塔克回礼。“干得好，灵龟，我知道你能做到的。”

他看向本娜芙莎，优雅地弯单腿行礼，眨了眨眼睛，给装置下令，回家。

♦

这种感觉就像是置身于一片虚无的涡流。冰一般的冷，彻底的黑暗，塔基扬在这奇点移动装置的包裹内带着四个旅行者，这种压力仿佛要将他的意识撕成细小而破碎的涓流。

看在远祖的分上，他哀叹着，至少，让我们在干土地上着陆吧。

♥

塔基扬倒在地上，装置从他毫无知觉的手指间滚落。迷旅蹲在一个排水沟里，双手抱头，嘴里不停念叨着“哦哇!”汤姆那备受摧残的胃似乎无从决定自己到底在时间和空间的哪个点上，让他作呕了好几次。周围骚动得越来越厉害，人们大喊大叫，窗子都被人打开了，有车在他们身边停下来，里面的人呆呆地看着人行道上这戏剧性的场面，引发了不少喇叭声。汤姆用手掌根部用力擦了擦眼睛，低头看塔克，然后立刻跪在塔基斯星人身边。鲜血从他手臂上的伤口和他的鼻子下缓慢流淌，他整个人白得吓人。那外星人似乎都没了呼吸，汤姆将耳朵贴在他朋友的胸口。心跳声极不稳定。

“他还能好起来吗，兄弟?”迷旅咕咕哝哝地问。

“我不知道。”汤姆仰起头，望向围拢过来的一圈黑人的脸，“谁去叫个医生。”

“我操，兄弟，他们刚才突然就出现了。”

“白鬼的心电感应之类的玩意儿。你觉得他们是王牌吗，还是啥别的?”

“医生，去找个医生。”一个魁梧的男人说道。

阿斯塔慢慢退出了这些围观者的圈子，她的双眼快速地寻觅着那个黑色的球。两个孩子正在查看那个装置，她向他们走了过去。

“你们把它给我，我就给你们每人 5 美元。”

“5 美元！妈的！这就是个没有洞的保龄球。你拿它能有什么用？”

“哦，你们会感到惊讶的。”她轻轻说着，从舞蹈包里拿出皮夹。交易很快就完成了，她藏起了外星装置。

伴随着警笛声，警察和救护车都来了。塔克被抬了进去，汤姆正准备也爬上车跟他一起。“嘿，那小玩意儿去哪了？”

阿斯塔张开嘴，眨了几下眼睛又闭上。“呃，我不知道，”她眯着眼睛四下张望，样子就像觉得它会在这哈莱姆区里突然出现似的，“可能是人群里的某个人拿走了。”

“嘿，伙计，你到底要不要和你朋友一起去医院？”救护车上的一名工作人员喊道。

“好吧……再找找。”汤姆说完，爬上了救护车。

阿斯塔讽刺地朝开远的救护车挥了挥手。“哦，我会的。”

金福会为此而高兴万分的。

她漫步向前寻找地铁站，好乘车前去她的爱人和领导者等候已久的臂弯之中。

♣

随着刺耳的声响，挂锁开了，塔克推开了仓库小小的边门。迷旅和灵龟跟着他走进这片飘荡着回声的幽暗中，看到这巨大而空荡荡的建筑中央停放着飞船的场景，迷旅喃喃了些莫名其妙的话。在幽暗中，她脊柱的位置闪动着琥珀色和紫罗兰色的光芒，灰尘在她周围盘旋，而她静静地将它们收集并合成为燃料。她正在唱着一首英雄歌谣，这是飞船文化中的一个重要组成部分，不过当她察觉到塔克进门后就停下了。当然，两个人类是听不到这音乐的。

宝宝，他以心电感应与她联系。

我的主人。我们是要出发了吗？她以一种悲伤的渴望问道。

不，今天晚上不去。请开一下门。

你身边有人类。他们也要进来吗？

是的，这是迷旅队长，还有灵龟。他们对我来说都是兄弟。给他们这个荣幸吧。

好的，缇西安。我很高兴知道你们的名字。

他们听不到你的声音。他们和他们种族中的大部分人一样，心灵也是封闭的。

真悲伤。

他走入自己的私室时，另一种悲伤的痛苦浮现出来。记忆——它竟然如此清晰——那天是他父亲带着他挑选了这条船。现在一切都不在了。

他在床上的垫子间坐下，下了命令，搜索，然后联系他们。

附近还有其他主人？

是的。

还有我的同类？宝宝问的时候，再一次显出了悲伤的渴望。

是的。

几秒钟延续成了几分钟，塔克轻松地躺卧在他的床上，迷旅蹲在一条长靠背沙发上，仿佛一只栖在木头上的鸟，汤姆则神经质地踮着脚尖走来走去。

塔基扬面前的墙壁开始闪动微光，本娜芙莎的脸出现在墙上。飞船增加了他的心电感应能力，联系完成了。

缇西安。

元祖母。你在等我联系你吗？

当然。我早就了解你——

从我还包着尿布的时候开始，我知道你要说什么。

你让我感到意外，缇西安。我想地球给你带来了一些益处。

它教会了我不少事，他干巴巴地纠正。一些更让人愉快的事。他停顿了一下，摆弄着下巴下泡沫般的蕾丝花边。所以，我们之间是否还得拔剑相向？

不，孩子。你可以跟你那些土里土气的人类待在一起。你击败了扎博，他就再也无望获得王位。你应该杀了他的，你知道。塔克摇了摇头。本娜芙莎皱眉低头盯着自己的双手，调整了手上的戒指。所以我们要离开了。我们没能取得标本，这点让人失望，但不可否认，实验是成功的，我们的数据会让巴科砮感到高兴的。这也将拯救我们整个家族。

是的。塔克空洞地回答。

每过十年左右，我会派一艘飞船来找你。当你做好回来的准备，我们会欢迎你的。再会了，缇西。

再会。他轻声说道。

“怎么说?”汤姆问道。

“他们会和平地离开。”

“呃，我很高兴你不会走。”

“我也是。”他说，但他的语调不够坚定，而且他还在悲伤地盯着发光的墙壁，就像想把祖母的画面再拽回来似的。

一只温暖而有力的手将短而粗的手指坚定地放在他的肩上。一会儿后，迷旅也抓住了他的另一只胳膊，他静静坐着，沐浴在从这两个男人身上传来的爱和情感之中，它们驱走了他的乡愁。

他将手放在汤姆的手上。“我最亲爱的朋友们。我们经历了怎样的一场冒险啊。”

“嗯，生活确实是，呃，令人愉快，兄弟。”

“你为什么没有杀了他?”汤姆问道。

塔克转过身，抬头望着汤姆那双棕色的眼睛。“因为我更愿意相信拯救的可能性。”

汤姆紧紧握住了他的手。“我也相信。”

♥♦♣♠

在朋友们的小小帮助下

维克多·米兰　著

《备受争议的科学家在实验室内遭残忍杀害》——头版头条上这么写着。

“你该看看《每日新闻》上写了什么。”她说。

“年轻的夫人，”塔基扬医生说着，用指尖嫌弃地将一堆《纽约时报》推到一边，他在旋椅的一角上摇摇欲坠地坐着，“我不是警察，我是医生。”

她隔着他那整齐的长方桌皱眉看他，清了清喉咙，轻轻发出了挑剔的声音。“你以鬼牌镇之父及保护者为名。要是你不做点什么，一个无辜的鬼牌就会因此而被判为谋杀犯。”

现在轮到他皱眉了。他用靴子的高跟轻轻踢了踢金属桌角。“你这么说有证据吗？就算是真的，那也是这不幸者的法律顾问该负责的事。”

“不。没有。”

他从手肘边的花瓶里摘下一朵黄色水仙花，将花苞凑到鼻子下。“我很怀疑。显然，你很敏锐，利用了我的罪恶感。”

她朝他微笑，不赞成地挥了挥手，动作快得仿佛森林中的动物，甚至可说偷偷摸摸，却显得有些僵硬。他突然想到了不相干的事：他发现自己被这沉重的世界同化了；他见到她的头一个反应是她瘦得简直不像人类，但直到此时，他才领略，她其实与塔基斯星人概念中的美人——苍白的小精灵——相当相近。皮肤苍白得像纸，几乎与白化病人相当，头发金得发白，眼睛则是浅蓝色。在他看来，她穿得非常呆板，桃红色的套装裙式样淳朴，外面套着一件旧白衬衫，脖子上戴着一根项链，同样苍白而精致，就仿佛是她的一根头发。

“医生，你很清楚，这是我的工作。我的报社希望我知道鬼牌镇里发生的一切。”萨拉·摩根斯特恩从十年前因报道鬼牌镇暴动而获得了普利策新闻奖的提名后，就成了《华盛顿邮报》在王牌相关事务方面的专家。

他没有反应。她垂下眼皮。“‘面团男孩’不会那么做的，他不会谋杀任何人。他很温柔。你看，他的智力迟钝。”

“我知道的。”

“他和一个被人们称为‘闪光者’的人住在爱烈治街那儿。闪光者一直在照顾他。”

“一个无辜的人。”

“他就像个孩子。哦，1976 年那会儿，他曾经因为袭击警察被捕过。但那是……另一回事。他——这次的事还说不准。”她似乎还想说什么，但声音却哽咽了。

“确实如此，”他扬起头来，“你似乎特别投入。”

“我不能忍受面团男孩受到伤害。他很困惑，很害怕。我只是没法保持自己作为记者的客观性。”

“那警察呢？为什么不去找他们？”

“他们怀疑他。”

“那你的报纸呢？《每日邮报》又不是没有社会影响力。”

她将冰瀑般的头发甩到脑后。“哦，我是可以写一篇严厉批评的社论，医生。或许纽约的报纸会刊登它。甚至或许还能上《60 分钟时事》。或许——哦，可能要一两年——公众会严厉地抨击这件事，从而让正义得到伸张。但在这段时间内，他却会一直被关在‘坟墓’[1] 里，医生。一个孩子，孤独而恐惧。你知道被人不公正地控告，错误地剥夺了自由，那是种什么样的滋味吗？”

“我知道。”

她咬到了舌头。“我忘了，对不起。”

“没事。”

塔克身子后仰。“我很忙，亲爱的夫人。我有个诊所，每日都要运营。我一直在努力说服当局，让他们知道群虫之母不会因为我们击败了她的第一波入侵就离开，她很可能正在准备一波全新且更致命的袭击。”他叹了口气，“好吧，我想我得看看这件事。”

“你会帮忙吗？”

“会的。”

“感谢上帝。”

他站起身，走到她身边。她的脑袋微微后仰，嘴唇好奇地放松着，他有种感觉，就好像她想表现得富有诱惑，却不知道到底该怎么做。

这算什么？他想。一般来说，他不会拒绝这么富有吸引力的女性向他发出的邀请，但这里面还隐藏着什么，塔基斯星人古老的血仇本能让他不由得想要避开它。不是说他感觉到了威胁，只是这里面有秘密，有秘密这件事本身，对他这样的种姓来说，就是一种威胁。

他一时突发奇想，也有一点是因为受了激励，觉得她正在发出邀请，让他很难拒绝，于是他伸出手，抓住了她头颈上的项链。项链底下有个白银的小盒，以铜蚀刻了 A. W. 两个字母。她迅速地伸手想要抓回它，他却以猫一般的敏捷打开了。

小盒里是一个姑娘的照片，小女孩，不超过十三岁。她长着黄色

---

① 指曼哈顿拘留所。

头发，五官更饱满，笑容更傲慢，但显然长相与萨拉·摩根斯特恩有相似之处。“你女儿?”

“我——我妹妹。”

“A. W. ?”

“摩根斯特恩是我丈夫的姓，医生。我离婚后还在使用着它。”她半转过身，膝盖并拢，肩膀耸起，“她曾经的名字叫安德莉亚。安德莉亚·惠特曼。”

“曾经?”

“她已经死了。”她猛地站起身。

“抱歉。”

“那是很早以前的事了。”

♠

“塔基叔叔！塔基叔叔!”他走进菲茨·詹姆斯·奥布赖恩街上靠近鬼牌镇和格林威治村边界的“宇宙南瓜迷幻药及熟食店”（“给身体、意识和精神的食物”），一个金发小孩撞上他的胫骨，仿佛水草一般裹在他身上。他笑着弯下腰，拉起这个小女孩，拥抱了她。

“你给我带来什么了，塔基叔叔?”

他把手探入外套的一个口袋里，拿出一块焦糖。“别告诉你爸爸，我把这个给了你。”她郑重地睁大眼睛，摇了摇头。

他抱着她的时候，外表看来和蔼可亲，内心却被揪紧了。很难相信这个美丽的九岁孩子精神发育迟缓，就像面团男孩一样，智力将永远留在四岁。

从某种意义上说，面团男孩的生活还更容易一些。他块头很大，两米多高，几乎像个球形，满身是肉，没有头发，肤色略微泛蓝，平淡的五官几乎没有什么特色，葡萄干似的眼睛总是隔着肥肉和眼泪往外看东西。他快三十岁了。除这个从一家面包店的注册商标上来的残酷外号之外，他几乎想不起人们还曾用什么别的名字叫过他。他很害怕。他想念闪光者先生和住在他们楼下的卖报人本森先生，就在那些人来带走他之前，闪光者给过他一个变形机器人玩具，他想要它。他想回家，远离那些用手指戳他，还用讽刺的名字称呼他的奇怪而粗野的男人们。他可怜巴巴地对塔基扬来看他表示了感谢，当塔克要离开的时候，他在“坟墓”那间胆汁绿的访问室里用手捂着脸哭了起来。

塔克也哭了，那是后来的事，面团男孩看不到的时候。

但面团男孩显然是个鬼牌，是塔克的宗族给这个世界带来的百变王牌病毒的牺牲品。而斯普劳特·梅多斯从外表看却是个完美的孩子，精致得甚至能符合进伊卡赞、阿拉或卡里曼塔利宗族家谱的严苛要求，性情更是比塔基斯星上的任何一个女孩都要更甜蜜可人。可她并不比面团男孩要少畸形一些，按照塔克故乡的标准，她同样是个怪物——而且像面团男孩一样，会被立刻销毁。

他环顾四周。前窗外，有两个秘书正凑在印第安烟草店里小口吃着晚点的午餐。“你爸爸在哪儿？”

她的嘴里塞了焦糖说不上话，于是用脑袋朝迷幻药店点了点头。

“你在看什么，小子？”一个声音问道。

他眨了眨眼，这才注意到在玻璃熟食柜后面站着一个健壮的年轻女人，她身穿一件带污渍的灰色纽约市立大学运动衫。“抱歉？”

“听着，你们这些男性沙文主义的狗屎，我明白你们的心思。你还不如好好看看你自己。”

塔克隔了一会儿才想起来这是马克·梅多斯那两个轮班的员工之一。“啊——布伦达，是吗？”对方挑衅地点了点头，“很好，布伦达，我向你保证，我绝对不是有意要盯着你的。”

“哦，我明白了。我不是游隼那种刚进社交圈的少女，完全不是你们喜欢的型。我是那种男人根本瞧不见的女人。”她用手扒梳了几下粗硬的头发，做出了嗤之以鼻的样子。她的头发根部是茶色的，底下染成了红色。

“医生！”一个熟悉的鹳似的人影从迷幻商店门口弯了进来。

“马克，很高兴能见到你。”塔基扬真诚地说道。他亲吻斯普劳特的前额，拨弄了她梳着小辫的头发，将她放到深色的油布毯上。“去玩吧，亲爱的孩子。我要和你父亲说几句话。”

她一溜烟就跑了。“能占用你几分钟吗，马克？”

“当然了，兄弟。你来总是欢迎的。”

在店铺的另一边，两个穿着皮外套、头发蓬得像蒲公英的孩子藏在随身用品和旧海报之间，但马克不是多疑的人。他朝远处墙边的一张桌子点了点头，示意塔克，自己去拿了一个茶壶和两个马克杯，也跟了过去，他走路的时候手脚软绵绵的，脑袋轻微地摇摆着。他身上穿着一件年代久远的布克兄弟衬衫，外面套着流苏皮背心，底下宽大的喇叭裤完全褪了色，简直像是白色的烟火在扎染中迸发了一般，他那头齐肩长的金色头发用一个编辫子的皮绳卷在太阳穴边上。要不是塔基扬见过这个男人的秘密身份有多光辉，甚至会觉得他毫无穿衣打扮的意识。

“我能替你做什么，兄弟？”马克问道，喜悦从他眼镜框内涌了出来。

马克倒茶时，塔克将手肘搁在桌布上——这桌布同样也是扎染过的——噘起了嘴。“有个叫面团男孩的鬼牌被控告谋杀。有个年轻的女记者来找我，坚持说他是无辜的。”

他倒吸了一口气。“我也相信这一点。他是个非常温和的好人，虽然块头很大，长得也很可怕，力大超人，但他……智力发育迟缓。”

塔克等了一会儿，心脏都悬在了喉咙里，但马克说的却是：“所以这就是剥削，兄弟。为什么那些猪要说是他干的？”他这么称呼警察倒不是有什么敌意。

“被谋杀的是华纳·弗雷德·沃伦博士，一个给小报写专栏的民间天文学家——不严谨的话，可以这么称呼他。为了让你有点概念，这人去年写过一篇文章，名字叫做《是科胡特克彗星带来了艾滋病吗?》。”

马克咧嘴笑了起来。他不是那种标准的嬉皮士，不会蔑视或怀疑科学。而且，他是后来加入这一信仰的，湾区人人都倒向了斯大林，他才投身于“权力归花儿”运动。

“沃伦博士最近的研究成果表示，有颗小行星即将撞击地球，结束地球上的所有生命，或者，至少终结地球上的文明。它确实造成了一些争议，你们地球人会在这种愚蠢的言论上浪费时间还真是让人觉得不可思议。警察认为，面团男孩听到朋友们在讨论这件事，因此而感到害怕，在上周某个晚上去了博士的实验室，把他打死了。”

马克轻轻吹了声口哨。“有证据吗?”

“有三个目击证人。”塔克停顿了一下，“其中有一个人明确指认面团男孩，说自己看到案发当晚他离开了沃伦的公寓大楼。”

马克摆了摆手。“没问题。我们会让他获得自由的，兄弟。”

塔基扬张开嘴，又闭上。最后他说道：“我们得看看这案子里是否还有信息被警察遗漏了。他们不愿合作，让我关心自己的事就好，竟然这么说!”

马克的蓝色眼睛原本视线与塔克相交，此时游移开了。塔克吮了一口茶。它的口感清新，是某种薄荷。“我知道你对那些事有多关心。面团男孩他，呃，有没有律师?”

“政府的法律援助。”

“为什么你不和他联系一下，然后以无偿的医学专家身份来介入?”

“聪明。”他不可思议地看着自己的朋友，脑袋点得像只好奇的小鸟，“你怎么知道可以这么做的?”

“我不知道，兄弟，只是突然想到而已。那么，呃，我要怎么来插手呢?”

塔克看着桌面。在他们周围，传来刀叉切开豆腐，敲在垫着长叶莴苣的陶盘上的声音。在从“坟墓”到这儿来的路上，他想的是马克吃了“补药”后的诸多分身，但除此之外……

塔克本人力有未逮，正如他对萨拉所说，他不是侦探。而最后的嬉皮士马克·梅多斯，虽然从未表现出任何有潜力的侦探该有的资质，却也曾经是马库斯·奥勒留·梅多斯博士，在世最杰出的生物化学家。辍学之前，他发表过一系列突破性的研究成果，给其他人的更多研究打下了坚实的基础。他受过训练，知道该怎么观察，怎么思考。他是个天才。

另外，塔克也喜欢他外套的剪裁，它甚至足以满足塔基斯星人的审美口味。

“你已经在帮助我了，马克。毕竟，这里是你的世界。你比我更了解它。”*尽管我在这世上的时间比你长。*他意识到了这一点，“而且你还有你的朋友们。你还有，呃，我们在我堂兄的飞船上见过的那两位之外的其他朋友吗?”

马克点点头。“目前为止，还有三个。”

“很好。我希望他们能比之前见过的那两位更好驾驭一点。”他希望队长的其中一两个人格正好有合适的技能；幸运的是他完全想象不出那位海豚人格的宝瓶座能帮上什么忙，但自负怯懦的宇宙旅行家就另当别论了。就算是为了拯救可怜的面团男孩，他也还没做好准备这么快就再次忍受旅行家。

他抓着椅背站了起来。“我们来试试探案吧，我和你一起。”

◆

那孩子穿迷彩短裤，扎着兰博式的头巾，站在赫斯特街和包厘街交叉的路口上，手里拿着一本杂志，正竭力顶着风不让它翻页。塔克隔着他的肩膀看了过去。标题上写的是——《死亡博士：萨尔伏财富之战中的自制赛博战士》。

孩子抬起头，看到两个男人出现在报摊前，他的脸上露出了波多黎各人凶狠好斗的特征，但随后，他的表情渐渐变成了畏惧。

他盯着与他视线平行的一件黄色涡纹背心中间的纽扣。再往上，可以看到一个带有黄色波点的巨大绿色领带，盛开在粉红色的衬衫领口。那两个男人都穿紫色燕尾服。其中一人戴着一顶紫色的高顶帽，它绿色帽檐上绣着带乳白色包缝的金色和平标志。

戴着黄色手套的手指比出了 V 的手势。“和平。”在这一堆五颜六色里，一张典型北美人的脸上，鸟儿似的嘴巴说道。

那孩子把杂志扔给摊主，转身逃走了。

迷旅队长呆站原地，朝他的背影眨了眨眼睛，有点受伤地说道：“我说什么了，兄弟？”

“没事，”报摊后面的人咯咯笑道，“反正他也不会买。我能替你们做什么，医生？还有你这位色彩丰富的朋友？”

“嗯，”马克说着，张大鼻孔嗅了嗅，“刚出炉的爆米花。”

“那是我，”朱比说，“我闻起来就这个气味。”塔基扬缩了缩脖子。

“太激进了！”

朱比那玻璃珠似的眼睛盯着他，额头蓝黑相见的皮肤上隆起了皱纹：造山运动似的惊讶。但接着，他笑了起来。

“我明白了！你是个嬉皮士。”

队长也高兴起来：“没错，兄弟。”

“鲸油”摇摇头。“朱——朱——朱——朱比，”他喊道，“我是海象。很高兴和你认识。”

他确实像个海象，五英尺高，全是肥肉，一个巨大而光滑的脑袋上随机地长着几簇铁锈刷子似的毛发，它们一直延伸进他那件绿黑黄相间的夏威夷衬衫里，根本见不着脖子。他咧着笑容的嘴巴两边各长着一颗洁白的小海象牙。他伸出一只仿佛华纳兄弟公司动画片里角色似的手，它只长着三个手指和一个大拇指，而队长热切地与之握了手。

“这位是迷旅队长，最近刚开始与我合作。队长，来见见朱布尔·本森。朱比，我们想要问你一些事。”

“没问题。”他用右手做了个手枪的姿势，视线转向迷旅。

“你对一个叫做面团男孩的鬼牌了解多少?”

朱比的脸沉了下来。“这绝对是不公正的指控，那个男孩连一只苍蝇都不会杀。他就跟我住在同一栋公寓楼里。我几乎每天都能见到他——在他被抓之前是这样。”

“他没有，呃，听到有人谈论说有一颗小行星要撞击地球而因此神经紧张，对吧?”迷旅问道。一片随风飘摇的报纸被他没有注意到的风吹得抵在他的小腿上，他无视了报纸和风带来的寒意。

“要是他真的听说了这样的事，也只会躲到他简陋的小床下面去，除非你说服他这只是个玩笑，否则他都不会从床下出来。这就是他们指控他谋杀的理由吗?”

迷旅点了点头。

“那你该和闪光者谈谈。是他租了屋子，喂饱了面团男孩，还让他留在自己的屋里。他在包厘街靠近德兰西街的地方有个擦鞋摊，那儿的鬼牌镇观光客最多。”

“他现在会不会也在那里?”塔克问道。

朱比看了一眼手上的米奇手表，这手表的表带几乎已悉数没入了他那橡胶似的手腕里。“已经过了午饭的点，他很有可能回家吃午饭了。他家在六号公寓。”

塔基扬感谢了他。迷旅庄重地脱帽致意。他们准备离开了。

“医生。”

“怎么了，朱比。”

“最好尽快把这事解决了。要是面团男孩因为捏造的罪名而入狱，这个夏天可能会因此而有麻烦。据说吉姆利要回这片街区来了。”

塔基扬抬起眉毛。“汤姆·米勒？我以为他去了俄罗斯。”

海象将一根手指放在宽宽的扁鼻子上。“我就这么一说，医生。我就这么一说。”

♥

“我找到他的时候，哦，那是大概十五六年前的事了。”那个名叫闪光者的人坐在爱烈治街那栋公寓中属于他的单室里的小床上，身体前后摇摆，双手紧扣，摆在皮包骨头的双膝之间。“那是 1970 年的冬天。他坐在这个面具店后面一条小巷里的垃圾桶边上哭，眼睛都肿了。他妈妈把他扔在那儿之后离开了他。”

“这真可怕，兄弟。”迷旅说道。他和塔克站在公寓里一尘不染的硬木地板上。闪光者的简易小床和一张套着带污迹棉床套的巨大床垫是屋里唯一的家具。

“哦，我想或许我能理解。他那时候大概十一二岁，已经有两个我那么高大了，还比大多数男人都更强壮。要照料他想必十分艰难。”

而他就地球人来说也是个小个子，甚至比塔克还矮。远远看他与其他五十来岁的黑人也没什么不同，一头灰土色的头发，牙齿正中镶了一颗金门牙。要是靠近一点，你会注意到他身上带着一种不同寻常的光彩，与其说是皮肤，不如说像黑曜石。“我自己就是自己的招牌，嗯，”塔基扬给他和迷旅做介绍时，他向迷旅解释，“我可以给我的擦鞋摊招揽生意。”

“要是没人帮忙，面团男孩在这城里认路的本事如何？”塔基扬问道。

“完全不行。在鬼牌镇里找路是没问题的，总有鬼牌会照看他，你知道的，帮忙看他有没有走丢。”有那么一会儿，他就一直坐在那儿，盯着一道阳光，它正好照射在一辆倾覆了的小小金属法拉利模型上，“他们说他杀了住公园那边的那个科学家兄弟。他这辈子就只去过公园两次。他完全就不懂什么天文学。”

他紧闭双眼，泪水从眼角满溢出来。“哦，医生，你得做点什么。他是我的孩子，他就像我的儿子，而他现在正受到伤害，我却什么也做不了。”

塔基扬将身体的重心从一只脚换到另一只脚。迷旅从他的西装翻领上摘下一朵实在不太适合佩戴的雏菊，蹲下递给闪光者。

黑人边啜泣边睁开眼睛。它们又立刻眯了起来，带着怀疑和困惑的迷旅就只是蹲着不动，手中递出那朵花。过了一会儿，闪光者接了过去。

迷旅握紧了拳头。他的眼中也滚落了一滴泪水。他和塔基扬一起静静地离开了。

♣

“沃伦博士不仅只是个科学家，”玛莎·昆兰带着他们穿过公寓时说道，“他是个圣人。他永远追求的是先别人一步求得真相。他是人类在寻求知识的道路上的殉道者。”

“哦，哇。”“迷旅队长”说道。

至少就塔基扬所知，这位华纳·弗雷德·沃伦绝非她所说的类型。他打了一场官司，赢得了信托基金的所有权，这让他能在中央公园边上获得一套阁楼公寓，并将其生奉献给科学。沃伦的祖父是俄克拉马州的石油百万富翁，他将自己的成功归因于占卜探测术，在死时甚至还声称自己是维多利亚女王。昆兰女士虽然是《国家情报》的执行编辑，但似乎也在承担沃伦的遗嘱执行工作。

“你能来向我们已故的同僚表示你的敬意真是太好了，塔基扬医生。亲爱的弗雷德要是知道我们来自群星的杰出访问者对他有个人的兴趣，这对他来说一定意义重大。”

“沃伦博士对科学的贡献是无与伦比的，”塔基扬朗声说道——从特罗菲姆·李森科[1]之后就没人能比了，他在心里默默加了一句。啊，面团男孩，希望你永远都不会猜到，为了让你获得公正的待遇，我都忍耐了些什么玩意儿。塔基斯星人在打电话给昆兰，说自己想看谋杀现场时，编了一套故意误导的故事。

“这真是件可怕的事。”昆兰颤声说着，带他们走过一道挂着带框画装饰的走廊，那些画都是从20世纪20年代的杂志上裁下来的猎狗的画。她比塔克稍微高一点儿，穿的裙子像是个从脖子和手肘套到大腿根的黑色麻袋，鲜红的紧身裤，白色的鞋，还戴着几个宽厚的塑料手镯。她灰金色的头发做了一个笔直而不对称的发型。她有一双类似达·巴拉的眼睛，没有涂唇彩。“悲剧。幸运的是他们把干了这事的家伙抓住了。那人脑子有问题，他们说的，喝多了的鬼牌。很可能是某种性变态。我们的记者非常认真仔细地在调查这件事，我可以向你保证。”

迷旅发出了一点动静。昆兰在大厅另一头停下脚步。“就是这里了，先生们。一切都还像他去世的那一天一样，原封未动。我们打算把这儿建成一博物馆，以防可怜的弗雷德的伟大最终被迫害他的科学机构所遗忘。”她庄重地朝他们做了个手势。

通往弗雷德博士实验室的大门是木头的，即使以最高级的纽约公寓来说，也显得十分坚固。但它似乎并未让最后一个拜访他的人减慢速度。尽心尽责的小地精们从纽约市警察局砖塔里的法医学实验室来到这儿，几乎把所有碎片都扫荡走了，但这面破碎的门的残骸还挂在

---

① 李森科反对孟德尔的古典遗传学，鼓吹获得性遗传，认为用进废退这种后天获得的性状也能遗传。

弯曲了的黄铜铰链上。

地球人的科学仪器完全是实用主义的，直线形状，塔基扬至今都不乐意把眼睛往它们上面放。在塔基斯星上，即使是在精神领主之间，科学也只属于少数人，他们的仪器就像他们的飞船一样，都是基因引擎的有机物，或是找工匠私人定制，以保证每一件都独一无二，意义重大。不过在这里，塔基扬没看到什么有问题的仪器。那些摆在橡胶面工作台上的装置已完全被炸得一点不剩了。废纸和碎玻璃溅得到处都是。

“他有没有，呃，观测台什么的？”迷旅将那顶大得惊人的帽子拿在手里，迟疑地四下看了看，问道。

“哦，没有。他有个观测台在长岛，他在那儿完成大部分观星工作。我猜他回到这里来进行数据分析。那儿有暗室和其他所需的一切。”她将长长的指甲搁在下巴上，“你能再告诉我一遍你的名字吗？队长……？”

“迷旅。”

“就像斯蒂芬·金小说里的那个人物？那本书叫什么来着？《末日逼近》。”

“哦，不是的，这个名字是，呃，他们以前用来称呼杰瑞·加西亚的。”她完全没有露出一点明白的意思，他又继续说道，“他当时是‘感恩至死’乐队的主唱。他，呃，当然现在还是。他不是个王牌，你知道的，就像贾格尔或汤姆·道格拉斯，然后……”他注意到她的眼神呆滞起来，显然没听进去，于是他便渐渐收住话头，开始在这宽大而杂乱，已被毁了的室内游走起来。

“医生，墙上四溅的这些深色液体是什么？”

塔克抬头看了一眼。“哦，那些？当然是干了的血迹。”迷旅脸色发白，眼睛也瞪大了。塔基扬意识到自己又干出了在地球人的感性层面上被判定为冷酷无情的事。明明身体强健，地球人的胃却显得如此柔弱。

但即使是他，面对这阁楼实验室的惨状中流泻出的野蛮时，也不由得有些吃惊。这里面带着一种无脑的愚蠢，明显带有愤怒和恶毒的精神特征。考虑到他遇到的大部分警察都想象力有限，他们会将面团男孩视作合理的嫌疑对象也不再让塔基扬感到惊讶了；那些警察将面团男孩视为精神失常的怪人，恐怖片里的漫画式角色，而且他明显与袭击了华纳·弗雷德·沃伦博士的人外形吻合。但塔克反而更确信那个温柔的大个儿孩子做不出这样的事，不管他再怎么被激怒也是一样。

《情报》的编辑已经不见了，恐怕是因为感情上接受不了。“嘿，医生，来看看这个。”迷旅喊道。他正弯腰看着一张制图桌，那上面摆着星图的照片，他专心地看着桌子的一角。

塔克也在他身旁弯下腰。那儿有一块薄薄的灰色的东西，有点发皱，看起来像是一小张手纸，被人弄湿了之后摊在塑料面上又晒干了。它带着一丝惹人好奇的特质，轻轻地挠着他俩认知的边缘。

“这是什么?”迷旅问道。

“我还真不知道。”他的视线好奇地从那些照片上掠过。其中有一张的角上用铅笔写着一个日期：1986 年 5 月 4 日，这吸引了他的目光，正是沃伦被谋杀的日期。

迷旅队长从口袋里拿出一个小药瓶和一把用一次性保护套包好的手术刀。“你总是带着这样的工具吗?”塔克一边刮起几块灰色的碎片，问道。

“我只是觉得，要是我打算做个侦探之类的人物，它们会派上用场的，兄弟。”

塔克耸耸肩，转向吸引了他注意的那张照片。它放在一小堆照片的最上面。将它拿起来后，他发现了十来张照片，以他没有受过训练的眼力看来，它们拍的全都是同一片星域。

“好啦，医生，队长，”一个陌生的声音从他们身后响了起来，“给我们一个可以流传给后世子孙的笑容。”

塔克迅速转身面对这闯入者，与此同时将这些照片卷起来藏进他宽大的袖子里，动作敏捷得连他自己都感到惊讶。玛莎·昆兰正站在门里朝他们微笑，一个年轻的黑人单膝跪地，朝他们按动了相机的闪光灯，那道光亮得简直可以驱动激光枪直接射到火星。

塔克不情不愿地将手指从藏在他黄色外套下肩套里的.357麦格农左轮手枪的木把上移开了。“我想你应该对此有所解释。”他以塔基斯星人那种彬彬有礼而冷若冰霜的口气说道。

“哦，这位是里克，”昆兰颤声说道，“他是我们的摄影记者。我只是让他到下面来，记录下这一刻。”

里克站起身，挥了挥手让塔克安心。“别紧张，兄弟，”他说，“只是我们自己留档用。相信我。”

♠

“特斯卡特利波卡，”阿兰·伯格博士说着，把书扔回了书、论文和照片的小山里，那底下可能藏着他的桌子。

“你说啥来着？”迷旅说道。

“1954C－1100。这就是颗岩石，先生们。没什么特别的。”

这间小小的办公室里有一股汗臭和烟斗抽出来的烟草味。迷旅看着窗外午后的哥伦比亚大学校园，望着一只灰色的松鼠窜到松树上，以躲避一名背着有磨损的法国号琴盒经过的黑人小孩。

“这名字真有意思。”塔基扬说道。

“这是个阿兹特克神的名字。我想是个特别乖戾的神，但规则就是这样，要是你找到了一颗新的星体，你就能给它起名。”伯格咧嘴一笑，“我以前还想过要不要找一颗，给它起我自己的名字。这就像——让你因此而获得了永恒。”他看起来像是个受过良好教育的犹太孩子，眼神中带着求知欲，圆脸，大鼻子，只是一头蓬乱的卷发已变成了灰色。他穿着蓝色的衬衫和棕色的领带，外面套着一件毛衣，它织得极为稀疏，你甚至可以拿它来钓鱼。他说话的语气极有感染力。

“它大不大，呃，是不是能造成一些危害？”迷旅问道，“或者甚至更严重一点？”

“不会，啊，队长，我可以向你保证不会。”在称呼队长时他有点结结巴巴的。通常来说，尤其是在纽约周边，人们已经很习惯王牌的规则了，特别是那些选择模仿从前英雄漫画里穿彩色服装的王牌。但迷旅队长比他们大多数人还要更古怪些。“特斯卡特利波卡的成分是镍和铁，椭圆形，大约一千米长，一千五百米宽，重量超过一百万公吨。考虑到它与地球相交时的角度，它可能会引起毁灭性的海啸和地震，并由此引发类似核冬季般的灾难，也很可能会撞裂地壳，吹走大量大气。几乎可以确定，这将是成文史上最大的灾难——要是我有时间在纸上计算，我就可以给你们更多精确的数据。

“但我不会算的。因为它根本不会撞击地球。”他从一只带裂纹的马克杯里喝了一口咖啡，“可怜的弗雷德。”

“我得承认，我给你打电话时，你提起他的口气充满了同情，让我十分惊讶，伯格博士。”塔基扬说道。

伯格放下杯子，看着微温的咖啡黑色的表面。“弗雷德和我一起上的麻省理工学院，医生。我们做了一年室友。”

“但我以为大家都说沃纳博士是个不切实际的狂想家。”迷旅说道。

“他们不过是说说而已。他确实是狂想家，虽然我极不乐意承认。但他绝不仅仅只是个狂想家。”

“我不明白一个受过训练的科学家要怎么才会如此信奉沃伦博士提出的那些，啊——”

“臭名昭著的理论，博士。你尽管说出来没事。你们确定不想再来点咖啡?”他们礼貌地拒绝了。伯格叹了口气。

“弗雷德有着人们所谓的钢铁般的意志。但他又有浪漫主义的倾向。他总是觉得这世上还有些神奇的东西——远古宇航员、月球上的外星机器、不为科学所知的生物。他想成为先行者，他急切地想证明备受尊敬的科学家们嘲笑的东西确实都存在。”他的嘴角露出了悲伤的微笑，“而且谁知道呢？我和弗雷德还是孩子的时候，人们认为其他星球上有智能生命的想法完全站不住脚。或许他真的能证明些什么。

“但弗雷德是个缺乏耐心的人。当他没有看到他想要的结论——怎么说呢，他就开始不计一切代价地想要看到它，不知你们是否明白我的意思。”

“所以就像萨根博士在《时代》周刊的文章里所说的，”塔基扬说，“沃伦博士抓住了一颗时不时就会落到地球上来的陨星不放，然后往里面添加了恶毒的恐吓。”

伯格皱起了眉头。“恕我直言，萨根博士这次完全搞错了。先生们，沃伦博士非常善于自我欺骗，但他也不只是《国家情报》从第七大道里随便找来的傻子。他知道怎么使用星历表，很明显对1954C－1100的历史有着清晰的认知。他是个受过训练的天文学家，而且就技术和细节观察的层面上，还他妈是个极为优秀的天文学家。”他摇了摇头发蓬乱的脑袋，“他究竟是怎么说服自己相信关于特斯卡特利波卡的胡说八道，那就只有上帝才知道了。”

迷旅用他那奇妙的领结擦了擦眼镜。“有没有一点可能，或许他的猜想其实是正确的呢，兄弟?”

伯格大笑起来。“原谅我，队长。但在八个月前，日本的天文学家已确定特斯卡特利波卡最新的轨迹，并绘制成图了。事实上它确实会与地球的运行轨道相交，却不会撞上地球。”

他站起身，抚平堆积在肚子上的毛衣，“这真是让人难过，先生们。哦，不是指这个——”他拍了拍微微隆起的小肚子，“而是弗雷德干的那些给科学家同行帮倒忙的事。我们如今所用的仪器远比当初1970年特斯卡特利波卡经过地球时要先进许多，但今后任何一个天文学家，要是敢把自己的望远镜往它的方向转过去，都会被视作冯·丹尼肯和维利科夫斯基的同类。”

◆

夜晚已过去不少了。塔克倒在公寓里的一张椅子上，身穿栗红色晚间便服，在昏暗的灯光下听着莫扎特的小提琴协奏曲，大口大口地喝着白兰地。他正沉浸在酒后伤感之中时，电话铃响了。

“医生？是我，马克。我找到了点儿东西。”

他说话的口气仿佛消防水管的水柱般穿过了白兰地的迷雾。“是吗，马克，你找到了什么？”

“我觉得你最好过来自己看。”

“我马上就来。”

十五分钟后，他站在宇宙南瓜的地板上，看着身边的一切，惊讶得像是石化了。“马克？你的迷幻商店上面有一整个实验室？”

“不是整个，兄弟。我没有任何真正的大型设备，也没有电子显微镜之类的。只不过是这些年里我一点点搜集起来的玩意儿罢了。”

这地方看起来就像是克里克和沃森[①]的实验室与1967年嬉皮士临时住处的混合体，这个几乎没比杂物间大多少的地方，塞得完全无处下脚。同一张墙上，贴着DNA螺旋链和多糖有机化合物的图表，边上是滚石乐队、吉米·亨德里克斯、乔普林等人的海报，当然，还有马克的英雄蜥蜴王汤姆·马里恩·道格拉斯——这海报让塔克感到一阵难过，他依然还将道格拉斯在1971年死去的事归咎于自己。相比

① 弗朗西斯·克里克和詹姆斯·沃森共同发现了DNA。

于地球的天文学家，地球生物化学家使用的工具对塔克来说要熟悉许多，他能轻松认出，这里有个离心分离机，那儿有个显微镜用薄片切片机，等等。其中有不少，看上去显然落到迷旅手中时已是用旧了的，还有一些则是自己粗制的，但似乎都还能使。

马克穿着一件实验室用长袍，表情严峻。“当然，我不需要任何昂贵的设备，只要能看到那张纸巾样本的气相色谱分析的结果就好。”

塔克眨了眨眼睛，又摇了摇头，这才意识到，在过去半分钟里，他费尽心思都不明白是什么设备的一个螺旋状巨大仪器，其实可能是这个世界上最精巧的锣。“那你发现什么了？”他问道。

马克将一张纸递给他。“我没有，呃，足够的数据来确认这种蛋白质链的结构。但看这化学成分，还有这比例……”

塔基扬觉得仿佛有人将一枚硬币从他脖子后面沿着脊椎放了下去。“是群虫的生物质能。”他吸了一口气。

马克朝长沙发上的一堆论文做了个手势。“你可以看看这里的参考资料，都是从群虫入侵后得到的分析。我——”

“不，不用。我相信你的工作，马克，除了我之外，这世上我相信你超过其他任何人。”他摇了摇头，“所以是群虫谋杀了沃伦博士，可是为什么呢？”

“为什么不问问‘*怎么杀的*’，兄弟？我以为群虫都是些巨大的生物，就像那些日本怪兽电影里的那样。”

“刚开始确实是。但群虫的文化——它的虫母——怎么说呢——会根据受到的刺激而演化。它一开始残暴的攻击失败了，现在它开始改良——正如我提醒华盛顿的傻瓜们所说的，它一直都会这样。”他抿紧了嘴，“我推测它现在正在试图模仿将它驱逐出地球的生物的形态。这些怪物常见的模式就是这样。”

“所以你有很多与这些东西打交道的经验？”

“我个人没有，但我的族人确实有。可以这么说，它们是我们最残酷的敌人，反过来我们对它们而言，也是如此。”

“而现在，它们正在，呃，潜伏到我们中间？”马克打了个寒战。

“我想它们要演化到让我们察觉不出它们潜伏着，还得再经过很长时间。但这里确实有些东西让我觉得困扰。通常来说，在这个阶段，群虫入侵不会这么针对某一个特定个体。”

“所以你是想问，它们为什么选择可怜的弗雷德？”

“你现在说话的口气有点像那个讨厌的女人了，我的朋友。”塔克做了个鬼脸，拍了拍他的肩膀，“我希望在我们解决掉这些恐怖之物后，能找到这个问题的答案。这是我们接下来要做的事。”

“那面团男孩呢？”

塔克叹了口气。“你说得对。我明天早上第一件事就要给警察打个电话，告诉他们我们发现的事。”

“他们绝对不会买账的。”

“但我除了试一试之外也别无他法。休息吧，我的朋友。”

♥

他们没有买账。

“所以你在沃伦的实验室里找到了群虫纸巾。”负责这个案子的南楼凶杀科警探刺耳地说道。在电话里，她的声音很年轻，带波多黎各口音，似乎完全不爱伊卡赞宗族的缇西安·布兰特·扎拉。“作为一名医学专家证人，您在这个案子里表现出来的兴趣爱好还真广泛，医生。”

“我正在履行我作为公民的职责，保护一名无辜的男性不再受苦。同时，也是为了警告当局的相关部门，有个极为严重的危险正在威胁着整个世界。”

“感谢您的关心，医生，但我是个谋杀案侦查员，保卫这个星球不在我的管辖权范围内。我得获得皇后区的许可才能管这些事。”

“但我替你解决了一个谋杀案!”

“医生，沃伦的案子正在由足以胜任这一工作的官方进行调查，而这个官方，正是我们。我们有证人直接指认面团男孩在案发当时离开了案发现场。”

“但那纸巾样本——”

“可能他正在一个有盖培养皿里培养它们呢。我不知道，医生。我也不知道指认这东西是所谓群虫生物质的人，究竟有何证书作为凭证——”

“我向你保证，我是个外星生物化学专家——”

“从好几个层面上来说都是，”他微微远离了话筒，不知为什么，他反而开始有些喜欢起这个女人了，“我不是在表达对你的怀疑，医生。但我也不能挥挥手，就让你那鬼牌离开。这事儿关键在于办案的流程。不管你有什么证据，拿去给面团男孩的律师，让他来提供给法庭。另外，如果你真的发现了更多群虫，我建议你带着证据去找太空管理局的梅多斯将军。”

将军正是马克的父亲。“还有一件事，医生。”

“什么事，阿鲁佩警官?”

“从这个案子里滚出去，不然我就把你一屁股踢出去。我不需要外行人来乱搅浑水。”

♣

蝶蛹看着他，她的脸像玻璃一般透明，她的骨头像瓷器那么白净。“在鬼牌镇有什么不同寻常的事?”她慢吞吞地以一种雌雄同体般的英国腔说道，“发生在这里的什么事，能让你觉得不同寻常?”

他坐在吧台的一头，远离早晨的常客们。他在水晶宫不完全算是陌生人，但同时他也始终无法在这里感到放松。

“也未必就是鬼牌镇。在曼哈顿的这片地区里都算，从中城开始。”

她放下了手中正在擦拭的玻璃杯。“你是认真的?”

“我说的‘奇怪’，意思是对鬼牌镇来说的‘奇怪’，不是指针对鬼牌的最新暴行。不是‘黑影’把某个抢劫犯倒吊在路灯上，甚至也不是指那个扔牌的疯子制造的另一起弓箭谋杀。是某些就这里的常态而言，不怎么正常的事。”

“吉姆利要回来了。”

塔克抿了一口白兰地加苏打水。“大家都这么说。”

“你打算用什么来支付情报?”

他抬起一边眉毛。

“该死，我又不是个在篱笆墙根下说人八卦的！我给我的情报都付过账。”

“转手卖出去时更要了高价。我也做过一份贡献，蝶蛹。”

“是的。但你有太多没有告诉我的事。诊所里发生的那些事……那些机密的事。”

“那是永远的秘密。”

“好吧。在这突变体的社区里，良好的信誉同样也可以拿来交易，你不用提醒我你自己多有影响力。不过总有一天你会玩脱的，你这金属毛的外星小狐狸。”

他朝她咧嘴一笑，离开了。

♠

丁零零。塔克有些畏缩地睁开一只眼睛。整个世界昏暗无边，但曼哈顿的光雾和从打开的窗帘透进屋里的一点点月光，依然往他的水床栗色的被单上，以及他身边那位臀部朝上躺着的女性裸体上，撒了一层银色。他眨了眨眼睛，睡眼惺忪地想回忆起这个臀部的主人到底姓什名谁。这实在是个相当完美的臀部。

丁零零。这一次听起来更紧迫了。是这个世界最邪恶的发明之一——电话机。在他身边，完美的臀部稍稍动了动，从被子下露出了肩膀。

丁零零——他拿起电话机。“塔基扬。”

“我是蝶蛹。”

“很高兴能接到你的电话。你知道现在是夜里几点吗?”

“一点半，我比你清楚得多。我有点事要告诉你，亲爱的医生。”

“谁啊，塔克?”他身边的女人迷迷糊糊地说。他漫不经心地拍了拍她的臀部，同时想回忆起她的名字。珍妮特?伊莱恩?要爆炸了。

“什么事?”凯茜?坎蒂?苏?

蝶蛹哼出了一首歌的调子。

“看在理念之神的分上，那是什么?”他问。玛丽?该死的蝶蛹和她那讨厌的歌!

“我们以前常唱的歌，我在‘约翰尼·雷贝克’营地那会儿。”

“你在凌晨一点半打电话，就为了给我唱一首野营歌?”比琳达?这真是让人受不了。

“‘邻里的猫儿狗儿都不见/全进了约翰尼·雷贝克的香肠机。’”

塔克站了起来。“怎么了?”在他身边的女人问道，此时她的声音已显得有些生气，转向他的脸则完全被睡意和黑色的头发盖住了。

“你确实知道了点什么。”

“正如我刚才对你说的，甜心。不是鬼牌镇，而是这附近整片地区。地威臣街周围，中国城旁边。狗和猫都不见了——流浪的也好，家养的也罢；住这附近的人都不太重视遛狗要系绳的法律。还有鸽子和老鼠、松鼠。好几个街区里，完全没有任何常见的城市野生动物。不提东方人食谱的笑话，我觉得这恐怕就是你所谓的奇怪事件。”

“确实是。”先祖在上，这事确实古怪!

她咕咕笑了起来。“你欠我一次，塔基扬。”

他把腿往床外伸出去，心里希望至少看在礼仪的分上，能想起这年轻的女人叫什么，好把她的衣物送还给她。“确实是。”

“顺便说一下”蝶蛹说道，“她叫凯伦。”

◆

“医生，”迷旅透过他的呼吸形成的雾气说道，“你知道在晚上的这个时间点，我打电话给布伦达，让她帮忙照看斯普劳特的时候，她称呼我什么吗?”

这是认识马克几周以来，他第一次听到马克的声音里有一丝抱怨的意思。他同情地说道：“我甚至连想都不敢想，亲爱的马克。但这很重要。我觉得我们一分钟也不能浪费。”

马克皱起眉头。“嗯，你说得对。面团男孩遇到的整件事比我知道的一切都要更糟。我很抱歉，医生。”

塔基扬看着这个男人，他原本是个天才科学家，然而他自身的恶魔折磨着他，令他备受怀疑，如今的处境没比被这世界遗弃要好多少。他轻抚马克的手臂。“没事，马克。”

离他们不远处，车辆呼啸着开过曼哈顿大桥。而在他们所站的此处，却是一片毫无吸引力的小镇阴暗的街道，小商店和阴影、放高利贷者和废弃的屋子，在一盏黯淡无光的街灯下，狭窄的灰色建筑里破损的窗子在各处闪烁。就算没有来自另一个世界的威胁，他也完全不想在这儿待一个小时。

“可能是我有点过于警惕了，”塔克说道，“蝶蛹告诉我动物消失的事时，我想到的是群虫需要食物，而除非它们的进化速度远超过我所知，否则它们几乎不可能去大西洋与太平洋茶叶公司买吃的。”

他停了下来，面对自己的朋友，抓住他的上臂。“明白我的意思吗，马克？这里可能什么事也没有。但如果我们发现了我们正在寻觅的东西，就会遭遇到某种仿佛来自恐怖电影里一般的怪物。但我们的敌人真实存在。它是这颗星球上一切活着的有机生命体的敌人，而且它绝不会对自己的所作所为良心不安。”

马克淡淡地指了指这片街区。“你说的‘它’是不是就像这个，兄弟?”

塔克盯着他看了一会儿，这才慢慢地将脑袋转向右边。

在街角那一头靠近天桥的地方，站着一个人影。它身上套着外套，帽子拉得很低，但即使包裹得如此严实，也能看得出来，它的身体比例绝非正常人类。

“抱歉，等我一会儿，兄弟，”迷旅说道。他转身朝那幻影的反方向离开了，一手按着头上的帽子，膝盖摇摆，鞋底噼啪作响，迈着大步子绕过了街角。

胆小鬼！塔克的胸膛中爆发出了愤怒之情，但接着，不，我不能对他这么苛刻，他不是战士，而且这事对他的种族来说，也是个陌生的威胁。他挺起肩膀，拉直领带，转身面对那生物。

那东西摇摇摆摆地向前走了一步，又走了一步。一只脚从沥青里拔出来，发出了黏腻的声音。从它身后的黑暗中又浮现出另一个影子，穿着同样的衣服，虽然身体轮廓不同，但明显是同类。啊，本娜芙莎，你怀疑我是对的。我从未想到可能会有两个。他已做好了赴死的准备。

“医生。”

他猛地转过头。一个年轻女人站在他身旁，除了胸口有个阴阳八卦的标志，她从喉咙到脚底心都包裹在黑色中，与之相配的是她脸上带着的黑色面具，它从她左边的颧骨一直盖到右边的前额额头，露出底下的半张脸。她比他的个子更高，头发是黑色的，富有光泽。从他能看到的部分来说，她的面孔看起来像个东方人，美得能摄人呼吸。

他郑重而略有些简短地鞠了一躬。“我没法相信自己竟能有这样的荣幸。”

“我是‘月之子’，医生。我很荣幸自己已经认识了你——虽然事实上不是直接与你相识。”

这话慢慢渗过他的血脑屏障。“你是队长的朋友之一。”

“没错。”

危险总是会让他的血液流速变快。至少他随后能以此来为自己此刻被淫欲攥住精神的行为开脱。“亲爱的孩子，”他抓住她的手，吸了一口气，“你是这些年来我这双眼睛见到过的最可爱的景象……”

即使身处弥散的光晕之中，他也能看到她脸红了。“我会尽我的绵薄之力帮助您的，医生。”她回答时曲解了他的意思……或许如此。

她绕过他，滑步向街道那头走去，动作放松而泰然自若，仿佛一头追踪猎物的美洲豹般致命。他惊讶于她充满力量的气场，如流水般的优雅动作，还有在她黑色紧身衣下臀部移动的样子——今天晚上他关注臀部的次数好像有点太多了。他小跑跟上了她，塔基斯星人决不能让一个女人直面危险。

当她距离那个与他们较近的群虫只有二十米时，她的身形渐渐发生变化，等到距离十米时，她突然从街道上一跃而起，姿态优美得令他不由发出一声喘息。她在空中以左脚脚尖旋转，身后的右脚跟随之扭转方向，以完美的后旋踢踢中了那头野兽的肩膀。随着一声干裂的南瓜落地般的声音，那东西后退了。月之子还在旋转，她跳回原位，轻轻落地，恢复了一开始的战斗站姿。

怪兽的手臂断了，从它的袖管之中直接掉落在地。

她发生了奇怪的变化。

突然，她甚至连动都没有动就全身瘫倒在街上。又是尖叫，又是哀号，全身抖动，看起来就像是群猫打架，整个身子还一直瘫在人行道上。塔基扬目瞪口呆。*但她开了个好头*，他悲伤地想。

那两个虫类似乎也盯着她看了一会儿。接着其中之一转过身来面对塔基扬，让它们警觉地发现他靠近的化学感受器，无情地让它们将矛头对准了可恨而可怕的塔基斯星人。第一只怪物的半边身体空荡荡的袖管怪异地鼓动起来。

他毫不奇怪，拔出了史密斯 & 威森短管左轮枪，双脚开立，双手握枪，视线对准了那毫不可爱的大块头的中央部位，深吸一口气，射击了两次。手枪制造出了相当令人满足的炮火、反弹力和喧闹声。除此之外别无成果。

他有些震惊，压低了枪口。那野兽与他相距二十米，他不可能射偏。接着他看到了两个小洞，就在子弹应该穿过的地方，系着扣子的外套前襟上，一边一个。看样子，不只是精神攻击会在群虫身上直穿而过。

“我有麻烦了。”他说道。他朝对方帽子下缘的黑暗处瞄准，又开了两枪。帽子飞了出去。一起飞出去的还有帽子底下充作脑袋的烂土豆似的一大块物质。它还在继续前进。

月之子已不再尖叫并发抖了，她坐在地上，双手摆在膝盖之间，紧张地看着。“子弹伤不了它们，”她说，声音因为尖叫而嘶哑，“它们——它们不是人类。”

“你很善于观察。”他把剩下的两颗子弹都射出去了，开始后退，手在口袋里摸索，想找个子弹快速填装器，他真希望自己带了一个。

“我本以为我破坏的是一个人类，一个鬼牌。”她说着站起身。她朝塔克右边的建筑跑了过去，跑过笨重前行的虫类身后，再次跳起，塔克可以发誓，这一次的轨迹能让她飞到建筑物的三楼去。但他没有看清，因为她进入那片建筑的阴影后就消失不见了。

几秒后，她重新出现，双脚在前，从第二个虫类的身体正中穿过。怪物衣衫破损，生物质横飞，当她落在人行道上，打了个滚时，它已经四分五裂了。

很快她重又站起，向前冲了出去，重心压低，以单手支撑身体，一条腿如镰刀般横扫过前方。第一只虫类的双腿从膝盖处齐齐折断。它的身体落在地上，依然还在毫不动摇地向前挪动。月之子冷酷地靠近了它。

等她结束时，警笛声此起彼伏地划破了天际。她向塔基扬走来，他轻声替她喝彩：“我欠你一句道歉，亲爱的女士，我之前对你有误解。”

她开始整理头发，看了看自己的手指后，改用了手腕代替。“你永远都不需要向我道歉，医生，你完全有理由那么想。但我决不能将我的技艺用于伤害知觉生物。而刚开始时，我以为自己干了这样的事。”

他将她搂在怀里。她把脑袋枕在他的肩膀上。没错，他想。他都不知道该怎么向马克解释这些事……

她将自己推离了他的怀抱。“要是我在这儿被人发现了会有麻烦的。问题太多了。”

“但是等等。别走——我还有很多话要说！”

“没有时间说了。”她亲吻了他的脸颊，“小心一点，父亲。”她说完后，再次消失了。

♠

“所以你是真的发现了群虫，医生，”皮拉尔·阿鲁佩警探说着，从嘴里将塑料过滤嘴的黑色小雪茄烟取了下来，“你算是我见过的最积极的专家证人了。”

“父亲”，他想。一个敬语罢了，没别的意思。“确实对这些破玩意儿造成了不少伤害。”他视线中，一个巡警像拿着护身符似的攥着防暴枪走过时说道。

“当然是在朋友们的小小帮助下做到的，史密斯 & 威森左轮枪。”

街上满是闪动的蓝光、身着制服的人和摄影师。“枪对这些该死的虫类狗屁起不了什么作用。”第一个条子说道。

“所以你是怎么战胜这些生物的，医生？”一名记者将包着泡沫的阳具似的麦克风塞到他鼻子底下，问道。

“神秘的战斗技艺。”

“让这些傻瓜从这里滚出去。”阿鲁佩说道。让塔克失望的是，她本人一点也不可爱。她身材矮胖，大腿很粗，长着一张斗牛犬似的脸，短发式样呆板，就像宇宙南瓜店里的布伦达。她那朝天鼻上散落着不少深色的雀斑。但她的双眼却如同玻璃碎片般锐利。

“警官，”他说，“现在你会释放面团男孩了吗？”

“你在受害者的实验室里找到了所谓的群虫生物质，你也让整条街道上充满了毫无争议的群虫残骸，只是它们原本看起来像小哥吉拉，但今天看来却像流民，而这是否能对事态有所帮助，还他妈得看情况。”

“不会吧。”

“我有证人的，医生。”

“老天啊，女人，你难道一点同情心都没有吗？你都不在意是否公正？”

“你以为我刚坐船从圣胡安来美国吗？那人是个诚实的公民，根本不认识面团男孩，也对鬼牌没有任何怨恨，他以个人身份来到警察局，描述了面团男孩的特征。别和我说什么证人不可信的话。确实有证人如此，但这个证人很诚实。”

塔克用手指将头发往后梳。“让我和他谈谈。”她动了动眼珠子，“这很重要。有什么事正在发生。不仅仅只是面团男孩的案子。我知道的。”

“你的脑子里大概有个外星表演家。”

这位浪荡公子咧嘴一笑：“那是当然了。”

她表现出了颓然放弃的样子。“你靠这些群虫的事让自己成了一个英雄，医生。而且你对这些事比我了解得更多。”她又加了一句，“但你要是他妈拿着什么公民自由的胡话，往这超自然的事里放，靠这来说事，我就直接一枪毙了你。”

♣

他一接触到这个人的意识，就全明白了。

那是个牙科医生，个子矮小，面色红润，运动员身材，五十来岁，就住在沃伦隔壁那幢建筑里。当时他正在街区附近遛狗——在夜晚的那个时刻，这可真是个大胆的行为——正好看到一个外形怪异的男人，从那栋公寓后面的小巷里走出来。对方在原地停留了一会儿，与他相距不过十英尺，和这位英勇无畏的牙科医生打了个照面，接着就摇摇摆摆地走进公园里。

这个故事还有另外两名证人的佐证，其中一人是沃伦这栋建筑的临时雇员，当时他正在查看被打坏的后门，结果被人从身后用棍子击倒了；另一名女性则从街对面的公寓往下看到了小巷里的情况，至于为什么会探头去看的理由，她自己知道就好。两人都瞥见一个体型巨大而虚弱的人形从后门出来，晃进了小巷里。但两人都只能提供一个大体上的描述，没法更进一步。

只有扫描过这个牙科医生的意识，塔基扬才知道他的故事不是真的。但他也没有说谎，他打心底里相信它。因为这个故事是被人植入的。

塔克忍着痛苦继续深入挖掘。布莱思带给他的旧痛已慢慢减弱了，让他身子从内而外地发冷的，并不是因为他使用了自己的精神力量；不是这个原因。因为植入物的特性清晰地显露出，制造它的究竟是何种存在。符合这种可能性的个体非常之少。他已完全明白。

从某种角度来说，这也不重要了。事实上，这个答案早有暗示。

而且比塔克所能想象的一切都要更怪异。

♠

“我讨厌那个地方。”杜尔格·阿塔·莫拉克·博·扎博·瓦雅旺德－萨咕哝道。此时他俩正沿着一道摇摇晃晃的后楼梯朝上走，它通往格林威治村中他俩租住的一间毫不时髦的公寓。

拉伯丹隔着一个金色的肩章冷笑道：“你怎么能吹毛求疵？你根本都没进去过。”

“是那个看门人，那个长着一张奇怪死人脸的家伙，他不让我进去。”

“哈！要是大家知道他们最珍贵的莫拉克战士之一竟然允许一个地球人拒绝他，瓦雅旺德人会说什么？真的，他们会连精子都射不出来的。”

杜尔格捏紧了可以将花岗岩攥成碎末的拳头。结实的白色斜纹布制服在他的二头肌上崩成了碎片，发出了仿佛枪击一般的声音。“扎博·布兰特·萨比那·泽克·沙扎·泽克·里萨拉给我的命令是，只有任务需要的情况下才能战斗，”他咬牙切齿地说道，“正如他命令我来侍奉像你这样一个不值得侍奉的人，以检验我的忠诚。但我警告你：总有一天你的无能会让你丧失主人对你的喜爱。而到了那一天，我会把你的四肢都扯下来，小东西，然后像挤粉刺一样把你压扁。”

拉伯丹想做出笑的动作，但这笑声有些勉强，于是他又试了一次。“这可真是充满了敌意。很可惜有些事你还没见识过——剥皮的女人，吓坏了的女仆；相当时髦的消遣。等这些地球人都灭了，某些稀有的才能恐怕会失传，我必须承认这一点。”

他们来到顶楼平台上，他们公寓的门前。拉伯丹在门外停了下来，皱眉将意识探入其中。不能被潜伏的地球人夜贼伏击。杜尔格静静地站在比他低几个台阶的地方。他的血族属于精神领主的阶级，但与大部分莫拉克一样，他无法以意识观瞧。待拉伯丹侦测到了危险之时，他才能发挥作用。

拉伯丹满意地打开房门，走了进去。杜尔格跟着他，将身后的门关上了。一个人影从通往卧室的走道上出现。

“缇西安！但我刚搜索过——”

“你们这些我堂兄的手下，你们发出的探测意识没有我不能偏转的，”塔基扬说道，“我能在这儿找到你们，就说明它对我们所有人来说都很差劲。事实上，或许对所有塔基斯星人来说都是如此。”

“但对你而言却是最糟糕的，”拉伯丹说道，往边上移动了一步，“杜尔格，肢解他。”

“扎博的怪物！”塔克嘶声说道，他恨他自己。

“小王子，”杜尔格说，“这可真不错。”

又一个人影出现在塔基扬身边，“医生，这是谁?”月之子边问边就着矮桌上一盏灯的明亮灯光微微斜眼看向他们。

她看到了一个小个子男人——即使对她而言个子也很矮，毫无疑问是塔基斯星人——五官精致，金属般的金色头发，浅色的眼睛鼓了出来，快速地眨动着。至于在这间小小起居室破旧的地毯上笨重地走过来的生物，则让她觉得很难判断。他的个子也很矮，应该不超过五英尺，肌肉却发达得可怕，字面意义上的身高和身宽相等。但他却长着一个塔基斯星精灵领主的脑袋，脸长而瘦削，毫无装饰的五官长得很美。二者之间的对比令人震惊。

“我堂兄的马屁精拉伯丹，”塔克说道，“以及他的怪物杜尔格。”尽管塔克在鬼牌之中生活了四十年，看到莫拉克杀手时依然觉得难以忍受。这不是那种类似塔基斯星人的地球人扭曲成了某种奇形怪状而产生的畸形人，而是塔克的同族最为痛恨的景象——塔基斯星人形式的反常反转。莫拉克战士在战争中如此令人恐惧有一部分也正是因此，他们将这种憎恶慢慢渗入敌人的心中。

“他是与我家族敌对的家族繁殖的生物。一个有机杀人机器，如大象般有力，被训练到尽善尽美。”杜尔格停止了动作，完美的眉毛皱在一起，盯着这个刚出现的女人，“即使就我们的标准来看，他们也几乎称得上是不可毁灭的。扎博在一场突袭中得到了我们眼前的这家伙，当时他还是幼崽，所以才会把忠诚的对象转向扎博。”

“医生，你怎么能用这样的词语来描述一个人类?”

“他不是人类，”他咬紧牙关说道，“你好好看看他。”

杜尔格蹲着的样子仿佛独眼巨人，但他一跃而起时的速度，快得人类无法比拟。但月之子也不是严格意义上的人类，不管她到底是什么，到底从哪儿来，她都是个王牌。她抓住那只向她抓来的手后面袖子上的金色流苏，一拽一转。杜尔格立刻砰地一下撞在墙上，带下来一大片灰泥。

“你怎么找到我们的?”拉伯丹靠在门边侧壁上问道。

“当我找到了那个被你篡改过意识的男人，我就知道塔基斯星人还在地球上，”塔克说着，悄悄走向远离杜尔格的地方，“从那拙劣的技术我推断出，干这事的不可能是别人，只可能是你。一旦我们知道自己要找的是什么，要追踪到你就不是什么困难的事了。你们的外貌特征很明显，而且你们也很难缩在废弃的仓库里，像群虫那样靠老鼠和流浪猫为食。

“当然——”他朝拉伯丹那身金白相间的行头点了点头，“我还真没料到，你竟然会愚蠢到敢直接穿着扎博给你们的制服。”

“地球人都觉得我们特别时髦。你难道看到过有天鹅伪装成白鹅的吗?”

“如果天鹅的任务——”杜尔格沮丧地朝他们走来，嘴里呻吟着，将石膏粉抖得仿佛水滴——“就是伪装成鹅，那还真有。”

杜尔格以手刀凶狠地劈向月之子的肋部，将她撞向隔开了起居室与厨房的吧台。木料四散碎裂。塔克叫了一声，向前跑去。杜尔格咧嘴一笑，也向他走来。

月之子从破损的吧台上爬起来，假装走了两步后踢向杜尔格的膝盖一侧。他的腿弯曲了。她又踢出一脚，踢中了他的下巴。他呻吟一声——接着单手一翻，抓住她的脚踝，猛地将她拉进到他另一条手臂够得到的范围。

他有些艰难地抓住了她。塔克再次向前冲去。拉伯丹的手从束腰外套中伸了出来，随之而来的还有黑色扁平的拘束器的反光。“要是你敢过去，我现在就杀了你，缇西。”

月之子以单肘撞在杜尔格头上。塔克听到牙齿与牙齿撞在一起的声音，就像陷阱突然合上。她的两只手都合成杯状，舞向他的双耳。他又呻吟一声，摇了摇头，她趁机翻身挣脱了出去。

……杜尔格面对着她，她抬脚踢向他胸口。他想锁住这一击，却没能成功。她仿佛流星锤一般朝他飞去，踢向他的头部、膝盖和腹股沟。他后退几步，接着当她再次袭来，他猛然一跃，用双脚将月之子踹到了房间的另一头，撞在外间墙上。

塔基扬犹豫了。他可以尝试攫住杜尔格的意识，但这就意味着他要对抗莫拉克族拥有的唯一一种特殊精神能力，那就是他们抵抗精神操控的力量，它几乎无法突破。如果他把精神集中在杜尔格身上，拉伯丹会杀了他……而要是他改为与拉伯丹战斗，以此来消除对方那相当虚弱的精神幕帐，杜尔格会杀了月之子。他伸手去拿枪，希望这姑娘不会觉得他过于粗暴——

她的身子动了动。杜尔格很震惊，一般来说，他以这么重的力踢到某个人，那人就再也无法动弹。他不顾一切地急冲了出去。

她在半道上就与他相会了。她抓住他束腰外衣的前襟，身体向后仰倒，双脚则蹬在他的肚子上，将他从自己面前踢了出去。他跳跃的力量和她踹他的力量加在一起，让他仿佛一颗铆钉一般，钻破墙壁，从四楼掉到下面的街上。

“哦，老天，”她站稳后说道，“我希望自己没有伤到他。”她跑到洞口。“他还在动。”她毫不犹豫地爬了出去。

塔克觉得她能照顾好自己，就没拦住她，他还处于震惊之中，杜尔格的强壮堪比某些以力量著称的人类王牌。而月之子虽然也有超乎普通人类的力量，在这方面却无法与之匹敌，她完全是靠技艺征服了杀戮大师杜尔格。

拉伯丹也终于从冻结般的状态恢复过来，猛地打开了门。塔基扬的意识仿佛披着装甲的拳头一般伸了出去，抓住了拉伯丹的。接着攥紧。

“现在，我的朋友拉伯丹，”他说道，“我们来谈谈。”

♦

这很糟糕。拉伯丹是个无能之辈，比胆小鬼更糟。但他毕竟是个精神领主，直到最后他也表现出了精神领主该有的姿态，而这对他来说就更糟了。他能建立的普通防御盾完全无法阻挡，缇西安精妙地从他的大脑里探查到了每一点信息的细屑。但拉伯丹在危急之中做出了英勇的行为，迎接了挑战，没有让自己的名字蒙羞。他如此强烈地反抗塔基扬，没有什么精妙的手法，没有什么技艺，也没有什么力量，能击穿这样的反抗而让拉伯丹毫发无伤。

或许这是拉伯丹最后的一点小花招，他知道他的这位远亲心肠很软，他在赌缇西安不会接受将他的意识拆成细束的可怕后果，只会转身离开。

但拉伯丹的判断能力始终不是最好的。

♥

开心，开心，开心。我的主人这么快就回来了。是不是发生了什么事，让他突然有了这么多时间可以留给我？

别唱了，宝宝。

“你好吗，宝贝。发生什么了?”她高兴地打着招呼，打开灯，又拆开内侧的锁。

没错，那颗该死的岩石正向地球飞来。扎博的手下在几个月前让它偏离了原来的轨道。偏得不多，如果要让这么大一块石头改变与地球相交的时刻，需要的力量将大得难以计数。但如果只是略微偏离轨道，等假以时日，其实也就够了。

地球人很熟悉这颗岩石，因此它再度出现也不会引起人们的注意。尽管如此，拉伯丹和杜尔格被派到了地球来，以保证地球人不会意识到这颗石头的轨迹已发生了改变。幸运的是，接下来，它只被一个人发现了，而那个人，却是整个权威学术界完全不会听信的对象——此人声称这颗岩石属于他，而这一点无论在过去，还是在未来，都意味着这颗星球上的所有其他科学家，都会像避开下脚料似的，不去细看他发表的任何言论。塔基斯星人不会再有比这更好的方式来封印这颗星球的命运了。没有人会意识到发生了什么，直到这颗小行星离地球近到没人会弄错它的轨迹。但到那时，一切就太迟了，即使是这颗星球上库存的一切热核武器也无法避免厄运降临。

但他们的盟友却因此而十分恐慌。扎博的盟友。尽管塔基扬痛恨他的堂兄，他却几乎无法让自己相信这一点。

那由恶意凝聚成块的群虫之母，在环绕着这个它想取得的世界的轨道上飘浮时，侦测到了悍妇，它以它那阴暗而持续的方式发动了攻击。而后，不知怎么回事，因为某些可能只有他本人才知道的疯狂理由，一待将群虫之母的攻击击退，伊卡赞宗族的战犬便与他的家族——乃至所有塔基斯星人——最大的敌人结成了联盟。

他们一起制定了一个计划。但由于群虫之母是个半知觉生物，当沃伦博士发表他的声明时，它感知到的是计划已被人发现。它匆忙做出了反应——这也导致了拉伯丹只得匆忙行事，来补救它造成的破坏。

幸运的是，事发地点在鬼牌镇的街道上，在这地方，人反而会被错认成群虫。于是拉伯丹和杜尔格一起去了中央公园，将自己伪装成了证据。这怎么可能失败？拉伯丹曾幸灾乐祸地看着自己的伙伴。

最后塔克对拉伯丹做出了没有任何一个塔基斯星人会拒绝的仁慈之举。月之子以为他的心脏是在被塔基扬探测意识时意外耗尽的，欺骗她让塔克觉得自己很是肮脏。他将自己从沃伦实验室偷出来的星图传送给了宝宝。她的星际分析证实了拉伯丹的故事。接着便是一个匆忙的计划制定环节的不眠之夜。

现在迷旅和塔基扬准备实施一个相当匆忙的诡计来拯救这个世界。他们没有时间来制定一个更好的了。很可能，此时也已为时已晚。

而且，在太空中，扎博正等待着。扎博。是他杀了塔克的元祖母，是他背叛了所有塔基斯星人，他在他的战舰上。扎博。

♣

杰克在街上游荡，手里的纸袋中装着一瓶酒。在这种滨海的地方，在鬼牌镇，一个耐特，在夜晚的这个点，他根本他妈的没事可干，尤其他还烂醉如泥。那个长着一张鬣蜥脑袋的狗屎，因为他吐在地板上而把他从酒吧里扔了出来，所以他也不知道自己到底晃悠到了什么地方。好在他还记得在外套口袋里塞上一瓶酒。

他听到一阵奇怪的隆隆声。他停下脚步，看到面前的建筑顶端直接掉了下来——没有爆炸，没有碎裂，就是一整块掉下来了，整齐得很，简直好像从盒子上取下盖子。它轻轻地落在隔壁的房顶上，接着一个周身环绕着细小亮点的巨大贝壳状物体从那建筑里飞了出来。但什么声音也没有。它朝着昏黄的天空飞去，而屋顶又飘回原处。接着那物体朝上离开，没入黑咖啡般的夜色之中。

杰克思考了一番，走到最近的排水沟里，非常精确地将半瓶酒倒了进去。接着他快步离开了鬼牌镇。

♠

“我从来没想过，呃，还可以从卧室直接把星舰开出来，兄弟。”迷旅队长说道，他明显是着迷了。

“我想你们的人会把这儿称为头等舱，对吧?”事实上，它看起来就好像土耳其苏丹王宫和卡尔斯巴德洞窟的集合体。在正中是一个带顶篷的巨大床铺，上面堆满了蓬松的软垫，而在床的中央躺着的，正是身着家居便服的塔克。在很久以前，他就发誓要死在床上；你非要较真，那就是塔基斯星人的生物技术，让他的这个目标得以与壮烈的死亡方式结合在一起。

“在像这样的飞船上，没有正式的指挥中心——你们叫舰桥？在大部分战舰上，比如说我堂兄的战舰悍妇上，那确实有的，但在游艇上，没有。”提到悍妇的名字时，他感觉到宝宝传来了一股愤怒的意识。她俩长久以来就是对手。

“塔基斯星人的共生体飞船以心灵感应控制。飞行员可以直接获得精神或图像的信息。比如说……”塔克做了个手势，一张地球的图片出现在床边膜状舱板的曲线上。一道黄色的线从地球延伸出去，代表的是他们飞行的轨迹。接着那个球体仿佛动画一般跳了出去，渐渐变小，而后一张不成比例的图片出现了，展现的是他们从地球往1954C－1100飞行的整条路线图。

迷旅喝彩道：“这真是太奇妙了，兄弟。妙极了。”

“是的，没错。你们地球人正在尝试让你们的电脑产生知觉能力，而我们已经培育出了能够完成计算机功能的智能物体。而且它能做到的远比计算机多。”

“宝宝对此是什么感觉?”

画面消失了。出现了几行字：我很荣幸能运载像缇西主人和您本人这样的领主——虽然我恐怕您的帽子会扎到我，它太高了。

迷旅跳了起来。“我不知道她能做到这样的事。”

“我也不知道。她以非常低的能量从我这儿窃取了英语书写的知识——这有点儿不守规矩。不过，她知道我很宽容，会原谅她的。”

迷旅诧异地摇了摇头。他正坐着的椅子是直接从地板里伸出来的，塔克最终向他确认，他可以坐在上面时，它调整了尺寸以适应他的体型。“不是我不相信宝宝，”他说，“但你堂兄的飞船，呃，不是一艘战舰吗?”

“是的，你不必问那个你希望自己不用问的问题。在通常情况下，宝宝没有机会与悍妇对抗——别这样在我脑子里放静电，宝宝，小心我揍你！这是事实。

“但宝宝速度很快，即使没有幽灵引擎，也没有船比她更快。而且她的机动性很强。还有，坦白说，她比悍妇更聪明。但重要的事实在于，悍妇已在群虫的袭击下严重受损了。太阳系中的这只群虫之母古老而巨大，像它这样的虫母一般都会发展出一套生物化学武器——通常都是免疫抗体——用以对付塔基斯星人和他们的幽灵引擎星舰。我们使用同类武器来对抗它们，因为除非出动一整支舰队，才可能装载有足够对小型群虫之母造成伤害的火力，而免疫抗体感染则能传遍它的全身。扎博以剑、手枪和生物武器对抗群虫进入悍妇后的袭击，并击退了它们。但悍妇也受到感染，产生了损坏，尽管他们阻止了她的病情进一步恶化，但要等她痊愈，还得过上很长一段时间。”

接着他又轻声说道：“而且扎博会把她身上的每一个伤口看作是自己的伤口，不管你们怎么说他。”他的双眼有些刺痛。

迷旅悲伤地摇了摇头。“提起战斗的事我就不舒服，兄弟。”

“你有坚定的和平主义反战信仰，这对你而言肯定很困难。但在接下来的行动中，你不会担负战斗的角色，而我只有在被袭击时才会反击。”

“但月之子会战斗。其他大部分人也都会。我这辈子从来没打过架。只打过一个人，他打破了我的鼻子，后来有一天，我就像进入了别人的身体，而她把一个肌肉发达的外星人甩到了墙壁上。”

“那次可真是个壮观的场面。”塔克说着，不由自主地咯咯笑了起来。

“做个王牌看来是趟相当困难的迷旅。”

缇西安，我感觉到她了！悍妇来了。

塔克揉了揉头发，叹了口气。“恐怕时候到了，我的朋友。”他将腿放下床，站起身。“我把你送到闸门那边。”

光源引领着他们经过一条弯曲的走道。“你确定你——他——能找到那块石头？”塔基扬说。

“在这附近也没有其他很多石头，医生。”

那婊子进了拦截轨道，二十分钟后就会到达最大火力射程。

阻止她，宝宝。

他们在船闸的内门口停了下来。塔克和迷旅拥抱了一下，两人其实都哭了，但又都竭力掩饰。“祝你好运，马克。”

“你也是，医生。这艘飞船叫宝宝对吗？”

“没错。”

迷旅有些害羞地靠近了一根石笋般的柱子，轻轻吻了它。“再见，宝宝。愿你享有和平。”

“再见，队长。一路顺风。”

你这是在迎合原始的迷信，绕过一个弯后，他们不再客气，塔克责骂道。

她很愉快。*他的新人格会是怎么样的，缇西？*

我不知道。我很期待。要是期待再来一个月之子那样的，恐怕要求太高。倘若能来个具有好几种力量的王牌，能给他们一点儿成功的小机会，他就该知足了。

“医生?”那声音在他们身边流转，仿若液体的琥珀，深沉而丰富。塔基扬向前走了几步。

视觉冲击让他停止了脚步。那是一个仿佛希腊神明般的王牌：个子很高，肌肉发达，下巴仿佛桥墩，绿色的眼眸眼神清澈，卷曲的金发形成光晕，而这一切全都包裹在一件黄色的紧身衣中，这衣服的胸口带着一个太阳从云端照耀向下方的标志。

“我，”那人影说道，“是‘星光’。”

“能见到你是我的荣幸。”塔克不由自主地说道。

“完全正确。你是个军事家，代表的是一个颓废而压抑的文明。而我本人正准备做的，是避免一场你们那肆无忌惮的技术给我的世界带来的恐怖，而你将与之作战的，是起初将你们那邪恶的病毒带来折磨地球的同一个技术团伙的另一个派别。在这种情况下，我觉得自己很难祝你成功，医生。但不管怎么说，我还是这么做吧。”

塔基扬一时语塞，宝宝往他脑袋里释放了一点静电电流。“我很感谢。”最后，他勉强说道。

“是的，”星光扬起英雄般的下巴，“或许我该赋诗一首，吟诵一番此刻我所面对的道德困境——”

“难道你不该先去面对那颗小行星吗?”塔克的声音几近尖叫。

星光皱起眉头，看起来就像是被赫拉抓奸的宙斯，但他还是平静地说道：“我想是这样。”

闸门打开了。“再会。”塔克说道。

“谢谢。”他走了出去。

外层的闸门也慢慢打开时，宝宝将外部的图像传输回到塔克的脑海中——如果有需要的话，她肌肤上每一立方厘米都可以具有光敏性。星光飞入太空，转头望向此刻正渐渐远离的太阳，似乎是深深地吸了一口气。接着他蹬离飞船，手臂与身体形成一条直线，而后成了划破万古长夜的一道明亮黄光。

“光子变形，”塔克感动地说道，“就像我们的幽灵引擎使用的速子传输一样，但要做到光子变形，得保持光速。真是难以置信。”有那么一会儿，他甚至有些为百变王牌病毒而骄傲。

他摇摇头，甩掉了这种感动。“我觉得，”他评论道，“很难喜欢这家伙。”

毫无疑问他是个刺头。相比之下我要更喜欢队长得多。

缇西，他们来了。

◆

飘浮，永恒。纯粹的释放，不存在于其中却又与整个宇宙共生。最后的圆满：彻悟而成为一束光。

但必须维持。解决方式，向下进入自我意识。化为物质。

那颗小行星正等在前方。那是一大团毫不可爱的煤渣，看上去似乎要落在星光身上，尽管此刻他的视线与它的轨道其实是垂直的。

他擦了擦下巴，皱起眉头。他还有很多话要和那外星医生说，他想谈谈他们种族给这个世界带来的邪恶，谈谈他将可怜而又备受折磨的迷旅骗进如此可怕的危险局面应当背负的罪孽。但这些都得留待日后，此刻，时间正一分一秒地流逝着。

他不知道自己有多少时间。从他和马克及其他人共享的记忆中，他知道药效能持续一个小时。他希望自己能在这个时间里完成自己必须完成的事。

他伸出一只手。一道光束带着令人目眩的白热从他手上跳向特斯卡特利波卡那坑坑巴巴的表面。一圈石头仿佛要与这光赛跑似的从它的表面跳起。

他强得非凡。但他的所有力量都不能转化为邪恶的质量。因此，他不能用力量毁坏这块石头。他能做的就只有使用他的激光在它的侧面烧出一个洞来，让这个小行星像火箭发射到运行轨道上一样地飞出去。即使是现在，在距离地球一百万英里的地方，一点点偏向也会让一切变得完全不同。

但即使是让这小行星的轨迹出现最微小的偏差，也需要无比强大的能量。还有不计其数的时间。

星光慢慢增加了自己释放的力量。他感觉到了活力，还有巨大而满溢的力量，在此处，在神圣的太阳的直视之下，她的能量支撑着他，他不可能失败。

此刻，危如累卵的是一颗星球，是他的星球，地球，繁荣而葱郁。在这偶然的机会下，在某种意义上，他自己的生命，以及马克·梅多斯和其他人的生命和存在，全都维系于他。

♥

在侦查到的一瞬间，塔克就知道悍妇最致命的武器已经没有了。如果它依然还能起作用，那么她的幽灵矛凝结在一起的速子将会让宝宝的——以及他自己的——原子都散落到十来个不同的维度空间之中，此外，连同宝宝的幽灵引擎腺体一起没了的，还有她的速子感应能力，也就是丧失了警戒的手段。但塔克赌群虫袭击已让悍妇的速子光束枪失去了功能。因为这是虫母最急迫的目标，这些类小行星的生命体害怕幽灵矛，甚至像悍妇这样的猎犬级飞船携带的小型矛也是。

然而扎博的飞船此刻也远没有沦落到虚弱无助的境地。宝宝猛冲过去，她的航向穿过星光适才的轨迹，与悍妇的航向相切，一道紫光的脉冲也随之闪动。我早就料到了，宝宝得意地表示，同时以精妙得如同小步舞一般的姿态，舞动着闪避了过去，这种姿态让她得以避开悍妇的船首，而另一条星舰则只能一直绕着她打转。

他俩一起向前送出探测的意识，塔克指引宝宝那不成熟的心灵力量去探索另一条飞船。他感知到的破坏让他的胆汁涌上了喉头，悍妇的侧腹边缘满是烧毁或枯萎的伤口。就算她想要我们的命，他想，也没有哪一艘忠诚的塔基斯星飞船应该遭受群虫传染病的腐蚀。

他想看得再仔细些，探测的意识却被铡刀般的精神力量切断了。没关系，宝宝感知到的这些，足以评估她的对手还有多少实力。但他还是有些惊讶。

残废贱人，驳船之伴！塔克感觉到悍妇的怒火仿佛长矛一般向宝宝刺来。这黄疸病般的太阳将品尝到汝与汝之领主的滋味！

真是勇敢的发言，尔之脚步如此踉跄，又如何能追得上我！

你的精神力量变强了，堂兄，他投射出意识。

一声干巴巴的轻笑传入他的意识。变强了很多。既然你来了，缇西安，我想你是发现我在地球上的密探了？

宝宝正在汇报悍妇的状况：外壳的好几处很薄弱，主动力器官有一处损坏……

是的，塔克想。

拉伯丹是个傻瓜。你处置他了吗？我感觉你已经下手了。杜尔格呢？我相信，他一定是死了。

他还活着，堂兄。塔克带着恶意：他已将忠诚转移到了击败他的地球人身上。你曾经捕获过的人——迷旅队长。

白热的愤怒之矛：你说谎！一会儿后。但是不对。这么说来，或许你已经开始明白为什么我会做出那些事来了，缇西。

根据他们的计划，宝宝将以定速驱动，进入一道弯曲的轨道。就算悍妇拼尽全力，也无法靠近射程。她的火力控制系统也受到了损坏，只要能保持这个距离，她压倒性的火力优势就会被宝宝更精准的重激光单炮攻击抵消——宝宝不断向她攻击，逼迫她放弃追击，改为躲避。

我明白的是，你已背叛了我们宗族和我们的人民，塔克想。

表面上是这样，缇西。但是你再考虑一下，在你的纵容下，在这个炎热而沉重的世界里释放的病毒，它对我们的存在造成的威胁，毫无疑问要远远高于愚蠢的群虫。

实验是成功的。

但其中潜藏着危险。这些改变了的地球人，这些王牌，他们帮助你从我们所有人的包围下逃脱了。现在你又告诉我，一个干瘦而虚弱的家伙击败了塔基斯星上最致命的空手搏斗战士。你难道没有在这之中看出我们种族的没落吗，缇西安？

或许精神领主早该没落了。

而你称我为叛徒。这股意识与其说是愤怒，不如说更像是带着疲倦的笑意。

你那么做会毁了地球上的整个物种。

当然。他们不过是地球人。

痛苦像酸液一样泼洒在塔克的大脑中。宝宝的加速度补偿装置出现了问题，他的半个身子被甩出了床铺。宝宝！你还好吗？

一点擦伤而已，缇西主人。我很好。但这话说得带着一丝踌躇，她过去从未在战斗中受过伤。

他以治愈的意识触碰简单地爱抚过她后，又凶狠地转向扎博，所以你和肮脏的群虫达成了共识？

你已经见到他们对可怜的悍妇干了什么。这个群虫之母遇到过塔基斯星人——或是与其他遇到过塔基斯星人的群虫之母共享过血浆——但活了下来，这一点应该让你知道很多事，我的堂弟。一个携带着种子的群虫在你的这片被遗弃的遥远世界的轨道上，它们原本处于惰性状态，直到我们飞入它们之中。接着它们便转向我们，用酸液、迅速发作的病菌和野蛮的力量攻击了我们。

我们把它们赶走了。塔克的脑海中充斥着从拉伯丹那儿窃取来的画面：在摇曳的灯光下，他们与不定形的生物战斗，只要触碰到那些生物，就会被不可逆转地溶解，而后死亡；剑刃闪烁，尖叫，最绝望的防卫，激光枪在走廊中开火，而悍妇的全部组织都蠕动般抽搐着。

我们死了四个人，你那位格斗导师也在其中。下一波攻击会结果我们所有人。所以我选择了谈判。

紫色的双眼紧闭起来。赛杜。

我们击退这波攻击后，扎博继续说道，我尝试着触摸到了群虫之母那肿胀而昏暗的意识，我们照料伤口，在通道上涂满抗生素乳液，给她留下我想与她和解的印象。她模模糊糊地理解了，我想她是对我的鲁莽行为产生了类似于好奇的心理，想再更近距离检查我。于是我乘坐一条单人救生艇到了她那儿，进入她体内。

宝贝重新控制住了行动，她的操作不再发出暴力的高音啸叫，窗边高脚杯里剩下的白兰地的表面也不再激起涟漪。塔克额头上的汗水形成了冰冷的穹顶。他不由自主地对堂兄产生了敬畏，甚至是钦佩。孤身一人赤手空拳进入群虫之母那巨大的躯壳之中，进入他们古老的敌人，几百万个传说故事的发源之地——这需要史诗般的勇气。

扎博为什么会那么做，塔克现在知道了：扎博在塔克手中受到了羞辱，而他过去从未被人击败过。他必须做出某种无与伦比的壮举，否则他的重要性，他的德性，就会像水从破了的瓶子里淌出去一样，从他身上渐渐排空。而对塔基斯星人而言，只要规模足够宏大，即使是背叛之举也能充满荣耀。

我从我的船上下来，进入一个巨大的洞穴，我的脚下正是我们最古老的敌人。周围的墙上似乎以一条条黑色苔藓为装饰，闪动着几十个微弱的巫光；里面弥散的恶臭让我的视野也随之模糊。但我还是联系上了一个仿若银河般巨大而弥散的意识。在调整之后，我们建立了联络。

那个怪物与我之间有着共同的兴趣，那就是毁灭你的这个地球上的生命。于是我们达成了和解。

震惊让塔克反胃，胆汁涌进他的嘴里。我们达成了和解。他的堂兄如此漫不经心地传来这样的句子，就好像这不是在描述他们族人有史以来最大的背叛和最了不起的勇敢之举。

我尊敬你，扎博。这是我应该的。要是今天你赢了，他们会世代传唱你的颂歌。但是……我依然蔑视你。

我会忍耐。

塔克在呼吸间打了个寒战。还有，你谋杀了本娜芙莎。

我只能这么做。她绝不会同意采取任何行动来对付你和你宝贵的地球，更不用说与群虫交易了。表面上看，她是死于群虫袭击，负责这件事的人是拉伯丹，我想你会为此而感到高兴的。

一滴泪水掉落在丝质被单上。

扎博。我要杀了你。

或许你还真能做到，毕竟悍妇现在已经很虚弱了。不然的话，就是我杀了你。疲倦的笑声。在我看来，这两个结局都很让人满意。

宝宝尖叫起来。

突然，塔克的身子在他的头等舱里丰沛的有机组织之间不停反弹起来。他嗅到了硅胶烧焦的气味，他战舰的痛苦在他的意识中不断反弹回荡。

现在，婊子，悍妇的意识出现了，带着仇恨的嘶嘶声，你再也不能飞了。悍妇将她的引擎调到了耀武扬威的超速度，化作一道蓝白色的火焰，向他们靠近准备展开杀戮。

宝宝，宝宝！他的意识里充斥着恐惧和痛苦的白噪音。共生体飞船比没有生命的太空船要先进很多，他们能自己思考，能治愈自己的损伤。但他们有意志，而这意志，却是会损坏的。

塔克抓住一道意识的投射，攥紧了它，将自己的意识包裹在他那备受折磨的飞船上。她的船体出现了一道两米长的裂口，空气从中散了出去，她在太空中翻滚。哦，宝宝，控制你自己！

他感觉到一束激光恶魔般的气息从她身边擦过。爸爸，爸爸，我做不到，做不到！

墙上出现了各色光点的脉冲。他聚集起全部的治愈能量，加上他对飞船全部的爱与共情，将他自己整个人的存在，都倾泻在她体内恐惧的火焰之上。我爱你，宝宝。但你得让我帮助你。

不！

我们的生命危在旦夕。整个世界都危在旦夕。

慢慢地，恐惧感减退了。飞船渐渐不再疯狂旋转，塔克感觉到她的心灵感应补偿场域再次围绕在他身上。他终于恢复了呼吸。

悍妇没有放大形体，只是变得更为锐利，她成了黑暗中一支有生命的长矛，带着微光，驾着火焰的波涛。一束激光向前刺来，宝宝船侧的一条侧翼随之消散，塔克的脑海中满是悍妇那洋洋得意的意识。尖叫着求饶吧，胆小鬼！你将永远无助地飘浮在宇宙中！

去死吧！宝宝将所有能量都切换到激光炮上，内部的灯光也随之暗淡。鲜红的光束钉住了悍妇引擎的前部。她尖叫起来——接着痛苦的骚动再次出现，比之前更响，一直持续，持续，直到塔克觉得自己的大脑即将爆炸。

♣

1955C－1100 正将它自身包含的物质吐向太空。有那么一会儿，星光几乎希望自己身上有某种仪器，能测量他的进度。时间过得很快，那个奸诈的外星人技术专家似乎没有要回来的迹象，倘若他就这么白白地牺牲了，那倒是一件好事。

星光坚定地消除了这个想法。即使他会死去，至少在死时将不再受到百变王牌这精妙的技术束缚。而绿色的地球将会活得更久一些，直到掠夺大地之人和技术怪胎们将她消耗殆尽。但他得先完成自己的使命。

他开始创作他最后的诗篇，这是悲痛的篇章，而令它显得更为悲痛的，是在这小行星无声的光子尖啸之上，除构成迷旅队长这一复合体的其他实体之外，没有任何人能听得见他的诗篇。

♠

等他能够再度思考：宝宝，你还好吗？

我们赢了！缇西主人，我击败她了！——传来一张悍妇的图像，如不再闪动微光，而是支离破碎，倾覆在一条彗星的轨迹上，远离她的主人想要毁灭的世界。

扎博！扎博，你还活着吗？没有回答，他不知道自己的脉搏为何如此不安地加快了跳动的速度。

但接着：我还活着。该死。你就不能做点对的事吗？

我们的人怎么样了？

你击中引擎下方时死了三个人，安柳拉、宙瓦·桑，还有你很喜欢的那个女仆。他们都在一团火焰中消失了。你现在觉得骄傲吗，缇西安？

他死一般地坐着，一动不动，寒冷的空虚充塞了他的内心。他谋杀了他的族人，先是拉伯丹，接着是其他人。还有他的玩伴塔莉，她曾在他和灵龟及迷旅一起被绑架时，将扎博的企图警告过他。当然，他有正当的理由，但扎博不也一样可以这么声称吗？

你赢了。复仇吧，缇西安。

宝宝，将导航与悍妇同调。动作要快。

但是，主人……

怎么了？

星光——他就快要变回迷旅队长了。

你还在等什么？声调抬高了。你在幸灾乐祸吗，缇西安？这不像你。快结束这一切。

塔克茫然自失，他盯着面前的膜状墙壁，那上面的图像展现了宝宝投射的她那被击溃的敌人。他的自尊要求达到圆满。而实际上，只要扎博还活着，塔基扬就永远处于威胁之下，地球也是。

缇西，我母亲把生下你的混血婊子推下楼梯时，我就在旁边看着。我靠在栏杆上大笑。她的脑袋就那样耷拉在脖子上……

塔基扬笑了起来。够了。把你的恶意留给虚空吧，扎博。

那你开火啊。该死，开火。

不。要是你能做到，就修好你的飞船，一瘸一拐地逃回塔基斯星去，飞去星网的空域，以叛徒的身份活下去。带着我再次击败了你的记忆活下去。记着你曾背叛过你的血统——还失败了。

他建起一面意识之墙，挡住了怒火的浪涛。宝宝，快去找队长！她猛地调转航向，引擎激起了黄色的彗发。

……我发誓，缇西安，我要毁了你……他感觉到了一丝意识。接着扎博离开了他的射程范围，歪歪斜斜地进入无穷的黑暗之中。

♦

星光双手上的闪光正在渐渐熄灭，随之而来的，是一种无力感，构成了他的存在的结构正在发生改变。至少我死在太阳的怀抱中……

三百秒后，宝宝刹住飞船，让她的速度与小行星表面上还在发着光的洞口悬挂着的人形保持一致，他似乎已失去了生命。她轻轻地探出她的捕获场域，抓住了那已浑身青紫，嘴巴和耳朵上血迹已干涸的人形，将他拉入自己的体内，那顶丝绸的帽子也跟着他们，就像一颗紫色的卫星。她的主人伏在朋友的身体上哭泣时，她将她的船头指向了如今已成为他们家园的世界。

♥

“马克，马克老伙计！”塔基扬医生推开宇宙南瓜的大门，怀中满满地抱着一堆纸袋装的红酒和鲜花。

马克推动轮椅来到迷幻商店前部。“医生！感觉，呃，好久没有见你了。发生什么事了?”他的脸不自然地泛着红色，那是因为在太空中，他皮肤下的毛细血管都爆裂了，另外，在他的耳膜恢复正常之前，他都得借助贴在左耳乳突上的骨传导小装置才能听到声音，但整体来说，作为一个经受过所有这些事的人，他看起来还算不错。

“发生什么事了？发生什么事了？面团男孩已经被撤销了所有指控，今天回家了。你是个英雄——没错，你的朋友队长是个英雄。当然，还有我。在水晶宫要举行一场庆祝活动，所有的酒都畅饮免费。”

“那这些酒是怎么回事?”

“这些?”塔克微笑起来，“等出席过蝶蛹的宴会之后，我想自己举办一个私人的庆祝活动。”

他递出一束花。“这是给你的。首先让我先祝贺你，马克。”

马克抽了抽鼻子。“唔，谢谢，医生。”

“我们能出门吗？为什么你不穿上——你知道的——更正式一点的衣服?”

马克转移了视线。“我，呃，我觉得我最好还是留在这儿。我得看着店里和斯普劳特，而且我现在走动也不方便。”

“胡说八道。你一定要来。你应该得到吹捧，马克。你。你是个英雄。”

他的朋友躲避着他的视线。

“布伦达会很乐意替你看着店里和斯普劳特的。”

“话别说得太快，小子，”柜台后的女人说道，“还有，我是苏珊。”

塔克死盯着她。一会儿后她妥协了。“我，我猜我能帮忙。”

“但是我坐着轮椅。”马克哭诉。

“您需要帮助吗，伊西丝主人?”从店铺后方传来一个声音，那声音低声而洪亮，仿佛一面外星的锣。杜尔格·阿塔·莫拉克·博－伊西丝·瓦雅旺德－萨走进熟食店，限量版荒原狼的T恤穿在他宽阔的身体上近乎要炸裂。他走路有点跛，脸上肿着，还有擦伤，但没什么其他更严重的伤势。“我能把您扛到任何你希望的地方去，主人。”

马克那酡红的脸色变得更红了。“我希望你不要再这样称呼我了，兄弟。我的名字叫马克。”

杜尔格点了点头。“如您所愿，主人。要是您希望在您那些比您更弱的同类中的敌人面前，像您隐藏形体一般地隐藏起您的名字，有地球人在场时，我会称呼您的化名。”

“老天。”马克说道。对塔克来说，莫拉克设法了解到月之子的真名（不管“真名”这个词在这里到底指什么）是“伊西丝之月”，而他本人却不知道，这让他有点恼火。但另一方面，这事也让他觉得相当有趣。

“好极了，”他说着，抓起他带来的那堆东西，“你去楼上换衣服，我在水晶宫等你。”

“你打算去哪儿？”

“我还有个约会。”杜尔格抓住马克，将他连人带轮椅一起扛上了楼梯。

♣

在午后稍晚时塔克的办公室里，萨拉·摩根斯特恩的脸几乎比马克的脸红得更深。“所以你做到了。”她吸了一口气。

他意识到了她身上的香味，感觉到了她的兴奋。他几乎没法控制自己的情绪。“很简单。”他说谎了。

“和我说说。到底罪犯是怎么实施犯罪的？”

他告诉了她，略加修饰，因为享受邪恶的情欲比自我意识膨胀的优先权更高。等他说完后，他诧异地看到，她那渴望的神情就像个蛋奶酥似的瘪下去了。

“外星人？是外星人干的？”她几乎没法把这几个字说出来，她的失望之情像浪涛一般拍打着他的大脑额叶。

“没错，怎么了，新一代的群虫与我堂兄扎博结盟。这是你要写的报道中重要的一环，亦即这新形态的群虫带来的危险。因为它意味着群虫之母并不打算离开，也不打算把和平留给这个世界。”

他给她的花束落在地板上。一打玫瑰散落在她的脚边，就像一棵被空中投射的炸弹击毁的大树。“*安蒂*。”她啜泣起来，眼泪挂在她的脸上，让她面容扭曲。接着她便离开了，鞋跟毫不在意地在走廊上留下一串脚步声。

脚步声消失后，塔克跪下来，轻轻捡起一朵血红的花骨朵。*我永远也搞不懂这些地球人*，他想。

将这朵花插进天蓝色外套的纽扣孔后，他优雅地跨过地上的花朵，关上门，上好锁，接着便吹着口哨去参加庆祝了。

♥♦♣♠

朱比：之六

地铁恐怕是朱比永远无法完全适应的人类反常行为的造物。它热得令人窒息，地下通道里的尿味有时候更是让人难以忍受，他也痛恨有车厢开过时，地铁里的灯闪闪烁烁地忽明忽灭。而通往一百九十街的路途漫长的地铁A线则是所有地铁中最糟糕的。在鬼牌镇，朱比感觉过得很舒服。他是整个社区中的一员，大家都熟悉他，接受他。但在曼哈顿中城和哈莱姆区，乃至更远的地方，他就是个怪胎，小孩都会盯着他看，他们的父母则故意装作不小心才注意到。这让他觉得自己几乎像个，好吧，像个外星人。

但此事无可避免。卖报人海象绝不能乘出租车去修道院。

在过去的几个月里，他的生活遭到了严重的破坏，他的生意却变得比过去更好了。朱比发现共济会会员也会读报纸，所以每次聚会时，他都会带上一大包报纸，然后在地铁A线上（灯亮着的时候）靠它们来让自己不去在意地铁里的气味和噪声，以及他周围乘客脸上厌恶的表情。

《时代》周刊的头版头条宣布说，成立了一支专门处理群虫威胁的联邦政府专家组。在国家航空航天局、参谋长联席会议、参议院王牌资源强化委员会和国防部秘书处之间，为管辖权而产生的政治斗争有望最终得以结束，由此所有的反群虫活动也将协调一致。这个专家组将由一位名叫兰克斯特的男性领导，此人原本是国务院的职业外交官，他许诺将立即召开听证会。专家组希望能独家征用新墨西哥的射电望远镜，从而确定群虫之母的位置，但这个设想遭到了科学界的强烈谴责。

《华盛顿邮报》的头条报道的是最新一起黑桃王牌谋杀案，配着受害者的图片，一支箭刺穿了他的左眼。死者是个鬼牌，他的犯罪记录就像他卷曲的尾巴那么长，他倚靠的是中国城街道上的一支黑帮，该帮派的称呼五花八门，诸如“雪鸟”“雪男孩”和“无尘白鹭会”。《每日新闻》同样也报道了这起谋杀，只是没有配图，他们怀疑这个使用弓与箭的杀手是个黑手党的职业杀手，因为众所周知，中国城的“无尘白鹭会”和鬼牌镇的恶魔王子正在逼近甘比诺家族的势力范围，而“屠夫”弗雷德里科·马切拉约绝不是一个乐于接受这种冲突的人。这套理论无法解释为什么这个杀手使用弓与箭，为什么他要在每具尸体上都摆一张黑桃王牌，还有，为什么他在离开时完全没碰这最后一名受害者携带的一斤多天使粉迷幻药。

《国家情报》的封面是塔基扬医生的彩色照片，他站在一间实验室里，身边的同伴长着胡须，看起来有些笨拙，穿着一身紫色的山姆大叔套装。这是一张毫无修饰的照片。配图说明写的是“塔基扬医生和‘齐普队长[①]’向华纳·弗雷德·沃伦博士致敬。‘他对科学的贡献是无人能比的，’超自然外星天才表示。”相关的文章认为，是沃伦博士拯救了世界，并敦促社会将他的实验室定为国家级纪念馆，据说这是塔基扬医生提议的。文摘部分中间的插页，刊登了一名布朗克斯区清洁女工的证词，她表示说有个群虫试图在世界贸易中心站的通道里强暴她，幸好有名路过的地铁工人变身成了一条十二英尺长的短吻鳄，把那生物吃掉了。这个故事让朱比觉得很不舒服。他抬头环顾四周，观察地铁 A 线里的其他乘客，希望他们当中没有人是群虫或短

① 此处“队长”的名字写为 Zipp 而非“迷旅”的 Trips，可能是暗示《国家情报》的记者根本不在意他的名字到底是什么。

吻鳄。

他也带着最新一期的《王牌》，它的封面故事报道的是“跃闪杰克”——《“大苹果”[①] 最热门的王牌》。此前杰克一直不为人所知，直到两周前他突然出现，身着橙色的跳伞装，熄灭了南街码头上一家仓库的大火，它差点儿就要烧到附近的鬼牌镇诊所了。杰克灭火的方法是将那些火焰吸到他身上，接着以某种方式将它们全部吸收。从那以后，他就到处出现——驾着一条咆哮的火柱在曼哈顿的天空中隆隆而过，从指尖射出火焰的冲击波，在采访中发表一些带着讽刺或神秘莫测的言论，或是陪同美丽的女性们一起前往王牌云巅，在那儿，他喜欢自己烤牛排的癖好对海勒姆而言倒是正正好。《王牌》是第一本将他那狐狸似的笑容摆在封面上的杂志，但绝不会是最后一本。

在五十九街的地铁站上来一个苗条的秃头男人，他穿西装三件套，坐在朱比对面的座位上。他在国家税务局工作，在修会里被人称为“背心”。到了一百二十五街，又来了一个肌肉发达的灰发黑人女性，她穿粉红色的服务员制服。朱比也认得她。他们都是普通人，两个人都是。他俩都既没有王牌的能力，也不像鬼牌这么畸形。现在共济会里都是这样的人：建筑工人和会计师，大学生和民运斗士，下水道工人和公交车司机，家庭主妇和妓女。聚会上，朱比曾经遇到过一位非常知名的律师，一位电视台气象节目主持人，还有一名灭鼠专家，那人很喜欢谈本行，一直给朱比发名片（“我敢打赌，鬼牌镇的蟑螂特别多”）。其中有几个富人，有一些特别穷的穷人，而大部分人则只是辛勤工作以维持生计的普通人。这些人里似乎没有一个特别开心的。

领导者的人数就一下子减少了很多，但每一个团体都需要层级，就像每一支军队都有它的二等兵。而这就是朱比适合的地方。

---

① 指纽约。

杰伊·阿克罗伊德永远不会知道自己错在哪里。他是个专业的私家侦探，狡猾而经验丰富，一旦他明白自己与之周旋的是什么之后，就变得异常小心。倘若他不是那么富有才能，倘若蝶蛹派去调查的是个更普通些的人，那他们可能就逃脱了。让他步入陷阱的正是他的能力，他隐藏的王牌力量。“砰砰杰伊”是他最讨厌的外号，他是个投射型的心电感应者，能用手指一指，就让其他地方的人砰砰爆炸。他想尽一切办法让自己不那么显眼，也没有砰砰爆破任何一名共济会成员，但不知怎么回事，犹大感应到了他的能力，而这就足够了。现在阿克罗伊德对共济会已毫无记忆，蝶蛹和恶魔约翰·达林福特也是。只是因为朱比明显属于鬼牌，也分明没有任何力量，这才救了他的意识和生命……当然，还有他起居室里的那台机器。

地铁A线开进一百九十街时，天色已经暗下来了。“汤勺”和“背心”都快步从地铁里走了出来，朱比迈着沉重的步伐跟在他们身后，腋下夹着报纸。在他的衬衫底下，枪套摩擦着皮肤，他只觉孤独得近乎绝望。他没有同盟。蝶蛹和砰砰杰伊都已将一切遗忘。克罗伊德醒来了一次，变成了一个肿胀的灰绿色玩意儿，身上的肉像水母，流的汗全是血，于是他赶紧又睡了过去。塔基斯星人们来到了地球，又离开了，什么都没做，什么都不关心。至于那个奇点移动装置，就算它还未受损，依然能用，也消失在了这座城市里的某处，而没有那东西，他的速子通讯机就毫无用处。他也不能直接去找人类当局。到处都有共济会的成员，他们已渗透了警察局、消防局、国税局、高速运输管理局，还有媒体。在一次聚会上，他甚至认出了一名在鬼牌镇诊所里工作的护士。

这事深深地困扰着他。好多个不眠之夜，他都泡在冷水浴缸里，想知道自己是不是应该对某个人说些什么。但是对谁呢？他可以轻声将格雷沙姆护士的名字告诉巨魔，他可以将哈里·马提亚报告给他的长官，他可以把这全套故事都泄露给《鬼牌镇泣语》的蟹肉蛋糕。

但要是巨魔本人也是个共济会成员，那又该怎么办？布莱克队长和蟹肉蛋糕是不是呢？共济会的普通会员只能隔得远远地看到他们的领袖，而且通常领袖们都戴着面具，还有传闻说，有些高阶级的创教者从未出席过聚会，他们都是些王牌、政治掮客和在当局重要位置上的人。他真正能信任的人只有一个，那就是他自己。

于是他就只能这样一直去参加他们的集会，倾听，学习。他着迷地看他们戴上面具，进行表演，举行仪式，他研究了他们模仿的这些神话中的诸神的特性，他在集会上讲笑话，拿其他人开玩笑，他还和那些愿意与鬼牌交朋友的人交了朋友，并观察那些不愿意交朋友的人。他开始有了某种猜想，某种荒谬而令人不安的猜想。

他不止一次地想知道自己为什么要做这些事。他发现自己回忆起很久很久以前，发生在伟大的星网星舰机遇号上的事。商人之主伪装成一名年老的格拉布尔星人，来到他的舱室，他猪鬃般的头发全都因为上了年纪而变黑了，当时朱本问他，为什么自己有幸能接到这个任务。“因为你和他们很像，”商人之主说道，“虽然你们的外形不同，但混杂在被塔基斯星人的生物科学扭曲的反常者之间，别人不会发现你，你会成为又一个没有特点的病毒受害者。你的思维模式，你的文化，你的价值，还有你的道德标准——全都比我的其他候选人更接近人类的标准。假以时日，当你居住在他们之间，你会变得与他们更像，由此你就会理解他们，而当我们回来之时，这一点将价值非凡。”

这些都是对的，完全正确；朱比如今已经变得比他当初料想的更接近人类了。但商人之主忘了一件事。他没有告诉朱本，有朝一日他会爱上这些人类，会觉得自己得对他们负责。

两个穿着帮派服饰的年轻人从修道院的阴影中出现，向他走来。其中一人手拿弹簧折叠刀。他们现在已经认得他了，但他还是得将口袋里那枚闪闪亮的红色便士交给他们看。这就是规矩。他们静静地朝他点了点头，朱比与他们擦肩而过，走了进去，进入大厅，在那儿，他们穿着无袖罩袍，戴着面具，用着他们的仪式用语，带着那些他害怕知晓的秘密，等待着他的到来，等待着引领他入会。

♥♦♣♠

在迷途

帕特·卡迪根　著

就五月来说，这天气热得有些反季节，几乎都有些像是盛夏的预演了，孩子聚集在消防龙头前成了一幅永恒的画面。唯一的问题在于经验——没有人知道该怎么让水从消防栓里出来。不用说，这样做会让当地的水压经受严峻的考验，严重影响消防工作，而这也就是为什么纵火犯总喜欢在大热天里配合一群汗津津的小孩。不过当你真需要纵火犯的时候，身边却又总是见不到他们了。

小便利店里的男人倒没在看那些孩子，他在看的是一个年轻女人，她留着齐肩的红褐色头发，一双大大的绿色眼睛正看着孩子们。三天前她从巴士上下车之后，他就开始跟踪她了，通常总是拿着他最喜欢的小报作为伪装，就好比现在他手里拿着的这份。它的头版上写着《女人变成鬼牌，新婚之夜吃了配偶!!!》。哈里·马提亚就喜欢这种耸人听闻的东西。

那女孩穿过街道，不过，她和耸人听闻全不沾边。女孩比年轻女人更适合形容她，虽然他很有理由确信她已超过二十一岁。她那心形的脸蛋上没什么印记，线条柔和，还没长开。要是你多看她一眼，就会发现她纯洁无瑕而又充满魅力，而他觉得大部分人都会这么做。你只会觉得，她不过是又一个将自己投身于大都市的血盆大口之中的纯洁贡物罢了。但哈里——更多地被人称为犹大——却知道一些不一样的事。钦天士会为此而慷慨地给予回报的。

或者不如说，钦天士的手下会给他回报。钦天士本人一般懒得搭理你，除非你走运，而犹大一直都很走运，甚至可以说完全是靠运气活下来的。他原本是个鬼牌追星族，人们一般将这种人称为“鬼皮”（而且在说到这个词时还会嘲笑他），可他其实是个王牌。虽然不得不承认，他的能力非常微妙，但在侦查其他王牌和超能力时非常有用。他的能力出现在那个疯狂的卡巴莱之夜，鬼牌镇暴动。救了他的命，他们正打算干掉他的时候，他体内的百变王牌孢子显形，他揭发了那个不停变换身形的女人。他一点儿也不喜欢想起这件事，但受害的是她，总好过是他自己。只要不是他倒霉，谁都行，即使是这正在过街的女孩也行，尽管这样的事会让他觉得难受，毕竟她那么迷人。但他只不过是将她带去给共济会，在那儿，她不会被浪费的。她是那么有天赋，他把她带进门时，他们说不定会往他身上挂一枚勋章。没错，他们会付钱给他，不管怎么说，那价格足以抵偿他被人称作犹大而产生的刺痛。如果他会为此而刺痛的话，但事实上，他不会。

女孩面带微笑，他觉察到自己也微笑着回应了。他可以感觉到她的力量自动在聚集。他心不在焉地给收银员扔了几枚硬币买小报，接着走出店铺，来到人行道上，报纸夹在腋下。他再一次为自己感到惊奇，即使他知道，得有特殊的能力才能检测到王牌的存在，但他还是觉得很奇怪，人们为什么从来发现不了，自己的面前站着比自身更伟大的人物，不管那是王牌也好，是提亚马特也好，还是独一的真神上帝。他扫了一眼天空。上帝正在休息，提亚马特还未抵达，现在此处，只有他和这个女孩，这就足够了。

她使用了自己的能力，他感觉到了。从她身上涌出的能量像浪涛，也像物质颗粒的齐射。量级大得惊人。这是一种很原始的力量，让人觉得十分古老，尽管它与百变王牌这种全新的病毒有关，感觉就像是病毒激活了某种天性中休眠了数个世纪的能力。

会不会是这样，他突然想——原始人不也都有一套仪式来祈雨的吗？

消防栓毫无预警地突然爆开，水冲上了街道。孩子们欢呼起来，笑着跑来跑去，她也开心地看着这一幕，都没注意到他靠近了。

“警察，小姐。别做声，跟我来。”她盯着他拿到她鼻子底下的警徽，脸上出现了惊讶的表情，这让她看起来更年轻了。“你该不会真的觉得自己能逃脱吧？别装无辜——要知道，你也不是我们在这镇上抓的唯一一个王牌了。”

她温顺地点点头，让他将自己带走了。

♠

修道院对她来说完全就是浪费。他像平常送那么多货一样地，将她交到金姆·托伊·奥图尔和红人等待着的双手中时，她甚至都懒得抬头看一眼那高耸的法国哥特式建筑，更不用说那面装饰华丽的雕花木门。他竭力克制住了自己，才没有吻她。对于一个叫犹大的人来说，亲吻显得太隆重了。嘿，真是个小姑娘。她甚至都没有注意到，他们都没穿警察制服。

♦

在被百变王牌病毒感染之前，红人不过是气色比较好，而现在，他整个人完全变红了，而且也没了头发。他觉得这算是个勉强可以容忍的状态。“可能我的身体里住了个印第安红人。”他时不时会这么说。但其实根本没有什么印第安红人。他的妻子金姆·托伊是个爱尔兰职业军人的后代，参加越战期间，他在香港休假时与她相识，而后真心爱上了她。肖恩·奥图尔曾经也是共济会会员，但他绝对认不出如今这个组织，那是他的女儿自身的孢子开始萌发，而后她发现，精神力量与费洛蒙的结合体让男人感觉到的目眩神迷，远甚于相当迷人的女性，而后才让这个组织变成现在这副样子的。红人不需要这种虚假的目眩神迷。这是一件好事，因为有时候她的费洛蒙会变得致命，而她自身却无法控制。

他们将犹大带给他们的新鲜货收了下来，安置在楼下一间用于秘密审讯（面谈，罗曼会这样纠正他们）的办公室里。接着他们坐在外面的大厅里，做了一番计划外的修整。罗曼随时会来，等他来了他们就得按照钦天士认定最好的方式来处置她。

“恶心的小东西。”红人轻声说着，从金姆·托伊手里接过一支已点燃的香烟。恶心的小东西这个词总是用来指代钦天士。“有时候我觉得我们应该重重地踩在他屁股上，然后逃走。”

“他会拥有全世界，”金姆·托伊淡然说道，“然后分我们一块。我觉得这值得我们留在他身边。”

“他号称说会分我们一块。说得就好像他是个封建领主，但我们不都是武士，我的妻子。”

“我也不是。我是个中国人，傻瓜。你还记得吗?”金姆·托伊隔着丈夫看向更远处，“罗曼来了，还有卡夫卡。”她和红人站起身，尽量想表现得若无其事。罗曼是钦天士的高级走狗之一，在组织中的权限要高于大部分钦天士招募的可疑成员。金发碧眼的俊美外表和无懈可击的打扮，让他几乎在任何地方都能畅通无阻。有传闻说，他是那种稀有的“逆鬼牌”之一，这指的是原本极为可怕的残废丑八怪，在孢子的作用下，变成了他现在这种男性美人的状态。罗曼本人对此没有表示。

跟在他身边的人正好与他形成对比，人们叫他卡夫卡，或者干脆是“蟑螂”（尽管不会当着他的面说），因为他看起来完全就是蟑螂这个概念在人形上的体现。不过没人拿他开玩笑，因为钦天士说将会成为他们救赎的夏克提装置基本上都是卡夫卡做出来的。也是他认出，共济会里保存了几百年的东西是个外星人的仪器，于是他独立设计并建造了这个机器，给它充能。没有人打扰他，没有人想这么做。

罗曼朝红人和金姆·托伊极微小地点了点头，接着便走向办公室的大门，然后突然停下来，差点让卡夫卡撞在他身上。卡夫卡往后跳了一步，紧紧抓着自己瘦削的手臂，因可能会接触到某个一天不能洗十二三次澡的人而恐慌起来。

“你觉得自己这是在往哪儿走？”罗曼的微笑很虚伪。

卡夫卡勇敢地向前走了一步。“过去三周，我们发现有六个外星人变成了人类。我只是想确保她是个人类。”

“你想确保她是个人类。”罗曼上下打量了他几眼，“‘犹大’带她来的。‘犹大’带给我们的一直都是人类。‘钦天士’不希望我们吓坏那些优秀的人，所以才会让我在他们第一次来时与他们面谈。你这是在浪费我的时间，卡夫卡老东西，我不认为你也一起进去就能让我安心。”

卡夫卡转过身，走向大厅，他的外骨骼发出了刺耳的声音。金姆·托伊和红人看着他离开，两人都屏住呼吸不敢打破这片寂静。

“她进门的时候，他正在看着监视器，”罗曼说着整理了几下他那昂贵而雅致的花呢背心，“可怜。我是说，这个男人显然是想接近这位可爱的女性，但他的样子实在是……”

“你的妻子还好吗，罗曼？”红人突然问道。

罗曼正在擦拭袖口，抹掉一根想象中的线头，听到这话后，他的动作顿住了。接着是长时间的沉默。他们头顶的一根日光灯不合时宜地发出了嗡嗡声。

“很好，”罗曼最后说道，他放下了手臂，“我会告诉她你对她的关心。”

等罗曼走进办公室，金姆·托伊用手肘去捅她丈夫的肋部。“你他妈这么做是为了什么？有什么意义？”

红人耸耸肩。“罗曼是个杂种。”

“卡夫卡才是个杂种！他们全都是杂种！而你则是个傻子。下次你想打那个男人，就直接站起来打断他的鼻子。埃莉·罗曼从没对你做过任何事。”

“是你先告诉我说你想拥有这个世界——抱歉，其实是其中的一小块——现在又因为我在罗曼面前提他的妻子而责骂我。我的妻子啊，有时候你真像个无法解谜的中国玩具。”

金姆·托伊抬头皱眉看着那盏嗡嗡作响的日光灯，它还在一闪一灭。“这个世界就是个无法解谜的中国玩具，我的丈夫。”

红人呻吟了一声。“又是那些武士的臭狗屎理论。”

♥

“请说出你的名字。全名。”

他可能是她在监狱里见过的最好看的男人。“简·莉莲·道。”她说。在大城市，人们拥有一切，甚至还能有英俊的男人来审问你。*我现在就在纽约的中心*，她想，同时竭力抑制自己想爆发出一阵大笑的歇斯底里的冲动。

“你几岁了，道女士？”

“二十一。出生于 4 月 1 日，19——”

“我自己可以做减法，谢谢。你在哪儿出生的？”

她感到了一阵恐惧。如果是萨尔，他会怎么想？哦，萨尔，我希望你现在能救救我。这更像是一句祈祷，而非一个想法，它投射到虚无之中，带着她微弱的希望，或许百变王牌病毒能影响到人的来世，而萨尔瓦多·卡尔博纳会像个灵能骑兵一般地从来世前来此处。但目前为止，现实还未接受她的乞求。

她回答了这个男人的所有问题。这间办公室里家具不多——光秃秃的墙壁，几张椅子，还有个桌子，上面放着计算机终端。用不了一分钟，这男人就能查到她的资料，然后将事实与她的回答对照。他用那台计算机了解了她的全部人生，这其实也是她在五年前上高中时，百变王牌孢子就萌发了，她却不愿意去找警察登记的原因之一。在她出生的故乡，那条法律颁布在她出生之前很久，而且在政治风向多少有些改变后，就流于一纸文书了。但是，在她长大成人的马萨诸塞州小镇上，人们的态度却没有太大的变化。“我会从别人手里得到许可，被人编号，就像狗一样，”她对萨尔说过，“或许甚至还得像狗一样过磅，然后被人用毒气杀死。”萨尔曾想说服她顺从，还表示说要是她遵守他们的法律，就能让人少注意到她。等他们能把你登记归档，就不会来烦你了。“嗯，”她说，“我早就注意到了，在纳粹德国，他们就是这么干的。”萨尔只能摇摇脑袋，表示说事情一定会解决的。

*那眼下又是怎么回事，萨尔？他们没有让我一个人待着，事情没能解决。*她本以为纽约是最不可能让她因为王牌的身份而被警察带走的地方，当审问中场休息时，她把这话说了出来。

“但我们不是警察。”英俊的男人愉快地告诉她，这让她的心沉得更深了。

“你——你们不是？但那个人给我看了一个警徽……”

“谁干的？哦，他啊。”男人——他告诉她可以称呼自己为罗曼——咯咯轻笑起来，“‘犹大’*确实是*条子。但我不是。而且这儿也不怎么像警察局。你难道看不出来吗？”

简愤怒地盯着他那略带难以置信表情的微笑。“我不是这里的本地人。而且我在新闻上看到了几个月前发生的事。我以为，在那之后警察会在任何有必要或紧急情况下召集人手。”她低头看向自己的膝盖，那儿摆着她的双手，它们紧紧地搅在一起，就像是两个独立的生物正在暗中角斗。“要是我知道你不是警察，我就不会告诉你萨尔的事了。”

“这有什么不同吗，道女士？还是说我该叫你简，毕竟你不喜欢别人叫你‘睡莲’？”

“你喜欢怎么叫就怎么叫吧，”她不高兴地说道，“反正不管怎么样你都会叫的。”

他站起身，让大厅里的人带来了咖啡和吃的，这让她有些惊讶。“我想起来我们让你在这儿留的时间太久，都没有给你吃些点心。警察是不会为你做这些事的，简。至少纽约市警察不会。”

她深深吸了一口气，慢慢地呼出来。“很好，那我想我会喝点咖啡，接着去做我自己的事。”

男人始终没有停止微笑。“你打算去哪儿?”

“我到这儿来——我是说来纽约——是来找跃闪杰克的。我在新闻上看到了他……”

“忘了这事吧，”他的脸上还带着笑容，双眼却显得很冰冷，“你们就算相见也不能为彼此做什么。”

“但是——”

“我说了，忘了它。”

她再次低头看向自己的膝盖。

“好啦，简，”他的声音柔和起来，“我只是想保护你。你需要这个。我只是可以想象得出，一个像他那样的当红明星能对你这样的纯洁小姑娘做出什么事来。钦天士却能让你派上用场。”

她再次抬起头。“用场?”

“你能力的用场，我想我应该已经说过了。抱歉。”

简的笑声短促而苦涩。“我能力的用场就是我的用场。或许我是比你纯洁无辜，但我也不傻。萨尔过去常常告诫我这一点。”

“没错，但萨尔不是王牌，不是吗?他只是个可怜的小犹太人，那种非常早期的鬼牌，在这个世界上随处可见。一个大自然的错误。”

“不许你这样说他!”她突然爆发，液体在她脸上形成一颗颗水珠，淌下她的手臂和大腿。男人惊奇地盯着她。

“你是故意这么做的吗?还是说，这只是压力下的生理反应?”

在她能回答之前，那个红色的男人和东方女人走进来，拿来了一盘制作整洁的小三明治。简渐渐平息下来，望着这对男女将一切摆在桌上，甚至还倒上了一杯咖啡。

“修道院的厨房里刚做的，”罗曼说着，朝那盘子指了指，“王牌应该保持她的力量充足。”

“不用，谢谢。”

他朝那对男女点了下头，两人分别占据了门的两侧。更多水从简的脸上滑落，还从她发梢上一滴滴地掉下来。她的衣服也浸透了水。

“是从我周围的空气中吸收的水分，”她对罗曼说，后者的表情变得有些惊恐，“有时候是会这样，当我感觉到有压力——或者别的什么。”

“要么战斗，要么逃跑，”他说，“肾上腺素让人产生汗水，从而让人变得很滑，不容易被抓住。或许你的状况也是同一种原理。”

她看着他的时候多了一份新的敬意。即使是萨尔也没有想到这一点，而他已经够聪明了，想出了各种实验来探测她力量的深度和范围。完全都是因为有萨尔，她才会知道自己的能力只能影响到距离她不超过半英里的东西。他同样还指出，她可以让原子聚合在一起从而产生水分，与此同时也能唤出物体上原本已经存在的水分，此外，也是他计算出，她在能力用尽之后需要四十八个小时才能重新恢复，还训练她学会如何让自己的能量延展，从而不至于一下子耗尽自身。“完全毫无防备的状况没什么好处，”他说，“别让这种事发生。”而后她也确实没有再这样干过，除了有一次回到马萨诸塞州。当时的那整整两天里，萨尔一直在照料她，而她半是担心又半是希望这种能力最好可以彻底消失。但萨尔说得对，它又回来了，她甚至做好了将自己彻底交给他的心理准备。

但他拒绝了她。她又试了一次，他又拒绝了。他不可能成为她的爱人，他说，而且他也不会做她的父亲。她得自己对自己负责，就像其他任何人一样。而后，就像是为了要证明这一点，他回到自己的公寓，淹死在浴缸里。

这就像是个虐待狂想出来的全世界最残酷的笑话，萨尔·卡尔博纳，她真正的朋友，摔倒后把脑袋掉在浴缸里，吸入了大量肥皂水，而后死去。这是五周前才发生的事。

“萨尔，你是我的灵魂伴侣。”她曾一遍又一遍地这样对他述说，而他则允许这句话成为事实。他们之间是一种非常特别的友谊，是思想、心灵和灵魂的交会。这对他们彼此来说都是完美的，只除了一个事实——他是同性恋。这个世上第二残酷的笑话。

“睡莲。”

这个名字猛地将她拉回现实。“我跟你说过别这样叫我。只有萨尔叫我睡莲。”

“萨尔的特权已经随着他的死亡而中止了，”那男人突然又放柔了声音，“别管这些了，亲爱的。告诉我，最近这几个月发生的事，你对它的了解有多少？”

“我知道的像其他所有人一样。”她有些羞怯地伸出手，拿起最靠近她的那杯咖啡，“我看了新闻。我想我已经提过这一点了。”

“好，但这事还没完。等到下个月，这城市——这个国家，这整个世界——都会看到某件事，它会让几个月前发生的事看起来不过是个读经会的野餐。只有被我们征募的人，才有机会站在坟墓旁正确的那一边。”

她的脸上出现了更多水珠。“如果你们不是警察，那你们是什么人？”

她啜饮咖啡时，他脸上的微笑带上了赞许的色彩。“你对共济会知道些什么，简？”

“共济会？共济会？”她不顾一切地爆发出了大笑，“我爸就是个共济会成员！”她勉力想让咯咯笑声变得歇斯底里之前让它平息下去，“共济会能和什么事扯上关系？”

“苏格兰仪式。”

“什么?”简的大笑渐渐变缓，最后消失了。那男人的微笑中再次带上了单调而冷酷的意味。

“你父亲的协会施行的多半是苏格兰仪式，而我们则是埃及人的仪式。埃及人完全不一样。”

笑意又再度向她袭来。“这太好笑了，你们看起来也不像埃及人。”

“别激动，这不适合你。”

她瞥了一眼门边的男人和女人。“你是个知道一切的人，而我刚到这里来。”更多水分从她脸上涌现，滑落进她的脖子里，“而且我不能离开，对吧?”

“我们需要你，简，”他的声音现在听来甚至称得上友好。她从桌上拿起一张餐巾纸，用它吸收脸上的水分，“我们非常需要你。你的能力能让一切变得不同。”

“我的能力。”她若有所思地重复，回想起了五年前，在自助餐厅里的那个男孩，他当时惨叫着，泪水从他双眼中喷涌而出。而他听到黛比自杀（伴随着割伤自残的放血行为——这是她割开自己的手腕，流血至死的医学说法，而且，哦，对，这个受害者还怀有十三周身孕）的消息时，却一滴眼泪也没有流。她常常会想知道，对于她对黛比这不忠的男朋友干的事，黛比又会怎么想呢?黛比是她在萨尔之前最好的朋友，但她从未如向萨尔祈祷般地向黛比祈祷，就好像黛比属于某个其他的宇宙。或许就是这样。也或许确实有另一个宇宙，那儿的黛比在她腹中孩子的父亲抛弃她时，没有舍弃自己的生命，这样也就不需要简迫使泪水从那男孩的双眼中涌出来，也不会有百变王牌病毒因此而发作。如此说来，或许甚至还有再一个宇宙，那儿的萨尔没有溺死在自家的浴缸里，留她独身一人，如此需要某个人——任何人——能让她信任。或许……

她看着坐在面前的男人。或许猪长出翅膀，也能像鹰一般翱翔。

“我们需要你，”他刚才说。谁管这个我们指什么人。埃及人的共济会，随便都行。倘若能将她自己交给某个人照顾，而且她也能知道，自己正在被人照顾，受到保护，这会是一件多么好的事。

你能理解吗，萨尔？她朝着广袤的虚空想。你能理解掌握着对你而言过于强大的力量而又孤身一人，是一种什么样的感觉吗？他们需要我，萨尔，这是他们说的话。我不喜欢他们——而你会恨他们——但他们会照顾我，我此刻需要有人能这么做。我真的觉得很孤单，萨尔，不管我在哪儿，我迷失到了这里，还无处可去。你明白吗，萨尔？

广袤的虚空没有回答。她发现自己正对着那英俊的男人点头。“好。我会留下来。我是说，我知道你们不会让我离开，但我会自愿留下来。”

他回应她的微笑几乎抚平了她的心灵。“我们理解其中的差别。红人和金姆·托伊会带你去你的房间。”他站起身，隔着桌子准备与她握手，“欢迎你，简。你现在是我们中的一员了。”

她抽回自己的手，像是被枪指着似的双手朝上。“不，我不是，”她坚定地说道，“我以自己的意志留在这里，但仅此而已。我不是你们中的一员。”

可怕的冷酷再次回到他的眼神之中。他放下了手。“很好。你留在这里，但你不是我们中的一员。我们也理解这其中的差别。”

♣

他们给她的房间是一大片阴冷区域中的小角落，冰冷的石头转变成了一片用预制板和石膏板墙壁搭建而成的小房间形成的大杂院。他们体贴地从她租的小房间里替她取来了一些个人财产，他们同样体贴地，还给她提供了一台电视机和一张床铺。她看着新闻，寻找更多跃闪杰克的影像片段。要不然，她就在自己的指尖制造小水滴，望着它们渐渐膨胀，落下，以此来消磨时间。

♠

“她可爱吗？”钦天士问道，他坐在自己的轮椅上，边上就是让·达·阿卢略的陵寝。石像上还残留着一些血迹，近来钦天士一直觉得需要补充他的能力。

“相当可爱。”罗曼敷衍地抿了一口玻璃杯中的葡萄酒，将它摆在一旁，放在附近牧师的桌上。钦天士总是给他提供各种东西——美酒、毒品、女人。不管是什么，他总是会出于礼貌尝上一口，然后放在一旁。人人都想知道，钦天士还会再允许他这样多久。迟早钦天士会提出一些奇异的要求，从而让罗曼堕落。没有人能在脱离钦天士后还毫发无损的。罗曼的注意力四处飘移，来到了一扇砖拱门下的阴影区域，在那儿没精打采地蹲伏着一个皮包骨头的干瘪生物，他的名字叫死期，他那深不见底的目光正凝视着某种除他之外没有任何人能看见的东西。在房间的另一边，靠近一根灯柱的地方，卡夫卡正在不耐烦地发出沙沙响声。他没办法不发出那样的声音，毕竟他有着这么一副遭诅咒的外骨骼。那种声音听起来像是一大群蟑螂正从一个箱子爬到另一个箱子里。罗曼根本懒得隐藏他对卡夫卡外表的厌恶。至于死期——好吧，厌恶远不足以描述他的感觉。有时候，罗曼觉得，甚至就连钦天士也对死期感到棘手。但死期和卡夫卡都已凭借百变王牌病毒分配给他们的耻辱获得了馈赠，而他却只能等着，看钦天士想到要给他什么。他希望自己能有足够的时间知道该往哪儿跳。此外，还有埃莉……一想到妻子，他就好像肚子上挨了一拳。不，求求你，别再让埃莉承受什么了。他看着那杯葡萄酒，第一百万次地拒绝自我麻醉的渴望。如果我倒下——不，当我倒下，我也要完全掌控自己地倒下……

钦天士突然发出了笑声。“情景剧适合你，罗曼，你有一副好表情。我可以看到你在别的生活里从暴风雪中营救寡妇和孤儿。”笑声渐渐淡去，只留下一个恶毒的微笑，“留心那个姑娘。你有可能过早地完结自己，一如我们所有人都将归于尘土。”

“是有这个可能。”罗曼的目光转向了上方的走廊。那儿的意大利木雕已经不见了，他记不起它们都长什么样。“但我不会。”

“什么让你这么确信？”

“她是个‘白帽子’①，一个好人。她是个二十一岁的纯洁姑娘，灵魂里没有太多杀人的意识。”他的视线回到死期身上，对方正在盯着他，你绝不会想要死期这样盯着你的。

罗曼将身子倚靠在一个断裂的基架上。死亡会很可怕，但要不了多长时间，不算非常长。永恒的几秒钟。至少它能让他彻底远离钦天士的掌控。但它同样也意味着自己再也无法帮助埃莉了。*我很抱歉，亲爱的*，他想着，等待黑暗的降临。

四分之一秒后，钦天士抬起了一根手指。死期又缩了回去，重又盯着什么也没有的地方看。罗曼强忍着才没有发出叹息。

“二十一岁，”钦天士喃喃着说道，就好像他的一个手下适才并未堪堪逃脱被他的宠物谋杀机器杀死的命运，“多好的年纪啊，还有那么多生命和力量，不是最冷静的年纪，而是一个冲动的年纪。你确定你完全没有担心过她的冲动吗，罗曼？”

罗曼没法控制自己不去偷瞄死期，而后者则已经完全不再关注罗曼了。“我不介意拿我的性命去赌这样一个心灵在正确位置上的人。”

“你的性命，”钦天士咯咯笑了起来，“你怎么不拿点值钱的东西？”

罗曼让自己露出了回应的微笑。“抱歉，先生，但倘若我的性命对您来说不值一文，您应该很早以前就让死期解决掉我了。”

---

① 美国西部片里好人戴白帽子，坏人戴黑帽子。

钦天士爆发出了惊讶而真诚的大笑。“你有脑子，还有俊美的外表。它们让你变得对我们所有人而言都他妈的如此有用。你的妻子一定也是为此而迷恋你的。你觉得呢?”

罗曼保持着微笑。“没错。”

◆

她的梦里充斥着奇怪的画面，都是些她从未见过的东西。它们惊扰她的睡眠，穿过她的大脑，留下一道感觉像是直接留给她的催促，让她回想起罗曼充满激情地让她加入他们的请求。不管他们是谁。埃及人的共济会。她的梦把关于他们的一切都告诉了她。还有钦天士的事。

钦天士。他是个小个子男人，比她矮，骨瘦如柴，脑袋大得不成比例。他有着一双会被萨尔说成是“烂屁眼”的眼睛，他的手做的手势——食指和小指像牛角一样伸出，中间的两个手指则弯向掌心，某种意大利人的玩意儿。萨尔的脸在她的梦中短暂地飘过，接着便被扫开了。

她看到一个入口，通往某种教堂——不，准确地说不是教堂，而是神庙。她看见了它，但她不在那儿，她也不可能在那儿，那是她出生以前的事。她以一种无实体的状态出现，扫过夜晚的街道，接着沿神庙的阶梯向上漂浮，经过门口站着的那个像是被冻住了似的男人。她扫了一眼，看到一个被蜡烛映得发红的巨大房间，两根柱子，还有一个男人，他站在平台上，前襟挂着某种红白相间的花哨玩意儿，而后，尖叫声便出现了。

不仅仅是尖叫，而是尖叫，尖叫，从一个丧失了一切的灵魂的喉咙里撕裂般地发出来的尖叫。那声音刺向她。这时她的视角像摄像机一般地扫过，让她看清了这是一个小个子男人发出来的声音，是钦天士，他正脚步踉跄地走进大厅。接着出现了一大堆画面，胡狼脸、隼鹰头的另一个男人，他宽阔的脸整个发白了；亮光在小个子男人的眼镜上闪动，接着某种东西出现了，一个生物——东西——黏黏的——一大团——该死——东西——东西——东西——

她发现自己在床上坐了起来，双臂捂着自己的脸。

“提亚马特。”这个词不请自来，从她嘴里吐出，而后讨厌地悬挂在黑暗之中。她用双手擦了擦脸，再次躺下。

梦立刻回来了，以可怕的力量将她向下拉。长着巨大脑袋的小个子男人朝她微笑——不，不是朝着她，她的人不在那儿，这一点让她很是高兴；她完全不希望任何人用这样的微笑看她。她的视角拉了回去，看到此刻他正站在平台上，她看到他身边有几个人——罗曼，那个红色的男人，东方女人，干瘦得像是残骸一般被死亡气息笼罩的男人，五官中深深地刻印着憾恨让人看她一眼都觉得难受的女人（不知为何她知道这个女人是个护士），未老先衰的年轻白化病男人，可能是蟑螂拟人的生物——她猜是公的。这里没有上帝的恩典，她想。

上帝还在休息，小姑娘。她看到了一张脸，是那个把她带到这里来的男人，那个他们叫作犹大的。他是这些人中唯一一个能看到她的人。你抽了一张走运的好牌，宝贝，你很幸运。我也是。二十一点！

一切都变暗了。感觉像是在以难以置信的高速度移动。有什么东西将她推向黑暗前方极远处的一个小小的光点。

而后，突然之间她就在那儿了，那光亮从针眼的大小膨胀成炽烈的一团，而她则以思想般的速度全力撞了上去。亮光碎开，她轻轻摔倒在一片森林中长满青苔的土地上。她向前打了个滚，停在一棵大树的根部。

好吧，她想，这样就更像了。我一定是错过了“白兔先生”，但“疯帽子”应该就在这附近。她换了个姿势，发现自己得抓住一大块树根，否则就会飘浮到别处去。

看，在离她耳边很近的地方响起耳语。她转过头，头发飘浮在脸旁，就像在水里一样，但她什么人也没看见。看。看！然后你会看到他们！

在她面前的两棵松树之间出现一团雾，它逐渐散开，显露出一个穿着十八世纪华丽服饰的男人。他的五官带着贵族的气息，眼神十分犀利，当他的视线落在她身上时，她不由得屏住了呼吸。但她没什么好怕的。他转过身，他身边的空气闪起微光，而后出现了一台奇怪的机器。她眨了好几下眼睛，想看得再清楚一些，但视角却拒绝替她解决这个问题。尽管她已想尽办法，也没法搞清楚它究竟是大是小，是一个锐角的形状，还是模造而成的，是用大理石雕塑的，还是用木头和破布钉起来的。有什么东西闪动着光芒，从那机器上分离了下来。她惊讶地看着；它的一部分就像是爬起来自行走了出来。

不。她以为是机器一部分的东西其实是个活物。她想移开视线一会儿，但却做不到。它不允许她这么做。外星人。她回想起她在袭击事件的相关新闻中看到的其他外星人。跃闪杰克。这个想法被灵巧地推到了一边。

外星人走向那名男子，伸出一条胳膊，或者说伸出了某种附肢。现在它看起来更像个活物，而不是机器的一部分了。外星人平整了身体，变化成某种大概是两足类动物的东西，虽然它似乎完全靠的是纯粹的意志才保持了这个形体——麦角酸假说（这个念头到底是从哪儿来的?)。它的附肢触碰了机器，熔入其中。一会儿后，有什么东西从那男人身边的空气中突显了。他伸手接过它，小心地拿着它移动。外星人的身子有些下沉，变小了。她意识到，它耗费了大量的生命活力来给这个男人——给了他什么东西?

男人将那东西贴在唇上，前额上，接着将它高举过头。它快速变形，变成人骨，棒子，枪，接着又是别的什么。

夏克提，那声音再次耳语。记住它。夏克提装置。

我绝不会忘记，她想。飘浮的感觉似乎要离开她了，她渐渐害怕起来。

现在，快看。向上看。

她勉强抬起头，看向天空。她的视线也向上，穿透阳光，穿透蓝天，穿透云层，直到它整个离开地球，而她则看着群星。星星四散开来，让她直接盯着太空中无尽的黑暗，而她的视线还在移动。

在她前方有什么东西，在黑暗之中隐形。某种东西……离她太远，她无法考虑距离。它正在朝着地球而来。在1777年时，它还离得很远，当这个男人（卡里欧·斯特罗，她的意识如此说道，而她没有好奇自己到底是怎么知道的）从外星人手中拿到这个东西——夏克提——而后——而后——他继续表演了不少壮举，人们将它们视作神迹，其中包括阅读别人的思想，人体悬浮，圣餐变体[①]，让欧洲宫廷里的所有人都大为惊奇，而他则一直热情地为埃及共济会招募人手……

她竭力想要吸收梦境倾泻给她的这些信息。不是因为它们很重要，而是因为当她醒来时她一定什么都不会记得。梦都是这样的。不是吗？

……因为他希望有个组织能保证夏克提装置安全无虞，并将它一代又一代地传承下去，传给那些最值得信赖的人，直到秘密全都完成、解开，到那时它将会被需要，因为降临在地球上的——

在她前方的黑暗之中，有什么东西在蠕动。也可能是黑暗本身因为包容着这个东西而痛苦地蠕动着，这个——

——因为降临在地球上的——

它毫无预警又毫不留情地向她扑来，远比她在钦天士的意识中触碰到它时要可怕得多。它是聚集，是凝结，是整个宇宙的邪恶最高级，最初级，最成熟，最精致，也是最精炼的邪恶的表现形式；这邪

① 圣餐变体指的是做礼拜时用的葡萄酒和面包真的成了血与肉。

恶让最大规模的人类暴行相较之下都显得琐碎；这邪恶她无法理解，只能凭本能察觉；这邪恶已向地球冲来数千年，将它行进之路上的一切吞噬；这邪恶现在随时都会降临，随时——

提亚马特。

她尖叫着醒了过来。有人将手伸向她，她与之搏斗，扭动，打击。水像是浇在她身上，让空气变得黏稠，浸透了床铺和地毯。

“嘘，嘘，没事了。”有个声音说道。不是她梦里的声音，而是个女人的声音。是那个东方女性金姆·托伊，像抚慰精神错乱的孩子似的抚慰着她。灯亮了，金姆·托伊以沉静的怀抱抱住了她。她让自己就这么被抱着，同时让流淌过她俩的水停了下来。

“我没事了。”她终于能开口时，她说。她湿漉漉的头发扎进了眼睛里，混上了她的泪水。整张床都湿透了，但她放过了房间里其余的地方，这让她多少得到了一点安慰。

“你刚才在尖叫，”金姆·托伊说道，“我以为是有人要杀你。”

提亚马特。“我做了个噩梦。”

金姆·托伊轻轻抚摸她的湿发。“噩梦？”

“我梦到有人把一桶蠕虫扔在我脸上。”

♥

钦天士大笑着吼道：“哦，她真出色，她真是出色！”

白化病人坐在轮椅旁的地板上，可怜巴巴地抬头看他。

“那这个梦算是好梦吗？”

“哦，是的，这个梦也很出色。”钦天士拍了拍他的白发，“你干得很好，‘亡魂’。”

男人微笑起来，粉红色的眼睛周围未老先衰的皮肤因为悲哀的喜悦而皱起。

“罗曼。”

昏暗的房间那一头，罗曼从计算机终端前抬起头。

“我们再多给她一点时间，好让她沉浸入恐怖之中，然后你再将她介绍给我们这小小联盟的其他人。记得让金姆·托伊一直关照她。”

罗曼点点头，视线时不时偷瞄计算机终端。

“明天晚上再来一次，‘亡魂’，”钦天士对白化病人说道，“你要再做一次。我希望她在接下来的两个晚上都尖叫着醒来。”

粉红色的双眼因为羞愧而垂了下去。

“好了，好了。要知道，你现在已经比你兜售10美元一次的下流春梦时要好多了。如果你介意这个表述，”钦天士咯咯笑起来，“那我可以说，你是我最有用的王牌之一。现在，去休息吧。”

一等白化病人沿着黑暗的走廊消失，钦天士便倒在了他的轮椅中。“死期。”

死期立刻来到他的身边。

“嗯，死期。现在我们俩都需要它了，对吧？打电话叫车。”

死期推着钦天士的轮椅出去了，罗曼还在面对着计算机终端。去街上随便找个可怜的站街妓女，而她还不知道，这将是她生命中的最后一天。他拒绝继续想下去。他不会为他们任何一个人感到难过，他不会。他们所有人——亡魂、金姆·托伊、红人犹大、约翰·F. X. 布莱克（哦，难道他现在不是个麻烦吗，钦天士手下遇到了大困难的重要王牌，1001），甚至还有那个纯洁无辜的小睡莲简——都是一样的，都是钦天士游戏中的棋子。他本人当然也是，但只是为了埃莉，他要保护她。

埃莉，他敲打着键盘，显示器上闪出字来。我爱你。

我也爱你一闪而过，随后它们便被无效输入，空白项目取代了。

♣

在这城里的某处，福尔图纳托醒了过来，浑身战抖，脸上满是汗水。

“放松。放松，宝贝。”米歇尔的声音温柔，双手柔软而温暖，“米歇尔在你身边，我在这儿，亲爱的，我在这儿。”

福尔图纳托容许她将自己拥入怀中，把脸贴在她姣好的胸前。

“又是那种梦，是吗？别担心。我在这儿。”

他用鼻子蹭着她，抚摸着她温暖的身体，用意识让她重又睡去。接着他从她的怀中滑出来，将自己锁在讲究的浴室里。

一旦你踏入其中，你便在其中。你学到的东西，不可能返回到没有学过的状态。知识就是力量，而力量是会被陷阱困住的。

他将不得不给塔基扬打个电话；最好是直接走去格林威治村，然后把他叫醒。

艾琳。

福尔图纳托紧闭双眼，直到与她有关的念头消失。他应该让塔基扬给自己一些药，那种可以引起健忘的药物，好让他的意识不再因为她而绊住，但不知为何他没法让自己这么做。因为那样一来，她就真的离开了。

他把水往脸上泼，然后用毛巾擦干，擦到一半时他的动作顿住了，他盯着镜子里的自己。有半秒的时间，他看到水面上出现了另一张脸，那是个年轻女性，绿色的大眼睛，深红色的头发，很可爱，正在求救，但他不认得她。她不是特定地要向他呼救，她的呼喊甚至都不再希望有人能回应。那是祈求。接着这张脸便消失不见，他能看到的就只有自己的倒影了。

他将脸埋进毛巾里。这是米歇尔买的极为柔软而奢华的一整套中的一件。当她把它们买回家时，两人用它们擦遍彼此的全身，还做了爱。

昆达里尼。感受这力量。

（丽诺尔。艾丽卡。艾琳。他失去了她们。）

他离开浴室，走向米歇尔。

♠

简从金姆·托伊手中接过一杯冒着蒸汽的绿茶，优雅地小口抿着。“希望今晚也能和昨天一样不再做噩梦。”她带着虚弱的微笑说道。

金姆·托伊回应她的微笑里少了些真诚。在做过钦天士送给她的那些梦之后，这女孩就像是个浑身颤抖的果冻，但那些梦不过只是让她对提亚马特稍加领略罢了。真正的接触会让她永远陷入疯狂。但现在，这个脆弱而无辜的小姑娘，正喝着茶，渐渐恢复神采。她比他们任何人预想的都要更坚定。你不得不照顾的总是这些纯洁的人，金姆·托伊讽刺地想。他们的力量十倍于他人，是因为他们的心灵纯净，而他们的真挚则让他们变得致命。她想知道，像钦天士这样扭曲的老怪物是否也约略地感受到了这一点，还是说他隔绝了一切，甚至隔绝了纯洁，以至于他甚至都察觉不到有这样的事物存在。当她想起钦天士给自己充能的方式，嗯，她觉得自己的猜想完全是有可能的。像那样一个又老又病的狗屎，能懂什么叫纯洁？

而这个人即将掌握全世界。毫无疑问。

她确实相信这一点。对此她绝不会动摇。她一直都没有动摇过。不，她现在也还相信着。难道不是吗？而且，不管怎么说，她到底是用“又老又病的臭狗屎”在称呼谁？当你把一个男人的脑子弄乱，让他爱上你，然后，等他满足了你的需要，你转过身就把他脑子里的那点东西溶解了，这和钦天士让那些人倒下又有什么不同。她看向简。毫无疑问，要是她没法跟红人在一起，她还宁愿有女人陪着。

简伸出手，按下了电视机遥控器的开关。电视机闪出了画面。“昨天晚上我看了‘游隼的栖木’，就没有做那种梦，”她有些害羞地说道，“这让我有点迷信了，我觉得我得看它来让噩梦远离我。即使只是放重播也好。”

金姆·托伊点点头。“你和其他十亿人的想法一样。”

“萨尔很喜欢脱口秀。尤其是‘游隼的栖木’。他说他看这节目就是想看每天晚上他们都是怎么处理她那对翅膀的。”广告放完，出现了游隼本人那绝美的身姿，她因此而停顿了一下，“萨尔说他们从不会让他失望。”

“谁？”

“她的衣装顾问。”

“哦。”金姆·托伊沉默了，尽心尽职地陪这女孩一起看节目。半个小时后，一个英俊的红发男人出现在屏幕上，他有着一双黄褐色的眼睛，瘦长的脸仿佛雕塑，简从椅子上跳了起来。

“是他！”她跪下来靠近电视机，“是跃闪杰克。我读过所有关于他的新闻故事。他是我的英雄之一。”

金姆·托伊调响了电视机的声音。男人的脸消失了，取而代之的是脱口秀现场，游隼正在采访一个女人，她穿着昂贵的衣服，手里拿着一台看起来甚至更为昂贵的照相机。

“我想你完美地捕捉到了跃闪杰克的灵魂，”游隼说道，“这一定很不容易。”

“嗯，事实上更困难，因为这是偷拍的，”另一个女人说道，“不管你信不信，我就只是走运，刚巧在正确的时间出现在了正确的地点。J. J. 当时不知道我拍了这张照片，但他后来给了我们使用权。”

“J. J. ？”游隼问。

摄影师故作端庄地低下了头。“他的密友都这么叫他。”

“我敢打赌。”金姆·托伊喃喃道。

“什么？”简问。

“他的‘密友’。饶了我吧。他多半让所有他睡过的女人都叫他J. J. ，这样一来他就能注意到她们了。这可比记住她们的名字要容易得多，也比在她们耳朵上刻上记号，或者把她们全圈起来打上烙印要省事得多。”

简的表情有些受伤。这是她的英雄之一，没错。金姆·托伊摇了摇头。以她这个年纪，她这算是有点晚熟，所以才会不知道英雄们都——好吧，不能说管不住下身，但至少肯定都是些在性的方面特别活跃的家伙。

就像你的英雄，夫人？或许，就像钦天士？

金姆·托伊把这想法推到一边，强迫自己将注意力集中在电视访谈上。那摄影师看来是专门拍摄王牌们的。更多照片闪过屏幕，在模块人、塔基扬医生、伟大而强力的灵龟星光，还有游隼本人的照片之间，跃闪杰克重复出现了好几次，让简不由得兴高采烈起来。

“她不能拍你的照片真是太可惜了。”这个环节结束，脱口秀切入广告时，金姆·托伊说道。

简耸耸肩。“我不过是个鬼牌而已。”

“你这话我可就不爱听了。”

“但我身上确实有属于鬼牌的部分。对我而言最重要的两个人都是溺死的，还有一个则流血至死。”她将视线从电视机上转开，“嗯，我活得像个笑话[1]，而它也不有趣。”

金姆·托伊正想回答，电视机右边的空气开始闪烁。钦天士的形象在黑暗中凝结出现时，两个女人都静静地一动不动。“金姆·托伊，简，我想见你们。”

不需要回答。金姆·托伊还强留了一丝注意力，希望她的厌烦没有显露在外。这是特地给简演的一出廉价的把戏。钦天士肯定是他妈的把她当做了一个抢手货，才会大费周章地来这么一套，好给她留下深刻的印象。他本可以保存自己的能量，让红人来带她们过去的。

---

① 这是一个鬼牌（Joker）与笑话（joke）的双关语。

♦

即使是在后半夜，塔基扬医生依然按照他自己的着装风格穿得极为隆重。“我知道他那边有些王牌。但你形容的那台梦里的机器——好吧，它确实存在，而且按照你的标准来看，已经很古老了。”他仔细打量着福尔图纳托肿胀的前额，双眼眯缝起来，“像这样完全自发的灵魂离体体验，对你来说是很不寻常的，是吗？”

福尔图纳托转过身，背对塔基扬（这该死的基佬，这就是我们需要的人，一个从太空里来的死基佬），盯着窗外修道院的方向，“我就是过来告诉你这件事而已。那儿他妈的聚集着许多力量，它在呼唤我。力量呼唤力量。”

“确实。”塔基扬低声说道。从太空来的基佬。福尔图纳托永远也不会爱上他，但他从未见过这个带着异国情调的高个男人情感如此外露。

“他们在召唤太空里的那个东西。提亚马特。这整个组织存在了数百年，就只是为了让恐怖降临人间。”

塔基扬的叹息极为沉重。突然之间，他觉得累极了。四十年来，恐怖一个接一个地出现，他完全有资格感到疲倦。他熟悉福尔图纳托，像福尔图纳托这样整日站在讲究的起居室里，顶着那个肿胀的前额，还带有在空气中噼啪作响的力量，这样的人绝不会同意他的看法。

力量呼唤力量？哦，对此他能告诉他们很多事，塔基扬想。要是他能后退得足够远，就能看到宇宙的宏伟蓝图，他就能明白，这些星球上的人、“百变王牌之日”、提亚马特的逐渐接近、群虫或别的其他任何事，到底算什么。或许在宇宙中，确实有着一个伟大的设计，也或许，就只是百变王牌的力量在呼唤着虫类。当然，这意味着在百变王牌病毒还未存在之前，病毒就已经在呼唤群虫了，但塔基扬早已习惯了时间与空间的荒谬之处。

不过，也不是说这些都不重要。他看向福尔图纳托，后者已激活了昆达里尼和不耐烦的情绪。痛苦的时间很早很早以前便已过去，而现在，是做出行动，竭尽全力而毫无保留的时刻。或许，这是为了赎罪，为了曾经他能做出更多，最终却辜负了其他人的那一刻。

就像他曾经辜负过布莱思。

经过了这么多年，失去的感觉却从未减少。它不会暗暗隐藏在酒瓶底部，也绝不会被一排排最美好的情人遮蔽。只有在诊所里的工作似乎能给他一点安慰，虽然不多，但聊胜于无。

他的视线与福尔图纳托的相交，他认出了对方的眼神。“力量呼唤力量，而悲伤呼唤悲伤，”他朝福尔图纳托露出了一个最为苍白的微笑，“在这场与恐怖的战斗中，我们都失去了对我们而言极为珍贵的东西。但我们必须继续下去，继续前进，将黑暗击退。只要我们做得到。”

福尔图纳托并没有回以他微笑。不管发生了什么，似乎都他妈能让这该死的基佬来上一通演讲。“嗯，没错，”他笼统地回答了一句后转过了身子，“我们去那儿，把他们屁股打开花，你和我，还有没有别的什么部队？”

塔基扬伸手去拿电话。“我们得把他们都叫出来。”

♥

事实上，那个条子往他身上扔了一张网。他大吃一惊，吓得变回了人类的形态，在人行道上滚来滚去，手肘、膝盖和身上的皮肤都擦破了。条子一边大笑，一边拔出枪来塞进网洞里。

“别打什么主意想变回去，”条子说道，“不然我就得一枪终结你这悲惨的状态。老天，你就乖乖等着去修道院让他们看看你能派上什么用吧。我自己都不敢相信这事。”

他在网里打着哆嗦，视线完全无法从枪管移开。那条子真的会朝他开枪，他对此毫不怀疑。他默默地在心里咒骂自己，为什么不能满足于只是在这城市上空飞过，看看灯光，偶尔吓唬一下屋顶上的情侣。又有多少人会去抱怨说，自己被一头翼手龙骚扰？

那条子将他绑起来塞进汽车后排，开车穿过城镇时，还在偷笑。“我不知道钦天士会想对你做什么，但你很可能会让他们所有人都大吃一惊。你刚变成了这个世上最小只的暴龙。”

“是鸟鳄。”他轻声说道，艰难地咽了口口水。又一个配着枪的恐龙盲。他都不知道该更害怕哪一个——是枪，是那个叫钦天士的家伙，还是他自己的父亲，很快，父亲就会发现他根本没有在房间里睡觉。他才十三岁，在这个第二天要上学的夜晚，他本不该在外面溜达到这么晚，尤其是以三叠纪奔跑最为快速的食肉动物的形态。

♣

“到这儿来，亲爱的。让我好好看看你。”

简犹豫了。她梦中暗示的邪恶的光晕，此刻正如此清晰地出现在轮椅上的老人周围。在她的脸和头颈上，水分渐渐凝结成水珠。她看向金姆·托伊，但就像大厅里的其他人一样，这女人的注意力也全都在钦天士身上。不管他们都是些什么人。共济会成员。她认出了将她带到这里来的男人——罗曼称他为犹大。罗曼正坐在大厅另一头的计算机终端前，靠近一面低矮的砖墙，它看起来像是被鹤嘴镐袭击过。在墙面上，用喷枪喷着金属金色的几个字——吃了我。

“你有强大的力量，亲爱的，”老人说道，“它对于正从群星冲向我们的访问者而言，非常有用。提亚马特。”他顿了顿，等她做出反应。站在他的注视之中，她感觉相当不适。他们带进大厅里的额外照明安装得过于随意，结果只是让远处的角落显得更加阴暗。她感觉好像有什么恐怖的东西正在那儿等待着，只要钦天士发出一个信号，它们就会爬出来，将她吞噬。吃了我。她一只手紧握成拳，另一只手遮住嘴巴，以防自己开始大笑，而且停不下来。

“你熟悉这个名字吗？提亚马特？”钦天士刺探道。简将手按得更紧，笨拙地耸了耸肩。

“好吧。”老人身体微微前倾，“如果你能把你的力量演示一番，那将会十分有用。除了你在街上对消防栓做的事之外，”他斜眼看她，“你是否能现在再做一次呢，亲爱的？”

“哦，非常高明，”站在钦天士右边的一个阴郁男人说着，他那双眼睛让简想到了墓碑，“正是我们需要的，一个能力是大量出汗的王牌。统治世界，我们来了。”

钦天士咯咯一笑，简觉得这是她听到过的世界上最邪恶的声音。“好了，好了。我们都知道她能做出更了不起的壮举。不是吗？是的。比如说，你可以把水从一个人的身体中全部抽干，只留下——嗯，不剩几分。”他朝其他人做了个手势，接着又因为她脸上的表情而咯咯笑起来，“不，不是他们。你唯一可能会想将这招用上的人，此刻只有我自己，而我对此免疫。”他朝红人点了点头，后者往砖拱门那儿走过去，消失了。片刻后他重又出现，带着两个男人，他们将一个带滑轮的笼子推到了房间正中。简眨了好几下眼睛，在昏暗的光线下，她没法相信自己看到的东西。

笼子里有一头恐龙。一头雷克斯暴龙，三英尺高。

她看着它露出了凶猛的牙齿，在笼里跑来跑去，那双小小的前肢缩在长着鳞片的身体前部。一双爬虫类的深色眼睛瞥了一眼简，眼神中闪过智慧的光芒。

“残暴的生物，”钦天士说道，“要是我让它跑出来，它可以一口咬断你的腿。杀了它。把它体内所有水抽干。”

简放下手臂，她的双手还捏着拳头。

“哦，现在就来试试，”又是一声邪恶的咯咯笑，“别告诉我，我的心会因为一头迷路的恐龙而动摇。”

“那里面是人，”她说，“你想让我演示我的力量？靠近了好好看着！”

事情几乎就成了。她本已将力量集中在钦天士面前的一块区域，想把一加仑水冲进他的双眼中。空气在一瞬间变得模糊，但随后便又重新清晰。老人脑袋后仰，发出大笑。“你说得对，罗曼，她会在最古怪的时刻做出冒险行为！我告诉过你，亲爱的天才，要是我不希望，你的能力就不能发挥作用。不管你有多大的力量，我的力量都比你更强大。是这样没错吧，死期？”

那干瘦的男人向前走了一步，准备接受某个命令。钦天士摇了摇头。“还有别的选择，更能让人接受的。她不会再尝试把一桶水浇到我们脸上了。”

简擦了擦自己的脸，但没什么效果。水开始在她脚边聚成水坑。钦天士望着她，不为所动。“真正掌握力量是要能使用它，能完成一些事，不管你觉得它们有多可怕。能自己做这样的事，或能让某个人做这样的事，需要的力量远超你的想象。”他朝笼子一指。简随着他的动作看过去，接着将双手在嘴上合拢，这才没叫出声来。

暴龙不见了，取而代之的是一个不过十二三岁的小男孩，沙棕色的头发，灰蓝色的眼睛，前额上有一小块粉红色的胎记。这本已是一件让人惊讶万分的事了，他还浑身赤裸。他在栏杆后蜷成一团，尽可能让自己的身体不显露在外。

“已经没有时间来尝试招揽你了，亲爱的，”钦天士说道，他语调中那些佯装的友善此刻已消失殆尽，“提亚马特现在已十分接近，我没法再浪费一点时间来诱惑你加入我们。太可惜了，倘若你杀了一个孩子，就算他伪装成了危险的恐龙，也足以让你受到我们的束缚，这种束缚会让你感到痛苦，却十分彻底。倘若我还能有几周时间，就能毫不费力地让你成为我们的人。而现在，你只能在你的性命和你那勇敢的伦理道德之间做出选择了。在我穿过这个房间的这点时间里，你还能好好考虑。你会选什么，我毫不怀疑。愿你的伦理能在下辈子里支撑起你的灵魂。假如真有下辈子的话。”他朝那干瘦的男子做了个动作。“死期——”

一瞬间同时发生了好几件事。在蟑螂男向前走出几步，发出沙沙的巨响，喊道：“不！”时水已泼在死期的脸上，力量之大，让他整个人都被击倒，与此同时，另一个响亮得让人震惊的声音喊道：“伟大而强力的灵龟来了！这里已被我们包围，你们全都乖乖出来，就没有人会受伤！”接着，简有些不相信自己的耳朵，她听到了仿佛像是《米老鼠》动画片主题曲的声音：今天我来拯救世界——！随之而来的是一声可怕的号叫，从极低的低音变为震耳欲聋的高亢，让整座建筑都摇晃起来。撞击之下，笼子倒在地板上，男孩从里面滚了出来。简竭力保持平衡，在一片像没头苍蝇般的人群制造的混乱中伸手去抓那男孩。他变成了另一种不过两英尺高的恐龙，它的体型修长，看起来很是敏捷，长着细长的爪形手指。它匆匆从她身边跑过时，她强迫自己抓住了它的手指。

“我们得从这里出去！”她气喘吁吁地说着，看了看四周。死期和钦天士已经不见了。小恐龙拉着她穿过房间，跑入拱门下一条阴暗的走廊。他们飞奔过走廊时，她想，和一头恐龙手拉手，这种事恐怕只有在纽约才会有。

她没有注意到卡夫卡也正竭力跟在他们身后。

♠

那真他妈是一幅美妙的景象，伟大而强力的灵龟在事后表示。各式各样的王牌从环绕着修道院的树林里涌现，猛扑向从这建筑流泻到砖瓦通道和废弃花园里的共济会会员们。他说这话时仿佛见到了这场战斗中发生的一切。然而有一件事他却错过了，那就是简和恐龙男孩爬过一段带柱拱廊的景象，那条拱廊环绕着一块如今已长满杂草的户外区域。他们看到灵龟从头顶飞过，几个衣着鲜艳的王牌挂在他的壳子上。其中一个王牌朝地上指着什么，接着，他便以灵龟的力量下降，轻轻落到地上。简听到小恐龙发出惊恐的嘶嘶声。她转过去看发生了什么的时候，他已变为裸体男孩，隐藏在阴影中。

“是灵龟！”他轻声对简说道，“要是我们能引起他的注意，他就能把你从这里带出去！”

“那你怎么办？”

男孩再次变为恐龙直接回答了这个问题，这次这只肌肉发达，几乎和暴龙一样凶猛。在简这样一个分不清鳄鱼和短吻鳄的人看来，它的长相有点眼熟。她想记起它的专有名称。异什么来着。异什么，要不就是伊什么，它虽然长得凶猛，体型却不比德国牧羊犬大。它咆哮一声，用三爪的手推着她向前，催她进了环绕着杂草花园的石砖小径。接着又是一声奇异的吼叫，简感觉到小恐龙——是异龙，不知为何她突然想起了这个词——发抖的动静清晰地传到她身上，它也回吼了一声，爪子痛苦地抓着自己的脑袋。她弯下腰，想抱住它，安慰它，而此时，天空中飘落一阵羽毛，随着金属的闪光，一个极为美丽的女人站到一面低矮的大理石墙上。

“游隼！”简喘着气说道。

异龙发出一声小小的兴奋叫喊，睁大的双眼看着这个长着翅膀的女人。

“你们最好出去，”游隼友好地说道，“咆哮者打算用声波把这片地区都震碎。你们自己能行吗，你和你的，呃，宠物蜥蜴？”

“它是个男孩。我是说，它其实是个小男孩，一个王牌——”

异龙咆哮了一声，要么是同意她的话，要么是抗议被称为“小男孩”。

“凶猛，真的很凶猛，”游隼朝简微笑着，同时身体前倾，巨大的双翅拍打着空气，“你们最好现在就出去。我是说真的。”她喊了一声，飞走了，那双著名的钛爪子已做好了准备。

简和异龙奔跑着绕过废弃的花园，进了另一道拱廊。她听到小恐龙落在她的身后，便停下来，在黑暗中竭力想要看清楚。“怎么了？”

她勉强能看出一个人类的轮廓。“变个身。我得换成能跑得更快的，我已经累了。棱齿龙比异龙更擅长奔跑。”

一会儿后，她感觉有长长的爪子抓着她，推她朝前跑。这一只的体型像个大袋鼠。

“我觉得我们走错方向了。”他们来到一片灯光昏暗的区域，那儿有一道楼梯通往下方，她喘了口气说道。恐龙变为男孩，接着又迅速地变形为翼手龙，沿楼梯滑翔下去。简只能飞奔跟上他。到楼梯底部，翼手龙突然绕了半圈，朝她飞回来。她条件反射地一矮身，踉跄一步，屁股正好撞上一个甚至比罗曼更英俊的男人。他身穿海军蓝的跳伞装，头戴尺寸贴合的无边帽，肩头似乎直接挂着几把枪。

“嗨，”他说，“巨猿逃脱的时候我是不是见过你？”

简眨眨眼睛，恍惚地摇了摇头。“什么——我没有——”接着，她看到男人把枪口向上，瞄准绕着他们飞行的翼手龙，“不！他只是个小男孩，他是好人！”

“哦，行，那么，”男人微笑着说道，“你们俩最好赶紧离开。”简从他身边跑过，翼手龙在她头顶滑翔。“你确定我没有在巨猿逃脱时见过你？”他在她身后喊道。

就算她想，此刻她也没有足够的呼吸来回答他的问题。翼手龙在她前方飞行，而她则感觉自己的双腿开始虚弱无力。她喘着气，跌跌撞撞向前走，眼睁睁地看着自己与翼手龙越隔越远。

翼手龙猛地转弯，绕过大厅拐角，消失了。刹时间，那儿闪过一道蓝光，一声尖叫和沉重的撞击声。简赶紧停了下来，靠在石墙上。*求求您，她祈祷着，别伤害那个小男孩。只要别伤害那个小男孩，他*

们可以对我为所欲为。她强迫自己向前，扶着墙，探头看向拐角的另一边。

他在撞到地板上时已变回了男孩的身形，但她还能看到他赤裸的胸膛正随着呼吸而起伏。蟑螂男站在他面前，手中拿着一把看起来像是针的肮脏武器。

“我不得不阻止他。”蟑螂男说着，看向了她，“不过其实他没受伤，几分钟后他就能缓过来。真的。我需要你的帮助。”他将另一只手伸向简。她向前走了一步。他的脸虽然非人类，但双眼却充满人性。就在她即将握住他的手时，他将手抽了回去。

“我只是做个手势，别碰我。把他叫醒和我一起来。”

简在那失去了意识的男孩身边跪下。

◆

犹大站在墓边，双手捂着耳朵，他没法让脑子长时间清醒来决定接下来该怎么做。每一次他试图思考，就又响起一声可怕的号叫，让他不由得全身颤抖。他发誓自己的耳朵肯定流血了。

修道院中混乱得超乎想象。钦天士的手下不停地从那大房间里跑进跑出，就像一群胆小的失败者。他从一开始就知道他们是这种人，他当了这么多年的条子，足以一眼看穿，也足够让一个人想换换立场，想把这些人从自己的生命里清扫出去，而且，或许这还真不是个坏主意，尤其是现在，王牌们正如暴风般踏平这块地方。没错，他有警徽，他有枪，他可以说自己是卧底，谁他妈真的会去确认一番，至少今天晚上肯定不会有人这么做。没错。

他扫视周围，看到红人和金姆·托伊正跑向一条阴暗的走廊，想找一条出去的路。拿谁先下手不是下手呢，他想，接着拔出了枪。

“停下！停下，不然我就开枪了！”

金姆·托伊的脑袋猛地转过来，她那头长长的黑色直发随着她的动作飘舞。

犹大将枪口从她的脸转向红人的脸。“我说了别动!”

红人抬起一只手挡在脸前，犹大正准备扣动扳机，但接着，他陷入了爱河。鸟儿们在欢唱，在他的大脑中做窝，整个世界变得如此美丽，尤其是金姆·托伊，这最叫人兴奋的异国女人。他扔掉手枪，踉跄着走向她，他是如此爱她，她和红人一起从他身边逃走让他心碎。

现在，他的耳朵是真的在流血，但他已经顾不上注意这事了。

♥

就像这里的所有房间一样，这一间也让她想到礼拜堂。她可以看得出来那儿原本应该摆着一个神龛或洗礼池，不过现在，那地方摆的是一台机器。

“你已经在梦里见过它了。”卡夫卡对简说着，将一只手放在机器的某一个不可置信的角度上。简不得不将视线移开——机器那疯狂的外形简直让她眼花缭乱。她看向边上外形更中规中矩的计算机房，那上面静静地摆着一台屏幕全黑的显示器。

“这是夏克提装置。”她说。

“是的，夏克提装置，”又一声可怕的号叫撕裂了这座建筑，让他不由得瑟缩了一下，“今晚我们可能都会死，但它必须被保护好。”

简的嘴因为苦涩而扭曲。“那个叫提亚马特的生物——”

“我们唯一的机会……”

传来一阵沙沙声，是恐龙男孩——他告诉她自己叫恐龙小子——从卡夫卡的小床上拿了一张被单紧紧地裹在自己身上。之前她请他保持人类的形态，这样便于和他交谈，而他不情愿地答应了，还要求蟑螂男给自己点东西好盖住身子。“我不知道你有多信任这个家伙，”男孩说道，“但我确定我一点也不会。”

大厅里传来砰砰砰的脚步声，罗曼跑了进来，双眼大睁。“计算机房——没事吧？”他完全没等人回答，就将卡夫卡推到一边，发狂般地冲向计算机。“埃莉！我在这儿，埃莉，我在这儿！”

卡夫卡走向他：“‘钦天士’去哪儿了？”

“去他妈的，”罗曼说着将卡夫卡推开，“去他妈的，你们所有人都给我滚！”又一声号叫震动了建筑，他们全都倒向计算机。一块仪表盘从罗曼手里滚落，露出了里面的电子回路。

“狗屎！”男孩说，“恶心！”

即使此处光线如此昏暗，简仍然能见到里面的电路在脉动，能看到主板的纹路和里面的水分，活生生的血肉与坚硬而无机的机器混合在一起。或者是血肉本身变得坚硬了？——简将一只手遮在眼睛上，感到一阵不适。

“睡莲！”

卡夫卡的警告来得正是时候，她感觉到一双手从背后抓向了她。他们将她整个人转了过来，她的视线正好与死期那墓碑般的凝视相遇。她将双手放在他的肩头，在这荒谬的时刻，他俩仿佛正在拥抱。

“你怕死吗？”他问她。

在这样的绝境中，她丝毫不觉得他的问题不合时宜。“怕。”她回答得非常简单。

他脸上的某样东西发生了变化，渐渐松开了手。

“睡莲！”卡夫卡再次喊道，声音里满是绝望。但她还站在原处，还活着，一只手放在死期那张憔悴的脸上。他因为她的触摸而畏缩了。

“很疼，对吗？”

“所有的一切都让人痛苦。”他粗暴地说了一句，将她从自己身前推开了。她倒在卡夫卡机器旁的地板上，正想爬起来，一面厚厚的彩绘玻璃窗突然向内爆炸，五颜六色的碎片洒满了整个房间。她用双手护着头，身体贴向地板，一道长长的火焰咆哮着穿过整个房间，烧焦了木块和石头。她听到有人在尖叫。接着是一阵沙沙声，卡夫卡正穿过地板向她爬来，想让她更靠近机器。

“唯一的事，”他气喘吁吁地说。又一声号叫，仿佛地震一般颤动了他们。“……提亚马特……保护……需要你的帮助，为了提亚马特的……”

有人从她身前拉开了他，她听到他因为这接触而尖叫。接着有人扶她站起身，而她看到卡夫卡被人踢中脑门，向后摔倒在地。

“不——！”她叫喊道，“别伤他，别！——”这双黄褐色的眼睛她已经见过上千次，尤其是最近一段时间的晚上。她的嘴动了动，却发不出声音来。那双黄褐色的眼睛因为一个快速的微笑而起了涟漪，接着他们便将她拉到了一边。

“靠后，蜜糖，我可不希望把你和这些炸土豆片混在一起。”他转过身，指向卡夫卡、夏克提装置和那个男孩，男孩此时又变回了恐龙，这一次是剑龙，在大火之中极为显眼。简竭力想发出声音并找到正确的用词，此时出现在她脑海中的，恐怕是唯一一个能阻止他把他们所有人都烧成大煤渣的词语了。

“J. J.，别！”

跃闪杰克转过身看她，嘴巴惊讶地张大了。

又过了一会儿，他更为惊讶地看到，她整个人都被水覆盖了。

♣

福尔图纳托跑进跑出，找遍了他能找到的每一个房间、每一道长廊和每一间凹室，寻觅王牌或其他任何人，那个太空来的基佬紧跟在他身后。目前为止，他们只找到了某个小丑，他在一片石砖地板上爬来爬去，耳朵一直往外淌血。太空基佬想停下来查看他的状况，却被福尔图纳托阻止了。这里不是白天，不是你的诊所，他说，接着拽着太空基佬那基佬外套华丽的领子将他拖走了——基佬，嗯，没错，兄弟，让我们来谈谈基佬的事，你叫克劳利的称呼也是基佬，既然如此，那你何不让那死去的男孩再爬起来，好好谈谈怎么做个基佬——他坚定地将这些念头摁灭，沿着狭长的大厅跑了过去。

“福尔图纳托——哪儿——什么——你在干什么？”塔基扬气喘吁吁地问道。

“我感觉到他了。”福尔图纳托扭头隔着肩膀说道。

“感觉到谁？”

“是他杀了艾伦，还有巴尔桑。还有很多其他人——”“咆哮者”又发出了一声长而可怖的叫喊，他踉跄了一步。塔基扬撞在他身上，两人差点摔倒。“狗屎，我真他妈的希望他能闭嘴。”福尔图纳托喃喃道。他突然停住，抓住了塔基扬那基佬外套的前襟。“听着，你后退。他是我的，你明白吗？”

塔基扬抬头看向福尔图纳托那肿胀的前额，还有他那双深而愤怒的眼睛。他将福尔图纳托的双手从自己身上撬了下来。“我以前从未见过你这副样子。”

“嗯，很好，你他妈没见过的多了去了。”福尔图纳托咆哮一声，继续向前，而那太空基佬紧跟在他身后。

♠

在很长的几段时间内，似乎没人知道该做什么。罗曼站起身，用身体护住了内容物已暴露在外的计算机。卡夫卡逃到了夏克提装置边上，那小小的剑龙则不停地左右看着他们。甚至连跃闪杰克也像是被定住了一般，视线从简移到那台奇怪的机器，再到卡夫卡，到罗曼，最后又回到简。

他从她身边走开，时间又开始流动，他伸出手臂，朝向了卡夫卡的机器。

“不是他，”简绝望地说着伸手去抓他，与此同时，死期以轻柔得几不可闻的声音说道："嘿，你。"

在跃闪杰克能做出任何反应之前，剑龙变回裸体男孩，接着立刻变成暴龙，猛扑向屋子的另一端，将牙齿深深地咬进了死期的大腿里。死期尖叫着向后倒去，与暴龙扭打在一起。卡夫卡也大喊起来，空气中出现了盘旋的光，它们轻轻闪动，而后钦天士便站在了屋子中央。他的脑袋此刻就像是来自噩梦——古怪而弯曲的猪鼻子，矩形的耳朵，歪斜的眼睛，但简知道，这就是钦天士。她听到卡夫卡说"赛特!"话中带着的不知是恐惧，还是如释重负。钦天士向简微笑，她看到鲜血脏污了他的牙齿和嘴唇。现在他不再乘坐轮椅，他的体内似乎已注满生气和力量。就像是要证实她的想法，他突然升到了五英尺高的空中。

跃闪杰克后退一步，抬起双手，露出了困惑的表情。钦天士伸出一根手指，朝他左右摆了摆，就好像他是个捣蛋的孩子似的，而后，钦天士的注意力转向死期，而后者还在地上与暴龙翻滚。一会儿后，暴龙变回了裸体男孩。

"啊，狗屎!"男孩大喊一声，从死期手中挣脱了，跑向门口。就在他刚要到门口时，一个额头肿胀的高个子黑人出现在门槛上。简不由得喘了一口气，不是因为他突然出现，而是因为感知到了他身边环绕的力量，她可以感觉到未释放的能量充斥着整片空气。

"我感知到过你，"钦天士说道，"在这附近，到处试探。"

"我干的比试探多多了，你这婊子养的。"男人挺直身体，这让他显得更高，他伸出双手，朝向钦天士，就像是要拥抱他。钦天士的身子微微下沉，却还在微笑着。

"拿出你的本事来吧，这样我打倒你时才会更开心。"钦天士说着突然后退，飘过房间，来到卡夫卡的机器边上。他将双臂交叠，高举过头。高个子男人踉跄着向前走出几步才停下，双脚分得极开，好不容易撑住了自己的身子。

“别扭扭捏捏的，福尔图纳托。来靠近一点。”拉着福尔图纳托的力量似乎增强了。跃闪杰克看向简。

“要是除了把自己淹死之外，你还有别的任何把戏，蜜糖，”他低声说道，“你最好赶紧用起来。”

另一个男人突然出现在门口。简才刚注意到他那头不太像真发的红头发和俗艳的衣着，就有一个比他的头发更红，整个身子都是红色的人，将这个男人一头撞倒了。两个人在地板上滚来滚去，红人一直想压住这个体型比他小一号的男人。而后金姆·托伊出现了，用力拉着自己的丈夫，让他把这事给忘了，赶紧离开这儿。

在卡夫卡的机器旁，钦天士和福尔图纳托还在角力。简有种感觉，似乎钦天士的力量增强了。福尔图纳托的表情也展现出压力，奇怪的光芒环绕着他，现在，他那肿胀的额头上长出了角。作为回应，钦天士的身体变形成动物，仿佛一条灰色的猎狗，巨大而分叉的尾巴像是有毒一般高高扬起。她越来越害怕，这儿却没人能让她抓住，没人能给她庇护，给她安慰，或让她逃走。

恐龙男孩现在变成了一头细瘦的恐龙，长着长尾巴，他快速地做了一个后空翻，落在红人身上，将他从那衣着华丽衣服的男人身上撞开了。金姆·托伊向后跳了一步，接着出现了让人十分困惑的第四个人，他扑向金姆·托伊。简惊讶地发现这人是犹大。鲜血正从他的耳朵里向外滴落，但他似乎全然不觉，他在金姆·托伊的双腿之间跪下，用一只手按住她的胸部，接着干出了荒谬绝伦的事，他开始脱自己的裤子。

简难以置信地摇了摇头。这是怎样一幅地狱般的怪异景象，钦天士、罗曼、那台恶心的计算机、卡夫卡、夏克提装置、恐龙和红人，还有那个长着角的黑人和另一个男人——是塔基扬，她现在认出他来了，他看起来非常茫然——还有跃闪杰克，他什么也干不了。最后是这个肮脏的卑鄙小人，正是他将她带到了这里来——是她允许他将自己带来的，她更正了自己的用词，就像条牵着绳子的狗——这肮脏的家伙闯入了一场战斗之中，在众目睽睽之下，打算强奸金姆·托伊。

而这一切都在一秒钟内经过她的大脑，力量毫不费力地自动凝聚，接着从她体内喷涌而出。

这一次犹大是唯一一个没注意到她在做什么的人。即使是力量击中他的时候，他也永远不会知道，她想做的不过就是让他的双眼涌出泪水的洪流，但力量已聚积了太久而未能获得适当的释放，她太害怕，恐惧太过强烈。即使是他整个人被举起，他也永远不会知道。接着他就再也不会知道任何事了，在他原本所在之处只剩一个粉末聚成的人形，它短暂地在空中悬挂了一段超现实的时间后，消解了。湿润的粉末四溅到墙上、地板上、金姆·托伊的身上。

简想尖叫，却只发出了一点微弱的叹息。一切都静止了，甚至连钦天士与福尔图纳托之间的角力似乎也略有减弱。跃闪杰克喊道："所有人都别动，不然她会再做一次！"

简泪流不止。

整个房间都泪流不止，屋中突然降下暴雨，水从四面八方涌来。跃闪杰克冲出窗户，挂在半空中。"要么把他们都淹死，要么就停下！"他喊道。

大雨确实停下了，却是因为钦天士做了一个手势。他朝简露出了又一个可怕的赞许的微笑。"再做一次。为了我。"

她觉得自己的身子像是被一只无形的大手转了个身，力量自动自她身体中再次凝聚，指向那个黑人福尔图纳托——

而福尔图纳托已不在原处，此时他正在钦天士身后，卡夫卡的夏克提装置旁，双臂高举——

卡夫卡狂喊了一声"不！"，这个字在简的脑海中回荡，能量却已违背了她的意志，从她体内冲了出去，在最后一丝残存的力量作用下，在最后一刻偏转方向，绕开所有人，甚至绕开钦天士，击中了那台电脑。夏克提装置发出一声类似于人的尖叫，四分五裂了。

福尔图纳托发出的力量再次攻击装置，又一声惨叫传来，这次完全来自人类，而计算机那可怖的活体电路已化为齑粉，洒遍罗曼的双臂和胸膛。

福尔图纳托转向钦天士，向他伸出双手。动物变形消失，钦天士再度化为人形，体型小了许多。他在空中轻轻地上下晃动了一会儿，周身的光芒渐渐暗淡了下去。

“蠢货，”他轻声低语，但这轻声低语渗透了整个房间以及房间里的每一个人，“愚蠢而盲目的黑鬼蠢货。”他一个接一个地看着他们所有人。“你们全都会在尖叫中死去。”

接着，就像一道烟般消失了。

“等等！等等，你他妈的！”死期抓住自己已渐渐愈合的大腿，竭力想站起身，“你答应过我，他妈的，*你答应过我！*”在他的尖声叫喊之下，罗曼的啜泣与之形成了奇异的复调。

简觉得自己的膝盖已快要撑不起身体。她体内的能量已一点不剩，即使还有，她也无力施展。塔基扬在她身边扶着她。“来。”他轻轻说着，将她推向房门。她感觉到大脑中出现了某种东西，像一条温暖的毛毯般舒适，洗刷了她即将爆发的歇斯底里。在恍惚中，她由着他将自己带出了房间。而她脑内的另一部分意识，听到卡夫卡在喊她的名字，隔着遥远的距离，她有些伤心自己无法回应他。

◆

在一排树木的庇护下，她看着这后来被称之为“修道院大突袭”的最后一次袭击。她时不时会瞥见游隼在高塔或灵龟甲壳上的吊环边盘旋，有时候在她身边，还会出现一头优雅却又（在她看来）体形偏小的翼龙。火柱高耸入夜，冲破屋顶，烧焦石块。她徒劳地在人群中寻找卡夫卡或死期。那些人都是共济会成员——她想，接着摇摇头，想甩掉这个荒谬的念头，共济会成员——他们聚集在一起，被灵龟的力量转移到安全的地方。

“到了最后，我还想照顾某个人。我想照顾那个小男孩。”她喃喃自语，完全不在意身边的塔基扬是否知道她在说什么。但他确实明白。她可以感觉到他扒梳过她的意识，触摸到了她关于黛比和萨尔的记忆，知道了犹大是怎么找到她的。而他所及之处，都留下了舒适与理解的暖意。

咆哮者又发出一声可怕的叫喊，但这一声很短。

此刻她应该会哭，只是她似乎已流尽眼泪。

♥

一会儿后，几个熟悉的声音拉回了她的意识。跃闪杰克正与那恐龙男孩在一起，后者又换了一个她不认得的古怪形态。（“是禽龙，”塔基扬对她轻声说道，“你看的时候要露出欣赏的样子。”不知怎么回事，她照做了。）福尔图纳托从一条走廊里出现，那里面还闪烁着快熄灭的火；他踏过发热的建筑残余，走向他们，看起来甚至比简更精疲力竭。

“没找到，”他对塔基扬说，“那个蟑螂，那个死了的怪胎，还有另外一个，红人和他的女人，都逃走了，除非灵龟能抓到他们。”他用下巴指了指简，“她是怎么回事?”

她的视线越过了他，看向燃烧的修道院，整理情绪，感受力量。她剩下的能量依然多得惊人，足够完成她想做的事。

水在最严重的火势上落下，稍稍熄止了一点火焰，却帮助不大。归根结底，当你需要时，总还是能在附近找到一个纵火犯，她想着，斜眼去看跃闪杰克。

“别浪费你的能量了。”他说，与此同时，就像是证明他的话一般，她听到了消防车开来的声音。

“我是在消防站里出生的，”她说，“我母亲没能及时进医院。”

“有意思，”他说，“但我很快就得走了。”他看了一眼塔基扬。“我，呃，我想知道你是怎么知道——呃，为什么你要叫我 J. J. 。”

她耸了耸肩。“J. J. ，跃闪杰克[①]。说快了就这样。”她挤出一个小小的微笑，“就是这样。我们以前从未见过，真的。”

他的脸上露出了放松的表情。“啊。好的，听着，有时间我们可以熟悉一下，然后——”

“六十分钟，”塔基扬说，“我得说你的时间快没了。当某人在迷旅时，我觉得我们可以将它称为灰姑娘因素。”

跃闪杰克朝他做了个下流的鬼脸，升入空中。火焰的光轮自燃后环绕住他，接着他便在轰鸣声中消失在黑夜里。

简目送着他远去，过了一会儿，才悲伤地低下头。“在那里，我差点就伤到他了。我确实伤害了别人——我……”

塔基扬用双臂环抱她。“靠在我身上吧。没事了。”

她轻轻将她的手臂移开。“谢谢你。但我已经不会再依靠在任何人身上了。”好吗，萨尔？

她转过身，面向燃烧的修道院，继续向大火上浇水。

♣

在一条小巷里，死期蜷缩着身子，瑟瑟发抖。他的腿伤得很严重，还没有完全痊愈，但它总能恢复的；他知道这一点，就像他知道自己有多恨钦天士一样，因为钦天士抛弃了他，也因为钦天士起初曾给过他承诺和喜爱，这才将他拉拢入伙。提亚马特，狗屁。在提亚马特抵达地球之前，他要抓住那个扭曲的老狗屎，这就是他的承诺。他要拉着那个老狗屎一起跳个他要带去地狱的舞。

---

① Jumpin’ Jack 的首字母。

他陷入了半谵妄的状态。就在离他不远之处，他不知道，卡夫卡正望着修道院毁灭的景象。水从稀薄的空气中出现，倾泻在大火之上时，他转过身，好让寒冷的死一般的仇恨留在他的心底。

♥♦♣♠

小山先生的彗星

瓦尔特·乔恩·威廉姆斯　著

第一部分：1983 年 3 月

1981 年 6 月，三菱公司的第三代总经理小山永户在同事和下属的广泛赞誉与尊敬中退休。他喝得烂醉如泥，给女仆结了账，接着，就在第二天，执行了一个他为之奋斗了将近四十年的计划：和妻子一起搬到他之前在四国岛上建的房子里。那屋子建在岛屿南部崎岖的地表上，人迹罕至，小山先生花了一大笔钱才安装好了电话机和公用设施；另外，屋子的建造风格也很不同寻常，屋顶是平的，不太经得住风吹雨打——但对小山先生来说，这些问题都不重要。重要的是这屋子如此偏僻，没有受到多少光污染，它向东可以望到太平洋，西南则可以看到丰后水道，此外，观测水面上的天空效果会更好。

在他平平的房顶上有一间小屋，小山先生在里面装了十四英寸的折射望远镜，那是他亲手制造的。天气好的时候，他会把它用滚轮推到平台上，望向天空，看恒星、行星和遥远的银河，他会小心地拍下照片，在暗房里冲洗，而后挂到墙上研究。但只是望着天空还远远不够：小山先生想要得更多。他希望天空中的某颗星星能带上自己的名字。

因此，每天日刚落到第二天清晨天刚亮，小山先生都会留在屋顶上，手拿富士海军用双筒望远镜，那是 1946 年他在千叶市从一个挨饿的前潜艇舰长手里买来的。他将身子裹在温暖的羊毛大衣里，耐心地把望远镜的五英寸物镜对准天空，仔细检视。他在寻找彗星。

1982 年 12 月，他找到了一颗，但不走运的是，他得和千木一起共享发现它的荣誉，千木是个有一点名气的彗星发现者，比他早几天发现了那颗彗星。小山先生为自己只差七十二小时却不得不与千木－小山－1982P 失之交臂而气恼，但他还是继续寻找，发誓自己要更努力，更警惕。他想要一颗完全属于他的彗星。

1983 年 3 月初，天气极冷，下着毛毛雨，小山先生戴着帽子，穿着大衣，瑟瑟发抖，但还是一晚接一晚地扫描天空。一阵流行性感冒让他不得不离开屋顶，直到 22 日，他得知千木和池野在他躺在床上时联合发现了一颗新的彗星，这让他更为恼怒。要更努力，更警惕，他再次发誓。

23 日的凌晨，小山先生终于发现了他自己的彗星。就在那儿，就在还未完全升起的太阳边上，他看到了一个模模糊糊的光球。他打着喷嚏，紧紧攥住富士望远镜，再次抬头确认。在天空的这块区域，本不该有任何东西。

他的心怦怦直跳，小山先生下了屋顶，进了研究室，拿起电话。他打给电报局，给国际天文联合会发了一个电报（与国际天文联合会打交道时，发电报是必不可少的礼节，要是打电话则会被视作粗俗）。向一大堆他其实不怎么信的神献上了含糊不清的祈祷后，小山先生回到屋顶上，他有种奇怪的感觉，就好像倘若他不看着，他的彗星就会消失一样。他松了一口气。

彗星还在那儿。

♠

国际天文联合会两天后发来了确认的信息，同时还确认了小山先生已从他自己的观测中得知的事：小山－1983D 是真正的分离彗星。它正如同从地狱中飞出来的蝙蝠一般，飞离太阳。

接下来的报告指出了一系列异常。常规的光谱分析显示，小山－

1983D 实在是颗丑小鸭：它不像普通彗星那样由氢氧根和碳组成，小山先生的彗星成分包括大量氧、氮、氢、碳、硅和矿物盐。简单地说，都是有机生命的必需之物。

小山的彗星立刻引发了一场争论。它到底有多异常？在奥尔特星云那冰冷而充满尘埃的范围内，是否可能存在有机生命？小山先生接受了 BBC、NBC 和苏联电视台的采访。他还上了《时代》周刊。他就自己的业余爱好者身份和他的惊人发现做过一个温和的声明，这自然又引起一阵大惊小怪；但他内心其实是很高兴的，这种喜悦超过任何事给他带来的快乐，甚至连他长子出世都比不上。他的妻子注意到，他绕着房子走时，趾高气扬得像个二十岁的年轻人，灿烂的笑容则像个小丑。

每个夜晚和每个凌晨，小山先生都在屋顶上。要超越自己的成就是很困难的，但他要试一试。

第二部分：1985 年 10 月

随着哈雷－1952I 彗星重返地球，天文学在这些日子以来受到了广泛关注，但小山先生还是在激动的内心外维持住了一层若无其事。他现在已经是老手了。自小山－1983D 之后，他又发现了四颗彗星，毫无疑问，他将在彗星的历史上占据一个重要的位置。他的这些彗星都是所谓的“小山型”彗星，有着古怪的光谱成分和地狱飞出的蝙蝠般的速度。小山型彗星被各种各样的爱好者普遍发现，通常都紧挨着太阳。

争议至今没有消停；而且，事实上反而愈演愈烈。是不是有可能，太阳系正在经过一片包含着有机物质的彗星雨，还是说，这其实是非常普通的现象，只是不知为何在此之前一直没有人注意到？弗雷德·霍伊尔面带微笑，发表了一篇“我早就说过了”式的声明，重申了他那套宇宙给有机生命带来胚种的理论；即使是他最不容情的对手也不得不承认，这讨厌的老约克郡人恐怕赢了这一局。

小山先生收到了大量演讲的邀请，他都婉言谢绝了。把时间用在演讲上，就意味着留给他那屋顶天文台的时间变少了。单人发现彗星的最新记录是九颗，记录保持者是一名澳大利亚的牧师。小山先生决意要为日本赢得这项荣誉，至死方休。

第三部分：1986 年 6 月末

它就在那儿，另一颗彗星，几乎看不见，但它一直在天空中，追赶着太阳。如此一来，他就找到六颗彗星了。他走下研究室，给电报局打电话。他的心跳速度极快。他绝望地想确认这一颗彗星——不是确认它是否存在，而是确认它的光谱成分。

小山先生扒梳着彗星观测的图表数据，最近这段时期局势很紧张，越来越多的人在看着天空：人们抬头看天，想找到据说可能潜伏在附近的群虫之母那不反光的黑色躯体。数字六对小山先生来说已经不够让他兴奋了，这些天来，他有些玩腻了寻找彗星。他需要确定的是他的最新理论。

小山先生接受了电报员的祝贺，放下电话机。他皱眉看向自己放在桌面上的图表。那上面暗示了某件他希望只有他一个人发现的事。能注意到它的人得将整晚都献给屋顶，计算时刻，抖去夜露，通过长折射镜整晚观测。

小山型彗星似乎不仅含有古怪的有机成分和不同寻常的速度，还有更奇怪的周期性。每隔三个月左右，就会有一颗新的小山型彗星出现在太阳附近。就好像奥尔特星云通过抖落一个有机化合物的球体来标记每一次新的地球季节。

小山先生微笑着，为他的观测结果将会导致的轰动感到陶醉，宇宙学家们将陷入恐慌，以求能计算出可以解释它的全新公式。他在天文学上的地位将无可动摇。小山型彗星将会被证明如行星般恒常。从某种方面来说，他想，群虫登陆是件好事，要不然的话，人们早就会发现这个观测结果了……

这个想法慢慢地在他的脑海中回荡。小山先生的微笑变成了皱眉。他看着自己的图表，在脑内进行了一些运算。他的眉头皱得更深。他拿出便携计算器，确认自己的计算结果。他的心突然凉了，一屁股坐了下去。

群虫之母：一个几千米长的坚硬外壳，里面保存着大量生物质。在温度发生变化时极为脆弱。要是它靠近太阳，就得以某种方式来排出多余的热量。而其结果就是：那是一个与彗星没什么太大区别的荧光物质。

假设群虫之母处于一条快速轨道上，轨道的焦点之一是太阳，另一个则是地球。由于地球的运动受到太阳影响，因此这条轨道就会变得很复杂，但也不是没有可能。如果有了所有小山型彗星的目击报告，应该就可以推算出群虫之母的近似位置。几百个氢弹导弹就能砰地一下结束这场“世界之战”。

“婊子养的。”小山先生喘着气说道，这脏话是美国占领期间他从美军那儿学来的。他妈的他应该把这事告诉谁？他不知道。国际天文联合会肯定不是正确的对象。首相？自卫队？

不。他们没有理由相信一个籍籍无名的退休商人打电话来，激愤地说自己找到了群虫之母。毫无疑问他们早就接够了这类电话。

他可以打电话给三菱公司的同事。他们应该有足够的影响力，让他的话受到重视。

小山先生伸出手去拿电话，开始拨号，与此同时，他觉得自己的心沉了下去。他在天文学历史上的地位现在肯定已不可动摇了，他知道，但这不是他想要的。他发现的不是六颗彗星，而是他妈的一大块酵母。

♥♦♣♠

几近死亡

约翰·J. 米勒　著

I

布伦南跟踪着载满了无尘白鹭会成员的奔驰车来到目的地大门口，他开着一辆灰色宝马，那是三天前他从这个帮派偷来的。

他在他们身后一百码左右的地方停下，关了前灯，看着一名白鹭会成员走出奔驰，将墓地那松松垮垮的锻铁大门缓缓打开。等他们都进了墓地，他从宝马车里悄悄走出来，拿起后座上的弓和箭袋，将兜帽罩在头上，穿过街道跟上了他们。

围绕在墓地周围的六英尺高砖墙上沾满了城市的灰土，因为年代久远而残缺破损。他轻而易举地跳上墙，悄无声息地落到墙的另一边。

奔驰车停在墓地中间的某处。布伦南望过去的时候，司机已经关了引擎，熄了前灯。车门开启又重重地关上了。在他站立之处，他听不见也看不到任何有意义的信息。他得更靠近这些白鹭会成员一点。

这是个深沉的夜晚，满月时常被厚厚的云层遮蔽。墓地里的树木长得很是葱郁，屏蔽了大部分的城市灯光。他在黑暗中缓慢移动，风吹过头顶的树枝带来一百种叹息般的响动，掩饰了他经过的声音。

他就像是在无数阴影中移动的一片阴影，躲到了一块旧石板墓碑后，这块墓碑有些歪斜，仿佛一个脏乱巨人嘴里长歪了的牙。他看着三名白鹭会成员进了一座陵墓，它原本曾经是整片墓园中最为荣耀的存在。这个曾经富甲一方而如今已被人淡忘的家族竖立的纪念碑，也和墓地中的其他同类一样，陷入朽烂。它那大理石雕的工艺已被酸雨和鸟屎侵蚀，镀金工艺也在经年疏于照料之下剥落。其余人等都经过锻铁大门进了陵墓里面后，留了一名白鹭会成员在外看守。那人将门关上，靠在坟墓的前墙上。他点燃了香烟，火柴的光芒短暂地照亮了他的脸。是陈，布伦南已跟踪这名白鹭会干部两个星期了。

布伦南在墓碑后面蜷伏着，皱起了眉。他在越南就知道，金福将海洛因运进美国，靠的是中国城的黑帮无尘白鹭会。他侦查了这个帮派，锁定了陈，是因为陈在组织中等级似乎相当高，他想由此找到将白鹭会与金福联系在一起的强有力的证据。在过去的几周内，他目睹他们犯下十来项重罪，但没有一次与金福有关。

有一件事让他捉摸不透。在过去的几周内，数量多得让人震惊的海洛因流入这座城市。因为量实在太大，街上的零售价也因此大幅度下降，吸毒人数甚至破了纪录。这些毒品都是通过无尘白鹭会流入，又以跳楼价甩卖，将黑手党和“甜威廉”的哈莱姆区客户都抢走了。但布伦南还不知道，他们究竟用了什么办法，才能拿到这么便宜又大量的海洛因。

就这么潜伏在墓碑后对他来说没有意义。要是答案在这片墓地里，那就应该在这座陵墓之中。

既然定了主意，他便从皮带上扣着的箭袋中拿出一支箭，搭在弓弦上。他平稳地深呼吸，一次，两次，接着屏住，站立起身。此时他瞥了一眼风化的墓碑石头上刻着的名字。阿彻。他希望那不是个阿门。

这不是什么很困难的射击，但他依然以自己的禅宗训练来清除杂念，坚定肌肉。他瞄准烟头燃烧之处下方一英尺略微靠左的地方，静待时机成熟，接着便松开手指。

他的弓是带四个椭圆凸轮的复合弓，只要达到拉力点，就能将初拉力从一百二十磅降低到六十磅。尼龙弓弦一弹，箭杆便如同老鹰扑食一般飞向毫无预警的目标。箭射中时，他听到砰的一声，接着是一声被扼死的呻吟。他像警觉的动物似的走出阴影，跑到陈倒下的陵墓墙壁前。

他等了很长时间，以保证陈确实死了，接着便留下一张覆过膜的卡牌黑桃 A，插在刺穿了陈背部的箭尖上。

他又将一支箭搭在弓弦上，嘎吱嘎吱地推开封锁了坟墓内部的锻铁大门。大门内是一道十余级的楼梯，向下通往另一道门，它被门后室内燃烧着的昏暗却稳定的光源笼罩。他在上面等了一会儿，侧耳细听，接着静静走下楼梯。在内室的门前，他又停下来再听了一会儿。里面有人在走动。他慢慢数到二十，但听到的却始终只有拖着脚走路的平静脚步声。他已经到这里了。现在回头毫无意义。

布伦南冲进这扇门，单膝跪地，弓弦拉到耳边。屋里有个穿着无尘白鹭会标志色服装的男人。他正一边数着装白粉的塑料袋，一边往剪贴板上的纸里记账。他惊讶地张大嘴巴，而此时布伦南已射出了箭。它击中他的胸膛，将他击倒在膝盖高的一堆钥匙上。

布伦南跳到室内的另一头，但当他到这白鹭会成员身边时，他也已如前两人一样死了。布伦南从尸体上抬起头来，环顾四周。

走入坟墓里的还有两名“雪鸟”成员，他们怎么了？他们似乎彻底消失了。或者，更有可能的是，布伦南想，可能是通过藏在墙上的另一扇门去了别的地方。

他将弓甩到背后，检查四壁，将手一一摸过去，想寻找到隐藏的接缝或裂隙，他时不时地轻轻敲打，想听到空洞的声音。他刚检查完一面墙，毫无收获，正打算检查另一面墙壁时，听到背后传来一阵低沉的呼呼气流声，感受到了温暖而潮湿的微风。

他急转过身。他脸上惊讶的神色与那两名不知从何处进入墓穴的男人不约而同。两人中的其中一人穿着白鹭会标志色服装，双肩各挎一个挂包。另一个人则是名长得仿佛爬虫的干瘦鬼牌，他拿着的东西看起来像个保龄球。布伦南惊讶地意识到，他们之前是直接消失在空气里的，而现在，他们回来了。

拿着鼓鼓囊囊挂袋的白鹭会成员离他最近。布伦南甩下弓来，像挥舞棒球拍一样地挥舞着它，击中了那名白鹭会成员的脑袋侧面。那人呻吟一声，倒在摆满海洛因的货板上。

那个鬼牌向后退去，嘴里嘶嘶作响。他比布伦南高，但却骨瘦如柴。他的脑袋上没有头发，扁平的鼻子上有一对凸起的鼻孔，过长的门牙，从上颚凸了出来。他目不转睛地盯着布伦南。当他张开没有嘴唇的嘴发出嘶嘶声时，分叉的舌头从嘴里挂下来，朝布伦南疯狂地晃动。他紧紧抓着那个保龄球。

这情况只有一种可能，布伦南意识到，那鬼牌拿着的东西并不是保龄球。它的尺寸和形状确实很像，但上面完全没有插手指用的孔洞，而且，当布伦南望着它的时候，它周围的空气开始随着闪光的能量而悸动。这肯定是某种仪器，让这个鬼牌和他的同伙得以在坟墓里突然出现。还利用它将海洛因从某个地方运到这里。而现在，这鬼牌正打算再次激活它。

布伦南将弓挥向那名鬼牌，后者以轻松流畅的动作躲开了。环绕在那人工制品上的光晕变得更为强烈。布伦南扔下弓向对方靠近，决定在鬼牌能逃走或将那东西的力量指向自己之前，将这装置夺入手中。

他轻松抓住了鬼牌，却发现自己的对手出乎意料地强大。他以一种古怪的流动性在布伦南手中扭动、起伏，就好像他全身的骨头都有弹性。他们拉扯了一会儿后，布伦南发现自己正盯着鬼牌，两人的脸相距不过几英寸。

鬼牌那长长的怪异舌头弹了出来，慢慢爱抚过布伦南的脸，近乎色情。布伦南不由自主地向后退缩，将脖子和咽喉暴露在这比他更高的鬼牌面前。蜥蜴猛地向前突刺，手不再抓着那个奇怪的装置，他将嘴咬向布伦南喉咙下部靠近肩膀的地方。

布伦南感觉到这鬼牌的牙齿刺破了他的皮肉。鬼牌动了动嘴，将唾液吐进伤口里。伤口附近几乎当即就变得麻木，布伦南陷入了恐慌。

一股恐惧引起的力量让他从这鬼牌的怀抱中挣脱出来。他感觉自己的肉被撕下了一块，鲜血从喉咙和胸口往下淌。麻木感迅速传遍了他的整个右半身。

那鬼牌由着布伦南拿起装置。他的脸上露出了残酷的微笑，下垂而分叉的舌头舔了舔下巴上布伦南滴落的血。

他给我下了毒，布伦南想，他认出这是一种快速反应的神经毒素的临床征兆。他知道自己现在有麻烦了。他不是王牌。他没有特别的防护或防御能力，没有装甲，也没有强化过的体格。那鬼牌对这毒液的功效很有信心。他后退一步，想看着布伦南死去。布伦南知道自己得立刻求得帮助。在这世界上，只有一个人有可能可以逆转这毒素在他体内已经造成的伤害。她现在就在塔基扬的鬼牌镇诊所里，但他没办法去找她。他觉得自己快要站不住了，他的心脏将这毒素传到了体内的每一个细胞之中。

玛能帮助他，但他得到她那儿去。

布伦南以一股绝望的能量无声地呼喊她的名字。

玛！

他模模糊糊地意识到，自己抱在胸前的装置散发出了与他一致的能量。抱着它的时候，它让他感觉到了温暖和舒适。鬼牌的微笑变成了皱眉。他又发出嘶嘶声，向前跳了过来。布伦南无法动弹，但这没有关系。

他的周身瞬间传来一股揪心般的离析之感，他那麻木的精神和身体只是隐隐约约地有些感觉，但接下来，他便在一条灯光明亮、配色柔和的走廊上了。玛就站在那儿，正在与一个穿着浮夸，长着红色长卷发的小个子男人说话。

他们都转过身，惊讶地盯着他。而布伦南本人，对此毫无感觉。

“毒。”他从僵硬而沉重的嘴唇中沙哑地说完便倒了下去，漏出了手里那人工制品，陷入沉沉的黑暗之中。

◆

这片黑暗满布着漩涡状的星星，带着丛林中泥土的芬芳。一些针孔大的亮点撒过他的知觉，那是他的手下拿着的烟头的光和横跨越南天空的远星。他的身边一片寂静，能打破它的只有轻轻的呼吸声和丛林深处动物的响动。他看了一眼腕表的发光表盘。凌晨四点钟。

他的军士长古尔格维斯基蹲在他身边的矮树丛里。

“晚了。”古尔格维斯基轻声说。

布伦南耸耸肩。“直升机总是迟到。但它总会到这里来。”

军士长含糊地咕哝了几句。布伦南朝着夜空微笑起来。古尔格维斯基一直是个悲观主义者，总是看着万物的阴暗面。但这一点却不妨碍他在情况危急之时竭尽全力，也不会影响他在别人都觉得失去了全部希望之时鼓舞周围的人。

从极远处传来了直升机的轰响。布伦南转脸看他，露齿一笑。古尔格维斯基什么也没说，就往丛林的地上呸了一口。

“让弟兄们准备好。记得抓紧那只公文包。我们损失了不少人才弄到的。”

门多萨、约翰斯通、大艾尔……他精心挑选并带领去突袭越南共产党地区总部的十人小分队死了三个。但他们达到了目标。他们拿到的文件证实了布伦南怀疑了很久的事。在越军和美军两边，都有人不干净，替敌人工作。在把那些文件塞进公文包之前，时间只够他瞥上一眼，但他一直怀疑最大间谍、最卑劣的叛徒是南越共和军将军金福，而它们确认了他的想法。这些文件足以吊死金福。

直升机在空地上降落，古尔格维斯基抓着将一打人指为叛徒的证据，追着其他人一起踏上了回国之路。布伦南在矮树丛中等待着，紧盯底下的小径，他觉得追击的越南共产党随时都会从那儿过来。但最终，他满意地觉得他们已甩掉了追兵，便回到空地上，然而此时，一阵子弹的暴雨却如同嘲讽一般地在夜晚绽放开来。

他听到手下人的尖叫，半转过身时便已感到灼烧般的剧痛，一颗子弹击中了他的前额。他倒下了，步枪在黑暗中脱手而出。子弹是从空地上来的。来自直升机。

他静静地倒在地上，被疼痛迷蒙了的双眼还在看着那片空地。他的兄弟都在星光下倒下了。他们所有人都倒下了。另外一批人在他们之间走动，寻找着什么东西。他眨动沾血的双眼，看到这些搜索者中有人穿着南越共和军的工作服，在古尔格维斯基试图站起身时，那人用手枪射中了他的头部。

一道闪电般的光照亮了这个杀人凶手的脸。是金福。布伦南看到金福的一名亲信撬开了古尔格维斯基死死抓住的手提包，将它递给金福，他痛苦地咽下了咒骂的话语。金福在包里翻检，满意地点点头，有条不紊地将里面的东西都烧毁了。那些文件燃烧时，金福望向丛林，仿佛在搜寻着什么，布伦南知道，是在找他。他诅咒这席卷了他身体的麻痹般的休克，让他如同得了热病一般地浑身战抖。他记得的最后一件事，是金福大步走向直升机，接着他便失去了意识。

在这片黑暗之中没有光，但突然，一双手仿佛冰冷的火焰贴在他的脸颊上。抚慰般的触碰灼烧了他。他觉得所有痛苦、悲伤和愤怒，都通过它们慢慢地一点一点抽离了他，像是一件穿旧了的斗篷似的，从他身上剥离。他深深地叹了一口气，满足于逗留在这片治愈的黑暗之中，而无可言喻的宁静之海洗净了他的全身。他已经完结了，他想，在争斗中，在杀戮中，完结了。不管怎么说，没有哪一种杀戮能带来任何好事。而邪恶还活着。邪恶与金福。他杀了他的父亲，但我不能，也不应该，伤害他。伤害任何知觉生物都是错的，是错的……

布伦南困惑地强行睁开双眼。他所在之处并不是越南。他正在一家医院里。不对，是塔基扬医生的鬼牌镇诊所。一张脸紧贴着他的脸，对方双眼紧闭，嘴巴也紧紧地抿在一起。那是个年轻女性，宁静而美丽，尽管此刻正处于极度痛苦之中。是玛。她那头光滑的长发仿佛鸟儿的翅膀一般，盖住了他的脸。她的双手贴在他的脸颊上。鲜血从她的指缝之间一滴滴地滑落到手背上。

她正在使用她的百变王牌力量，将他身上受到的损伤转移到自己的身上，修复自己的身体，同时让布伦南的身体也随之恢复。他们的意识和存在交融在一起，他一时成了她的一部分，而她也成为他的一部分。在一段混乱的记忆中，他经历了玛在得知她父亲死于金福手下时的悲痛。

她张开双眼，以圣母般的宁静微笑着。

"你好，布伦南上校，"她的声音低沉得只有他能听得见，"你又康复了。"

她将手掌从他的脸颊上移开，他们的身体不再接触，意识的融合也就此结束。他叹了口气，已开始有些想念她的触碰，想念他再过一千年也绝对无法自行企及的沉静。

那个与玛一起站在走廊里的男人来到他窗边。是塔基扬医生。

"是触碰奏效了，不过还要一点时间，"塔基扬说着，脸上露出了关心的神色，"感谢理念之神，玛能……"他收了话头，靠近布伦南观察了起来。"发生了什么？你怎么拿到奇点移动装置的？"

布伦南小心翼翼地坐起身。他的身子已经不再麻木，但接受了玛的治疗带来的头晕眼花的混乱之感还未消失。

"这是那东西的名字吗？"他问。塔基扬点点头。"那是什么东西？"

"一种心电装置。银河系里最稀有的手工艺品。我以为它消失了，再也找不到了。”

“那它是你的吗?”

“我曾经拥有过它一段时间。”塔基扬把这到处溜达的奇点移动装置的故事告诉了布伦南，至少，把他自己知道的部分都说了。

“那这些白鹭会成员是怎么拿到它的?”

“呃?”塔基扬的视线从布伦南转移到玛，“白鹭会?”

“他们是一支中国城的街头黑帮。无尘白鹭会。他们还有个名字是雪鸟，这是因为他们控制了这座城市的很大一部分硬毒品贸易。他们似乎就是用这个奇点移动装置来运输海洛因的。我从他们手里拿到了它，但他们当中一个更……厉害的操作者伤了我。”

“我们传输到哈莱姆区时它消失了，”塔基扬说，“或许是我们周围的人群里有个白鹭会成员拿走了它?”

“然后将它据为己有，还知道它到底是什么？不太可能，”布伦南轻柔地说道，视线向内，“完全没有可能。此外，哈莱姆区也不是白鹭会的地盘。他们在那儿是有下家，但人数不多。”

“好吧，不管它到底是怎么出现的，反正我对此很满意，”塔基扬说，“如此一来，它就能替代兰克斯特那去太空袭击群虫的愚蠢计划了。”

“群虫?”布伦南知道在几个月前，这些半知觉的外星入侵者想在地球上获得一个立足点，但与它们的战斗和他之间的距离太过遥远，他完全没有关注过，“这个，这个转移什么的玩意儿在抵抗群虫时能派上什么用场?”

“这说来话长。”塔基扬叹了口气，用手摸了摸脸，“国务院有个叫兰克斯特的男人，是反群虫任务专家组的主管人。他纠缠了我好几个星期，想让我利用我在王牌中的影响力，说服他们去袭击群虫之母——它是群虫侵袭地球的源头——而它正沿着围绕太阳的某种古怪轨迹运动。当然，这是个荒谬的主意。就算是最强大的王牌，以这样的方式与那东西对抗也无异于自杀。蚍蜉撼树也不过如此。但有了奇点移动装置，我们就有了一些更有趣的可能性。”

“它能用心电感应将人传输到那么远的地方？”布伦南问道，他自己也想到了不少。

“对这东西完全不熟悉的人，比如说，嗯，你本人，”塔基扬说，“也能用这个传输装置进行短距离心电传送。但要抵达群虫之母，却需要强大的心电感应能力。但也不是没有可能。有人能将自己传送到那东西的内部。那个人可以装备上，呃，心电感应的核武器设施。”

布伦南点点头。“我明白了。”

“我想你也会的。我之所以要把这些都解释给你听，是因为按理而言，这个移动装置是你的。”

布伦南的视线从塔基扬转到一直静静地站在他床边的玛，又回到塔基扬身上。他有种感觉，玛可能已将他的一些事告诉了塔基扬，但他知道玛会说的只有她不得不说出口的事。而这一切只是因为她信任他。

“我欠你的情，”布伦南说道，“它是你的。”

塔基扬抓住了布伦南的上臂，他的方式温暖而友好。

“谢谢你，”他说着瞥了一眼玛，又看向布伦南，“我知道你与这城里的某个人有血海深仇。玛曾经告诉过我一部分经过，从而解释她自己的出身背景和能力。没有谈到细节。我不需要那些细节。”他顿了顿。“至于以信用抵债，我已经了解得太多了。”

布伦南点点头。他相信塔基扬，甚至可以说，信任塔基扬。塔基扬可能不会与金福有联系，但那些他身边的王牌——灵龟、幻想或迷旅——却有可能。那人一定是偷了这个移动装置，将它给了金福。而布伦南，总有一天总有办法，能知道这个人是谁。

Ⅱ

布伦南在午夜前一点儿的时刻离开诊所，回到他在鬼牌镇边上单间公寓里的家中，那儿是他的活动基地。屋中的混乱暗藏着秩序，整套公寓由浴室、厨房和里面居室组成，客厅有一张沙发床，一把古老的摇椅和一张明显是手工做的工作台，上面堆满了任何制弓匠都能认得出来的仪器。当然，还有一些仪器是制弓匠绝对认不出的。

他从沙发里拉出床来，脱去衣服，重重地倒了下去，发出一声疲惫入骨的叹息。他睡了二十四小时，完成了玛开始的治愈过程。他醒来的时候饿得要命，正给自己做饭的时候，传来了轻轻的敲门声。他从猫眼里往外看。正如他所料，门外是玛，只有她知道他住在哪儿。

“有麻烦?”布伦南看出了她那张通常总是很平静的脸上潜藏的担忧神情，问道。他退了一步，好让她进门。

“我不知道。我想可能是的。”

“和我说说。”他来到将厨房区域与公寓其他地方分割开的橱柜前，拿炉子上生着的壶往两个没有把手的小茶杯里倒水。它们都是瓷质的，手绘着梦幻般的色彩。它们的年龄比美国还大，是布伦南的所有物中最珍贵的。他将其中一只杯子交给坐在摇椅里的玛，自己则在她对面床单凌乱的床上坐下。

“是塔基扬医生，”她抿了一口带着香味的热茶，整理着思绪，“他表现得……很奇怪。”

“怎么说?”

“他变得很无礼，又苛刻。而且疏忽怠慢病人。”

“什么时候开始的?”

“昨天，他昨天去和国务院的人开会，回来就这样了。除此之外还有些别的事。”

她让那珍贵的茶杯在她膝盖上保持住了平衡，接着从她摆在摇椅旁的手包里拿出一份折叠好的报纸。

“你看报纸了吗?”

布伦南摇摇头。

头版头条上声嘶力竭地叫嚣着《塔基扬将率王牌对抗宇宙的威胁》。这排大写字母下是一张照片，展示了塔基扬站在一个男人身边，那人正是反群虫任务专家组的负责人亚历山大·兰克斯特。相关的文章称，塔基扬正在招募王牌跟随他一同向正在弹道导弹射程之外绕地球运动的群虫之母发动袭击。迷旅队长和模块人都已同意与之前行。

不对劲，布伦南想。塔基扬原本希望这个移动装置能终止这种毫无意义的攻击。然而现在情况却恰恰相反，完全违背他本意的事发生了。

“你觉得是否是政府讹诈了他，让他这样做的？”布伦南问道，“还是以某种方式控制了他的大脑？”

“有可能，”玛耸耸肩，“我只知道他可能需要帮助。”

他长时间地看着她，而她则平静地回以凝视。

“他没有朋友吗？”

“他的大部分朋友都是穷苦而无助的鬼牌。其他人则很难联系到。还有些如果知道这事和政府有关，就可能不会很快做出反应。”

布伦南站起身，背对着她，拿着茶杯回到橱柜前。人际关系网络正在伸出手，想引诱他再次陷入它狡猾的掌控。他将茶叶渣倒进水槽里，望着茶杯底部。那底下的釉是蓝色的，是完美而深不见底的湖泊，是无边无际而又空空荡荡的青空。向这茶杯中看去，就像是在凝视虚空。它那彻底的宁静中带着愉悦，但是，布伦南意识到，这并不是能让他证悟的道。

他转过身，再次面对玛，下定了决心。

“好。我会去确认这件事的。但我对大脑控制之类的事完全不了解。我需要一些帮助。”

他伸手去拿电话机，拨通了一个号码。

♥

布伦南几乎没怎么在水晶宫的公共区域里待过，虽然他已在三楼的房间里度过了不止一夜。他进门的时候，埃尔默朝他点了点头，对他拿着的弓盒没有多加评论。这个侏儒朝角落里的桌子做了个手势，蝶蛹就坐在那儿，和一个穿着黑色牛仔裤和棕色皮夹克的男人在一起。那个男人外表英俊，没什么异常之处，只是额头隆起。

“你。”布伦南走到他们的桌边时，福尔图纳托说道。他看看布伦南，又看看蝶蛹。她淡淡地看了他一眼，鲜血在她玻璃般透明的颈动脉中坚定地脉动。她又看向布伦南，冷淡地点了点头，完全看不出布伦南在水晶宫三楼过夜时见识过的激情。

“这是自由民，”布伦南在桌边的第三个位子上坐下时，她说，“我相信他一定带来了一些你会感兴趣的信息。”

福尔图纳托皱起眉来。他俩上次见面的时候不怎么愉快，但也算不上有仇隙。

“据说你想找个方法接近那群虫之母。我知道一些事能帮到你的忙。”

“我会听的。”

布伦南将奇点移动装置的事告诉了他。他没有说谎，却笔削春秋了，这是因为蝶蛹指导他说，这是能影响福尔图纳托，让他来帮助调查塔基扬反常行为的方法。

“除了能将你自己的意识清空之外，你还能做什么?”布伦南说完了自己的故事之后，福尔图纳托问道。

“我能照料好我自己。还能照料掉大部分妨碍我们的人。”

“你就是报纸上最近一直在猜测身份的疯狂杀手?”

布伦南伸手去摸他裤子的后袋，拿出了一张卡片面朝上扔在桌上，福尔图纳托面前。这个男巫/皮条客看着它，点了点头。

“‘黑影’和我是我所知道的仅有的黑桃王牌，”他看向布伦南，“但我想还有空间再加一个人。我唯一不明白的就是你能从中获得什么。”他说着，转向蝶蛹。

“要是这事解决了，不管我要的是什么，你们两人……”

福尔图纳托哼了一声。他站起身。

“好。你一直都是这样。好吧，来。我们最好去瞧瞧那个外星人博·布鲁梅尔[1]的脑子是不是还在。”

布伦南驱车带着他们穿过清晨的黑暗，前往塔基扬的公寓。在眼角的余光中，他看到福尔图纳托正打量着他，但没问任何问题。布伦南意识到，福尔图纳托还没有接受自己，他依然谨慎而戒备，虽然没有公开表示不信任。但没关系，他同样也不信任福尔图纳托。

他将宝马停在塔基扬公寓旁的小巷里。两人从车里出来，抬头看着这座建筑。

“我们从前门进去，”福尔图纳托问道，“还是后门?”

“只要有选择，我的原则永远是走后门。”

“聪明人，”福尔图纳托喃喃道，“聪明人。”

福尔图纳托以怀疑的表情看着布伦南从宝马的旅行箱中拿出他的弓盒，打开，将复合弓甩到背上，接着把箭袋系上皮带，却什么也没说。

“我们走。”

他们来到建筑的后方，福尔图纳托用了一点精神能量，让防火梯落了下来。他们以猫步爬上防火梯，来到塔基扬公寓的窗前，往他的卧室里窥探。

这屋子的照明全靠一盏倾覆的床头灯，里面一片混乱。一个缺乏耐心懒得物归原处的搜索者把东西扔得到处都是。布伦南和福尔图纳托对视了一眼。

“这事儿有点怪。”福尔图纳托轻声说。

---

① 博·布鲁梅尔（1778—1840）英国摄政时期的标志性人物，以花花公子的身份和花哨的着装风格闻名。

窗是锁上的，但这对布伦南来说完全不是问题。他用玻璃刀取下下方窗格里的一圈玻璃，将手伸进去，打开窗锁，静静地滑入窗台。他伸出手臂，让福尔图纳托先别跟进去，又将一根手指摆在唇前。他们倾听了一会儿，却什么也没有听到。

布伦南走在前面，像猫一般悄无声息地从窗台上一跃而下，左手拿着紧绷的弓，右手则摆在皮带上扣着的箭袋附近。福尔图纳托紧跟其后，发出的声音之响，让布伦南不由得以责难的眼神盯着他看了几眼。那王牌耸了耸肩，跟着布伦南穿过了这个房间。在通往厨房、起居室和客房的走道上，他们听到了一系列撞击声、空洞的重击声，时不时还有东西摔碎的声音，就好像公寓深处有个粗心或漠不关心的搜索者正在翻找着房间。

他们静静走过大厅，经过一扇关着的门，进入客房。大厅通往公寓起居室的门开着，那里面看起来也像龙卷风过境后的停车场一般满目疮痍。一个长着红色长卷发的瘦小男子正有条不紊地将书架上的书一本本抽出来，查看书后面的情况。

“塔基扬。”布伦南大声喊道。

那人转过身，看着站在门厅里的两人，表情是彻底的平静，完全没有吃惊的样子。他向他们走来，脸上毫无表情。

福尔图纳托突然将一只手放在布伦南的背上，推了一把，让他倒在地毯上。

“这不是塔基扬！”他喊道。

接下来的几秒钟对布伦南而言，就像是在看一盘快进的录像带。福尔图纳托对时间动了手脚。他变得一团模糊，火箭般冲破空气，直奔那个与塔基扬极为相似的人而去，却在两人接触的一瞬间摔到一旁。

布伦南抽出一支箭，以跪姿射出一击。

这支箭上带着红黑相间的羽毛，箭杆是中空的铝合金，里面填满塑胶炸药。箭尖则是压敏导火索。这支箭太重，如果要攻击长距离的目标，在空气中会变得不太稳定，但这个扮成了塔基扬的人却离他不过二十五英尺。

布伦南的箭射中对方胸口，而后爆炸，血肉和绿色的软泥如雨一般地溅满整个房间。那东西被这冲击力撞得向后退了几步。它的上半身不见了，只剩下一双不停抽搐的腿，那里面还不停地向外冒着非人类的身体组织和黏腻的绿色脓水。在这双腿消失之前，它还试图想逃走。

“那是什么东西?”布伦南大喊，想盖过耳中的轰鸣。

“我他妈的怎么知道，”福尔图纳托说着，从那东西将他甩出去的地方站了起来，“我想扫描它的大脑，却发现里面没有意识。不管怎么说，完全不是人类。”

“它看起来很像塔基扬，”布伦南低声说，他的听力恢复了正常，“每一个细节都像。”他皱眉看着福尔图纳托。“塔基扬的大脑没有被人控制。他是整个人被掉包了。”

“你上一次确定自己见到塔基扬本人是在什么时候?”

“昨天。在诊所。就在他要去奥林匹亚酒店与国务院的那个叫兰克斯特的家伙开会之前。”

“我们去查看一下。”

♣

那个老头穿着酒店制服，白发苍苍，看起来很是虚弱，却将布伦南高举过头，扔在墙上。布伦南重重撞上墙壁，滑落到地毯上，喘得像条呼吸不到空气的狗。他有麻烦了。

服务员走到他面前，轮廓分明的脸上没有丝毫表情。布伦南竭力想站起来，他的肺疼得如同着火，但接着，他看到服务员双眼翻白了。那服务员踉跄后退了几步，四肢仿佛风车般乱舞，就好像被飓风刮中了似的。他跳了一段疯狂而蹒跚的舞蹈，撞在大厅另一头的窗上，飞了出去。从这里掉到下面的街道上还有很长一段路程。

布伦南将自己撑起来时，福尔图纳托在活动着手指。他扶着布伦南的手臂说道："没有大脑可以控制，但还能摆布它们。"

"可能有人听到这动静了。"布伦南喘了几口，空气又回到了他的肺里。

"我应该让它直接撞到你身上的。"

"去那边，"他愉快地深吸一口气，"我们得藏一会儿了。"

他们在一扇门前停下。

"这间如何？"福尔图纳托问道。布伦南静静地耸了耸肩。福尔图纳托将手放在门把手上，探出了他的意识。螺栓抖动滚落后，门开了。

"他们要找到我们还得花一点时间，"两人走进黑暗的旅馆房间后，那王牌说道，"你觉得他们有多少个伪装者？"

"说不准，"布伦南说着，小心地伸展他疼痛不止的后背，"可以肯定的是，比我原本预期的要多。"

"我以为你他妈可警觉了。"

布伦南摇了摇头。他们原本的计划是，他侦查兰克斯特的套房所在的楼层，尽可能搜集情报，而福尔图纳托则留在楼梯井里，使用精神力量监听他的行动。但那假服务员几乎在第一时间就出现并袭击了他。布伦南所能做的，也只有竭尽全力坚持到福尔图纳托出现。

"最好试试我们的备选方案。"布伦南说。

"可能要花点时间。"

福尔图纳托在一张双人床上坐下，双腿交叠，背部挺直，双手摆在膝盖上。他盯着面前空无一物的地方。布伦南站在他与门之间，听着外面走廊里的动静，同时从弓盒里拿出弓和箭袋，在他侦查旅馆时，弓盒都是福尔图纳托替他保管的。

福尔图纳托看起来像是完全沉入了深深的恍惚之中，这没什么不同，布伦南想，一个习禅之人进入禅坐的冥想状态中时也是这样。过了一会儿，从福尔图纳托隆起的前额上长出了一对公羊角，在黑暗之中，它们看起来有些模糊，微微闪光。

布伦南双唇紧闭，一直看着。他的禅宗训练教给他的是，这个世上没有魔法这样的东西，但此时此地，就在他面前，出现了魔法的证据。或许，魔法只不过是未能解释的科学？

布伦南将这个问题归档，留待日后冥想时再思考，与此同时福尔图纳托突然睁开双眼。它们仿佛两潭黑暗的深湖，瞳孔扩张到了几乎完全吞没虹膜的地步。他的声音沙哑，略微颤抖。

“我们周围到处都是，那些东西，”他说，“至少二十个。可能还有更多。它们不是人类，甚至不是地球上的生物。它们的意识，如果你可以这么叫的话，也是外星来的，完全超越了我的经验。”

“它们是群虫生物吗？”

福尔图纳托以轻松而流畅的动作站起身，耸了耸肩。

“有可能。我本以为它们最多也就只能变成那个像皮尔斯伯里公司的面团男孩似的大块头，变成服务员之类的狗屎玩意儿是它们做不到的。”

“也可能它们已经改进了技术。”布伦南抬起一只手，将耳朵贴在门上。走廊上的脚步声经过他们的屋前过去了，他和福尔图纳托静静地等待着。“那塔基扬呢？”

福尔图纳托皱眉。“我联系上了一个人类的意识。一名女仆。她完全没有意识到出现了什么不同寻常的事。就是觉得这层楼的客人给的小费不够多很讨厌。事实上是完全不给小费。在电梯那儿，我也触碰到了某些东西。可能是塔基扬的意识，但它上面有东西遮盖着，还有障碍物。我只能捕捉到模糊而经过过滤的思维概念。它们充满了疲惫，还有痛苦。”

“有可能是塔基扬吗？”

“有可能。”

布伦南深吸一口气。“有计划了吗？”

“把它们全部干掉。”

两人彼此对视。布伦南碰了碰身侧的箭袋。

“我希望你带了武器。”他说。

“我有。还不少。”他碰了碰自己的前额，“都在这儿。”

两人等了一会儿，直到外面的走廊彻底安静下来，这才打开门，快速走了出去。他们尽可能安静地沿着旅店走廊前进，在一个三叉口往右后，他们停在了电梯前。在一边的壁龛里，有个亚麻材质的简易衣柜。布伦南用箭头在上面划了一个缺口，而福尔图纳托做了个手势，让衣柜门打开了。

布伦南压低了弓。

“老天。”他喃喃道。福尔图纳托的视线从他转向衣柜，定住了。

塔基扬就在里面。他的头发全被汗水浸湿了，无精打采地打着卷，黏在他的脸上。杂乱的头发之间可以看到他的双眼。它们充血肿胀，透着痛苦和疲惫。衣柜里的隔板和布料都被取了出来，给塔基扬的身子以及包裹着他的东西留出了足够的空间。塔基扬被包裹在一大张紫色的生物质膜里，从它上面伸出了二十来根黏稠的卷须，捆住了他的脖子、胸口、手臂和双腿。那东西有节奏地脉动着，就像个胖女人在水床上蹦跶似的起着波纹。塔基扬被放置在其表面的一个洞里，这个洞牢牢地困住了他，尺寸和轮廓完全吻合。

他的双眼盯着福尔图纳托，时不时地瞥一眼布伦南。

“救我。”他声音嘶哑，嘴巴动了好几下才终于发出了声音。

布伦南弯下腰从脚踝上的剑鞘里拔出小刀，砍向绑着塔基扬的卷须。这感觉就像是在切割坚硬而有弹性的橡胶，但他冷酷而坚定地将它们切开，无视了那东西越跳越快的脉搏，以及溅满了他和塔基扬全身的绿色脓水。

把所有卷须都切断用了一分钟，但它还紧紧地抓着塔基扬。直到此时，布伦南才注意到塔基扬的身侧和脖子后面都贴着吸盘。

“我们要怎么把你弄出来？”他问。

“拉就行了。”塔基扬轻声说道。

布伦南照做了，塔基扬却发出了尖叫。

医生终于挣脱了。他倒在布伦南的怀里，身上满是汗水、恐惧和外星分泌物的臭味。他惨白得像死尸，吸盘原本贴着的地方流了不少血。那些伤口看起来并不严重，但布伦南意识到，其实它们显然已造成了很大的影响。

“小心，”福尔图纳托说道，“有人来了。”

布伦南抬头看向走廊。一打拟人怪物正在靠近，它们穿着服务员和女仆的衣服，还有些则扮成了穿裙子和三件套西装的普通男女。在这些东西中间，是国务院的兰克斯特。

那些生物匀速前进时，脸上十分沉静，毫无情绪波动。布伦南将塔基扬拉到电梯口，福尔图纳托也跟了上来，表情有些忧虑。

“我们现在怎么做？”

“冲进电梯里。”

当那些东西离他们只有二十英尺时，他们听到了电梯到达的声音。

“扶着他。”布伦南说着，将四肢无力，几乎完全丧失意识的塔基扬塞进福尔图纳托怀里。他从箭袋中拿出一支箭时，电梯门开了。里面有三个中年男子，穿着保守的商务套装，头上戴着圣地兄弟会的帽子。他们张大了双眼，眼睁睁地看着福尔图纳托拉着塔基扬走了进去。福尔图纳托看着他们。

“地下一层，谢谢。”他说。靠操作盘最近的中年男人不自觉地按下按钮，而福尔图纳托则用脚架在电梯门之间，防止它彻底关闭。

布伦南朝那些逼近的生物中间射出了三支带炸药的箭。第一支击中了兰克斯特胸口。第二支和第三支则分别在他左右两边的人身上爆炸，将鲜血和原生质炸得整条走廊到处都是。他后退跌入电梯，福尔图纳托让门关上了。

布伦南靠在弓上，如释重负地深吸一口气。圣地兄弟会的成员们恐惧地挤在电梯角落里。

福尔图纳托看着他们。

“你们第一次进城？”

Ⅲ

“所以兰克斯特在之前就被这些新一代群虫中的一个掉包了？”布伦南问道。

塔基扬点点头，从玛递给他的马克杯里喝了一大口。杯子里盛着满满的浓黑咖啡，佐以大量白兰地。

“在我遇到他——它——之前。所以它才会这么积极地推进那个疯狂的袭击计划。它知道我们没法真的伤害到群虫之母，而这样的袭击却会让所有人都觉得已有人做了实实在在的事，消除了这一威胁。”他停顿了一下，又从马克杯里喝了一大口，“还有另外一个原因。群虫之母可能想要王牌的样本。”

布伦南不可思议地看着他。“样本？”

“将他们解析后以她自己的生物质来复制。”

“操，”福尔图纳托喃喃道，“它想培养出自己的王牌。”

他们此刻聚在塔基扬的诊所办公室里。塔基扬已经洗了澡，但依然因饱受折磨而面色苍白，浑身颤抖。他脖子上那个虫类生物贴着吸盘的地方绕着一圈绷带。

“那现在情况怎么样了？”布伦南问道。

塔基扬叹了口气，把马克杯放到一边。

“我们要去袭击群虫之母。”

“什么？”福尔图纳托说，“那个虫类生物弄坏你的脑子了？你刚还说袭击群虫之母完全是个疯狂的主意。”

“它确实是。现在也是。但对我们来说，却已经是最好的选择了。”他的视线从明显怀疑这一点的福尔图纳托身上移到了布伦南那儿，后者的脸上带着茫然和不予置评的神情，“看，群虫又开始了一波新的袭击，而且比之前的几次显得更精明世故了许多。不用说也知道，它们在政府部门里渗透得有多深了。”

“要是它们能掉包兰克斯特，”布伦南轻声道，“它们还能掉包谁？”

“没错。他们还掉包了谁？”塔基扬身子发抖，“这种可能性简直让人难以想象。只要它们能替换掉足够多的关键人物以实施计划，它们一定会直接启动一场全球范围的核武器战争，然后只要等上个几千年，直到地球表面重新变得适宜居住就行了。”

“显然我们没法信任任何政府的人来帮助我们袭击群虫之母。我们只能自己干。”

“我们又要怎么做？”从福尔图纳托提问的语气看来，他似乎并没有被塔基扬的这番话说服。

“我们有奇点移动装置，”塔基扬的声音变得热切起来，“不过，我们还需要一种武器。过去塔基斯星人成功地使用生化武器战胜过群虫之母，但你们的生物科技还没能发达到足以生产出合适的武器。或许我能找点别的……”

“我们有武器，”一个平静的声音说道。三个男人都转过头，看向了玛，她一直静静地听着他们的交谈。

塔基扬盯着她，突然从椅子里坐了起来，添了白兰地的咖啡溅在他的锦缎家居服前襟上。

“别胡说八道了。”他激动地说道。

福尔图纳托从塔基扬看到玛。“你们在说什么玩意儿?”

“没事,”塔基扬说,“玛在诊所里和我一起工作。她用自己的力量帮助了我的一些病人,但她不可能参与其中。”

“什么力量?”

玛抬起双手,掌心朝外。“我能触摸到人的灵魂,”她说,“我们会合二为一,而我就能找到这灵魂中的疾病。我将疾病转移到自己身上,抚慰它,抚平生命图案中的曲线,修补其中的破损。而后我们两人都能再次康复。”

“什么意思,直白点?”福尔图纳托问道。

“她能操纵遗传基因的物质,”塔基扬叹了口气,说道,“她几乎能以任何她想象得到的方式来重塑它。我估计她可以反向使用她的力量,让群虫之母的细胞大规模瓦解。”

“她能让群虫之母得癌?”福尔图纳托问。

“可能可以,”塔基扬承认,“如果我允许她加入,但我不会这么做。这事对女人来说危险到近乎疯狂。”

“这事对每个人来说都危险到近乎疯狂,”福尔图纳托厉声说道,“要是她是对抗群虫之母最好的选择,而且她也愿意尝试,那就让她去做。”

“我不允许!”塔基扬猛地一挥手,马克杯撞在椅子把手上,咖啡又泼了出来。

“这不是你说不允许就能不允许的,”玛说,“我必须去做。这是我的业。”

塔基扬转向布伦南。“你就不能和她讲讲道理吗?”

布伦南摇摇头。“这是她的决定。”他慢慢说道。他希望自己能同意塔基扬的意见,但也知道,他不能介入玛的业,不能中止她选择的顿悟之道。布伦南也做出了决定,他不会让她独自踏上这条道路。

“那就这么定了,”福尔图纳托断然说道,“我们把玛带到群虫之母那儿去，她来负责给它上一剂致命的癌症病毒。我也去。我要亲手教训一下那个婊子养的。”

塔基扬看看福尔图纳托，又看看玛，再到布伦南，他知道自己再说什么也没法让他们改变主意了。“好吧，”他叹了口气，向福尔图纳托说道，“你得给奇点移动装置充能，”塔基扬说。“我自己现在做不到。”他用手指扒梳着卷曲的头发，“那个虫类为了吸取我的记忆给复制的塔基扬，暂时熔断了我的一些力量。我们没法等到它回到我身体中来了。

“不过，我还是可以用宝宝载一小队人靠近群虫之母的。福尔图纳托可以将所有人转移到群虫之母体内。速度要快，而且要极为隐秘，但这支小队也需要一个能提供保护的人。或许可以找模块人，要不就找迷旅的某个朋友……”

布伦南摇摇头。“你说速度要快，而且要极为隐秘。但要是以模块人的那种方式进去，肯定第一时间就会引起群虫之母的反抗。”

塔基扬虚弱地揉着额头。“你说得对。你有什么建议吗？”

“当然。”布伦南深吸一口气。这事已经与他来到这座城市的最初目的毫不相干了，但他不能让玛独自面对群虫之母。他做不到。“我。”

“你？”塔基扬犹豫地问道，“你能做什么？”

“他能把你从那团黏糊糊的东西里救出来。”福尔图纳托插话道。他看向布伦南，眼中曾经的怀疑此时已变为确信。“我见过他行动的样子，他能照顾好自己。”

塔基扬果断地点头。“那就这么定了，”他向玛说道，“虽然我不喜欢让女人身处危险，但你说得对。你是唯一一个有机会毁了群虫之母的人。”

“我会做我必须做的事。”她静静地说道。

塔基扬严肃地点了点头，握住了她的手，但听到她说这番话时，布伦南感受到的却是一阵冰冷的寒意。他很确定，塔基扬从这话中听出的意思，与他自己听出来的，完全不同。

♠

飞船起飞被布伦南归类为有趣的体验。他不想再尝试一次，但从宝宝屏幕上看到的地球的景象美得惊人，他恐怕会记一辈子。他甚至觉得自己有些配不上这风景，最好是他的上师石田能看到它。

在塔基扬这仿佛《一千零一夜》梦幻场景般的控制室里，还有其他三个人。塔基扬静静地引导着他的飞船，群虫虐待他的伤还没好。布伦南可以看得出来，他完全是靠意志力才强撑到现在。他的脸上挂满了疲惫和不同寻常的紧张感。

福尔图纳托的周身闪动着紧张而不耐烦的能量。在起飞之前的时间里，他一直在给自己充能。现在，他做好了准备，迫不及待地想采取行动。

只有玛显得平静而无动于衷。她静静地坐在控制室的长椅上，双手摆在膝盖上，兴味索然地看着一切。布伦南看着她观望的样子。她之前欣然地接受了塔基扬的计划，但她要如何去执行，又是另一个问题了。这想法让他焦虑。

过了一会儿，塔基扬开口了，他的话音中带着不安和疲惫。

“就在那儿了。”

布伦南越过塔基扬的肩头看向那塞满了宝宝屏幕的球状怪物。

“它很大，”他说，“我们怎么才能绕过它？”

塔基扬转身，向福尔图纳托说道：“向奇点移动装置下令，让它把你们传送到这东西的里面去。你们会出现在非常接近你希望去的地方。追踪它的思维找到它的神经中枢。”塔基扬感觉到他飞船的意识在他大脑里拽了一下。*怎么了，宝宝？*

我们靠近群虫之母的检测范围了。

谢谢。他向其他人说道："你们最好准备上路。时间差不多要到了。"

福尔图纳托从塔基扬双肩背包里拿出奇点移动装置，它之前一直被塔基扬藏在自己公寓的备用卧房内。在背包底部还放着一把装在肩套里的 .45 自动手枪。

"这是干吗？"福尔图纳托说着，看向塔基扬。

"你可能会需要它，"医生说，"要让这东西能进行跃迁，需要的能量远比你想象的更多。"

福尔图纳托碰了碰枪柄，又看向塔基扬。他耸耸肩。"他妈的。"他说着，将它系在肩上。他举起奇点移动装置，和布伦南及玛站成了一个圈。另外两人都帮着他托住了这个移动装置。布伦南看了一眼玛。她坚定地回望着他。他从眼角的余光中看到显示屏上群虫之母的体表闪过一片灿烂的光芒。有机物形成的冲击波击中了宝宝，她颤簸了一下，不过她的防御屏障还是顶住了。布伦南感觉到自己的大脑中传来一声低语。

记住，你必须做到的事是不要让玛或福尔图纳托被群虫之母捕获。

他抬头看向塔基扬，后者坚定地看了他一会儿，接着转过身，面对着显示屏。

"去吧！"塔基扬大喊。

福尔图纳托紧闭双眼，眉毛因集中注意力而皱在一起。幽灵般的公羊角在他脑袋的两侧闪动微光。布伦南突然感觉到一阵揪心似的疼痛，那是一种撕裂般的感受，就好像他身体的每一个细胞都被用力摔碎了。他无法呼吸，因为他的肺已不复存在，他无法放松肌肉，因为它们已被撕扯成分子微粒，泼洒在几百英里的虚空之中。他的尖叫被扼杀，他的意识狠狠地撞在一堵恶心的墙上。这趟旅程比他到诊所的远足更可怕，它似乎能持续到永远，尽管塔基扬曾经说过，奇点移动装置制造的旅行完全不用花费一点时间。

接着，突然之间，他又变得完整了。他和玛还有福尔图纳托都出现在一条走廊上，半透明的天花板和墙壁上巨大的蓝绿色磷光细胞给他们提供了暗淡的照明。他们脚下踩着黏稠的藤蔓，它或许是给这东西传送血液和营养液的导管。空气炎热而潮湿，带着一股仿佛温室坏了似的气味。空气中的氧气含量至少还够布伦南在头昏眼花之后调整呼吸。他觉得自己的步伐非常轻松，不过确实还能感受到重力的影响。他意识到，群虫之母一定是在旋转，从而制造出指引组织生长方向的人工重力。

“你们都还好吗？”他问同伴。

玛点点头，但福尔图纳托的呼吸却很粗重。他的脸色差得像戴了一张灰败的面具。

“那个……太空基佬说得对……”他喘着气说，“这他妈就是个婊子。”他摸索着将移动装置塞回背包里时，双手不住地颤抖。

“放松——”布伦南刚说了开头，就沉默了。

在这个扭曲而翻滚的通道前方某处传来了巨大的吸吮声。

“我们得往哪儿走？”布伦南轻轻地问。

福尔图纳托用力集中精神。“我能感觉到前面有某种意识，”他朝那吸吮声的方向指了指，“假如你们能称它为意识的话……”

“好极了。”布伦南喃喃。他解下自己的弓。

“听着，”福尔图纳托抓住玛的手臂，“你能帮助我脱离……”

“没时间那么做了，”布伦南说道，“此外，玛也需要留着她所有的能量来穿透这东西。如果我遇到了同样的情况，也会这么选择。”

福尔图纳托说了些什么，但那吸吮声越来越响，而后突然就出现在他们前方，一大团古怪的黄绿色细胞质绕过了这管道走廊的拐角，向他们撞来。它球状的身子几乎塞满通道，上面还随机地长着二十来个吸盘。

“老天！”福尔图纳托咒骂道，“这什么东西？”

它蹭过通道一侧，以无数吸盘似的嘴刷过墙壁和地板，那些嘴周围还长着几百根一英尺长的纤毛。

“我不知道，也不想知道，”布伦南说，“我们绕它过去。”

他选出一支箭，轻轻搭在弓上，开始从那东西边上走过。玛和福尔图纳托都小心地跟着他。那东西还在刷着墙壁。他们经过时，吸盘嘴周围的纤毛全都渴望地朝着他们颤动，但那生物本体没有朝他们移动。

布伦南松了一口气。

当他们沿着通道往群虫之母的更深处走去时，蓝色的磷光照亮了他们的周围，像是打了柔光似的，充满了超现实的感觉。凝滞的空气中满是活物的气息，让布伦南回想起越南的丛林。他一直在观察四周，身体因紧张而抽搐，总觉得自己像是已经被一个狙击兵的来复枪瞄准器中的十字瞄准了似的。他无法让这不祥而压抑的被人监视的感觉消失。

他们在紧张的沉默中沿着这波状的通道走了半小时，一直在等待着，却始终未真正面对来自群虫之母的杀人机器的致命袭击。他们在一个三岔路口停了下来。那两个路口看起来都很像能通往他们要去的方向。

“往哪边走？”布伦南问。

福尔图纳托疲倦地擦了擦肿胀的额头。

“我能听到一千个轻微的呢喃。它们不是真正的意识，至少不是知觉意识，但它们制造的动静快把我逼疯了。最大的那个还在前方的某处。”

布伦南看向玛。她沉静地看着他，样子就像是愿意接受他做出的任何决定。布伦南在脑海中抛出一枚硬币，正面朝上。

“这边。”他说着走了右边的岔口。

还没走上一百码，布伦南就意识到这条通道里有些不一样的东西。空气中带着甜味，几乎可以说甜到发腻。它让人呼吸困难，却又近乎陶醉。越往前这股气味就越浓郁。

“我不确定自己喜欢这样。”布伦南说道。

“我们难道还有别的选择吗？”玛问。

布伦南看着她，耸了耸肩。他们继续向前，在通道里拐了一个大弯，停了下来，瞪着面前的景象。

通道突然变宽，横向达到了四十英尺。在它的两边，接近天花板的地方，挂着几十个怪异的群虫，它们四肢萎缩，腹部隆起。通道的墙壁上凸起的肿胀乳头似乎正在哺喂它们。

每一个悬挂着的虫类肿胀的腹部都垂下了中空的管子，在它们周围团绕着各种类型的群虫生物，这些生物互相推挤，争夺管子前的位置。这些虫类生物从小小的昆虫体，到数吨之重的触手怪，各种尺寸都有，总数至少几百个。

“它们好像在进食。”福尔图纳托悄声说道。

布伦南点点头。“我们穿不过去的。我们得走回去试试另一条道。”

他们开始往回走，突然听到了一种静静的嗡鸣，仿佛一群小小的飞虫正从他们要回去的方向向他们飞来。

“操，”福尔图纳托怀疑地说道，“我们他妈的正好卡在它们换班的中间了。”

“我们遇到的第一个虫类生物无视了我们，”布伦南说道，“这些可能也会那么做。”

他们紧贴通道墙壁——布伦南发现它很温暖，摸起来十分柔韧——尽可能保持安静低调。他们等待着。

一群类昆虫的群虫生物嗡嗡地从通道那头过来了。它们有四到六英寸长，身体分节，还长着巨大的膜状翅膀。领头的几只从他们身边经过，径直去往饲育室，布伦南以为他们安全了。但接着其中一只停了下来，落在玛身上。另一只也紧随其后，接着一只接一只都过来了。她宁静地低头看着它们。还有一只落在了布伦南肩头。他盯着它。它的口器部分有好几层颚骨，其中的一副颚骨器官将布伦南衬衫的布料撕碎，而其他器官则不停地将布料的碎片塞入它小小的嘴里。

布伦南厌恶地一把将这东西扫到地上，踩上一只脚。它被碾碎时发出了很大的声响，听起来就像是踩死了一只蟑螂，但又有两只取而代之，停在布伦南身上。他听到福尔图纳托的咒骂声，知道它们也爬到了他的身上。

“我们试试从它们的包围中走出去。”他静静地说，但这么做完全没用。这些飞虫跟着他们，停在三人身上，数量越来越多。

“跑吧！”布伦南喊道。他们沿着通道飞奔起来。

一些虫类继续前进去了饲育室，但更多的却聚在一起形成一片愤怒的嗡嗡之云，在通道里紧跟着他们。布伦南边跑边拍打它们，将其中一部分敲晕，又将爬在他身上的虫子拍下来碾碎，但又有更多的取而代之。它们落在他的脸上和手臂上，他可以感觉到它们那数以千计的足爬过他的全身。它们似乎对他的衣服很感兴趣，更要命的是，对他的弓和箭也很感兴趣。就好像它们是被设计来分解非生物物质的清道夫。但这一点并不会让它们变得无害。布伦南常常感觉到它们锐利的颚骨口器刺入了他的皮肉。它们振翅的嗡嗡声和它们口器开合的咯咯声在布伦南听来几乎震耳欲聋。他们必须摆脱这些虫子。

他们回到了三岔路口，绝望地想找个东西，什么东西都行，能让他们甩掉这些小清道夫。福尔图纳托跑向另一条岔路，布伦南和玛紧跟上去。地面因为潮湿而变得黏腻，它的表面并不平整。这些潮湿的液体在地面上积起一个个浅坑，当他们艰难跋涉而过时，会溅起一片液体的水珠。这些液体温暖而干净，却并不清澈。液体溅落在通道里，而那些类昆虫的群虫似乎因此而后撤了。福尔图纳托扑通跳进一个略深的凹陷形成的水塘，不停滚动身体，将爬满他全身的类虫驱赶、碾碎。布伦南和玛也加入了他的行列。布伦南紧闭嘴唇，但这浑浊的液体依然将他从头到脚都湿透了。它不管是看上去，还是闻起来，都像是悬浮着微小颗粒的温水。布伦南完全不想摄入其中任何一种。

布伦南望了一眼同伴，他们都蹲伏在这浅水塘里。他们的衣服看起来就像是被一个蛾子军团袭击了，身上还带着大量割伤和凿痕，但似乎没人受到重伤。一群类昆虫还固执地在他们头顶盘旋，嗡嗡作响，布伦南有点恼怒。

“我们要怎么解决它们?”他有些生气地问道。

“我可能还有点力量，足够让这些小狗屎滚开。”福尔图纳托咬牙说道。

“我不知道——”布伦南才刚开口，就被接下来的事打断了。

他们脚下的地面仿佛括约肌张开一般地裂开了。通道中的所有液体都向下涌入，他们也被裹挟其中。时间只够布伦南深吸一口气，攥紧他的弓。他伸出手，抓住了玛的脚踝，她被吸入黑暗之中，而他也打着圈跟在她身后，箭袋中的箭至少丢了一半，这让他心里不由得暗自咒骂。

通道中的液体比他想象的要多。他们被卷入了一个湍急的涡流中，没有可供呼吸的空气，也没有可见的光。布伦南紧抓玛的脚踝，心中牢记着塔基扬无声的警示。

他们被冲入了一个巨大的腔室，完全淹没在奥林匹克运动中心的游泳池那么大的液体水塘里。布伦南和玛都浮出水面，踩着水四下观望。幸运的是，在这个腔室内也有与通道上方相同的蓝色磷光细胞可供照明。福尔图纳托游到他们身边，与一股要将他们拉到水塘另一边去的湍流对抗。

“这他妈到底是什么?”福尔图纳托问道。

布伦南发现要边踩水边耸肩还挺困难。“我不知道。或许是蓄水池？所有生物都需要水才能生存。”

“至少那些虫子都跑了。”福尔图纳托说。他跳出水塘，来到腔室的一侧，布伦南和玛跟在他身后。

他们沿着斜坡向上爬，动作十分缓慢小心，因为它的表面又湿又滑。待最终爬出去，他们喘着气休息了一会儿。布伦南从皮带上挂着的便携急救箱里拿出绷带，包扎了最严重的虫子咬伤。

“现在往哪边？”

福尔图纳托用了点时间来确定方位，接着用手一指。“那边。”

他们继续在这怪物的腹中穿行。在有机怪兽体内的怪异领域中跋涉近乎噩梦。他们顺着通道来到了一个宽敞的大厅，在那儿，脉动的天花板以脐带状的绳索垂挂着半成型的生物，它们像人一样傻乎乎的呜咽着；随后他们进入的通道里是一袋袋恶心的仿佛果冻般颤抖着的生物质，它们之间别无二致，只待在群虫之母的意志之下被分别塑形；而后的腔室里则是成百个正在被改造的异形，至于它们塑形后的用途，那就只有群虫之母知道了。最后这些怪物中，有一部分已发育到足以察觉闯入者，但它们还被那脐带状的原生质绳索系在群虫之母的躯体上。当布伦南等人经过时，它们撕咬着，咆哮着，发出嘶嘶声，布伦南不得不用箭射穿了其中最顽固的几只生物的脑袋。

这些生物并不全都是非人形的。有一些已有人的体型和能认得出身份的样貌。雷纳德·里根的头发光滑地向后梳成背头，双眼闪闪发亮；麦吉·撒切尔的表情坚毅，顽强不屈；甚至还有戈尔巴乔夫的脑袋，一切都很原版，包括了那块草莓色的胎记，它底下连着一大块颤抖的原生质，柔软，蓬松，就像用面团雕塑成的人类身体。

“老天，”福尔图纳托说道，“看来我们到得正是时候。”

“希望如此。”布伦南喃喃。

通道越来越窄，他们不得不弯下腰，最后只能四肢着地向前爬行。布伦南转头看向福尔图纳托，而那王牌朝他们点了点头，让他们继续往前。

“就在前面。我能感觉到它的悸动：喂食，成长；喂食，成长。”

通道墙壁的肌理仿佛橡胶，但很温暖。布伦南不喜欢它的触感，但他强迫自己贴着它向前。通道越来越狭窄，直到最后布伦南意识到他没法再背着自己的弓。此刻他们十分无助，已进入群虫之母最危险的区域，它的中枢神经之中。他在活肉形成的狭窄通道中推挤着自己的身体向前，玛和福尔图纳托跟在他身后，经过了一百码左右，他终于从通道里挤出来，进入一片空地。福尔图纳托跟着也下来了，两人一起帮玛拉了出来。

他们四下环顾。这是个小腔室。在腔室中央悬浮着一个巨大的粉灰色三叶器官，它连通着藤蔓状纤维的网络，它们渗入地板、天花板和腔室的墙壁中，三人进入之后，这个腔室里就几乎没有多余的空间了。

“就是这里了，”福尔图纳托喃喃的声音里透着疲惫，“群虫之母的神经中枢，它的大脑、核心，或者随便你爱怎么叫怎么叫。”

他和布伦南看向玛。她向前走了一步，布伦南扶住她的手臂。

“杀了它，”他催促道，“杀了它，然后我们就离开。”

她平静地看着他。他能在她那双黑色的大眼睛里看到自己的倒影。“你知道我发过誓，永远不会伤害另一个知觉生物。”她静静地说道。

“你疯了吗?”福尔图纳托喊道，“那我们来这儿干吗?”

布伦南放开她的手，而她走到悬挂在神经纤维网络中央的器官面前。福尔图纳托对布伦南说道：“这个婊子疯了吗?”

布伦南摇摇头，说不出话，他知道自己又将再次失去。不管最后会变成什么样，他都会失去她。

玛在这些藤蔓之间滑行，将她的手掌抵在群虫之母的血肉上。她的鲜血渐渐从这外星生物的器官表面流淌下来。

“她在干什么?”福尔图纳托问道，他的声音里有恐惧，有愤怒，也有好奇。

“融合。”

通往群虫之母这个密室的狭窄通道突然扩张了。布伦南转身，面对开口处。

“发生了什么?”

布伦南将箭搭在弓弦上。“群虫之母在反抗。”他说完，将他周围的一切，将福尔图纳托，甚至将玛，全都从他的意识中摒弃了出去。他将自身的焦点集中，直到这通道的入口成为他的宇宙。他将弓弦拉到脸颊边，整个身子如弓一般紧绷，做好了随时将自己射入敌人心脏的准备。

群虫之母那些带爪子和獠牙的杀人机器从入口涌了进来。布伦南发动了攻击。无需意识指引方向，他的双手自动抽箭，拉弓，放箭。尸体堆叠在通道口前，而后被那些竭力想进入的怪物和含有炸药的箭清除。时间不断流逝。一切不再重要，除了意识、身体和目标之间的完美配合，而这生发自灵与肉的结合。

这一刻仿若永恒，但群虫之母的资源却不是取之不尽的。布伦南还剩三支箭时，那些生物不再出现了。他盯着通道看了一分钟，而后才意识到视线里已没有目标，于是放下了手中的弓。

他的后背很疼，双臂更如同着了火。他看向福尔图纳托。那王牌盯着他，无言地摇了摇头。布伦南的意识终于从他禅宗训练的让它沉入的湖中回来了。

突然一阵颤动引起了他的注意，他转过身，手伸向箭袋，但没有拿出箭来就停止了动作。在通道入口出现了三个生物，人类的尺寸，人类的形体。布伦南的周身传来一阵冷风般的错位之感，他压低了弓，认出了他们。

“古尔格维斯基？门多萨？敏？”

他向前走了一步，仿若在梦中，而他们也绕过那些爆炸的群虫尸体，向他走来。布伦南整个人都麻木了，神智完全被喜悦和难以置信占据。

“我就知道你会来的，”玛的父亲敏说道，“我知道你会把我们从金福的手里救出来。”

布伦南点点头。广袤的疲惫席卷了他。他觉得就好像自己的大脑与身体的其余部分割裂了，仿佛不知怎么回事，它就被层层棉絮包裹起来。他早该知道群虫的背后主使是金福。他早该知道的。

古尔格维斯基抬了抬手中的文件包。“我们拿到了能揭露那个杂种的证据，上校。你过来看一下。”

布伦南扔下弓，走向前去看古尔格维斯基向他伸过来的手提包，完全无视了身后有人在叫喊他，无视了在通道里回响的震耳欲聋的咆哮。

古尔格维斯基伸出手，将那手提包递给他，脚步有些蹒跚。布伦南看着他，觉得有些古怪。古尔格维斯基怎么只有一只眼睛了。另一只眼睛已经被子弹射穿，黏稠的绿色液体正缓慢地淌下他的脸颊。但这样也挺好的。布伦南似乎回想起来，古尔格维斯基早就被人射中了脑袋，然后活了下来。他在这儿，这就够了。布伦南看着那个手提箱，箱子的把手融合进了古尔格维斯基手上的血肉里。它们完全是同一个东西。手提箱的开口上长着一排排锋利的牙齿，它向他猛地扑来，牙齿用力一咬。

他的身子猛地抖了一下，好像有什么东西从后方撞在他的膝弯处。他摔倒在地，脸颊贴着腔室的地板，感觉到了它温暖的脉动，他恼怒地回头望去。

是福尔图纳托。那王牌松开布伦南，跪下来，拔出了.45 手枪。布伦南抬头看他的手下。福尔图纳托把他们击成了碎片，一块脸部落在这儿，一条胳膊落在那儿。福尔图纳托咒骂着开了枪，.45 手枪射出一条直线，布伦南的手下再次死去。

布伦南感受到了一阵极其强烈的怒意。他半站着，闭上双眼。福尔图纳托扔出空了的弹匣，枪响停止了，但空气中还残留着火药的恶臭，他的耳中还能听到枪声的轰鸣，他的鼻中还能闻到丛林里那炎热而潮湿的气息。他再次睁开双眼。

他的手下此时仿佛可怕的讽刺漫画，脸和身体都已被枪射得残缺了，不住滴落绿色黏液，却还在拖着脚向他走来。它们不是他的手下。门多萨已在袭击越南共产党总部的突袭中死去。古尔格维斯基则在那天晚上的深夜里被金福杀死了。许多年后，敏在纽约死于金福的爪牙手中。

虽然大脑还朦朦胧胧的，布伦南已捡起弓，向那些假冒货射出他最后一支爆裂箭。它击中了敏的讽刺画后爆炸，让生物质的团块溅得到处都是。爆炸的冲击力不仅让布伦南向后摔倒，也解决了另外两个假冒货。

布伦南深吸一口气，擦去了脸上的黏液和原生质碎片。

“群虫之母从你的大脑里提取了他们的形象，”福尔图纳托说道，“前一波攻击只是为了拖延时间，好让它能准备好这些会走路的蜡像。”

布伦南点点头，表情重又变得坚定而沉着。他将视线从福尔图纳托转向了玛。

她几乎已经消失，大部分身子都被这外星生物粉灰色的血肉覆盖。她的脸颊抵在那脉动的器官上，布伦南能看到的半边脸还未被覆盖。她露出来的单眼依然睁着，眼神清澈。

“玛?”

眼珠转动了一下，找到了他发出声音的地方，聚焦在他身上。她的嘴唇动了动。

“如此广阔，”她轻声说道，“如此奇妙而广阔。”

腔室里的磷光暗淡了一会儿，又亮了起来。

“不，”玛呢喃道，“我们不能那么做。在这艘船里有一个知觉生物。这艘船本身就也是一个活着的实体。”

腔室的地板震动了，但磷光还在。玛又开口了，更多的是自言自语，而非说给布伦南或福尔图纳托听。

“活得如此长久，却没有产生思想……使用如此多的能量，却没有得到结果……行了如此远的距离，见过那么多东西，却没有任何领悟……这应该改变……全都改变……”

那只眼睛再次盯着布伦南。她还能认出他来，但随着她所说的话语，这种认知渐渐消失了。

“别为我哀悼，上校。我们中的一个献出了自己来拯救她的星球。另一个则放弃了她的种族来拯救……谁知道能拯救什么呢？或许有一天，拯救这个宇宙。别悲伤。记住我们，当你抬头看向夜空，你要知道，我们正在群星之间，我们在探索，在沉思，在发现，在思考无数奇妙之事。”

布伦南眨了眨眼睛，忍住眼泪，玛的那只眼睛闭上了。

“再见，上校。”

奇点移动装置散发出火星。福尔图纳托将背包从背上扯下来，惊讶地低头看着它：“这不是我干的。她……它……”

他们回到了塔基扬飞船的舰桥上。三个男人面面相觑。

“你们成功了？”隔了一会儿，塔基扬问道。

“哦，嗯，兄弟，”福尔图纳托说着倒在边上的一个坐垫上，“哦，嗯。”

“玛呢？”

布伦南觉得仿佛有把愤怒的小刀扎入了他的体内。

“你让她走的。”他咒骂着，朝塔基扬走了一步，双手颤抖着紧紧地捏成拳头。但他的眼神说明了谁才是伤害玛的罪魁祸首。他像条落水狗一般浑身颤抖，突然转身走开了。塔基扬盯着他，过了一会儿才转向福尔图纳托。

“我们回去吧。”福尔图纳托说道。

要再过上一段时间，布伦南才会想起玛说的那些话，会想知道，那个温柔的佛教徒姑娘，就这样与一个力量大得无法想象的生物的思维和躯体融合之后，再过上几个世纪，将会产生什么样的哲学、什么样的思想和什么样的灵魂。要再过上一段时间，他会想起来的。但此刻，他能感受到的只有已熟悉得犹如他的名字一般的痛苦和失落，除此以外，什么也没有。他只觉得几近死亡。

♥♦♣♠

朱比：之七

一阵敲门声。朱比穿着百慕大呢子短裤和布鲁克林道奇队的T恤，啪嗒啪嗒地穿过他的基地，从猫眼里向外望。

塔基扬医生站在门阶上，他穿着鲜绿色的衬衫，外面套着带大缺口领的白色夏季西装，橙色的领结式领带搭配着胸前口袋里的丝绸手帕和白色软呢帽上一英尺长的羽毛。他手里拿着一个保龄球。

朱比拉开警用门闩，解下链子，将挂钩从孔眼里拔出来，转动死锁上的钥匙，最后按下门把手中央的按钮。门开了。塔基扬医生快活地走入他的公寓，两只手里还不停地相互抛接着保龄球。然后他像扔保龄球似的让它滚过起居室的地板。它最后抵在了那速子通讯机的脚上。塔基扬跳到空中，啪嗒一声将靴子的后跟并在一起。

朱比关上门，按下开关，转动门锁，放下挂钩，拉上锁链，关上警用门闩。

红头发的男人拿下帽子，鞠了一躬。“塔基扬医生为您服务。”他说。

朱比惊慌地发出咕噜一声。“塔基斯星的王子从不会为任何人服务，”他说，“而且也不会穿白色的衣服。这太，呃，平淡了。你是遇到什么麻烦了吗？”

男人在长椅上坐下。“这儿太冷了，”他抱怨道，“这气味是怎么回事？你还在试图保存我给你带来的尸体，对吗？”

“没有，”朱比说道，“就是，呃，有些肉放坏了。”

那人的轮廓发生了波动，渐渐模糊。眨眼之间他就长高了八英寸，长胖了五十磅，一头红发也变成了灰色长发，紫罗兰色的眼珠变成了黑色，四方的下巴上长出了蓬乱的胡子。

他用双手抱膝。“什么麻烦也没有，”他用远比塔基扬更低沉的声音汇报道，“我进去的时候看起来像个长着人头的蜘蛛，我告诉他们，我长了运动员的脚。八只。除了塔基扬，没有其他人能接手这样的病例，所以他们就把我推到一张幕帘后面，去找他了。我变身成大个儿护士的模样，钻进了他实验室下面的女厕所。等他们找到他的时候，他往南走而我顶着他的脸往北走。任何人看了监视器，都会看到塔基扬走进他自己的实验室，就这样。”他抬起自己的手，评鉴似的上下翻转。“这种感觉真是太奇怪了。我是说，我走路的时候能看到自己的双手，看到浮肿的关节、手指背上的手毛和肮脏的指甲缝。显然这不是任何一种物理上的变形。但不管什么时候，我经过镜子，看到的都是我变身成的那个人的模样，就像其他人一样，”他耸耸肩，“那个保龄球放在一个玻璃隔间后面。他之前一直在用扫描仪、瓦尔多装置①、X 光之类的东西检查它。我把它夹在胳膊底下，走了出来。”

“他们就这么让你走出来了?”朱比简直不敢相信。

“好吧，准确地说不完全算。巨魔从我身边走过时，对我说了下午好，祝您愉快，我以为我大功告成了。我还捏了一个护士一把，甚至还对一些完全不是我的错的事表现出了负罪感，我觉得这样能让我看起来更像一点，”他清了清喉咙，“接着电梯到了一楼，我走出电梯的时候，真正的塔基扬正好进来。吓了我一跳。”

朱比抓了抓一边的海象牙。“那你怎么办?”

---

① 最早出现在海因莱因的短篇小说《瓦尔多》里，是一种能通过液压、电路或机械来远距离操纵控制的装置，通常都用来抓取、搬运或移动较危险的物品。

克罗伊德耸耸肩。“我还能怎么办？他就站在我面前，我的能力一秒钟也骗不了他。于是我就变成了泰迪·罗斯福，希望这样能甩掉他，此外，我还强烈地希望自己能在什么别的地方。然后突然之间，我就去了。”

“去了哪里？”朱比不是很确定自己真想知道。

“我从前的学校，”克罗伊德有些害羞地说道，“九年级的代数课堂。就是1946年喷气机小子在曼哈顿上空爆炸时我坐的那张桌子。我得说，我完全不记得我九年级时的女同学里还有长那样的。”他的声音里带着一点悲伤。“我其实还挺想坐下来听完这堂课的，但这是泰迪·罗斯福突然出现在班级里，手里还抓着个保龄球，于是就引起了一阵骚动。所以我离开了，到了这儿。别担心，我换了两次地铁，还变了四次身。”他站起来，伸展身体，“海象，我得和你说，替你工作绝不无聊。”

“我付账时也绝不小气。”朱比说。

“正是如此，”克罗伊德承认道，“现在，既然你提到了这一点……你有没有见过维罗妮卡？她是福尔图纳托手下的一个姑娘。我想带她去王牌云巅，看我是不是能和海勒姆谈谈，让他给我们上点羊排。”

朱比的口袋里放着石头，他数了几颗放在沉睡者的手里。“你知道的，”克罗伊德的手指包裹住了他的报酬之后，朱比说道，“其实你可以把这装置留下来给自己。或许能从别人那儿得到一大笔钱。”

“你给的已经很多了，”克罗伊德说，“此外，我也不玩保龄球。我从来没学会怎么保持分数。我想他们都是靠代数。”他的轮廓微微发光，接着，突然之间詹姆斯·格罗尼就站在那儿了，穿着一件时髦的浅蓝色西装，翻领上还别着一朵花。走上通往街头的台阶时，他开始用口哨吹起一首老歌，《永远别偷小东西》。

朱比关上门，按下按钮，转动钥匙，放下挂钩，拉上锁链。关上警用门闩时，他听到身后传来了轻轻的脚步声，他转过了身子。

是正打着哆嗦的红人，他身上穿着一件从朱比的衣柜里偷来的黄绿色夏威夷衬衫。在王牌突袭修道院时，他丢了自己所有的衣服。这件衬衫太大，让他看起来就像个漏了气的气球。“是那个小发明?”他问。

“嗯。”朱比回答。他穿过房间，带着敬畏小心翼翼地举起那个黑色球体。它摸上去十分温暖。

塔基扬医生从太空中回来并宣布说群虫之母将不再成为威胁时，朱比看了电视台的新闻发布会。塔基扬说得很动人，最后说到了他那年轻的同事玛和她伟大的牺牲，她融入群虫之母时的勇气和她那无私的人性光辉。朱本发现自己更感兴趣的是这塔基斯星人隐而不说的事。他隐去了自己在这件事里扮演的角色，完全没提玛是怎么进入群虫之母体内，从而完成他说得如此动情的融合。记者们似乎都以为塔基扬就只是开着宝宝到群虫之母身边，然后停靠在它身上。但朱比知道得更多。

当沉睡者醒来时，他决定遵照自己的直觉行事。

“我真不想告诉你，它在我看来就像个保龄球。”红人亲切地说道。

“有了它，我就能把莎士比亚全集发到你们称之为仙女座的星系去了。”朱比对他说。

“我的同志啊，”红人说道，“他们只会把它再传回来，然后告诉你，它根本不符合他们现在的需要。”他现在看起来已经好多了，三周前王牌们冲击了新神庙，他第一次出现在朱比家门口时，身上穿着被虫蛀得一塌糊涂的斗篷、劳保手套、全脸的滑雪面具和墨镜。直到他拿下墨镜，露出眼睛边上红色的皮肤，朱比才认出他来，“救救我。”他说，然后就倒下了。

朱比把他拖进屋里，锁上了门。红人非常憔悴，发着高烧。从修道院（朱比完全错过了这件事，而他为此十分感激）逃出来后，红人把金姆·托伊送上了去旧金山的灰狗巴士，她在那儿的中国城里有些老朋友，能把她藏起来。但他不能和她一起。他的皮肤让他变得过于显眼，只有在鬼牌镇里，他才有可能不被人注意。在街上流浪了十天，他已经用光了所有钱，从那以后甚至开始翻海利家饭店后门的垃圾桶找东西吃。罗曼被捕，马提亚死了（他是被某个新王牌冻死的，但那人的名字一直小心地保密着，不为媒体所知），剩下的核心集团成员都成了市里追捕的对象。

朱比本该告发红人的。但他却给红人东西吃，帮他洗干净身子，照顾他，让他重获健康。怀疑和担忧折磨着朱比。他知道的某些共济会的事让他害怕，而他们暗示的一些更大的秘密则要更糟糕得多。或许他应该报警。布莱克队长知道自己的一名手下也卷入阴谋后十分震惊，公开表示要揭露出鬼牌镇里的每一个共济会成员。要是他们在这儿发现了红人，那情况对朱比而言就会变得很糟。

但朱比还记得那一夜，他和其他十二个人一起在修道院入会，还记得那场仪式，老鹰和胡狼的面具，还有阿蒙主在他们上方升起，他那严肃而可怕的模样，带着寒冷的光芒。他记得提亚马特这个词语的声音，当时他们第一次被教会了这个词语，还记得那位尊主告诉他们组织神圣起源的传说，知道了被称作卡里欧·斯特罗的朱塞佩·巴尔萨莫，还有“闪光弟兄”在一片英国的树林中托付给他的秘密。

在那特别之夜里没有进一步展露更多秘密。朱比不过是个初等的刚入教者，更高级的真相得打入高层才行。但这已经足够了。他一直以来怀疑的事已得到了证实，而当红人狂喜地盯着朱比起居室的另一头看，狂喊出“夏克提!”时，他就彻底确信无疑了。

他不能抛弃共济会，这是他命中注定的事。父母不会抛弃孩子，无论他们在这些年里变得有多堕落、邪恶。孩子们可能扭曲、混乱而无知，但他们依然流淌着承自于你的血液，依然是自你的种子而生的树。导师不会抛弃学徒。而在此处，没有其他人，他必须承担起这份责任。

“我们要在这儿站一整天?”奇点移动装置刺痛了朱比双手的手掌，红人问道，“还是去看看它到底能不能用?”

“抱歉。”朱比说。他拿起速子通讯机上的一块带曲度的表盘，将移动装置塞入它的母体。他从他的融合细胞中释放出能量，而后看着能量流覆盖了整个移动装置。圣艾尔摩之火在这台机器怪异的几何结构中上下跃动。闪亮的金属外壳上浮现出朱比都快忘光了的钉形文字的数据读取信息，接着它们又在似乎弯曲错了地方的奇怪角度上消失了。

红人重拾爱尔兰天主教徒的旧习，不由得画了个十字。“耶稣，玛利亚和约瑟夫啊。”他说道。

它确实能用，朱本想。他应该为此而欢呼才对。但相反，他只觉得虚弱而困惑。

“我想喝一杯。”红人说。

“水槽下面有一瓶黑朗姆酒。”

红人找到了那瓶酒，往两个水杯里倒了酒和冰块。他将自己那杯一饮而尽，而朱比则坐在沙发上，手里拿着玻璃杯，盯着速子通讯机，有空调开着，几乎听不见通讯机那尖锐而高频的声音。

“海象，”红人说着又给自己倒了一杯，“我本以为你是个疯子。当然，是个亲切的疯子，而且，外面的警察都在追捕我，所以我也很感激你能收留我。但当我看到你造了一个你自己的夏克提装置，嗯，谁能来责怪我以为你只是个灰扑扑的小东西，”他喝了一大口朗姆酒。“你这装置比卡夫卡的要大四倍，”他说，“看起来像是个坏了的模型，但我从未见过蟑螂那装置能像你的这样点亮。”

“它比实际需要的更大，是因为我用原始的电子设备来制造它，”朱比告诉他说。他摊开手，那上面长着三根粗手指和一根硬邦邦的弯拇指，“而且我的手也不适合干精巧的活。修道院里的装置如果充能了应该也能点亮的，”他看着红人。“尊主本来打算要怎样来完成它?”

红人摇摇头。“我不能告诉你。没错，你是一个王子，拯救了我可爱的红屁股，但你依然是个初等刚入教的王子，你懂我的意思吧。”

“难道一个初等刚入教的人能造出一台夏克提装置来?”朱比问道，“你升了多少等级之后，他们才告诉你有这样一个装置存在?”他摇摇头。“算了，我知道双关语。你要多少个鬼牌才能点亮一个灯泡？一个就行，只要他的鼻子能通交流电。钦天士是打算自己给他那台装置充能的。”

红人脸上的表情完全证实了朱比的猜测。“卡夫卡的夏克提装置应该能让修会君临地球。”这位共济会成员说道。

“嗯。”朱比说。那树林里的闪亮弟兄将秘密传给卡里欧斯特罗，告诉他要一直保守秘密，将它一代代流传下去，直到黑暗姐妹降临。或许闪亮弟兄还给了卡里欧、斯特罗其他装置，毫无疑问应该给过他充能用的能量源，毕竟在两个世纪之前不可能预料到会出现塔基斯星人的百变王牌病毒。

“聪明，”朱比大声说道，“嗯，但这人抓住了那个时代的机会。原始，迷信，贪婪。他利用了这些东西，来为个人牟利。”

“谁?”红人困惑地问道。

“巴尔萨莫。”朱比回答。剩下的那些都是他自己发明出来的，什么埃及神秘学啦，什么等级制度啦，什么祭祀仪式啦。他将自己听到的事扭曲后留为己用。“闪亮弟兄是一个勒巴人。”他宣布道。

“那是什么?”红人问。

“勒巴族，”朱比告诉他，“他们是赛博人，红人，他们身上的机器多于血肉，强大得可怕。他们是宇宙中的鬼牌，彼此之间绝不会相似，但你也绝不会想在小巷里遇到他们中的任何一个。我最好的朋友里有些就是勒巴人。”他意识到自己一直说个不停，但他就是没法克制自己闭嘴。“哦，对，也可能是其他种族，比如克莱格，或者甚至有可能是个穿着液体金属宇航服的我的同类。但我还是觉得那应该是勒巴人。你知道为什么吗？因为提亚马特。”

红人能做的就只有瞪着他。

“提亚马特，”朱本又重复了一遍，他的语气和姿态不再像个卖报人，此刻他说话的样子就像个星网的科学家，“这是个亚述神的名字。我查过。但为什么要用这个名字来称呼黑暗姐妹？为什么不是巴尔，或者大衮，又或者你们人类发明的其他可怕的地方神？为什么这个蕴含着多重力量的词语是个亚述词，而其余的祭仪全都抄自埃及人？”

“我不知道。”红人说。

“我知道。因为提亚马特这个音有一点像那闪亮弟兄说过的话。‘提亚特·马鲁’——整个种族的黑暗。这正是勒巴人用来指称群虫的词语。”朱比笑了出来。他说了三十来年笑话，但在此之前，从未有人听到过他真正的笑声。它听起来就像是海豹在吠叫。“商人之主永远不可能给予你们君临这个世界的权力。我们从不会免费给予任何东西。但我们可以将它卖给你。你们会成为高级祭司的精英阶层，侍奉那些会看情况来听取意见并制造出奇迹的‘诸神’。”

“你疯了，我的同志，”红人勉强挤出一丝笑脸，“这夏克提装置会给——”

“夏克提的意思只有力量，”朱本说道，“它现在是个速子通讯机，过去它也只是如此。”他从沙发上站起身，啪嗒啪嗒地走到那台机器边。“赛特看到它时饶了我。他以为我是个流浪儿，是共济会分支机构的残余成员。或许他是觉得，可以留下我，以防卡夫卡出现什么问题。他本该出现在这里，但现在提亚马特掉头返回了群星之中，那么夏克提装置在他看来就有些多余了。”

“没错，难道不是吗？”

“不是。通讯机已被我校准。要是我发出了呼叫的信息，最近的星网联络点就会在几周内收听到。再过几个月，‘机遇’就来了。”

“什么机遇，兄弟？”红人问。

“闪亮弟兄会来，”朱本告诉他，“他的战车有曼哈顿岛那么大，只要他一声令下，就能驱使天使、恶魔和诸神的大军。他们最好是能来，毕竟他们都签了有约束力的合同，所有人都是。”

红人的眼睛都眯缝得有些斜视了。“你的意思是说，事情还没完，”他说，“这事儿还有机会，就算没有了黑暗姐妹。”

“是有可能，但它不会发生。”朱比说。

“为什么不会？”

“因为我不想发出呼叫的信息，”他希望能让红人理解自己的意思，“我本以为我们是骑兵，而塔基斯星人将你们种族当作实验动物。我以为我们对你们的待遇能比那更好些。但事实上并没有。你难道看不出来吗，红人？我们早就知道她会来。但要是她完全不抵达，我们就不会有任何收益，而星网绝不会免费给予任何东西。”

“我想我有点懂了。”红人说着拿起酒瓶，但里面已经空了，“我想再喝一杯，”他说。“你呢？”

“不用。”朱比说道。

红人去了厨房。朱比听到他打开又关上抽屉的声音。回来时，他双手拿着一把大切肉刀。“把信息发出去。”他说。

“我去看过一次道奇队的比赛，”朱比对他说道。他累极了，也失望极了，“三振出局，是这么说的吗？塔基斯星人，我自己的文明，然后，现在是人类。难道没有人能关心一下除自己之外的别的事吗？”

“我不是在开玩笑，海象，”红人说，“我不想这么做的，我的同志，但我们爱尔兰人都是些顽固的家伙。嘿，条子们正在这地方要把我们赶尽杀绝。这对我和金姆·托伊来说是什么样的生活，我问你？

要是能在吃垃圾桶食物和统治世界中做选择，那我肯定每回都选统治世界。”他晃了晃切肉刀。“把信息发出去。然后我会把这东西放到一边，我们可以点一份比萨，再说点儿笑话，好吗？你也可以吃你的烂肉。”

朱比的手在衬衫下摸索，拿出一把枪。它呈半透明的红黑色，线条圆滑而流畅，但又不知为何让人感觉不安，它的枪管像铅笔那么细。在这把枪的深处，有光点在闪烁，它的大小在朱比的手中正好合适。“住手，红人，”他说，“你不会统治世界的。统治世界的人将会是钦天士，是死期，或者像他们那样的人。他们是杂种，你自己跟我说过的。”

“我们都是杂种，”红人对他说，“我们爱尔兰人也不像他们说的那么蠢，你拿的不过是把玩具激光枪罢了，我的同志。”

“我曾把它当圣诞礼物送给了楼上的男孩，”朱比说道，“但他的守护者又把它还给了我。它不会坏，你看，由于它的金属过于坚硬，当面团男孩拿着它玩的时候，把屋里的所有东西都敲坏了。我把能源核心又放了回去，每次去修道院时，我都带着它。它能让我更勇敢一点。”

“我不想这么做的。”红人说道。

“我也是。”朱本回答。

红人向前走了一步。

♦

电话铃响了很久，最后电话那头终于有人接了起来。“喂？”

“克罗伊德，”朱比说道，“很抱歉打扰你。这儿有具尸体……”

♥♦♣♠